国家古籍整理出版专项经费资助项目

国家社科基金重大项目『中国近代日记文献叙录、整理与研究』

（项目编号：18ZDA259）阶段性研究成果

全国高等院校古籍整理研究工作委员会直接资助项目《秦绶章稿

本日记整理笺注》（项目编号：教古字[2021]094号）结项成果

晚清珍稀稿本日记

秦缓章日记

主编——

徐雁平
马忠文

（清）秦缓章 著　苏扬剑 整理

凤凰出版社

图书在版编目（ＣＩＰ）数据

秦绶章日记 /（清）秦绶章著；苏扬剑整理. -- 南
京：凤凰出版社，2024.4
（晚清珍稀稿本日记 / 徐雁平，马忠文主编）
ISBN 978-7-5506-4108-2

Ⅰ. ①秦… Ⅱ. ①秦… ②苏… Ⅲ. ①日记－作品集
－中国－清代 Ⅳ. ①I264.9

中国国家版本馆CIP数据核字(2024)第051495号

书　　　名	秦绶章日记	
著　　　者	（清)秦绶章 著　　苏扬剑 整理	
责 任 编 辑	王淳航	
装 帧 设 计	姜　嵩	
责 任 监 制	程明娇	
出 版 发 行	凤凰出版社(原江苏古籍出版社)	
	发行部电话025-83223462	
出版社地址	江苏省南京市中央路165号,邮编:210009	
照　　　排	南京凯建文化发展有限公司	
印　　　刷	江苏凤凰通达印刷有限公司	
	江苏省南京市六合区冶山镇,邮编:211523	
开　　　本	880毫米×1230毫米　1/32	
印　　　张	17	
字　　　数	442千字	
版　　　次	2024年4月第1版	
印　　　次	2024年4月第1次印刷	
标 准 书 号	ISBN 978-7-5506-4108-2	
定　　　价	128.00元	

(本书凡印装错误可向承印厂调换,电话:025-57572508)

序

明清时期,写日记已是蔚然成风。不少文人、官员和学者,出于各种目的,基本都有记日记的习惯,只是本人刊行的日记比较少。究其原因,可能在时人观念中,日记还算不上"著述",不值得去刊刻传世;当然,更主要的原因或许在于,日记的私密性太强,不便拿给外人看。所以,大部分日记还是以稿本或钞本的形式被保留在子孙、门生手里,一代代传承下来。自古迄今,经历种种劫难,存世的稿钞本日记已经不多了。据统计,有日记留存于世的近代人物只有1100人左右。因此,今天保存于公、私收藏机构或个人手里的稿本日记,无不享受着善本的待遇,备受世人的关注和珍爱。

如人们所知,日记属于一种比较特殊的文献,具有全面记载生活各个侧面的综合性特点。日记永远都能以第一现场的感觉,将阅读者带入特定场景,沿着作者的心路,去体会当年的生活、境遇与情感,熟悉已经远去的风俗习惯和历史细节;哪怕从其中的任何一天读起,也可以读得下去,因而被视为一种很容易与读者产生共鸣的"有温度"的文献。人们喜爱日记王是源于其自身所具有的独特魅力。当然,注重个性化材料和社会日常生活的研究取向,也推动了学界对日记的重视和利用,以日记为核心材料从事研究的学术成果也越来越多。

目前,日记的出版主要通过原稿影印和整理标点两种形式。原稿影印日记始于20世纪石印、珂罗版技术被大量采用的时代。20世纪20年代,商务印书馆陆续影印出版有李慈铭《越缦堂日记》和翁同龢《翁文恭公日记》。同为晚清著名日记,比起同时代排印的《湘绮楼日记》，李、翁的日记都是根据稿本影印的，因而使人们能够更为真切地感受日记的原始样貌，甚至作者的书法风格、涂改痕迹，都得以原原本本地保留下来。时至今日，先进的数字扫描和印制技术，进一步促动了新一轮稿本日记的大批量出版，使"久藏深闺"的珍稀稿本日记，得以更多地呈现在研究者面前。可是，对学术研究而言，影印本虽然保存了日记原貌，出版周期也相对较短，但卷帙庞大，且日记多为行草书书写，字迹不易辨识，阅读和利用并不及整理标点本方便。所以，根据原稿本或影印本将日记内容加以点校，一直是文献整理者的重要任务。近些年影印出版的近代人物日记，如钱玄同、绍英、皮锡瑞、朱峙三、徐乃昌、江瀚、张枫、王伯祥等人的日记，也陆续经学者整理后出版了点校本，大大方便了学者利用和研究。由凤凰出版社推出的"中国近现代稀见史料丛刊"，自 2014 年以来，已经出版 10 辑 100 余种，其中日记占到三分之一以上，诸如孙毓汶、有泰、张佩纶、邓华熙、袁昶、耆龄等人日记都是据稿本或稿钞本影印版整理出来的，上述日记一经刊行就受到学界的广泛欢迎。整理本还有一个优势，便是对日记中的讹误做出校订，加补公元纪年，方便读者查核。不惟如此，整理本日记除学者外，也受到不同兴趣读者的欢迎。这几年，出版界、读书界兴起的"日记热"，都与整理本日记的大量印行密切相关。可见，持续推进稿本日记的整理出版工作，对普及中国传统日记知识，增进读者对传统文化的亲切感，具有积极的作用。

在全国古籍整理出版规划领导小组和凤凰出版社的积极支持下，"晚清珍稀稿本日记"得以立项，精选十一种有重要价值的晚清珍稀稿本日记邀请专家进行整理。这批日记分藏于清华大学图书馆、上海图书馆、浙江图书馆、苏州博物馆、常熟市图书馆等机构，一部分尚未影印出版。这次整理，在做好字迹辨识、释文、标点的前提下，更提倡以研究为基础，撰写有学术深度的导言，搜集传记资料作为附录，并尽可能编制人名索引，来为读者和研究者提供更多的学术支持和便利条件。这十一位日记作者,既有状元洪钧,探花潘祖荫、吴荫培,传胪华金寿,翰林秦绶章,也有满洲官员、驻藏大臣斌良,兵部侍郎文治,还有像楼汝同、黄金台、柳兆薰、萧穆这样的地方官员、学者和士绅贤达。这批日记的内容十分丰富,举凡晚清重大历史事件、典章制度、教育考试、金石学术、社会风俗、人物交往、文艺创作、生活琐事等,靡所不包,合而观之,不失为观察晚清社会的一面镜子。另外,此次所选日记多为首次整理。

总之,这批稀见稿本日记具有极高的学术价值,是研究文学史、政治史、经济史、社会史、军事史、教育史、文化史、生活史、气象史、思想史的珍贵史料,参加整理者都是长期从事文史研究和文博事业的专家学者,具有扎实的文献学功底和整理经验。相信这套书的出版,将对传播优秀传统文化、推进中国近现代历史和文化研究发挥重要作用。当然,由于在文字识别等方面实际存在的困难,难免会存在一些问题。在此,我们诚恳希望读者不吝批评指正,以便今后的工作精益求精,不断提高。

目　录

前　言

秦绶章(1849—1925)字仲颖,号佩鹤,江苏太仓州嘉定县人(今上海嘉定)。光绪五年(1879)己卯顺天乡试举人,光绪九年(1883)癸未科进士,光绪十五年(1889)补散馆,授职编修。曾任翰林院侍讲学士、詹事府詹事、兵部左侍郎,以汉人身份任镶黄旗蒙古副都统、镶黄旗满洲副都统等职。历充国史馆协修、纂修、日讲起居注官,国史馆《臣工画一传》编成后,秦绶章获封三品衔。长年担任咸安宫总裁,负责讲课并出题。多次承担湖南、广东、福建等地科考监临、阅卷、磨勘等职,如光绪二十年(1894)甲午科顺天武乡试副考官,二十三年(1897)丁酉科、二十六年(1900)庚子顺天乡试同考官。监考各地及督学福建期间,目睹学风败坏、舞弊严重,整肃考场纪律、整顿风气,震慑一方。秦绶章出身的嘉定秦氏,乃清代江南文化望族,父亲秦兆甲为贡生,母亲潘氏是苏州潘氏潘遵祁之女。长兄秦毓麒,获同治十二年(1873)顺天乡试举人,光绪六年(1880)大挑二等,候选教谕;秦绶章与弟秦夔扬同为光绪九年(1883)同科进士,兄弟三人被时人誉为"秦氏三凤"。

苏州博物馆藏秦绶章著《恒庐日记》稿本十三册,始于光绪五年(1879)五月十七日,终于宣统三年(1911)除夕,历其半生,偶有失记,几乎完帙,内容丰富,涉及秦氏交游活动、秦氏本人及亲友参加科举的经历、秦氏在各地巡考见闻、远至香港的宦途纪行、诗词唱和等,尤其是光绪、宣统年间时局日趋紧张,秦绶章和他的高官朋友们因不明真相而陷入茫然无措的逃亡,士大夫末世心态的变化跃然纸上。

秦绶章是清廷名臣,面对晚清军备落后、工商不振的社会衰相,屡次向朝廷上疏针砭时弊；鼓励兴办实业、节约国用以扩充财政，擅用洋务之长倡导改革。秦缓章是教育改制先驱，他少年得志、科途顺遂，日记中记载了大量有关科举考试及监考细节。由于他多次担任巡考要员，故对地方科场腐败造成的舞弊营私、学子投机之恶风恨之切切，每至一地即着手整顿学风、学纪。光绪二十二年（1896）他向朝廷上《整顿书院》奏折，得到回复："'书院课程'等三条，准一体通行，算学、译学及各学乡场，另加标识驳。"开启书院改革之先。日记中详细记录了童试、乡试、会试、殿试、各类录科、复试等考题，另外诸如考差、考御史、考散馆、考南书房翰林、考优贡以及集贤书院、咸安宫教课试题，是了解晚清考试制度的珍贵资料。秦缓章是一位诗人，模仿"春秋笔法"书写"王正月"，日记中保留了近百首诗词创作，他有每年元旦"试笔"的习惯，逢外出旅行，沿途见闻皆载于诗中。如光绪十九年（1893）任湖南乡试副考官，《湘轺日记》收诗六十余首，有对河山的赞美、遭遇险阻的感慨。途中适逢亡妻百日，秦缓章作《六月十八亡妇百日，望都道中寄悼》："百日匆匆到，惊心此别离。为君展时奠，感我迫行期。远道瞻何极，劳生息尚迟。征夫凄绝意，寄与夜台知。"表达因公务缠身，不得为亡妻设奠礼忏的哀婉凄凉。又如怀古诗"漳河浩浩换沙流，此地平添吊古愁。霸业销沈文字卷，韩陵片石亦荒邱［丘］"，直抒胸臆，荡气回肠。秦缓章日记中的诗篇多为无诗题的即兴抒情之作，将诗词创作融入日常。秦缓章宦游经历丰富，多次出行闽、粤、香港考察社情，民生疾苦、地方弊政尽收笔端。他交游广泛，与李鸿章、翁同龢、张之洞、吴大澂、陆润庠、叶昌炽、唐景崧、王同愈等名流议论时政、诗酒唱和、探讨书画金石。他是晚清著名书法家，日记手稿便是一部秦氏小楷书法精品。日记中还有大量零散却重要的信息，如阴晴冷暖、时人品评、风土民情、衣食住行、应酬书法、读书消费等日常生活一一呈现。在动荡不安的政局中秦缓章及友朋举家逃亡、居无定所的经历，更是窥探社会因革中士大夫心态由激越、焦虑向无奈、绝望甚至麻木转变的关键线索。秦缓章日记所录三十二年的心路历程,对晚清近代政治史、教育史、科举文化、书院制度、诗歌书法艺术等方面的研究有重要价值。

此次整理依据《苏州博物馆藏近现代名人日记稿本丛刊》手稿影印本,并与苏州博物馆原书稿电子资源进行比勘,稿本中时有文字莫辨或漫漶之处,限于整理者的水平,难免疏误,敬请方家不吝指正。

在此向北京大学张剑先生、南京大学徐雁平先生致以由衷感谢。王芊禧、叶聪等同学在此过程中帮助录文、检阅资料,文献整理能力得到了很好的实践训练,一并表示谢意。

2024 年 3 月,苏扬剑谨识于金陵

凡　例

一、原稿双行小字之文月小五号字体。

二、〔　〕内为整理者补入的正字，原稿天头所附内容均以"【天头曰】"标明。

三、原稿空出字符位置及原标作"□""■"者，今均作"□"。

四、原稿中的试题，有的与原始出处稍异，一律以日记原稿为准。

五、原稿中的文字，包括人名、地名，除涉及辨义处和其他特殊情况，一概使用简体字，其他如异体字、古今字、手写惯用字等，皆改为通行规范简体汉字。

六、原稿中出现多处苏州码子和交易符号，保留原码图片。

恒庐日记·绿萼花馆日乘

己卯顺天乡试日记

五月十七日　晴热。申刻至钮巷。傍晚偕景之下船，开至娄门外泊。

【天头曰】五月初一放，云南：李郁华、黄卓元；贵州：秦钟简、涂庆澜。

十八日　西南风，挂帆行。巳刻过昆山，晚过黄渡泊。下午作阵微雨，水船，炎暑稍减。

十九日　辰刻抵沪，至三马路永大正栈顿装，发苏信。晚，景之邀大观园剧。

二十日　风，阴。悉广东、西、福建主试信。午后阵阵，访刘云洲，恒庆公司事。晚永记设馔，云洲邀丹桂观剧。

【天头曰】五月十二日放，广东：周瑞清、黄彝年；广西：李联芳、潘宝镶；福建：文澂、费延厘。

二十一日　晴热。

二十二日　晴。下午偕景之、子麟坐马车至静安寺。

二十三日　晴热。发苏信。下午至亨达利洋行，坐马车至静安寺。晚，云洲邀饮于兆富里，邀云景、永记诸友大观剧。

【天头曰】廿二日放，四川：景善、许景澄；湖南：华金寿、曹鸿勋；甘肃：陈宝琛、质开铭。

二十四日　晴热。晚微有阵。

二十五日 晴热。托恒庆公搭定丰顺轮船,价每客十五两。九折。晚饭后与景之散步,十二点钟下船,子麟送至浦滨。

二十六日 晴。卯刻开行,未刻出茶山口,夜至黑水洋,舟中遇郁岱生。

二十七日 晴。船中蒸热竟日。行黑水洋,夜大雾,舟行容与中流,不敢驰骤。

二十八日 天明雾散,仍有阴翳。午后阵雨,顿凉。申刻至烟台稍停,发货。

二十九日 阴晴错。午刻进大沽口,酉正至紫竹林,唤舆至庆昌洋行,即顿装焉。庆昌即大昌所改,执事陆懋堂为云洲亲戚。又晤钟蔼亭、筠汀、汪子和,皆南边人。津地连得透雨,道多积水,比行李到齐,已灯火后矣。

六月初一日 晴热。晨起至天后宫进香。发苏信。至城中,访吴晓沧,晤。晚作阵微雨。

初二日 晴。晓沧来,邀至裕通恒小叙。晤蒋宪村、吴仲山。晚微雨,估莫家车用二辆,当夜束装,三更时启行,以积潦多阻。行十二里至丁沽下船,由水路至通,船价等皆车行包办,时适有镖局入都之便也。

【天头曰】每两津钱十千。

初三日 阴晴半热。西南风挂帆,行一百里至扬村。又行三十余里泊。

初四日 黎明开,作阵风雨,甚骤。行七十里,午刻过蔡村,至河西务,又行三十余里,雨,即泊。

初五日 晴。辰刻过香海,上流水势愈急,船行甚迟。过马头泊,自此一百里至通州。

初六日 晴。早开,未刻至通,共行水程约四百里,计四日。行李起船耽阁[搁],已近下午,不及进都门,住通州城内利成栈。晚小饮于永顺馆。

初七日　阴。黎明骑驴行四十余里，入东便门。巳正至煤市街永大正记即下榻，晤虞秋潮、李彦修、顾逸亭、吴逸云诸君。管寿民来。由正记得苏信元号。

初八日　晨有雷，热。汪蒂村表舅致件去。吴梅宋来。

初九日　晴。仲仙内叔来，梅宋来。祥记邀四喜观剧，并福兴居夜集，景之、梅宋偕晤冯伯渊。

初十日　晴。晨出拜客，晤李侯丈、绂三公、祝年舅、醉棠、康民、朱缉甫丈、冯伯渊。午后至四喜听戏。

十一日　阴雨竟日，凉。朱菁士来。梅宋来。晚正记招饮，移席到家饮，甚畅。发苏信第元号。

十二日　晴。晨出拜客，悉浙江、湖北、江西主试信。

【天头曰】十二日放，浙：乌拉喜崇阿、恽彦彬；湖北：陆继辉、赵尔巽；江西：汪鸣銮、吴树梅。

十三日　晴。祝年舅来唔。醉棠来，未晤。午后至西城拜客，晤朱砚生丈、廖毅士、顾俊叔、汪文卿表弟。得苏信第二号。

十四日　至东城拜客。晤许崔巢丈。又至京士丈处，并晤汪蔗生。

十五日　晴。谒殷师、钱师，均未见。至凤石寓，晤谈而返。桐侯来晤。下午秋潮邀至三庆园。夜阵雨。

十六日　阴。贝蔚士来。午后颂阁叔邀饮于同兴，晤王颂声、程云史、廖缉臣、汪蔗生、钱朴臣，同赋高。

十七日　晴热。托吴心谷年丈考到录科事，费四十千。秋潮邀观剧。发第二号苏信。

十八日　晴。午后访艺甫，交去潘氏，实收四纸。谒殷师，拜陆蔚庭道喜，均晤。至蒂舅处，留为料理笔札，借榻两宵。发外家信二。

十九日　晨雨。谷士丈、艺甫、柯亭、兰台来，均未晤。

二十日　晨雨。傍晚出城。

廿一日　晨,京士丈来。谷士招饮于同兴楼。是日立秋,晚雨。得苏信第三号。

廿二日　甲子,雨,自辰至午,竟淋浪不止。桂馨招饮于长吴馆,悉江苏、陕西主试信。

【天头曰】廿二放,江苏:冯誉骥、许有麟;陕西:尹琳基、陆润庠。

廿三日　猛雨。芹波内叔来。

廿四日　晨雨。是日景兄赴吏部验到,时方以同知分发江西也。作家书第三号,内有京士丈信、汪范舅信、朱信。又发内信件。

廿五日　晴。朱缉甫丈招饮福兴居,同坐沈慎卿、马兰台、戴伯和、朱步青、汪药阶。

廿六日　晴,午后微雨。答芹波叔,贺凤石,晤。调甫同年来,未晤。

廿七日　晴。至东城谒全师、昆师,顺至京丈处饭。答贝蔚士、程云史,并晤桐侯、赋高。午后至十刹海,景兄、彦修已先在,花时已过,且经猛雨,而十亩银塘闹红未歇,风裳水佩瑟瑟生凉,尘襟为之一涤。茗憩柳阴,夕阳而返。闻数日前游人甚盛,仕女如云,以滋事为当道所禁。茶棚酒座均已闭歇,殊索然也。晚,伯渊招饮于福兴居,同坐曹再韩、管寿民。顾俊叔来,未晤。

桐侯云,诸同乡有议减嘉、宝二邑江安贴费一节,稿已粗就,大致以江苏减赋,嘉、宝独未之及,而江安道贴费一款,本非正项,请得蠲免,亦有万余两之数,拟以此月由都察院转奏。

【天头曰】均送:代土仪京平银二两,门敬三千。

廿八日　阴,稍凉。王棨如来,未晤。杨调甫、徐慧生、朱缉甫丈来,均晤。

廿九日　晴热。午后偕景之、梅宋至琉璃厂,买赵吴兴《道教碑》,计京钱四十千文。

三十日　晴。梅宋来,将回南。托带朝珠件,交至记。午后入城，至京丈处借榻。

七月初一日　癸酉，阴。至国子监考到约四百余人，巳刻点名，未刻交卷，题"敏则有功，公则说"，经"谦谦君子，卑以自牧也"。午后雨意帘纤不止，晚凉甚骤，仍寓京丈斋中。

初二日　晴。晨出城。庞小雅来，同至三庆听戏。孔醉棠来晤。

初三日　晴。偕景之、彦修至土地祠，是日为庙期，略有列肆，不如隆福、护国寺之热闹也。顺道访醉棠，晤。

初四日　晴。考到案发，名列第二。午后逸翁邀同四喜听戏，演浔阳琵琶故事，即蒋太史《四玄秋》院本，繁弦急管中忽得此抑扬宛转之致，所谓"如听仙乐耳暂明"也。

【天头日】户部王逸轩云，浙省有新纳监入闱者，计正款银一百零八两，印给银一两一戋，盖今年春正奉旨，各省捐例一律停止，所存捐贡、监请、寿典、指省等名目，悉照户部旧例俱以足银上充也。

初五日　晴。午刻京丈、颂阁丈邀同乡饮于同兴楼，并邀景兄。得廿五苏谕第四号，知辛舅有得男之喜。汝香多年旧友，老成干练，忽以旧疾不起，殊可惜也。晚毅甫、瑞丰邀饮，俱辞。

初六日　晴。清早入城至国子监录科，默圣谕。次文题"取士必得"，次诗题"露珠夜上秋禾得珠字"，次策题"三传释经优劣"。申刻出场，至顺天府署拜吴协赓同乡，投刺而已。归至京丈处，略坐即出城。

初七日　晴。午后至三庆听戏，年例是日演渡银河牛女事。四喜尤盛，定座者皆于半月前预定。因有当道欲占官座而不得，遂有封禁之谕，可谓煞风景矣。晚正记招饮福兴居。录科案发一名。

初八日　晨大雨。庞小雅招饮万福居。晚又雨并雷电。祥记邀饮，辞未赴。

【天头日】悉河南、山西、山东主试信，河南：曹炜、朱文镜；山东：洪钧、张百熙；山西：周晋麒、吴岣。

初九日　晴。晨至后门全师处谢步。顺至苇舅处下榻一宵。

初十日　晴。至燕喜堂孙椿记，素事饭而归，至西河沿，答蒋仰高、马兰峰。冯申三世丈来，陈绮霞来。作第四号家信。见邸抄，直督以霖雨过多，秋成告歉入奏，又拨米六万石，分区赈恤。是日，景之在内阁验放。

十一日　晴。姚光钜来，芷轩子。未晤。午后至椿记，晤陆桂圃、孙桂馨、薛汝舟。宝山朱叔彝来，名其聪。将以府班捐省河南。

十二日　晴。至调甫处晤谈。送谱舅行，答陈绮霞、钟棣香。晚赴康民招饮于义胜居，吴菜风味甚佳。又赴醉棠约宴宾斋。

十三日　晴。听梆子戏。

十四日　晴。调甫招饮，辞。晚，顾俊叔、冯申之丈招福兴居。

中元节　雨帘纤竟日，天气骤凉。

十六日　阴。

十七日　晴。午后偕景之至椿记。晚，醉棠来夜饭，得初五苏谕第五号，并松堂信。

十八日　晴。钟棣香来。本科闱卷系永定河署道朱其诏。翼甫，宝山人。送交来，每人代买卷钱十千文。

【天头曰】署乌镇同知瞿竹亭送卷，朱改送元敬。

十九日　晴。景之设席乐椿花厂，请江浙同乡，共两席，地方宽敞，结构颇精，小有亭台花木之胜。饭后答陆笃斋、王逸轩，并往晤吴佐周同年。

二十日　晴。作第五号家书。赋高邀同兴楼午集，并至四喜。得第六号家信，内有京丈、汪范信。至琉璃厂买考具，连篮计钱二十四千。

廿一日　晴。景之是日领凭。佩明叔自南来，知家乡久旱，当事祈祷，尚未得雨。都中秋霖时复，夜中淅沥，三鼓后大雨。

廿二日　阴雨。王逸轩邀饮，偕景之至长吴馆。夜又雨。

廿三日　阴。赵友卿邀饮。午后阵雨,晚冯子升昆仲暨鹿桥携灯来,以夜饮不及进城,作剪烛谈,徘徊至三鼓后去。

廿四日　阴。佩明叔赴吏部验到,以同知分发山东。朱砚生丈太夫人寿,往祝即归。

廿五日　阴。书《金刚经》全部毕,为景之索去。计折纸廿八开,共写半月。

廿六日　阴晴错。午后皆景之至元记,晤药阶、兰台、安甫。

廿七日　阴晴。景兀南旋,午刻登程。是日移寓东城京丈斋中,与蔗生兄联床,晨夕聚谈,颇不寂寞。作第六号家书,交永大正记。晚过冯氏昆仲寓。

廿八日　晴。钟棣香来。

廿九日　晴。午后至顺天府,为纳卷事。又偕蔗孙、菉翘游隆福寺。至史家胡同,晤夔石丈。

八月初一日壬寅　晴。晨起写试卷履历,午后交顺天府。闻南皿有千人以外诸衡伯来吾扇赴京兆试者有二十八人。悉各省学使信。

卷面式:

一名秦□□,年贰拾捌岁,身中,面白无须,江苏太仓州嘉定县优贡生,知县用。右。

曾祖□□、祖□□、父□□,应光绪五年顺天乡试。左。分两行。

初二日　阴雨。菉翘、雨辰昆仲来,戴安甫、汪药阶来。接苏信第七号。

初三日　晴。冯雨辰昆仲来邀,至四喜听戏,蔗生、赋高同往。

初四日　晨出城,至会馆贺瞿裕之续娶。饭后答廖孟丹、正甫。至永大正。归寓后偕赋、蔗亖史家胡同夔丈招夜饭,归途酩酊矣。

初五日　晴。晨至贡院,前顾诸同乡寓,悉主试信、房考信,作第七号家信。

【天头曰】正：徐桐；副：志和、殷兆镛、钱宝廉。房考：冯文蔚、周云章、缪荃孙、丁立干、殷李垚、李培元、黄照、承翰、邓蓉镜、陈履亨、陈存懋、王锡蕃、冯金鉴、林启、张廷燎、邵日濂、倪恩龄、李肇锡。

初六日　晴。在寓。

初七日　晴。料理考具。

初八日　晴。八叔、彦修来。午刻至贡院接签。江苏均由西左门入，余名与蔗生均在六十八牌。未刻至龙门接卷，坐西文场。在至公堂之西夹道内，俗名"小西天"。农字十四号。赋高后至，适与同号，坐农字八号。煮饭等甚便。是日秋分。

初九日　寅卯间，题纸下，首"子贡曰：如有博施于民而能济众"至"必也圣乎"，次"德为圣人，尊为天子，富有四海之内"，三"孔子，圣之时者也"。诗"郊原远带新晴色"。得晴字，陆游《江上送行》诗，下句"人语中含乐岁声"。三鼓脱稿，略睡。

初十日　晴。辨色即誊正，作诗补草。午后出场。得第八号家书。

十一日　阴。未刻入场，坐东龙腮之字十四号。三鼓，题纸下："初九，拔茅茹，以其汇，征吉""安民则惠，黎民怀之""如璋如圭，如如圭""会于萧鱼"，襄公十有一年。"升中于天，而凤凰降、龟龙假；飨帝于郊，而风雨节、寒暑时"。天明成《易》艺，复睡。

十二日　阴。午后成书，《诗》艺即誊，晚成《春秋》艺，灯下誊正而睡。天明作《礼》艺，补草默讲。通共添注涂改在默讲后，居中顶格写。三点钟出场，大雨倾盆，衣履沾濡，泥淖没踝，踉跄之至，晚雨仍未止。

十四日　晨雨，向午薄晴。未刻入场，坐东大号闰四十七号。

十五日　晴。天将明，策题下：经、史、《说文》、循吏、漕运。当夜誊正四问。是晚月色如银，二鼓即放牌。

十六日　晨，补草毕，默二场讲，于策后顶格写，通共添注涂改于默讲后，仍低二格写。已刻出场，彦修来邀，同车而出。作第八号家书。

十七日　晴。葛莘仲邀同兴楼,王颂笙、严衡伯、周赋高、程芸史、汪蔗生、姚菉翘均在,诸伶毕集,霭云亦至,一座所倾倒也。傍晚归,伯渊来。

十八日　晴。八叔邀福兴居,同乡在乐椿园接场,共四席,晚饮于近华。

十九日　晴。庞小雅来,午后至荷包巷买物,晚微有寒热。

二十日　晴。殷柯庭、冯伯渊来。贝蔚士来,明日回南。饭后邀三庆戏,少坐而返。许鹤巢、艺郛、吴慎生邀义胜居,祥记邀福兴居,俱辞。寒热仍未净。

二十一日　晴。在寓得苏信第九谕。晨,赋高、蔗生、菉翘来。晚醉棠来饭,知苏属熟人中,闱作彭颂田、曹再韩最为得意。

【天头曰】子佩照两纸交周赋高,徐绍祖照两纸交戴艺郛,并考费七元。

二十二日　晴。延张鉴明诊,开方服苏梗前胡之类,尚属平和。夔丈接场,辞。

二十三日　晴。朱砚生招,辞。蔗生来,知江南闱题:"樊迟请学稼"全章,"诚者自成也"至"不诚无物","由〔犹〕益之于夏"合下一节;诗"江南江北青山多△"①;山东首题"周公谓鲁公曰"两章。

二十四日　阴,有寒意。仍延张鉴明诊,似觉略爽,余热未净。夔石丈来,桐侯、朴如、调甫来,徐托寄费信一件。包二个,扇纸二件。

二十五日　阴。是日同人约景春梦局,余以避风再辞始罢。晚,醉棠来,蔗生、赋高、芸史来。

【天头曰】浙江题:"子欲善而民善矣"三句,"舒文广国华"。

二十六日　雨。始觉大愈。发家信第九号。

二十七日　阴。

二十八日　薄晴。至伯渊处。

---

① 　△,表示此符号前一字为韵脚,原文标识如此。

【天头曰】江西题："子曰知之者不如好之者"二章，"雕盼青云倦眼开"。

二十九日　晴。午后至米市胡同，见寅舅，晤醉棠，复至老墙根徐季和、胡体乾处，未晤。醉邀饮于义胜居。

九月初一日　辛未，晴。进城至史家胡同王夔丈处，谒童师、颂阁叔，晤。京丈，未晤。蔗生，未晤。

初二日　晴。晨估车至通州，计每两[辆]京钱廿二千，约蔗孙同行，午初至东便门，八叔、彦修送至此乃别，候蔗孙未至，遂先发。行土道二十五里，至三间坊尖。蔗孙骑驴而至，行李车后到。又行十五里，至通州东关外韩恒泰店宿，掌柜黄香圃，阜康主顾也，携有吴选青信交去，并托其估到津船，船价津钱二十五千。

初三日　晨。下船开行百余里，泊香海。

初四日　阴。顺流而行，晨过河西务，午后过杨村，晚泊汉口，约行百三四十里。

初五日　早开，两岸水势甚阔，民居多有被淹及者，闻近又决口云。上午至三岔口泊，即至庆昌，晤陆梅堂，菉翘来舟谈，遂偕蔗兄同至芷轩丈处。下午散步估衣街，菉翘邀饮于永升馆。是日闱中进呈前十本中卷。寄永大正信。

初六日　晴。菉翘来，下午进东门，偕访顾仲良昆仲。仲良兄廷一，时在军械局司事，邀至归贾胡同红杏山庄饮，归舟已更余。得彦修信，即复。

初七日　晴。知汉广轮船已到，即由庆昌搭定，每客银八两，新减价也。携有董连子，小孩减半，计四两。访菉翘，晤，又送至舟中而别。午后至紫竹林上轮，人已拥挤之至。傍晚偕蔗兄起岸闲步，饮于杏花村饭馆，肴馔颇佳。夜雷电雨，西北风大作，天顿凉。

初八日　晴。风仍大，轮船上货未竟，须明早开行，踟蹰无聊，访郁岱生于春元栈，渠亦同舟回南。

初九日　晴。风息，巳刻开轮，至大沽口候潮小停。夜出口仍以水浅即泊。

初十日　晴。早开，天气清朗，风静波平，四更到烟台。

十一日　晴。黎明发货甚迟，竟日停泊，戌刻始行。

十二日　东南风，天甚暖。辰进黑水洋，晚间日落，有云气，西北风紧，浪花如雪，颇有颠簸，蒙被而卧。

十三日　晴。晨出黑水洋，申刻进佘山口，风色渐定。晚进吴淞，二鼓抵申，上岸寓洋泾桥祥发客栈。发苏信。

十四日　晨至永大正，晤诸友，交去翼云兄皮衣包一件。进城至务生姊丈处饭而归，下午与蓂兄散步，晚饮复新楼，二鼓归。

十五日　晴。晚下船，子初潮来即开行。天明至黄渡，东南风，挂帆行。

十六日　未刻过昆山，晚泊维亭。

十七日　晨抵娄关起岸。知南闱已揭晓，熙年高捷，熟人中朱寿卿、孔樛园、李子鸣、邹咏春，苏府上三县共十三名、副一名，可谓济济。嘉邑寂然，亦文运之不佳也。

二十日　戌刻北闱信报到，十五出榜。余中式第一百二十二名，余年十六始应白下试，丁卯、癸酉、丙子应南试者四，乙亥应北试一，此次闱作不甚惬意，幸而获售，皆仰赖祖宗余荫、亲庭福庇之贻也。顾念癸酉以来兄弟联科而捷，当思盛满之惧，其所以善自培植者，又当何如耶？愿与我兄弟共勉之焉。

见全录，苏三县中彭福孙、周邦翰，太仓中钱溯灏，优贡同年中辛元炳、孟庆荣，南皿三十六名，江苏得十七名。

副榜一名陈观圻、二名沈绍烈，皆石兄癸酉拔、副。同年也。

余卷出第九房·房师邓印蓉镜，号莲裳，广东东莞人，辛未进士，现官编修，呈荐殷师座取中。

乘轮船至天津

炎方五月苦烦热，扶桑晓浴火云赤。我来冒暑赋遄征，安得长风送行客。峨峨大觚海上来，千里万里沧溟开。鲨帆十丈吹不落，飞轮激水声如雷。初行海汉暂容与，渐入重洋尽掀舞。佘山一点舵尾青，黑水前头渺何许。斜行但视针走盘，直下真如箭离弩。但见琉璃一碧寒，天光云影相吞吐。有时朝暾射海红，骊珠衔出珊瑚室。沐浴百宝发奇采，仙山楼阁云蓬蓬。有时皎洁中宵月，兔华洗净绿烟没。星斗寒森水欲冰，一钩倒挂潜蛟窟。大风掀波山倒排，鼋鼍蹴踏生险霾。高樯岌岌舵倒挽，尤恐折拉摧枯柴。忽焉沈沈作昏暮，海气含腥瘴嘘雾。欲雨不雨吹未开，咫尺迷津竟无路。阴晴变幻瞬万千，齐州九点青舍烟。俶诡难穷海客赋，缥缈如挟瀛洲仙。我行沧海今几度，收拾奇景在眼前。涉险岂忘客心悸，清旷亦觉开尘颜。君不见，使星照耀出海甸，鲸波时有乘楂便。又不见，估客扬帆年复年，天涯萍梗随流转。风波到处念家山，莫唱尊前行路难。试问蓬瀛水清浅，彩云天近是长安。

八月十五夜闱中作

清光三五满瑶京，五度风檐对月明。矮屋文章原有命，中秋丝竹太多情。客衣应动灯前思，淡墨争猜榜上名。寄语常娥应识我，霓裳曾兴众仙赓。

三岔河夜泊

千帆乱落带烟明，水势潆洄曲抱城。九月星河澄霁景，万家灯火动宵声。鱼龙气静浮桥偃，鸿雁风高画角清。梦熟丁沽催酒醒，海天渐觉夜潮生。

沁园春　将出都门触绪感怀赋此留别

策蹇西风，回首都门，惘然有思。算槐黄两度，忙催席帽；尘红十丈，软舞鞭丝。裘马名场，笙歌曲部，可奈销魂酒醒时。关心最，是旗亭几处，旧日题词。　　临歧欲去犹迟，更惆怅尊前赋别离。有银灯话旧，重联后约；金钗问卜，暗数归期。短铗空弹，寒衣未办，胜有襟边土尚缁。春明事，怕江湖重梦，梦远天涯。

榜后示内

消息传来喜可知,相看一笑对吟厄。十年甘苦惟君共,一第艰难愧我迟。　清况未须嫌落寞,虚名聊复慰恩慈。却怜儿女灯前话,犹说金钱问卜时。

辛芝母舅汴闱监试寄示闱中对雨书感四律敬步原韵

十年旧雨话名场,漫感梁园客思凉。同辈联吟来试院,几人献赋到明光。高文尽有题桥客,薄宦应怜执戟郎。眼底升沉谁得料?不须搔首问苍茫。

万般尘事付衔杯,只有名心未肯灰。老去词人犹作宦,古来名士总怜才。要知后日千秋在,可奈中年百感来。回首玉楼天上客,那禁泪洒望思台。谓燕庭、鹤庭两表弟。

荐卷焚香记姓名,闱中荐卷例由内监试汇送。敢私桃李属门生。龙门水大千鳞展,鹏路风高一羽轻。珊网奇才原有数,玉壶心迹本同清。天教霖雨与贤佐,岂独词章报圣明。是科江南顺天闱中亦大雨。

昔年觞咏纪良辰,谱订齐年夙有因。丙子崔庭捷京兆,余亦是科贡成均,今又与熙年同科。人道科名争拾芥,我从衣钵溯传薪。须知勋业关时命,要向文章见性真。谈罢一篇三叹息,知公忧乐系斯人。

庚辰会试日记

正月二十四日壬辰　晴。偕韶弟于亥刻登舟,携仆顾升即泊娄关。舟姓王。

二十五日　晴。黎明开行,过昆山,晚泊岳庙头小镇。登岸遇邹咏春同年,亦携伴至沪者,舟中共七人。吴毓严、曹锦涛昆仲、丁吟雪、吴小山、管怀乔同年。

二十六日　晴。东北风,牵而行,晨过陆家浜赵屯江,午刻至黄渡候潮,未正潮平,行至周太爷庙泊,夜潮开行,天明抵老闸。

二十七日　雨。晨起岸,至椿记访熙年,遂卸装,诸同年同寓者有十余人。饭后往访鼎甫、汤孚卿、刘云洲。至永大正。晚，熙年邀饭于长乐，永记招天仙剧，务生来。

二十八日　薄晴。鼎甫来，尹甫来。是日同寓者定日新轮，开行者十一人。午前均下行，熙年迫不能待，与受之、子鸣两同年决计先行。发苏石兄信。晚至天仙园。

二十九日　晴热。至小东门访鼎甫，知潘子静已到，寓万安栈，即往晤，并晤柯逊庵。晚，鼎甫招饮于复新园，汪闰生、萧孙竹两同年来，同寓剪烛谈至二鼓。

卅日　晨雨潮湿。子静招饮复新园，顾云千来，柯逊庵来，吴蔚若亦来同寓。下午小步。

二月初一日　晴。辰刻石兄自苏至，午后坐马车至静安寺，云千来，邀至长乐。子静又邀至悦来祥朱宅，即归，招永记友大观园听戏。

初二　晴。晨知丰顺船到石韶，即往看，舱已被捷足者得之，人数之挤轧为从来所未有。咏春同年一帮捧行李而去，踟蹰浦滨者半自强占硬夺，仅得一隙之地。蔚若叔定大菜间，亦为他人占去，大费唇舌。招商局总其事者亲往调停，仍不能得。改由海琛入都，终日往返，去者半，还者半，而章程之紊乱亦可知矣，余等只得候保大再行。发苏信，朴如同年自都归，遇于栈，匆匆即别。汤孚卿来，蔡友龄来。

初三　晴热。晚大雨，保大轮船由津回。

初四日　晴。托祥发栈司定保大船舱，每客水脚银十五两。九折。是日为西人礼拜日，均不办事。舟中货物尚未起岸，而各客行李已纷纷上船，拥挤异常。晚，永大正邀饮，闰生、孙竹邀大观戏，更余下船。

初五日　晴。至鼎孚处，小东门同仁和颜料行。复至永大正寄苏信。至鼎孚邀夜饮于寓，仍住船。是日，陶平如表舅来结伴，因令顾仆移铺大舱。四人共一房舱，舱外有嘉兴帮计磊卿、谢受田、吴琎轩，均己卯同年。倚装而坐，无安枕之地，不得已增价移住洋人房内。余皆广东人居多，账房唐饶卿，广人也。

　　初六日　黎明开轮。午后过余山。

　　初七日　晴和竟日。行黑水洋，询之水手云黑水洋约八百里，为海之最深最阔处，黑水洋尽即见山，已入山东界，其山绵亘，又约八百里，烟台居其中。

　　初八日　晨至烟台小泊，雨时许即行。是日俗传为张大帝暴，颇有风浪，拥被而卧。傍晚入内洋，风亦渐小。

　　初九日　晴。晨抵大沽，以潮浅沙高不能驶入，驳去货物二千余担。晚潮仍不能行。

　　初十日　晴，风，春分。晨起开轮，行数里即止，晚潮稍长，竭力推移，仍是中流容与，有需于沙之象。舟人云舟入水丈余，水仅九尺余，适值小汛也。

　　十一日　晴。从早潮进口，行津沽七十余湾。下午至紫竹林，估小舟起行李，至杏花村小饮。骑驴至三岔河庆昌洋行借寓，晤陆懋堂、束丰玉，庆昌司事也。

　　花朝　大雪冷。懋堂交来熙年留字，知伊等亦寓行内，于初八开车，并悉津地于初九日下雪二寸余，北地严寒究胜江南也。晨至天后宫进香，午后薄晴，访姚芷轩丈，交来咨文批回，托为代买试卷。发苏禀第元号，又发都信致彦修、熙年，发沪信致凌崧翁。

　　十三日　晴。晨谒合肥师，并访姚芷轩丈，适闰生、孙竹、龚又臣凤台子同年先在，邀归寓所午饭。饭后往拜吴晓沧、朱翼甫、吴原甫，均未晤。晓沧来，晤。

　　十四日　吴晓沧来，晤。合肥师各馈元卷八金，吴原甫送元卷，总九金。晚，陆梅堂邀饮，同座有钟棣香之兄，号蔚生。是日托庆昌估车四辆，每辆大钱六千七百文，外装车一千，归行内。

　　十五日　黎明开车。行三十里，至浦口尖，因尖饭住宿未经讲价包定，大受车夫需索，甚矣，行路之难也。晚宿蔡村，约九十余里。

　　十六日　晴。三鼓开车，鸡声茅店，颇有行李之累，幸天气不甚寒冷。上午过杨村市集,颇增色,历年粮运舟车辐辏之所也。安平尖,晚宿张家卫。

十七日　晴。午刻至永大正,邀彦修同至吕祖阁看定房屋五间、厨房一间,每月计京松银四两,自备煤米火食。熙年本订定同寓,忽而爽约,殊出意外也。房屋颇清净。留两间以备苫菊诸同年下榻。得苏信第元号。

十八日　阴。晨至永大正,即至兴隆街谒房师邓太史,晤。谒座师徐,未晤。谒京丈,未晤。

徐　桐,号荫轩,住东交民巷炭吉厂路南大门。

志　和,号蔼云,住东四牌楼北铁狮子□□内其林胡同。

殷兆镛,号谱经,住前门内西交民巷花石桥路北大门。

钱宝廉,号湘吟,住顺治门外教场五条胡同。

邓蓉镜,号莲裳,住前门外东边兴隆街崇真观东边。

十九日　阴。晨谒寅舅,未见。见绂三公公,顺晤醉棠、彭颂田同年,并拜北榜解首张正埙,号尧农。知本科长班,皆吴钰经手。入城谒徐师,晤。谒殷师,晤。谒志师,未晤。至顺天府填亲供。用给二纸。汪苫舅、郁务生姊丈来,均未晤。至会馆,同乡到者尚不多。发苏禀第二号。

廿日　晴。刮风竟日,窗纸籁籁有声,如急霰。几席皆尘。平如舅来。

二十一日　晴。晨至邓师处,并拜许崔巢、徐古香、潘子静、陶平如、顾康民,均晤。冯伯渊,晤。苫卿、菊常始到,季云、菊坪、康甫均来同寓,即往小饮于鸿庆堂。

二十二日　晨。谒钱师,未见。拜吴小耕年丈,晤。并晤子祥、渭渔、少峰。午后至胡同,偕又臣同往实录馆住宿。明日复试也。

二十三日　卯初赴中左门听点接卷,上保和殿,坐东边,题:"里仁为美"一句;诗"昨日山水游得游字"。三点钟交卷,仍至京丈斋中借榻。

二十四日　晴。晨谒童师，未见。谒志师，见。谒全师，未见。顺拜颂阁叔、耕姨丈、汪苕村舅、刘叔涛年丈。

二十五日　晴。毅甫邀饮石韶，赴。王云门、黄益芝来，晤。知复试案出，列一等一名。

阅卷师十二人：沈桂芬，号经笙，住东华门外东厂□□。景廉，号秋坪，住西四牌楼护国寺北嘎嘎儿□□。童华，号薇研，住东单牌楼二条□□。董恂，号蕴卿，住东单牌楼无量大耳□□。徐桐见上。乌拉喜崇阿，号达峰，住东四牌楼十条□□。麟书，号芝庵，东单牌楼小府儿间壁。松森，号珍涛，住东单牌楼石大人□□。邵亨豫，号汴生，住前门外果子巷贾家□□。殷兆镛见上。奎润，号星斋，住东华门外南夹道内大甜水□□。

【天头曰】邵，住老墙根四眼井。钱宝廉见上。

二十六日　晴。午后迁寓慈云寺，谒殷师、钱师，均见。拜同房龚寿昌，号达甫。同年郁务生姊丈，均晤。

二十七日　晴。在寓。傍晚至熙年寓小饮而归。

二十八日　晴。谒阅卷各师，均送贽敬二金。见松麟、童奎师、沈景乌，未见。至吕祖阁，晤苕卿诸同年。晚闰生来。发苏信第三号。

二十九日　晴。午后偕韶至椿记。至四眼井谒邵师，见。拜李侯丈，晤。钱甘卿、桐侯、莘颂、谷士来，均未晤。晚雨。

三月初一　钱师带见杨太师母、邓师带见皂太老师、常、惠两太师母，并谒徐师、乌达峰师，见。至崇文门外，观跑马即返。

【天头曰】皂荫方保，住南锣鼓巷秦老□□。常恩太师母，朝阳门南小街方家园。惠林太师母，东单牌楼栖凤楼土地庙。杨能格太师母，后门外豆腐池□□。

初二日　晴。晨至邓师处，晤。是日在财盛馆公宴座师，并同年团拜。徐师未到，同榜到者一百六十余人，每派分资三十千，演四戏班,诸伶中如友儿之《泗州城》、小福之《玉堂春》、紫云香之《孝感天》,洵推绝调,余若蔼云、巧玲、杨月楼等皆翘楚也。

初三日　晴。午后至熙年寓晚饭而归。京丈来,未晤。

初四日　晴。赋高来,填写试卷交礼部。下午醉棠来谈买考具。志师带见戴太老师,龄。卷面式:一名秦绶章,年二十九岁,系江苏太仓州嘉定县民籍,由优贡生中光绪五年顺天举人,曾祖□□、祖□□、父□□。

【天头曰】刻齿录字铺四家:琉璃厂:西门内路北奎光 夏,杨梅竹斜街龙光 穆,东门内路北龙云 陈,西门外北柳巷文韵 胡。

初五日　晴。

初六日　晴。晨得总裁信。发苏信第四号。芾卿、菊裳诸君到小寓。

【天头曰】正总裁:景廉。副:翁同龢、麟书许应骙。房官:龚镇湘、胡聘之、钱桂森、陈启泰、王祖光、龚履中、廖寿丰、陆润庠、袁善、文钧、谢祖源、陈焘、李桂林、鲍临、林绍年、陈琇莹、王先谦、裕德。

初七日　晴。料理考具。

初八日　巳刻赴贡院接,太属均在西右门点进,余兄弟名在二十九牌,接卷后坐东调字六十二号,韶同号第六号,颇为难得。石坐秋字号。是科赴试者七千余人,江苏约七百人左右。

初九日　晴。三鼓题纸下,首"子曰:吾与回言终日"一章,次"柔远人则四方归之"四句,三"又尚论古之人"至"是以论其世也";诗"静对琴书百虑清△"朱子《闻子规诗》。至三鼓脱稿,略睡。

初十日　晴。晨起誊正,略加删润,补草作诗。下午与韶同出场。

十一日　晴。晨赴点名接卷,坐之字二十三号,此号在东龙腮,最为宽敞,余去年二场亦坐此号。经题:"圣人养贤以及万民,颐之时大矣哉""月之从星,则以风雨""其饷伊黍,其笠伊纠""秋九月,齐侯、宋公、江人、黄人盟于贯"，喜公二年。"黄目郁气之上尊也"。

十二日　竟日握管。夜半乃脱稿，略睡，誊正三篇。

十三日　誊《春秋》《礼》乙，补草，默头场讲，在添注涂改前。通共添注涂改居中顶格写。近午出场。

十四日　辰刻入闱，坐爻字六十二号。策、经、史《史记》、兵制、畿辅水利、北徼疆域。

十五日　晴。作策四道，誊正。晚作第五策，羌无故实。

十六日　晨。起誊毕，默二场讲，通共添注涂改于默讲后，仍低二格写。午前出场，同寓已出，移回吕祖阁也，余三人仍寓寺中。午后至京丈处谈。

十七日　晴。至四喜听戏。发苏信第五号。

十八日　晴。晨至同兴楼，京丈邀饮接场。得苏信第三号、由椿记来。四号。由永大正来。饭后至永大正，并偕石兄、韶弟、闰生、赋高访李叔甘。

十九日　晴，风。萧孙竹来，熊菊生来。

二十日　风刮沙。同乡在安徽馆接场，共六席。并谒邓师，未晤。谒寅舅，未晤。访鼎甫、尹甫、杨调甫、王仲仙内叔。

二十一日　晚至京丈处，并访安晓峰。

二十二日　晴。祥记招次福兴居，熙年招饮绮春。晚住全泰店。复景之信。

二十三日　永记招饮福兴。夜发第陆号苏信。内附子佩信。

二十四日　晚椿记招饮。晨至彰义门增寿寺，送汪苇村表舅殡。

二十五日　公请房师邓太史在财盛馆，每派分资五十千文，共三席，到者十三人。

二十六日　晴。午后入城，晨偕彦修访古香、子静。

二十七日　晴。立夏。是日大挑。自甲子科起，至癸酉止，共有三千余人，分三日赴内阁，派王大臣挑取，每二十人一班，汰八人，余十二人，用知县三、教职九。芍兄与闰生均赴，挑得二等以教职用，醉棠兄亦得二等，吾邑王安甫、周峨卿、金稚仙诸君均得二等。

二十八日　晴。午后偕韶弟至无量胡同，拜汪药阶、兰楣同年。至史家□□，答夔丈，并晤桐侯、莘仲、赋高。是日悉中额江苏仍二十六名。发苏信第七号。

二十九日　晴热。朱子京、陆蔚庭、伯葵在同兴楼接场。午后至永记，知佩明内叔到京，由山东公务至津沪两处，顺便旋里也。晚饮于绚春。

三十日　晴。订佩明叔暨永记、祥记友及熙年、子明、受之福兴居午饭。下午进城，天气烦热，夜雷电，得雨甚微。得苏信第五号。

四月初一日　晴。姚紫轩丈、闰生、孙竹来。午后拜伯葵，晤。谒殷师，未晤。至吕祖阁，又至会馆。

初二日

初三日　晨雨。邓师招文昌馆音尊。是日南榜己卯科团拜，并请北榜同乡，应酬竟日。晚住全泰店，佩明叔于清早登程，往送已不及矣。

初四日　晨。至邓师处谢酒，未晤。即进城，莘仲招饮，复偕闰生、赋高同出城，至晚而归。

初五日　晴。是日闰生、赋高订文昌馆搭桌听戏，因请桂圃、彦修、芍兄往陪。

初六日　晴。王耕娱丈在文昌馆接场，同乡均到，约十余桌，闱中进呈前十卷。绶三公公招午饭，京丈、熙年同座。至绳匠胡同，答方菊常同年，方君名宝三，榜后更名宝彝，州试时方麟轩师之公子也。去年同出邓师房，得副车，并订聚宝堂饮，辞未赴。晚宿全泰，晚饭后往邻店访务生姊丈夜谈，时以郎中改同知，将分发浙，赴部验放也。

初七日　晴。同案小团拜，共十三人，在文昌馆搭席，晚归城。

初八日　晴。在寓茹素日，先姒忌辰，距庚午已十载，家中于禅寺礼忏一天。

初九日　邀颂声、莘仲、闰生、赋高、彦修饮于泰丰楼。

初十日　颂声、莘仲、赋高、雨辰邀吃梦,共三席,熙年亦在座。晚闰生邀饮。

十一日　许崔巢丈邀饮福兴居,发苏信第八号,交永大正。

十二日　晨看红录,至下午知醉棠、芾卿两谱兄皆高列,吾属四十九人,不得其一,太属自丙辰以来,逢辰脱科者三,嘉邑自戌至辰脱科者四,岂适当文运之穷耶?

十三日　晨至闰生寓,即归萧斋闷坐,相对索然,沽酒邀闰小饮。

十五日　至芾卿兄处贺,交去贡单一纸,托毅甫以贡照换吏部照。发苏信第九号。

十六日　新进士复试,至各师处辞,晤徐、殷、邓师。

【天头曰】题:"伊尹以割烹要汤"。"日久蓬莱深△"。

十七日　在寓,王桼臣、陆伯葵来。

十八日　丁丑庶常散馆,至琉璃厂买物。送熙年行。毅甫交来吏部照,费银八两。

十九日

二十日　午后微雨。偕韶至琉厂。

二十一日　阴雨。至永胜奎听戏。

二十二日　雨阴。京丈邀午饭,闰生、赋高同坐,馔甚洁,清谈甚畅。

癸未会试日记

己未,杏花月初八日　吉时登舟,中舱小坐,应吉、芍兄、韶弟偕行,携仆顾升,由阊门埠雇小号蒲鞋头船,计送到沪上洋五元。船户单裕发。

初九　庚申晴。发行装。

初十　辛酉,晴暖。午刻上船,子佩、赋枚、荫调卿、荣卿送至舟,开行后至维亭泊。殷柯亭世兄舟先到，本约同行也，即邀过舟晚饭。柯亭，殷师之孙世兄也，己卯钦赐，去岁随侍归，今亦赴公车者。

十一日　晨雷雨，风色大顺，挂帆而行。过殷舟闲话，晚至黄渡泊。夜风声如吼。

十二日　花朝。晴挂帆，乘早潮行，至周太爷庙小泊候潮。午刻至老闸登岸，寓棋盘街西首大吉祥客栈，途晤王渭渔、汪闰生、张少峰、李紫珉、陈桂舲诸年。晚至永大正王庄，移二摆渡后马路如意里。汪建周邀聚丰园饮，同座渭渔诸君。

【天头曰】永大正友：江子麟、许紫澜、顾仙洲、虞秋潮、钟子湘。

十三日　晴暖。韶弟入城至郁处。晨访渭渔、闰生诸君于佛照楼，并移肴午饭。饭后访龚又臣同年及杨星垣，丙寅同案。散步坐马车至静安寺，堤平沙软，柳暗花秾，非复三年前光景矣。晚永大正邀饮太和祥，归寓后忽闻捕房警钟乱鸣，大马路西首火起，遂往观。火轮水龙陆续并赴，声势颇壮，大观也。寄苏禀第一函。

十四日　晴暖。晨至永安街答汪建周、又臣，并晤紫珉、咏春诸君于鸿园。午后又臣、星垣、闰生来，同出小步，途晤李叔甘。又臣邀饮兆荣张寓。夜雨。

十五日　雨。晨至爱吾庐茗话。是日重庆船到，闰生及子鸣诸君皆上轮，余等以房间挤满，永大正记关照且少待。晚闰生来饭，饭后偕访斐卿、闰生，留宿于寓客邸，联床夜谈颇畅。

十六日　晴，薄阴未散。午后至东瀛茶园小憩，有东洋小女四五人，略能周旋，作上海音。复邀柯亭青莲阁点，途遇闰生、又臣、叔甘诸君。晚至满春观剧。是日为西人礼拜六，夜戏园极为热闹，登场演剧各擅胜场，末一出为沪上冶游现身说法，可谓尽态极致。

十七日　晴。知新南升船到，即发行李至埠，房间已为各栈房预占，永大正所托殊无消息。商之旧识，祥发栈司出番蚨四饼，得房一间，仆从皆散铺争夺不已，大费唇舌，至十一点钟始回栈宿。寄景之信。轮价每人足纹十两八钱。

十八日　晴。偕李叔甘、柯庭至泰源馆饭。午后至永大正寄苏信。晚叔甘邀饮于荟芳，为不得已之酬应。匆匆饭罢，至下海浦登轮，寅初开行。

十九日　晴。晨出佘山，风平浪静，夜至黑水洋。

二十日　晴，无风。置酒舵楼，一览海天风景。

二十一日　晴。午刻到烟台小泊。

二十二日　晴。晨抵大沽口候潮驳货，进口复行一百余里即泊。是日李傅相乞假回南，适坐浑晏轮船，出口营汛兵弁夹道送行，炮声旗影照耀津沽。

二十三日　晴。晨开轮行丁沽中，计进大沽口凡七十二湾二百四十里，潮浅沙深，转舵处时复胶滞，盖新南升初换船主，水道未甚熟悉也。近紫竹林，曰瓦窑湾，曰弥陀湾，过此则为通商码头。四点钟泊义昌行，遣伙至船，即唤驳船发行李，赴三岔口，行内同伴饮于紫竹山庄，酒炙颇美。

【天头曰】义昌行友：束丰玉、李性存、刘治卿。

二十四日　晴，风。晨柯亭发电报至苏，计十四字，每字一角五分，发苏禀第元号。内附尊信。午后小步估衣街，晚丰玉招饮于寓斋。

二十五日　阴。午酌丰玉于义和庄。丰玉邀听鼓词，晚十一点钟车来，共用三辆，每辆计大钱七千一百五十文，宿饭俱包，定在内外加装车百文。三鼓开车，行六十里，至杨村尖。又六十里至河西务，又二十里至安平宿。天气燥甚，尘土扑人。

二十七日　晴。仍三鼓开车，行八十里，午刻至俞家卫尖。下午进都门，即投果子巷内之达子营汪范卿表舅寓，征装甫卸，杯酒畅谈，顿忘行李之瘁。得苏谕第元号，二十发。知吾邑于二月十八文宗试童场，知倜椒兄处三侄均已获隽，可喜也。曾谟第十五、曾谷第三、曾潞第一八。即托范舅交去礼部咨文三件，纳卷填写。托礼部仪制司李君士瓒㕛，常州人，丁丑进士，范舅同年。

二十八日　清明，晴。至煤市街永大正记，晤姚引翁、顾逸翁、彦兄、斟百。归偕范舅游都城隍庙，复至书画赈济局。晚醉棠兄来，夜饮甚快。

二十九日　晴。晨谒伯寅舅，吊绂三公公，时殡于法源寺。午后至永大正谒徐师、童师，见。谒房师邓，未见。各送宜敬二两。拜房首龚达甫，名寿昌，住兵部洼中街。至会馆，同乡尚未全到，吾邑到者八人。银价每两换十五千。

三月初一　晴。在寓。芍兄进城谒师，顺便看定小寓，在裱褙胡同南夹道内，计屋三间，议定京松银八两半。又厨房一间，家伙借用。

初二日　薄阴。毅郛送菜四包。午后筠亭宗翰丈来，前年在苏，寓于余家者两载余，别后又年余矣。忽便服惠临，久别重逢，握谈甚慰。晚范舅归，是日内阁六部司员考总理衙门，闻到者五十四人，限四刻写白折一开两行。

初三　阴。晨起填写卷面履历，仍交李玉舟礼部代缴。午后至棉花四条胡同答筠亭丈，并至琉厂，途遇渭渔、闰生，交含英阁《四书味根录》六部。

初四日　晴风。李玉舟交卷票来。茆卿兄邀福兴居饮。买考具。作寿香函。

初五日　晴。搬小寓。至受之、熙年寓小坐，归。蕴苓、子静、观澜来，邀过寓斋夜饭。并晤柯逊庵，皆与蕴苓同寓也。

初六日　晨悉总裁信。寄家信第三号，内有寿香信。谒昆筱峰师住东四牌楼史家□□路北，谒志师，均未晤。凤石、伯葵均入内帘，蕴苓、柯庭在回避例，殊为减兴。桐侯、朴儒、渭渔、闰生、咏春、樛园、受之、眉寿、少逸来，范舅来。

【天头日】正总裁：徐桐；副：张志万、瑞联、贵恒；同考：尹琳基、支恒荣、陆润庠、周云章、崔国因、陆宝忠、恽彦彬、钱桂森、黄卓元、曾培祺、季邦桢、陈履亨、胡福泰、李肇锡、张仲忻［炘］、何崇光、章耀廷、许泽新。

初七日　晴，大风。料理考具。下午至闰生寓，李叔甘、渭渔、闰复同访熙年昆仲。至贡院前看点名牌，太属在西右门，余兄弟名在二十二牌，计牌一百二十六方，每牌五十人，共六千有奇。江苏省只四百五十三人，盖以京官约五百人耳。太属实到三十一人。

初八日　晴。巳刻赴西石门接卷，坐西宿字四十三号，吴观澜同号，闰生在后号。题："知其说者之于天下也，其如示诸斯乎"，"文理密察，足以有别也"，"其事则齐桓晋文，其文则史"；诗："花开鸟鸣晨。"得晨字，陈樵诗。三鼓脱稿。

初九、十日　晴。晨起誊真补草，未刻出场。

十一、二日　进二场，坐致字东三十四号，顾少逸同号。题："天下何思何虑？天下同归而殊途，一致而百虑"，"九河疏道"，"日就月将，学有缉熙于光明"，"晋侯使韩起来聘"，昭二年。"黍曰芗合，粱曰芗萁"。作四篇，誊二篇。

十三日　补作《礼》艺，誊真而出。每篇约七百五十字，可全卷。

十四日　晴。进三场，坐东问十二号，王子祥同号，徐受之在前号，又遇邻号诸可宝，号迟菊。浙江人，与辛、秋两母舅皆熟识。策：经问郑读许引经异字；史问志。经学、性学、察吏、兵法。条对尚易。

十五日　晴，夜大风微雨。五策毕，誊真二道。

十六日　晴。誊三道，补草而出已午后矣。晚至贡院前小步。

十七日　晴。晨搬回汪宅，又至永大正，彦修邀听四喜戏，梅伶已玄云散风流，惟小福犹擅胜场。得苏谕第三号，发第四号。

十八日　晴。午后拜客，至晚而归。

十九日　晴。晨起收拾墨盒，写大卷一页，殊觉心手未和。午后偕芍兄、韶弟至会元堂听梆子戏。夜，筠庭邀万福饮，隔座遇受之、蕴苓、熙年诸君，复合饮一处，至绚春小集。

二十日　晴。午后拜客，晤汪柳门、林廉孙、林师世兄，乙亥举人，住顺沽门内南闹市口。邹咏春、孔橒园、张苣南、顾虹玉。

【天头曰】林师母送宜敬二两。

廿一日　晴。吴谊卿来。在寓写大卷一本。

廿二日　晴。同乡接场,在乐椿花厂,共四席,闰生、桐侯、梦仙叔来。

廿三日　饭后谒邓师,见。又至东城,谒各师,晤乌达峰师及童世兄玉庭。

廿四日　晴。

廿五日　雨。午饭永大正邀福兴居。晚范舅设馔寓斋,蕴苓、熙年同座,肴馔丰洁,尽欢而罢。发苏信第四号,内有景之、寿香信,得苏信第三函。

廿六日　薄晴。道上泥淖甚深。是日同门公请邓师,设席乐椿花厂,到者八人,龚达甫寿昌、格呼铿额少溪、马旭小坡、李曾裕惇伯、钱溯灝朴儒、戴守官作朋、周承曾。松斋,己卯副榜,壬午中北榜。王颂声邀泰丰楼,石兄、韶弟赴。

廿七日　雨。赴祥记、福兴午饮,至椿记,蕴苓已出,受之适来,晤谈半晌。

【天头曰】发程觐岳信。照五纸,托永大正。

廿八日　晴。午后受之招饮秀春,又酌颂声、芸史、闰生、叔甘、受之于绚春。

廿九日　晴。午后至复兴听梆子戏。

三十日　晴。范舅假馆在家。是日立夏。得苏信第四函,范舅邀谊卿、蕴苓竹叙,闰生来。

四月初一日　晴。晨入宣武门,午后同范舅至文昌馆听戏。莘仲邀东丰饮,石、韶赴。

初二日　阴晴。在寓写字。

初三日　得苏信。

初四日　晴。午后至永大正,晚邀许鹤丈、醉棠、蕴苓、聪叔、范舅、绮霞、莘仲饮义胜居。

初五　晴。孙椿记,蒋同泰邀福兴居,共五席。晚,许鹤丈邀饮寿春。

初六日　雨。是日闱中迖呈前十名试卷。晚赴李叔甘饮。发苏信第五函。

【天头曰】江苏中额二十五名。

初七日　邓师招天福堂午饭。廖仲山入京,往拜,晤。至青厂晤熙年、泉孙、观澜,并答沈旭初、胡体乾、瞿仲韶。

初八日　在寓。

初九日　晴。午后至隆福寺买物,聪叔招饮于宴宾斋。

初十日　晴。午后至永大正,彦修招饮万兴居。蕴苓于绚华作梦局,许鹤丈、顾俊叔表舅及熙年昆仲、子静、观澜、受之、余兄弟三人,共十人。

十一日　归寓后睡,起已及巳正。是日看红录,至会馆小坐,阒然无音。午后,再至琉璃厂晤莘仲、稚葵,知韶弟中式一百十名。归寓后范舅招赴便宜坊吃烧鸭,韶弟作东道也。夜饭后,熙年来谈,更鼓已深,旋别去,而报人又来,知余中第四名。发苏喜报一函,会元宁本瑜。

十二日　晴。晨访凤石,知余卷出许师房,官印泽新,分第十房。荐贵师座取中,刻首艺一。复访带卿,晤。午后谒许师,见同房十六人。许师号颍初,贵州贵筑人,丁丑进士,官翰林院编修,住前门外兴胜市夹道。贽敬十六金,门敬三封,每四千。得苏信第五函。

十三日　谒座师四位,每贽敬四两,门敬三封,每四千。癸未科会榜、黄榜长班均吴钰,住江震馆。徐桐、见上,住召吉厂。张志万、号子青,住东华[门]外北池子路西。瑞联、号牧庵,住东单牌楼总布胡同。贵恒。号鸣樵,住华石桥。

十六日　保和殿复试前一夜,住东华门内三座门内惠王下处,礼部长班柳春经手,每场费四二,共复试、殿试、朝考三场,并另赏,总给八十五千。黎明由中左门点入。题："如智者亦行其所无事，则智亦大矣。"诗："月点波心一颗珠△。"

十七日 得复试信一等十七名。阅卷派八位，诏二等。

【天头曰】十五日发苏信第七号。

廿一日 殿试。清晨由中右门单左双右入，行三跪九叩礼，跪领题纸：策问、圣学、经学、治河、察吏。六点钟完卷，竟日不能释管，出场后疲惫极矣，幸无差误。得苏信第八函。

【天头曰】贵师带见：于太老师、荫霖，住兵部洼。胡太老师、家玉，号小蘧，住铁门。毕太老师、道远，住魏染□□。梓文斋王鼎汉，刻同门卷，板价二十四两、履历每张二两、同门卷每本二两、刷印朱卷每五一分。

廿二日 财盛馆同年大团拜，座师皆辞，徐世兄到，派分二十八千。

廿四日 晨入景运门听传胪信，状元陈冕直隶、寿耆宗室、管廷献山东、传胪朱祖谋浙江。退至内阁看填黄榜，余列二甲十七名，诏二甲十八名。发苏信第八号。

廿七日 谢恩领表，里外一端，俱托长班。

廿八日 朝考："观乎人文，以化成天下"论，"天道至教，圣人至德"疏，"叔孙通起朝仪得仪字"。五点钟出场。

【天头曰】许房师生日七月十八，师母生日六月初九。

廿九日 下午悉等第信，列一等四十八名。共六十名。诏一等第五名。阅卷十二位。

初一日 引见。是日共计鼎甲、宗室、汉军、蒙古、奉天、直隶为第一日，江苏排第十，分四班，每班五六人。背履历，某人年□岁，向例应背朝殿名词，近只从简便。引见排班，照黄榜名次在养心殿丹陛跪，礼部、吏部、翰林院派员带领。得苏信第七函。二十发。进士朝殿报共费三十千。

初二日 晴。苟兄出都，与受之同行。晨送等车，午后带见。

初三日　发仙叔、景兄信。往乡、会座师处拜节,各送节敬二两,房师同。

初四日　是日新进士引见毕。午前报到,余与韶弟均以翰林院庶吉士用,王子祥以朝考一等,亦用庶常。江苏二十七人,本科不到二人,补试四人。共用庶常八名,部属八人中书二人,就原班者□人。即用七人。醉棠得即用,桂舲得中书,均系补殿试,而醉兄深厌风尘,候试三年,仍不免外用,殊为扼腕也。得景之信。

初五　端节。午后至文昌馆听戏。凤石来。

初六　晴热。发第九号禀函。

初七　至东城谒师,并拜王夔丈。

初八　至东城谒师,兼拜太仓同乡。接苏谕第九函。椿记来,廿五发。

初九　至西城谒师,并拜刘叔涛年丈。

初十　城外谒师拜客,又至顺天府。

十一日

十二日　下午拜凤石、苕卿,答冯申之。

十三日　下午至永大正。

十四日　从西城北绕至东,带见太师母,谒师。拜清秘堂翰林。

十五日　下午至椿记,偕桂圃燕喜堂观剧。蕴苓归,留晚饭,醉棠适来同座。

十六　晨至天福堂公请房师,到者十二人。午后散,至长吴馆,凤石、蕴苓诸君均在,晚饭而归。发苏信第十号。内有汪信、佩文、寿香信。

十七　接苏谕第十函,五月初六发。椿记发来。

十八　到翰林院衙门听宣,谢恩行三跪九叩礼,谒至圣祠、文公祠,未刻乃散,顺拜东城客。

十九日　蕴苓来招,因留韶笙自通来,小饮于福兴公酌之席,散至长吴馆。

二十日

二十一日　至后门拜阁师宝、文、灵、载四位。顺拜后城前辈同年。

二十二日　徐季翁招午饭，同席六人，有廖仲翁、恽次翁。

二十三日　下午至琉璃厂，至长元和会馆，访樛园，未晤。议附请苏府同乡。

二十四日　午后至东城拜客，竟日而归。谒邓师，见。

二十五日　晨至东城内，复谒奎师，见，于是朝殿师始见毕。小教习派屠师印仁守，号梅君，湖北孝感人，甲戌进士，官编修。

二十六日　许师邀东麟堂答席。接苏谕第十一函，知石兄已抵家。

二十七日

廿八日　许太老师生日，亲往送祝敬二两。乡试座师志春圃和病故，往唁，见孙世兄才十龄左右。

廿九日　苏府新科公请同乡，余等亦列名，共下柬六十余分，到者只陆凤石、李玉舟、杨薪伯、陶侃如、龚芝庵五人。

六月初一日　竟日写帖，厌烦不堪。公请同房外用，并公饯江苏同乡分发及同年之分发江苏者，共帖二十余分。

初二日　晨，西路拜客。午刻在天福堂公请太属同乡，共两席，与紫翔合办。晚间邀筠叔、子英，并椿记、永记、祥记饮。

初三日　发苏信第十一号，内有外祖信、范信。托椿记。

初四日　接苏谕第十二函，内有外祖、子佩、椒兄各信。

初五日　同乡京官公请同乡分发诸同年，及掣签分发江苏诸同年，在长吴馆设席，共客十四人、主人十九人。天大雨，到者寥寥，仅坐两席。

初六日　晴。顺治门外拜客，往唁邵伯英同年。邵师为己卯复阅师，又兼新科年谊，且系同乡。

初七日　在天福堂公饯同房分发,诸同年坐一席甚欢。散后往城西拜福太师母,见世叔,号芝樵。

初八日　下午往琉璃厂肆,至西河沿拜客。

初九日　晚集,毅甫、苇卿招饮于聚宝堂。

初十日　徐师带见灵太老师,晨往后门顺拜东城各客,志师处陪吊。晚,蒯履卿同年招饮便宜坊。

十一日　至翰林院开馆,午刻至太仓馆小坐,与紫翔、漱霞谈,晚归一游陶然斋。

十二日　得彦修信,写应酬各件。

十三日　诏请教习师。

十四日　诏请同房分发。

十五日　晨至醉棠处,顺拜近侧诸客。接苏信十三函。午后至太仓馆,晤钟棣香,自津来办验看。莘仲招便宜坊,未赴。

十六日　雨后发家信第十二函。内有外祖信。

十九日　连日多雨。

二十三日　赴费芝云招次乐椿花厂,道如泥酱。

二十四日　晚大雨,寓所水入室三寸许,希即雨止。

二十五日　夜大雨,赴便宜坊小酌范舅。

二十六日　大雨如倾,自五更至向午檐溜如泻,平地生澜,室中四隔水积五寸许,人皆集高处以避之,四面惟闻墙壁倾塌声,可怕哉。

二十七日　喜见晴色,移榻于西院,醉棠来小叙。

二十八日　接苏信第十三函。有子佩局收一纸履历等件,并范信。

二十九日　下午访季和、伯葵前辈,俱晤,交去对件。发苏信第十三号,内有三舅信。倜俶兄信、子佩、汪郁师信,托永记。

三十日

七月初一　卯刻至庶常馆大课,赋题:"史有三长以史有三长,世罕兼之为韵";诗"川广自源得川字"。交诗片,携卷归。

初二　至东城志师开吊。

初三　作大课赋并誊真。

初四　卯刻至东四牌楼,志师出殡,已卯同年公备路祭于德馨堂。复谒童师。

初五　天气渐热。至张青师处,未晤。陈冠生同年招饮于寓中。

初六　晴热。是日立秋,午后至张青师处递谢信一函。复谒徐师,见。

七夕　午后至顺天府祝周筱楣师五十正寿,路远天热,一坐即返。得苏谕第十四函。

初八　晨至张青师处祝。下午在长吴馆酌李玉舟、凤石、谊卿、蕴苓、艺郛、苇卿、醉棠、范舅。天气炎热,不宜饮。

初九、初十　仍热。发苏信第十四号,内子佩局收蔡卿云信。交椿记。

二十二日　清晨至庶常馆大拜第一日也。饭罢各登车,走西城外百余家,余除已拜者投帖八十二家,并带韶及子祥、樛园帖,四人各轮一日也。接苏信十五函、又不列号一函,十一、十四发,永记来。又荫柏信封一函。

二十四日　大雨。韶往东城大拜。发苏信十五号。托椿记。

蠡舸行装记

四月十一日　立夏。下午登舟,韶弟偕顾仆从。夜泊维亭。

十二日　东南风,船窗晴暖。

十三日　晨抵申,泊盆汤衙,仍寓如意里永大正庄。孙干卿母舅以沪局调委厘差,亦寓于此。太原老友江丈月亭自安徽来,年七十九,十年未见,矍铄如旧。竟日闷雨,发苏信。

十四日　晨进城晤郁氏大姊,又拜吴蔚若太史,时以续胶寓沪。下午茗饮于阆苑第一楼,晤曹再韩同年,时将赴皖。走晤施少钦年

丈,交去赈洋十四元,并捐册一本。又交去眉声哥《维摩图》两帧。晚
丹桂戏。

十五日　晴。晨入城谒钓花潭师,时在龙门书院主讲,余丙寅入
学师也。韶弟同往,自执贽后瞬隔十八年矣,接见甚欢,奖勉肫挚。
并晤姚子上。文楠,上海人,壬午优贡。叶封侄倩来饭于景阳楼。午后
至阆苑,晤谢桂生、严叙人于隔座。

十六日　晴。至八仙桥方俞忆燕,遂同往访尤春漪年丈。小东
门新开河同仁和颜料店。午后偕再韩同年茗饮于阆苑。晚聚丰饮,樊时
勋请。复赴春丈招天仙戏。得苏信。

十七日　雨。午后至阆苑,晚叶封招饮复新楼,同座叶丽雯、陆
子万、宋季眉,皆叶封从姊丈也。发苏信。

十八日　晴。眉声来,吴缙卿来,尤春漪来。午后江孚轮船到,
即发行李。晚十点钟下船,账房为朱煦庭、湖州人。施紫香、少钦子。
九江轮价房舱每人六元九角,散舱四元六角。曹再韩同年同舟。

十九日　寅刻开轮,出吴淞口,入通州口,溯江而上,凡停轮处有
十三,为通州、荻港、清江、仪征、镇江、江宁、芜湖、大通、安庆、九江以
上则有武穴、黄州、泽口,乃湖北界也。再韩由镇江登岸。自沪至镇六
百八十余里,自芜湖至九江六百余里。

二十日　晨至江宁小泊,午后过芜湖,临江有蠵矶夫人庙,口占
一律。

过蠵矶夫人庙

猇亭计败运先徂,肠断帷车别故都。蜀帝何年归杜宇,湘妃有泪
哭苍梧。弓刀早撤吴宫备,襁褓终还汉室孤。愁绝蠵矶鸣咽水,隔江
废垒战寒芦。

廿一日　天未明,时舟中人声嘈杂,查获小窃二名。辰刻至安
庆,午后入江西界,山色葱秀,环如画屏,中流翼然而峙者为小孤山,
峭壁千仞,兀立洪涛巨浸中。而江上余青重围叠抱,胜景也,亦天险
也。粤匪之乱,今宫保彭公三麟督师至此,战数昼夜,歼其剧悍。相

传有"十万儿郎齐拍手,彭郎夺得小姑回"之句,刻碑于崖巇。下午至九江,致去景之、致孙楚卿、招商局总办,浙江人,名光谟。信,顿装春和栈。小姑山诗一章录后。

廿二日　晨至招商局,孙楚卿来答。午后估舟,舟名鸭梢子,计大钱九千文。九江关有船税,税价既昂,守候亦苦,非行李所便。竟日大蒸热,晚风雨。下午小步江干,外有洋场,内则大街,市廛尚整齐,滨江为九江府德化县附焉。道逢拣茶妇女,筐筥络绎,盖茶市正忙也。

廿三日　大风雨,舟不得行。至傍晚始挂帆行五十余里,至省城须由九江折而东下,由湖口入焉。

浔阳舟次

一江风色指浔阳,日暮萧萧客倚装。津吏当关征税急,村姑趁市拣茶忙。寒烟瘦马经荒驿,细雨归鸦送估墙。却忆青衫迁客感,琵琶夜弄荻花凉。

廿四日　晨至湖口,即鄱阳。湖口有厘卡,过此入湖,行一百八十里为吴城。是日西北风甚大,扬帆而行,波涛壮阔。日西斜至姑塘泊。姑塘以大孤山得名,孤又沿作姑。仅行四十里,以风势太猛也。

廿五日　忽转南风,篙纤并施,幸湖水尚浅,循沙滩而行三十里,即泊于荒湾。连日篷窗闷坐,寂无聊赖,惟山色甚佳,如对画图。

廿六日　东南风,行三四十里,泊南康府,南门外郡滨湖水势啮城根,因绕城建石堤约半里许,作偃月形,朱子抚南康军时所筑,名紫阳闸,明时又增筑外堤一道。下午至城中小步,墟市荒索,户口寥寥。夜雨。

廿七日　仍东南风,舟不得行,兼以猛雨,篷窗闷极。

廿八日　薄霁,北风微动,帆纤并行。下午过湖至吴城卡,上卡委员萧卿莹,名云经。笙竹之族兄也。往拜,即来答,晤于舟。其地有望湖亭,相传为周公瑾习水师处。过此又行三十里,泊。是日约行百余里。湖中有鼍将军庙,极灵应。

廿九日　晴。北风大利,侵晓解维,约三四时许行一百五十里,至章门外滕王阁泊,即发行李至伟如舅署。樛园同年适到,三日一室联床焉。晤子牧表弟,并拜同署潘振甫舅、斗如表侄、屈师竹表妹丈。折奏羊辛楣刑铸、吴葆生西厓、张安道、孙汉槎。晚设饮寓斋。文巡捕何梅谷,名其坦,浙江人,致去景之信。

三十日　晴。

五月初一日　发苏禀一函。内有寿香信。午后拜客十余处。

初二日　晴。

初三日　晴热。是日伟舅于署中敬思堂会课,豫章书院前列诸生共卷二十二本。题:"孝乎惟孝"解;"焚香告天"赋,以"日所为事,夜必告天"为匀[韵]。"李泌请复府兵"论,东湖亭歌。是日饮于衙斋。

初四日　校阅会课卷,午后毕。知北洋咨来,法越事和议成。

端午　晨循例贺节。午后子牧诸君招游滕王阁,在章江门外临江,高阁风景当是依然,而阁中陈设全无,茗憩之所并不可得。惟楹联甚多,记宋商邱一联云:"依然极浦,遥山想见阁中帝子;安得长风,巨浪送来江上才人。"云郡中乡官苏公名凤文者,丁酉举人,与外祖同年,曾任漕督,来署晤谈,伟舅命见之。

初六日　接苏信第一函,廿七发。顾廉军自湖北来署。

初七日、初八日　发苏信第二号。内有寿香信、孔信、顾信。

初九日

十五日　晴热夜雨。

十六日　雨凉。午后樛园启行,将赴鄂渚。

十七日　韶弟出,拜客廿余处。接苏信,初八发。复苏信第三号。内有铧园致松窗信,铨昌祥客。

十八日　拜客二十余处,天气阴晴,已交梅序,燠蒸可畏。

廿日　午饭饮于寓斋,垾学使陈阁学宝琛,号伯泉,戊辰前辈,时正奉协办南洋大臣之命。赴梅小岩启照、胡砚生寿椿、宋小墅延春、苏虞阶凤文。公请申集。

廿一日　雨。师竹启程返苏，托带信一封，并洋一械。

廿五日　晴。午后辞行赴九江，风顺行，泊桥市。得苏信，十四发。复苏信第四号。

廿六日　西南风，挂帆行，过姑塘查给验照，以抚院护照得免船税。晚泊南康府。

廿七日　晴，西南风。午前至湖口拜朱统领，龙昌，号蕴山。苏州同乡，现带亲兵副营，驻扎湖口城东。顺拜丁军门，及游府县署各处。蕴翁招游石钟山，山上有湘军昭忠祠，其后为彭室保玉麈消夏之所，颜曰"六十本梅花寄舫"，结构颇精，极丘壑台榭之胜，皆彭公所布置也。楹联题榜大半出其手笔，素壁画老梅数处，尤极苍古。山后一小阁，可览江景，对面即庐山五老峰，云气溁溁不可辨。石钟在山之下，但闻水石相击声，嘈呔锵镗而已。

廿八日　大风郁热，不得行。晚阵雨。

廿九日　朱蕴翁招午饭，再至其营观演大炮，炮为德国制，大小共五门，炮台均以三合土筑就，然偷工减料，仍未坚固。当时司事者实执其咎，朱君言之殊愤愤也。

闰月初一日　晨至九江，仍寓春和栈，天气蕴蒸，下午雨。

初二日　晨出拜客七处，发苏信第五号，由福兴局寄。内有铁松信、伟舅复信。

初三日　雨。

初四日　阴。九点钟江裕船到，即上船开行。船价每客一元五角，房舱加七角半，计程五百二十五里，九江至武穴至黄州均二百五十里，黄州至汉口一百八十五里。夜子刻到汉口，即起装暂投栈房。居处陋而且秽蚊聚如市。竟夕不能寐，惫甚。

初五日　薄晴。早即估江船渡江，约江面五里许，扬帆达汉阳门泊。茫无所归，雇肩舆径趋仪凤巷，投访柯巽庵同年，晤。时在通志局纂修，局中有间屋为谋，顿装于中。查翼甫兄亦在局，代为布置，尘劳顿息矣。晚，巽庵招饮，曹再韩同席。

初六日　逊庵、伯晋招饮于寓，遍拜局中诸友，蔡燕生、金台，其兄名绶，丙子优同年。黄仲珊、树之，癸酉年。范肯堂、当世，通州乡。总纂陶子珍太史，方琦。丙子前辈也。发苏信第六号，内有寿香各函。拜彭芍亭丈，晤。

初七日　雨。彭芍亭丈招饮于署，同席王崔琴前辈、逊庵同年。

初八日　拜客。翼甫招饮。

初九日　燕生、肯堂设饮。晚集至马芝生丈寓，晤兰台、再韩。

初十日　晴热。晨出拜蒋亦树，铭勋，前荆州府，太仓人。晤。

十二日　臬台黄子寿彭三招申集。署后有山，即黄鹄山，俗名蛇山。因山为园筑垣于山椒，上有亭，可谓大江晴川历历也。半山鹤梅堂，其下菊圃荷港，皆廉访所新辟者。设席藤架间，颇疏畅。黄公为乙巳大前辈，其子国瑾丙子翰林，乙亥同年也。

十三日　至东城拜陈心泉姻丈，未晤。至鲇鱼套晤潘兰台。何梅谷来。江西差委。

十四日　至各处辞行。发苏信。初八发，内有范卿、景之信。晤藩司删士香。德标同年，删履卿胞叔也。

十五日　发苏信。

十八日　渡江拜客，至汉阳，并谒彭味之师。久余。

廿二日　晨接苏信，初八发。午后渡江，出汉阳门，登黄鹤楼，楼三层，足览大江之胜，其后有胡文忠公祠，后以官文恭公文合祠。登岸借寓，上厘金局、黄梅先公馆，名礼让。冯师门下士，论世谊焉。

廿六　复渡江，至通志局，伯晋、翼甫邀游曾文正祠。有楼榭树石之胜，其高阁可揽全城形胜，左江右湖。前为山前即黄鹄山，闾闬鳞栉，其右荷池数亩，为东湖义庄，陈心泉姻丈居也，陈为芝楣制军之子。后为山后，地稍狭，而民居亦稠。督辕在南城，抚辕在北城，黄鹄山横亘城中，其街衢可通处曰南楼，俗称"四门口"，盖于山之最低处凿而通也。

廿七日　范肯堂过江来,邀饮于得月楼,楼在洋街,近轮船埠,临江甚轩爽,惟广东菜价昂而味殊。

廿八日　蔡燕生渡江来,访程午坡前辈,癸酉年谊,尊甫尚斋年丈,督销盐局事。晤。晚,梅先邀饮于寓斋。

廿九日　樛园来。

冯伯渊寄泉孙京报一札。张勤斋硇砂一罐。

徐□寄费信一、黄布包一、蒲包一。史条幅、扇。各一。

祝年板鸭一只、活计一包。

朱菁士寄心余信一。

景之银漱盂一、锡铜盘各二、木盘八只、扇一页。

徐古香靴一双、硇砂一匣、信一封。寄沈。

八叔

吴翼云小衣包一个。

永记曹纹四百两一

祥记曹纹二百两二

祥记曹纹二百两三,由苏庄归讫。

酿花簃条约

黎明起写折纸半开,临帖。

读文二十遍,读本。旁览,墨选、闱墨不拘。

问日课一讲,不论工拙。

《说文》、《困学纪闻》,有正味斋。

持酒戒。

恒庐日记·蠡舸日记

光绪十三年丁亥游粤

四月初九日 酉刻启行。是日紫微坐照,大吉,偕韶弟挈唐福同行,用王五常熟船,计价四元五角。晚泊娄门外。

初十 晴,午过昆山,经车塘,晚泊陆家浜。距昆山约四十里,距黄渡约六十里。

十一日 晴,巳刻至黄渡,申刻过周太仆庙,近新闸泊,途中遇洪文卿世丈。舟以小火轮拽行,将附轮入都也。

十二日 晨到老闸。由盆汤弄登岸,寓后马路永安里正祥永绸号,程记所立也。执事蔡贞柏、同事胡霖若,小友王籍民、小山同年之四郎也。是日,西人赛马第三日,午后往观,围场草短,夹道花明,极为鼓兴,惟拥挤太甚,略一寓目而返。寄苏信。

十三日 晨出拜客,晤龚仰蓬观察、许树棠、紫泉父。陆经士。午后紫泉来,晤陈古彝内姑丈,住新闸。夜雨,贞柏邀天仙观剧。复觐岳信。

十四日 晴,韶出拜客。至佛照楼,晤蓉初丈。午后,陈古彝丈来,至四马路,乘马车游静安寺。夜,许春荣招复新园饮,醉归,遇俞忆慈、冯雨辰。

十五日 晴,往德林祥送陆经士返苏,托带布三匹。答周味莲仰曾、林韶斋兆泰、徐菊有佳。又叶封侄倩来。晚,咏霓观剧。是日为礼拜六,座甚挤。

十六日　晴,协源林韶斋招复新饮。

十七日　阴雨,下午至华众会茶,晤何梅谷,其坦。从江右送德中丞入觐来,是日将附轮返,饯于聚丰,沈逋梅昆仲、顾云航仓街同族同座。复赴味莲招饮,雨辰来,名芳泽,丙戌庶常,将赴粤。归途风雨。

十八日　晴,得苏信,晚至泰记洋行饭,复至天仙观剧,俊卿约也。

十九日　为林韶翁作志一首。午后至静安寺,邀贞柏同往。

二十日　晴,至格致书院,后答陈杏生同年,复偕俊卿、霖石游徐园,亭榭窈窕,绿荫如罨,主人方邀同志者于花亭,按笛谱弹琵琶数阕,又沪北别一境界也。贞柏邀饮并赴雨人招,俱在复新园。

二十一日　徐菊翁、古彝丈、沈逋梅招饮,俱辞。施少卿年丈来晤。

二十二日　答少卿丈,在沪办赈多年,近又画符治症,有鸾颂真人印,承赠护符两纸。郁务生姊丈来晤,新从福建归,赴江西催饷差,五年小别,各叙阔悰之思,以余等当晚上轮,不及为酒楼之叙,怅然而别。十一点钟下船,船名广利得,两房舱价至香港每人八元。四鼓开行。

二十三日　晴,午过宁波口。

二十四日　稍有雾,即开。

二十五日　早过厦门口。

二十六日　未初,至香港,连日天气晴暖,风平浪静,安渡重洋约三千余里,约八十个时辰。至港后,寓鸿安栈,栈有苏友二人,汪秋涛、叶雪帆。杨正源记,即杨辛生之伙,在港办珠翠者,致去辛生寄珠宝一匣,徐菊友所托。散步街衢,市景甚热闹,大街五重,依山而上,下廛肆林立,尤多妓楼,是处英国设有港督,非中土所辖矣。离省三百余里。

二十七日　晴,晨偕汪秋涛、叶雪帆乘小火轮名汉口进省,辰刻开。午正过虎门,是处两山环抱,天然锁钥,为粤省海口门户,岸列炮台,水有石堰。近年筹防渐次密布,又进,为黄浦巨轮不能再入。将至关,洋人查货甚扰,行旅病之,新例烟税皆归洋人包办,故苛累若此也。申刻到,寄装濠畔街江苏会馆,同馆佘春生、程受之、许子威。发苏信元号,内有叶雪帆收条。托蔚长厚田种玉荥澜寄。

廿八日　晨,朱忆萱丈来寓金陵会馆,相距不过数武,借询粤土风俗市情,得悉大概。又荐仆人郭成来,月银一两。金菊存来,源记。汪秋涛、叶雪帆来,即往答之。并晤刘秋亭,杨辛生伙友。至蔚长厚晤邬玉堂。

廿九日　晨送去吴信并寄件,又叶菊翁信。午后菊裳兄来谈,时在学幕,别已半年,一罄积愫,借询粤中近事。

三十日　在寓写联。

闰四月初一日　晨入归德门拜客,督辕投帖未见,帅粤者南皮张香涛之洞。谒中丞吴清卿太姻丈,见,并晤王胜之同愈、陆松生、陶仲平,皆在抚幕。又晤彭季群骠孙、叶菊常、邹咏春同年,时亦游于粤,同乡施砺卿。在钰,崇明人,候补道。午后归。拜吴硕卿,未晤。投去子宾丈信,寄苏信第二函,托叶雪帆寄。

初二日　连日时有阵雨即止,施砺卿、吴硕卿、朱忆萱、潘复三来,均见。夜至金陵会馆,与乙丈谈。

初三日

初四日　晨入城拜各当道,将军继格、运使英启、广府孙楫,均前辈,补行投帖礼。晤严兰史、施砺卿。是日,冯棣生、邹咏春来,均未晤。

初五　彭切庵、王胜之来晤。

初六　施砺翁来,午后约同至咸虾街崔氏听春小阁夜饮,阁滨珠江,爽气扑人,坐眺平台,槛外风帆渔火,历历如画。崔君名镇,号静君,己卯同年,永安号磐石前辈之叔也。

初七　晨入城晤冯棣生,邹咏春同年来谈。午后渡河南,拜潘椒堂丙子前辈名宝镇，癸酉同年，时为粤秀书院山长。并拜伍乃煌，介眉。隔座听春同坐。伍为粤中著姓，旧为洋商，即俗所称"十三行"者，此亦其一家中第宅，园亭之胜冠于一郡。主人邀往散步，登百株梅轩，询《粤雅堂丛书》，知旧板尚存。伍崇耀刻。晚招饮于丛香艇，雕栏锦幔，脆竹清丝，珠江风月，此为最胜处。惟言语钩辀，殊不可辨。偶忆随园诗有"安得巫山置重译"句，不觉失笑。晚归，谯楼已二鼓矣。夜大雨，雷。傍晚张香帅至馆答拜，未晤。

初八日　大雨竟日，天气顿凉，至督辕谢步，未晤。

初九日　在寓。同乡来答者均晤。下午偕朱忆翁散步大新街，廛肆甚整齐。

初十日　晨出拜客。午饭至菊坡精舍，赴硕卿招，坐地宽敞，是处在观音山麓，居高临下，城市历历在槛，前本系书院，香帅重建后，尤极宏远。晚归已上灯矣，得苏信元号，闰月初一发，由抚辕来。

十一日　倪子兰、程受之招饮一品升馆，顺道拜客数处，晤彭季群。晚饭后至金陵会馆，知汪树人自苏来，往晤之。发苏信第三号，由全太成局寄。

十二日　晨至粤海关拜。已刻赴崔静君招饮于桂花艇，即往刘园观剧，少坐而返。

十三　雨。

十四日　晨至西关拜客，至洞神坊邓慕周处，致去邓师信。赴冯棣生招饮。天气甚躁，归经双门底其昌号买对笺。

十五　晨至圣帝祠拈香，发第四号苏信，全泰成寄。

十六

十七　至西城拜客，晤咏春、砺翁。

十八日　建东、咏春来。何颖幼成俊来，己卯同年，顺德籍，住洗基同丰银号。

十九日　晨至东城拜客，遇雨而止。赴清卿丈招饮，咏春、菊裳同坐，观古彝器，斑驳陆离、自然典重，内有弩机、矢箙二种，文曰"北征蒿备"。尤为奇古。并观汉碑大轴，皆桂未谷先生物，现为粤人何昆玉伯瑜所有，如《孔宙》《百石卒史》《张迁碑》均旧拓致佳本，而《史晨碑》尤神采腾郁。桂跋附于下方，有钱辛楣、翁覃溪诸先生题，定为宋拓。座中食器多元明磁，诚抗尘走俗中一雅集也。午后散步后园，抚署本尚可志旧邸，规模极宏敞，署后为箭道遗址，浚泉垒石、编槿覆茅，为公余憩息之所。归途至菊裳处小坐，时在学署校观风各卷，并为窓斋辑订关中碑版。署亦有园，观九曜峰，凡九石，已少其一，题名甚夥。

二十日

二十一日 沈啸园招饮擎觞馆，驾小艇溯流而往。冯雨人自沪来。

二十二日 晨入城见广府孙驾航楣，壬子庶常前辈也。

二十三日 邹简东邀饮三陈氏园，主人昆仲，四朝簪、六莲坡。中有"修到梅花斋"，楼曰"红到"，凤石前辈手笔也。对岸为潘园，即海山仙馆遗址，莽为墟矣。

廿五[日]

廿六[日] 黎笔侯荣翰前辈招饮，先至石帆楼，移尊于流殇舫，即紫洞艇。晚借榻于石帆楼，娄为黎彤芸别业，风景略与听春楼同。

廿七[日] 赵云九、庄心嘉、蒋仲嘉邀饮于如意斋。

廿八[日] 发苏信第五号。内有寿香信。王梧园招饮于衙斋，席散留宿建东寓。

廿九日 晨至施砺翁处，顺往东城拜客，见运使英。午刻归，汪子戴来，隔昨钱芙初来，未晤。托寄干果粉丝于伊臣。是日得苏信第三号，廿一发。由上海寄。正和协轮局来，又得第二号，十一发。由抚辕来。正盼鸿鳞，为之一慰，而信邮之参差已甚矣。

五月初一日 午后出城至西关拜客，即赴刘慎初同年招饮并观剧，傍晚归。李子舟函来，约观烟火，是日为英国主诞，西人以此作贺也,余未往。

　　初二日　施砺翁招饮寓斋,以城关之阻未终席,先行。

　　初三日　在寓写联,发去厘局各卷联,托庄心嘉世丈。

　　初四日　彭福山招饮彭园,上有绿海楼,施砺丈同座。席间晤沈雁潭,沈文肃师之令孙也。晚归,乘小火船至鱼雷局,借榻一宵。

　　端午　晨起即渡江,归得广府信,料理卷联,托寄廿八分。

　　初六日　送去广府件,发程霭士信,汇去规银四百两,托叶雪帆手。

　　　　【天头日】廿四到。

　　初七日　赴严兰史招饮。

　　初八日　雨人来,得苏信第四函,由全泰成来,即寄苏信第六号。

　　初九日　至抚署,即赴邓汉臣招饮。

　　初十日　刘慎初招饮松艇。

　　十一日　金湜生赠所著《粟香随笔》三集,颇足助旅窗消遣,金君亦靴板中之风雅士也。

　　十二　天大雨,顿凉。

　　十三　硕卿来。谒关庙拈香。祁翰生来,订约明晚作寓斋之叙。是日送汪榭人赴梧州。

　　十四　午后赴祁翰生招,咏春、雨人同坐,席散留宿寓斋。

　　十五　至西关送咏春行,托寄乌龙笔卅支,又信一函。不列号,致石兄。汇洋陆百元,由源记潘紫卿汇寄。以银合洋,每洋作七钱四分算,秤色汇费都在内,粤省重洋以七钱二分为率,每元兑一千零八十文,无上下。

　　十六　菊裳来谈,午后赴张銮坡招饮彭园,由五仙门借德花月舫而去。

　　十八　在寓,祁翰生来。

　　十九　为张銮坡题《黄冈留别诗卷》,为金湜生题《松筠阁贞孝录》。

　　二十　佘春荪在寓招谭恭辰饮,午集同坐。连日多雨,时有凉意。午后入城。

　　廿一日　接苏信第五号，十一发。昨先由章锦记庄接到卷箱一件，初三寄。即寄全泰盛苏信笫七号，又蔡贞柏信一函。

　　廿二日　在寓为黄吟梅题《东瀛游草》，作长歌一篇。

　　廿三日　午后至听潮楼，楼为周君友莲新筑，置酒落成，招同集焉。接苏不列号函。

　　廿四日

　　廿五日　潘佩余招饮于烟浒楼，雨人、子祥同坐席间，晤许少渠世丈应镂，星台先生之堂弟也。至百一会馆，拜方照轩军门。

　　廿六　午后进城，见清卿丈，晤建东、翰生、列仙。晚赴同乡杨庆余招饮二艇，并观傀儡戏。

　　廿七　彭讱庵丈在会馆设饮，下午发行李，迁入府署，时值郡试，应校阅之聘。

　　廿八　天大热，寓处隘甚，颇不耐烦，同校阅者十二人。发苏信第八号，内有伯荃信。

　　刘镇寰、贞卿，湖南癸酉。林乔年、又苏，湖北。程景熙、稚周，湖北。杜友白、莲青，湖南丙戌。叶振逵、于定，浙江乙酉拔。胡文瀚、绮园，陕西丙戌。李健鹏、少南，山东。邹兆麟、星石，四川乙酉拔。薄绍绪、余轩，山东丙子。杨维培、仙根，福建庚辰。方荣灿、星伯。陈春瀛、又海，福建癸酉。

　　廿九　分来南海卷、花县卷，总约五千余，校阅竟日。得苏信第六号。

　　三十日

　　六月初九日　接苏信第七号，初一发。即复。寄苏信第九号。

　　十六　午后出署，至抚辕会馆。

　　十七　得苏信，初六发，不列号。灯下作第十号复书。

　　廿一　得苏信第八号，十四发。

　　廿七　发苏信第十一号。

七月初五　得苏信第九号。廿二发。

初六　得苏信第十号，初一发。即书第十二号苏信。初九寄。

初十

十一日　是日阅三复卷毕，合十四县，旗籍三，客籍前后五，复计二十四场，总校披阅约四五千卷。文风以番禺、顺德、南海为最，以后尚有十四、二十两场，皆总复，余不及久候，先移寓出焉。晚赴朱仲辅招饮。

十二日　晨，移寓抚署，赴香涛世叔招饮，集于学海堂，同坐杨虞裳、宜治，癸酉举，起居注主事。格少溪、呼铿额，己卯同年，丙戌庶常。徐计甫、受廉，己卯年，丙子庶常。沈雁潭、冯雨人。晚归至厘局拜程明甫太姻丈。

十三日　在寓。

十四日　在寓补写盐务各对。晚，清丈招饮于后园，同座王胜之、尹伯元、胡守三、吴文伯。园内竹篱三五折，约数百步，篱豆正开，风影露香，剧有清味。

十五　硕卿丈、明甫丈、季群来。傍晚至双门底买扇，遇菊常。

十六　至城外各处辞行，晚笠仙招饮酌雅居。

十七　下午至复三处。

十八日

十九日　晨至会馆，约朱忆丈、叶雪帆买物。

二十日　午后至各衙门辞行。晚赴吴澄生丈，问潮兄之招。

念一日　得苏信第又十号十二发并癸信。晚至祁瀚生寓，饭而归。

念二日　午后出，辞行。晚广府孙驾航前辈招饮，共三席，皆校阅同事诸君也。

念三日　至西关补拜各同年。

念四日　至同事校阅诸君寓所拜。晚邹仲滨、方曲江招饮，夜大风雨。

念五日　午后步至光塔街施砺丈处，出所藏各砚，殊为佳品，且老坑居多。并见清帅所藏《郭有道碑》墨拓，时属施丈，以端石摹刻副本也。原碑为民间小户庋物之用，椎凿殆尽，新拓者漫漶不可辨矣。晚薄余轩、李少南招饮寓斋。

念六日 仍雨，寄十三号苏信。在寓料笔墨债。叶子定来。

念七日 何同年颖幼来，挈其侄肇樾号次楷来执贽，辞之不得。

念八、九日 接苏信十一号。廿二发。

八月初一日 晨至施笠仙处，约同往仙湖街购砚。访芋丞，遇雨而止。

初二日 下午访菊常。共买砚二十方。

初三 朱忆丈来，饭后同往会馆，晤彭蓉卿，兼送忆丈返苏之行。

初四 下午雨。晚，伍润之招饮一品升。连日风雨不时，俗谓之飓。

初五 至裕泰刘秋涛处，看香匠制伽楠珠十八颗。至会馆，归途遇雨。寄苏信第十四号，误作十三号。由刘秋兄寄。夜西关火。

初六 午后至广府辞，史炳南招饮水窗，以重门之阻，八点钟即返。

初八 至西关辞行，赴蔡晴岚、艺香昆仲招饮陈园，同坐黎笔侯、潘椒堂两前辈。晨至李子舟处贺。

初十 晨谒辞清丈。午后移寓鸿安栈。晚刘慎初同年招饮，又笠仙、芋丞昆仲饯行，均在水窗。珠江月色颇佳，四鼓方散。

十一 清晨发行李，附汉口渡船至香港，寓建南棉花行。何颖幼同年先在行中，策臣同年同舟来行，为何氏所设贤主之情，留下榻焉。

恒庐手记

大建，戊子正月癸丑朔立春后九日 晨出贺年。余始自号恒庐，口占二十八字，即以书红笺曰："东风入律展芳辰，又报韶华到眼新。

留取岁寒珍重意，静观万物保恒春。"

十二日　金奎甲子，汪师到塾开课。

十三日　上灯节。王梦林群从约往宝凤观剧。

十五　元宵祀节。煮和儿羹，夜放花炮，皆吾乡祀先旧例也。

十八日　新居作灶，夏初将为蔚儿完姻，旧居一楼，无可位置，因赁阊门内程屋暂居。程名增祥，余僚婿也。

廿五　紫阳书院甄别曾蔚，随伯兄、汪师、郁师同往。

廿九日　云锦公所，邀朱砚生丈、陆凤石前辈、仙根内叔、辛母舅、吴观澜同集，钱新之携来《玉烟堂董帖渤海藏珍灵飞经》一册，索价三十饼，拓本尚旧，未能购也。至安徽馆送心存行，并致去范舅信。

小建，杏月初一日　癸未。

初三日　晴。晨至清嘉坊文帝殿进香，并进各处年香。晚赴费屺怀招饮。

初四　至兰陵大妹处，出示旧存折扇二十余握，其画多朱印之、冯箕、翟继昌、费丹旭、缪酉山、姜渔诸名笔，颇足欣赏。

初六日　夜得钱镇信，伯母查夫人寿终乡寓。

十二日　花朝。

十七　迁移什物至新居。

廿一日　祀清明节。

廿二日　晴。未刻挈眷移入新居，置酒三席。

廿三日　清明，洪师及芍兄、韶弟、诸侄来，同葵、珪、荣西行观会。

廿四日　午刻出谢客，至邹咏春同年处襄题。

廿八日　午后至文乐园，与芍兄、韶弟同酌蔡贞伯、陆经士、顾逸庭诸君。

三月初一日　翁印若师开馆，计修。每节十二元，节敬每一元，三节送点刷每月六百。悉范舅补授中书信。

初二　至花桥，知叶菊常自粤归，即往访，未晤。又至江宅寄许滋泉贺函。

十五日　余四十初度，至花桥谒祠，亲友中俱预辞之，有述怀四律。

廿五　立夏，余权得八十九斤。

廿六　刘乙青自江北来，将赴京兆试，托范卿表舅一函。

廿七　与芍兄、韶弟同舟赴钱镇。

廿九　伯母查夫人在镇领帖，事毕后，余于三鼓附航回苏。三十下午到。

四月初一　辰时为蔚儿行聘，大媒江蓉初姻丈、王梦舲内弟，设席款之。

初九　款媒，大热。

十三日　曾蔚吉期，天气晴和，寒暖适宜。未刻行花烛礼，新妇景之内兄之次女也。贺客朝夜十余席。

十五　回门晚集，招亲友饮，坐六席，酒颇酣。

五月　午日雨。至花桥宅祀节。

【天头曰】悉考差题："吾道一以贯之"，"实发实秀"二句，"绿畦春溜引连筒"。

十一日　至艺圃公酌，陈荐生庶常名昌绅，浙江人，丙戌。丙子同年。同坐咏诗、菊常、鼎孚、孙竹、康甫、菊坪，共八人，艺圃为前明文震孟故第，有亭台林木之观，池多白莲，俗呼为"文衙"，今为七襄公所。

二十　内子率新妇同至花桥宅谒家祠，并订兰陵妹到宅见礼。吉日以恙未与，补行礼也。

【天头曰】是日王伯荃启程赴京兆试，往送之，附去范舅信。

廿三、四　偶松、蕉舫兄来苏谢客，颖如、杏渠二侄来。得赓簏弟信，知廿四日申刻举一侄，名曰曾铭。

廿五日　廖谷丈自乡来苏,偕辛舅叔、重舅及芍哥、韶弟公酌于云锦公所。

六月初一日　两月来积压文课及笔墨债甚夥,暇辍握管从事。

初八日　晨访彦修,未晤。至洪师处侍谈,甚长。饭后到花桥,又访菊裳。

十三日　是日为紫阳中丞决科,蔚儿先至钮巷,由彼处到院扃试题:"切切偲偲"至"兄弟怡怡";诗"天上文章雨露香△"。迩来以闱期渐近,紫、正两书院预提七八月官师课甚密。

十六　晨至花桥祝外祖犀圃先生寿,诞日为五月十二,是日乃八旬开一,展期补祝面而归。

廿二　晨出阊门,偕芍兄,挈源侄、蔚儿定乡试船。

廿五　仙根叔招七襄公所饮,晚集阊亭酒楼。

廿七　至机房殿祝干卿,又访荫芝。

七月初六　至花桥祀节。

初八　未刻挈蔚儿、辛揆侄,偕良卿、唐福、周福从,至阊门登舟赴白下试。舟子周忠顺,价共四十元。与芍兄、韶弟及群从送至舟而别,风色甚利挂帆,至浒关泊。

十一日　连日东南风,大利。午后,至镇江口,帆樯林立,试舟皆聚泊于此,以日晚风劲,相约诘朝渡江也。登岸小步,经洋场,较数年前经此衺延愈广,江关即在其侧,流览江干,见金山耸然,遂鼓兴往游问渡。过小港,行沙堤里许,入山门,由大殿旁拾级而上,访法海洞,石室两间,恰承崖隙,徇石蹬上,缘登最高处,有亭翼然,中峙一碑,纯皇帝御题"江天一览"四字,督臣曾国荃所摹勒也。四顾空阔,江风振袂,想坡公月夜登妙高台,按《水调歌头》,即是其处,而台址无存矣。今移筑于下。右旋而下,经小院一二处,至奎章阁,峙碑三,壁间嵌石三,刻纯庙南巡诗五,其一石记补题"妙高台榜"云云,皆宸翰也。遂叩文室,有知客僧来问讯,因请观苏公玉带,小憩茗话,俄侍者捧一紫檀盒至,上刻御制五言诗,带以青缎为之旁缀,玉二十枚,长方如今带版者八,余则如桃,有寸许方而狭长者,其方版四,旧阙,命出内府所藏足之,皆刻御制诗。禅堂又一古鼎,置琉璃匣中,高三尺余,围半之,体质完好,古色黝然,咸以周鼎称之。旧闻周鼎在焦山,此殆别一鼎,惜铭字不可见。僧云有二百余字。索观拓本,亦不可得,为之废然。问文宗阁故事,僧不能详。盛朝异数,前辈风流,令人向往不置云。

十七　至江宁,入汉西门十余里,至贡院前寻寓,暂顿装于卢六房客栈。

十八　苏、常、太录科。蔚儿、葵侄五鼓入场,傍晚出。题:"逸民"四章。案发,吾邑三十余人皆取焉。

雨花台在城南门外,出堙里许,沙陂迤逦,渐上渐高,有茶寮二处,小憩茗话。其最高处有营堡,间有一二戍卒屯宿其中。遂登瞭台俯视城内,历历如绘。

莫愁湖在西门外溯,丙子旧游阅十二年矣。风景如旧,胜棋楼中悬中山王像,其临湖后轩有莫愁小影,楹联极多,薛慰农先生句云:"倚棹数清游,倩小妓新弦,谱一阕齐梁乐府;登楼舒远眺,仰宗臣遗像压千秋,常沐勋名。"犹记一联云:"湖本无愁,数南朝崛起群雄,不敌佳人独步,棋何能胜,只北道误投一子,遂教此局全输。"颇赏其隶事之妙,笔力不凡,遍觅不得,想已易去矣。旁有曾公阁,奉文正公遗像,阁外有廊,凭阑纵眺,湖光山色,浓翠扑人,残荷数顷,已过花时,惟翠盖亭亭而已。

清凉山在汉西门迤北,颇有幽秀之胜,梵宇三四处,皆黝败无色。是日为七月晦,俗传地藏王诞日,缁流于此演瑜伽会,间有进香者,铙钹喧阗,鞭镫纵横,殊乏静趣。相与登最高处,上翠微亭,亭额是南巡时宸翰,中有碑,旁设茶寮,杂沓之至,一揽江光山色。循山径而下,经曾文正、马端愍、左文襄祠,沼堤一带,略似西湖风景。惜夕照匆匆,同人促归骑矣。同游者翁印若、杨允之、少云及蔚儿、源侄,良卿后至。

初六 主试入帏,是科考试官侍读学士李若农文田、修撰王可庄仁堪,监临安徽巡抚陈六舟彝。

初八日 送考官生于四点钟入场,在新状元号宝资事敬四号。头场题:"子曰可与共学"两章;次"及其广厚,载华岳而不重,振河海而不泄";三"堂高数仞"至"皆我所不为也"。诗"金罍浮菊催开宴。得鸣字,苏轼《鹿鸣宴》诗。"二场题:"为电","淮海惟扬州","既景乃冈"三句,"夏五桓十四年""脍,春用葱,秋用芥"。三场,经《春秋》地理、史《辽史》、子、舟师炮制、碑版。

十七日 晨登舟,挈颖如、杏渠二侄同行,开至下关泊。

十八 渡江泊镇江,连日东北风,舟行甚迟。二十三日始抵金阊。

九月初十 蓉伯大侄行聘,至花桥贺并陪宾筵。

十四 景之内兄三周,至钮巷饭。是日得浙榜信,熟人多向隅焉,爽然。

十七 知顺天榜信。

二十二日 蓉伯侄吉期,娶徐受之同年之女,竟日衣冠。是日南闱榜信发,电报多秘不宣,使与试者望眼欲穿。晚饭时知费屺怀中式,既得副榜信,颖如侄中十二名,椒舫兄时亦在座,群季为之作贺,聊以解嘲,亦颇欣慰也。苏郡中十人,副二人,孙君宗华,素擅文誉;江氏昆仲标、衡尤以经术、算学著名;太仓中沈嘉澍,宿学也;嘉定中顾其义;廪生。太属副车五人。

十月初十 皇太后万寿,在观前行礼,到者仅四人,凤石与余、吴修卿、语樵也。

二十 苏属县试,嘉邑亦于是日取齐。蓉伯侄于十七赴嘉应试。

是月苏地开仓者多择初七、十二日，折价每石贰千壹百，其大者或至三百余云。每篇末接写添注几字、涂改几字。字数宜大写，诗尾尤宜留心。头场诗后写"通共添注涂改若干字"，低二格居中写。二场默头场讲后写通共数，顶格写。三场默二场讲后写通共数，仍低二格写，临时再看题。头场二场卷，皆十四页，每页三百字，共四千二百字。北。三场卷十六页，共四千八百字。故。春秋题。某公某年。

廿二日　从抚房查得起复咨部日期。光绪十三年二月十四日由县详州，闰四月廿三日由州到院，七月初一日咨部。得钱镇信知杏渠侄举一子。廿二，□刻，命名基振。

廿五日　发汪范舅、许滋泉都信。

廿七日　咏春招文乐饮，查沧山、江理斋、江苏即用。阮兰台，山阳人，己卯。余皆己卯同年。

廿九日　外舅幼樵公六十冥诞，晨至钮巷宅。

十一月戊申朔

初四　辛亥日寅初五昊生，名曰曾修。

十八　冬至，至花桥祀节。

十九　冬朝，午后至花桥，晚饭后归，即送芍、韶往嘉。

廿三　挈蔚、畴两儿至石湖西之下郁浜，会景之葬。

廿五　景之窆期。未初登域与执绋焉，宿墓庐两夕。廿六归。

十二月初一日　常诞，内厅斋星官，新房祝意也。

初八　曾修剪髫，葵媳初度，备五席，客皆辞，群季及内亲作一日之叙。

初十　阅申报，恭读上谕，以亲政大婚上皇太后徽号，特开恩科，于十五年举行乡试，十六年举行会试，仰见右文之治，新政首颁，凡在士林，同深忭舞。

十九　通议府君六十冥诞，在师林画禅寺礼忏一日。诞辰在己丑元旦，先期举行也。椒舫兄适来苏，同餐伊蒲馔。是日大雪约五寸许，祥霙渥沛，丰年之征。是日得郑工合龙信，署河帅为吴清卿太姻丈。

念[廿]三 祀灶。

念八 祀年。

念九 至花桥老宅祀先，归晚饭。子时接灶封井。

恒圃手记

十五年己丑正月丙寅大建丁未朔 晨光晴朗，蔚儿出贺岁。

初二 阴。竟日贺岁，午后雪，舆仆劳甚，归已上灯。

十五 至花桥宅祀节。

十九 晴。至各当道辞行，见护抚黄子寿年丈、护藩田炽庭前辈。抚署交来复徐颂阁丈叔侄公信一函，《论通饬各属于漕项下提款留办本地善举》。连日亲友作饯，饮食颇忙。

二月初一丁丑朔

初三 文帝诞。至清嘉坊进香，并进各庙年香。至钮巷唁佩明八叔之太夫人敛。

初四日 偕芍兄、韶弟同舟赴沪北上应馆试，仆人周福、韶仆颜升。泊娄门外。

初五 晚，顺风。至太仓，时方州试。过蓉伯侄寓，访王子翔同年，晤。

初六 午后由娄至钱门镇，是日眉寿礼忏。

初七 新雨，薄晴。谒辞资政公、通议公墓。

初八 椒哥留饭于共墨庐，适河豚上市，皆有垂涎之意，饮啖甚欢。余于此味非所嗜，不能名其佳处。夜入城。

初九 至本栈。夜饭于万泰，大雨。

初十 晨开，风帆甚利。夜至申江老闸。

十一　晨起岸，顿装于后马路永安里正祥永绸庄。

十三　拜客，见本道龚仰蘧，招商局总办沈子眉、钱闰生。下午散步四马路，陆续晤诸同乡、诸同年。

十八　连日李彦修、蔡贞伯、龚义臣、查翼甫、顾叶封、苏少卿招饮络绎，沈子眉、俞忆慈、汪柘笙邀番菜之叙，别是一格。是夜，酌诸熟人于西合兴。

十九日　晴，发苏信寄回衣箱等物，高升轮船到埠。预托许春荣搭空舱位，每人价银十两八钱，公车汇集，空舱殊非易易，亦成常例矣。晚，贞伯邀饮，十二点钟登舟，四鼓开行。

【天头日】大丰吴少甫，鸿宝书局吴俊卿，德林祥李彦修，正祥永蔡贞伯、胡霖若、李锡繁，馥记张芹堂。

二十日　晴，出口，风平浪静。夜行黑水洋。

二十一日　晨起，见山峦隐隐，黑水洋已过，将及成山矣。晚十一点钟，至烟台泊。

二十二日　天明开行，又搭烟台客四五百人，皆赴都赶趁者。舟中晤谭芝云、序初师之三少君。吴子蔚、炳，丙戌庶常、己亥同年。张季端、建勋，广西，己卯同年。许篆卿。浙江癸酉同年。晚十二点钟至大沽口，相距三四十里，潮浅不得驶入，即泊。夜西北风微雪。

二十三日　仍候潮竟日。高升船坚固宽畅，利于驶行洋面，至津沽则有胶滞之处。况日来正值小讯，又遇西风拦门，沙涨不能过也。

二十四日　仍未进口，船中诸客多赴公车，急不可待。买办刘东峰凤翔，武衔。遂悬旗招雇大驳船，用小火轮拖带进口。下午，诸人纷纷过舟，约二百人。行数里，仍以潮浅胶住。夜风声甚大，枕借满舱，无敧枕处，终夜危坐，颇有饥寒之况，焦灼殊甚。

二十五日　晴，巳刻潮来，舟行容与，如越重隘。午刻进口，行七十二湾。夜半始抵紫竹林埠，即起行李，寓中和栈。

二十六日　晨偕芍兄坐东洋车至义昌访索丰玉，即招移榻，正如燕子重来，巢痕犹在。下午韶弟挈装同来，发苏信。寄老福兴。

【天头曰】义昌行：索丰玉、常菊圃、贾庆平、石文轩。

二十七日　晴，风大。午后拜客归，小步于估衣街，饮红杏山庄。

二十八日　晨，芍兄估车先行，车价大钱五千，装车百文，较客栈估车减价约二千，以行中熟车故也。谒李合肥师、张幼樵师，时馆督辕，并晤。晚孙受之来，时襄事招商局。

二十九日　午刻登舟，由潞河北上，舟价钱十五千。西南风大，顺行百余里。晚泊杨村。

三月初一　晴，西南风，挂帆而行。午刻，过河西务。

初二　晨，大风，守候半日。下午开行，仍曳风帆。

初三日　午初到通州，估轿车三两［辆］、每两［辆］一千六百大钱。大车一两［辆］，大钱三千余。公车骈集之时，非常价也。午后微雨，行四十里，傍晚入城，灯后至果子巷贾家胡同达子营汪范卿表舅寓卸装，知芍兄于廿九到。

初四　午后至全泰店。

初五　清明至东城，谒徐师、张师相，未晤。瑞师、许师，晤。各送宜敬二两、徐许四两，出顺治门至会馆，太属到者有二十余人。

【天头曰】己丑科总裁：大总裁李鸿藻、昆冈、潘祖荫、廖寿恒。张预、吴树棻、张嘉禄、刘纶襄、曹隽瀛、朱光黻、钟家彦、王培佑、周云章、邵松年、王濂、倪恩龄、熙麟、曹诒孙、刘宗标、黄福琳、曾树椿、刘心源。

初六日　晨得总裁房考信。是日，与芍兄移小寓于水磨胡同，与闰生同住。晚偕韶弟步至琉璃厂，顺至全泰店小坐。

初七日　风。苕卿兄来。午后拜客西城。发苏信第一号，正祥永寄。

初八日　晨往举厂送考，晤陆伯葵、陆孟孚。太属在西右门二十六牌。是科我属实到三十六人，江苏共五百余人，总数不满七千。得苏廿八日家信第一函。

初九日　庶常馆关门。课题:吉祥草赋,以"花开则主多吉庆"为韵;诗"鹤与琴书共一船。得船字。"交诗片而还。

初十日　悉闱题:首"子曰行夏之时"至"乐则韶舞",次"取人以身,修身以道",三"子不通功易事"至"则梓匠轮舆皆得食于子";诗"马饮春泉踏浅泥。得泉字,郎士元诗。"

十一日　作赋,毕即誊真。

十二日　交课卷。晚赴徐季和前辈招饮。

十四日　悉二场题:"爻也者,效此者也;象也像此者也","帝曰咨女二十有二人","眉寿保鲁,居常与许","齐高偃帅师纳北燕伯于阳",昭公十二年。"命野虞"至"具曲植籧筐"。午后偕韶弟观剧,此七字在十三日。晨入城,送三场,并至东城及后门拜客。晤寿子年、宝中堂、仲芃、叔荫。晚饮于苗卿寓。

十五日　在寓。

十六日　悉三场题:三礼、《史》《汉》地理、兵制、《管子》、书目。

十七日　晨,芍兄自小鬶归。下午李玉舟、邹紫东招饮。

十八日　寄苏信弟元号。内有蔼士信。

十九日　太属同乡接场,在江苏新馆。

廿七日　苏府接场,在长吴馆,演荣椿班,余亦列名,派分十千。是日大挑各省举人,第一日,江苏与焉,计乙亥、丙子、己卯三科,熙年得一等。得苏信第二函。十五发。

廿八日　寄苏信第二号。

四月初一　许鹤巢丈招饮福兴。

初二　出拜常熟、昆、新各同乡。是日,江苏合省同乡团拜,并公请张南皮师相、曾袭侯、薛叔耘,演四喜班于才盛馆。又预祝徐荫轩师诞日,送祝敬二两。

初五　酌查翼甫、许紫泉、何仲祺及苏、太诸同年同乡于福兴居,共两席。得三月二十七日苏信第三函,知蔚儿岁试二等二名,杏渠、辛挨两俦均一等。

初八　在寓。

初九日　晨起入城,至颂阁处,途遇菊裳,知屺怀中十二名。至费寓饭,旋悉菊常中第八名,为之一快。饭后至砖门东,看红录,仅有八十名,而江苏已得十五人。是科江苏中额二十五名。至晚,太属尚无消息,盖又脱科矣,可叹。

初十　晨见全录,知王胜之同愈、张采南颉辅均中,苏府中八人,四列魁选,盛矣哉。发苏信第三号。内有苕生致严信,复王伯荃信。毅甫函来,知芍兄又挑,誊录卷出倪太史恩龄房,堂上李兰荪师挑列十九名,实江苏第一,本额溢,见遗,又为之三叹。

十三日　新贡士复试,题:"登东山而小鲁"至"难为水";诗"风传刻漏星河曙得河字"。有四等四人罚停一科。

十五日　考试差,题:"菉竹猗猗,有斐君子",经:"君子听鼓鼙之声,则思将帅之臣",诗"一览众山小得宗字"。

十七日　得苏发初八日信第四函,下午移寓国史馆。餐宿之费每份二十千,与韶弟、冯雨人同住。

十八日　黎明,随大教习至太和殿下行礼,至中左门点名给卷,共八十余人。赋题:"凌烟阁图功臣赋",以"君策勋兮旌于贤"为韵。诗"渠柳条长水面齐得齐字"。五点钟后交卷。候韶弟同出,不及出城,至屺怀寓。

十九日　下午赴芾卿招饮。知散馆等第,余列一等八名,江苏第三。韶列一等二十,江苏第六。雨人一等十九名;馆元孙锡第、江苏。冯煦,第二,江苏,丙戌探花。一等三十六名,二等四十名,三等四名,翻译一等二名。阅卷派出李鸿藻、潘祖荫、许应骙、孙诒经、孙毓汶、徐郙、廖寿恒、汪鸣銮。

二十日　发苏不列号信。晨与芍兄偕闰生、枕梅、唐蔚之出都。

二十一日　殿试。

二十四日　小传胪。状元张建勋,己卯,号季瑞,广西。榜眼李盛铎，己卯，号木斋，江西。探花文[!]世安。广东、驻防汉、号静皆。传胪杜本崇。湖南。

二十五日　丑刻偕韶弟、莒生至东华门内，入协和门观大传胪。皇上御太和殿，阁部大臣及书房翰林咸朝服行贺。礼毕，新鼎甲行三跪九叩礼，听宣读，谢恩，退班拥至东长安门，簪花上马而去。至东城拜客。福兴居，赴熙年招。

二十六日　发苏信第四号，得芍兄天津信，知附丰顺船南归，廿八启行。

二十八日　子刻，雇车至西苑门。是日为散馆庶吉士引见之期，余列江苏第三，为三牌。是日共十五排，一二牌为宗室、满汉、直隶，三四牌为江苏。带见者为翰林院、内阁、吏部也。下午见上谕，余与韶弟皆授编修，共留五十五人。寄彦修信，托德林祥。

三十日　得苏发十九日信第五函。至正祥永，寄赵金丹四十方，安定托购也。

五月初一　至各师门拜节，座师各送节敬二金。得云、贵主试信。

　　【天头曰】云：李联芳、张星炳，庚辰翰。贵：陈如岳，癸未翰。刘名誉，庚辰翰。

初四　往各师门拜节，朝、殿师只送门敬二千而已。发苏信第五号，内有贺节、各尊行信，又圃椒兄信。

十二日　得粤东、西、福建主试信。是日，梦龄昆仲及伯荃内阮到寓，居兴圣寺，赴京兆试也，即晚酌之于万兴居。

　　【天头曰】广东：李端棻、王仁堪。广西：陈同礼、潘炳年。福建：徐致祥、鲍临。

十四日　得苏廿九日发信第六函。

十五日　雨人约往游阛顶，归至永定门外观跑马。

十六日　得苏信第七函。五月初八发。

十七日　发苏信第六号，得彦修信，知苟兄初二到沪，初八回苏。

廿二日　晨至翰林院听宣行礼，复至吏部。午后至正祥永，寄闱墨、《进呈录》、膏药、烟袋绳、寿字带等。天气久燥，经旬祈雨。是日请铁牌至，隔昨雷电，得雨寸许。悉四川等主试信。

【天头曰】四川：胡聘之、黄卓元；湖南：高赓恩、陈冕；甘肃：陈兆文、檀玑。

廿六日　接苏信第八函，石兄信第一号十四日发、葵第八函。是日考中书，到者千数百人，在贡院肩试。题："助者藉也"至"治地莫善于助"，次"畿辅水利策"。

六月初二　发苏信第七号。内有葵文。

初九　得苏信第九函。石弟二号。是日苏郡新科请同乡在长吴馆，余未到。

十二日　悉江西、湖北、浙江主试信。

【天头曰】浙江：李文田、陈鼎。江西：沈源深、陆继辉。湖北：陈碧、华辉。

十四日　发苏信第八号。是日考教习题："征则悠远"三句，"讲易见天心"。

十九日　接石兄第三号信，洪师信，又致范舅、熙年信。

二十日　接葵儿第十函信。六月初九日发。

二十二日　发葵第九函，附石兄信中。得江南、陕西主试信，复以承荫籍江宁驻防，请旨以曹鸿勋为江南副考官，刘传福为陕西正考官，承荫为副考官。

【天头曰】江南：李端遇、癸亥进士，鸿卿。承荫、庚辰进士，户主，江宁驻防。陕西：曹鸿勋、刘传福。

二十六日　圣寿节。本衙门知会，赴午门朝贺，穿蟒袍补挂。

二十七日　寄苏信，并葵第十号。

三十日　接苟兄十七信，不列号，并葵信。第十一函。

七月初一日　大雨。掌院徐、麟。接见，在翰林院五云深处，即功臣馆，共十人一班。余与韶弟偕。

初四日　葛萃仲招，发葵信第十二函。

初五　接葵廿三日信，初六发葵信。

初八　悉河南、山东、山西主试信，进城祝南皮，顺道至东城后门拜客，泥淖极难走。

> 【天头曰】河南：徐致靖、李葆实。山东：宝昌、蒋艮。山西：谢隽杭、徐琪。

初九　接芍廿九日并葵禀。第十三函。

十八　祝房师许颖初延辰，送例金四两。接苏芍初四、葵初九。函。

十九　晨，束装出都，由石道车行四十里，傍晚至通州东关恒通店，即雇船停宿。船价大钱四千。

二十一日　风水俱顺，日半至紫竹林，闻新南升轮船将开。时以沙淤不能到埠，距紫竹林七十余里，即放原船傍轮上行李。是夜宿舟，轮价每人十两八钱。廿三开出大沽口，廿四烟台小泊，廿六傍晚抵申埠。

八月初一　晨，由沪雇舡返苏，风色尚顺。夜泊赵屯江，夜卯初开行，午后过玉峰，八点钟至娄关，遂登岸，步归已晚饭后矣。知蔚儿、辛揆侄廿三始成行赴江宁试。芍哥初一赴沪，附轮到宁送试。

初六　得葵镇江来信。廿九发。

初八　悉顺天主试，并各同考信。

> 【天头曰】徐桐。嵩申、许应骙、孙诒经。寿耆、萨廉、王锡蕃、卢俊章、管延献、康际清、刘纶襄、陆宝忠、江树昀、丁立钧、陈与冏、周充宽、吕佩芬、蒯光典、王贻清、胡泰福、童毓英、詹鸿谟。

十二　悉南闱题："君子有三畏"一节，"明乎郊社之礼"两句，"天子适诸侯曰巡守"两段，"江涵秋影雁初飞得秋字"。北闱题："有若对曰盍彻乎"，"言前定"八句，"人皆有所不为"至"义也""自强不息得乾字"。夜赴辛舅招饮。

十五　中秋。下午小有阵雨，夜月色甚佳。花桥祀节。余有湿热之患，未往。

廿三　苟兄归自金陵。蔚儿与诸侄同舟偕归，颖、杏两侄。得椒兄病信，即估舟返钱镇。

廿八日　洪荫芸世兄卒，往唁之，三十年旧交也。柳师时适患泄泻，卧床不能起，余兄弟偕往助理。托彦修寄汪范卿信。内有许颖初信，笔八支，汪江西术一瓶。

九月初一　至花桥。

初二　新中丞刚子良毅接篆护抚，黄子寿方伯以代理监临始归。

初三　晨得椒舫兄逝信，初二未刻。骇痛之极，痢疾脾败，遂至不起。

初七　得汪范舅中秋后二日信，请假结费，于八月初六日到院。

初十　往唁梦林夫人并襄题主，朱砚生丈秉笔。

十五日　景之内兄之长女许字李紫珉同年之长子彦彬。是日文定，余执柯焉。

十六　自初三后，秋雨浃旬，连绵不止，禾稻大伤，荒象可忧。

廿五　南闱放榜，午前得苏府信，午后得太属信，太中冯如衡，嘉定中金念祖、金文翰。官卷二本中薛聪彝、翟守益。连日天气不肃，仍复阴雨，当事迎铜像大士至城祈晴。

廿八日　至花桥祀节。

十月初一

初九　恭悉电音，奉特旨发帑五万，又宫中节省银五万，为苏、松、常、镇、太五属赈恤之用。浙省同。秋霖四十余日，低区淹没，禾穗虽实大半，压积潦中，乡人以竹竿支起之，且撩且晒，农力颇瘁焉。

十九　王佩明内叔太夫人领帖,往唁并陪宾。

二十二日　次儿曾畴定姻冯氏,景亭师桂芬之孙女、申之比部芳缃之次女也。仙根叔为之执柯,坤宅大媒辛芝母舅也。

二十六日　偕韶弟赴钱镇,道经昆界,水势汪洋,乡人有驾小舟行畎陇中捞稻者。

二十七日　夜到镇。

二十八日　往郁家宅,展通议公墓。

二十九日　椒舫兄领帖,受唁一日。

卅日　进城,为汪范舅赴姻事。往晤葛夔伯,时莘仲已行矣。赴滇。

十一月初一日　返棹,泊遵义镇。

初二日　晨抵家,仲铭内侄婚期,往贺,晚饭而归。

初十日　得京信,知是日考御史。

十八日　得倜松兄信,知东门当地基向为同姓占去者,至是出钱壹百二十千,立议归还,是处为眉寿、宝善两房公产,而善后之章程犹未具焉。

十二月十五日　赴陈桂龄招饮。

廿日　礼部主事易丞午同年贞来河南,丙子年谊焉。

光绪十六年庚寅

元旦　壬寅,晨至花桥谒祠拜客,各当道循例挂号。

初二　至东南北贺岁。

初四　夜子刻祀财神诞。

初八　至花桥王仙根内叔新宅。贺椒龄合卺之喜。至西南各处贺岁。

十五日 至花桥祀节。是日立春。

十六 八旗会馆,丙子团拜,分各四元。

二十一 杨允之名光昌师开馆,修每年六十元,节敬在内。即晚具酌,并邀太原群从及安定寓主诸友,作春酒之叙。

廿三 发汪范卿表舅书。

廿八 程筱芙庶常来,名丰厚,安徽人,癸酉拔,壬午,己丑。

二月初一 辛未。

初三 文昌诞。至清嘉坊进香,并进各处年香。是日,汪范舅之太夫人卒于里第。

初十 订菊常、屺怀、胜之、寿卿、梦林、彦修、佑卿、经士酌于云锦。

廿四日 缪小珊师舟泊阊门,往拜未晤。太史名荃孙,丙子翰林,江阴人。余教习师,屠梅君先生迁御史后,改派缪师,余故执弟子礼。去岁冬间始来吴门,寓屺怀家,乃补行执贽焉,时将服阕入都。

廿六日 得芍兄选授江阴教谕信。

闰二月初一日 辛丑,在大乘庵礼忏一日,预为先妣潘淑人二十周年斋四席,到者约四十人。

初八日 偕两侄赴嘉定,夜泊娄门外,被窃羊裘棉被等约值二十饼。

初九 至嘉栈,是日初十①县试,三鼓送蓉伯侄入场。

初十 至白荡扫墓。是日蒟初侄举一男,名承藩。

十一 至太平庵界泾扫墓,暮至钱镇,为椒舫兄题主。

十二 伯母查太夫人及椒兄出殡,送至郁家宅祖茔,并展资政公、通议公墓。

---

① 原文如此,当为撰者初十补注。

十四　伯母窆期祔观察公墓。未初登域,椒兄厝茔,旁与执绋焉。是日县初覆。八弟来到城补试。东门屋基事,定议画界两房分管。菡初拈得东首,归眉寿管理;蓉伯拈得西首,归宝善管理,各立议单合同。

十五日　卯刻,颖如侄得一子,名基赞。

十六　返苏。

二十日　芍兄于是夜启程赴都会试。

三月二十二日　挈眷北上,午刻于娄门水关内登舟坐船,二无锡快家伙船,一名乌墟船。景之夫人挈其长女同伴至沪。

二十四日　由太仓至望仙桥,估小舟,挈内子、葵儿夫妇展通议公墓。偁兄、颖如侄来晤。是夕,内子忽患呕血,势颇甚。

二十五　晨,邀偁兄诊治,遂开行,晚泊野鸡墩。先遣周福,由陆至沪定寓,时韶弟眷属已先到沪。

二十六日　四鼓,韶弟乘小轮来迎。黎明到埠,即登岸解装。寓后马路永安里正祥永绸庄间壁之空屋,病体甚惫,遂于此为养疴之计。李彦修、蔡贞伯、吴少甫、缪钦、王子诜叔、王雨时、刘乙青来。时赓籈弟在沪,匆匆一晤而别。

四月初七　韶弟挈眷先行,附新裕轮船北上。景之夫人回苏寓于诜叔公馆。

十一日　得春闱信,三县熟人中吴颖芝荫培、汪兰楣凤梁。太属中三人,冯如衡、似斋,太。吴庆祥、颂云,嘉。王清穆、丹揆,崇。是科试题:“子贡曰夫子之文章”二章,“知所以治人”至“凡为天下国家有九经”“霸者之民”四句。诗“城阙参差晓树中得门字,武元衡《龙门寺》”。是科总裁:孙毓汶、贵恒、许应骙、沈源深。同考:邵松年、褚成博、唐春森、钟灵、冯光遹、朱琛、洪思亮、王用钦、吴树梅、高蔚光、杨崇伊、冯锡仁、庞鸿文、余联沅、黄思永、王颂蔚、殷李垚、赵高熙。是科会元:夏曾佑。状元:吴肃,福建。榜眼:文廷式,江西。探花:吴荫培。江苏吴县。

二十六日 立夏。范卿表舅自苏来,将赴江宁,镇江留宿一宵,荐夏仆金寿从去。

二十九日 芍兄自都回,与张少峰同伴暂住春申福栈。

五月初一 芍兄移装来寓,得韶弟京函,知赁寓定于铁门。

初二 得蓉伯侄信,知于初一辰刻有弄璋之喜,为芍哥作贺,兄取名曰元禄。内子病亦日渐向愈矣。

初七 芍哥返苏。

初十 汪苕生表弟挈妇来,时新娶于我乡葛氏飞千大令名起鹏之女公子,甫弥月即拟入都来,约同伴留住寓楼。

十六 晚偕苕生弟,挈眷附新裕船至津。包官舱每人银十二两,仆从作散舱,每人银八两,约可九折。共主十人,男女仆六人,十三岁以下减半价,苕生则两主两仆也。雨后登舟天气微凉,风平浪静,妇稚均不觉重洋之险。十八至烟台。

十九 晚至白唐,不能到埠,距紫竹林约七十里,预信托义昌行束丰玉代估船只等候,当夜即过船宿。每舟制钱十五千,用三舟,汪一舟,非常价也。

二十 晨,至三岔河。谒傅相,以在假,未见。丰玉送肴一席。

二十一日 顺风挂帆,由潞河上溯。晚泊杨村,夜大风雨。

二十二日 风雨,水势陡涨,溜甚急。舟行迟迟,虽风帆不甚得力。

二十五日 至通州起岸,寓黄恒通客店。

二十七日 到京。共用大轿两乘,每银六两。二把手十辆,每制钱四千五百。坐车七辆,每制钱一千弓。均由恒通代估,兼以雨后土道不能行,价俱昂甚。装车争酒,大有勒索行李之累也。入崇文门,幸得郑盦舅派人照料,无所留难,给与京钱四十千而已。至铁门寓,已上灯矣。发苏信一函。

六月初一 大雨。

初四 连日大雨，连宵彻旦，檐溜如瀑。寓所皆漏，无一屋完善者，外间坍倒之屋不可胜数。顺属村庄被淹不少，已成灾象。发帑设厂，筹赈甚急。据都人云，近百年来无此苦雨也。苏信，初十日新侄孙元禄殇。

十一日 雨势稍闲。托张子虞同年到院销假，用冯芝生结交，去费十二千，领到旧岁两次。准是日即销假。覃恩诰轴，貤赠祖父、祖母一轴，赠父、母二轴，本身妻室一轴，由翰林院编修加三级请从五品封。

二十六日 皇上二旬万寿圣节。本衙门知会。是日黎明，穿补褂，至午门外行礼。

廿九日 至全泰店，送徐玉庭行，托带王宅、程宅物并诰轴一包。得石兄十五日元号信，知于六月初一接篆。江阴教谕。

七月初一日 晴，访邹咏春、王胜之晤谈。观梅道人《竹石卷》，传是楼中物也。有健庵《司寇图记》，现归吴县延陵窗斋藏。

初五 黎明，午门坐班。递职名三，翰林院、吏部、都察院收。

十二 发苏信第元号。十七，附一信，由正祥永并发。

二十七 发苏信第贰号。

八月初一 戊戌。本衙门接见，徐中堂到。赁定顺治门大街寓屋。屋为铁门胡宅产，胡湘林之兄所管，约廿三四椽，每月租价京松十二两，另付茶房费十二两、打拦费十二两。其南院同居者朱君，崇阴，云南人，戊子副贡。伯勋也。

十六日 移居顺治门大街寓。领到俸银四十二两七千七分五厘。

　　【天头曰】秋俸，应支四十五两。扣丁祭二千，办公银二千二百五元，短平银一两八千。

廿一日 发苏信第三号，附韶弟信内。

廿三日 接苏信第三号。八月十二发。

九月初一日

初五日　发苏信第四号，内有珪妈信及韶仆妪信。发程蔼士信，附寄书一部。《世补斋医书》。

初七日　秋奠范文正公，设祀在苏太义园。园在永定门外十里庄，到者十八人。园为苏太义地，始于道光己酉年，潘文恭公所捐建也。有撰联云，"相业在欧阳韩富之间，枌社仰遗型，蠲饎馨香分两庑　流风溯有宋元明而上，麦舟循故事，泽枯功德永千秋"。又冯景亭师篆书一联云"朝天万笏接支硎，荃蕙蓺心香，钦北宋儒宗，南邦乡哲　拓地一区邻碣馆，楬橥修俎禁，法西岐遗泽，东汉官陂"。

初九　重阳。午后偕杨师挈儿辈散步琉厂，至韵石斋看菊，泰和楼持蝥。接伯荃信。

十一日　发苏不列号信，并致伯荃慰函。八月廿四日断弦，并由苏宅送奠八饼。

十四日　接芍兄第四号来函。九月初六发。

十九日　晨，至冯雨人寓，送家燮廷、憩伯乔梓行。托带吴少甫信、羊皮褂两件。王仲铭信、绣袖绒球杯盘烟袋须。女五品补一付寄兰陵妹。

廿三日　发苏信第五号。内有松堂、复始、柳师、冬荣、阿金各信。

十月廿三日　发苏信第六号。内有偶松、颖杏信。发伯荃信、内有周金、江华信。蔼士信，致彦修信。

三十日　郑盦舅薨于京邸，请假才五日，痰喘遽脱，即往襄理，夜半乃归。遗折上，仲午舅祖年赏郎中，表弟树挛赏举人，赏银二千两，派贝勒奠醊，余照尚书例赐恤，予谥文勤。

十一月初一　丁卯，至米市胡同潘宅竟日。

初二　往米市胡同潘宅竟日，襄理笔墨。归得苏信第五号，并柳师、心存信、兰陵妹信。

初三日　至米市胡同,至长椿寺。归知蔡贞伯自南来。得蔼士信件。

十二月初八日　得苏信第六号。十一月十五发,内有辛舅信。

初十　发苏信第七号。

廿五　立春。

廿七　早,入内谢恩,豁免江苏各府钱,漕民欠第三次,年例也。至乾清门外行礼,至东城各师处辞处岁贺年,座师、房师各年敬二两。归,祀节,除夕祀先。

光绪十七年辛卯

辛卯春正月元旦丙寅　晨,出至各同乡年谊贺岁,拟春帖子三首。

旭日腾离照,祥风起艮维。阳和流阆泽,万物共春熙。

紫辰华盖拥葳蕤,仙仗分班引玉墀。象译来朝唐职贡,鸿胪暂拜汉官仪。是岁,各国使臣请入觐,诏于正月择日在紫光阁行礼。

频年勤政励丹宸,绛帻传宣未向晨。剗是觚棱红日上,朝回长乐驻宜春。通议公诞设祀。

初四　贺岁,至东北城,竟日。

十一日　天气渐暖,颇有春光。闲步厂肆,土地祠之百货罗列,火神庙之珠宝充牣,亦总汇之区也。

十三日　得芍兄十二月十七发第七号苏信,并偶兄、颖杏侄信。吴敏士寄丹卿信,即送去交本馆长班。

廿四日　发辛卯元号苪信,内有葵信,复熙年信。

廿五　接伯荃信。并银六十余两。是日为各国使臣入觐。

二月初二　本衙门祀文公祠,往。

初三　本馆祀文帝诞,并同乡团拜。

初十　接苏函辛卯元号，正月廿七发。接蔼士、佑卿元宵信。晚酌心存诸君于寓斋。

十二日　托心存带钮巷百花麻包二、彦修信件五、少甫信、轶仲条幅、季槐墨合。是日，修儿乳妪附章黼臣耀廷常少家眷南返，廿六到上海，有信来。发伯荃信，交德林祥。

二十日　接伯荃二月十二日函。

三月初七　接芍兄二号信。二月十五发。

十一日　发苏信第二号。内八弟信、湘岑信、白折。十二日接彦修信，龙长附第二号信，汇银卅百，合洋一百元。

廿八　立夏。接芍兄第三号苏信。三月十六澄署发。内有托江阴县陈允秀妻陈高氏请旌事。

四月初八日　在寓茹蔬，发第三号苏信。初六书，四月十九到。

十三　接苏信不列号。四月初二，季槐弟发。内有轶仲发葵、珪信。

十四　下午搬小寓，至上驷院。鞠常、胜之、咏春、艺郛、韶弟同寓。每分银二两钱三千。

十五日　考试试差，中左门接卷，黎明而入，题约五点余至。文题："彊怒而行，求仁莫近焉。"经题："雷雨作而百果草木皆甲坼。"诗题：赋得"水面初平云脚低，得湖字，白居易《湖上诗》。"与试者共三百四十八人，编检一百十五人。

二十日　考差引见，在西苑门。寅正齐集，常服挂珠，五十补褂。背履历：臣□□□，某省进士，年□□岁，某官。

廿七日　发苏信第四号，内有吴蔚若妹庚帖，咏春送来。并复赋高信、伯荃信、吴少甫信。

五月初一　是日，放云南、贵州主试。

【天头曰】云南：戴鸿慈、王嘉善。贵州：丁仁长、劳肇光。

初八 接芍兄四月十九发第四号信。澄署书二十五日,苏宅发。并致范舅信。

十二日 得广东、西、福建主试信。

【天头曰】广东:徐致祥、周树模。广西:刘玉柯、宋育仁。福建:瞿鸿禨、段友兰。

廿二日 放四川、甘肃、湖南主试官。

【天头曰】四川:李端棻、陈同礼。湖南:丁立钧、王锡蕃。甘肃:熙瑛、李联芳。

廿二日 接苏信。季槐、辛揆发,不列号,五月初九发。

六月初一日 作家书第四号。并王雨时复信,初三寄,江甥信、蔼士信。

初三日 寄第四号苏信。另发蔼士信。

初八日 接季槐、辛揆三月二十九日信。

十二 放江西、浙江、湖北考官。

【天头曰】江西:陈学棻、余诚格。浙江:李端遇、费念慈。湖北:刘启端、张家禄。

十三日 接芍兄第五号信。澄署六月初二日发。接程蔼士信。

十九日 寄程蔼士信。内发。王伯荃信、季槐弟帖。葵发。又程木盘二十六只、彦修信、扇一,托贞伯带南,又托寄仙根叔信。

廿二日 发第六号苏信。放江南、陕西主考。

【天头曰】江南:金保泰、李盛铎。陕西:刘世安、吴鲁。

廿六日 皇上万寿,三品以下在午门外行礼,花衣补褂。

七月初一日 寅初,皇上秋祭太庙,派迎送在午门外。应用朝服。

初四 立秋,接季槐廿四信。不列号,致葵、珪者,内有调卿及江甥信。托贞伯寄程王及宅中食物宅内有徐妈银信等件共三包。

【天头曰】初八,山东:汪鸣銮、庞鸿文。山西:白遇道、曹诒孙。河南：吴同甲、褚成博。

十八　复吴少甫信。

廿三　寄程觐岳信、葵寄伯荃信。

廿八　寄苏信第七号。内有葵、珪信，吴少甫原信，为许合伙事。

八月初一　得各省学政单。

　　【天头曰】顺天：李文田。江苏：溥良。安徽：吴鲁。江西：盛炳纬。浙江：陈彝。福建：沈源深。河南：邵松年。湖南：张预。湖北：孔祥霖。山东：秦澍春。山西：王廷相。广东：徐琪。广西：赵以炯。四川：瞿鸿機。陕西：黎荣翰。甘肃：蔡金台。云南：高钊中。贵州：叶在琦。奉天：张英麟。

　　初六　悉顺天主试同考。葵儿搬小寓，东裱背胡同路北凤宅，彭子嘉所定，同寓十六人。

　　正，许庚身；副，廖寿恒、徐树铭、霍穆欢。

　　同考：崇寿、满。张燮堂、河南。马步元、山东。周承光、江西。豫泰、蒙。王荣商、浙。于齐庆、江苏。于民新、奉天。余赞年、广东。陈存懋、江西。宋伯鲁、陕西。吴庆坻、浙。潘炳年、福。熊方燧、江西。王同愈、江苏。吴荫培、江苏。陈昌绅、浙。高觐昌、江苏。

　　初八　送场。太属约三十余人，在西左门，点入俱在七十五牌至八十六牌南。官卷六十余人，南皿一千二百余人，二点钟入场。钦命四书题："言忠信行笃敬"、"故君子之道淡而不厌，简而文，温而理"、《诗》云，"天生烝民，有物有则，民之秉夷，好是懿德。""远树望多圆。得淮字，白居易《渡淮诗》。"

　　初十　得苟兄第六号苏信，七月□日发。并葵考费三十元。汪鸿桢子刚捐监银。贰拾两０２斤；英，十三元。德林祥来，共合曹足四十九两一钱八分。

　　十三　见二场题："若夫杂物撰德，辨是与非，则非其中爻不备"，"侯甸男邦采卫，百工播民和"、"武丁孙子，武王靡不胜。龙旂十乘，大糦是承","公还自晋,郑伯会公于斐",文公十有八年。"米三十车、禾三十车、刍薪倍禾,皆陈于外"。

十五 夜,月色甚皎。步至韶弟寓,遇范舅茗话而归。

十六 悉三场策问,经、邠学。史、书目类。子、说文、逸子。碑版。

廿五 发苏信第八号。有洪师信,廿八寄,又附汪范舅言吴宅姻事信。是晚,吴县武生陈瑞卿国祥自苏来,带到王、程两宅物件。

九月初一 进城,贺瑞牧莘师侄孙世兄宗室中举之喜,名锡碬。托吴子佩寄。长条幅一、扇一。

初四 接苏信弟七号八月廿四发,汇来洋七十五元,合曹纹五十两〇六钱三分,又彦修信。

十一 本衙门徐中堂接见,申刻散。

十三 顺天乡试榜发。南皿中三十五名,解元张玉苍,吴荫培房。南元贺纶夒,豫泰房。苏府中张茂铺、李豫同,松属中孙文贻燕秋。太属、嘉定中徐书祥、鄂子。南官二本:殷济、如璋子。胡翔林、燠菜子。共中一百八十名。曾蔚卷出禾伯鲁十一房,号芝洞,陕西醴泉县人,丙戌进士,官编修。霍穆欢堂挑誉录八十名。

十四 派磨勘顺天乡试中卷。晨赴天安门朝房磨勘,任毓奎、高逢源、杜士琼、齐绅甲、梁锟峰五卷,均免议签。

十七 发苏信第九号,闱墨两本。

十九 托叶英斋少甫信,镜澄款扇一、条幅三堂。

廿三 接季槐致蔡珪信,不列号,内有各妪信,又彦修信。得南榜信,苏郡熟人中汪开祉、翁绶琪,太仓中姚鸥图,嘉定中夏曰琦、冯诚求。

廿六 苏太义园秋祭范文正公,到者十七人。接彦修信,有酱油、青豆、芡实、文旦之惠。

廿八 寄苏信第十号。

十月初三 接苟兄第八号信。是日辛揆侄完姻,娶原任凤颖六泗道任畹香兰生女。

十五日 得伯荃初五日信。有绒线包，又包两件。即作复信，发苏信第十一号，均由德林祥寄。内有珪妈信，在王信内。并支工票计二十元。

廿一日 杨允之师南旋。

廿八日 寄伯荃信。作蔡贞伯复函。附程信内。

十一月初二日 发程蔼士函，复次欧，并仙叔贺函。寄徐受之太夫人赙银二两，并唁函。

廿三 接苏信第九号。辛揆书十一月朔发。汇到洋百元合曹文六十七两。又洪师信、辛揆新房礼及食物等。又致殷菊延一函。二十接到王宅小衣包并宅买花布油等一包。

十二月初二 磨勘第三次，在礼部仪制司内。江、浙、两湖、广西、甘肃分九本。

初三日 作家信第十二号。内有洪师年信、徐妈支工信十元。

十一日 瑞雪盈尺。热河金丹道匪自朝阳起事，凡四阅月，至是荡平，直隶提督叶志超奏。

十二月十二日 壬寅酉时，蔚儿举一男，命名元炳。

十三日 得杨允之师信，蠲免江南盐课漕粮第二次谢恩。

十四日 发伯荃信。作大兄书，均报新孙之喜，附葵信中。

十五日 本衙门知会，派充国史馆协修。

廿六 江苏苏、太谢豁免钱漕盐课第三次恩，在西苑门，到者十八人。接苟兄第九号信。十一月廿四澄署发。廿七，接织署李寄程、王信各一。

廿七 祀年，接彦修信。共计潘熙年信、陈瑞卿信、彦修信、溥玉岑信未复，次欧信、邓师信交蔚长厚掌柜王之鼎收。

廿八 至各师门辞岁拜年。座师、房师各送年敬二两，余俱门敬二千。接辛撰寄蒇包二。

深闺几惯阅风尘，况是恹恹病后身。宿醉未醒云鬓乱，又扶残梦上征轮。检点征衣付小鬟，襟边怕有泪痕斑。朝来自把菱花照，渐觉惊沙上玉颜。雪尽江南二月初，归鸿消息竟何如。遥知老母思儿甚，先寄平安一纸书。销魂诗句付邮程，别绪风怀两合并。我亦痴情抛不得，为怜夫婿未成名。

天津道中题壁诗重录。此诗在己卯年入都时，见于邮壁，下有邗江女子款，余忧其词旨婉约，故录存之。

客店栖烟，行装倚月，荒鸡又唱三更。曙色依稀，一行催度津亭。残灯照见鞭丝影，最魂销，昨夜驼铃。问程程，几站征邮，几处孤城。　　年来渐识轮蹄瘁，况春寒似酽，晓梦如醒。旧日鸿泥，而今多半零星。乡心却忆江南路，奈天涯、柳色青青。蓦关情，昨过花朝，又近清明。

　　　　　寒食，杨村晓发，车中拈此，调倚《高阳台》。

　　内则衿缨夙共钦，县君新敇女师箴。如何花满河阳日，便起黄门感逝吟。闭阁樊英卧浃辰，药炉茶灶镇相亲。散花要起维摩疾，甘向莲台誓舍身。孝乌啼断剧辛酸，忍听雏鸾一曲弹。强为藁砧留慰语，夜台此去代承欢。讳说沉疴积瘁余，祗愁弱体累相如。伤心病榻传遗嘱，犹遗娇儿护起居。夫婿声华领豸章，牛衣往事恨难偿。俸泉今日营斋奠，可抵深闺撤瑱忙。紫泥芝诰拜恩宣，彤管何颂轶事编。读罢一篇孙楚诔，那禁旧感忆湘弦。《湘弦集》，余悼亡之作也。

　　　　　丙午三月为拱北观察属题，即希郢政。

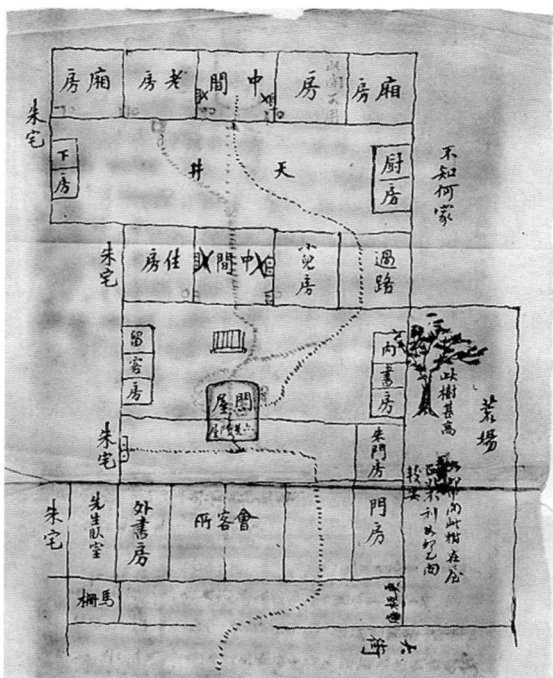

東向卯莁乙圖

珠玭偏違州圖作准

蓋本向復以菫乙為合

枯艸旭卷之法也

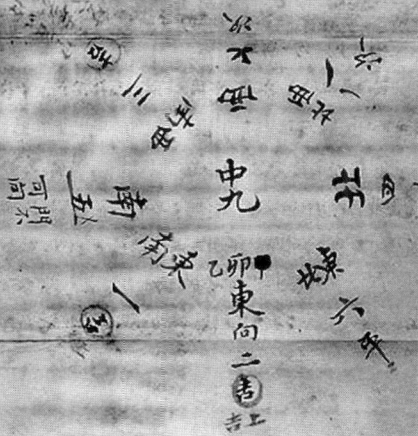

東向卯莁甲圖

卯莁甲者菫甲三釖也若甲乙卯

三不合甲卯平分乙不合

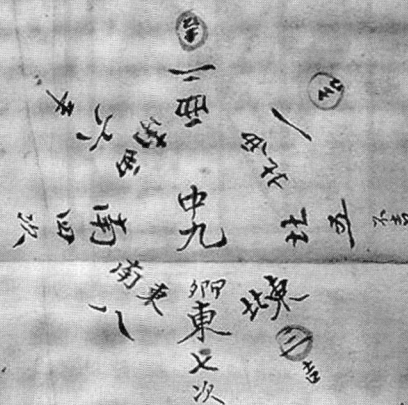

以格盘置中间门槛看定方向,兼卯乙兼卯甲并列两图可。按图以定,其吉者可为进路,房门可开按一间之吉方上。今看大门朝东,卯乙为吉,卯甲为平,进路由艮稍次,惟内房之房门开正北、正南谓屋之中腰,均有所忌。今以朱悬出吉处,此种改换尚易,最好从东南方开门专指卯乙向言,凡吉处择其一开之。若系寅甲双向,或乙辰双向,此屋不可用,宜为之计。凡向求准视红针与午字对定,再看当面是何字眼,即是向也。

恒庐日记·壬辰和癸巳

臣秦绶章，年三十二岁，江苏太仓州嘉定县人。由优贡生候选知县中式，光绪己卯科顺天乡试第一百二十名举人，庚辰复试一等第一名。应光绪癸未科会试中式第四名贡士，保和殿复试一等第十八名，殿试二甲第十七名，赐进士出身，恭应保和殿御试，谨将三代脚色开具于后：曾祖凤辉；未仕，故。祖溯萱；仕，故。父兆甲。未仕，存。

光绪十八年壬辰

光绪十八年壬辰春，正月庚寅，朔　风从艮地起，主人寿年丰，得腊雪寸许，书红，试笔五律一章："颂朔龙躔正，书春凤诏宣。长安佳丽地，盛世太平年。瑞雪占时协，和风入律先。簪毫文石陛，初奏早朝篇。"祀通议公诞。

初二　雪。东城内贺年竟日，约五十家。

初三　子嘉、康民、紫东招，在子嘉寓作竟日之叙，诸同人咸集。

初四　复至东城内贺年。

十五　祀元宵节。下午至厂肆小步。

十六　为儿辈开馆，课试帖一首。寄彦修信、杨允之信。

十八　偕许鹤丈、雅宾前辈及韶弟作主人酌，诸同人于江苏省馆。两席。

十九日　发苏信第元号。附溥玉岑复信。

二十四日　磨勘第四次，广东、福建、四川、江西、云、贵共十一本，在礼部仪制司内。

【天头曰】四川以朱卷未填中式名次应议罚俸。

二十六日　到史馆。

二月初一　赴林廉孙世兄招饮，范舅来、金慎之来，名文杜，养知弟。张鹭桥来，名模，崇明。新选湖北荆州府别驾。

初三　文帝诞，本馆行礼并祀乡贤。礼毕至松筠庵团拜，晨至前门及吕祖阁进香。

初七　发苏信第二号，内松堂、复始各一函，熙年两函，诏致俑之、调卿、彦修各函。程蔼士函。觐岳贺函，内致妹函、葵、珪函。托全泰盛轮局寄。伯荃信，葵信，附复陈瑞卿函。托德林祥。

初十　元炳孙剪髫，客席早、晚二，许鹤丈、吴蔚若、凤石、苇卿、艺郛、建霞、咏春、胜之、养之、子嘉、范舅、苕孙、桂林、华丹、粲林、心斋来。

十七　赴福兴居，紫东、康民、诏弟之招，公祝答席意也。接芍兄第十号信，澄署十二月二十发。内有柳师信，并和诗、寄款细账，兵马司中街朱信一函。翁印若来。得杨允之信、叶菊裳信。刘雅宾放福建遗缺府。

【天头曰】刘雅宾以京察一等，放福建福州府遗缺知府。

十八　偕芋丞、丹揆、诏弟公酌同乡于江苏省馆，到者廖仲山、徐季和、张晓鳌、张鹭翘、钱履樛、吴丹卿。

廿二　至礼部覆核各省举人复试卷，分得十一卷。接芍兄杏月初一日澄署所发信，有不与计偕之说，汪宗藻托觅代考誊录内有红笺作第一号。

廿三　诏弟四十初度，往拜寿。饭后同至琉厂。

廿四　晨送潘文勤灵輀回籍。

廿六　至史馆，派纂《铁珊传》。河南、陕、汝、光道入《循吏传》。带回河南巡抚裕宽咨附履历册一、事实清册一、礼部咨文一，又样本二，林达泉草本，毛隆辅传恭阅本。

【天头曰】许紫泉来，带到吴少甫信。

廿七日　癸酉科团拜，在湖南馆演剧，往。赴凤石诸君之招。

三月初一日　王子祥同三来京，曹再韩同年亦到，同乡公车始陆续来。

初二　得芍兄第二号信，知江甥保俊入泮，可喜。又得伯荃信，蓉伯侄于二月初一辰刻得一女。

初四　吴颖芝太史自南来，带得芍兄不列号信，并槐弟文定拜匣，又八弟信及良卿硕信、芍致范舅信、硕庭致仲午舅、鹤丈、建霞信。

初六　得礼闱信，咏春入闱，信到，未及黎明也。太属会试二十六人。总裁翁同龢叔平，副：邓世长子禾、霍穆欢慎高、李端棻苾园，同考刘若曾仲鲁、洪思亮朗斋、戴兆春青来、邹福保咏春、吕佩芬晓初、冯金鉴星澜、吴鸿甲鬯初、彭述白青、沈曾桐子封、陈遹声悔门、施纪云鹤笙、赵曾重伯远、袁昶爽秋、许叶棻少鹤、周爰诹政伯、徐仁铸砚英、朱福诜桂卿、姚丙然菊仙。

初九　寄叶菊裳信、杨允之信。到史馆缴去《铁珊传》八开。《循吏传》。

初十　作家信第三号。悉闱题："子曰：君子矜而不争"两章，"斯礼也，达乎诸侯大夫及士庶人"，"井九百亩，其中为公田。八家皆私百亩，同养公田"，赋得"柳拂旌旗露未干。得春字。"

十三　癸发伯荃复信。附耳对。至史馆。悉二场题："为大途"，"厥亦维我周太王、王季，克自抑畏。文王卑服，即康功田功"，"嗟嗟保介，维暮之春"，"公会诸侯盟于薄"，僖公二十有一年。"兵车不中度，不粥于市；布帛精粗不中数，幅广狭不中量，不粥于市"。

十五　茹蔬。

十六　悉策题：经《论语》、《史》、新旧《唐书》、《荀子》、东三省地名、农桑。

十九　接场江苏馆。沈奏云来，沈雪渔来，王翰臣、心臣来。

廿三　接佑卿信,陶近仁交来。至史馆,分得《吴青华传》。忠义,五月廿三缴三开。

廿四、廿五　万福居请客。广和居偕子祥、雨人、颂云,小接场。作家信第四号,内附兰陵妹信、江蓉初、金良卿各信,倜兄、颖侄信、珪妈信。

二十八　接伯荃函。并洋水元帐一纸。

四月初一

初五　癸未科团拜,湖南馆演四喜班,更换值年。准良、黄祖直、曾宗彦、葛宝华。

四月二十日　接苏信第三号,四月初六发。并汇洋壹佰元,由蓉伯信来。又次欧来,带到笔墨、篓包等件,均收。

【天头曰】廿一,本衙门接见,未到。廿六,殿试,伯荃来电,即复。

五月初一　至关庙、观音庙、吕祖阁进香。是日,新进士胪唱。

初四　保和殿朝考。题:"廷尉天下之平"论,"审乐知政"疏,"江心舟上波中铸铜"。往东城拜节。是日散馆引见,子祥、颂云改用知县,留馆五十人。

【天头曰】状元刘福姚、广西。榜眼吴士鉴、浙江。探花陈伯陶、广东。传胪恽毓嘉。直。

初七　叶菊常师、杨允之到都,带来蓉伯不列号信、江妹信,并带来江宅火腰虾米、老宅绸布包、篓件。发苏信第五号。

十三日　至史馆,交去曾蔚誊录到馆费银八两,归承发房收。

【天头曰】承发房,头:徐源洙;经手:陈廷樑柏台;传头:王文著、尚希瑞;传:苏玉海昆圖。

十四日　新科进士引见,毕。苏府王仁俊用庶吉士,袁宝璜用主事、刑。太属唐文治、户。孙培元、吏。朝考俱一等,俱用主事,施启宇用知县。湖南。

十九　顾康民交来汪鸿桢部监两照。

廿三　到馆,交去《忠义·吴青华传》。

廿四　唐指蒉乃亮来,晚酌之于福兴居,并送归。凌峤南旋,交去吴少甫信。还买书及布毛燕等,洋三十四元六角,佩记十一元。

【天头曰】馆上派纂《林鸿年传》。

廿七　夏至。是日,韶艻移寓官菜园新屋。接蔼夫人致内信。五月十五日发。从森昌盛轮局寄曾幼玱致林符石信。询林鸿年事实。

廿八日　作内复蔼夫人信,复佑卿、彦修各一函。

廿九　寄程信,全泰盛尾;彦信,德林祥。

六月初三　寄不列号芷信,王砚生、潘季舅信在内,托吴颖芝带。外附汪鸿桢、汪宗藻监照四纸,缙绅一部、辛搂条幅一、座师瑞牧莘将军,联。疾终里第。

初四日　得芍兄五月初一不列号信,并寄来云苓浙术。

初七日　作少甫信,寄还条幅四纸,折扇二页。

初九　季槐弟定姻延陵吴氏蔚若编修郁生之胞妹,年十七岁,大宾:乾宅、汪范卿表母舅;女宅:邹咏春同年詹吉。是日传红茶瓶八十、珠圆桃枣四袋,南中寄来红木拜匣、红绉套、金如意一、手记二、金求一、回金、允金、庚帖、蜜羔果子等。酌大媒一席,借坐江苏馆。潘三太太由籍到京,收到程宅托寄篋包三件、碗篮一只、绸包一个。

【天头曰】托金华兵带回吴少甫条幅、扇头,景春款、志轩款。

十三　连日阵雨。是日优贡朝考。题:“汤之盘铭曰”,“地湿莎青雨后天得青字”。午后由史馆至中左门接次欧考。

十八日　接芍兄第五号信,五月廿九发。内有江蓉初丈复信、偶兄信、赓篪信、问謇录事。吴刁卿信、珪妈信二,八致葵信、顾妪信、家信。总汇银壹百两。

廿一日 座师瑞将军公祭，托次欧附寄仙叔信。连日大雨，有滂沱之象。是日祈晴，下午有霁色。

廿六 寅刻入内，贺万寿节。午门外补褂花衣行礼，辰初礼毕。至吴窬斋丈处拜。至贵师处。顺至什刹海观荷。是日有公祝之叙。

廿九 发苏信第六号，内有华妈信。复许滋泉信。问捐事。

闰六月初一 至东城谒徐师、窬斋丈，未晤。瑞师开吊，往陪客，致奠敬四两。得季槐信、青梅等件。徐妈去，至余太仆家。

初三 得季槐廿二发不列号信，悉外祖父潘西圃先生寿终里第，时年八十五。得吴少甫信，有皮丝广袜等件。

【天头曰】汪鸿桢、汪宗藻照已收。

初八 为次欧作饯，酌于便宜坊，同坐祝谦之、吴玉君、何季方、施稚桐、吴佐周。

初九 到馆缴林鸿年传，十一开。托次欧带回季槐文定拜匣一只、信一函。不列号。又天津李信祭幛、江西邓信寿幛、吴少甫信。送对、四喜袋、缠线等，寄还扇二。内寄程、王木箱各一只，葵记物件。

二十 接八弟初五信、伯荃致葵信。

二十一 接发苏信第七号，内有潘信。

七月初一

初二 接季槐信不列号，复倪桂山信。

初九 寄蔼士信。有内信。

十三 祀节。

十四 接季槐来不列号信。七月初二。

十九 范舅、桂舲、胜之来小叙。是日，印若移寓允之处。

廿一 寄仙根叔信，为畴姻事。托德林寄。

廿五 接芍兄不列号信。七月初二澄寄。

廿九　发苏信第八号，并伯荃信。挈蔚、畴、荣三儿泰和楼食蟹，每个一千。

八月初一　胜之约于江苏馆举书画会，作竟日之叙。

初五　接芍兄第七号澄署七月十九所发信，汇到洋五十元，洋码**上0名**，合曹纹三十四两零二分五。又廿三元，合银一百十五两六钱五分一。季槐传红费也。又吴少甫复信。江西邓收条，又寄洋标、红洋布、肥皂。

初七　接到老宅寄炒豆、酱瓜干等及夏布一包，又潘讣一包。

十七　接伯荃信，催赵子芸《萱堂益寿图》。并致葵信。

十九　托印若回南之便，寄彦修信，附致钱袋、靴页、缠线、字幅、食物。又托购饰绸、洋蜜等件，附洋十元。

廿三　接邓莲裳师江西复信。

廿九　寄仙根叔信，辛舅信。

九月初一　贺徐颂丈升总宪、廖仲丈调吏右之喜。至江苏馆，是日社约第二集。接到吴俊卿信、竹布一匹、洋肥皂一箱。

初七　发苏信第九号，内有桂妈信，支洋二十元字凭。并复赓篯信、王雨时信。镇江府属旱蝗成灾，奉恩旨截漕发赈，同乡公慰，初九早在西苑门谢恩。

十六　月食。接彦修信，催筹庄款，长安旅况益亟矣。葵寄伯荃信，附去赵子芸《萱堂益寿图》题记。

二十日　托徐俪笙带家信一函、致季槐。食物木箱一只、绒花匣一只、江扇匣一只、潘辛舅一函、信二函、幛八个。吴少甫信一函、益母膏一匣、平金荷包一对。

廿二日　接仙根叔信、印若信。

廿六日　发苏信第十号，内有款帐抄，彦修、南坡信。

十月初一　祀节,至江苏馆晚集。

初四　接季槐不列号信,并潘辛舅信。又汪范卿、柳门、菊常谢信。

初八　桂舲、小石南归,托杨颐幛信一、景澧幛一,致潘宅,又葵寄伯荃琴条四。

初十　皇太后万寿。接芍兄第八号信。九月廿四发。

十五日　发苏信第十一号,又辛舅信。内有珪妈信,支洋六元。

十七日　接芍兄第十号信,十月初四发。汇来洋一千元,计佩记应得五百元,此款系将北门典屋抵借徐退思堂,暂为押局,每月九厘五,细账附后。又接伯荃信,十月初五发。寄来代购盛绸五匹。接印若信。徐款佩名下一分于闽学任内,由彦修手,本利还讫。

【天头曰】十月初三日以万泰契抵与徐退思堂,收洋一千四百七十六元五角六分□□□,兑四十五两,合曹纹一千两,按月九厘起息。徐中费一点十两,合十四元,各中又十四元,汇德一千元,合银六百七十七两一钱五。佩韶记对分每五百元、每月息四元五角。余四百零七十七元归芍记。

廿一日　接吴少甫信。并收到荷包、益母膏,另有洋布、条烟早寄。

廿三　接彦修信。

廿六　接芍兄第九号信,吴颖芝兄带来,并有,金楠、青豆芽等物。又季槐信,米豆两袋。接伯荃九月廿七信。

廿八　接吴少甫寄洋布一匹,烟四包,又接次欧信、朝考卷并辛舅信。第一次寄幛收到。

十一月初一　午后至省馆社集。

初二　冬至夜,祀节。

初八　发苏信第十二号,由全泰盛信局寄。内附伯荃复信,又另寄葵致伯荃信。

十五　至史馆派纂《潘文勤传》。

廿八　接芍兄十一号信,十月廿九发。又伯荃致葵信,内有安定致内信。

十二　接苏宅信。不列号,汇银一百,各得五十,弟侄信等有诗。

二十日　寄苏信第十二号,内有季槐信、贺丹诗二分。托陈把总国祥带。又复熙年信、仲午信二、凤石信一。次欧信、霭士信、补二付、汪对一付、绒花一匣。

十二月廿七　祀年。

光绪十九年癸巳

春,王正月。

元旦乙酉朔　天气晴和。颁慈禧端佑康颐昭豫庄诚寿恭钦献皇太后六旬万寿,特开乡、会、恩科谕。祀通义公诞。

初二　晴。贺年。

初三　邹紫东、顾康民、彭子嘉招春酒竟日之叙,未赴。

初四　西城拜。

初六　卯刻,皇上入天坛斋宫,赴午门送驾。

初十　赴菊裳、允之、胜之、建霞春酒之叙。

十三　接八弟岁杪信,珪缪篆分韵十一月十九发。

十五　午门坐班,祀节。李彦修寄惠年羔、酱蹄。

十七　赴咏春、再韩、仲午舅春酒之叙。

廿三　钱曾怡庄,王子祥同年,并托子祥带去八弟信、辛舅信一,幛二个、谢帖等。

廿九　发苏信第元号。先发仙根叔信、复伯渊信。

二月初一

初三　本馆祀文帝、武帝、乡先贤,并同人团拜饯吴颂云大令。庆祥,选临安县。

初五　苏馆公祝戴艺郛、李玉舟、沈乐庭、郑黼门、顾少逸、吴蔚若正庆。接季槐弟函。

十二　接伯荃信、蔼夫人致内信、洪师信。

十五　接心存信，时上犹卸事。复伯荃信、附程画一。彦修信、折扇一。少甫信，益母膏十二瓶。均托陆桂圃兄带南。

十九　接芍兄元号信，二月初九发，又初十一函。汇洋一百五十元，合银一百两，又壬年支划账一纸。佩记得五十两。又季槐信。

三月初一　晴。

初二　接季槐二月中信，言柳师谋事。仙叔信。内有冯伯渊字。

初三　到国史馆交去《潘祖荫传》。计六十一开，作五十开。

初八日　申，王宜人殁于京寓。□午二月注。宜人淑慎贤能，来归二十六载，内外亲郿无间言，同心之助，余深赖焉。素有胃逆症，年来屡屡大病，本体久亏，京寓支持尤极劳瘁。去冬增患失血症，奄缠三月余，遂以不起。呜呼天乎，余盖自此为伤心人矣，复何言哉。

十一日　发芍兄第二号信，王伯荃、程蔼士各一信。

廿三日　儿辈发苏信，内附珪妈支十五元票。接伯荃初九信。

廿七　接芍兄来信。接李彦修奠洋二元。

廿八日　王宜人出殡，停下斜街长椿寺。槟房五十金，赁房一间，每月一金。

卅日　大建。

四月初三　在长椿寺设奠一日，发讣四百四十五分，礼到者约三百左右。

初八　家忌。接芍兄第二号信，汇银𫞩。又江妹、次欧信、诸弟信，又致葵信。

　　【天头曰】曹足六十七两八钱六分，韶记合。

十五　考试差。题："泽梁无禁"，"辞尚体要，不惟好异"，"密林生雨意得林字"。

十八　发苏信,附作第三号,致芍兄诸弟信。

二十日　卯刻西苑门引见,逢十穿补褂。凡引见镂空朝珠不用,备凤带。

二十六日　王宜人终七,礼忏。每七同。复谢吴少甫、李念修、王次欧信。

二十八　发程蔼士信、王伯荃信。金养知南旋,以湘蘅小影寄归,托伯荃觅绘。

五月初一　掌院接见。

初五　端节,未设祀。

初八　王宜人殁六十日矣,京城之例,是日有莲船金桥以资冥用,在长椿寺诵《金刚经》一日。

十一　作家书第四号,芍兄诸弟共之。又嘱调卿买笔墨一纸,附江妹复信,冯伯渊谢唁信,葵、珪致其妹信,珪妈与子及姊信。

十二　为试差第二期,吴蔚若得广东副考。

【天头日】大考差:"敬以直内,义以方外"论,"沙留△鸟篆斜"。云南:吴嘉瑞、陈伯陶。贵州:刘福姚,陈璧。广东:顾璜、吴郁生。广西:张亨嘉、劳肇光。福建:龙湛霖、杜本崇。四川:朱琛、徐仁铸。甘肃:程棫林、谢佩贤。

十八　至长吴馆拜汪年伯母寿。接芍兄第三号信,四月廿三澄署发。又吴少甫信,夏布赈。金良卿赙信。

廿二日　黎明得主试信,余奉命典试湘中。正考官为黄编修绍第。庚寅进士,漱兰年丈之侄,己卯优贡同年。

光绪十九年癸巳①

五月廿二日　内阁奉上谕湖南副考官着秦绶章去,钦此。卯刻报到,赏钱三十四千。正考官黄编修、绍第,号叔颂,己卯优贡、庚寅进士、戊子举人。浙江瑞安人,漱兰年伯之侄、仲殁前辈之弟也,来拜,即往答晤。随至凤石前辈处咨访一切。访许子泉,倩其介绍用款。拜丁叔衡前辈、冯梦花同年,未晤,皆前两届典试湖南者也。谒许房师韶臣,偕胜之来。

廿三　彻夜大雨。黎明诣午门谢恩,礼部景侍郎宣旨,行三跪九叩礼,忌辰元青褂。礼毕,顺拜东城各师亲友。午刻归,许子泉来复谦祥益事,叔衡、梦花、菊常、建霞、咏春、再韩诸君来。

廿四　拜东城迤北各师友,天成定轿,半价二十金,若留轿,再找二十金。礼部送路费印领,给银三两。又送《科场条例》,给二两。拜兵部马馆监督李星若同年、象辰。定车马,七品例给六马,又三马,可多要一二马及敞车一二两备用。例限五日起程,由本衙门报廿八日起程。

廿五　拜城外各师亲长。料理扇对约一百六十分。

廿六　定跟随家人七名,头站来兴、本。跟顶周福、本。金和、叶荐。押行李、张升,南皮师荐。陈玉、郎亭先生荐。屈四为轿头、凤前辈荐。厨子卫福,本。各发治装银八两。

廿七日　晨,挈畴儿至长椿寺王宜人殡舍,伤感不胜。顺拜许鹤丈。托曹根生代领兵部勘合,旋由车驾司送来,给钱十二千。

廿八　料理行装衣服,定三福骡驮子三头,送至汉口,每价廿六两。

廿九　连日多雨,天气仍蒸热。下午进城谒许星叔师,晤伯葵前

---

① 光绪十九年五月日记,原手稿为单册,另题为"恒庐日记·湘轺日记",现按时间调整至"光绪十九年癸巳"后。

辈，询湖南情形，文风以长沙、宝夫、常德、衡州为优。候补道中有况公官场最谙练，或派内监试。武职有统领水师陈，号程初，实缺福山镇总。原籍同乡周君乐，两子皆孝廉。及会馆首事，宜拜之。山长王益吾前辈、先谦。又徐公，辛丑庶常，菜，芸渠。为徐寿蘅大前辈之叔，其子树钧现为给事中，均宜拜。

六月初一日　雨。

初二　晨至米市胡同潘仲舅处，未晤。交来吴清帅信一函。

初三　接彦修信、梦舲信、伯荃信、洪师信，又接辛撰侄信，知于五月初八日生男，名元熙；倜兄、赓弟信、江甥信、周赋高信。托致徐、廖信。连日检点行李，包包皆须猝办，颇费力也。

【天头曰】苕生来，托买湖北锡香盒、方。苏白铜手、脚炉。

初四　至蔚丰厚移款四百金，按月陆厘息。托梅阁之同伴俞君带邓师信。江西粮道。赴江苏省馆雨人、丹揆、蔚之之招。许鹤丈托问窗斋所题之图卷，名《半偈图》，文休承绘，王百谷题检。邹紫东托提慈幼堂岁助百金之款。

【天头曰】俞名锡麟。范舅托买点锡大一品锅，两层暖水，又小书灯一个，即锡油灯。

初五日　接熙年信。

初六日　王仲良来信。托寄其。泰山陆维骧信德斋、洋二十元并名条，妹丈翟肇生信，在湘抚幕。

初七日　缪筱珊师递其妹丈杨鸿濂名纸。至张、徐师处辞行，并晤仲山叔，交去周赋高信。

初八日　雨。挈蔚、畴两儿至长椿寺设奠展别，顺拜叔蓉同年。晤仲毅前辈。晚邀韶弟、范舅、菊常、胜之、允之一尊话别。

初九日　晨起，薄晴。辰刻登程，韶弟来，蔚、畴两儿送至彰义门外里许而返。午刻过卢沟桥，十五里。桥长数十丈，石栏皆刻蹲狮，壮丽之至。桥下黄流，雨后回湍甚急，其东有巡检司驻焉。未刻十里至长新店尖，自备尖费，行李车未至，阵雨旋作，冒雨行三十五里，车道皆成巨浸，由田岸而行，泥淖深而且滑，舆夫瘁甚，醺黑始至良乡。城外有供帐，皇华馆宿。县令刘名焌号云门，军功，四川铜梁县人。夜雨更甚。良乡城外有大塔，办差人持手本来，答以名片一，给一对一扇。

【天头曰】玉书交来王祖荫信一。

彰义门边晓色晴，芦沟桥下大河横。鞭丝逸指皇华驿，记取星轺第一程。

初十　晨，薄霁。候行李车，午刻始至，收良乡县结一纸。午后又雨，雨后换马行廿五里，至豆店宿。道旁过洪门寺，仿佛甚巨。两日南行，右边青峰绵互，皆西山也，惟云气潆然，时有雨意。

【天头曰】良乡县印结一，廪给无。

十一日　昨夜大雨如注，闻前路水深不能行，俟至午时，勉强前进过琉璃河，河上有桥广丈如芦沟桥，惟石栏方柱不刻狮形。过此即有小客店自尖，以雨阻即宿于此。是日仅行十五里，焦闷之至，遣马夫至涿州，持名帖往商夫马。是日应至涿州宿，尚距三十里。

豆店南来十里邮，琉璃桥跨水中流。西山一路青无限，似送行人到涿州。至涿州西山堂矣。

十二日　夜雨。探得前途水深过马腹，不得已改行水程，以十二金与叔镛同年合估二舟，仆从行装同载，绕道多至五十里。且此水素涸，本非舟楫常通之地，舟人不甚熟悉。风雨中行至日暮，望见涿州双塔及一湾折，又觉纤远，中流湍急，由高粱田岸行，但见一片汪洋，仍复时有胶浅，夜深相距二三里许，雨大竟不能到，遂泊荒田中，仆人枕藉而卧，余则危坐达旦，且晨点后竟未进食，夜复凉甚。噫，行路之难也。雨势彻夜未止，闷甚。

十三日　早至涿州北关，有接官亭，规模颇整，矗立于水潦中。起岸至南门行馆，地颇宽敞而顶篷已漏坍矣。俟至午后，雨仍不止，役人云万不能行，遂止焉。涿州牧赵文粹号萃生，广西人，丁卯举人，辛未进士，以公出雨阻未归，办差者持手本来桥头。归寄家信三纸，作湘轺一号。

【天头曰】给一纸,虞一分,每州。

十四日 黎明即行,行四十五里至高碑店,中途遇雨一阵,官道断水甚多。午后行廿五里至定兴县,换马出南关,水阻,日暮不得行,遂止宿东林寺。县令王葆琛号贡帆,奉天承德人,乙亥举人,癸未进士同年也,以衔名来。托疾不出,应差甚率,夫役半途多逃散。

【天头曰】宣化驿,印给一,虞一。

十五日 乙丑。晴,晨起出南关,十里渡北河,渡毕已午刻。河宽不过十丈,水涨湍急,用两舟分渡,行李骡落后未至。登岸后行廿五里至高碑镇尖,时时渡水,水深者几及于肩。午后行二十余里,至白塔浦。对岸有塔,甚高峻。天已晚,水深没顶,止野店宿,行李包马均莫知所在,距安肃尚八九里。

雨涨通衢积水多,官程斜绕野田过,陆行更比川行险,又报前头渡北河。

十六日 丙寅。黎明安肃县派家人壮勇四来接,又渡水五道,始至南门行馆供帐整饬,非定兴之比矣。县令胡宾周,号恪三,河南邓州人,壬午举人,癸未进士匠年,亲拜略谈,并嘱书楹联。复派人往接行李,至午刻陆续齐集,仆瘁马疼甚矣其惫。午刻即行,行廿五里渡漕河,登岸即有慈船航寺,旁有方恪敏公祠,入僧寮小憩。复前行廿五里至保定府,入北门穿城迳出西关外,至行馆地颇宽敞整饬。藩以下俱遣人持帖来,共十分,即以帖答之。自出都门行八日,官道均为水淹,日行野田泥淖中,今日始一见市廛之象。清苑令徐铭勋,字子树,陕西人,庚午补、丁卯举人、丁丑庶常。答以年家眷侍士红帖。

直隶藩　裕长,号寿泉,答愚弟

臬　周馥,号玉山,安徽人,答世愚侄,其子开铭同衙门

道　潘骏德,号梅园,安徽人,愚弟

保定府　朱靖旬,号敏斋,河南人,戊午举人、己未进士。愚弟

清苑县　徐□□,见上

游击　李敏修，号勤堂

游击　余子才，干臣

城守　奎恒、乐轩

中协　胡金元、振声

参将　何殿鳌、金元，以上俱愚弟

漕河径渡水潺潺，远眺金台夕照殷。都会自因畿辅重，南通九省北三关。安肃县尖五十里，保定府宿，名金台驿。

十七日　早起行廿五里大汲店，二十里泾阳驿尖。换马，属满城。是日晴热，午后行十五里至方顺桥。市集颇可观。道仍泥淖，又卅里望都县，入北门穿南门外驿馆宿。名翟城驿。风雨大至。满城令郭文焘，号仲干，安徽合肥人；署望都令汪辉，号问浦，行一，湖北江夏人。

泾阳驿绕郊垌近，方顺桥连市集喧。行到望都城下宿，满天风雨逼南门。

【天头曰】结一，廪一。结一，廪一。以上共印结七纸，廪给六分。来兴手用去二分。

十八日　晴热。由望都启行，昨夜雨甚大，道仍泥淖。午刻行卅里，至清风店尖，颇有市镇。复行三十里，道稍通，至定州宿。名永定驿。州牧孙传栻，号韵生，行三。安徽寿州人，辛酉拔贡，孙尚书家鼐之侄也。是日，只行六十里尖所非宿所也早宿，候骡驮子。夜有雷，恐复雨。是日，王宜人百日，家中礼忏。余行十日矣，不及一奠，怆然于怀。夜雨。

【天头曰】结一，廪一。

六月十八亡妇百日，望都道中寄悼

百日匆匆到，惊心此别离。为君展时奠，感我迫行期。

远道瞻何极，劳生息尚迟。征夫凄绝意，寄与夜台知。

十九日　黎明即行五十里，绕过明月店，至新乐县西乐驿。夫县令解茂椿，号寿臣，奉天海城人，乙酉拔贡。午初行即渡沙河，河本不甚阔，以雨后骤涨，漫及沙滩，势甚辽旷。渡后行二十里，马家铺泥淖如前。又廿五里伏城驿宿，属藁城县，归正定县。办令王嘉瑞，号松坪，安徽人，己未举人。

州傍冲衢县傍川，沙河。几家村落聚人烟。清风明月店名原无价，也要行沽费酒钱。

【天头曰】结庐。结案。距驿十五里渡涌泉沟河，略小于沙河，道东有碑，题曰"闵子饮泉处"。

二十日　晴。卯初启行四十里，至正定府行馆，在城内龙兴寺，寺创始于隋，有开皇间碑一。寺极宏敞，殿宇壮丽，康熙、乾隆、嘉庆间列圣西巡，翠华屡幸，有御书碑额照耀琳宫，正殿大佛一尊，铜身高七丈有奇，僧人云其铜出自寺旁古井中，因以铸像。殿高十四丈，顶已坍漏，旁有南海大士殿，四壁皆彩画灵迹，亦极壮丽。其余戒坛、转轮藏诸处，略一瞻览，未及遍也，可谓丛林中之巨擘矣。是日，以候骡驮子行李，遂止宿于此，客堂幽静，尘劳中得此清凉境界，颇觉怡旷。午后作韶二号家信。内附天津信。晚，始悉江西等省典试信：江西：恽彦彬、邹福保；湖北：吴鸿甲、彭述；浙江：殷如璋、周锡恩。正定府陈庆滋，号鹤灵，湖北江夏人。令王嘉瑞，见前。总镇徐邦道，号见农，四川涪州人。为寺僧书扇二。正定宿所曰"恒山驿"。夜又雷雨，驮子据云疲乏，不能前进。又各雇三套车一辆，每辆价制银一千八〇文。余衣箱已被淹损。

扼要由来重地形，古常山郡按图经。明朝又渡滹沱去，好问当年麦饭亭。正定名从其定传，古常山郡字重镌，残碑留镇龙感寺，犹记开皇建造年。

【天头曰】城北有碑曰"古常山郡"。

二十一日　早行二十里，渡滹沱河，河流虽急，苇杭尚便。巳刻二十里铺尖，自备。复行四十里，申未至栾城宿。城，晋大夫栾武子封邑也。至今祠墓尚存，县令沈尔裕，号宽甫，吴县同乡，即乐亭观察之弟，云有公事下乡，差人持手本来，答以乡愚弟帖。行馆在南门外一小店，居处极陋，似未经扫除者，殊不可耐。托县中寄䊵二号京信。栾城名开城驲。

此间栾武分封邑，斗大孤城户口稀。闻说古来争战事，杀狐林外帝耙归。

【天头曰】结一，廪一。

二十二日　丑正即起行，日将出，忽阴雨廉纤，仍行，泥淖卅五里，至赵州换马，五里大石桥尖。州牧高建勋，山东人，已出缺，吏目张传禄代办，张，浙之山阴人。午后雨稍止，行三十里至固城店。实故城镇，俗名王莽城。嘉靖间，知县杨恒筑堡于此，题曰："槐北外藩"。又十里刘秀庙，亦俗名。二十里至柏乡县，先渡沙河。县本鄗邑，城旁有槐、午二水，其北门曰"拱极"，南曰"延薰"，公馆在南门外。令江南金，号聘三，行三，南康都昌县人，丁卯举人，甲戌进士。柏乡县名槐水驿，赵州县名鄗城驿。

赵州已过换车行，鄗邑犹传汉旧名。槐北外藩三十里，故城南去是新城。

【天头曰】给廪一。

二十三日　晴，寅正启行，早凉颇爽，行六十里，辰刻至内邱县中邱驿。午后行六十里，申刻至顺德府宿，归邢台县办，是名龙冈驿。邢台，古邢子国也。内邱县令张大中，号立斋，甲子举人，湖北东湖人。顺德府知府恩立，旗人。邢台县令章钧，号定安，乙酉举人，江苏金匮同乡。

道出中邱半站强，古邢子国旧封疆。龙冈驿畔重回眺，山色西来拥太行。

【天头曰】给廪一。给廪一。

二十四日　晴，寅刻启行卅五里，沙河县渡沙河，例不办差。河身广数十丈，不甚深，两岸沙滩平衍，水涨时即成巨浸。又卅五里渡洺河，河稍狭，略与沙河同，过河即临洺关尖，属永年县。令杨诚一，号简斋，吉林人。又廿五里，路旁有祠曰"邯郸古道"，入祠瞻仰，门内有池有亭，颇为旷朗。殿不甚大，前屋奉钟离祖师像，次层奉吕祖像，末层有卢生睡像，其额曰"仙因梦果"，题壁诗甚多。祠中方鸠工修葺，道人留茶，粗俗无可谈，祠外右首明太保张公神道碑。又廿里邯郸县宿，令李兆梅，号和生，庆翱之侄，山东历城人，丁卯补辛酉举人，甲戌进士。邯郸丛台驿。

日日征程夜半催，游仙梦尚阻蓬莱。怜余勘破黄梁境，还向邯郸道上来。

【天头曰】廪结一。

二十五日　晴，黎明行匹十里，至车骑关，仅一小市集，有双阙兀跱跨贺兰山冈，冈亦平坦多石卵。又北十里至杜村铺自尖，又二十里至磁州，城中有鼓楼，额曰"雄镇滏阳"，盖滏水发源于州治西神麕山，绕南关东北去也。行馆在南门外，颇整洁。今日行七十里，稍憩劳劳。州牧许之轼，号仰坡，行二，浙江钱唐人，星叔师之侄也。

车骑关南接杜村，滏阳水急绕城根。即今秋草埋疑冢，铜雀荒台何处存。

六月二十五夜记

旅窗月午倚行囊，明日君行又那厢。一曲晴湖临北郭，桃花吹入宋家墙。

【天头曰】滏阳驿，结廪。滏阳城南有桥，名曰"偃月"。

二十六日　立秋，卯刻行卅里渡漳河，河水甚浅，而沙滩宽约数里，水发即成巨浸，前数日雨，今已稍退，犹节节渡十余道水云。过河即丰乐镇自尖，已入河南界，行四十里，申末至彰德府，行馆在城，中极宽敞，供馔亦洁。郡尊陈桂芬，号秋圃，山西繁峙人，辛亥举，己未进士。安阳县令傅榤，号子儒，浙江仁和人。安阳新城驿。

漳河浩浩换沙流，此地平添吊古愁。霸业销沉文字卷，韩陵片石亦荒邱（丘）。

【天头曰】结廪一。

二十七日　卯刻行四十五里，至汤阴尖。公馆在城中试院，地颇爽朗,自入豫界,行馆较为整饰。至此则起居饮馔尤极洁净,盖署令为李紫珉同年,元桢。吴县同乡,而又兼姻亲也,出迎复至公馆长谈,并知正任王紫翔同年祖畲已于四月到省,现调帘差,十月间到任,将交卸云。托寄苏信一、邹三号京信一。下午二十五里至宜沟宿驿,仍归汤阴应差。紫珉幕中费云卿以帖来,名凤来。滏阳城北有二碑,一曰文王羑里,一曰文王演易处。城中岳王庙极宏丽,未及瞻谒。

汤阴故自荡阴遗,好事犹题羑里碑,为报邮签排递密,宜沟驿畔夕阳时。

【天头曰】结廪。

以上汤阴山,共结二十分,少一分。廪给廿三分,外表与手用去二分。

二十八日 晴热,丑末启行二十余里后,循淇水行,其西万峰起伏,绵亘无际,日出时作紫翠色,颇足供远眺。又十里渡淇,淇有小石桥,桥之下奔流激湍,作奔雷声,甚可怖也。过桥即高林镇,亦名淇阳关,关门书"淇澳菉竹"四字。又二十五里为淇县洪门驿尖,过县三十里顿坊店,又二十里至卫辉府宿。淇令葛秉彝,字懿夫,行三,湖北通城人,壬午副榜。卫辉府尊曾培祺,号兴久,行一,汉军正白旗人,辛酉举,辛未翰林。汲县刘体乾,号立斋,山西辽州人,辛酉拔贡,出接。复至行馆,馆湫隘而闷气,殊不可耐。

淇泉菉竹近何如,急溜奔湍注碧渠。牧野朝歌成往事,要从汲冢问遗书。

【天头曰】洪门驿,廪结。卫源驿,廪结一。

二十九日 末伏,晴。辰刻起行,出南门即渡卫河,有桥跨其上曰"德胜",行三十里临清店。又二十里新乡县新中驿尖。午后热,行四十里小冀寨小坐。又二十里亢村驿,馆之污陋如昨。新乡令魏正儒,号子方,四川新都县人,壬午举,出接,复至行馆来见。亢村距获嘉三十里,获嘉应差令李锡朋,号柳村,天津人,己酉举,辛未进士,差接。是日所过,时有树阴夹路,溪水半湾之胜。风景可观,非复如北地尘沙矣。小冀村后尚有杏主寨，绕道未及过也。此间寨皆有土城，市镇有蕃殖之象，不亚于郡城。

雨行烟树界长堤，时有村墟傍碧溪。小冀寨连亢村驿，土垣都趁土冈低。

【天头曰】太行诸山，是日乃行尽。新中驲，廪结一。元村驿，廪结一。

三十日　晴，早起，寅刻发亢驿廿五里，詹店廿里，渡黄河，河宽约三里许，舆马行李分两舟而渡。波平如镜，而旋涡甚急。东风习习，舟行中流，回旋曲折而下，半时许抵南岸。岸上群山稠叠，俗名芒山，实广武山，得中岳之余气者。循山麓而行，树林茂密，涧路萦纡，山坳树隙，时有庐舍隐现，颇得山居之胜，树多枣林，数里乃尽。又十五里至草屯坡，天暑人困，行李驮子又落后，即宿于此地，归荥泽县。应差相离尚三里许，署令邓华林，号书文，行二，广东人，丁卯优贡，来见。悉江南主试为徐会沣、文廷式，陕西丁惟禔、徐继孺。

【天头曰】廪结。广代驿。

七月初一　晴，微有薄阴，辰行五里渡汴河，一名贾鲁河，水狭而浅，踏流径渡，傍有木桥，仅容一人。共四十里至郑州，离开封一百四十里，即春秋时之郑国，光绪十三年间河决处也。署牧凌梦魁，号苔生，安徽人，癸酉举人。出京后一路西南行，自今日始乃折而向东南矣。

中流容与苇杭通，隔岸群山倒镜中。渡过黄河南畔路，艰难剧忆郑州工。

【天头曰】管城驿，廪结。

初二日　丑刻行，黎明阵雨帘纤，所过土皆作赭色，两壁耸立，如行峡道中。五十里郭店尖，曰新郑应差，亦有土城。巳刻复行，时有密雨。四十里至新郑县宿，署令汪庆长，字云芝，山东泰安县人，庚午补，丁卯举人，□戌进士。出城接，适值大雨，复至行馆敬辞之。新郑地为古郐国,郑桓公灭郐,遂都之,韩灭郑又都之,洧水在城南。

赭泥中劈断崖痕,列骑浑疑入峡屯。暂驻行舆还问渡,洧渊旧绕郑南门。

【天头曰】郭店驿。永新驿,廪结一。

初三日 阴,寅刻发,行七十里至丈地寨尖,渡洧水,有舟代梁。为长葛界,已入许境。又三十里许州宿,许为古许男国,魏为许昌,相传有徐庶奉母处、关公挑袍处、曹丕受禅碑均未及见。州牧吕宪瑞,号芝岩,山东莱芜人,庚午举,壬戌进士。

太岳分封旧史遗,许昌重拓魏都基。书家好事闲评镌,留得黄神受禅碑。

【天头曰】许州驿,廪结。

初四 晨行,沿东城濠而过,湖中皆种荷约数里,红葩翠盖,清芬袭人。城东南有塔,高十三级。城堞烟榭,颇入画景。行卅里石梁寨尖,俗名大石桥。卅里临颍县宿,县为汉颍川郡荀氏八龙故里也。行馆在城中,颍川书院地甚宏敞,供帐亦盛,连日驿店湫隘,烦蒸难耐,体为之不适,至此稍得一疏爽云。令鲁宗礼,号秉堂,安徽宣城人,出接并来见。

颍川城外矗浮图,绕郭清漪占一隅。却忆坡公诗句好,荷花开遍小西湖。《苏诗注》颍县城河有西湖之称。

城堞苍茫榭杳冥,一条颍水自清泠。挂瓢何处寻高隐,我慕高阳聚德星。

【天头曰】临颍驿。廪结一。

初五 晴,天明启行廿五里至小商桥过渚河,即颍水也。小商桥镇,亦名杨将军寨,相传为岳忠武部将杨再兴战殁于此。又行卅五里至郾城县宿。中间又渡水一道,询之舆人,云前数日大雨,上游高堤决口,下灌十数里,故有此积潦,幸麦熟已过,刈获甚丰,近处居民不以为害。郾城春秋属蔡县,有溵水,亦名溵阳,为古召陵地,许慎、陈实墓在焉。令涂景濂,颍荃,湖南长沙人,丙子进士,乙亥乡榜年谊,例应回避,出接而未来见。时己调帘差,代理已到,住行馆内,故余等即住于县署旁落之薇雨堂,供馔甚佳。

攘楚平淮几废兴,此邦文献倘能征。许君祠墓停车处,欲抱遗书访召陵。

【天头曰】郾城驿,廪结一,《说文》有澺水。

初六　晴,卯正启行,五里渡潋河,亦名沙河,岸有澺亭,传为裴晋公所筑。又廿五里至郭家吉尖。是日,县中备茶尖,以积水所阻,绕道而行,未及过也。又约卅里至汝宁府属之西平县,宿城中书院。令华秦,号友渔,行一,浙江山阴人。地为柏子国,春秋传江黄道柏是也。又吴楚战于柏举,即此。

柏举曾开古战场,地通楚粤接岩疆。承平自备千城选,欲谱驺虞启射堂。邑令言此地武科极盛,现有两鼎选,远胜于文也。

【天头曰】西平驿,结廪。

七夕　薄阴,卅里至蔡店茶尖,西平办。又卅里午后至遂平县,令郑昌运,号熙阶,江西人,丙子举,庚辰进士,癸未补殿同年,时于五月甫抵任。止宿于县署之旁丁事,邑为古房子国,丹朱封此。其后吴王夫概封此,故书院之名曰"吴房",邑西北多山,汉有棠溪亭。东南皆水,查谻山,一名莲花掌,雄踞城西,有险要可扼,而中多广衍处,李自成之乱,居民咸避于此,城南有濯河,河有善庆桥,山水发时亦颇病沿。

棠溪亭古址难寻,雨后濯河涨易侵。似有桃源开异境,莲花峰闭洞天深。山口题曰:"别有洞天"。

七夕有感遂平旅次

西风萧飒透疏橹,独客惊秋梦易醒。世上几回逢七夕,天边终古有双星。

愁闻绕砌蛩如诉,枉说真桥鹊自灵。惆怅年时浑不似,牵牛花底雨冥冥。

【天头曰】遂平驲。结廪。

初八日　凉阴，辰初行，过澧河，尚无阻，廿里阎王庙，十里界牌店，又十五里驻马尖。确山应差备有饭。又廿五里古城店，又廿里确山县宿，邑三面皆山城，即在山麓，山名蟠龙。其西首最高者名"大乐山"，即古朗陵山地，本古道子国，春秋时江黄道柏是也。令达信，号萃五，旗人，丁卯举，丙子进士。自汤阴以下州县，多出城迎送，并至行馆见。是日，有潘玉泉外叔祖之旧仆朱桂来见，现在县中当门稿。

村店谁题驻马名，鞭丝影里远峰横。朗陵地接蟠龙胜，三面青山一角城。

【天头曰】确山驴。廪结一。

初九日　阴，时有密雨帘纤，晨出南门二十里，黄山冈十五里，渡吴寨河十五里尖新安店。归信阳州差。又四十里至明港驿宿，晚晴，驿外有明河石梁数十步跨其上。署州牧周书麟，号牧庵，江苏丹徒人。行馆卑陋。

平沙迤逦度山冈，一道明河跨石梁。地僻可怜人迹少，空槽瘦马驿亭荒。

【天头曰】明港驿。

初十日　晴，辰刻行四十里至长台关尖，关南即淮河，河水尚浅，时露沙滩，车马踏流而渡，肩舆则附舟以行，南岸诸山石甚高峻。舆行复道中，曲折高低，路甚平坦，时有村落，残荷半池，稻花满塍，颇有江南风景。过双井店，望城冈五十里，至信阳州宿，州为古申伯国，城中有方塔曰"申塔"，子贡为信阳宰即此，有瑚琏书院。明儒胡大复故里。其南有二关，一名平靖，即古冥阨；亦名恨这关。一名武胜，在湖北界。即古直辕，皆极险要，自古兵家所必争之地也。二关为豫楚之界，明日车不能行，箱笼须换抬夫矣。抬用竹架。南汝光道驻此，署任为吴重熹，山东举人，仍归信阳，应差居处极陋。

长台关隘俯清淮，对岸诸峰叠翠排。行过坡陁千百折，信阳城恰枕山崖。

信阳道中即景

篮舆款款入烟丛，岭背岩腰仄径通。半涧凉收蕨叶雨，千塍香送稻花风。

天回鸿雁弩秋早，社散鸡豚卜岁丰。绝似江南水村景，不知身在万山中。

【天头曰】信阳驿。二关之说，按《方舆记》不对。廪结一，以上结廪共十三分。

十一日 晴，辰刻出南门里许，渡狮河，河流亦入淮，登岸穿小堡即行，山路曲折盘旋，向东南行，路尚平坦，时有登降，肩舆加牵而行。二十五里双水河寨，通狮河，洦河而行五里，彭家湾自尖。又三十里，李家寨宿，双水河源在此。尚是信阳界应差。一路重岚宜嶂，环拱如屏，溪涧潺潺，时闻瀑布，耕夫、馌妇、樵子、牧竖相望于道，劳劳车马中人，对此惘然若失矣。两日来山翠扑衣，弥望葱蒨，村落人家点缀，皆堪入画，胸次为之一爽，是三十站中，风景最胜处也。惜乎居处供馔之陋劣，令人作恶，虽云地僻，亦大负此山水清淑气。

双水河流并一渠，彭湾至寨几村墟。岩回磴转疑无路，挽纤频劳引笋舆。

信阳道中即景之二

漫疑斜谷入辕辕，又向平阳度隰原。村舍暝时山色里，沟田缺处水声喧。

修蛇径细通樵路，列雉堞低露女垣。借问此中人语好，幽居可称武陵源。

十二日 晴，仍行山路，葱郁中渐有崚嶒之势，涧水皆南流。十里南新店，五里观音河站，换马入湖北界，应山县属。又五里武胜关，在两山之隘。右明月，左天平，洵为阨塞之区。度关后，牛心、大城诸山皆高出云表。又二十里东篁店尖。应山办。又三十里至广水驿宿，仍应山界，县尚在五十里外，令徐冠瀛，举人，时已奉讳，经历胡维祺代办，行馆甚敞朗。是日见汉口字林报，知京城又受水灾，情形颇重。六月十二三大雨,永定河决口十余处,又奉旨发帑设厂矣。

武胜关开势郁峨,地分豫楚此经过。山腰乍度观音驿,泉脉都通广水河。山涧细流过东篁店,即渐辽阔,故名广水河。

【天头曰】应山驿,这关驿武胜关一名,恨这关不知是何取义。

观音店驿广水驿。

十三日　晴热,发广水十里,驼子冈十里,京桥十里,郭店尖,八里邓店,入孝感界。十里十八里湾,十八里小河溪,宿行台,宽敞。其镇市颇繁,阜有监局、厘局,驻有县丞,署任为吴县潘兰台遵枋外祖之族兄弟,出接,复来行馆见。孝感令沈星标,浙江人,辛未进士,已调帘差,代理者汪齐辉,号林三,行一,安徽旌德人,己未举人。兰台丈云此处乡试之年,应三省典试过境差,为广西、湖南、湖北来回六次,每一尖一宿,例发银一千两,计每省每次有一百五六十两之款,不知若何开销也。住处供帐却胜于信阳。

驼子冈跲郭店尖,瓦房几簇换茅檐。趁墟莫讶河溪小,监榷分司列汛严。

【天头曰】安陆驿,孝感县。

十四日　晴燥,山色渐远,行平冈沙石间,三十里刘店尖,六十里杨店住,仍孝感应差,行馆尚整齐,巡检马守堃出接。一路村落中早稻已有刈获者,场屯露积,田中多种木棉,颇有吾乡风景。

木棉花白稻堆黄,风景依稀似故乡。尚隔县城五十里,九嵕山色亦苍茫。

【天头曰】云梦驿。孝感县。杨店驿。

十五日　早行六十里,午刻至双庙尖,又四十里滠口住,地属黄陂县,尖、宿均黄陂,应差距县尚数十里。令程懋祺,号受之,陕西己卯举,庚辰进士,持手本来。尖所有哨官汪伟臣,亦手本来。滠口有巡检驻此,未接见。县为古黄子国,又系木兰故里,有木兰祠,以将军称。

地临滠口属黄陂，野渡还劳问楫师。双庙荒凉村社散，木兰犹有女郎祠。

【天头曰】黄陂县。双庙驿。滠口驿。

十六日　辰刻由滠口坐船，水程行四十里为潇湘河，俗名驷马塘，亦曰浚湖。扬帆而南，午初抵汉口，上岸约里许至行台，市廛鳞比，人烟稠密，洵一奥区也。馆宇供帐皆极宏整，非复一乡一邑之比矣。汉阳县知县薛福祁，号诚伯，无锡同乡叔耘星使之弟也，来晤。关道恽祖翼，号菘耘，常州同乡。汉阳府逄润古，号子政，乙丑翰林前辈，差来，答以年家眷晚生帖。小憩行馆，送去谦祥益号信，其当事赵寿堂来，毓杞。未见，带来六月廿四都寓家信，即发芍兄江阴信、韶四号家信、附韶弟信，交全泰盛局寄。是处，京中所雇之骡驮子交卸，过江后用抬夫矣。午刻坐江船渡江，东流直下，晴川阁、鹦鹉洲诸胜均在万家烟树中。约十里至南岸，即汉阳门登岸。自汉水入江处为龙王庙，下至武昌之官埠，是十年前旧游地。当时曾一登黄鹤楼，踰年毁于火，闻即重拓旧观，惜未能一览其胜。进城过四门口，为山前横亘城中者曰"蛇山"数里。迀行台，规模宏阔，与汉口同。江夏令诸可权，号肖菊，浙江钱唐人，监生，来见。督抚、学政、司、道、府差人持帖来者，各答以帖。武昌府送来葵家信一，六月廿九。即复一纸。不列号。作谦祥益号赵君信，托其转寄都寓。是日，始悉七月初八所放主考信，河南：王懿荣、李桂林；山东：长萃、柯逢时；山西：薛宝辰、高楠。

湖广总督张之洞，号香涛，癸亥探花、直隶南皮。藩：王之春，号爵堂，军功，湖南人。抚：谭继洵，号信甫，己未进士。臬：陈宝箴，号右铭，辛亥举人，江西人。粮道：岑春蓂，号尧阶，荫生。盐道：瞿廷韶，号赓甫，辛亥举人。武昌府知府李方豫，号荆南，举人，江苏江都人。学政：孙祥霖，号少霭。乙亥举人，丁丑翰林。

浚湖帆影水程谙，对郭名都巨镇参。武昌汉阳夹江对峙，十里内有府城二，汉口尤为大镇，都会之大，天下所仅。汉水西来江水合，武昌城北汉阳南。

【天头曰】汉阳县驿,廪结。葵买锡汤炒碗八,江夏县、将台驲,廪结。

十七日 晨出武昌,卅里娄家港茶尖,廿里油坊岭镇,又廿里五里界宿,仍属江夏。出城后地渐荒落,亦无佳境,惟此间村聚早稻已获,田中尚有青秧,似初分者,其再熟之稻乎？行馆借一乡村东岳庙,甚隘。

江夏行程附郭经,渐虽城市入林垌。油坊岭接东湖驿,权借村祠作堠亭。

【天头曰】东湖驿。

十八 晴。连日天气颇燥。晨起十五里麦冈桥,又十五里土地庙自尖。又三十里山坡驿宿,行馆借一质库,屋宇尚好。途中平冈迤逦,时见湖光无甚佳景也。此间两湖官道必经洞庭,惟试差以限期有定,恐遇风阻,故由旱道,非通衢,稍觉僻陋耳。差竣即由洞庭舟行也。

十里五里欲问路,一程两程不见城。风波为怕洞庭阻,促向山坡屯里行。

【天头曰】山坡驿。

十九日 晴。十五里贺胜桥。寇乱时有王氏父子以乡兵防御战胜于此,故名。镇之南北各渡一河,又廿五里红沟桥尖,又廿里咸宁县宿。义仓公所。县为古沙羡地,始属江夏,后又属蒲圻,未尝专立,自雍正间始析为咸宁县,有山河以淦水为大。无甚古迹,惟宋冯文简京故里,其读书处有台,即名"潜山",点缀名胜,大都借此为重。《志》载淦水八景,亦不甚著;又载李北海书各遗迹,云已佚矣。令文达,号绍伯,旗人,供馔盛。县丞吕培元,同出接。

沙羡地记汉唐还,蕞尔常居两大江夏、蒲圻。间。淦水依稀传八景,读书台址访潜山。

【天头曰】咸宁驿。廪给一。

二十日 阴。时有微雨,出城过西河桥,约数十步,架板为之,上有阁。又卅里过赤冈亭，至丁泗桥尖。鄂地土皆作深红色，至此尤甚，殆所谓赤埴坟耶？镇中一桥为咸、蒲之限。又十五里，官塘驿宿，借民居。听事归，蒲圻应差。令刘春生，号子霖，江苏武进人，差接。今只四十五里，里较长。

　　行遍平坡赭作泥，亭名端合赤冈题。市桥尽处中分界，十里官塘草满溪。

　　【天头曰】蒲圻起。官塘驿。

　　二十一日　阴，细雨。晨行山路，树木丛杂，卅里五里界茶尖。又卅里抵莆圻，进城住文昌祠之萃古楼下。将至北门行，涧路极狭处，只容一人一骑。丛落中有木堇盛开，约可半里长，颇觉秀色可爱。近城渡濠，濠甚宽阔，以数十小舟联络中流，上铺木板而行，环城皆山，最著者曰丰财、龙翔、马鞍、凤皇等，余不可殚述。湖港亦甚多，颇钟湖山之秀焉。刘令来见，乃己卯南元刘伟臣如辉之族中尊行也。蒲圻本沙羡地，吴孙权折沙羡，为蒱圻以为右部，令潘璋领之。

　　屯兵右部启雄图，地置蒲圻溯赤乌。欲向文星楼上望，几重山色几重湖。

　　【天头曰】蒲圻。凤山驿。结庐一。

　　二十二　阴雨不爽。晨出蒲圻南门，由项家店过五洪桥、嘉水桥、蔺港桥，至茶安岭尖。复迳斗门桥、枫树岭、皇华桥，至港口镇宿，仍蒲圻属。行六十里，山路颇有风景，港口小河万年桥跨其上。所宿之地曰"万年庵"，庵中有董文敏书"歇心处"三字，额今已摹刻，非旧。苏郡吴文恪公，士玉。号荆山先生，有题《万年庵诗》十三元，五律一首，二百年来皇华过此，例有和作，前数年僧道远者，亦复留心风雅，裒刻为《谙余录》，并有诗自纪。集中如刘实庵、姚姬传、钱二树诸先生皆足为斯集增重。吴中则有冯景亭、宫允师、陆凤石前辈诸和作，皆墨迹。吾乡廖仲山世丈，亦有留题，皆奉使湘中，过此者也。寺僧匠已易名曰"紫衣"，恐非道远之衣钵矣。手一册，索和循例，报之得五律二章《万年庵和吴文恪韵》：

劳劳行役客，车马剧座喧。地入幽居静，诗成旧稿翻。蒲团参幻梦，时余悼亡。荡节纪殊思。明发催前路，千峰拥寺门。万年桥畔路，暂此息烦喧。虎仗禅心伏，曾有虎患。猢争世局翻。访碑从岳麓，题塔接慈恩。一卷《谘余录》，传灯证独门。是日距湖南界十余里，临湘令差姓字详后。

茶安岭度斗门桥，港口溪山入画描。最是茅庵歇心处，碧纱笼句满僧寮。

二十三日　晴爽。十五里羊楼司镇，有闸一，为两楚之界限，其地多茶行，盖羊楼岗本产茶也。过此为临湘县界，即有湖南官轿夫及民壮来换班。又行十五里平水铺茶尖。令刘凤纶号□子，举人，□戌进士，庶常，湖北兴国州人。岳州府钟英委负接，并奉藩司委封轿官来署。杨林县丞吕祥墀，号仙洲，直隶人。巡捕两人来，一浦笃鸿，号子宾，江苏无锡人，补用府经历；一王肇奎，号碧珊，浙江会稽人，府司狱。巡捕带来抚藩以下帖六分来，接。

监临巡抚：姻愚弟吴大澂。清卿，江苏吴县人，□子举人，戊辰翰林。

蕃衔帖：何枢。相山，河南祥符，辛亥，丙辰进士。

臬：王廉。介廷，河南祥符，辛未翰林。

提调署粮道：但湘良。少村，湖北蒲圻人，监生。

外巡署盐法长宝道：周麟图。啸仙，河南商城人，附贡。

监试补用道：刘镇。定夫，江西武宁人，辛未进士。

以下未有帖

内监试坐补桂阳直隶州：王必名。石卿，广西临桂，戊辰进士。

内供应现任长沙县：李宗莲。友兰，浙江归安，□戌进士。

外供给署善化县：于学琴。相轩，江苏丹阳，附贡。

午后，又三十里至长安驿，宿武圣宫。初入湘境，道旁观者必堵，拦舆投状多至十余起，乘轺者例不与闻，悉拒之。噫，岂民俗之健讼耶？抑此方之民实有冤苦无告者耶？晨起欲行办差，家人已夜遁，以供帐一切点交看厢者，乃发。

羊楼闸界一河宽，地入衡湘势郁蟠。日暮题诗寻驿壁，关心那不忆长安。

入临湘界，夜宿长安驿

我亦长安客，天涯歧路分。征骒暂此驻，旅雁若为群。

翠竹潇潇雨，苍梧黯黯云。所思浑不见，何处问湘君。

【天头曰】长安驿。灉圻止。给一无廪。

二十四日　晨微阴。卅里路口铺尖。又四十里云溪驿，仍临湘应差。行馆借一茶庄，万春祥号。而家人无应差者，诸事无归宿矣。是夕，自办晚餐并下人饭，以办差人不来招呼也。

三家村店敞柴扉，四面山光积翠微。查港樟坪都过了，云溪古驿驻征骒。

【天头曰】云溪驿。

二十五日　阴，天气微蒸。黎明行，过浆坑、清平桥、桃李桥，俱通石潭湖入江。郭公尖。约卅里入巴陵界，有城陵矶白塔，其地为三江口，乃江湖会合之地，又五里许冷水铺。巴陵县备茶尖，尖后又渡一岭，想是凤皇山，又循山麓濒湖行半里许，度一小桥，共三十里。近城，府县等皆出城亲接，至接宫亭小坐，即行入南门，行馆在考棚，甚宽敞，府县复来接见。

岳州府知府：钟英。杰臣，丙子、丁丑进士，直隶。

巴陵县：陈浚书。绂生。　丙子、庚辰，癸未补殿，江西。

府经厅：刘守正。诚安，直隶。

捕厅：刘凤章。翼臣，江西。

以上见。

府学：陈佑启。我珊，丁卯举。

　　　龙绂祺。荔仙，湖南。

县学：曹广祺。侣孙，湖南。

　　　汤诚航。杏楼。

长江水师提台：黄翼升。岐昌，湖南差。

镇台:张捷书。子初,湖南差。

游击:周启茂。湖北差。

参将:秦三元。湖南差。

守备:王殿元。浙江。

统领,余虎恩。差。

岳州卫:田涛。海帆,山西人。

岳州东门外偏北四五里有望城山,可望城中。最为要害岳阳楼,尤足揽洞庭、君山全胜,惜关防时不能一登也。巴陵为汉时下隽地,古麋子国,属楚,《禹贡·导江篇》"过九江,至于东陵",九江即洞庭,东陵即巴陵也。

路近巴陵并站催,此二站甚短。岳阳城倚洞庭限。何当置酒高楼上,一揽湖天胜景来。

二十六日　晴阴参。晨出城,行二里许,即下船渡湖,湖不甚广,重岩叠嶂,曲港回环,如行画中,亦洞庭之汊港也。二十余里登岸,郭镇市茶尖。又三十里青冈驿宿,均巴陵办,馆舍虽小,颇雅洁。

久别烟波旧钓纶,今朝重喜鹭鸥亲。湖光绿过平芜岸,道向青冈再问津。

　　【天头曰】青冈驿。

廿七日　阴风。由光眉洲至新墙河镇,沿河有洞庭君庙,对面有张乐亭,傍又有小塔二,云斤月斧,绀碧交晖。镇长里许,颇繁盛。镇南有三间故宅,共约卅五里,至长湖茶尖。巴陵办。又过屯步铺、洪桥界碑,岭道旁有南岳行宫,规模甚整。入湘阴界,共三十里,至大荆镇宿,行馆即系行辕,甚宏敞也。湘阴令本任韩受卿,号宝臣,丙子举,庚辰进士,直隶人,现已帘差到省。代理者为吴效璘,号小农,辛亥举,陕西人,俱差接。大荆巡检□□□,号□□,手本来。镇尾有荆山庙。

指点临河张乐亭,三间故宅想芳型。红墙一角荆山庙,戟院风高警柝铃。

【天头曰】新墙河，古之微水。大荆驿，湘阴办。

廿八日 阴，仍大风。天气亦凉，晨起出大荆镇，西南行，十里新塘铺，十里关山铺，十里大坪铺，十里黄谷铺茶尖。尖后渡小江，廿里渡归义河，河通新市镇，其出湘之口即汨罗江也。江口有贾谊吊屈原处。渡河，归义镇宿行辕，镇市颇热闹。两日来皆行平阳，而登涉处尚有山势，东首仍远山如带也。

归义河边引步碕，汨罗江口吊荒祠。秋风别有怀湘赋，夜起挑灯续楚词。

廿九日 阴，凉风仍未静。晨行，十里大塘，十里杨梅铺，过栗桥，十里亦塘铺茶尖。路旁有金陵庙，复行十里五仑铺，十里长仑，十里夏家桥，桥亘两岸，叠石为之，宽不盈丈，约数十步如石塘，然惜已有坍坠者，宜亟修之。两旁本有石柱，宜加横木栏为善。过桥有夏忠靖公原吉祠，及夏氏宗祠，皆极整齐。又过湖上桥，桥跨东湖与湘水，通城西即湘水也，所过者曰镇朔门。入城，住考棚。城本罗子国后，属楚，有屈原遗迹甚多，城北五里有夷陵庙，相传舜之二女葬焉。

黄陵庙古闷烟萝，迁客羁臣写怨多。莫道湘江秋思满，文星桥自接恩波。

八月初一日 风仍大，阴雨。晨出湘阴，文星门城外滨湖，两桥联属，先过邓婆桥，一名恩波桥，后过文星桥，其南有文星塔、南岳行宫等处。十里过涝溪桥铺、十里袁家铺、十里文家桥铺茶尖。又十里界头铺，入长沙界，又十里戴公桥，路旁有镇南宫祀张睢阳。又十五里，桥头镇宿，近数站皆有行辕，甚宏整。署长沙府徐培元，号心畬，宛平监生。长沙县李宗莲，善化县于学琴，俱见前。差人持帖来接，又派内帘伺候家人两名来，一王森、一周清，两巡捕辞，先晋省。

山川环抱土风嘉，桥彴郡连石牖斜。恰到湘阴交界处，文家铺后是长沙。

初二日 薄晴。自桥头行三十里，至花石坳茶尖，尖后先渡涝头河，次渡陈家渡，皆湘水支港。廿里至长沙省城外迎恩亭，抚学、藩臬以下皆差人持帖来接，随有执事等，迎护入城，进北门，门曰"湘春"，朝南一直大街，廛肆鳞比，转数湾过抚辕，道旁观者，填溢街巷。约数里抵鱼塘，行台各官复以帖来，备名帖，遣巡捕注答致谢。两首县来，禀安不拜。会善化县送来伺候人役花名册一本，自号房、厨子、茶房、剃匠及外执事约百人一分，腰牌八块。是日寄轺五号都信，内附韶弟、凤石信，王巡捕来取去，陆维骥洋信二十元。

湘春门外丽朝阳，使者初临下马乡。围住长沙十万户，红旌招飐向鱼塘。

初三　阴雨竟日。在寓无事，检点箱笼衣服扇对，均有水损，敝篓已破，购皮箱一，价五千。

初四日　晨仍阴，微露晴光，转似蒸热。监临部院送来石兄露封信一函，知奉派有江宁送考之行，即交带去仲午舅致吴抚信。施稚桐来取去蔚庭信。

初五日　阴。料理扇联填款八十二分，交巡捕转托首县寄出。对装轴、匣，扇装匣。又联三十付，少一。交装轴。监临咨文来，送《科场简明条例》一部、七本。《历科题目》一本、《条约》一本、《条款》一本、《三场程式》一本、《仪注》一本、《磨勘简明条例》一本。

初六　阴。晨起打叠行李，令来兴、张升、卫福、屈四先押入闱。监临帖来，送银杯、金花、红绿䌷，回帖赏荷包、小刀，巳刻头请帖，至回帖，或片。吃饭毕，午初二三道帖踵至，即换朝服，坐暖轿至抚辕，学、藩、臬内、提调、监试均迎于堂檐下，即诣龙亭前行谢恩礼，三跪九叩首，礼毕坐入帘宴，两主试与抚学居中，藩臬安席，行答席礼，皆辞。详见仪注册。一坐而起，遂换明轿入闱，正考，次副考。约里许，观者益众，幸不雨。至贡院堂檐下，出轿入坐茶候监，至三献茶毕，送入内帘门口，三揖而进。内监试王必名石卿随进，少停，十二房考进，以次来见，随答拜。内监试略坐，各房考均挡驾衡鉴堂内。进住处五间，颇宽敞。

内监试知府用直隶州　王必名，石卿。广西，壬戌、戊辰。

第一房	永顺县	朱益浚纯卿	江西	癸酉	丁丑庶常
第二房	候补县	彭献寿橘泉	广西	壬午	己丑
第三房		费道纯竹心	四川	戊子	己丑
第四房	浏阳县	唐步瀛蓬洲	四川	己未	
第五房		应运生子麟	江西	乙亥	
第六房		杜鼎元蓉湖	贵州	丙子	
第七房	湘阴县	韩受卿宝臣	直隶	丙子	庚辰
第八房	即用县	陈禧年荃敷	福建	庚午	庚寅
第九房	清泉县	刘榆生星伯	江西	丙子	庚辰
第十房		朱士黻莳卿	浙江	丙子	丙戌
第十一房	江华县	汤汝和味梅	广西	戊子	己丑
第十二房	鄦　县	张祖良少堂	广西	辛酉	

内收掌　朱式衔荣卿　江西　壬戌举人

【天头曰】交去印花一纸。

初七日　仍雨，晨起监试。王石翁来见。知照于午初上衡鉴堂掣签分房，次序见上。主考南坐，十二房排次东向坐，监试西向坐，书史捧签筒上，每掣一签，书吏唱名，毕，呈监试，案登册，事竣退堂，调取书籍。钦定四书文、唐宋文稿、唐宋诗稿、佩文韵府、长沙府志。

初八日　外帘于寅刻点名，微明即起，将拟定文诗题写出，并选韵六十字。首："子曰：道千乘之国"两章，次"人力所通"，三"《春秋》天子之事也。是故孔子曰：'知我者其惟《春秋》乎？罪我者，其惟《春秋》乎？'"诗："岣嵝山尖神禹碑得碑字。"监试王石翁带进写宋字匠二人，刻手十余人，先将文诗题、韵字写样校对付刊，共板四付。午初传刷匠十余人入，题纸带。各关防及添注涂改条例，隔夜先刻印。竟日监察监试亦帮同照料，共刷红题纸二百四十张，题纸一万三千四百张。红纸者，本省官场并送监临提调监试，戌初完竣。是日雨，下午薄晴。酉刻封门，实到士子一万一千人光景。子正发头梆，俟监临至内帘门即发。

三梆开门，各三揖，将题纸每束百张分置四桌，送出时已交初九日，忌辰，常服，不挂珠，隔帘小坐，谈略数语，即退寝已二点钟。

初九日 晴。监临咨照中额，本额四十四名，边字号一名，田字号一名，永远加广十名，共中正榜举人五十六名，副榜九名。监试来开官衔履历刻批语条。

初十 晴。午餐供给未入，想放牌不早矣。王石翁来略谈，并携示中丞闱中即事四律见示。是日校改小学策问一道，和中丞《紫笔薇花诗》原韵两首，自拟试帖两首，与张颂拟定经题。

十一日 晴。刻二场题：《易》"先王以作乐崇德，殷荐之上帝以配祖考"，《书》"乃命重黎，绝地天通，罔有降格"，"皇皇者华，于彼原隰。駪駪征夫，每怀靡及"，"季孙斯、仲孙忌帅师围郓。"定公六年。"工入，升歌三终，主人献之；笙入三终，主人献之；间歌三终，合乐三终，工告乐备，遂出。"辰刻，刻字匠来刻板四付，共印红二百张，白一万三千张，酉刻完竣，至子正传梆，补褂送题，监临及提调监试，亲到略谈，知场中安静贴者约数十本。

十二日 晴热。校对策题，下午付宋字匠写样。

十三日 晴热。监刻策题，仍板四付。午后上堂阅卷，收卷十八本，一时许即散，阅讫后，晚由监试进卷十五本，共阅卅三本。得调字十号，佳卷一，余备卷三。

十四日 印策题一万三千纸，红纸二百九十余，供给所进送中秋燕席票一，先送三场燕席票三。又中秋节礼、又监临送节礼八包。子刻补褂送策题：经、逸。《史》《汉书》。《说文》、山经、文体，仍与监临略谈而退。是日阅卷廿九本，留出备卷三本。监临送中秋节礼、月饼等。

十五日 中秋阅卷四十余本，晚请监试、同考诸君赏月之叙。

十六 阅卷五十余本。监试每日送荐卷分两次，早晚约六十本左右。

十七日 阅卷四十余本。

十八日 阅卷五十余本。

十九日　阅卷六十余。

二十日　阅卷六十余本。改文发抄付刊，皆于饭时、寝时为之。

二十一日　阅卷五十余本。

二十二日　阅卷五十余本。是日头场，荐卷毕，计共五百卅三本。

二十三日　阅头场毕。

二十四日　复阅头场拟中及备中卷留存四十余卷，是日监临出闱，帘门揖送。

　　【天头曰】是科中额三十六名，边、田在内。副榜九名。

二十五日　阅二场卷，兼复头场。

二十六日　阅二场卷，共二场，又留出数本。

二十七日　阅二场卷，点五讲。

二十八日　阅二场卷，点讲。

二十九日　二场卷毕，复校留备各卷。

三十日　阅三场中卷。

九月初一　阅三场中卷，作诗七首，付元魁卷刻。闱墨东堂刻头场十八篇、西堂十二篇、诗十二首、二场六篇。

初二日　阅三场落卷。备卷斥者内以三场中定二本。

初三日　阅三场落卷，中一本。复阅头二场，尚可。

初四日　阅补荐二三场卷，并与东堂互阅，各卷中珍字二卷，定边字号、田字号各一名。

初五　磨勘各中卷，拟改各疵摘记。

初六　定名次，晚饭后监试来定草榜录底。

初七　晨收掌入帘，调齐墨卷，请各房查封朱号默讲。上灯后出衡鉴堂，公座、监临、学政并南向四坐，十二房西坐，东向提调监试东坐，西向，均补褂。书吏请卷拆封填榜，每名高唱，正主考写墨卷名次，副主考写朱卷姓名，只写头场一本，得士李鸿仪等五十六人。副榜九名填毕，交。子刻发榜。得葵、珪京信，韶臣信，葵到沪信、到苏信共四封。知蔚儿扶王宜人灵柩于八月初十出京，二十到申，廿二到苏，一路平稳，差慰于心。

初八　以朱墨卷分交各房磨勘，季孺来，施稚桐来，王益吾前辈来，同乡陆续来。下午至各房略谈。

初九　备文咨抚台，请代奏请假一月，回籍省墓。送去陆蔚庭前辈致抚藩及盐道周麟图信，又王仲良致瞿肇生信。

初十　王介艇前辈、张子虞同年来，官场及同乡来者络绎不绝。竟日会客。晚接畴儿第五号都信。

十一　各房磨勘中卷毕，因查《科场条例》朱卷以填写名次为合，因补写也。复批中卷，印衔下副考批取字，文批四字"清真雅正"之类，经、策批两字"博赡"之类，共八字。正考批中字，批八字亦同，副榜批六字。明畅、经策、明顺之类。批竣，内监试来点，交封送藩司。卷事始毕，新门生来见，何维峻、张思焯、郭振埔、孙举璜，何乃文安公凌漠之曾孙，郭系意城先生之孙，孙系念贻名宗榖之子，皆世家也。余则寒素居多。

十二日　晴，巳刻，监临送来杯盘、金花、三道帖至，即换朝服赴抚署谢恩。坐鹿鸣宴，新贵到者八人，行参见礼，一跪三叩，答以三揖。礼毕，移寓鱼塘行馆。午后，偕叔翁答拜抚学、藩、臬各道，首、府县，各山长十余处。拜施稚桐，晤；朱叔懿，未晤。夜，瞿韶生来，稚桐来。发不列号苏信、京信各一。

十三日　晴。晨填对扇款，会客不绝。午后，赴江苏会馆同乡公请梨园盛饰，自窭帅以下官场均到，约七八桌。周笠仙名，乐。年八十余；劳，号德扬。皆原籍江苏洞庭山，已入湘籍数代，子侄辈已由湘南籍乡登贤书矣，两公总司会馆者也。

十四　晨出拜客及为各房考，见中丞、方伯、盐道。午后，赴浙江会馆招。首事徐恩浚号敏卿作主人，则何方伯枢、张子虞学政同年、钱荣康观察晋甫。采觞竟日，灯后始归。过某街作公醮，夹道灯彩，密若悬星，约半里许，如游火树银花中。

【天头曰】监试、首、府、县皆浙人。

十五　晨拜客。赴监试十二房之招，同人公所，采觞散已戍刻矣。

十六日　晴。但少村、刘定夫两观察招岳麓之游。八点钟出城，坐船渡湘河，又沙滩名白沙洲半里许，复渡河，登岸即山麓，行两三里至岳麓书院。略一周览，中有刘中丞蕴斋祠、王公祠、六君子祠、讲舍数十间，肄业者颇盛。门外有赫曦台，换篮舆由西而上，经爱晚亭至万寿寺，有精舍数椽，再上为云麓宫，复登最高处，曰望湘亭。亭中联曰"西南云气来衡岳，日夜江声下洞庭"。远眺湘江，俯瞰郡城，万家烟树都在云气弥漫中。崖畔有寄岳云斋，聂先辈铣敏读书处。其绝顶曰北高峰，尚有禹王岣嵝碑亭、射蛟洞诸胜，未及遍也。下至万寿宫，午餐散已夕阳在西，下山入书院小步，遂归至寓，尚未上灯。

十七　晨出拜客。中丞、学、藩、臬、各道台、本府县通同公请求贤馆，共四席。馆为窓丈抚湘新辟斯构，规模极宏敞。

十八日　晴，窓丈招署中饮，同坐张子虞学使、王实卿直州、本科内监试。张子荣吏部，惟俊。窓丈戊辰同年也。

十九日　拜客，赴王益吾前辈招音尊，戍刻始归。

二十日　连日俱晴，晨出拜苏府同乡。午后，赴何藩、王臬、周盐道之招。

二十一日　门生络续来见，有二十余人矣。晚赴张子虞同年学使招饮。

二十二日　陈程初海鹏军门招城北碧澜湖。其地远山近水，旧有开福寺，寺后隙地甚敞，爰蔬种竹，缭以精舍，结构颇雅静。有旱船，一题曰"宛在"。后有茅亭，高出林际，足供远眺。设席旱船中，肴馔甚佳。程初曾任江苏福山镇总兵。

二十三日　午后，拜徐心盦首府，补拜陶曾左各绅。晚赴叔彝之招，寓斋两席，皆同乡。归已深更，接葵初八六号苏信。

二十四日　饭后，略拜数客。在寓，客来不绝。题窓帅《岳麓纪游图》七古。

二十五日　在寓料理应酬各写件,题刘定夫观察《孝友记》一首。

二十六日　补拜客数处,写应酬件数十件,刻无少暇。是日送公款来。使八金,抚、藩、司道,外加锁金匣件一、小刀、扇对;使四金,府、两县,外加荷包、小刀、扇对。

二十七日　忌辰。写件毕,午后至叔彝寓料理。送苏帮同乡各扇对,共三十八分。晚饭后归。

二十八日　各处当道辞行。晚赴汪竟青前辈、概,庚辰兄,丙子同年。同坐郑祖焕、绍乔,癸未庶常。俞鸿庆。伯钧,庚寅庶常,亦丙子同年。

洞庭九月湖水清,衡云缥缈朝光晴。尘网牵率苦未了,胜游于我缘偏少。城西岳麓开丛林,篮舆催度岩扉深。登高许展重九宴,云物旷朗澄秋心。使君豪兴殊不减,公于重阳日,率宾僚为登高之集。东道嘉招我还忝。十六日,但少村、刘定夫两观察以雅集见招,作竟日游。绝壁烟深访断碑,满湖风紧催归舰。清景重看图画中,湖山不负斯游同。湘灵环佩渺何处,骖鸾直欲登阆风。山之巅有望湘亭,倚栏眺远,烟水空濛,诵"江上峰青"之句,为怅惘者久之。

廿九　忌辰。补辞行同乡各处,收拾行装。

十月初一　未刻登舟,抚、学、各当道均在码头行馆候送,略坐,揖别。至河干行祭江礼,各官复至舟边,俱挡驾,见同乡门生十数人移船,应日即泊。

初二　晨雾,未能开行。朱叔彝太守来船谈。巳初,湘帆小轮带行,晚至湘阴县泊,韩葆臣同年来舟晤。写芍兄信、蔚儿苏信、均不列号。畴儿京信、栩缘信第六号,附韶弟信。湘帆小轮管带首备江□□,号宏升。

初三　微阴,北风大。小轮带大船四艘,不能着力,即泊一日。湖北小轮,楚宝来管带、郭春林冠军。

初四　微阴,有日光。过洞庭湖一百四十里,经磊石山下鹿角,是处临湖，有洞庭君庙，募修驳岸，捐助二元。晚泊岳州城外。巴陵令陈绂生同年来晤，府经刘守正、捕厅刘凤章均来见。

初五　风。晨上岸，回拜郡尊钟太守、陈绂生同年、统领余勋臣。名虎恩。绂生招岳阳楼午饭，登楼西望，君山约略可见。是日，稍有云气，湖光杳霭，别有风景，滇中小舟如叶，泛泛自如。午后下船，未及开行。

初六　早开行二百余里，夜泊嘉鱼界，为巡捕写对幅十余件。两巡捕辞去，各总赠八金余，每位送折礼十元，扇、对各一分。

初七　行一百余里，下午至湖北武昌城外，泊官码头。寄轺六号京信，附栩缘信，周肖仙信，又苏信，又江阴信，各附闱墨三本、题名录三本，托全泰盛局寄。晚朱疆山参戎名积之来见，朱君系同乡，前十年于江右驻梅家洲炮台。芍营，过鄱阳时曾招游石钟山者也。

初八　拜当道，晤制君张香帅、盐道瞿赓甫姻丈，余者皆有事于武闱。

初九　香帅招饮于署，同坐杨锐号叔乔，己卯同年，四川人，现在督幕兼看书院史学卷者。又拜陈客斋姻丈，骏生已入都，潘季梅表弟馆于此，并晤盛干卿、杨筠青来，各当道来，答。

【天头曰】至善后局买书，为胜之购书廿余金。

初十　皇太后万寿。补拜抚、藩、臬、粮道。晤谭中丞、敬甫。陈廉访，右铭。答拜同乡冯苇卿。李广候观涛来。

十一　辞行。下午过江，泊湘河。蒋、罗两戈什辞回。致愙帅谢信，发芍兄、蔚儿信。

十二　拜江汉关道恽莪耘、祖翼。汉阳县薛福祁，号诚伯。晤；余仅掷刺。谦祥益李心斋。允能，晤。

十三日　在寓。

十四日　检点行李，遣人至海关，请免单。

十五日　晚定江裕船赴沪，官舱十元，散船七人，每人五元。十一点钟开。叔颂送至舟西别。

十六日　过九江、芜湖、安庆。

十七日　过江宁、镇江。夜半过江阴口。致芍兄信。

十八日　晨至吴淞，十一点钟抵埠，定寓大方栈。至德林祥晤见彦修、南坡。蔚儿至沪迎候，适以上船相左，旋偕少甫同来。即悉蓉伯大侄在江阴署中十二病逝之信，伤哉。是日十二蓉妇举一男，名元椿。蓉侄赋性纯厚，屡困一衿，年仅二十六。

十九　进城拜客，晤聂仲芳观察，适顾渔溪同年亦在坐，并晤郁甥吉铭及大姊顾姑奶奶。城外拜招商局总办及俞忆慈、谦祥益赵寿堂。名毓杞。

二十　马车至愚园一游。晚少甫、祥甫招饮。

二十一　检点行李。晚许树堂招饮，悉苏府王可庄前辈出缺信，闻者咸深叹惜。

二十二日　遣周福、来兴、卫福、陈玉、屈四分带行李回京，附招商新丰轮船去，每水脚十两，奉栈房写票作十两，算合洋十三元。黄叔颂管一人同去。发第七号京信。晚施子英招饮。

二十三日　赵寿堂招游张园，并饮。

二十四日　邹薇卿咏春族弟，万顺丰颜料招游徐园，即设宴于中。席散，送咏春回苏。晚以便菜酌，同人于聚丰复饮翠室。

二十五日　邵琴涛、鲍云生招饮吴寓。

二十六日　午后，估舟附小轮拖行回苏。

二十七日　午后到苏宅，宅中自厅事以外皆为王雨时设帐处，书房则其眷属所居，殊无会客之所。季槐弟赴娄应童试。

二十八日　晨至阊门外永善堂王宜人殡舍。午后买椟至嘹扫墓，泊维亭。发八号京信。

二十九日　未刻至钱镇，晤铁哥、颖侄、祥侄群从，皆赴娄科试矣。

三十日　谒资政公通议公墓，即进城。

十一月初一　芍哥自江阴来嘹，遂同谒太平庵鸦泾祖茔。

初二　谒白荡祖茔。

初三　展谒宗祠,并拜昰张、枢、号子密。学顾、承皋、号蓉材。善生叔及族友数家。倜哥来晚饭。

【天头曰】游击傅文采。焕庭,湖南人。

初四　放舟至太仓,是日为嘉定童正场。到痘司堂试寓,季槐已出场。题:"人民";次:"西夷之人也"至"世之相后也";"高文无出相如△右"。赓笆、杏渠,均晤。

初五　拜州署程序东前辈,将以事去任,新任金元烺,号调甫。新镇洋刘树仁,景韩之弟,咏台。均拜。是日,生一等复,赓笆入场。晚饭后下船,移泊西门外南码头。芍哥于是晨返江阴。

【天头曰】景韩之弟

初六　下午到苏。

初七　拜客至潘、江、王、程处及便道之熟人。

初八　拜当道。

【天头曰】抚:奎俊、乐峰,旗监。藩:邓华熙、小赤,举,广东。臬:陈湜、舫仙,湖南。军马。粮:吴承潞、广庵,浙江,庚申进士。署府:林文炳、笃侯,曰[甲]戊进士,福建。粮厅:刘锡庚,丙子。织造:庆林;长主:樹棻。云庄。元,李超琼、紫璈。吴凌焯敬之。

初九　拜客,得娄寓信,知槐弟招复二名,喜获一芹也。

初十　王胜之到苏,时以参赞奉使东瀛,往晤。赴伯荃招饮。

十一　咏春年伯母常诞,咏老假归捧觞,同人均到。

十二　未出门,小觉不适。午后往见九舅母。接畤第八号京信。

十三　至狮林寺王敬二太爷九十冥诞。冬至夜,设祀。

十四　冬朝,至永善堂礼忏一日,八弟、蔚儿同往,微雨。寄第九号京信,寄江西邓莲裳师信。又闱墨题名录两本。仙叔招饮,未及赴。

十五　陶蕴生忠诰来,时在荃帐房,将属以入城领帖诸事。

十六　陶子霖方需来,蕴生之兄,举以同理帐席。晚苏府招饮于署。苏郡同人公祭王可庄前辈,往拜,晤旭庄同年。

十七　吴佩卿昆仲、朱砚生丈、张月阶姻丈、潘济之舅、尤鼎孚同年、徐翰卿照、程赓云公酌于南仓桥吴第,同坐蔚老、咏春。是日,杏渠来。

十八　芍兄自江阴来,径至永善堂,连日料理入城等事。是夜往宿永善堂,与芍兄晤,蔚儿、槐弟、杏渠长侄、良卿、锦庭咸在。酬堂八元,菜票一席。

【天头曰】缴兵部路引于抚署,以礼部执照至长洲县照会入城事。

十九　清晨设奠启殡,由阊门入,过花桥老宅、仙叔处及本宅路祭,中由吉巷、蔼士、邠如、佑卿路祭。到局,程、王诸亲、蕴苓、受之、胜之、硕庭等到。晚住局,辕门执事费约五十余元。

【天头曰】悉祥侄妇、倜兄次媳,产后病逝之信。

二十日　在局设奠一日,到者二百余号。晚宿灵次。

二十一日　在局,礼忏一日。夜焰口一坛,主座中清。

二十二日　晨,移殡至望山轩下,朝南房中间玻璃窗每年租金十六元。午后蔚出谢客,余归宅。

二十三日　至各当道谢,即辞,赴江蓉丈招饮。

二十四日　在宅料理各杂务。访胡岫云,为小照补景。

二十五日　至抚署晤奎中丞,借普庆小官轮。

二十六日　束装。接畴儿京信,至第九、十号。晚。芍兄邀受之、胜之、蕴苓、梦舲饮于家。

二十七日　程蔼士招饮,同坐仙叔、诸王、邠如、佑卿。晚,蕴苓、颉林、康如招饮于盛泽码头陈四家。

二十八日　复倪桂山信、彦修、晋卿信,倜哥、赓弟信。

二十九日　定镳车,托德林祥,李履卿聚顺镖局来。自清江起,用五车,每银三十两,镖司一人酬三十两,包吃,一切又三十两。

【天头曰】小照补景成,系岫云子琴庵笔,润四元。

三十　定船南湾子一只,价十二元,旗灯、煤炭顺风二元。

初一日　本定是日北上启程，侯普庆轮船，未至。

初二日　午后到船，应吉即送杏渠归钱镇，至德和羊肆饮。

初三　午前至江、王处话别。午后顺至程处下船，蔚儿偕行，芍兄、良卿同至江阴，梦林、次庭、雨时、调卿、槐弟长侄送至船。梦林有范字砖，自制书画扇之赠。晚泊枫桥。

初四　东南风，顺风扬叽，过无锡行一百余里，泊江阴界云月城桥。

【天头曰】同堂雁序十余人，惟尔居长，恸阮咸早岁先徂，何堪哭子，伤心薄宦，嗟兄羁冷署　远道骕征数千里，念我初归，正骑省秋怀自悼，忍听疗元，刲臂将雏，有妇泣孤帏。

县：刘有光、谦山，己卯，丙戌。游府：仇志鹏、翼南，癸酉举，武探。协台：鲁洪达、巨源。西学：秦赞尧。翰臣，松江。

初五　晨至江阴，谒见大嫂，并见蓉侄妇、诸妇女、新侄孙及新侄女。至蓉柩前作揖供香，不禁凄然，为制挽语一联。午饭拜客数处。蓉房新侄孙剪髯，余抱之。

初六　晨至黄山营，拜张统领、绍臣军门，向借小轮渡江，未晤。以普庆在杨浅住，至今未到。

初七　大风微雪。追云轮船管带来，龚振明号月亭。晚下船，泊北门外。

初八　晨即出江口，始遇普庆轮归，因追云已加煤，遂谢之，携有抚辕武巡信，未及交付。下午至瓜州口，约江行一百四十里。

初九　晨行四十里，至扬州潮关门外官码头，府县差接送菜并备轿，遂入城，往拜当道四处。码头有供役人等，不能便衣登岸一游平山、虹桥诸胜，为之怅然。厓吴、邹二君至此留五日云。

【天头曰】运使：江人镜、蓉舫，安徽，己酉举。扬府：沈锡晋、碧香，广东，癸酉，甲戌庶常。江都县：林之蘅、小溪。署甘泉：汤世熙。春方。

初十　晨估舟送良卿归，遂于巳刻开行。下午微雨，牵行四十五里,至邵伯泊。良卿归,寄和芍兄赠别元韵七律一首。

　　转因小聚动离怀,独客心情强自排。鸿爪尚愁远驿路,梅花今始识衙斋。别来往事都如梦,忙里劳生未有涯。去去关河重回首,方春伫盼计车偕。

　　附原作:见亦寻常去便怀,临歧珍重费安排。匆匆北燕冲寒驿,寂寂南鸿敞冷斋。已是关心成老大,相期努力各天涯。吾家小谢凭传语,明岁茱萸会共偕。并柬韶弟。

　　十一日　阴。拉牵行六十五里,过露筋祠。夜泊高邮。

　　十二日　阴。行九十五里,过界首红桥。汛,氾水南闸。宿刘家堡,夜雨。

　　十三日　薄晴。行百十五里,晚有顺风,过宝应、京河、杨家庙。夜过淮关,抵清江浦宿。

　　十四日　晴,清河令葛冰如来晤。印毓清。初一甫调来任,与商借马五匹、骑三、包一、引一。轿夫数名随登岸,答拜;并拜漕帅、漕游、镇台。移舟官码头对过,暂寓协泰和客栈,镖司耿舍生之请,以便装车也。舟人有漏税货,起岸后即为淮关拘住,不知其何如了结。

　　【天头曰】漕台:松椿、号峻峰,旗。镇总:吴安康、号徽三,湖南。漕游:何迪华、号棣之。协台:松华。以上差接往答。清河县:葛毓清、号冰如,山东。淮扬道:谢元福号子绶,辛未翰林。上省未拜。

光绪二十年甲午[①]

阏逢敦牂正月。

　　元旦　天气晴朗。余自雄县早发,至涿州宿,拟春帖词一首:天临元旦转珠杓,地近长安走玉轺。带得江南好春色,凤城催引紫宸朝。

---

　　①　本年日记原记于"光绪十九年癸巳三月廿二日"之后,现按时间调整为光绪二十年,原稿无标题,整理者根据内容添加。

初四　到京住本会馆。儿辈来，韶弟来，伯葵、蔚庭前辈来。

初五　仍在馆。丑刻入内城，卯刻覆命，传弟一起召见于乾清宫之西暖房，谢恩折托苇卿办。黄匣一，皇太后、皇上安折各一，用黄绫面，复命折一。出拜同乡师门新年。座师各送宜敬四十两。

初六　江苏馆同乡春酒。是日，午刻始返寓，即出酬应，座师、房师各送土仪四十金。是日始，至二月酬应络绎。

二月初三　文帝诞，进香，并至武帝庙、观音庙、吕祖阁、乡馆拈香，同乡团拜。

初十　发芍兄信元号。八弟信、江甥信、良卿信。

十五　各省新举复试约八百人。

十八　许颖初师母开吊，林锡三师母六旬正寿，均往。发湖南各谢信。

二十二日　寄仙叔信、翟蔼士信，复王伯荃信。康民招湖广馆音尊。

二十四日　丙子团拜，出喜捐八金。

二十五日　至会馆，晤汪闰生同年，同乡公车到六七人。寄天津李、张闱墨信。接湖南内监试王宾卿信，又《进呈录》一百本。

三月初六　会总李鸿藻、徐郙、汪鸣銮、杨颐。同考李盛铎、周树模、张孝谦、汪凤梁、鲍临、刘学谦、冯光通、翁斌孙、王荫槐、戴兆春、文焕、高熙喆、赵惟熙、刘启瑞、王式文、华俊声、华辉、朱锦。

初八　王宜人周年，长椿寺礼忏一日。

初十　悉闱题："达巷党人曰大哉，孔子"，"子曰道不远人"至"忠恕违道不远"，"庆以地"，"雨洗亭皋千亩绿。得皋字"张说诗。

十一日　送考。

十三日　悉经题："形乃谓之器，制而用之谓之法"，"四曰星辰""以御宾客"二句，"取邾田，自漷水，季孙宿如晋"，襄公十有九年。"命相布德和令,行庆施惠"至"庆赐遂行"。

十八日　奉上谕大考翰詹,着于本月廿六在保和殿考试。

【天头日】三场:一问毛郑,二问□□,三问科贡,四问永定河,五问金石。寿字。

十九日　余庆堂酹劳勋臣、未到。沈奉云、未到。何仲圻、钱鸣伯、周仲芄、刘献之。

廿一　旨本年八月初三致祭文庙,亲诣行礼。

【天头日】发湖南各谢信,发湖北各谢信,发苏州当道信。

廿三　见会试各省中额单。满洲九名,蒙古四名,汉军四名,直隶二十四名,奉天三名,山东二十二名,山西十名,河南十七名,陕西十四名,甘肃九名,江苏二十五名,安徽十七名,浙江二十五名,江西二十二名,湖北十四名,湖南十三名,四川十四名,福建二十名,台湾二名,广东十六名,广西十三名,云南十二名,贵州十一名。

廿五　移小寓于会典馆,菊裳、韶弟偕寓,价各二金,赏一金。

廿六　早,中左门点名接卷,题:"水火金木土谷"赋,以"九功之德皆可歌也"为韵;"书《贞观政要》于屏风"论;赋得"杨柳共春旗一色"得林字。七言八韵。接季槐清明所发信。

廿七　派大考阅卷大臣:昆冈、孙敏汶、孙家鼐、志锐、陈学棻、王文锦、李端棻、龙湛霖、徐会澧、梁仲衡。翻译:额中堂淞桂、良弼、堃岫。

廿八　派覆阅大考卷:张中堂之万、徐中堂桐、翁同龢。

四月初一　立夏。报到大考等第,余列一等二名。一等共六名,一文廷式,二秦□□,三陆宝忠,四戴鸿慈,五陈兆文,六王懿荣。韶弟三等三十五名,报付三十二千。夜见全单,二等七十七名,三等一百廿三名,四等二名。

初二　接芍兄二号信。桃月十七发。

初五　至景运门,引见于乾清宫。逢五穿补褂,每排六人,各背履历三句：臣某某，某省进士，年若干岁。是日第一天，引见四十二名，苏府接场。

初八　先妣潘淑人忌辰。午后来招，奉上谕以侍讲学士升用，先换顶戴。夜子刻入内。

初九　专折谢恩，白折衔名书升用翰林院侍讲学士，臣某某跪奏，为恭谢天恩事，四六折。并备绿头签。上谕：此次考试，翰詹各员经阅卷大臣等校阅进呈，朕详加批阅，亲定等第，一等六员，二等七十七员，三等一百二十三员，四等二员。其考列一等之编修文廷式，着以侍讲学士升用；编修秦绶章、陆宝忠以侍讲学士升用；编修戴鸿慈、陈兆文以庶子升用，编修王懿荣以侍读升用。考列二等之王荣商、丁仁长以侍讲升用；编修姚丙然、邹福保、朱益藩均以洗马升用；编修刘玉珂着以中允升用；编修恽毓鼎、高赓恩、李士铵、杨捷三、吴同甲均以赞善升用；侍读冯文蔚以侍读学士升用；编修郑淑忱、孟庆荣、检讨王垿均以赞善升用；编修张亘熙以侍讲升用。以上各员现在无缺可补者，均着先换顶戴，在仁候缺。编修程棫林、杨天霖、检讨阎志廉、编修熊亦奇、管廷鹗俱记名，遇缺题奏，并各赏大卷缎袍料一匹、小卷缎袍褂各一件。编修陈昌绅、陈荣昌、李立元、吴郁生、彭清藜俱记名，遇缺题奏。编修严修、陈丑、曹福元、曹树藩、丁立钧、朱福诜、连捷、崇寿、谢佩贤、周爱诹俱赏大卷绸袍料一匹。考列三等之二品顶戴，右庶子崔国因着撤去二品顶戴，以中允降补侍讲学士，阔普通武以侍读降补侍读，臧济臣以中允降补侍读学士，吴讲以侍读降补，侍读景厚以中允降补，检讨萨嘉乐罚俸一年，右赞善贵铎降为编修，修撰张建勋罚俸半年，编修许叶芬、检讨希廉、编修熙麟、赵尚辅、陈遹声、洪思亮、冯诵请、吴嘉瑞、孙百斛、吴鸿甲、骆景宙均罚俸一年，检讨刘秉均、孙廷翰、姚文倬、讨崇基、王塾，编修徐继孺、王万芳、徐仁铸、缪荃孙均罚俸两年，编修崃光宇罚俸三年，右赞善嵩峋降为编修、罚俸半年，侍读学士李绂藻以庶子降补、罚俸半年。考列四等之编修王继香罚俸四年，检讨雷在夏改为内阁中书、罚俸一年。余俱着照旧供职该员等,其各力求实,学慎守官,方用副朕教育人材至意,钦此。

初十 唐福带到季槐信。午后玉书来。

【天头日】接芍兄第二号信,汇洋二百饼合记。又槐弟吉选一通,九月十三日。

十一日 是日,本为看红录期,今科则闻在关防,例内不准行。

十二日 黎明见全录,太属中金文翰、西林,嘉定。苏府中孙同康、江衡、孙文诒、曹元弼、徐鋆、吴燕绍,江南通州张謇中,湖南门生只中左钦敏一人,且以有事回里,未复试。

【天头日】陶近仁南归,带去程宅各绣货并佑卿条幅。

十四 下午移小寓,仍在会典馆,与范舅、菊师、韶弟偕寓,费每人二金三钱零。

十五 黎明由中左门点名接卷,题:论"笃是与君子者乎","南山有台,北山有莱","槐阴清润麦风凉得清字"。

十六 发芍兄第二号并槐弟信,夜挈儿辈至便宜坊吃鸭,玉书、子泉同坐。考差阅卷,派出张中堂、福中堂、麟中堂、昆冈、陈学棻、汪鸣銮、龙湛霖、李端棻、良弼、阿克丹。是日会试,复试题:经"界既正"三句,诗"拂水柳花千万点得□字"。

【天头日】十八,散馆题:"《职贡图》赋以写其形貌为图为韵","壁闻丝竹声堂"。

十九 玉书回南,托带回彦修之南山款屏四条、金良卿功牌一张、会墨两本,寄芍兄、槐弟。

二十一 殿试策问:水利、经籍、选举、盐铁。

二十二 考差引见第二日,至景运门排班,以次入乾清门,上台阶跪背履历三句,常服挂珠凤带。

【天头日】汪师,名惟馨,号德甫,昆山癸巳举人,开馆每月修四两,每节敬二两,月费六千。

二十三日 吏部奏翰林院侍讲学士一缺,应将以大考一等二名钦奉谕旨以侍讲学士升用之编修秦某某奏补,奉旨依议,钦此。读学冯文蔚、文廷式，庶子戴鸿慈、诛兆文各具专折。侍读王懿荣。

二十四日　小胪唱。状元张謇、江苏通州。榜眼尹铭绶、湖南茶陵。探花郑沅、湖南长沙。传胪吴筠孙、江苏扬州。沈卫，吉士、第二。徐仁镜，吉士、第四，均十本内。何葆麟、二〇。徐鋆、中书。孙同康、吉士。孙文诒县俱三。金文翰、第一、中书三〇。江衡。吉士二〇。

二十五日　皇上御太和殿传胪。是日丑刻，到景运门递折谢恩于升殿，礼毕回宫，时道旁叩头，摘帽俯伏，"臣冯文蔚等叩谢天恩"，领头者一人报。是午酌贝铭之、杨少云、孙子钧、黄西平于广和居。

二十八日　大考差："以古为镜"论，"殿阁生微凉得凉字"。新进士朝考："荀卿"论，"拟李绛请崇国学"疏，"天禄琳琅书字"。先妣诞辰设祀。至菊裳处贺君宜完姻之喜。

三十日　癸未团拜湖广馆，演玉成班，与壬午合，张老夫子到、徐枬士世兄到，每分资二金，余擞喜资十二金，归已三鼓。

五月初一　得云贵主考言，往贺许颖初师。

【天头曰】云南张建勋、许泽新。贵州吴同田、陈同礼。

初二　赴苏器之同年招饮。

初五　丑刻至西苑门六行公所预备召见。黎明入内候，带领至勤政殿北向之西间，揭帘进跪于御案右边。军机垫之侧。皇上向北朝外坐，奏对十余语，退。备履历片、膳牌，已经谢恩，不碰头。

初七　新进士引见第一日，初十毕。

初八　在大保国慈仁寺春祭顾亭林先生，到者约二十人，分每四千。

初九　酌诸筱泉、湖南来。俞伯钧、留馆。瞿韶生、肖孙竹于万福居。

初十　发家信第三号，丐兄信一、附范舅议喜事信一、季弟信一、江甥信一、偶哥信一，蔺初侄于四月十一日病故。又彦修信一、阿妈信一，内有洋票三十元。

十二　悉福建、广东、广西主考信。

　　【天头曰】福建:文治、邹福保。广东:唐景崇、王荫槐。广西:曹福元、汪凤梁。

十三　进城西拜客,晤荣华卿。是日公祝许鹤巢先生于江苏馆。

十五　进城拜客。昨杨少云随程宅眷属回,成官妈复来。交去程宅食物一小箱。

十六　印若回南,交去江宅髢子、老宅零物。

十七　汪范舅来,又交苟兄信一,为延陵姻期展缓之事,即作不列号信寄澄。由轮局。

十八　夏至。陪祀方泽坛。坛在安定门外红墙内,坛二层:上层地示位列圣配位,下层四从坛。皇上拜位有黄幄,在第二层。陪祀在栅门外,朝服三跪九叩,三次礼成,递职名。是日大雨。

十九　庆和堂观荷之集,范卿、仲午两舅、苇卿、颖芝、庚生、韶弟。

二十日　接季槐信,五月初九发。辛芝母舅以中风遽逝,五月初八。荥阳连年亦多故矣。挽联云:入知制诰,出领河防,服官中外,垂二十年世守表清裁乞养有书陈北问;谊坐渭阳,居依临顿,比邻咫尺,才三五武,天涯惊噩耗怆怀何处哭西州。

二十二日　放四川、湖南、甘肃试差。

　　【天头曰】四川:刘恩溥、张筠。湖南:柏锦林、蒋式芬。甘肃:马步元、王以慜。

二十四日　翰林院以日讲起居注官缺带领引见,奉朱笔圈出秦绶章充补,文廷式、王懿荣同日补。

廿六日　谢充讲官恩,入西苑门备折膳牌。衔写日讲起居注,官翰林院侍讲学士臣。苏府公请刘景韩方伯树堂、郑芝岩粮道嵩龄、吕镜宇观察海寰于江苏馆,余陪坐。

廿七　接程蔼士、王伯荃信。

廿八　晨,到西苑门谢恩,道旁。江苏馆太属公请刘景韩、吕镜宇、邾芝岩。

　　廿九　接芍兄五月十九发第四号信,又颂臣、硕庭信。

　　六月初一

　　初四　寄复程蔼士、王伯荃信,是日以文廷式奏,有停捐道府之谕。

　　初五　作芍兄第五号信,内附杏渠信。

　　初九　发季槐信第四号、轶仲信、谢绣君信,复熙年信,接李彦修信。

　　初十　酌西林、子舟、干人、蔚岩于江苏馆。余多未到。

　　十二日　早得韶弟放浙江副主考信,为之一快。

　　　　【天头曰】浙江:梁仲衡、秦夔扬;江西:陆润庠、孟庆荣;湖北:吴鸿甲、朱益藩。

　　十三日　连日甚雨,祈晴。

　　十六日　发季槐第五号信。

　　十九日　往吊许鹤丈。托洪景菱交潘熙年刘对,托金西林带辛舅免对。

　　二十日　寄都信。

　　二十六日　寅刻入太和门。皇上万寿,行朝贺礼。是日派与讲官筵宴,筵在御座西北隅,巳初入宴。宗室、王公、大学士、军机大臣、师傅在殿中,蒙古外藩王公左丹墀上,三品以下在丹墀下。

　　　　【天头曰】桂圃到京,云由上海汇到洋一百五十元,两记分约各得五十金。以上寄款均对过,无误。

　　二十八日　送许香树表,十日之间乔梓俱逝,并无后嗣,文人之厄,可为伤心。晚酌桂圆、唐指冀、苕生、葵生于广和。得彦修信。十九发。

　　二十九日　领万寿太和殿筵宴,赏得御书福方三、镶玉如意、瓷瓶、青花盆、朝珠、帽饰、江绸袍褂料,共八件。湖南祝筱兰大令奉差到京,带来湘省各信计四十二函。

七月初一日 辰刻韶弟启轺,儿辈往送之彰义门外。

初二日 奉上谕,以倭人构衅觊觎朝鲜。命李鸿章督饬各师进剿。

初五 接季槐信,内有华、江、唐各信、江甥信。十八发。至德林祥,晤桂圃,交去湘纹一百五十金,折实曹足一百四十五两,又京足票二十两。

初六 复季槐、江甥信,并复彦修信,托德林祥。复吴少甫、吴晋卿信,并洋十二元,托许滋泉。是日,洪景菱南旋,托带去陶蕴生对、扇各一。

七夕 立秋。

【天头日】初八,主试:山东:李端棻、宋伯鲁;河南:刘若曾、刘心源;山西:高熙喆、周爰诹。

初九 许鹤丈乔梓,领帖往吊。闻朝鲜军事殊不得手,可叹可恨。

初十 接芍兄澄署六月十八发第五号信。内有贺韶信、杏渠信致葵、良卿信、致范姻事信。又接李彬如信、吴代致荣信。管怀乔荐子信。

廿二 同丰堂请客,大雨。

八月初一 巳刻得各省学政信。顺天:徐会澧;奉天:李培元;江苏:龙湛霖;安徽:李端遇;福建:王锡蕃连;浙江:徐致祥连;山东:华金寿连;江西:黄卓元;四川:吴树棻;河南:徐继孺;湖南:江标;湖北:庞鸿文;甘肃:刘世安;陕西:赵惟熙;云南:姚文倬;贵州:严修;山西:钱骏祥;广西:冯金鉴;广东:恽彦彬。

初二日 值日。初三丑刻入内。

初三日 作芍兄信第六号,信内附范舅议姻信,发王雨时信。荐江学幕。

初四日　陪祀社稷坛，兼侍班。

初六日　顺天乡试主考：薛允升、徐郙、长萃、杨颐、陈兆文、张孝谦、熊亦奇、钟广、陈邦瑞、郑叔忱、吴士鉴、洪思亮、杨士骧、彭清藜、刘启端、段友兰、许晋祁、陈荣昌、张星吉、张学华、王培佑，黄玉堂。

初七　刘献之约菊师、允之小酌于义胜居。是日至长椿寺公祭，朝殿师许星椒夫子灵輀回南。

初八　晨送场，并拜汪芝房。出使日本归。唁唐蔚芝断弦。归访李诜斋日本随员。

初十　悉场题："子夏曰：'百工居肆以成其事'"两章，"《诗》曰'衣锦尚绸'，'征者，上伐下也'"，赋得"五色诏初成得成字"。

十一日　作韶信，复熙年、葵致陈瑞卿，又寄李彦修信。托办程喜幛。

十三日　悉顺天二场题："仰以观于天文"两句，"二百里奋武卫"，"如松柏之茂"，"齐侯来献戎捷"，□公□年。"左达五右达五"。

十五　上皇太后徽号曰"崇熙"。是日，皇上至太和殿阅册宝，派侍班。

十六　颁恩诏，朝贺。悉江南闱题："夫子之墙数仞"至"得其门者或寡矣"，"有布缕之征"至"缓其二"；次："故君子语大，天下莫能载焉""上将龙旗掣海云△"。浙江题："知之谓知之"至"是知也"，"父子也"五句，"周公思兼三王"至"仰而思之"，"雨后潮平两岸阔"。

十七　入内谢加级荫子恩。昆太师母领帖。

十八　酌铭之、粲林、诜斋等于同丰堂。往唁杨允之。

廿日　苏府接场，在东馆；太属接场，在江苏省馆。作程蔼士信，并贺分十元，托葵生表弟转交。

廿二日　集苏、太熟友酌于广和居，小接场也，共二席。栩缘、印若、季梅到京。

廿四日　偕菊裳请龙、挥、吴、刘、钱各学使及张季直、汪芝房。

廿九日　丁叔衡、黄仲弢前辈、李木斋、文芸阁约于全浙馆。翰林院会联名公折，请起用恭邸。

九月初一　值日，入西苑门，恭邸召见，派管理总署会办海军事务。

初二　发雨时信，内有关聘银十两。又复王正绅信，托彦修交。

初三　请客黄吉裳前辈、徐子静、戴少怀、王廉生、陆伯葵、杨骈卿、文芸阁、于海帆、冯雨人。

初四　邻如寄到锡箔一箱，织署杨湛带来。

初九　本署递联衔折，止议款，请备费借援，以振战局。

十一　发芍兄第七号信、韶浙信、季槐信。顺天榜发，蔡雪峰师中。名曰暄，韶寓馆师。

十四　酌胜之、印若、季梅于广和居。

十六日　接彦修信，托送程喜幛，计洋十二元。缙钦信、雨时、正声信，悉七弟辑庭卒于八月廿三日午时。弟病外症十余年，左腰偏损，羸瘠支离，近年益剧，殁于花桥老宅，年二十二。

【天头曰】墨局红绸，版重叹，每羊扌，合羊十一元四△九，又字装轴八刂。

十八日　接芍兄第六号信。九月初四发。

廿二日　长椿寺礼忏，为七弟成服。

廿四日　武殿试，紫光阁阅马步箭，侍班。是日，乘舆未亲莅，御前王大臣恭代，即散班。

廿六日　得蔚庭前辈处电信。南榜发，知曾源侄中十九名、曾潞侄中四十九名，南官两名：一陆长俊中三十三名，蔚前辈次子也。发第八号芍信。

【天头曰】从游王雨时、凤藻中榜末。

廿七日　发第九号芍兄信。廿八寄全泰盛局。

廿八　发韶信、槐信。第九号。

十月初一

初二 皇太后由西苑还宫，迎驾于西华门外。倭人启衅以来，军事日棘。陆军败于平壤，退守九连城，倭以浮桥渡鸭绿江，宋庆督战失利，又退至凤皇城，旋退摩天岭。海军自大同沟一战，互有伤亡。至是，倭船趁虚入大连湾，袭金州，以拊旅顺之背。盖北洋门户又失左辅，疆臣贻误，国事孔艰，愤痛何极！

初三 接韶臣九月十六信，又接到苏复电。

初五 连日苏中亲友相率迁眷出都，令蔚儿夫归挈两女、两儿、两孙唐、福三女仆从。赴通至津，偕韶弟眷口，为南旋计。是日，皇极殿筵宴停止，特奉恭王督师之命协办庆王，会办翁同龢、李鸿藻、荣禄、长麟。京城议办团练。

初六 懿旨翁同龢、李鸿藻、刚毅补授军机大臣。

初八 接韶弟浙省廿五发手书，内有杏渠文。十四复，并寄还杏渠文，附葵信。

初九 接芍兄第六号信。

初十 皇太后万寿节，皇上诣皇极殿进表，率百官行庆贺礼。巳刻礼成，余侍班在宁寿门台阶西首。是日天气晴暖，朝阳初起，与彩殿锦坊相映，晖丽溢目。得蔚电，初九上轮。

十四 得蔚儿安电。

十六 万福居请彭寿臣、伯衡、陆寿门、严子猷。来兴自津回。

十七 辰刻，皇上奉皇太后还西苑，在西华门外，花衣补褂迎驾，执如意，如意呈庆典处赏收。得芍兄、韶弟十月初三信。德林祥来钮巷寄葵房食物。无信，计二包。

十八 接伯荃九月廿一信，有梦林媛庚帖，并致葵儿信，洋十元。买补子朝珠。

二十日 作第十号信寄芍兄、韶弟、蔚儿，附款帐。还滋泉十二元。上谕：额勒和布、张之万均着无庸在军机大臣上行走，钦此。

二十七日 子初进城，丑初入西苑门奏事处递封奏一件。巳刻出永定门，至苏太义园秋祭。晚归知旅顺不守。

十一月初一日 奉武闱内场典试，住聚奎堂西次间。命未刻入闱，正主考李端棻，苾园、癸亥贵州刑右，监试御史松龄颐园，管廷献士修。监临顾璜，渔溪、丙子河南。外提调李鸿逵小川。弹压德魁。子权、副都统。武乡试内场为第三场，默写《武经》百字左右，即检题发刊，辰刻发出。照例应封号得发。

〖天头曰〗外场监试御史戴恩溥瞻原、陈其璋云仲、敬佑宝岩、乌而兴额月亭。

初二日 辰刻外场点名。

初三 进《武经》默写卷，共五百四十三本，通共中额一百廿九名。民号直隶一百十名，合号汉军十一名，夹号奉天三名，满号蒙古八旗五名。其卷面填印"好好"者谓之双好，必宜中；填印"好"者，谓之单好。拣中填写六项曰"马箭〇支"、六支全，二支即合格。"地球一支"、"步箭〇支"。六支全，二支即合。"硬弓〇力"、十二力为头号，以此为贵，过此为出号，亦有十力八力。"刀一百二十斤"、次一百，次八十。"石三百斤"，次一百五十，次一百。皆由外场监试御史填明。是夜，房中被窃，失去眼镜、手镯、烟袋、钱票百千，可怪可叹。聚奎堂后进为会经堂，文乡会十八帘官校阅之所，朝南一带约十房，由东首数起之第三间，相传有灵异封锁不住。东西相向各四间，其坐东靠北之第一间，自戊午科场案后，亦不住也。

初四 挑齐中卷如额，点《武经》，用黄笔。

初五 巳刻填榜，先填第六名，与文场同；上灯填五魁，得安殿英等一百廿九名。

初六 子刻出榜，即归寓，预备复命谢恩折，正、副主考同列名。武场正考官臣某某某、副考官臣某某某跪。又请安折二黄绫面，双重膳牌。

〖天头曰〗得葵信十九发，并芳、韶信、彦修谢信。

初七 丑刻至西苑门，未传起。天明至顺天府赴鹰扬宴，只主考、监临三人，设龙牌，行三跪九叩谢恩礼，礼毕入宴兴，再谢恩。是科监临本任为顺天府尹陈六舟彝年丈也。晚移尊菊裳寓，为胜之、印若作钱，时将从军山海关赴吴青帅营。

初八　来取房钱，付至八月底，未注折。

初九　寄第四号葵儿信、韶信。

十二　寄第五号葵信，不列号。内韶信。复十一电报，为韶寓移徙什物。访庞劬盦前辈，为官菜园寓屋事。

十三　珪发不列号函。顾少逸交来李邠如监照两张。

十四　菊裳移寓来，住后院。晚，范舅来，潘经士来，偕菊师小酌于义胜居。得葵十一月二日三号信。是日，知浚州失守。

十六　接葵弟二号信。

十七　接葵弟四号信，十一月初六发。以荣儿八字令张心斋合婚，占之吉。

廿一　发葵弟六号信，内有李邠如、粲林、伯荃信，荣占帖。并复葵貂褂电。是日，知海城失守，卫汝贵拿交刑部，催第三次"龚照玙、赵怀业、聂桂林、丰绅阿、丁汝昌、叶志超俱奉拿交刑部"之谕。

廿五　冬至。夜祀节两桌。

廿六　冬朝，天坛大祀。赴汪范卿舅招，菊裳、经士同往。

廿七　卯刻，进东华门皇极殿侍班。巳初，皇上御太和殿，冬至朝贺。

廿九　作葵信不列号，陈菊裳信寄。

十二月初二日　本署联衔公折，为议和遣使事。是日，御史安晓峰以劾李合肥、李连英，语涉宫廷，奉严旨革职发往军台。以刘岘庄为钦差大臣。

初四　江苏馆请客，李悫园、宋芝洞、陈苏石、管士修到。

初五　赴桂圃招会元堂。晚菊裳作消寒二集。

初九　作第十一号苟兄言，又第七号蔚儿信，托康民带沪。是日接葵第五号信,又复彦修信。

十二　赴范舅、竹斋之约。议和使臣张樵野侍郎出京。

十三　得葵弟六号信。十一月廿一。

十四　与菊裳、耕荪、经士公酌凤石诸君于江苏馆。

十五　耕荪消寒。

十六　接葵十一月廿五信。

十八　卯刻入内,起居注进十九年,书成,送至内阁,送皇史宬。与同班饭于署,出费二十二千。是日,知盖平失守。

二十　至子嘉寓竹叙。

二十一日　宋庆、吴大澂奉帮办刘坤一军务之命。卫汝贵赴西市正法。

二十二日　发葵信第八号。内有程、王、吕、徐、潘各信,棚信安折。赴李苾园招。

二十三日　进城吊乌达峰师。至王大人胡同,答世振之。作栩邰信,附菊寄。

二十四日　耕荪消寒。

二十六日　韶弟到京,咏春同来,暂住省馆,即往为具折件,当晚复命。托戴少怀寄邓师信。

二十七日　王夔石丈到京,往晤。拜季良,未晤。韶弟来同寓,下榻上房。

二十八日　接葵十二月初十日第八号信,汇来洋壹百元,留苏宅用五十元,德林帐收五十元。每元时价六钱九分一厘。

二十九日　太庙祫祭,侍班,朝服貂褂。礼毕往各师门辞岁。

三十日　晚祀节两席,子初接灶。

恒庐日记·燕台日记

光绪二十一年乙未

光绪二十一年，乙未元旦癸酉　子初接灶，寅刻进东长安门，侍太和殿朝贺，班在殿内西楹第二柱南，朝服貂褂。先于中和殿俟皇上升殿，随御前诸臣行礼毕，从太和殿后门趋入班次祗候。辰刻礼成，同班戴少怀左庶鸿慈、准仲莱学士良、文星阶学士海恭赋《早朝诗》一首。东城师门各处贺年。

凤朔朝正日，螭坳侍直时。羽干虞帝德，剑佩汉官仪。阳谷祥晖拱，甘泉捷报驰。天颜应有喜，先许近臣知。

时倭氛不靖，盼捷甚殷。岁杪，命云贵总督王文韶帮办北洋事务。先是命两江总督刘坤一为钦差大臣，节制关内外诸军。宋祝三军庆仍在前敌，吴䜣斋中丞出关赴田庄。腊月中，特遣张樵野侍郎荫桓至沪，偕邵筱村中丞友濂往广岛议和。

初二日　晴。晨贺年至西城。未刻至江苏馆，赴苕卿消寒之叙。年例是日为军机内阁团拜，时奉停止筵席之旨，概不举行。

【天头曰】张、邵二使后为倭人拒绝，遂即内渡。改派李傅相鸿章为全权大臣，再往议和。

初三日　诣范舅寓。

初四日　城外拜年。夜接财神。

初五日　雪。

初六日　接彦修来信，十二月二十日。至东北城。

　　初七日　晨至东城，菊裳招同人在寓中小叙。是日，威海卫失守，此处与旅顺南北对峙，为渤海门户，不独东省戒严。北洋险要尽撤，大局甚可虑也。

　　初八日　接葵儿九号安禀。十二月廿三发。又一函，十三接到。

　　初十日　下午访咏春，晚饭而归。

　　十一日　在寓，作消寒集。

　　十二日　至东城公祭朝殿师乌达峰尚书。

　　十三日　午后偕韶弟、菊师、儿辈，一游厂肆。

　　十四日　阴，微雨。至范舅寓略谈，贺年粗毕。晚，子嘉来。

　　十五日　偕范丈、菊师赴凤名、竹窗之约。晚月色甚好。是日，未祀节。

　　十六日　约同人寓斋小集。

　　十七日　芾卿招江苏馆。

　　十八日　阴。

　　十九日　祈谷坛陪祭，丑刻至天坛，朝服，貂褂。寅正在坛门外行礼，归，甫黎明。得印若营次电费。芝云来，范舅来，晚饭而去。

　　二十日　阴。作芍兄元号信，葵儿元号，并江信。访吴子威，晤于恽薇生处。晚大风，接受之同年信，时署上蔡篆。

　　二十一日　晴。寄信全泰盛局。未刻，李橘农消寒。

　　二十二日　江苏馆，赴张一琴招。

　　二十三日　礼部磨勘浙江、云南、贵州、四川、广东乡试卷，分十二套。

　　二十四日　集子嘉寓。

　　二十五日　难女，河南夏小养，年十五岁，送入广育堂收养，其司事曰张亦元、曰吴静岩。江阴人。晚赴滋泉便宜坊之招。

　　二十六日　范舅来。

　　二十七日　至全泰店，又访吴子威，未晤。是日，李傅相到京。菊师招广和。

二十八日　晚晴。接葵儿正月初六信，未列号。以恩荫事托子威咨吏部荫监报名，曾庆年二十。托子钧寄稚桐信。

二十九日　晚。访咏春，并晤于海帆、姚菊泉。晨访伯葵，未晤。

三十日　晨。偕菊裳诣凤石。

二月初一日　晴。至东域晤玉书。

初二日

初三日　至前门吕祖阁进香四处，又本馆祀文帝诞及乡贤。

初四日　蔚若消寒便宜坊，未赴。

初五日　国子监上丁释菜，熙敬行礼，派陪祀。子刻往访伯葵，晤。

初六日　社稷坛春祭侍汪，晓风甚寒。

初七　邀桂圃、芝云于万福居。

初八　林师母常诞，往致祝敬。正日初九。至长椿寺，唁连聪肃，时奉太翁之讳。晚赴屺怀招。接葵儿一号信，十八发。

初九　范舅来，韶弟治具小酌。

初十　江苏馆酌咏春、菓裳、艺郛、苇卿、范舅、蔚若、子嘉，时张一琴为宛平请而未至，闻牛庄营口不守。

十二　花朝，雪。管士修昆仲招艺郛消寒。接芍兄正月廿三信。

十三　访吴子威。晚接辛揆电，问行止，明日复以"试期未改轮行详探"八字。

十四　潘经士邀寓斋。得杏渠电。遣宋元至津春元栈候，给费六元。

十五　直省举人复试。午颖初师云南试差回，假满复命，为缮折签。夜，同入东华门。

十六　雪。陆蔚亭前辈来，交本会馆款帐，嘱余接管。

十七　仍雪。修灶。接葵儿第二号信，二月初五发。闻头帮轮十四到津。

十八　发苏信、芍兄第二号、葵儿第二号。

二十日　礼部磨勘复试卷。

廿一　柯庭邀义胜居。

廿二日　韶弟考御史，"学有经法通知时事"论，"积储"策。送四十人。

廿三　范舅、子嘉、经士来。

廿五　递江苏捐借事一折。下午，杏衢来寓，而辛揆竟未至。是日，补复试。

【天头曰】"仁者，其言也切"至"其言也切"；"实事求△是"。

廿六　考御史引见，韶弟取十七名，记名共三十六人，记十七人。

廿七　张揖琴太夫人寿，往祝。访伯葵、凤石，晤。发芍兄、葵儿三号信。

廿八　接葵初九第三号信，荣姻事占吉。

廿九　熊余波邀饮，杏侄进小寓，在会典馆。

初一　保和殿补复试题，"所以谓人皆有不忍人之心者"，"流观山海图△"。杏一等十四。

初二　接葵第四号信，廿二发。

初四　接葵不列号信，并议姻签。又接辛揆信、咨文两套。印若自关外军营来夜谈。

初五　夜赴帝王庙陪祀。

初六　晨悉总裁信，徐桐、启秀、李文田、唐景崇，同考恽毓鼎等；吴颖芝甫卸车，即入闱。杏渠搬小寓。

【天头曰】憲帅以田庄之败，退驻大凌河，奉"撤去帮办"之谕，仍回湖南巡抚任。悉和议条款，略。一、赔兵费三万；一、索台湾及奉天南境之地；一、江浙等省各海口设立码头；一、减洋货进口关税。

初七　王子诜内叔来，自山西解京饷。胜之自关外归，下榻寓斋。

初八日　王宜人二周年矣，在寓设祀。未送考。

初九日　发葵第四号信。酌子诜叔、桂圃、庚生、再韩、汪范丈、朱伯勋于万福居。

初十　桂圃招凤石、苕卿、蔚若来。头场题："主忠信"，上《论语》。"优优大哉礼仪三百"，"居天下之广居"至"得志与民由之"；诗："褒德录贤得廉字。"

十一日　送二场至杏渠、滋泉、王昌侯寓。

十二日　寄扁箱一只，葵笺五号。托子诜叔带苏。

十三日　城外拜客。悉二场题："致［知］崇礼卑，崇效天，卑法地"，"矧惟若畴圻父，薄违农父，若保宏父，定辟"，"如山之苞，如川之流"，"季孙行父帅师城诸及郓"，文公十有二年。"大信不约，大时不齐"。

十四日　晨至东城送考，送子诜叔行。

十五　在寓茹蔬。

十六　丑刻至先农坛传班，卯初礼成。皇上亲耕于藉田，四推毕，升观耕台，王公大臣以次从耕。

十七　至徐荫轩师宅，贺灵槎孙世兄姻。晚酌胜之、印若、滋泉、杏衢于广和居。

十八　栩缘南旋归省。午后，赴三胜馆苕卿约。

十九　太属接场，借座江苏馆。是科实到十七人：周保璋、峨卿，嘉，庚午。黄逢辰、益之，崇，乙亥。吴中钦、佐周，太，丙子。杨宝森、玉书，镇，乙酉。顾思永、慎行，太。黄𤩽、钦斋，镇，乙酉。姚鹏图、柳屏，镇，辛卯。冯诚求、保如，嘉，辛卯，乙亢。陈枏、巽倩，嘉，癸巳。毛祖模、艾生，太，癸巳，北籍。王凤璘、珍如，镇，辛卯。汪曾武、仲虎，镇，曰［甲］午。秦曾潞、杏衢，嘉，曰［甲］午。瞿光业、韶生，嘉。钟如琦、聘玉，癸巳，原籍宝山。徐鄂、棣亭，嘉，乙酉。陆长俊。季良，太，曰［甲］午。

二十一日　戴少怀招饮。

二十二日　为林希实、彝弓、殷柯庭饯，干臣诸世兄接场，并邀仲芃昆仲。

二十四日　接葵儿五号信,晤戴少怀前辈。

二十五日　丑刻进内,本署值日,芸阁约递封奏一件。文□、戴陈,论和款事。至北新桥世振之处道喜,为苏府同乡接场。

二十六日　访冯莲塘、黄叔颂,均晤。

二十七日　至范舅寓。

二十八日　接芍兄第二号信,三月十三发。

二十九　苏府接场,发葵兄第六号信。

三十　始悉和款条约:一、割台湾全境;二、割辽阳以南;倭取得地,东起于鸭绿江,西至牛庄营口,南至旅顺。三、赔兵费二万万;四、苏杭沙市四口通商;五、倭人在内地设立机械器局,改造中国土货;六、天津、威海驻兵;其兵费由中国出。七、前敌缴炮台,缴枪械;八、倭人在内地通商者,概免税;九、高丽为自主之国。以上各条均已允定,其未宣示者,凡系因军事获咎之员,概行释免。前敌克唐阿、宋庆、李光久三人,领众军士献俘。倭云将此三人交出,定必优礼云云。是时,条约到中国已久,枢府秘而不宣,恐论者之执为口实,至是外间稍稍传播,闻者莫不眦裂。祖宗三百余年之基业,中国数千百万之生灵,尽送于和约一纸中矣。先是傅相至倭之长门岛,传有中枪受伤之信,添派其子李经芳,亦为全权大臣。由美国田贝来请,或曰倭志也。此约一播,群情汹惧,内而言官,外而疆吏封事日数上,以至多署属员公呈、各省公车公呈接踵而起。又闻俄人以辽阳以南之地,不得擅予倭人为言,是以和议又展期二十一日也。以四月十四止。

四月初一　孟夏时享太庙。子刻往侍班,陆伯葵来。

初四　雨竟日。

初五　至凤石寓。

初六　寄葵第七号信,接葵第六号信。

初七　范舅、蔚若来。

初八　先妣忌辰，茹蔬。寄芍兄第三号信。

初九　祝昆筱峰师，六旬。徐中堂师常诞。张燮钧同年招庆余堂，未赴。

初十　同人约于同丰堂喫梦，两桌。

十一　蔚若约与菊师同往。晚悉榜信，是科江苏中额十五名，太属中陈巽倩栟。湖南中刘维尧、王龙文。

十二　立夏。在寓，蔚若来，刘、王二生来。

十三　至会馆。

十四　子刻至天坛侍班，培祀常雩大祀。

十五　晚。为滋泉作饯于义胜居。

十六　新进士复试题："征者，正也"；诗："龙见而雩得龙字。"共一百七十五人。

十七　赴内阁恭读朱谕有云："将少宿选与非素练，以至水陆交绥，战无一胜。"又云，"宵旰彷徨，临朝恸哭，将一和一战，两害兼权而后幡然定计，其万分为难，情事言者，奉奏所未详，而天下臣民，皆应共谅者也。兹当批准定约，特将前后办理，缘电明白宣示，嗣此以后我君臣上下，惟期坚苦一心，痌惩积弊，于练兵、筹饷两大端，实力研求"云云。是时，和约已成，闻于初九用宝十四至烟台交换，一切均照允从。遣伍秩庸，赍至烟台。云旋闻俄人不允辽阳以南割地方与倭，号召兵轮直抵倭之广岛，故金、复、海、盖、旅顺等处，倭已退还，中国另偿兵费。云又闻台民不服，有法人保护之说。

十八　饯文芸阁黄叔颂行，并邀张巽之、沈子封、丁叔衡、吴炯斋、王苇卿同座，菊裳合东，闻有派借款大臣八人之说。是日散馆，题："通天地人曰儒"赋，以题为韵。诗："山川出云得开字"。馆元吴筠孙。江苏一等四，筱谓三等后十名。江苏朱启勋、汪洵、沈鹏。

【天头曰】在广和居，接葵第七号信。

十九　请冯莲塘、黄叔颂、戴少怀、洞黎、笔侯、吴子威、熊余波、张雪君、胡月舫在江苏省馆。

二十日　至凤石寓。阅南学卷四十余本。

二十一日　殿试。策问："备练兵筹饷，节用水利。"典试共二百九十三人，派受卷差。午刻至中左门，酉正散，不及出城，至印若寓借宿。

二十二日　接葵第八号，十二立夏发。贺蔚亭前辈简放汉中府之喜，发苏信第八号。

二十三日　午后拜客数处，范舅、蔚若来。夜在寓煮家凫一肘，为杏衢作饯。

二十四日　杏衢早发，挈两兄送至东便门外，其同伴为姚柳屏、曹夔一、毛艾生，故王丹揆、唐蔚芝亦在邮亭候送，遂同泛舟至二闸而返。归悉胪传信，状元：骆成骧、四川资州公辅。榜眼：喻长霖、浙江黄岩，子孝。探花：王龙文。湖南湘乡，泽环，癸巳。

【天头曰】沦漪清澈，芦苇萧萧，心目为之一爽，局居城市，久不见水，对此殊忆江乡风景也。

二十五日　卯初进长安门。太和殿传胪，随班朝贺。微雨，幸即晴，归赴湖广馆道喜，归第喜宴大前辈徐树铭出名。见黄榜单。陈枬二〇十九名、曹元弼二〇八十二名，补。

二十八日　新进士朝考题："变则通，通则久"，"论汰冗兵"疏，"大厦顷异材△"。是日，显妣潘太夫人七十冥诞，在长椿寺礼忏一天。得葵第九号信。四月十八信。

【天头曰】朝等一等六十二名，二等八十三名，陈枬一等十三名。

二十九日　范舅约于寓斋小聚。

五月初一　陈瑞卿来，浙江春贡差。周梧卿来饭。

初二　凤石招，孙子钧、王丹揆、唐蔚芝招，均在省馆。奉派咸安宫总裁。时汉缺：徐致靖、冯文蔚、吴讲；满缺：绵文、伊克坦。

初三　接葵第十号信，四月廿二发。附季槐信、蔼士内信、江甥信。阅集贤书院卷伍拾肆本。赋题："黄目尊"赋，以"黄目，郁气之上尊也"为韵。拟陶渊明《读山海经》诗。

初四　大风。师门拜节，并吴介堂前辈、咸安宫总裁总。李子丹前辈，国史馆提调。时派复校画一传。熙小舫侍御麟奏参朝考阅卷大臣校阅不公，请将原卷封同进呈。

　　【天头曰】共七本，曹叔彦与焉，嗣得旨，叔彦以字迹模糊由二等降附三等五十名，前科庶常戴锡之改为即用注销，庶吉士卓孝复由三等升二等，余如故，阅卷者分别议处。在殿门内西立，东向负大柜。

初五　端节，未设祀。

初六　到国史馆领归《画一大臣列传》六十卷，又三十一卷。闻台抚唐薇卿景崧缴上巡陲关防，以各国保护台湾，为民主之国，推唐景崧为总统。总统者，欧洲各国所谓君主也。文职自藩司以下，悉听带印内渡，旗帜改用黄虎，示与倭国为敌，而不绝于我朝，斯真于扶余国外，别开一世界矣。时方遣李经方赴台交割，至是又成变局。

初七　卯刻赴乾清宫侍班。是日为新进士引见第一日，共七十五名，首鼎选，次宗室，次满洲、蒙古、奉天，次直隶、江苏。云陆凤石前辈请养亲开缺。拜蔚庭前辈，晤。凤石未晤。张季端来，晤。范丈经士来。

初八　刘震青来，潘季枬表弟来。

初九　廖仲丈招饮，为鼎庭、凤石两前辈作饯，峨卿同坐。

初十　晨至咸安宫谒圣。履任总裁六人、教习九人，又翻译教习六人、学生六十余人，初十、十五大课，宜全班到；三、八小课，四人轮到稽查。

十一　见昨日上谕，陈枂用庶吉士，曹元弼用中书。接葵十一号信、发九号苏信。吴纬炳以越幅，朝考列三等后十，仍入馆选。写作均好。

十二　北半截胡同租房退租会馆产往点装折，估人看屋。每日约八百、一千。

十三　江苏馆公钱蔚庭，我属同乡咸列名，到坐一桌，余为承办。

十四　韶弟得电，眷属乘礼顺轮船来京，遣仆往津。

十五　文华殿侍班，俄使喀希尼、法使施阿兰入觐。午正礼成。文华殿额"缉熙明德"。道脉相承典籍，昭垂千圣绪；心源若接羹墙，默契百王传。

十六　未刻同人公钱凤石，借坐江苏馆。又赴广和、咏春、颖芝招，顾康民皆同坐。闻台湾民心不齐，势已不支。唐景崧又有内渡之说，可叹。

十七　江苏馆请世振之、孔少霈、徐花农、张季端、吴荫芝。

十八　往唁吴佐周夫人之丧。杨玉书来见。邸抄：国子监祭酒王懿荣补授。

十九　昨得王伯荃来信、洪景萱信。

二十　江苏馆钱蔚庭，并约李子丹前辈、管士修、朱炳青、刘震青同年、冯雨人。

廿一日　赵梅伯铭带来倜兄信。

廿二日　韶弟眷属到，顿装太仓馆。

廿三　至全泰店答拜陈巽倩，未晤。发苏电询云。

二十四日

二十五日　儿辈释服，在家设祀。晨至咸安宫，午后归。初十、二十五为咸安宫大课期，题，生："其文则史"；童："可与共学"。报考题："信而好古"，诗："天街雨后绿槐风△"。

二十六日

二十七日　张碧岑来，陆蔚亭来。

二十八日　咸安宫小课轮值，午散答金西林、伊仲平，送陆蔚庭行，拜廖仲山丈。接葵信十二号。二十发。

二十九日　范丈来。

三十日　夏至，地坛陪祀。子刻往至安定门外，辰刻归。讲官补陆宝忠、吴讲、陈兆文、伊克坦、仲平。

闰五月初一　至如泰馆，拜金蘅揖。至官菜园南横街，顺道至子嘉寓。

初二　作家信，至北半截胡同，招匠修理会馆租屋。刘震青来，仲山丈来。

初三　吴佐周同年之夫人领帖，往吊，延余题主。

初四　广和居请客，赵棞伯、沈兰台、江少谷、杨玉书、李诜斋均到。发葵信第十号信。内附李邻如信。

闰端午　范舅来。福中堂开缺，以大学士致仕。

初六　微雨。晨至史馆交去《画一大臣传》四十卷，自前月初六起，日阅一二卷也。

初七　苇卿来。晚访熊余波同年，晤。

初八　皇上奉皇太后驻跸西苑。拜客数处，赴黎笔侯、戴少怀、梁铃院、劳少香之招。是日，韶弟迁新居。

初九

初十　至咸安宫，出西华门访伯葵，江少谷来。

十四　寄伯荃信、紫璇信。周景莱来、名世谦，峨卿侄。吴清帅奉来京，另候简用。

十五　倭使林董入觐文华殿。王介挺前辈廉来晤，时调皖藩，湘抚以德寿调补，黔抚以裳昆补授。

十六　接闰生信。出使日本派裕庚朗西。

十八　晚雨。范丈招便宜坊小酌。

二十日　谒颖初师，访再翰，均晤。接葵儿第十三号信。闰月初三发。

二十一日　爕君、垔翰招江苏馆，陪客。

二十二日　请王介艇、吴介堂、王泽寰、金蘅揖，假坐省馆。兰台、浙江同知。少谷湖南茝招，晚吴佐周招，均未赴。

二十四日　耕孙、少薇来。

二十五日　赴咸安宫，出西华门，绕至十刹海，荷花有开者，浅水尚少，沦涟之致，小憩而归。

二十六日　吏部送来荫监照，给银贰两。午后，范丈、韶臣来。

二十七日

二十八日　至咸安宫。

二十九日　午刻，赴吴颖芝招会元堂，至德林祥。

六月初一　接葵儿第十四号十七发信，作苏信第十一号。六纸。又八弟一纸，初二寄。金蘅挹来。

初二　优贡朝考，到七十八人，题：“其为气也，至大至刚”；诗：“应图求△骏马”。午后，挈珏儿至中左门，复至西华门。由东长安门出访范丈，未晤。过韶寓，至晚而归。

初三　未出门，廖樾衢来，潘京士来。

初四　省馆酌樾衢、铃院、林世兄、西林、巽倩，又王荣伯、周景莱、廖缉臣未到。散后至韶寓，大雨。

初五　经士招于寓斋，肴点甚精洁。

初六　晚雨甚大，孙敏汶开缺。

初七　晨大雨，鞠渭臣来，祖耀乾，南澳总兵，崇明人。亦考荫者，以后期故未与，王钰森、徐厚祥俱内用。

初八　不出门三日矣，稍得清厘尘案，寄吴少甫、李彦修信。

初九　雨。至国史馆，交去《大臣传》四十一至六十卷，又三十一卷。谒徐师。孙世兄壎芝考荫内用。

初十　雨。至咸安宫课，题：“卑宫室，而尽力乎沟洫”，“一帘梅雨炉烟△外”。韶弟来。

十一　晴。得芶兄第三号信，闰月廿五发。又汪、陈、洪、余贡照四纸。钟德祥案结，发往军台。收受赃银百两。

　　【天头曰】徐郙升兵尚，许应骙升总宪，廖寿恒放仓场侍郎，汪鸣銮转吏右。

十二　至东城徐、廖、汪道喜。王丹揆太翁六十寿，往祝。归，子嘉来。

十三　午后至韶弟寓吃面而归。

十四　下午答客数处，仍至韶寓。

十五　作芍兄第四号信。王绳伯、周景莱来，佐周招义胜居。

十六　寄芍兄信，并寄葵第十二号信，廿五收到。复汪闰生信。午后至韶寓。是日汪苕生挈眷到京。见邸抄：麟书授大学士，管理工部；昆冈以礼部尚书协办大学士；李鸿藻、翁同龢在总理各国事务衙门行走；徐用仪退出军机处，并无庸在总理今国事务衙门行走。

十七　年后赴陈荪石招朝南馆，访戴少怀，不值。访再韩、经士、苕孙，晤。

十八日　立秋。送李诜斋行，时以随员赴东瀛。

十九　进城往访苕生，晤。得葵信，苕带来。雨丞来。

二十　至子嘉寓。接葵六月初八不列号信，又十五号葵信十一日。徐宅襄题。子静之封翁。

二十一日　经士来，范文来。

二十二日　徐子静之封翁领帖，往吊。菊裳邀小酌于义胜，苕生来。

二十三日

二十四日　唁刘樾乔同年，拜芋丞太翁寿。

二十五日　至咸安宫，联棠到，记名待补者，正白旗七人，题："卿以下必有圭田"；诗："春星△芍草堂"。

二十六日　皇上万寿，御乾清宫受礼，三品官在乾清门外行礼，蟒袍补褂罗帽。浙江同知朱囷来，震青、范丈彦和来。

二十八日　至咸安宫。归，访伯葵，晤。

二十九日　午后，闻王韦卿兄病，时疫吐泻，亟与菊裳往视，遽为作别之言，闻之心痛，时已连服姜、附大剂，迄未得效，肢冷脉伏声瘖，尤为败象。傍晚赶出城，菊裳留。

七月朔　清晨入城视苇兄,已于辰初逝,伤哉。时家眷均在南边,寓中仅有次子小徐留侍,诸事仓卒,幸各同乡俱到,为之料理。

【天头曰】请朱,因未及到,韶陪。

初二　进城。午后复至翰林院,麟芝庵相国、昆筱峰协揆履新,随班进谒。归知周鹤亭前辈以时疾作古,骇怛之至。日来疫气盛行,城厢内外殡敛时错于道,可叹可怕。

初三　唁李秋圃同年,答朱艾卿,自湖北主考归。午后进城送三,送三者都门俗例也,丧家以接三报,亲友熟人皆往送。归途骡惊,舆夫伤于足。晚天气蒸热,三更后大风。

初四　下午吊周鹤亭。

初五

初六　发苟兄第五信、葵儿第十四号信,七月十四到。附咏春、乙青复信,寄全泰盛。接葵廿五发不列号信,张姻事。并邠如信、冯伯渊各字,即附复一纸并寄。

初七　又发葵不列号信,附范舅致苟兄信,寄德林祥,复葵电。

初八　进城祝南皮师常诞。至长安街王寓晤吴立夫。

初九　本署值日,夜至西苑门,晤丁叔衡、李子丹两前辈,闻有公呈。至广惠寺吊周明斋。赴范丈蔚若、经士招。得葵十六号信,内附菊信、洪传。是日,合肥傅相来京召见,奉上谕入阁办事。王文韶补换直隶总兼办北洋通商事务。

初十　咸安宫。顺访伯葵,晤。

十二　进城至长安街,出崇文门至五老胡同,拜彭星三。名保。

十三　徐怡春咏春友将南归,托不列号一函,并银四两、洋八元。寄葵。

十四　祀节,另宅基一席。吴承潞升授江苏按察使,陆元鼎调苏粮道。

十五　中元设祀。

十六　至长安街唁君九,十三到,并与同人料理发帖诸事。

十七　为洪师作志铭,粗具稿。

十八　访冯莲塘,祝许颖初师,造范丈,顺访再韩、经士。

十九　酌曹紫荃、再韩叔。彭新三、子嘉兄。经士、子嘉五人,作主根生、菊裳、再韩、芝云及余也。散后集韶弟寓。

二十日　访耕荪,未值。

二十一日　苕卿点主,自亭侍郎执笔,余与菊常襄事。寄葵信十五号,附复邬如信、贺李紫珉言,时补汲县。又附陆凤石啃函、陆桂圃字条,洪汪君贡照注册事。费十六金,每张四金。又费十六千。

二十二日　苕卿领帖,往,竟日。

二十三日　寄蔚亭信,附幛两个、奠四金,又吴丹卿奠二两,托金西林。

二十五日　咸安宫大课,瞿子玖、文星阶学士均到任,王泽寰来。

二十六日　少怀来。知伯葵转读学,新授侍讲学士。寄子诜叔扇六柄,托德林祥代交钱新甫处便邮。

二十七日　晨至庶常馆,行回拜礼。至君九处。归接葵十七号信,七月十六发。午后贺戴少怀、李荔臣,答金蘅挹、曾幼珩,晤潘经士、曹再韩。归,韶弟、范舅、子嘉、彦和来。复许邓仲期信,并致湘藩何信,交王泽寰。

二十八日　雷雨。咸安宫小课,未去,换实地纱。

二十九日　午后挈珪儿至琉璃厂访张心斋合八字。

三十日　曾幼珩同年来。苕生来。为赓云书扇。访根荪,未晤。

八月初一　晨至前门关庙,求得八十七签。至长安街送苕卿殡,至齐化门外而返。由后门绕至西斜街,祝伯葵太夫人常诞,面而归。

初二　至南池子贺柳门侍郎嫁妹。归至邮书馆,买龙标记三,每六十文,信以四钱重为率,多则加一龙标,每信贴一龙标也。龙标记方不及寸，中绘龙上角，清大 叁两邮 分旁政 银 局，下有洋字，每发信贴于信面。

初三日　发葵信未列号，占张姻。寄邮政局。

初四日　江苏馆祝邃翰同年封翁七十寿，饭后至韶弟寓访雨丞。

初五日　秋分。皇上亲诣夕月坛，酉正行礼，余与联棠侍班，遇雨。接葵廿五信，骇悉辛揆侄妇以产后寒热渐至加剧，七月廿五日卒于苏宅，可伤也。

初六　寄葵十六号信，托德林。作芍兄信交韶弟发，贺褚伯药嫁女。

初七　贺关咏琴嫁女。唁刘映藜断弦。访朱桂卿。

初八　贺梁铃院子姻，访范丈。

初九　丁日。咸安宫祀圣祠，辰刻齐集。大课出题："故曰徒善不足以为政，徒法不能以自行"；诗："岁熟梨枣繁△韦应物诗"。童："徒法"二句。至国史馆交去《忠义传》四十八卷又六卷，折一扣，吊周鹤亭前辈。

初十

十二　吴佐周招早饭陪媒人，同席丹揆、雨人、鞠渭臣。

十三　刘映藜邀为其夫人题主，艺郛、子嘉襄事。晚邀韶弟、范舅、经士、彦和小酌。

十四　丑刻，关庙陪祀，礼毕天未明。至宛平县，招张一琴往东城各师门拜节，归及巳正，倦极，昼睡。得葵儿十八号信。初二发。

十五　中秋。晤戴少怀。赴经士招。晚归，月色甚佳。答黄深之。镜渊，太仓人。

十六　在寓。珪儿将南归，料理笔墨件。

十七　范丈来。子嘉来。丹揆来，其太翁葆卿亦将南归，来与珪儿结伴也。菊裳迁入城内，其眷属已到津矣。

十八　晨微雨即止。珪儿巳刻起程，估广兴轿车三两，每两票钱十二千,装车一千在内。来兴随往,余送至东便门而还。发葵十七号信,寄邮政局。

十九　晨至长椿寺,刘眏藜夫人领帖也。答屈师竹,访熊余波,未晤。进城,至菊裳寓,大队方到。君宜昨晤。珪儿于通州带来一信。

二十　孙子钧、王丹揆邀同丰堂,未赴。接吴少甫信。

二十一日　检点会馆旧咻。何仲圻来。

二十二日　瞿韶笙自关外来。作仙叔信、霭士信、滋泉信,不列号苏信,附少甫言万秦一纸,托德林祥寄。

二十三　午后进城,到史馆取列传三卷,八十六、七、八。访延世兄,访康民,兼贺御史记名之喜。答何颂圻。

二十四　范丈邀叙于寓斋。晚归,得珪儿津信,知附太古洋行通州轮船廿二开行。得凤石、献之信。

二十五　贺恽薇生开赞善之喜。答瞿韶笙、彭稚霖、汶孙岱霖之子。张子虞。至湖广馆拜寿·毛文达之夫人八十,笋陔比部之祖母,乙亥韶弟之师母也。至南横街谒吴枏堂先生祠。晤金书舲同年,谈甘肃回匪事。晚大雷雨。

二十六日　通议公忌辰。得葵八月初八信,为局延阁,内有善生叔一字。

二十七日　值日,在朝房晤文芸阁。是日到京请安,旋至咸安宫,预行廿八大课,缘以宣圣诞谒祠也。归贺熙菊彭、荣华卿。访陆伯葵,适相左。

二十八　贺钱干臣嫁妹。至萍乡馆拜芸阁,未晤。联棠来。祀王宜人诞。

二十九　作芍兄信,第六号。作葵珪信,第十八号。托德林寄。初一寄,内有孙子钧字条,汪联洪铭。

九月初一日　至德林祥寄信。

初二 苕生表弟服阕，往行礼。赴曹再韩招，同席杨叔峤、何颂圻。至韶寓。

初三 午后访伯葵，未晤。至菊裳寓谈。何颖幼来，晤。魏业镇，静涵，湖南人，入籍江苏，未晤。李佳白来，未晤。

初四 阴雨竟日，天气骤寒。

初五 接葵十九号信，十九发。广和居酌何仲圻、王深之、瞿韶笙、屈师竹、彭稚霖、苕生、君宜。

初六 唁李云庄、贺范丈、苏石前辈转右庶。访张雪君同年，晤。

初七 午后访伯葵，晤。

初八 接珪廿六到沪信。范丈邀夜饭，以金屋之喜并征诗，酬以六绝句。

初九 重阳，晴。到国史馆携归《循吏传》八卷，又《大臣》三卷，拜苏臬、吴广荞。谒徐师，拜仲山丈，均晤。

初十 至咸安宫。归赴江苏馆魏静涵兵部业镇之招，顺至韶寓。

十一 接葵二十号信，廿九发。珪上海信，初一发。葵信言清河姻事将有成说。

【天头曰】是日，珪儿在苏迎娶。娶冯申之部郎之次女。长女许字张氏子，名龙光，南皮人，嘉定知县张名枢，子密之长子。

十二 午初，偕韶弟至朝阳门外慈云寺，唁前苏抚奎乐峰中丞俊太夫人开吊，来回约四十里。归已上灯矣。

十三 菊裳来，跋何颂圻《西湖放棹图》。

十四 大风。苏太义园秋祭范文正公，巳出西归。接邻如手字。伯荟寄赠火腿二、烧酒一坛、茶叶虾米药梅，织署差员吕培带来。是日，武会试外场毕。晚，令李成进城，听宣武会总信，派李端棻、冯文蔚。

十五 皇上御文华殿英使欧格讷觐见，挈荣儿、佐侄往观，大风甚寒。

十六 午后访菊裳。答顾少逸、何颖幼。至全泰店，晤桂圃。

十七 潘三舅母到京，往请安。晤竹岩十舅、汪鹤舲，皆同来者，顺访范丈。赴松筠庵、李子丹前辈招饮。

十八　赴康民招三胜居·菊裳招广和居。

十九　徐颂阁丈六旬赐寿,往祝。复贺张振卿正詹之喜。至史馆,再韩、震青咸在。出城拜查翼甫。

二十日　韶弟来,翼甫弟,稚霖、丹揆来,均晤,作苏信十九号发邮政局。

二十一日　赴伯葵招万福居,均同乡。归访范丈,未晤。

二十二日　午后,范丈来,晚招饮于便宜坊,陪祝年、鹤林。托屈师竹带赓云扇。

二十三日　咸安宫。顺访伯葵,未晤。祝寅三太太常诞。萨检斋来。寄苏信二十号,托德林信,内伯荃、凤石、黄卓元信。

二十四日　万福居,酌何颖幼、查翼甫、耕荪、再翰、桂圃到,潘祝年、鹤舲未到。

【天头曰】接珪十四信。

二十五日　荷使克庐伯觐见文华殿。大课,至咸安宫,题:"泽梁无禁";诗:"停车坐爱枫林晚得停字"。考补题:"千乘之国,可使治其赋也","且看黄花晚节香△"。彦和招义胜居,未赴,徐研芙来。托桂圃查。未捡选举人捐阁中行走·正项实银七百五十两,饭银、加平、照费在外;未捡选举人捐主事分部,正项实银一千二百伍拾二两,饭银、加平、照费在外。印结,主事结。

二十六日　接葵廿一号信,十七发。倜松兄于九月初八亥时逝于苏寓。

廿七　接苏电。仙叔发·问清何姻事。下午复请缓字,又附葵电。

廿九　吴蔚若弟开吊,至广惠寺。

三十　啃翁殁甫母忧。贺冯梦华放凤阳府。

十月初一　丑刻入内,太庙陪祀。贺志贤嵩犉山世兄嫁姊,准仲莱嫁女。归,祀节,复往增寿寺殷谱经师九十冥诞。

初二 发葵二十一号信。答萨检斋。访菊裳,晤。贺喜三处。

初三 卯初进前门,至福华门侍紫光阁马射班,皇上辰正驾临,先马箭三支,次步箭二支,申刻散。

初四 御箭亭技勇。

初五 武传胪,太和殿侍班,卯初入内齐集,辰初礼成。接葵廿二号信。九月廿六发。

初六 范丈来。

初七 发苏信廿二号。内有仙叔信,复清河姻事。

初八 彦和邀消寒之叙。晨出拜客。

初九 江苏馆请客,恽菘耘、沈枚生、文芸阁王广孙辞,张子虞、洪禹珊、江霄纬、李玉舟、毛艾生、魏静涵、查翼甫到。

初十 皇太后万寿,午门外朝服行礼,至咸安宫。

十一 贺冯廉棠子姻。

十二 在寓。黄深之来。夜过丹揆寓。

十三 贺林廉生子姻。接蔚庭信,接珪初三发廿一号信。

十四 午后拜李玉舟。访费芝云、陈苏石,晤。王小徐来。

十五 雪甚大,惜即止。答徐继平,晤小徐。吊吴介堂前辈。荣发信,托德林祥。

十六 子刻入前门,十二点钟开。进东安门,内东华门未开。绕阙左门,穿阙右门,至西苑门递折一件。晤戴少怀于吏部工所。吊林锡三师母。艺郛消寒于三胜馆。

十七 雾。至法源寺,毅郛叔母阴寿。上谕:侍郎汪鸣銮、长麟上年屡次召对,信口妄言,远近离间,当时本欲即行宣播,适因军事方棘,是以隐忍未发,兹特明白晓谕。吏部右侍郎汪鸣銮、户部右侍郎长麟着即革职,永不叙用。闻之莫不震骇。

十八 晨至咸安宫。候郎公,晤。

十九 作珪第廿三号信,内芍兄七号信、菡初唁信、咏春信,全泰盛寄。

二十　　连日阴，吴介唐开吊。

　　【天头曰】王文锦，吏侍；刚毅，户侍；徐树铭，转左；吴廷芬，兵右；堃岫，兵侍。

二十二日　　龙泉寺翁羧甫太夫人领帖。

二十三日　　至全泰德林祥，晤桂圃，取银五十两，付丹揆手，蔚芸所托也。午后，葵儿、卒揆侄到京，为之一快。晚，佐周邀会馆晚酌，芸阁来。

二十四日　　菊裳来。得珪廿三号信。

二十五日　　咸安宫。午后贺蔚芝续胶之喜。接珪致葵、荣信。

二十六日　　许颖初房师之师母诞。全泰盛寄不列号付珪。

二十七日　　值日，丑刻进内，先至景运门朝房，复至传心殿，黎明归。

二十八日　　范舅消寒，在寓斋竹叙。

二十九日　　葵发德林祥信，内有彦修、少甫信。晚饭戌初接成儿殇电，儿生戊子十一月初四日，今甫八岁，庚寅入都，癸巳遭母丧，去冬随兄姊南旋，体质本弱，遽尔化去，为之潸然。复电"从下殇礼"四字，明日发。

十一月朔　　寄珪不列号信，托全泰盛。

初二　　赴唐蔚之德兴。又陆桂圃会元堂之招。

初三　　是日，市口大录囚。少怀来，时得咸安宫总裁。

初四　　贺联棠少詹之喜，并访少怀、再韩、芋丞、李子丹，晤。

初五　　为顾少逸同年撰其太夫人蒋八十寿言。范丈来。

初六　　冬至。夜祀节两桌。

初七　　冬朝。

初八　　菊常来，写各应酬信。

初九　　吊梁心农同年。晚赶张碧岑招。

初十　　至咸安宫。题："有为神农之言者"；诗："定州花瓷琢红△

玉"。访伯葵、菊裳,晤。仲山丈来。

十一 在寓作消寒集。

十二日 寄苏廿四号,托全泰盛,内有龙芝生信。再韩得丁忧电,往唁之。

十三 至咸安宫。

十五 祝松吟涛师七十寿。答仲山丈、沈乐庭。谒徐师,未见。寄苏信不列号,由邮政局,内有凤石、广庵信。又托康民寄吕镜宇信。晚,少怀邀消寒,冯莲塘、李子丹、陈荪石、管士修昆仲、黎笔候、梁铃院、贾小璜。

十八 代少怀至咸安宫小课。

十九 阅课卷。晚至韶弟寓谈,夜饭而归。

二十 接芍兄七号信,实四号,十月二十发。八弟信,十月初三发。又荫方寄葵信,均德林祥来。又接信局芍兄初一发信,始知成儿廿五起病畏寒似虐,不热而喘,体质本弱,服药不应,廿八而剧,廿九巳刻殇,当日即出至昌善局。

二十一日 联棠约松筠庵消寒。

二十二日 唁李若农侍郎。又林锡三师母开吊,往陪客。晚,贺查翼甫以同知分发江苏之喜,托带珪记皮统一件。菊裳招三胜馆消寒。寄珪信,葵发不列号。附季弟一函,由辛揆信中发。

二十三日 答张采南。

二十四日 晨至三胜庵,送林师母出殡。

二十五日 至咸安宫,出东华门,答拜郎亭侍郎,谒南皮师相,拜刘岘师,未晤。谒徐师相晤。是日,胡燏棻补授顺天府府尹。陈彝升阁学之缺。

二十六日 广和居酌吴少伯、杰。吴祖洛、圣川。采南筱、徐春卿、桂圃。

二十八日 戴少怀来。是日雪,晚稍大,未盈寸。

二十九日 徐师相道喜。连士升仆卿。至顺天府,道陈六舟年丈阁学之喜。

三十日　范丈来，筱渭、子嘉来。接李彬如信。筱渭选陕西城固县。

十二月初一日　寄苏信十五号。拜瞿子玖、孙子钧、江筱渭、张泉南、吴圣川。

【天头曰】内有程、江、潘仲午、汪直卿信。李邠如史馆议叙据。

初二日　晚李子丹前辈消寒第三集松筠庵。许振祎放广东巡抚。

初三日　接珪十一月初十日信。

初四日　闻宋芝洞悼亡，往唁。又至强学书局。赴芸阁招，同坐戴少怀、张次珊、褚伯约、徐砚美、张巽之及韶，并晤丁叔衡前辈及沈子寿，皆总持书局者也。是日，子玖转读学，苏石补讲学。

初五日　甚寒。为邠如书《觉世经》一篇。

初六日　下午访钝斋，昼谈，兼晤范丈。晚，韶弟邀饮于寓，挈辛侄、两儿同往。

初七　进城，贺萨检斋升正詹。晤菊裳、李苾翁、胡月舫。至长元吴馆唁张一琴大令，内艰戋服。闻强学书局有封禁之事，常熟御史杨崇伊奏也。

初八　康民邀消寒长元吴会馆，竟日之叙。

初九　访熊余波同年，语。并晤沈子封。

初十　同乡官谢恩免江苏省漕粮，丑刻进景运门行礼，到者十余人，黎明复集聚丰堂小憩。至咸安宫。是日封课，发教习、学生津贴，膏火奖赏，毕，乃散。拜唐蔚之，晤。乃翁交去子祥唁信，并分四两，又同乡公幛一。

十一日　子嘉邀笃正义学查课，未去。葵、长往访汪范丈。

十二日　至妙光阁唁宋芝洞夫人之丧，顾少逸招午饭。

十三日　贾小芸消寒，饮于寓斋。醉归，恨极。

十四日　访吴蔚若,晤。

十五日　月舫同年来,朱伯勋来,晤。冯芋丞,晤。写桃符。

十六日　同乡官谢恩,寅刻往行礼,已天明,归复睡。接珪廿三号信。十一月廿三发。

十七日　至天寿堂唁张一琴太夫人之丧。韶臣在寓消寒。

十八日　卯刻进内,恭送《午年起居注》至内阁入库。晤麟中堂。谒仲山丈,未晤。复至王大人胡同,贺世振之子叔荫婚。

十九日　范舅来。题张子青师画册,作七古二十六均。

二十日　曹耕苏太夫人六十冥诞,至增寿寺。至米市胡同问候潘三舅母。答吴锡洛、圣川,筠庭子。兼行至荣宝斋取画绢。

二十一日　接伯荃信。下午至韶弟寓。访伯勋,谈。

二十二日　柯庭太翁二十周年,增寿寺。吴佩葱同年忧,闻外艰讣;许颖初师断弦,均往。

二十三日　下午至琉厂。夜送灶。

二十四日　吴蔚若妹与曹根生子联姻,往贺。许颖初师母领帖,往吊,并题主。

二十五日　扫舍宇。晚以便酌,邀朱伯勋、毕颐臣、王丹揆饮。

二十六日　至老君地贵州义园,送许颖初师母殡。午刻进城,访菊常,适已过访,还寓,晤。夜祀年。

二十七日　访范丈,晤。

二十八日　徐、张、贵、许翁各师门送节敬,李、薛、许、福、昆贺年门二千。李松贺。是日算年帐,约百金零。

二十九日　祀节,两席。子刻接灶,略睡。

光绪二十二年丙申

元旦丙申朔　寅刻朝服进长安门,先至午门,辰刻皇上御太和殿受贺,行礼毕。东城拜客数处,归祀通议公诞。是日,天气晴和,赋七律一首:万户春声递晓筹,千官朝会奉宸旒。祥霙正盼瑶坛降,时祈雪。香霭遥连玉案浮。徐引珂陪内直,愿从珥笔纪新猷。乘时合布阳和令,早晚恩纶下凤楼。

初二　东北城拜年,竟日。

初三　钝斋邀消寒午集。席散,博戏得采。

初四　兄侄辈至韶弟寓。余复至西城内拜年。夜接财神。

初五　陆伯葵来,张雪君来,晤。

初六　子刻至天坛陪祀,兼侍班行。上辛祈谷礼,黎明归寓。晚赴陈苏石消寒之约,集湖南馆。

初七　范丈约,往寓斋竹叙。伯勋招晚饭,未赴。寄熙年信。

初八　晨出拜客,午后偕儿侄一游厂肆。

初九　午后至全泰店发元号苏信,并复蒋康甫同年眷录事。

初十　午后至韶寓。访戴少怀,晤。又答贺数处。至本会馆晤佐周。

十一日　至城内访伯葵,未值。接珪儿十二月十四日发廿四号信,内有蔼士、仲午及轶仲致葵信,又廿四发不列号信。

十二日　仲山丈招开馆酒,答拜许仙屏。又赴李毖园、瞿子玖湖广馆音尊之招。又耕苏消寒。

十三日　范丈来。夜汇苏馆消寒,作主。

十四日　彦和来。下午至琉璃厂。

十五日　元宵。保和殿筵宴侍班,皇上辰初御殿讲官,筵在宝座西北隅,穿蟒袍补褂。与张少玉侍读同班。

十六日　与韶弟、耕苏、经士合请郎亭,借座经士寓斋。冯莲塘、李子丹招,辞。

十七日　苕生开馆,潘宅招午饭,往陪。饭后,同至范丈处竹叙,拜任小沅。

十八日　进西城拜客,访伯葵,未晤;菊裳,晤。

十九日　徐花农招饮松筠庵,江筱渭招江苏馆,均赴。发苏信第二号。内有仙叔信、邠如信、觉世经。

  二十日 各国使臣文华殿觐见。写邓小赤方伯、季和学使复信。

  廿一日 晨，访顾聘耆、王丹揆。菊裳来，又同至孙子钧处。写伯荃信。

  廿二日 伯葵来，胡月舫来。

  廿三 子嘉约消寒，长元吴馆。晚步厂肆。送筱渭行，托寄锡碗箱二、木帽合一，续送去官箱一。

  廿四 至咸安宫开课。访伯葵。芝云招，辞。晚赴梁铃院招。

  廿五 访熊余波、张子虞同年，俱未值。访赵云卿，晤。

  廿六 韶臣来，顾聘耆来。得蔡贞伯信、吴少甫信。

  廿七 大雪。菊裳招，未赴。雪约五寸余。

  廿八 晴。偕廖仲丈、陆伯葵、韶弟公请太属同乡两桌江苏馆。接芍兄正月十三信，言仲衡东门地事，又礼部咨查领咨回任事。作丙元号。

  廿九 晴，接伯荃祀灶日信，许滋泉贺信、李邠如信、庞绡堂信。寄苏信，葵发不列号信。附仲午复信。又复蔡贞伯信，寄去折扇一。

  三十 访管士修，未晤。张子虞、顾聘耆，晤。

  二月初一 范卿表舅五十正诞，往祝吃面。同人并作竹叙，晚归。

  初二 咸安宫祀圣祠。预行初十大课，题，生："谨权量"一节；童："谨权量"一句。诗："题中和节进农书得和字"。至湖广馆，复至本馆预备。范舅来，出示汪理仲信。

  初三 晨至会馆陈设。午刻行礼毕，同人至松筠庵酒叙，年例团拜也。

  初四

  初五 冷，大雪。

  初六 经士约消寒之叙。菊裳来，同往。康民兄之二世兄回南，托镜套四、芸阁对一。下午归。

初七　春分，祀。朝日坛待班兼陪祀。子正登车，出齐化门，行一时外，天明。行礼毕，顺道拜景月汀星。时放陕安道。拜翁殺夫，交去龙芸生学使信。伯葵前辈送陈氏坤庚来，与辛揆侄议姻。又送去庞绸堂信。

初八　接芍兄廿四澄署所发信。俞友莱放荆宜施道。

初九　汪范舅来，韶弟来，瞿子玖来。偕辛揆访佐周看八字。

初十　发元号芍兄信，为辛揆姻事、东门地基、仲衡拌口舌事，托全泰盛局寄。接苏珪发元号信，正月廿九。内有蔼信。

十一日　阅咸安宫课卷六十。

十二日　花朝。访张燮君，晤。至增寿寺，康民太夫人冥诞。是日，佐霖侄文定李菊农太史传元之女。晚赴黎华侯招。

十三　见朱寿卿同年子信，托为己卯发讣。是日，丁丑团拜。湖广馆戏，范舅值年，晚往听戏。

十四　曾孟璞、张荫南、翁又申邀江苏馆，谢。钱干臣招湖南馆，往赴。拜陆伯葵，晤，并晤孟孚，自津来。晤菊裳。答胡月舫。

十五　接珪苏信第二号。二月初三发。

十六　作苏信第三号，珪四纸仙叔信、顾闰生信。局寄。是日，午，俄传有市口斩太监之事，出门一观，槛车方过检阅道，途中言该太监临时自呈曰"并非窃盗之罪，实以言事获咎"云云，异哉！又闻太监姓寇，名连才，年仅二十余云。张子虞来，月舫来，交去画册。

十七　谒许颖初师，顺晤范舅、何颂圻。晚见邸抄：文芸阁学士革职，永不叙用。以御史杨崇伊奏，词臣不孚众望，请立予罢斥，有"常于松筠庵广集同类，议论时政，联名执奏，结交内监"等语，故有此旨。

十八日　至咸安宫。归后复至德林祥视桂圃，时患外症，略愈。并寄苏函不列号，银贰拾两〇钱二分四厘，漕足。内附安定信。是日，革两满御史溥松、端良，一为挟私，一为受托，牵连均败。

十九　江苏馆请客，施筱杭、杨调甫、吴子修、陆孟孚、朱伯勋。

二十　范舅、经士来。下午同访钝斋，谈。寄芍兄二号一函，交邮政局。

二十一日　江苏馆请李毖园侍郎，瞿、戴、陈、陆诸学士，又徐花农、方旦初。至韶寓。题费芝云《山寺品泉图》四绝句。

二十二日　接珪不列号信，初□发。芍兄二号信，初十发。又少甫信。公报一本。是日清明节，设祀二席，宅基一席。夜，子刻后户部灾，大堂均毁。

二十三日　访李玉舟、孙子钧，不值。访菊裳，晤。

二十四日　下午晤桂圃，收南寄簏包二件。艾生招同丰堂。

二十五日　咸安宫课期。杨调甫、瞿裕之招江苏馆，均辞。又公酌范丈、采南、子嘉。经士正诞，聚蔚若处。方永昺选安徽婺源县。伯葵来。陈处姻事，占未合。

二十六日　访玉舟、子钧，晤。作芍兄信一纸，附辛揆函。以姻事未寄。

二十七日　顾少逸招江苏馆。

二十八日　往后门视贵师母寿，并贺济乐农、吴燮臣升官之喜。雨人、丹揆、子钧招江苏馆。访范舅。夜接苏电，陈姻占吉。

二十九日　晨至同福楼会子玖学士、戴少怀、陈荪石、绵达斋，同往颐和园寻寓，为值日住处。初至乐家花园，其地名董思墓出挑。乐为开同仁堂主人，地在御园之西，稍偏僻，亭台花木之胜，一涤尘杂。自寓所至颐和园，约近四十里，行两时许，出西直门十二里为海淀，又八里至园。饭后，子玖诸君归，余留住吏部公所，名大有庄。徐师相亦寓此，往谒略谈。夜三点钟至宫门，尚隔二里许。翰林院无值房，复借御前大臣公所余屋为憩坐地。

三十日　天冷，雨雪甚大。辰初开车归走西便门，午正到家，知伯葵有信，陈姻允吉。

三月初一　丙申。雪止，仍阴寒。

初二　丁酉。访伯葵，订陈姻。是日，南中为长女于归张氏吉期，只诰儿在南承办，颇为悬念。交伯葵江苏馆对二，一托颂阁丈书，一托伯葵书，蔚若所托。

初三　上巳。访艺郛，未晤。访苏石、蔚若，均晤。作苟兄信一纸。

初四　己亥日。丑正赴先农坛侍班，朝服珠皮，凡耕日用吉亥。礼成，皇上至具服殿更衣，幸藉田，行四推礼，礼毕，升观耕台，有班另派。然后三公九卿行从耕礼，公五推，卿九推。接珪廿四信第三号，寄复赵铭信，接赓簏信，并《经学会章程》。接熙年信、朱寿卿子信。菊裳来，又访艺郛，晤。视联宾疾。至韶寓。

初五　夜雨。午后，薄霁。

初六　晨至熙小舫处贺姻，顺访菊常。接苟兄第三号信。廿五发，为陈姻。

初七　寄珪第四号信。

初八　王夫人三周年，至长椿寺礼忏一日。归，接咏春信。

初九　访戴少怀、吴荫芝，交去李紫珉、徐受之信。答王绳伯，又道谢数处。夜，苕生招饮便宜坊。

初十　咸安宫大课，顺谒子青师。是日又赏假二月，拜仲山、郎亭，均晤。

十一

十二　至东城拜客，赵云卿招，辞。

十三　咸安宫小课，代冯。吴子修招江苏馆，赴。散后偕庞劬莽、吴蔚若、颖芝游崇效寺。看牡丹，尚未开，寺为盘山下院，明季有静观上人住持于此，手绘红杏青松图，国初诸家题跋甚多，又惜未之见；又有宁一和尚《训鸡图》，笔墨不甚超。

十四　拜李子丹，答周伯晋、潘经士、汪范丈。又至米市胡同晤汪鹤舫、季梅。仲山、耕生来。

十五　晨至关庙、文昌、观音、吕祖各庙进香。谒徐师，晤。归后至省馆拜顾少逸同年太夫人寿。

十六日　接王介艇来信。熊余波、戴少怀来。再韩到京,往晤,带来风石一函。

十七日　范丈处,妹与潘表弟秋舅四子联姻放定,往贺,葵儿代媒。邹紫东来,晤。

十八日　嵩云草堂公酌徐师相三桌。

二十日　酌绳伯、桂圃、鹤林、季梅于广和居。

二十一日　托季梅带不列号珪信一封、木匣两只、洋铁瓶一、银十两。菊裳招三胜馆,佐周招东兴居,均赴。

二十二日　己卯团拜。安徽馆演玉成班,带灯。请李亦青年伯,希莲,长董运使,放贵州案使。及世兄孙、世兄辈,到五六人。

二十三日　范丈、采南、子嘉、经士答公请之局,在经士寓竹叙。是日立夏节。余权得壹百斤,余在南时,从未有此数,盖京秤小,实不过九十余斤。葵一百〇六斤,荣一百十斤,长一百廿斤。

二十四日　苏太义园春祭范公祠,未及往。

二十五日　咸安宫大课。散后,贺绵达斋升少詹;贺阔安甫升正詹,并娶媳。答邹紫东,拜李亦青希莲。接珪三月十二日信,知长女于初二日于归清河,初四回门,喜事勉支。亲家张子密,名枢。南皮人,子青师相本家,孝达制帅之从侄;新婿名龙光,号锡三。又得杏渠信、江叔信、熙年信,并酒器、锡件一匣、墨拓、图章、火腿等。颜升来,带老姨房送食物三锡瓶。

二十六日　寄苏信五号。晚步琉厂,取松竹扇三。

二十七日　雨。少怀招饮寓斋。

二十八日　得仲午舅信。至米市胡同送去荥阳信一函,又徐、汪两信。

二十九日　再韩之尊人锦涛年丈在增寿寺领帖,应酬大半日。

三十日　李玉舟邀聚宝堂。

四月初一　贺朱艾卿洗马、周伯晋新居。访莲塘,未值。

初二　至子青师相处答，拜邰亭，访桂圃。

初三　至米市胡同。访蔚若、颖芝，均晤。广惠寺庄领帖。

初四

初五　常雩大祀，天坛侍班，丑初往，辰归。

初六　至荥阳，复至省馆请客。伯晋、颂圻、紫东、菊裳、孟璞、映南到，再韩、翰臣未到。

初七　偕达斋、苏石、少怀合请冯、瞿两前辈，在云山别墅，少怀承办。得苏信第五号，廿三发内琴各信。

初八　潘太夫人忌日，设供茹蔬。

初九　徐师常诞。拜徐颂丈，赴经士招。发珪信第六号内韵女信、苪信。

初十　至咸安宫大课，题：因民之所利而利之；月团新碾瀹花瓷△。午后答魁文农，拜张少玉，赴陈苏石招。

十一日　马昌骏尧生，癸巳副榜，江西州判。自江西解饷来。赴胡月舫招。得珪不列号地图、张子密亲家信、锡三信。又江建霞信，局寄，葵附雨时信。

十二日　雨甚寒。菊裳来，复朱雯香信、凤石信、程序东公帏，均托再韩同年，又附子密、锡三扇，葵附官书局报。

十三日　送再韩行。贺丁叔衡前辈放沂州府。作仙叔信、蔼士信，德林寄。

十四日　伯葵来。

十五　贺李殿林升庶子。

十六日　陆义民长康，蔚庭侄。来，答马尧生，及陆。至全泰店。至菊裳寓。

十九日　贺宋芝洞御史传到并续娶之喜。托颖芝仆带回韶五、扇一。

二十日　接苪兄信匹号，又彦修信、王子翔谢信、邠如信。

二十一日　李玉舟赘婿。晚酌李卓如、王翰城、陆义臣、方旦初、马尧生于广和。复熙年信。

二十三　咸安宫。访伯葵。

二十四日　贾小芸太夫人寿,往祝。观剧,晚归。

二十五　咸安宫大课期。癸未团拜,借湖广馆演福寿班,带灯,每派分资二两,到者约四十余人,座师未到,世兄到。请外来同年张衮甫九章到。是日,交卸值年帐,由聘耆转交。陈本仁小山、王培佑保之、胡景桂月舫、绵文达斋、郑炳麟辅廷。

【天头曰】桂圃回南,托带珪胡刻《文选》一部。

二十六日　至米市胡同。仲午、竹岩两舅自昨日到,两接。彦修信寄到,辛揆文定物,又芍兄一纸。

二十七日　晨拜范舅。为团儿求亲于顾康民表兄之第三女。翁常熟师常诞,往视。

二十八日　复彦修信。至潘宅,先姚潘淑人诞日,设供。毛艾生招,辞。

二十九日　小建。

五月初一日　进城拜客。

初二日　写芍信。潘三舅母于午刻逝,即往。

初三　至潘宅竟日。

初四　进东城师门贺节,归饭。仍至潘宅。

初五　在家,未设祀。

初六　至增寿寺,菊常太夫人十周。回,至潘宅。

初七　发芍兄信。作四号,寄邮政局。殷柯庭带来宅寄笔、张、小照、食物等。知珪赴县试已及三复。葵寄家信至荥阳。

初八　菊延来。答李云庄。醇贤亲王之福晋叶赫那拉氏卒。

初九

初十　至咸安宫。午后归,遇雨,陆、殷处皆未及去。

十一　至潘宅。得珪七号禀知县试毕,名列第三。

十二　发珪信第八号。手伯葵,答柯庭昆仲。

十三　答姚文栋,未晤。

十四　至潘宅。

十五　拜廖仲山,未晤,已赴通。至德林寄吴少甫信。

十六　至潘宅写汪夫人神主。赴莒南招饮寓斋,看竹,夜归。

十七　冯联棠、瞿子玖招饮江苏馆。

十八　天雨。吴佐周廿一同丰之约,辞之。仲午舅南归。

十九　接珪八号信,并考作。发珪九号信。复赓篪史馆奏议誊录事。

二十　辰往潘宅襄题,翁尚书师主笔,下午归。

二十一日　阴晴半。潘宅领帖,应酬竟日。

二十二日　辰往潘宅送殡,至龙泉寺。回,至全浙馆拜叶茂如之年丈寿。

二十三日　阴雨。至咸安宫。归唁李子丹夫人之丧。拜王葆卿、瞿耀生。

廿四日　为芝云题《萱帷授经图》,改珪文二篇。

廿五日　至咸安宫课。赴李卓如招饮省馆。至韶寓。

廿六　范舅来。午后答戋甘卿、廉惠川、王翰城。送李煐行。贺少逸补缺、得子。

廿七　叶君宜来,苕生来,未晤。托李卓如带苏书件。《四书》一部,小对一付。

廿八　接熙年信。韶弟来。

廿九　访汪范、少怀、荫芝。至韶寓,均不值。夜有贼,仆辈谇而逐之。

三十　访菊裳,晤。答李启东。

六月初一日　拜吴子修。

初二日　经士邀寓斋小叙。

初三日 昆冈、荣禄两中堂到院上任,到署公见。唁雷鸣叔之兄。祝陈六舟年丈七十寿。范丈送顾宅庚帖来。康民幼女年十三,申七月廿九巳时。

初四 寄朱雾香信,并集赙银六十八两九分,托德林祥汇交。寄珪信、文、诗等,又致季槐弟一函。省馆请姚文栋志良、钱溯时甘卿、杨宋瀛望洲、丁叔衡、叶茂如、殷菊延。

初五 大雨。至龙泉寺,潘舅母五七。又仲午舅母设位。子嘉招江苏馆同座,王芝生,号承乙,浙江人,苏道。洪恩广,名翰香,安徽人,直道。叶茂如、杨艺舫昆仲。午刻至酉始入座,散后至经士寓。

初六日 接赓笆电,催办誊录。接张婿五月初八信,云女信,又珪儿信,十三发。并县试卷。桂舲来,下午往答,并往经士处。

初七 卫善甫荣惠来,广东东莞人,带来邓师信。

初八 冯廷韶来。赓臣,丹徒县,巳亭子,安徽巡检。寄珪十号信、邠如信。赴贾小芸招。申刻广和居,自请客瞿尧生、王翰城、叶映斋、吴佐周。

初十 咸安宫大课。题:沧浪之水清兮,可以濯我缨;诗:画漏稀△闻高阁报。答胡复生。拜陆伯葵。

十一 滋泉寄《中东战纪本末》一部。祝年舅、吴子修来。托王翰城仆颜升带团扇二柄。

十二 咸安宫交来卷三十一本。子嘉来谈。夜大雨。

十三 尧生来。夜雨。

十四 王云舫兵侍、熙小舫同年之太夫人领帖,均往。接珪八号信。

十五 晴热。辛撰文定陈氏,六舟年丈之孙女、巽卿同年之次女。年廿六,男媒陆伯葵,女媒吴子修。午刻回盘来。礼成,酌大媒于江苏馆。接珪第九号信并照片。

十六 连日多雨。

十七 李子丹夫人领帖,往陪吊。韶弟处开馆,师请戈宜卿。泰州人。

十八　发珪十一号信,有致赓二纸。附锡三、云女信。

二十　雨人招江苏馆,同坐刘博泉、檀斗生、庞劬莘各前辈、姚子梁观察。胡月舫时正放宁夏府也,以御史截取,不及十日。张弼臣同年筠亦以京察放陕西遗缺府。

廿二　接伯荃信,新得丁酉选拔,可喜!又文一篇。得凤石信。艺郛来。

廿三　值日。丑刻行,绕景山至西苑门,常服。天雨淋漓。黎明辰刻散直,随至咸安宫。

廿四　李子丹来复奏议。誊录缺已满。赓笸欲捐,而已迟。

廿五　咸安宫大课,交去课卷卅一本。绵达斋、陈小山、郑绂庭招松筠。

廿六　万寿节。至乾清门外,三五品京查。蟒袍补挂罗帽。辰正,行礼。归,答洪景菱。送陆乂民。午后雨。

【天头曰】托乂民带珪试卷一包。

廿七　发珪十二号信,复谢绣君。午后,访范丈,未晤,晤于钝斋寓。

廿九　小建。

七月初一　午,日食。至礼部行礼。未正,复圆。均穿缨帽、元青褂。雨。

初二　潘舅母六十日。沈渭川领帖。江苏馆请陈心复、胡月舫、张碧岑、宋芝洞、钱铭伯昆仲、洪景菱。闻永定河北中地方决口,淹三四十里。

初三　发珪不列号信,内凤石、咏春、滋泉、伯荃文一首各信。

初四　吴颖芝、邹紫东邀江苏馆。拜丁侣笙、陈心复。

初五　接珪第十号信,又九弟一纸、赓弟一纸。进城至徐师颂丈处。

初六　至长椿寺应酬。

初七　答沈铜士。至经士寓竹叙。

初八　午后进城，祝南皮师常诞。顺拜赵仲莹，晤。又答刘峨璋。访小徐，晤。

初九　作芍兄五号，内九弟信。交辛揆并寿物。晚，偕群从至广和吃鸭，与辛揆话别。

初十　至咸安宫。题："载华岳而不量"，"僧△言古壁佛画好"。访菊裳，晤。至会馆。是日，佐周迁寓，辛揆南归。得珪廿九信：葵房六月廿八日丑时，得一男，命名元仪。附发苏信一纸。

十一　君宜来。钱甘卿、陈瑶圃、陈虞文洵庆来。至福寿堂，陈香轮同年之封翁领帖。

十二　答吴问潮、曾伯厚。贺华再云补御史。晤范舅。姚子良招江苏馆。

十三　咸安宫小课。瞿子玖来。唁陈玉苍太夫人领帖。

十四　祀节三桌。赴苏器之招。

十五

十六　谒麟师、徐师。送郎亭行。答赵季宣、姚志良。

十七　阴，雨。晨得苏电，长孙元炳忽以痘殇，时已六岁，读童蒙书矣，悼惜之至！

十八　祝房师、许寿。送陈六舟行。访少怀、经士，未晤。

十九　早起，大雾。三县同人为郎亭设祖饯，在齐化门外八里之慈云寺。石路崎岖，仆马惫甚，到者十三人。申初始散。归途咸以为苦。余与韶弟、芝云、经士出寺步行两三里许，至庆丰闸，通称"二闸"。泛舟至东便门，车由土道绕至此候齐，遂登车而返。走城根甚舒服，此行烟水数里，清旷怡人，较石路之苦远矣。

二十　拜瞿子玖、陈小山、王砥斋。吴佐周邀陪媒。访茝南，晤。访经士，为捐誊录事。

廿一　接珪初十信，十二号。赓簏为捐事汇银贰佰。晚赴沈铜士招。

【天头曰】赝笸汇曹纹贰佰两,先汇到德林百两曹平,申公砝作一百〇一两五钱。

二十二日　送叔衡行。贺沈立山。谒颖初师。至米市胡同潘宅,托印《士礼居书跋》三部,每部一金。

二十三　咸安宫小课。

二十四日　范来。舅母三周。至长椿寺。

二十五日　咸安宫课,交去评卷六十本。散后至长元吴馆赴子嘉招。归,得珏十七发不列号信,知炳孙以十六午刻殇,十一始有寒热,出痧子已齐,十六晨骤变,而化伤之。痧子齐而忽隐,并有呕吐泄泻,此痧症所忌也。又接锡三十四信。

二十六日　景萱来。荪石来。答汪闽生。送沈铜士。得少甫信,有皮丝、茶叶、藕粉之馈。葵寄苏信。

二十七日　午至琉厂。复至德林祥。

二十八　送景菱行。谒徐师,晤。访月舫,未晤。得再韩信,又珏十四发仁号信。内有赝信,晚访经士,交去公砝百两。

二十九　小建。祝年舅、何颂圻来。

八月初一　送祝年舅行。至范舅寓。归,接珏二十日不列号信,促葵南归。

初二　潘三舅母在龙泉寺奠别,陪客半日,并与茗孙订定,葵同伴出都。时茗生附潘处,至津门谒其泰山也。午后至德林祥定车二辆。每辆银一两。买物。夜,大雷雨。

初三　祝刘峨三太夫人寿。贺吴佐周续娶。阴凉。

初四　晨,葵儿南旋,来兴送至天津,与茗生连舆而行。发珏十三号信。内附子密、锡三、仲午信。

初五　丑刻,至国子监陪祀,顺拜潘笏南。谒贵坞樵师,得见。至咸安宫,行圣祠秋祭礼,兼提初十大课。莲塘以正詹开总裁缺,补李绂藻。接芍兄五号信,复何氏姻,并室事。

初六　江苏馆请刘嘉榭、王砥斋、沈立山、鲍印高、苏器之、陈小山、采南、子嘉。

初七　子嘉、范丈来，胡月舫来。瞿子玖送来《起居注前序》。

初八　接珪七月廿八信，十三号。又照片一、九月十八西。粲林与葵信一。

初九至十一　发珪信十四号。接葵通津二信，云于十一乘新丰船行。顾聘耆、李子丹招，均辞，小有腹疾。瞿子玖前辈以《起居注前序》相属，甫脱稿。

十二十三十四　师门贺节，算节帐（账），得秋俸七十两，略可少济。十四午后雨，太仓馆修西院坍墙。

十三四　师门贺节，算节帐（账）。

十五　中秋。下午至经士处，交去赓捐款公砝足银四十两。未清。晤蔚若、菊裳。又至韶寓。夜有月。

十六　来兴自津归。接葵函，知由新丰十二开行。访瞿子玖，交去《序》。李桂林，未晤。彭子嘉，晤。

十七　经士来，属拟学堂章程，为分十项。

廿一日　连日在寓。伯葵来，少怀来，左牖和来。接珪十四号信。荣发不列号回信。内寄还葵、粲林、邠如、雨时信，沈庚。

二十三日　咸安宫小课。

二十四日　值日。子刻进前门，入景运门，递折一件。

二十七日　咸安宫祀圣诞，即行大课。午后，出东华门。送钟秀芝。贺阔安甫。

二十九日　总理衙门考章京改作策对，问交界公法、邮政、算学。接熙年信。

三十日　发芍兄信第六号、苏信紫泉信十五号。接珪十六发不列号、葵廿日十五号。晨，进城访紫东，未晤。颂丈，晤。叶茂如招福州新馆，范丈招寓斋，因其亲家葛飞千先生以公务来京，酌之。

九月初一　发不列号一纸,寄还沈照片一纸。午刻,过苏石谈。

初二　紫东来。访颖芝·晤。陶景如尊严阴寿。复熙年信,内附廖信。

初三　偕达斋、少怀、仲乎请莲塘、子玖、冕臣前辈、星阶学士于省馆。过韶寓谈。

初四五　钱菊存来。毛艾生来,托撰高寿农太夫人八十寿言,癸巳公出名。

初七　至夕照寺吊徐子京。访戴少怀。

初八九　重阳,晴。至经士寓竹叙竟日。接葵十六号信,八月卅发。又江妹信。

初十　咸安宫课,题:"傅说举于版筑之间"二句;诗:"华岳峰尖见秋隼尖"。

十一　帝王庙陪祀。丑刻往,主祭睿王到已天明,陪祀者寥寥。

十四　南皮师相四请开缺,以大学士致仕,赏食全俸。盛宣怀奉总办芦汉铁路公司。

【天头曰】谕。

十五　德国、比国使臣觐见,文华殿侍班。谒张子青师。贺盛杏荪以三品京堂用。贺延敬臣嫁妹、宝鼎臣娶、郑听湘嫁女。送安徽同知叶映斋行。发苏信第十六号,内有《起居注序》。李傅相奉使归,复命。

十六　彭子嘉兄领帖。

十七　张春叔、钱干臣夫人开吊。寄许滋泉信。

十八　酌沈申伯、钱菊人、瞿瑶生昆仲、吴鼎臣、映藜、芝云于广和。寄友莱复信。

十九　接葵初七不列号信。至福中堂处公祭。葛少庭请福隆堂。

二十　接葵十七号信。又张子密信,即复数语,托叶映斋。

二十三　咸安小课。接德林祥来许师笔四支、尚少斗笔一支。仙叔赐扇一。《赤壁图赋》，书画皆精。子钧来。

二十四日　寄苏十七号信。

二十五日　咸安宫大课。至福文慎第奠。又贺吴协赓娶媳。请子钧诊。

二十六日　本署值日，恩子顺同班，在西苑。天明出城，访咏春谈。义园未去。

廿八　请子钧，共请三次。

廿九日　小建。接葵十八日不列号信。下午，范舅来，同访叶师。视君宜病。

十月朔　祀节三桌。

初二　接苏寄皮褂、棉裤、短衫等，张恩田带来。至叶宅，君宜于昨子刻病殁。菊裳伤痛异常，往慰之。

初三　答张恩田。沐庆。唁陈梦陶太夫人之丧。君宜接三。

初六　寄苏十八号信。托德林，内有诏致江赓信，又祝年信。又接苏廿五发十八号信。贺徐师孙世兄姻。

【天头曰】张子密行，贺任。

初八九　又寄不列号葵、珪信，托德林祥。管士修招寓斋赏菊。

【天头曰】访经士，续三次，交去银二十五两，赓捐款。

初十日　万寿，朝服，至午门行礼。至咸安宫。

十一日　接芍兄第七号信，内有章程、田数各帐。

十二　请客仲羧、左牖和、邹永春、贾小芸、耕生、聘耆。晚，公酌葛味荃于同丰。

十三　柯亭昆仲招。

十四　接葵电，于是日挈眷乘海晏到津，遣来兴往候。

十五　接葵初四不列号信。何颂圻招饮寓斋。访仲山丈，晤。珪州考得案首，州尊蒋体梅。

十九　管年伯母八十寿，粤东馆观剧。发十九号珪信。内有再韩信。

廿一　君宜出殡,遣荣儿主。桂南屏。坫,广东编修。来。

廿二　长椿寺。

廿五　葵儿挈妇、一弟、一妹,并二子来京。是日,咸安宫大课假。

廿六　代撰王孟湘太夫人寿文。佐霖侄二十诞,致二元。

廿八　寄芍兄不列号信、蔡贞伯信。葵发珪信、沈申伯招寄湖南提塘、唁郭谷贻信。银四两洋二元。

廿九　吴邕初同年带来芍赠鱼翅八片、莲子一匣。

三十　贺李高阳入阁,许筠师尚书。拜吴邕初,未晤。瞿子玖,晤。交去颖芝属题先世像赞。

丙申十一月起,丁酉戊戌。光绪二十二年十一月续立。

初一日　壬辰,小建。贺余师相正揆席。接珪不列号信。

　　【天头曰】发芍兄第八号信,由韶处寄,共五纸,并原来章程及草略。

初三　少逸邀江苏馆。接廖谷丈复信。

初五　钱干臣招嵩云草堂。作蔼士、轶仲、八弟、江妹信。访雨人。

　　【天头曰】王泽寰。

初六　晨访王胜之于三县馆,偕往广和居小酌,并约菊裳、咏春、蔚若。

　　【天头曰】寄锡三回信,由全泰盛迳寄阳湖,内有文一篇。

初七　发珪二十号苏信。内蔼士、轶仲、兰陵、八弟。各信。

初八　徐中堂到任。午刻至院。

初九　范丈、芸巢来,夜饭而去。寄彦修信,托德林祥。

初十　辰初至翰林院,李高阳师相到任。复至咸安宫大课,题:"生之者众"三句;诗:"小园采雪得春△蔬"。贺济乐农子姻,并转讲学之喜。

十一　答吴梅宋、许静山。

十二　请客聚宝堂，张沐庆辞，葛少庭、康民、子钧、颖芝、经士、王泽寰到。托。王寄雨时信。少逸、春卿招义胜居；泰生招聚丰，均辞。

十三　咸安宫小课。访胜之，并晤菊裳。

十四　阅课卷。雪。

十五　贺莲塘得阁学。答朱绳初，自津来。访邹咏春。

十六　夜祀节，二桌。

十七　冬至。朝大风寒甚。黄叔颂来，王泽寰来。

　　【天头曰】是日，天坛大祀，执役人闻有冻死者。

十八　晚，江苏馆邀冯联棠、李子丹、管士修昆仲、贾小芸、黎笔侯、梁铃院、陈荪石、戴少怀作围炉之叙，联棠未到。诸君约续举消寒会，拈阄为次，一管、二贾、三梁、四管、五冯、六黎、七陈、八戴、九李。

十九　午后进城，访胜之，晤，出示方兰坻薰《邓尉探梅手卷》，有程念鞠世铨、顾千里广圻、汪大绅缙、倪文治题；又《董文敏手札》一卷。菊裳晚归，亦晤。见礼部奏复《整顿书院》一折，其"书院课程"等三条，准一体通行，算学、译学及各学乡场，另加标识驳。

　　【天头曰】算学仍申明光绪十三年陈琇莹之奏，由顺天闱编　为算学云云。

二十日　菊裳、胜之来饭。

二十二日　罗扬庭同年之太夫人广惠寺领帖，往唁。复赴颖芝江苏馆之招。

二十四日　经士邀于寓所，梅宋、菊常同局。

二十五日　咸安宫大课。午后，贺伯葵升正詹之喜。顺访胜之、菊裳，谈。

二十六日　本署值日。丑刻入城，绕景山至西苑传事，约六点钟矣。归后复太仓州蒋体梅字美臣，荫生，湖南人，由刑主改。信、嘉定县章鸿森字菡汀，浙江人，丁卯举。信。

二十七日 接珪十一月初四娄寓信,不编号,知童试获售第六,学名曾诰。学使为龙芝生刑侍,印湛霖,湖南人。正场题:"矢人,而耻为矢也"句。次"虽执鞭之士";诗:"湘妃危立冻蛟脊得妃字"。午后,访苏石、少怀、颖芝。至韶寓,尹晤菊裳、胜之、彦和、芝云、复生。寄方旦初复信、章菡汀谢信。

二十八日 发苏信二十一号,并寄帐一本。冯联棠阁学以骤病开缺,往视之,有浙同乡为之经理。访咏春、少逸,晤。

二十九日 小建。安徽馆唁李蠡纯之兄。

十二月初一日 答熙甫甫元。并贺庶子之喜。答丁体常,甘肃臬。经士、少逸来,王丹揆来,示崇明公呈,为崇明粮串未遵减价事,略云:太仓州属折漕银,同治三年奏定,每两合银二千四百,帮费在内。光绪十三年又奏减作二千二百文。二十二年二三月,苏抚赵舒翘以近来银贱钱贵,奏准每银一两征钱二千文,原折云见《谕折汇存》。今崇明仍两银折钱二千六百文,肯饬查减云云。又及田房税契事,部章每值银一两,纳税三分,今崇明纳契税,须至少九分云云。经士云:德国使臣仍派许竹篑侍郎景澄。是时,为俄、德、奥、和使臣方将瓜代也。时以德国请专派使臣,已派黄公度观察矣,名遵宪,广东,丙子举人,加卿衔。黄君初派英使,英请易之,改使德;德亦以为言,遂不果行。其实黄亩谙于洋务,而于英曾有争执之事也。

初二日 顾康民、彭子嘉邀长元吴馆燕叙,余与菊裳、经士、梅宋手谈,小胜菊裳。傍晚,先进城访蒋春卿闲谈,晚饭而归。

【天头曰】伯葵署遵宪。

初三 大雪盈寸,可为丰年之兆。江苏馆酌黄叔颂、吴邑初、钱铭伯、干臣、胜之、颖芝、艾三。归,接珪儿初八州考寓信,知嘉定拔贡:周世恒,桐侯子也;太仓冯缵勋;镇洋汪曾保;宝山张祖寅;崇明王树声。又接张耸、锡三信、韵女信。

初四 阴。午后,唁丙子同年王典文之丧。贺沈升伯选缺喜,顺访栩缘、菊裳、谈。交去蒋美臣信。韶转交袁文蔚。

　　初五　忌辰。祝彭子嘉寿三十初度。顺访范舅，晤。午后，写应酬件，天寒墨冻，殊不称手。李绂藻升少詹。

　　初六　下午，阴寒。访子虞，未值。韶弟来，雨人来，熙小舫来。得蔡贞伯信。

　　【天头曰】忌辰。

　　初七　寒。贺李伯与，并托看八字四。过韶弟，谈。撰吴颖芝《平江吴氏两代孝行事略册》跋语。

　　初八　晴。下午阴寒，咸安宫小课。归，答文星阶少詹，交去对幅。答熙小舫侍御。访伯葵，并贺署任。是日，葵媳三十初度，佐霖兄妹等均来吃面。

　　初九　竟日雪，阴寒。薄暮访张子虞同年，案头有贫女诗，感怀之作也。访丹揆，晤其太翁。是日修灶，费票钱十五千。接凤石十一月来信，附顾庆镰信，提程翰香事。

　　初十　咸安宫封课。自九月定章：凡学生每月大小八课，全到者加奖银六钱，两个月全到一两二钱，三个月全到一两八钱。仍阴，微雪。

　　十一　经士来谈。

　　十二　范舅、韶弟来，李伯与来。复凤石信。内有顾庆镰为顾茂才紫轩妻告贷事。

　　十三　发珏二十二号信，内有凤石信。请甘臬丁慎五。体常，文诚子，贵州人，丙子年弟兄。润甫、子虞、佐周、仲莹、庚生。

　　十四日　年例蠲缓，江淮各属钱漕谢恩。寅刻至西苑门六项公所。天明，入宫门数步，对照壁行礼，到者十一人。出，饭于聚丰堂。是日，蔚丈邀于寓斋。

　　十五日　接张子密信，有炭赠。

　　十六日　访卫善甫荣庆。交寄邓莲裳师年信。访蔚盛长、刘符卿，名清玺。晤渠清川。

十七日　交蔚盛长寄子密复信。陈苏石前辈招,陪丁慎五、李愍园,同崔春江工部,又冯莘垞侍御、王梦湘编修、赵芝生,皆湘人也。华再云同年招福州馆,未及赴。得珪二十一号,十一月廿六发。又赓笆信,汇来银贰佰,托办誊录。

【天头曰】赓汇来银贰佰。

十八　访朱绳初于泰来,并晤其内弟秦复南,得臣叔之子也。咏春招广和居,同乡咸在。接熙年信,有致翁、徐、廖、陆信。

十九　写锡三信、韵女信、珪信贰十三号。伯周来,交赓笆誊录条一。

二十日　卯刻至起居注署送书。昆中堂到,赏本署役二十二千,年例也。归,拜延敬臣。联棠阁学领帖,往吊。访雨人,不值。丁伯厚同年来,未晤。伯葵补阁学。朱绳初、张子虞来,晤。

二十一日　本署值日。寅刻至六项公所。是日午刻封印。寄珪信二十三号,内有锡三、云女信。并寄云京松四十两,葵汇洋十元,托德林祥。是日,市口诀因,康八,著名凶悍也。答伯厚。

二十二日　晴,风。写桃符。胜之来,晤。访子钧、经士,未晤。何颂圻,晤。近日翰苑谏垣累疏,请停捐例。闻户部议以捐项,岁可得二百余万,以给聂士成、袁世凯两军之饷,未能停止云;又闻江苏粮米河运之十万石准改为海运。

二十三日　寅刻至西苑门,同乡官等以苏松太各属蠲缓漕粮恩旨,年例谢恩。下午苕生来,新自天津归。夜送灶。

二十四日　栩缘约蔚寓消寒之叙。接珪十一月廿八日不列号信,内寄照片一。

二十五日　访苕生。拜徐子静。贺鲁幼峰、辛成轩。至韶寓。

二十六日　复王夔、廖毅严、范信。午后访叔颂、班侯,晤。

二十七日　写仙根、伯荃、芍兄信。夜祀年。

二十八日　晨,微雪。发珪信,作新正元号。仙、荃、芍信。

二十九日　各师门辞岁。算节帐,度岁之资约需二百余金。

三十日　卯刻进内，保和殿蒙古王公筵宴侍班，携归赐宴品，供夜祀先。子刻接灶，略睡。

光绪二十三年丁酉

元旦辛卯，朔　晴。寅刻进内，朝贺侍班。辰初，皇上至慈宁门。辰正，御太和殿受贺。礼毕，顺至东南城贺岁。午后归，祀通议公诞。是日书红一律。

万家鼓吹凤城闉，待漏金门正向辰。侍直叨陪除夕宴，保和殿宴蒙古王公。朝正预贺岁朝春，是年初二立春。每依彩仗参舆卫，又见皇华策使臣。咫尺天颜瞻宝座，殿中珥笔听宣纶。

初二　晴，风，寒。西城贺年。戌刻立春。

初三　晴，仍风。午后，西城外同乡亲友贺岁。

初四　晴。至东城。夜接财神。

初五　至西城内，陈瑞卿来，有綮林致葵信。

初六

初七　范丈邀春酒寓斋，竟日之叙。

初八　马尧生来。朱雩香信来，并有俞潞生、彭子嘉谢信。接伯荃信。

初九　致锡三信，寄虾油、辣酱等，又熙年信，均托瑞卿带南。是日，太庙孟春时享侍班。午酌瑞卿、胡复生、汪苕生、陆守默、孙宇晴于广和居。

初十　仲山丈招。吴丹翁开馆。

十一　祈谷坛陪祀，丑刻赴天坛。是时，祈年殿尚未竣工，仍在坛上行礼。瑞卿来辞行。蔚若招饮寓中。

十二　东北城至西北城补贺年。

十三　长石农太夫人领帖。

十四　偕韶弟、经士作主人为春酒之叙，借坐经士寓斋。

十五　元宵。祀节二桌。日来朗晴，渐觉春和。得珪念二号信，腊月廿三发。梅宋来。

十六　答恽菘耘，祖翼。时以浙藩入觐。至德林祥。送茗生往津。访瞿子玖、戴少怀，未晤。至韶寓。得许滋泉信。

十七　午后，挈葵儿出百便门，一游白云观，庙址宏敞，游人甚众，一年胜会也。

十八日　偕韶弟、仲山、伯葵公请太属同乡江苏馆两席，到者宾、主十二人。

十九　下午访李伯与前辈。

二十日　命儿辈开学，伊仲平来，为吴颖芝书册。

二十一日　偕韶弟、菊裳、胜之饯沈升伯，并酌伯葵、柯庭昆仲、蔚若、颖芝。接郎亭信、雨时信。

二十二日　晨阴。至东北城，贵坞樵师销假。

二十三日

二十四日　菊裳、胜之、康民、莒南、子嘉邀三邑馆春酒之叙。

二十五日　咸安宫开课。是日，十一国使臣在文华殿觐见，大京察、军机、南北洋大臣、合肥相国优叙，余照旧供职。润甫同年招一品升，未赴。

二十六日　三、四、五、六品京堂京察共五十七人引见。寅刻，赴西苑门，常服挂珠。满汉读讲学士，有悬缺未补一、出差一。八人共一班，在第五排，背履历三句。臣某某省进士，年〇岁。谒贵师，未晤。

二十七日　会馆裱糊，文武帝享室三间，往。晤芋丞。

二十八日　谢照旧供职恩，自备膳牌，交翰林院长班汇递。向例系宗人府宗丞领衔，是时，宗丞有出洋差，故以通政司领衔，总一谢恩折。

二十九日　小建。

二月初一　皇上还宫吃肉。丑刻，仍至西苑跪道碰头，顺谒贵坞樵师，晤。南皮师相，未晤，晤兰圃世兄。合肥师，晤。徐师，未晤。

初二　作彦修信、凤石信，时有槃林世兄之丧。慰之。

初三　乡馆祭文武帝，并乡先贤。同人团拜，借座松筠庵，共二桌，到十六人。是日，各署一等京察人员引见第一日。

初五　访戴少怀、许静山，答沈诵堂。送吴梅宋行，托寄凤石一函，又赙四两，又葵房木匣三件。户部侍郎张荫桓出使英国，贺英主在位之六十年。

初六　王泽寰来。访曹耕莐，为跋诗稿，还之。

初七　本署值日。丑刻赴东华门。黎明散，唁儒子为太夫人之丧。

初八　中和殿阅祝版侍班，社稷坛祀也。丑刻入东华门。黎明赴咸安宫丁祭圣祠。预行初十大课，题："宗庙之事如会同"，"嫩寒江店杏花△前"，收卷六十三本。葵发珪信，托德林祥寄，内。八弟一函、紫璇一函。

初九　管士修同年招饮寓斋。接珪试灯日元号信，并仲午舅信、江妹信、云女信。

【天头曰】由苏划到紫记百金，珪手用。

初十　又接珪致葵信。赴胡复生招广和居。

十一　寒。接伯荃正月廿七信。写珪第二号信，附江信、张子密信、汪郎亭信、汪闰生信，又伯葵复熙年信。

十二　花朝。顾康民来，时将随使英大臣张樵野司农至英。少怀来。寄珪二号信。下午谒许师。访范丈、笔侯，均未晤。晤林贻书。

十三　寄彦修信，托德林祥。范舅来，林贻书来。

【天头曰】交去吴谊卿幛，托菊常。

十四　接瞿赓甫信。廷韶。瞿子玖来，许颖初师来。天寒，微雪。

十五　关庙陪祀。丑刻进城，至后门。礼毕，天已黎明。至得胜门外,答李小香。邹咏春来。

十六　晴,仍风,峭寒。午后,至东城,答顾康民,并送行。交去邹紫东信幛。谒徐师相,晤。

十七　同人约于三邑馆,为康民作饯。寄复瞿赓甫信、百川通。景月汀信,协同庆。

十九　送沈升伯行,改选湖北建始。晤菊延。过菊常、胜之,谈。菊常京察一等,覆带未记名,颇为怅然。是届清秘堂翰林均不记名,故本署保送三十人,只记名一三人。

二十日　天寒微雪。贾小芸招寓斋,耕苏招同丰堂,均赴。归,接子密信,又锡三信,二月初七。婿将回南皮赴试,云女得附便同来。同乡黄致尧伯申来,时在夔帅幕当法翻译。

二十一日　阴寒,雪。答倪覃园前辈,时仍以江西知府用。预诣福文慎,入祀贤良祠,行礼。廿二日午。又唁准仲莱太夫人之丧。复施稚桐信,交丹揆。又得蔡贞伯津信。

廿二日　送康民食物匹匣,又葵记托带四匣。张子虞招全浙馆。归,凌峤招惠丰堂,饯沈升伯也。仍雪颇大。

廿三日　雪。偕韶弟酌倪覃园、黎笔侯、管士修昆仲、吴子威、廉惠卿、潘经士江苏馆。托沈升伯带彦修扇三、仲午信一。伯荃官局局报一包。送李佳白幛。

廿四日　阴寒。接珪二月十一不列号信,内有赓笪、槐弟、轶仲各信。阅咸安宫课卷竟彐。

廿五　寒雪。至咸安宫大课。新派满总裁景敦甫侍读,厚。已卯同年也。至东观音寺街,唁麟师相弟妇之丧。林志道江苏人,直隶候补道。来。

廿六　下午访咏春,并晤少逸。答林志道。

廿七　晴。午后往送沈升伯,已行矣。晤缘督、栩缘,谈,子嘉先在。吴佑周廿九邀同丰堂,辞。管士一邀,辞。

廿八　晴,渐暖。陈荪石招,辞之不得,与韶弟同往。管士修同年先在,剧谈。余以小有不适,未坐而返。访蔚若,未晤。访陈润甫同年,晤。

廿九　贵师母常诞,未往,托韶带祝敬。访蔚若,交去义园祭顾亭林先生祝文。至韶寓。

三十　访吴子威、恽薇生、汪范舅,均晤。

三月初一　晴暖。至前门关帝庙、观音庙、吕祖阁、文昌进香。

初二　阴。王康吉来。晚赴李子丹招饮。夜忽下雪,瓦鳞皆白,地上亦如铺阒。

初三　晴。上巳、清明祀节两席,又宅基一席。午后,至韶寓,晤经士。俄范丈来,约同往经寓,并邀蔚若竹叙。

初四　拜施子谦典章,乙亥、丙子庶常,广东琼州府。唁南邻陈侍郎学棻夫人之丧。送黎笔侯前辈,时将赴美国赛奇会,由总署呈请,自备资斧游历外洋。午后,至琉璃厂买物,顺访芸巢。

初五　晴。寓室床后坍墙。得王椒龄托写条幅,又陈瑞卿信。

初六　阴。韶弟来,陆伯葵、瞿子玖来。夜,大雷雨。

初七　晴。咏春来,菊裳来。午后进城,答李启东。贺殷柯庭补缺。答王康吉、周范孙。

初八日　王宜人忌日四周年矣。旅食京华,南望殡舍,凄然自省而已,写《心经一本》。午后赴颐和园。天晴,路尚平坦。行十四刻余到,仍宿大有庄吏部公所。时正吏部京察,记名各员,排日召见。晤艺郛于寓。

初九　值日。寅刻赴宫门前,借坐御前大臣公所,天明散直。鼓兴重访乐家花园,地名董思墓,问其居,人云写作东四墓。春寒尚峭,花事较迟,杏犹未放。小憩即返,归家已午刻矣。饭后赴经士招。

初十　陈润甫同年来。答瞿子久。访范丈。子刻赴先农坛陪祀,是年遣官,未举亲耕礼。

十一　阴。范丈来。改荣文一篇。

十二　　风。蔚若邀竹窗。傍晚归，过韶寓。

十三　　进城，晤伯葵，顺访菊裳、胜之。

十四　　胡复生来。接彬如信。晚至韶寓。

十五　　晴。余诞日，茹素，写经一卷。韶弟挈侄辈来吃面，丹挨来。

十六　　晴。苏石来。

十七　　大风。至全泰店，取银五十两，交丹挨手。汪棣圃。

十八　　大风。贺谢南川。答胡复生。

十九　　大风扬沙，天色俱黄。午后，访少怀、经士。接珪第叁号信，三月初六，邮政局发。内有程蔼信。

二十日　　风。作珪第叁号信，附复八弟一纸、辛侄一纸、安定匾额一纸、女照一。

二十一日　　晴和。发珪信寄邮政局。一千五百文。是日，祭苏太谊园。辰刻往，到者十五人。是年，移慈仁寺内顾亭林先生石刻像吴俊画于园，设祀于西厢，仪同范文正公之祭，而笾豆之数，四。跪拜之节一跪三叩皆有差。晚雨。朱望清来，未晤。

二十三日　　咸安宫小课。答拜景敦甫。

二十四日　　癸未团拜，在湖广馆。贵坞樵师到，张兰坡世兄、延世兄到，陈小山同年办，共十桌。楼上合癸酉辛未，右首为壬戌科。是日，演小福寿班，多热闹戏，新排《荡寇志》一二本，最佳。同年到者四十余人，每派分二两，子刻始散。天微雨。

二十五日　　咸安宫大误。

二十六日　　陈桂生夫人领帖，往，顺拜曾怡庄同年，前凤阳府，起服到京。答张荫南。柯庭邀福兴居，未赴。

二十七日　　接锡三到天津信，遣珪妈、来兴往迓，韵女到都。时锡三正应郡试，四月初一正场，带锡三信、蔡贞伯信。接凤石信。

二十八日　　课文一首。朱望清来，湖南，癸巳，门生，时以主事分部。与许邓仲期俱分刑部。

二十九日　天晴而有蒙气。写折毕，偕葵儿至琉璃厂、一得阁，买异常墨汁四千文，其所谓"雪头艳"者，每盒起码四两，不零售也。访范丈，未值。过韶寓。

三十日　晴。下午至会馆访芊丞。得胡月舫同年信。

四月初一日　庚申朔。午后，至西城访菊、栩二君。

初二　接雨时信、贞伯信、熙年信。答汪芸房昆仲，起服到京也。访范丈、吴子修、乔梓、姚菊仙、黎笔侯，均不晤。访瞿子玖、贺丁伯厚侍讲补缺，均晤。作玉书唁信。

初三　答马植轩。恩培，新升鄂臬。午后，雨。谭启绪来。号蜻园，谭序初中丞之次子、芝云之兄，时以知府分省湖北。

初四　答谭蜻园。谒颖初师，晤。又接贞伯信，第三次。接珪三月廿八不列号信。是日立夏。余权得一百斤，与上年同。葵狂，荣强，福增尉，圆八十，小奎俳。

初五　发珪不列号信，并天津信致贞伯，寄邮政局。至韶寓，适晤经士。晚雨。

【天头曰】杨玉书信一函、洋一元，交王胜翁。

初六　常雩大祀。子刻入坛，侍班。寅刻行礼，闻向例天坛之班应立坛上第二层，自余入起居注，则已改立坛下之螭陛西旁，不知何时始改也，约在三五年之间。礼成，天已大明。孙子钧、吴蔚若来。是日，仪孙预设晬盘。接世振之信、凤石信。二月所发。

初七　晨得苏电，为沈子美处事，即复一电，并寄珪不列号信，又寄锡三信至天津，均交邮政局。拜万薇生户部，伊在善堂施种牛痘，时仪孙将种痘也。下午至韶寓闲谈。天气虽晴，尚觉薄寒。

初八　先姒忌辰，设供茹素。五点钟接津信，知云女今日专车到京，即遣车至丰台候，在永定门迤西，稍东又有看丹地名。至暮未归。丰堂实在南西门外，距十八里。

初九　候至上午，仍未到。遣荣儿带李成至永定门外，沿铁轨访问来车。晚归，知并无专车到。荣寻得自车，宿于南西门外。是日，徐师相常诞，送祝金四两。昆中堂师世兄柱臣姻，十一正日。送贰金喜分，均亲往。

初十　咸安宫大课，题："夫子欲寡其过，而未能也""鸟踏庭花△露滴琴"。李高阳师娶媳，石曾五世兄。伯葵之世兄，号芝田，名大坊。殷柯庭之媛完姻，均往贺。发天津锡三信。是日，奥国使臣齐干觐见文华殿，闻随带有洋枪三十人，同进东华门，拦之不可。

十一　谭芝云来。

十二　接珪第四号信，复三发。王昌侯凤仁来，其兄名治仁。得易州拔。

十三　在寓检点笔墨。

十四　下午移小寓在会典馆，与范丈、韶弟偕。葵发珪信。

十五　丑刻即起，寅正赴中左门接卷，坐保和殿之西。辰初，题自颐和园至，"经正则庶民兴"；"三曰举贤，四曰使能《礼大传》"；"方△流涵玉润"。酉刻末交卷而出，归寓。

十六　赴经士约。遣车至黄村接云女。

十七　派阅考差卷大臣。麟书、启秀、李端棻、绵宜、唐景崇、翁同龢、许应骙、杨颐、陈学棻、徐树铭。云女自津来，坐火车，当日到黄村，遣车适接到，于酉刻进城，带来跟仆一人王升。湖北人。下午雷电，即止，访孙子钧，答陈名侃梦陶。俱晤于陈处，兼晤李子丹。访咏春，未晤。访鞠栩，晤，并作小叙。接云女带来锡三信、子密信、珪初五不列号信、仲彝信、姚子良信。

【天头曰】即复子窬一信，交锡三寄。

十八　发珪第肆号信，又赓篯信，寄邮政局。十九寄。

十九　午后赴莒南、子嘉招三县馆。

二十　答冯赓甫、黄西平金钺。阅咸安课卷。

二十一　江苏馆请，卫善甫、葛绍庭未到，朱伯勋、潘经士、王泽寰、朱望清、许邓仲期、伯周昆仲仲叔未到。过韶寓，瞿子玖来，王丹揆来。

二十二　广和居请曾士虎、王康吉、李兰舟、汪药阶昆仲、咏春。访姚子良，晤陈杏生。

二十三　考差引见第一日，余在第三排六名。一二排宗人府，内阁十九人。入乾清门，上台阶背履历三句，臣〇〇〇，某省进士，年若干岁。出，至咸安宫。午后谒贵坞樵师，晤。访伯葵，未晤。汪端卿来，良卿弟，名炳莹。携有芍兄信，为例荫事也。云骑尉发标学习期满，赴部引见，以守备用。锡三有来信。汪端卿于珪处汇洋三百元。

二十四日　接珪十四日发苏信并照片。

二十五日　辰刻，文华殿班，俄国报礼使臣觐见也。至咸安宫。午后谒张中堂师，未见；谒徐、麟两掌院，见。拜延敬臣。

【天头曰】张氏姻亲摘记：张彬，子密从堂弟，号黄楼，己丑乡榜，内阁改知府。张检，子密嫡堂弟，号玉叔。庚寅进士，吏部主事截知州。张中堂，之万，号子青。张瑞荫，兰坡，子青师四子。张尧农夫人。婶母舅，姻伯。王廉生懿[荣]。妹丈朱益斋延熙。妹丈叶伯高尔恺。姻伯刘博泉恩溥。姊丈黄仲弢绍箕。以上称呼均照黄楼所开之单。吴敬修，菊农，翰林，黄楼妹夫镇洋县吴镜沅粤生之子。

二十六日　发珪第五号信。颖芝太夫人寿，往祝。复赴曾士虎招。

二十七日　丙子乡榜团拜，在湖广馆，演福寿班。复赴少怀陶然亭之招。是日，叔平师常诞，往祝。张彬来。号黄楼，己丑举人，由内阁到兵部改知府。

二十八日　先妣潘太夫人诞日，设供。梁铃院招云山别墅，丹揆招江苏馆，均赴。晤熊余波。大考差题："解愠阜财"论；"一溪雷转松阴凉△"。

二十九日　复熙年信。小建。发芍兄二号信。

五月初一　放云贵试差。拜曾怡庄。

初二　王泽寰、朱望清、许邓仲期请湖南馆，黄叔颂同座。拜赵翼之。接珪五号信。廿四发。

初三　韶臣来。汪昌熙采。号稚珊,太仓人。

【天头曰】云南:周克宽、会堃;贵州:杜本崇、陈伯陶。

初四　师门拜节。发珪陆号信。

初五　经士邀寓所竹谈,傍晚即散。

初六　访汪芝房昆仲。访汪端卿,交去汇款讫。

初七　作凤石信、胡月舫信。得芍兄一号信。廿四发。

初八　李子丹招,冯雨丞招,均在松筠庵。范舅来,未晤,往访之。接熙年信及各贺信。

初九　江苏馆请房师许颖初先生、宋芝洞、叶菊裳、黄叔颂、姚菊仙、钱干臣、赵云卿、冯雨丞。

初十　晨,微雨,凉。咸安宫课。拜刘博泉恩溥。答庆石臣、颐由,外班转庶子。又得熙年信,李锡琛带来,号子祥,宝山人。有油扇两柄、墨两匣、鱼肚两件、笋干两篓。晚赴吴佐周招。刘暎藜招聚宝,未及往。

十一　至太仓馆,招木匠估工修理。谒南皮师。拜廖仲丈。唐蔚之招德兴。

十二　放试差第二期。范丈约寓斋。

【天头曰】广东:萨兼、刘福姚。福建:葛宝华、黄绍第。广西:尹铭绶、谭启瑞。

十三　韶弟在省馆作东。寄锡三信。

十四　喧董彦和媳之丧。访菊裳、栩缘,栩赠《卫景武公碑》《唐俭碑》墨拓各一。得仲午舅信,其仆任福带来。锡三婿信来,以发痧未及完场,其弟以泮元入学矣。栩缘长子名怀琛,前在都时曾附儿辈行,嘱为取字,拟颂来二字。

【天头曰】太仓馆筑坍墙一垛,计一丈七尺,内外拆做,合银六两,添木柱杖二。

十五　菊裳、栩缘约复生同叙于寓。

十六日　闻悉张子青师相于十五丑刻骑箕。午后往探,归途答黄公度遵宪、邹咏春,兼至会馆。归寓。锡三婿自津来。

十七日　钱干臣、赵云卿、胡润青、以霖,国子监。招嵩云草堂,陪许颖初师。下午至张师相宅。是日接三。晚归,得紫璇信。

十八日　韶弟来。下午至伏魔寺视姚子良。

十九日　锡三、韵女双归,命荣儿送至看丹上火车。广利季掌柜承修本馆岁修工程,是日开工。同乡孙锦烜、灿仙,子钧侄。朱诵韩盥薇来,沈翥鹗纫秋住馆中,往交西平考件并晤。

二十日　午后至张师相宅。出城,至全泰店。适桂圃初到,晤谈,少坐。答张一琴。

【天头曰】考部署御史共二十六人,"审西面势以饬五材"论。

二十一日　贾筱芸招寓斋,菊农、耕孙招江苏馆,均赴。俄闻黄绍第放福建副考官,以谢佩贤被御史王廷相恭奏"前于癸巳年出甘肃试差,路过山西有需索滋扰情事",故一面饬晋抚查覆,一面即改派云。后议降一级调。

廿二　放四川、湖南、甘肃试差。晤黄叔颂、陈润甫。访张子虞。钱干臣来,晤。

【天头曰】四川:张仁黼、杨捷三。湖南:朱益藩、陈同礼。甘肃:连甲、王廷鈇。

廿三　咸安宫小课。访栩、菊,从菊裳借姚元之《竹叶亭杂记》二册,又叶调生廷琯《感逝集》五本,其第十卷内《匏系盦稿》选五首先胞伯少园观察遗诗也。家无梓本,记于此。

廿四　王稚葵国桢自津来。得珪不列号信、五月十七发。辛揆信、汪直卿信。

廿五　咸安宫大课。归,拜朱益斋。葵发安定电。

廿六　寄珪不列号信,内有赓笆一纸。

廿七　锡三天津来信。答王稚葵。至北池子张宅。

廿八　江苏馆酌黄公度、遵宪,时放湖南盐道。王旭庄仁东、张一琴、赵翼之、陈润甫、华再云、黄伯香未到、苏器之。散后,偕韶弟往视子梁病,已半愈,其弟子让郎·孟辉已到矣。

　　廿九日　晨,大雨如绳·两次,午晴。赴瞿子玖、李伯与招安徽馆,崇厚庵、戴少怀、李荫墀同坐。得伯荃廿二日信,知珪儿偕仲彝内侄、轶仲表侄已起程北来。

　　【天头曰】赓信云是日汇馆课捐银壹佰两,珪手。

　　三十　接子密信。正月十二日。下午访苏石前辈,子虞同年。

　　六月初一　晴,热。接珪到津电信。

　　初二　太后自颐和园还西苑。赵翼之邀江苏馆。写子密、锡三信。附杏渠信。遣车至丰台,傍晚,珪儿偕仲彝内侄、轶仲表侄到寓,轶仲携仆曹福。

　　初三　连聪肃来,韶弟来。下午访经士,交去曹叔彦郎中实收复。访少怀。

　　初四　癸未公祭,张师相行礼后,少坐即散。师相予谥文达。答三县馆周祖荫。

　　初五　陈润甫来,胜之来,伯香来新传御史。日本新使臣矢野文雄觐见。徐道焜有"捐纳实官,永远停止"之奏。晚雨。

　　初六　拜黄伯香、陈润甫。答姚子让。范舅招江苏馆午集,王稚葵、许秋圃、钱干臣同坐。

　　初七　晴。晨访吴子廪,托办本署送考文三分,费卅六千。据云署中用印均以逢六为期,适已逾一日,须十六再办。以轶仲照托陶侃丈办,考到录科两场,费贰两二十千。又以俊秀照须有本籍文书起送,今则由顺天府办游幕文·又费二十千。珪儿监照,由葛少庭办,恰到。附监合公砝足银廿一两。咏春贻诗六绝句。访陈梦陶。

　　初八　晴,热。钱干臣·邹咏春、叶菊裳来。吕镜宇海寰来拜,时使德国。

　　初九　伯葵来,并招江苏馆,同坐陈梦陶、王稚葵、陆甄青。长葆。

　　初十　咸安宫大课。题："乐天者保天下"至"于时保之","团扇风前△众绿香",收卷廿七本。至刘博泉处,归途答周汉宇。与菊、栩相谈。

　　十一　答吕镜宇、陆长泰。至北池子。陆鲁瞻长葆来。轶仲考到。

　　十二　浙江、江西、湖北差信。钱履樛来。以赓笆照托雨人办。会典馆誊录功课。是日初伏。

　　【天头曰】浙江:徐树铭、吴郁生。江西:张百熙、杨家骥。湖北:黄绍箕、熊亦奇。

　　十三　下午,贺同乡同年之得差者,均未晤。起居注派纂前序。作赓笆信附珪,寄。

　　十四　少怀来。天热,夜雷雨。

　　十五　江苏录科。题:"躬自厚而薄责于人""屯田"策;诗:"藕花△多处别开门"。轶仲往。

　　十六　至北池子张宅。

　　十七　朱桂卿来。访咏春、芝房昆仲,均晤。

　　十八　答汪棣圃,时以知县分发四川。

　　十九　仲芃邀庆和堂,辞。张文达师领帖,往陪客。

　　二十　午后至张宅陪客。李星垣同年太翁领帖,往吊余庆堂。访苔生,未晤。

　　【天头曰】得辛揆信、江妹信、锡三信、鲍印亭信。

　　廿一　晨至崇文门外巾帽胡同口,癸未科路祭张文达师,复送殡至隆安寺。喑齐道安同年。答拜朱桂卿。

　　廿二　得江南主试信。仲彝昨日考到。题:"无求备于一人";经:"如圭如璧"。太属公请吕镜宇星使于省馆。是日中伏。

　　【天头曰】江南:正刘恩溥、副朱锡恩;陕西:柏锦林、刘学谦。

　　廿三　咸安宫小课。同人公饯钝斋于经士寓。

　　廿四　至长椿寺,陶景如太夫人冥诞。理仲来。送钝老行,并拜理仲。

廿五　咸安宫大课。李虔阳协揆师鸿藻薨于位。特谥文正。

廿六　浙江等省录科，仲彝往。题："仁者寿"，"保甲"策。皇上万寿，乾清宫受贺，侍班。至长椿寺，吴颖芝太夫人冥诞。

廿七　高阳处接三，往唁。接锡三信、云女信，又子密谢信。因贺其子入泮。

廿八　酌理仲、桂圃、葛少庭、林少仙、莟生、轶仲、仲彝于福兴居，天气晚凉，宜饮，饮尚畅，垣仲未来。贺经士子剪鬈。

廿九　晨送理仲行，托带绣件两包，云女物。对两卷。珏手。又至龙泉寺张馥苓处应酬。雨颇大。

七月初一　太庙陪祀，丑正往，大雨不止。卯正礼成，朝服尽湿。是日，陪祀者只到三人。

初二　偕少怀同请子玖，未到。伯兴、荫墀、子丹诸前辈，均到。又伊仲平、景敦甫、文星阶，均未到，天雨故也。借坐江苏馆。

初三　竟日雨，未出门。

初四　晴。葵往谒陶助教，惟琛。致去本署咨文三套、结三纸、考费六十千。录《起居注序》清稿。

初五　少怀前辈以黄陶奄批本套印《李长吉集》，并《范文正奏议》、潘峄琴诗赋见赠，报以郭校《朱子家礼》《校邠庐抗议》《悔过斋文集》《黄叶邨庄诗》。是日，廖仲丈得总宪。往韶寓。

初六　午后进城，访菊、翃二君，均小极。与栩谈，见案头有松雪书《鲜于府君墓志》，殊有晋帖气味，盖沈均初孝廉家物，有"松下清斋印"，又有"撷芳亭印"，知曾藏外祖西圃先生处。"松下清斋"者，则又西圃先生之外祖陆谨庭先生藏书印也；又《砖塔铭》一，又汉熹平石经字一百廿七字，覃溪学士跋壱多。

七夕　晚，微雨。

初八　得山东等省主试信。进东城，未果。经士约往芝房、兰楮寓竹叙述，热甚。

【天头日】山东：陆宝忠、李桂林。河南：管廷鹗、华俊声。山西：王祖同、姚舒密。

初九　道仍泥泞。进东城，并谒徐师相，呈《起居注序》。

初十　咸安宫路极难行。午后出，过复生寓小憩。贺伯葵，晤。顺视菊、栩二公。晤苣南。

十一　贺瞿子玖署刑左。贺李子丹，又李毖园仓督。又苏石、小芸招，辞。

十二　热。吴焜侯来。

十三　中元，祀节。午后赴少怀嵩云草堂之招，钱陆、管、李诸星使也。余口不适，殊不能饮。归，贺黄慎之升司业。顺访韶弟，未晤。归寓，刮痧，寒热大作。

十四　卧病竟日。延李葆初，先延孙子钧同年。药太重，未服；复延徐班侯同年，服紫胡、川朴。

十五　热势渐解，中焦蕴热殊甚，大便不畅。儿辈录科。

【天头日】题："君子尊贤而客众"二句，"茶榷"策，"蟋蟀候秋吟△"。蔚九十八，诰九十五，庆一百十五。

十六七八　仍未大爽。接锡三信，有文、赋各一，又买物银三十两，其托买纱补三，大松树男女补各一、一品补一。交胡复生托寄。

十九　前以赓笆贡照托芋丞领会典馆一等功课。票至是送来。费一百五十金，验照三十二金，零项在外。

二十　韶弟处佐霖侄完姻。是日，迎妆。余不能往，儿辈皆去。

二十一　韶寓喜事正日，儿辈皆往。午时发轿，迎娶李菊农太史传元之女，未时礼成。接王君九信。

二十二日　晨至书房小坐。

廿三日　咸安宫小课，未去。仪孙请古大夫醴泉。余亦一诊。

廿四日　接太仓州蒋赓臣信，即作答。

廿五日　咸安宫大课，未去。

廿七至三十止　未至书房。得汪理仲信、王君九荐其叔。卿月信。咏春来，菊裳来，范丈、经士来，廖仲山来。

八月初一　午初，得各省学政信，由颐和园来，余不与，一叹！奉天：李鸿逵；顺天：张英麟；江苏：瞿鸿禨；安徽：徐致祥；山东：姚丙然；山西：刘廷琛；河南：朱福诜；陕西：叶尔恺；甘肃：夏启瑜；福建：戴鸿慈；浙江：徐树铭；江西：李绂藻；湖北：王同愈；湖南：徐仁铸；四川：吴庆坻；广东：张百熙；广西：刘元亮；云南：张建勋；贵州：傅增淯。军机大臣面奉谕旨，此次简放学政各员，着自本月初三日起，每日二员，分日递折谢恩，预备召见。如遇有事，即改于次日预备，其余各员以次递推云云。仲山丈交来縠士丈致送太属考友元卷费，每分四元，共三十一分；又诸亦文汇来嘉邑宾兴三十元，县署送卷费一元，共十四元，由源丰润合京足银十两。票正共来十分，领四分，三秦，一周传诉。余俱在家领迄，六分仍缴。

【天头曰】奉天换贵贇，换张仁黼，换何乃莹；浙换陆宝忠，再换陈学棻，再换唐景崇。

初二日　作张子密寿信、锡三信、彦修信，托办缎幛，并寄缎联之语。寄银七两钱十千，托德林记。

初三日　贺瞿、戴学差。答经士、颖芝。至韶寓。

初四日　胜之、经士来，饭。蔡君守来。

初六　早奉入闱分校之命。三儿及仲彝回避。午刻入闱，正主考孙家鼐；副：徐郙、裕德、溥良；内监试松年、庞鸿书。余签分十七房，同事一房王景禧，二赵以炯，三于受庆，四华辉，五李立元，六李哲明，七荣庆，八陈景鎏，九韩培森，十景方昶，十一邹福保，十二黄均隆，十三瑞洵，十四张燮堂，十五周爰诹，十六陈嘉言，十八冯恩昆。每房各分卷七八十余本。十三进卷，廿一撤堂，廿三头场卷毕，初三日三场中卷发交本房复勘，初七进呈前十本，十二上堂填榜，十三子刻发榜，即出闱。寅刻到寓，共荐五十六本，中二十本，又副榜二名。房首刘汉章列第九，轶仲得副榜廿六。另详《秋闱日记》。

十四至二十日　连日答客，碌碌。

【天头日】十三知伯葵丁太夫人忧。初十日。十六至陆宅吊，是日首七，伯葵恰到。

廿一　请各学政李伯与、瞿子玖、姚菊仙、吴子修、叶伯高、张季端、王胜之，姚、王到，余辞。

廿三　咸安宫小课。新举人覆试题："民事不可缓也"至"昼尔于茅"；"湛露即歌诗△"。

【天头日】接仙叔信，未复。

廿五　四主考例请房官，安徽馆，演玉成班，不带灯。咸安宫大课，往。又张文达师入贤良祠，到宅行礼。

廿六　各房考回请四主考。内监试、两内收掌、两监临到，孙、徐两主考、监试庞、收掌朱、许邓。到，余辞。仍在安徽馆演玉成班，闻戏价百八十金，席七桌，每派十五金。

廿七　值日，在大内。晨送轶仲南旋。寄芍兄蓝笔团扇一，子密、乔梓团扇各一。又银十两，托办景之夫人五十寿幛。伯荃拔贡，开贺分。接汪闰生信，有京松银壹佰拾贰两七钱零，寄棣圃用。如棣已归，留为谱薰明年进京朝考之费，暂交韶手经管。

【天头日】见江南榜：太属中七人，陆增炜，太；施荣复，嘉；潘鸿鼎，宝；王芝馨，崇；袁希涛，宝；王寿曾，嘉。

廿八　接芍兄信三号信。江妹信、熙年信。是日考南书房翰林，题："万寿山"赋；以"敬祝南山之寿"为韵。赋得五色露。得祥字，七言八韵。保送者五人：徐琪、吴士鉴、檀玑、张亨嘉、于受庆。

廿九　至伯葵处陪客。

三十　张燮钧来。午后仍至伯葵处。

十月初一　祀节二席，宅基一席。是日，奉钦派内阁协同批本，内阁供事张廷华、张廷贵、张廷弼、杜奎、方汝恒。来云，例不谢恩。晨至伯葵处为其太夫人写神主。

初二　晨至伯葵处襄题。主礼秉笔者，孙燮臣吏尚右；襄题，吴燮臣左庶。礼毕，赴海淀，宿裕成轩，同班李荫墀前辈已到，同晚饭。

初三　三鼓起车，赴颐和园东宫门外。天明入宫门，至仁寿殿彩帐内演礼。殿正中宝座东向设，皇太后御筵左旁、南向设，皇上御筵、近支王公在殿内，王公大臣一二品在彩殿内，起居注官侍班在豹尾，班内侍卫之次应列第一排之第七桌。席皆南北向，每排八桌，共四排，一边。三品以下在殿门夕。辰初，皇上升殿演礼乐舞，毕，候驾起，百官皆出。是日穿蟒袍补褂。后还寓。

初四　伯葵太夫人出殡长椿寺，往行礼。

【天头曰】寄复仙叔言，为沈处事，交经士仆带南，并发结伴之电。

初五　晨至内阁，到任东阁庆贺万寿本，系各省督抚预呈到阁者。明日进外题本、一通本十余件。

初六　午后赴海淀裕成轩寓。

初七　早起，东宫门外跪送皇太后还宫。诣寿皇殿行礼。申刻复跪迎慈舆回园。是日，耆老、妇女夹道环观，香尘填溢，如登春台。送迎皆穿蟒袍补褂。见上谕：徐琪、吴士鉴、张亨嘉着在南书房行走。晚归海淀。

初八　卯初，诣仁寿殿。彩殿悬灯，九华照耀，中电灯二，尤光如皓月。卯正，皇上升殿，率百官跪迎皇太后。升宝座、进茶、赐茶，百官皆于座次随行一叩礼，进酒、赐酒，亦如之；赐百官酒馔，亦行一叩礼。乐奏《阕喜起舞》，进以次具陈《狮子舞》。毕，丹陛大乐作，恭谢恩宴。跪送皇太后还宫，驾起，百官乃出。是日，朝服。午后，归寓。

初九　下午仍赴海淀宿。

初十　早赴园门，韶弟亦至，遂由宫门入，绕仁寿殿后西南行，长廊夹道，灯彩鲜明。过殿庭两三处，至排云门。门内正殿后枕山，佛香阁高耸云表，前临昆明湖，烟水缥漫，而彩幔灯棚，晖丽溢目，天上繁华，极瑶岛琼宫之胜。辰初，皇太后御殿，殿门洞开。皇上诣台阶上行礼，宣读表文，恭捧进呈御案。出，行三跪九叩礼，百官咸随班行礼。礼成乃出，园中之景略一瞻眺，未能尽其胜也。出，诣恭办庆辰处领恩赏，得瓷盆一、荷包二、帽纬一匣、江绸袍料一件。归寓已晚。海淀裕成轩餐宿之费共出银三两余。

十一　作锡三信四纸。下午拜客数处。至韶寓。并复德臣叔信。

十二　沈生钊号康士来。寄锡三信、德臣信。

十三　作信。晚访京士，晤。旋来信，知照未同行云云。

十四　寄江妹、赓簏信、宅内。仙叔、伯荃信，俱附仲彝。胡复生来，盛莽旨来，徐花农来。午后，得蟠公电，月杪另。

十五　至内阁，画本三十余件。访芝房昆仲，晤谈。发芍兄第三号信，由邮政局遥寄江阴。

十六　本衙门考供事，派阅卷，与瑞景苏偕，共卷约四百本，取二百本。题系掌院出："禁暴安良"。示写白折以一开为率，有写两开者。至晚，卷方齐阅定，即标名次，封存院中，明晨即送掌院覆核。是晚，不及出城，宿清秘堂，月色如银。

十七　晨出城。知奉天学政李鸿逵开缺，简贵贤接任是缺。湘臬李仲宣经羲来，晤，旋往答之。即在安徽馆公请己卯同年公局，值年俞潞生承办，以感冒不克到，寿子年、熙菊、彭荣、华卿及余四人代主也。

十八　副榜门生陈芬来。午后拜汪范丈、戴艺郛，请作冰人。答严庆祥。贺徐花农、吴炯参、张燮钧南斋之喜，均未晤。访苣南，晤，交去代杨允之中书报服满起复银四两钱四千。

十九　严伯霖招豫和堂。晨至内阁谒麟师，晤。徐师，未晤。

二十　偕韶弟酌张味荪、未到。潘菊士、严伯霖、程心一、朱旭人、瞿肇生、吴佐周于广和居。陆蔚庭前辈服阕来京，季良同来，即往晤。彭瑶斋开吊，赵仲莹之弟开吊。

廿一　晨至内阁。答邓杰材、伯楠，莲裳师之侄。赴倪覃园招三胜馆。

廿二　写刘佛馨之封翁墓志铭，菊裳交来，文即菊裳撰。

　　廿三　至内阁。至咸安宫。访王康吉。喑沈子寿之太夫人领帖,周紫垣领帖。

　　廿四　华再云招福州馆。范舅来,未晤。

　　廿五　咸安宫。

　　廿六　至内阁。

　　廿七　为恺儿文定顾康艮表兄之女。大媒:乾,汪范丈;坤,戴艺郢。金饰两件、银瓶四个一匣,红绿绉两段一匣、茶瓶四十、果子八色各一盒,共四盒。去六人,开发喜封,总二封,每十九千。披红,四千。捧盒二千。男宅皆倍发,柯纪,八千。柯舆,四千。同上。晚,酌戴、汪于寓斋。菊农、耕荪、茞南、彦和作陪,桂圃、经士未坐。

　　廿八　改同门卷文。

　　廿九　内阁未去。午后至颐和园,当值日班,宿于海淀。紫泉来,未晤。得少甫信,又送皮丝四包及公报等。

　　十一月初一　三点钟,开车赴园值日。是日,总署有封事,为德教堂事。午初,归寓。晚,酌陆季良、许邓仲期、朱望清于广和。子泉未到。

　　初二　赴陈荪石招。贺朝撰甫放同州府,送盛萍旨行。山西夏县,卓异进京。

　　初三　至内阁。至全泰店,晤陆桂圃,交去如意及红绿绉、银贰拾八两零。贺薛云阶师。得宗丞。晚,赴毛艾生招一品升。

　　初四　接仙叔廿五日信。晚,赴吴佐周、贻孙招福隆堂,陪蔚庭。

　　初五　午后,进城。谒㝡坞樵师;并答潘笏南,晤,并嘱德臣叔事。晨答杨莘伯侍御、陈骏生表妹丈、其镖,河南知州。张燮君同年、许紫璇。

　　初六　至内阁。未刻,偕韶弟在省馆请蔚庭、李子丹、未到。顾康民、未到。周谱琴、名鼎泉,崇明人,候通判。李玉舟、许紫璇、雨人、艾生。是日,子丹亦招晚集,未及赴。经士、子嘉招,辞而仍往。

初七　复汪少湘信。

初八　作芍兄第四号,附瞿子玖学使信,又复熙年信,均交来兴带往天津寄局,时遣往天津接南来女侍也。

初九　至内阁。归,得赓籛信,为誊录事,其寄银共五百两,丙申六月贰百两,十一月二百两,丁酉五月一百两。现用去四百零二两。又槐弟与珪儿信,知七弟葬事已办矣,十月廿二日葬严家浜。访何颂圻,询山东教堂事。得凤石信。晚,赴李玉舟招。

初十　至咸安宫。答李木斋、周汉宇。晤菊裳、康吉,交去凤石信。

【天头曰】题:"十一月,徒杠成","淡墨生绡△数点山陆游诗。"

十一　写信。得锡三南三号信,时迁回苏郡刘家浜。寄彦修信。

十二　至内阁。寄咏春、凤石信;葵、珪复锡三信,余附一纸,寄还文二篇。韶弟来,范丈来,晚饭。

十三　寄复汪少湘信。托支继卿。

十四　张一琴太夫人二周,至三县馆。时一琴以知府分发广西。康民来,未晤。

十五　至内阁。贺贵坞樵师放乌里雅苏台将军,李伯与升詹事,贺王枚岑子姻。答康民,拜徐颂丈,均未晤。晚访菊裳。

十六　贺徐子光子姻。答潘稼夫家瞽、潘昌煦由笙、朱少南英皆会试来京也,住三县馆。

十七　本署值日,天甚寒,幸风暂息。得津沈芳蕖电。宋芝洞招松筠庵,桂圃招惠丰堂。得伯荃信。拜梁仲衡。

十八　内阁。咸安宫。午后出城。倪覃园招三胜馆,辞之。赵东森昉熙来。拜秋闱新门生赵增厚号培芝之父也,由山东解饷来。

十九　下午新姬由火车来宅。姬姓汪,二十五岁,四川成都人,十四岁从沈宅到苏,系子美之叔,曾官云南藩习者,后遂育于子美夫人处,时子美家眷同赴通永道任,姬以病痘留苏,由旭初观察遣送来。

二十　雨人招松筠庵,周汉宇招江苏馆,均赴。

二十一　康民招。是日，谢师。请范丈同集于经士寓竹叙。蔚若到京。

二十二日　丹揆、蔚芝招福隆堂。

二十三日　纳汪姬为箧，清韶弟伉俪及侄辈来寓，行谒见礼。晚便酌，内外各一席。是日，晨设祀。告通议公，并祭王夫人。

廿四　请赵东森、邓伯楠、魏静涵、卫善甫、廉惠卿、周汉宇、王泽寰、继寿朋、顾少逸、王丹揆于省馆。

廿五　咸安宫大课。晚，酌诸熟人于寓斋，共两桌。

廿六　孙子钧招。

廿七　太和殿阅祝版班。冬至大祀也。穿补褂蟒袍。旧例貂褂，今改。冬至夜，祀节两席。

廿八　阅咸安宫卷六十九本。

廿九　得嘉邑侯章蕴汀信，有馈。

三十　发仙根叔信。

十二月初一　拜李蕊园前辈徙宅。贺恽薇生升侍讲。答柏云卿、陈翙溪、彭子嘉、潘经士。贺汪范丈调工部。

初二　早赴通州，康民同年邀往，为其泰水李母潘夫人伟如舅之堂妹题主，从姨母行也，并致礼，往唁。是日，馆于李之斋。晤李芝圃，文字排行。李之族长，康民之外叔祖，亦太叔岳；又李燕生，与余为己卯同年。

初三　晨，顺拜通永道沈观察子美并乃郎芳渠孝廉。早饭后即起身，归谒潘文勤公祠，祠与周小棠先生祠邻。周为前京兆尹，亦以办赈卒于官者也。傍晚抵寓，京悉仲彝内侄忽闻母讣，舅嫂沈夫人、又葵儿之岳母也。以痰气殁于苏宅，系三十日辰刻。

初二　得电并促仲彝归，合家为之叹悼。

初四　晨送仲彝至马家坡上火车，早车十一钟开，晚车五点钟开。头等舱每人二千四百文，二等舱一千二百文。为会馆送谢元福淮扬道燕菜一席八两,酒票十斤。赴经士约。

初五　接吴少甫寄赓篪信并通判衔,实收一纸。葵儿与大媳至长椿寺为岳母设位,成服。

初六　至内阁。答康民。至德林祥。芍兄先后汇到佩记洋四百元。作彦修信,仍托桂圃汇回洋贰百元,交珪房,又划还仙记代款。

【天头曰】丁酉年芍处汇到佩记四百元。

初七　邓伯楠招粤东馆,并唁管士修同年,闻讣时太夫人在原籍。晚酌胡揆甫、李子丹、贾小筠、吴子威、黄伯香于省馆。寄沈旭初信、章菡汀谢信、伯荃信。

初八　至内阁。谒徐师,晤。麟师请假,往请安。

初九　至清秋圃贺。答柯亭,晤。访菊常、康吉,晤。并贺万茰生嫁女。

初十　至内阁,复至咸安宫。封课,并发奖勤每名每月八课全到者奖银五钱。

十一日　得芍兄第四号信,十一月十三发。又夔帅信、友莱信。

十二日　至内阁。归赴蔚若、子嘉消寒之约。

十三日　作芍兄第五号信,十四发邮局。并附戊贺年元号。

十四日　至内阁。复谢王夔帅、俞友莱观察信。

十五日　晚访子泉,晚饭。是日,子泉收中书缺。

十六日　作张子密、锡三信。至内阁。复至德林祥,知蔡贞伯到。过韶寓。

十七日　贞伯来,得仲彝至烟台信。赴韩子峤招松筠庵。

十八日　贺吴佐周、顾聘耆得奉天军粮通判。答陈润甫、张燮钧,均晤。柏云卿,晤。

十九日　四点钟赴起居注署,候,送书到内阁。是日,徐中堂受书。同班到者十三人,赏本署三十千年例也。后至内阁。是日,以封印在即,赶下三日之本,共一百余件。内阁备饭一桌,系梁湘南阁学作东道,亦是向例。汪眉伯自津来。

二十　　封印。谒徐师，未晤。贺阁君节、熊再卿。放绍兴府。

二十一日　消寒三集，借经士寓竟日之叙。

二十二日　酌蔡贞伯、苕生、汪眉伯、季良、滋泉、苏端卿于广和。

二十三日　祀灶。午刻，赴菊农、耕荪、恽薇生之约。

二十四日　得钱伊臣、钱寸卿、胡月舫信，均有馈。至蔚庭处。

二十五日　过韶寓。

二十六日　祀年。

二十七日　得江霄纬馈信，即复交子嘉。得伯荃信。

二十八日　丑刻，朝服貂褂，赴太庙陪祀，兼侍班。午后至东城各师门。

二十九日　谢年例蠲缓漕苏省漕粮恩。寅刻，赴景运门。天明后，顺拜东城各客。至仲山乂处交去穀丈谢信。得奎乐峰中丞信。夜祀先。子刻接灶。

光绪二十四年戊戌

元旦乙酉日　丑刻入内，午门朝贺慈宁宫，朝服貂褂。礼毕，至乾清门，蟒袍补褂，行礼。出，由西城根拜年数处。归，祀通议公诞。申初，至礼部获日。日食约八分，申初二刻食始，酉初二刻复圆。钩陈华盖列森森，于穆乾清仰照临。薄海怀柔廑圣虑，深宫斋被应天心。三番正盼飞霙瑞，入冬得雪两次，尚未沾足，时方祈雪。一寸常悬捧日忧。百官赴礼部行获日礼。寰宇承平年大有，顾将春帖矢讴吟。

【天头曰】是岁，以日食，皇上御乾清宫受礼不受贺，停止筵宴。

初二　晴，西城拜客。

初三　晴，范丈、康民约消寒之叙，集范丈斋。

初四　西北城拜年。得锡三信、子密信。

初五　子刻接财神。晚访王丹揆，交去赓笤实收，托向捐纳房查底案换照。

初六　康民招惠丰堂酌潘子静，时自天津来。晚，子静拉往韵晴饮。

初七　人日。蔚若邀寓斋，灯后赴，晚饭。午后挈儿辈游厂肆。

【天头曰】是日有特开经济科之谕。

初八　往崇文门外拜年。沈子美来。

初九　答沈子美。西城根拜客数处。

初十　子刻，太庙孟春时享，侍班，朝服貂罩。是日，紫光阁宴蒙古王公。苏器之同年邀饮。

十一　艺郅、采南约消寒五集。

十二　晨，经士来，约同至菊裳寓。得李槐信。轶仲贺东。

十三日　儿女辈至韶寓拜年，并祝常诞。仲山丈邀开馆，酒散后出城，时尚未晚，挤车于棋盘街，历一时许，入城之车犹络绎相接。至前门洞，则外重门已下钥矣，不得已至菊裳寓宿。是日闻琉璃厂火神庙拿盗，先时有提督衙门站道兵驱逐闲人，故游厂之车同时归城，故挤极不能行，然亦仅事。

十四　清早，出顺治门。

十五　上元节。是日，保和殿筵宴，以斋戒期内，改至十八日。晚至本馆，晤蔚庭，话。归，祀节两席。见邸抄：黄慎之，宫允奏请户部印行股票，息借官商巨款，其票曰"昭信股票"，共一百万张，每张计一百两，合壹万万两，统以五厘计息，二十年还本。户部复奏，奉谕行。

十六日　下午，答客数处。至韶弟寓，是日开馆。

十七日　子刻，天坛祈谷侍班，月光云彩，夜色晴和。

十八日　汪芝房昆仲消寒六集经士寓。李苾园前辈招湖广馆音尊，下午返，仍至经寓。

十九日　辰刻开印。

二十日　范丈来。

二十一日　内阁画本。拜何颂圻，晤。寄复槐弟信。

二十二日　管士修之太夫人观音院领帖，往吊并襄题主，主笔徐东甫侍郎。左牖和同年广惠寺领帖。

二十三日　下午，访陈荪石、王泽寰，晤。子泉，不晤。门生春毓来。号汉章。

二十四日　至内阁。偕中山丈、韶弟作主，请太属同乡两桌。

二十五日　已刻，文华殿侍班，各国使臣觐见，年例也，计十一国：美使田贝、日使葛络干、英使窦纳乐、德使海靖、奥使齐干、日本使矢野文雄、和使克罗伯、比使费葛、俄使巴布罗福、义使萨尔瓦葛、法署使吕班，并随员等七十六人。总理各国事务大臣带领进中门，入殿，行摘帽鞠躬礼，使臣致辞。亲王传旨嘉劳。毕，由殿左门出，仍上甬道行。明日在总署筵宴，退直，至咸安宫开课。拜高熙亭，未晤。

二十六日　接黄公度信，时以长宝盐道，署湘臬。曾以所著《日本国志》见赠，并复谢。

二十七日　至内阁。唁朱材济夫人、方芝塘汝绍世叔之丧。赴蔚庭招江苏馆。

二十八日　本署值日。丑刻进城，至西苑。

二十九日　至余庆堂，唁卢京伯，有太翁之丧。访薇生，不晤。范丈，晤。得伯荃信。正月十九。

三十日　至内阁。答世荣。仁甫。归，访汪芝房昆仲，晤。访蔚庭，未晤。丹揆，晤。日来峭冷，下午雪。

二月初一　雪霁。

初二　午后，艺郛、蔚若招江苏馆，同坐蔚庭、庞氏昆仲、玉舟、莘伯、又申。余傍晚先散，因夜间进城也。

初三　夜，子刻赴国子监陪祀，荣中堂禄恭代行礼，礼成，归，已天明。到家略息，即至本馆祀文武帝。同乡年例团拜，在嵩云草堂，两桌。

初四　祝陆笃斋太翁寿。访康民，晤。谒颂丈，托写程扁。门生王汝功来，号鼎勋。

初五　长椿寺唁陈瑶圃奉常太翁之丧。高熙亭来，门生麟璧、号东阁。王文焕号慕泉来。

初六　内阁。谒麟芝庵师，未晤。徐师，晤。

初七　蔚若约范丈、菊师寓斋小集。

初八　雨丞、丹揆、子钧、蔚芝酌同乡于江苏馆。

初九　内阁。

十二　中和殿祝版班，祭文昌庙。寅初往，卯正散，常服补褂。至内阁，归。后赴毛艾生、顾公度招江苏馆。至韶寓，沈芳蕴来。

十三　刘伯尊来。至会馆，到公车两人：林友兰、崇。施荣复。嘉。是日，蔚庭移寓花石桥郭宅。晚，庚生招寓斋。

十四　谒许颖初师。答姚子梁。访吴颖芝。

十五　仍寒。俞潞生来。

十七　杏渠、辛揆两侄自南来，魏升随来，带来子密信、锡三信，并有寄祝诸物等。哥赐褂衣料一，并赐姬人绉料。

十八　至内阁。韩子峤招江苏馆。往拜刘少泉果仪部，未晤。交去杏、辛会试咨文，并办辛揆复试事。送去丹揆印结一，又费十二千文。

十九　俞潞生来，雷鸣叔、朱炳青来，为师门寿事、本科团拜事。连日改同门卷，文债颇累。

二十　得瞿赓甫信，有馈。雅宾亦有炭信。

二十一日　辛揆于三点钟赴贡院复试。题："质胜文则野"两句；诗："草树喜春△容"。阅卷：赵舒翘、寿耆、梁仲衡。共一千〇四十余人。

二十二日　谒许颖初师。

二十三日　至内阁、咸安宫。韶弟常诞，儿女辈均往。丙子直年刘性庵同年邀松筠庵，陪萨检斋通政、吴移香侍御，皆自差回。熊再卿同年京察放绍兴府。

二十四日　江苏馆请王康吉、沈芳蕖、王雨时、殷菊延、陆孟孚、许紫泉、辛、杏二侄。

二十五日　内阁。咸安宫大课，题："子思恐其久而差也，故笔之于书，以授孟子"；诗："礼闱△春榜动长安"。收卷六十二本。谒贵师，未晤。

二十六日　午后，谒徐师，送带见赞敬十金。拜公车各客。

二十七日　谒许颖初师，送带见赞敬十金，贵师亦十金。

二十八日　春日，子刻出朝阳门，赴朝日坛班，朝服补褂。

二十九日　小建。贵师母方夫人常诞。是年以贵师六十正寿，时将赴乌里雅苏台之任，癸未门生公制寿屏及寿轴、如意等仪，均往祝焉，祝敬十二金。并贺溥玉岑嫁侄，瑞景苏娶媳。

三月初一　赴前门关庙、观音庙、吕祖阁、文昌座进香。至内阁。

初二　阴寒。癸未团拜，借湖广馆，演福寿班，借座楼上，下为丁酉江南新科。共十桌，闻每桌贴戏价三金，每席四金，送菜在外。座师均未到，派分各贰两肆钱，余以去秋乡房捐贰金，更换。值年为徐班侯、朱古微、郑绂庭。

【天头曰】此两日带 。

初三　上巳。接芍兄元号信，杏月二十一发，贺贵世兄庆蕃续胶。有诗六首，为纳姬赋赠。

【天头曰】即作复函，作贰号。

初四　至内阁。得蒋体海州尊信、沈旭初观察信。

初五　答章式之钰、季槐弟从游师也。并答苏府诸公车。至本馆。

【天头曰】孙子钧邀同丰。

初六　至内阁。晨得总裁信。午后杏渠、辛揆搬小寓小水磨胡同口。

正：孙家鼐，副徐树铭、徐会沣、文治。同考：檀玑、戴兆春、朱祖谋、吴士鉴、夏孙桐、夏寅官、李家驹、赵士琛、张学华、毓隆、郑沉、李灼华、骆成骧、伍兆鳌、刑。景援、刑。吴保龄、户。刘瞻汉、刑。渠本翘。阁。

　　初七　月来为乡房诸通家刻同门卷,检校文字,并拟徐荫轩师相八十寿序,始脱稿,笔墨之债稍清,而各处信均尚未复。易州王治仁建侯,丁酉拔,昌侯之兄。来从学。

　　初八　早赴贡院送考,太属接签在西右门向南之席,台次三十一牌,扬州府后。十一钟进龙门矣。是科,太属赴试者三十二人,闻苏三县有七十余人,总数八千外,盖值大挑年也。太属卷浙抚廖穀士丈送。

　　初九　晴暖。至全泰访陆桂圃,为赓篪通判衔照补缴三成银,交去照及功课单四纸。

　　初十　风沙。至内阁,出经礼部,询得会试题:“子曰:放于利而行,多怨”二章;“不诚无物”;“所以动心忍性,曾益其所不能”。诗:“云补苍山缺处齐得山字”。

　　十一　至贡院前送考,葵偕往。陈巽倩、曹再韩来,下午往答。

　　十二　接熙年信。二月二十六发。范丈来,同往访颖芝,晤。

　　十三　拜麟中堂寿。悉二场题:“君子以除戎器,戒不虞”,“厥贡璆、铁、银、镂、砮、磬、熊、罴、狐、狸、织皮”,“吉日惟戊”,“叔孙豹会晋赵武、楚屈建、蔡公孙归生、卫石恶、陈孔奂、郑良霄、许人、曹人于宋”,襄公二十有七年。“命太师陈诗以观民风,命市纳贾以观民之所好恶”。

　　十四　江苏馆请葛正卿、顾聘耆、陈润甫、曹再韩、张一琴、苏器之、彭轶仲。

　　十五　晴暖。晨赴内阁。午刻,皇上升文华殿,侍班,俄使巴布罗福觐见也。是日,为余五十初度,儿辈于内厅斋星官,有熟友数人来,颖之朝夜,共二桌。

　　十六　丑刻,至先农坛侍,观耕台班。晚,辛、杏二侄自小寓归,酌之。悉三场题:经、史、学校、兵制、钱法。

十七　进西城。答陆蔚庭、叶菊裳。见《顾亭林先生祠与祭题名手卷》二件:其首卷有顾先生像,为其孙德摹绘,前有隶书,亦系何子贞太史笔。以下春秋祀与祭题名,始自道光二十四年也,向归晋省主祀,自祁文恪殁后,废祀经年;许鹤巢先生约同志复就慈仁寺举春秋祭,经费无出,不能以时举行,鹤巢殁,又废;同人乃议迁先生石刻像江阴吴俊画于苏太义园,与范文正公春秋同祀,像嵌西厢壁。此二卷向在郎亭处,今寄来,顾康民将属叶菊裳题识数语而藏诸义园,惜匆匆不及细观也。晚,韶酌蔡霁峰、金养知于广和,余同坐。

十八　午后至会馆访俞潞生,未晤。徐子静,晤。看董彦和,时闻电赴,有太夫人之忧。

十九　至艺郛处道喜,贽上海祁冕庭孝廉于甥馆,旧友翰生大令之子也。答客数处,晤范丈、章式之。

二十　江苏馆为太属同乡接场,会馆公局自备车。饭,客三十三人,到廿六人,主到八人。

二十一日　丁酉乡房门生公请,在直隶会馆,到十五人,共三桌。夜被贼窃去厨房各物。

二十二日　西城坊官鲁□□来勘。是日,会典馆保案上。

二十三日　同丰堂接场,康吉、绥若、伯周、仲芃、雨时、仲期、望清、汝言、滋泉。

二十五日　贾小芸嫁女,吴继卿娶媳,往贺。至菊常处,贺得侍讲衔。

二十六日　张文达师窀事,回籍,至崇文门东隆安寺。

二十七日　凤石前辈到京,往晤。江苏馆请丁酉乡榜门生两席。

二十八日　至内阁。是日为大挑第一日,自辛卯科以上皆赴挑,太属同乡赴挑者七人,挑得一等两人:顾其义、姚鹏图;二等三人:徐鄂、陈宗元、黄壎。是日,准仲莱同年祖老太太领帖,早去。王季樵少詹为其夫人点主,邀陪。题主,钱子密工尚也。

二十九日　贺蔚亭前辈得汝宁府之喜,廿五放。伯癸到京,往晤。

三十日　嵩云草堂为同乡公车接场,作主者十人。

闰三月初一　为熙年太夫人舅母陆费作寿文,清稿并信寄常山厘局,交协兴昌信局。许颖初师来,李子豪、王泽寰来。公送菜一席,癸巳。

　　初二　至内阁。褚伯约给事同年之太翁长椿寺开吊,往。顺拜黄仲叐前辈,晤。泽寰、仲期、望清、刘伯尊公请湖南馆,黄叔颂同年同坐,兼请程商霖稣祥、汤子安宝。

　　初三　闰上巳。广和居邀苏府同人及何季方、许紫泉、王翰臣小接场,坐两桌。董彦和闻母讣,成服,往唁。谭芝云来,晤。

　　初四　祝唐蔚芝之太翁六十双寿。在德兴堂吊麟芝莘师相。

　　初五　葛少庭招惠丰堂,午后往,少坐。至全泰店晤王振声,时大挑得知县,并挑河工也。归,访汪范舅。至韶寓,晤菊农,长谈。

　　初六　晨至内阁。至长巷三条长吴馆。是日,苏府大接场,到者约八十余人,主亦六十余人。晤王季樵夫人领帖。得郭振墉信印,复交龚子重。

　　初七　得伯荃信,知王佩明八叔在山西兴县任开缺。午后往吊董彦和太夫人之丧。

　　初八　得郭榖贻振墉信,即作复交龚子重,至内阁。已注初六下。

　　初九　偕黄叔颂请湖南门生四桌,江苏馆。是日,湖南门生公送寿幛乙、寿屏一堂,屡辞而不能止也。

　　初十　至咸安宫大课,交去大课卷六十三本。下午赴海淀玉成轩宿,以本署派值日也。许颖初师邀饭贵州馆,不及往,谦辞。

　　十一日　丑刻,赴颐和园东宫门值日。晤徐师相。五钟多传事,六点钟归,顺访凤石。到家已午刻矣。是日,看红录。未刻悉杏渠侄中式一百二十九名。是日,料理公车同人书件。下午至便宜坊吃鸭,杏渠作东,群从咸在,王雨时来同坐。是科共中额三百三十三名,苏三县中彭泰士、蒋炳章、潘昌煦、戴光祖；太属三人：潘鸿鼎、铸禹，宝。秦曾潞、陆增炜、彤士，太。得会元，直接咸丰庚申科徐季和理卿致祥榜也。杏渠出景部、褑，号佩珂，己卯举人，壬辰进士，庶吉士改官。房。彤士来，出赵士琛房。辛揆亦出赵房荐。

【天头曰】湖南癸巳中四人：李如松薜青、许邓起枢仲期、冯由骥呈、薛俊善倜群。咸安宫中四人：萨桓宝文靖孙，景东甫子、志琮宜勋、乐秀。

十二　至内阁。答冯心三侍御，时自广西学政回。访刘少岩，兼访朱古薇，晤。是科，余派磨勘，以回避不到班，托刘少岩礼部、李菊农知照也。少岩送来杏渠亲供一纸，复试卷费四两又六千。

十三　派磨勘会试卷以回避杏渠，未到班，并向本署呈明照会礼部。是日，经士招寓所竹㕙、凤石、药阶、菊裳为客，傍晚乃散。

【天头曰】廖毅卅谕经济特科折。

十四　贺昆中堂师得掌院。谒贵师，晤。杏渠覆试："子贡问君子"两章；"凤翮九霄鹏"材字。

十五　戌刻，立夏。癸未同年公钱贵坞樵师于安徽馆，时将赴乌里雅苏台之任，到者十五人，答客，贺分房诸熟人。至太仓馆，交夏蕉饮太夫人分于施季福。访陆蔚庭。为王雨时荐馆。杏渠复试一等，七十四名。

【天头曰】余权得壹百斤；葵、珪九十三斤；荣，一百十斤；园，九十斤；衡，三十斤；仪，二十斤；葵房，九十五斤；惠，七十五斤；蒨，八十五斤。

十六　仲山丈来，志琮来，客来络绎。阔安圃来。

十七　昆中堂到掌院任，赴翰林院谒见。

十八　至内阁，遇雨。

十九　谒许颖初师，谢步。访允之，未晤。范丈来，李子韶来，艾生来。至会馆。

【天头曰】京报有湖北巡抚谭继洵蚕桑局推广办法折。

二十日　皇上至外火器营教场阅操。长元吴馆,晤绶若及新中诸君:蒋季和炳章、潘酉生昌煦、戴伊耕光祖。

二十一日　至内阁。至何颂圻处,贺嫁女。贺蒯履卿以道员分发江苏。送贵师行。

二十二日　桂南屏邀同丰堂,有江建霞、张君立。

二十三日　咸安宫小课。访胡复生。是日,会榜团拜。

二十四日　张妈、王妈回南,附胡复生眷同行。曹邃翰之侄完姻,往贺。又陈云裳嫁女,曾幼玱得御史,均贺。是日,德国亲王亨利到。

　　【天头日】复谢仙叔信,又蔼士信,又轶仲信,又江甥信,又季槐信。

二十五日　咸安宫大课,珪儿至津,附翁、印若伴南归。访菊裳、康吉。

二十六日　雨时来,张季直来。复锡三信。

二十七日　至内阁。午刻,皇上御文华殿,法国使臣毕盛觐见,侍班,补褂。晤康民,托伯荃信。作缉庭信并谢伯荃信。

二十八日　答张彬黄楼、廉惠川、姚子良、萧孙竹、汪仲虎诸君。下午微雨。晚,杏渠邀便宜坊吃鸭,有陆彤士、潘铸禹。

二十九日　吊麟文慎师。访许邓仲期,晤。答拜严范孙。

四月初一　至内阁。谒徐师相,未晤。送陆蔚庭行,大风。叔荫来。

　　【天头日】彤士、铸禹邀吃鸭。

初二　至东单牌楼路祭麟文慎,翰林院公办也。谒徐师,晤。得少甫信。

初三　丑刻,天坛雩祭,侍班。寅正行礼。礼成,天大明矣。午后,至林廉孙、裴维俨处贺喜,方家胡同。锡城内、王金镕俱未去。

初四　菊常来。陈采卿同年约公请严范孙、定镇平、蒯礼卿于嵩云草堂。答汪谱薰曾保、冯颂华缵勋、张祖寅畏卿。均太属拔贡,来应朝考者也。

初五　秦子扬来，伯葵来。

初六　至会馆。

初七　至内阁。答刘显之、汪叔雍乃熙。

初八　先姒忌辰，茹素，写《心经》二卷。

初九　徐中堂八十赐寿，往祝，送祝敬八金。王次欧弟来，将以优贡知县分省也。

初十　到内阁、咸安宫。答定镇平。访凤石，晤。伯葵归。悉辛侄得澄信：闰三月十三日未刻得一子，名元菜。

十一日　偕韶弟请王季礁、凤石、殁甫、钱新甫、恽薇生、江建霞、庞绚堂、艺郛、蔚若、李橘农、潘经士于江苏馆。是日，闻恭亲王薨，赐谥曰忠。

　　　【天头曰】大高殿祈雨。

十二日　王星卿七叔媛丈自津来。贺徐花农嫁女。答星丈、次欧。

十三日　吊薛少农秉壬之封翁。访范丈，兼晤茗孙。恭忠亲王侑食庙廷。

十四　晚，凉，阵雨寸许。酌王星卿姨丈、次欧内弟、吴赓枚、石门拔。桂圃、刘献之、杏、辛于福兴居。

十五日　范丈约寓斋，钝丈、经士、药阶同叙。

十六　至内阁。张畏峒来。贺曾慕陶续娶。答吴问潮、樾叔荫来。留《青江话别图》。

十七　寄韵女信。

十八　唁瑞景苏夫人，顺至凤石处。答钱幼夔，未晤。

　　　【天头曰】庶吉士散馆：十事对九赋；以"经史十事能对其九"为韵。"霈泽施蓬蒿△"。

十九　至东草厂胡同。答贺湖南诸新贵。赴同乡长吴馆之招。是日，两席。客为凤石、药阶、建霞、翼仲及余；主则艺郛、范卿、蔚若、颖芝、耕荪、芝房、兰楣、康民、允之、子嘉、经士；承办则采南、韶弟，亦在主人之列。寄瞿赓甫贺信。

二十日　周妈回南，寄韵女食物四色。七叔、次欧来。杏渠移小寓。

二十一日　殿试。策问：用人、军政、邦交、理财。下午至东城答客。入东华门，至中左门接考，杏渠未及出场，余以天晚先归。得珪儿元号信，十一发。访张季直，晤。

二十二日　得韶字：佐霖侄于辰刻举一子。杏渠归寓。下午访七叔、次欧，并至韶寓。写锡三信。廿三寄。

二十三日　至咸安宫小课。

二十四日　小传胪。送杏渠进景运门，听宣。状元夏同龢，贵州，用卿。榜眼夏寿田，湖南。探花俞陛云，浙江，阶青。传胪李稷勋。杏渠名在二〇第八，同乡陆、潘均列二〇。至德兴，唁徐计甫。

二十五日　传胪侍班。退，至内阁。复至咸安宫大课，题《诗》云："雨我公田，遂及我私"，诗："太史奏五色云△见"。晚，韶弟、佐侄邀吃鸭。

二十六日　为沈绥若之尊人撰墓表。夜雨甚畅。

二十七日　至东城，常熟常诞。晚间邸抄：翁同龢着即开缺回籍。上谕：有近来办事，众论不服召对。时咨询事件，任意可否，渐露揽权情状等。因外廷疏逖，莫知其详，甚骇然也。

【天头曰】得珪弟贰号信。

二十八日　新进士朝考。题："卝人以时取金石锡玉"论，"集民团"疏，"霹雳应手神珠驰△韩愈《赠张仆射》诗"。

二十九日　午后进城，至廖宅。晤吴协翁，晤何颂圻。归途访菊常，晤。杏渠一等三十四名。潘鸿鼎一等三十三名，陆增炜二等六十九名。

三十日

五月初一日　贺留馆诸君。至内阁。

初二　丑刻进内,中和殿侍地坛祝版班,补褂。午后,访范丈,未晤。再韩、菊农,晤。作珪信元号。

初三　忌辰。至城外,师门:许、许、薛。

初四　至东城徐、昆、翁冬师门。贺徐、廖。访康民。是日,见邸报:孙家鼐以吏部尚书协办大学士。王文韶授户部尚书、军机大臣、总理各国事务衙门行走。荣禄授直隶总督、北洋大臣。崇礼补九门提督。上谕:时文积弊太深,凡乡、会试及生童岁科试向用制义八股文者,一律改试策论,以下科乡试为始。其详细章程,该部妥议具奏。

端午

初六　阅咸安宫卷,六十六本。子嘉来,晤。

初七　午后至海淀宿。雨丞来,晤。建霞来,晤。

初八　本署值日。丑刻,由海淀赴颐和园,辰刻归。访凤石,晤。

初九　热。午后拜王夔石。辰刻,自园归。访凤石,晤。答刘其伟。韵笙,宝山,乙酉拔,山东知县。

初十　新进士引见,班在乾清宫殿门内侍直,补褂挂珠。至内阁。至咸安宫大课。归,访伯葵,晤。是日,杏衢引见,同往。

十一　接锡三信,五月初二日有文二篇。以赓笘各照四张交孙子钧,托吏部验会典馆誊录议叙也,又托寄朱绳祖夫人赙一金。

十三　答叔荫昆仲。至唐仲芳馆。谒昆中堂,未晤。答张正卿。是日,引见毕,杏渠得庶常。陆增炜,主事;潘鸿鼎,庶常。

　　【天头日】湖南:许邓起枢,庶常;薛倓善,主事;李如松,知县;冯由,知县;刘重堪,原名惟尧。知县。

十四日　接珪三号信、初二发。锡三信。初三发。下午偕韶弟同丰堂请客,王星卿、次欧、吴可潮、雪帆、汪谱薰、仲虎家、子扬。

十五日　七叔来,知次欧忽得南电,以仙叔有疾,急装归。

十六　丑刻,至太常寺获月,韶弟同往。食始寅初,卯正复圆,已大明矣。至内阁。贺孙燮臣协揆。

十六　酷热,闷甚。晚有雨意。赴佐周招福隆堂。归途,雨未畅。寄珪二号信、锡三信,并贺节单。

　　十七　　至烂面胡同、贾家胡同拜客。七叔回南。

　　十八　　前门拜客。答胡瀚。海珊。晤沈绥若。

　　十九　　黄仲弢来,李菊农来。

　　二十　　访颖芝,晤。陈润甫,未晤。至韶寓。陈跂柳,浙江知县。秦子扬,浙江盐大使。

　　【天头曰】是日,美国使臣觐。

　　二十一日　　午后,复进城。晤夔石丈。贺王季樵得讲官。谱薰来。泉孙自广东来,过知县班。

　　二十二日　　韶弟之孙弥月,家人俱往贺。午后,拜客数处。至韶寓,晚饭而归。邸报:改书院为学堂,有大学堂章程。

　　二十三日　　至咸安宫小课。答王建侯。谒徐师,未晤。至德林祥,晤桂圃,惊悉仙根内叔谢世,即十四日丑刻事,为之骇恸。

　　二十四日　　作梦林诸弟唁信。得汪少湘清麒信,已复。时得濮院厘局差。答泉孙,晤,并晤胡海珊瀚。子密之舅,浙江盐运判。

　　二十五日　　至内阁。咸安宫大课。于是改作论题以复,拟论策兼课也。谒徐师,未晤。复汪少湘信。晚集,酌胡海珊、邓孝先、沈绥若、潘泉孙、郑昆初于福兴居。雷雨。

　　二十六日　　得珪四号信。十六发。作锡三信,并文二篇,交胡海翁寄。

　　二十七日　　孙燮臣协揆到任。卯刻,至本署进见。归,谒徐师,晤。得通州信,知沈子美断弦。是日,绥若招陶然亭,谈宴颇畅,皆同乡熟友也。

　　二十八日　　晨,闷热而阴。蒨姬赴通州。上午,有阵雨。

　　二十九日　　炎蒸,梅雨。下午,访柯庭昆仲。造菊裳谈,借读其近作杂稿。

　　三十　　仍热有雨。得轶仲信、蒋羹臣信,又熙年信,有洋,并托买物件。

【天头曰】孙燮臣奏进冯中允桂芬《校邠庐抗议》，奉上谕：着荣禄迅速刷印一千部，交军机处，发交各堂司官阅看，签明各条可行不可行，并系简明论说汇呈。

六月初一　晨雨，仍蒸热不爽。作珪三号信，寄。

初二　刚子良协揆到任，到院公谒。是日，新庶常听宣旨。归，答毛艾生。下午，到韶寓，新孙剪髯也。

初三　稍爽。邸抄：有复奏特科章程折。

【天头曰】拔贡头场："为天下得人难"论；"统筹互市情形"策。

初四　至内阁。答阔安青、康民，晤。

初五　唁李静斋同年丁忧。答王稚夔，未晤。

初六　酌钱友夔、王建侯、吴季泽、吴赓枚、汪衮甫、汪谱薰、张畏卿、冯颂华、王获百于同丰堂。

【天头曰】优贡朝考题："交邻国有道"论；"五土之物皆农政"策。

初七　寄通州信，并沈子美夫人幛信。是日，苏府新通籍诸君公请同乡于江苏馆，三席，杏渠同列名，发帖约六十分。余往少坐。

【天头曰】黄绍箕进呈张之洞《劝学篇》，奉上谕：其副本四十部发交各督抚、学政，刊印编给。

初八　孙燮臣协揆奏派康有为督办官书局事，时骡马市大街之官书局议归并大学堂办理；上海时务报亦改为官报，并许论列时事，不存忌讳，由官书局进呈，分交军机处、都察院二分。又邸钞见张之洞、陈宝箴条陈改定科场原折，大致合经济、岁举、学堂科举三事为一，首重中学，次重各国西学，而以四书义、五经义为归宿，以定去取。首场题："中国史事"、"国朝政治"论五篇；次场："五洲各国政治"、"各国专门之艺"策；五道。三场：《四书》义二篇、《五经》义一篇。首场照中额十倍录取，二场三倍录取，三场择尤取中如额。头场录取者，始准入二场,余罢归。又从黄仲弢前辈处乞得《劝学篇》一册,张之洞著,文二十四篇、序一。首分内外篇:内篇为目九,自同心至去毒,力维中国人心、学术;外篇益智至非攻教,凡十五目,参论西学。其书自成一子,议论通达纯正,切中时弊,大臣经国之谟、学者卫道之责,皆于此择其要焉。晨至内阁,吊志琼地山父丧。访何仲圻,晤。答拜孙中堂、翁弢夫、廖樾衢。

【天头曰】月初,礼部议科场章程改为两场:头场试《四书》论、《五经》论、史论各一篇;二场问时务策五道,其第一策,许士子于内政、外交六科内,各认专门,分题条对,余均如旧,已奏。依议,今改。

初九　得珪伍号信,五日卅日发。又王衣德堂信。

初十　至内阁、咸安宫。是日,本署日直。

十一　本署发来《校邠庐抗议》二本,用黄纸签出可行不可行各条,并附简明论说,限十八日交署咨送军机处。

十二　校阅《校邠庐》。访黄仲弢,晤。王季樵,晤。

十三　廖仲山丈六十赐寿,往祝。

十四　仲弢来,荫墀、季樵各前辈来。

十五　至内阁。

【天头曰】上谕:翰林院、詹事府、都察院遇值日之日,该堂官轮派读讲二员、编检六员、詹事府中赞二员、都察院御史四员,预备召见;其未召见下次仍递膳牌。

十六日　得通州信。《校邠庐》论说撰齐,嘱杏衢书之。凤石来。

十七日　荫墀、荪石前辈来。

十八　缴《校邠庐抗议》二本送本署。廖樾衢邀音尊,答寿筵焉。拔贡朝考,榜出,太属惟张祖寅二等一名。得施稚桐信,时调补安化。吴宗让季泽一等五名;王治仁建侯一等五名;吴斯盛赓枚一等四名。

十九　观音诞。午后,菊裳来。进城。答王稚葵、周景莱、钱景周,又至凤石处,均晤。钱仁龙,二等。

二十　午后，至延寿寺街者处答客，于海帆，未晤。周本培，号华生，赋高之子。晤。余均未晤。归，与杏、辛两侄吃鸭。是日，立秋。亥刻。

二十一日　大雨，午后稍止。至长椿寺唁仲骙、叔颂伯母之丧。归，访徐子静前辈，谈。又过刘佛卿同年，谈，冒雨而归。是日，皇太后还西苑。翰林大教习到任。辰及未，俱大雨，到馆，传卯刻。有到馆而未及行点书之例者。

二十二日　雨。至内阁。

二十三日　咸安宫小课，未去。

二十四日　雷祖诞，年例茹素一日。至内阁。拜冯雨人太翁寿。

二十五日　咸安宫大课，题："齐一变至于鲁，鲁一变至于道"论；"《周礼》一书治法最详，与今制多相合者，且有为西学所本者，试条举以证源流"策。答刘博泉。过柯庭昆仲，晤。访菊常，未晤。

二十六日　皇上圣寿节。御乾清宫受礼。卯初往，蟒袍补褂。刘佛馨招饮。

二十七日　作珪信第四号。葵赴建侯庆和堂之约。长侄与儿辈同往，一游十刹海。许滋泉来。

二十八日　为许世兄晓初名培写扇，特记其号于此。

二十九日　丑刻，侍中和殿祝版班，花衣补褂。是日传，卯初二刻，驾出略早，太常寺堂官有未及到者，侍班亦仅到二人，余与伊仲平也。午后，至长椿，吊吴润生中翰之丧。

七月初一　至内阁。谒仲山丈，晤。下午，过菊裳寓。探问柯庭之太夫人病，已于午间逝，便衣往唁。

初二　京士、滋泉来。往贺濮子泉松江府之喜。访许晓初世兄，未晤。夜半，大雷雨。

初三　许颖初师来。午后，至铁匠胡同殷宅送三。

初四　再访许晓初，晤。过范舅，谈。偕韶弟酌伯葵、樾衢、未到。稚燮、周景莱、钱景周、周谱琴、周华生、赋高子。吴佐周于松筠庵。朱友谦来。名益佐,君子。

初五　柏云卿前辈来。谕旨:以德馨、贵铎总办奉天矿务;端方、徐建寅、吴懋鼎督理农工商总局事,并加三品衔。宝山拔贡张祖寅用知县,王治仁、吴斯盛俱用京官,吴宗让用知县。

初六

初七　七夕。经士邀寓所,范丈、蔚若同叙,菊裳约而未到。

初八　许颖初师来,毛艾生来。张仁黼少玉放奉天学政,系贵贤病假之缺。得珪儿六号信,廿八发。又沈旭初信,寄笺包三。

初九　至内阁。答李蕴斋。贺王建侯。至观音院。

初十　至咸安宫。答朱友谦益、李小岩通副端遇。贺张少玉。

十一　阅咸安宫课卷。

十二　谒徐师相,请安,以蹉跌请假二十天。答施绣屏、官绂,锡卫子。访泉孙,晤。仲山丈、范丈来。

十三　芝房、泉孙来。蒨姬自通归。

十四　李荫墀来。晚见邸抄,奉上谕:裁撤通政司、大理寺、太仆寺、光禄寺、鸿胪寺、詹事府、外省督抚,同城之广东、湖北、云南三巡抚,以总督兼管巡抚事,河道总督归河南巡抚管理。其所裁巡抚、河督、京卿,听候另行录用。其京外文武各官应裁之缺,及盐、粮道之向无盐场、不办运务者,归各藩司巡守道兼理。此外,如同通、佐二等官,有但兼水利、盐场,并无地方之责者,查明裁汰,着大学士、六部及各直省督抚分别筹办。并裁各省办公局所之冗员,严行甄别、候补、分发、捐纳、劳绩各项人员等语。钦此。晚雨,顿觉新凉。

十五　晨至内阁,并访何仲圻。作珪五号信、伯荃信、咏春信并挽联,又子诜叔挽联。十六寄。

十六　访王季樵,晤。颖芝、彦和来。

十七　午后进城。唔杨虞震。访木斋,以大学堂、官书局事赴东瀛矣。至柯庭昆仲处,顺访菊裳。是日,考教习进场,辛揆与荣儿去。

十八　考教习。题："众物之表里精粗无不到"论，"抽练民兵"策。上午，祝房师许颖初先生寿，五旬，送公礼一分，并致祝敬。访范丈。

十九　送吴继卿行。访张燮君，晤。礼部以主事王照代奏之折，语有偏激，未即代递。奉朱谕：满汉尚书侍郎全行革职，王照以赏加三品衔，以四品京堂补用，其折闻系请乘舆游历日本也。

二十日　李端棻、裕禄署礼尚；寿耆、王锡蕃署左侍郎；萨廉、徐致靖署右侍郎。得珪八号信。七月十一发。

二十一日　至内阁。见会议稿：詹事府归翰林院，通政司归内阁，其登闻院归督察院所有，通本归内阁侍读学士、侍读中书八人管理。大理事归督察院，光禄寺、鸿胪寺归礼部，大仆寺归兵部。所裁各缺，由吏部以应升应补转开单请简。六品以下官，由吏部查明，分别留用，以免向隅。李端遇、李培元开去协同，批本奏，派何乃莹入班。谒徐师。贺寿子年弟颂颐姻、高熙亭侄姻。访凤石、友夔。

二十二日　赴康民福兴居之招，苏府熟人咸在。寄熙年信，靴二双、益母膏五瓶、京缏一包、狗皮膏五，均交泉孙收。是日李端棻、裕禄补礼尚，阔普、通武、萨廉补礼侍，刘恩溥补仓场侍郎，李培元补吏右，曾广銮补副都御史。

二十三日　雨，至咸安宫。

二十四日　得江妹、俊侯信，并食物包，系五月寄。又星少甫信并藕粉。

二十五　至咸安宫，发上半年奖勤，每月八课全到者，优奖四千，次奖二千。共一百余分。归途泥泞殊甚。访周景莱。潘泉孙来。

二十六日　曹邃翰邀午饭。

廿七

廿八　至内阁。谒昆中堂，未见。唁济乐农夫人。访唐仲芳。

廿九　为柯庭太夫人写神主，并襄题。主笔者陆凤石也。访支继卿，未晤。答朱益斋、阿联。

三十　黄叔颂来。

八月初一　王季樵订嵩云草堂酌。

初二　翰林院回拜后辈。至内阁。午后至殷宅吊。访王康吉，新自苏来。竟日雨。

初三　至长春寺送殷殡。过韶寓。访蔚若。答叔颂。

初四

初五　缮折一件，为添铸银圆，请由工务总局试办，并部库款一律行用等因。子刻入东安门，绕至西苑门递折。遇李荫墀，亦有折件。

> 【天头曰】折交总署议后，工局裁撤，仍议铸一文制钱，势又一变矣。

初六　晨至咸安宫，丁祭行礼，八月初十之大课即于是日提行。归寓略憩。起居注满主事来，巴图隆阿鉴泓、钟全毓甫。午刻，忽闻南海馆有查抄之事，康有为据已出京，获其弟及幕友、仆人等，并带门簿、各书札而去。灯下读邸抄：御史宋伯鲁以滥保匪人，平日声名恶劣，革职，永不叙用。上谕：恳请慈禧端佑康颐昭豫庄诚寿恭钦献崇熙皇太后训政一道。

初七　丑刻至社稷坛侍班，归。午后至东城徐、昆两中堂处，并晤伊仲平、黄慎之，为明日勤政殿预订侍班事。

初八日　午刻，奉礼部文。皇上率诸王大臣诣德昌门，恭请皇太后御勤政殿，行礼。设卤部簿、乐悬。皇上拜褥在德昌门外。起居注官侍阶下左首，均朝服，行三跪九叩。首礼礼成，退出。至咸安宫，是日小课，稽察。午后至凤石处。答李少薇，新自东洋随员归，并晤。遂出平则门，赴夕月坛侍班。行礼，酉刻礼成，由西便门归。过韶寓。

初九日　晨闻参预新政之四品卿衔章京谭嗣同、林旭、杨锐、刘光第拿交刑部。下午署礼侍徐致靖、御史杨深秀均拿问，户侍张荫桓亦发觉皆系康案牵涉，植党营私，莠言乱政，尚未明发邸抄，不知若何严密也。

初十 访骆仰山，已出京矣。午，康吉来。绀宇招江苏馆饮。

十一 复蒋美臣、沈旭初信，附内各信。以赓笣贡照、誊录照、通判照、会典馆功课单交杏蘽，共五件。

十二 至内阁。拜廖樾衢，未晤。答顾仲良。午后范丈来。夜雨。

十三 午后，至老墙根包头章胡同、绳匠胡同拜节。俄闻市口喧，传有行刑之举，观者堵塞。至韶寓小坐，仆人来报，康有为之弟康广仁正法，已革御史杨深秀及新入军机章京参预新政之谭嗣同、林旭、杨锐、刘光第皆弃市。杨、刘同与是难，盖进身太骤，陷于匪党，可惧也！康有为闻已由轮船远飏异域矣。

十四日 晨，杏衢、辛揆出京，往西城唁张少玉父丧。访王稚夔、周景莱。访菊裳、康吉。午后，至东城拜节，以《起居注》移复内阁文稿呈徐师阅。访康民，未晤。晚读邸抄：张荫桓发新疆充军，徐致靖交刑部永远圈禁，湖南学政徐仁铸革职，永不叙用。朱谕一道，宣示康有为等罪案。

十五 中秋。接珪九号信，接谭奎昌信，有银七十两，托办朱卷事。

十六 至内阁。

十七、八 在寓，笔墨债。是夜，韶弟以御史传到引见。

【天头曰】韶弟补河南道监察御史，午后往贺。

十九 至徐师处，晤，为《起居注》裁缺移复内阁事，领回咨稿，拟以无可裁复之。贺李蕴斋乃郎姻。访康民，未晤。晚读邸抄：李崧园尚书以误保匪人，康有为案。自行检举，奉旨革职，发往新疆。王照革职，原籍查抄，时已在逃，五城一体严拿云。庞劬盦得大顺广道。答顾仲良、顾公达。访桂圃。

二十 午至西城，以凤石令郎晬盘往贺，同人约扰酒饭。顺访伯葵，未晤。访支继卿，晤。

二十一日　凤石邀江苏馆,陪客瞿赓甫、周子迪。莲。

二十二日　偕韶弟、再韩请客江苏馆,瞿赓甫、顾仲良、庞劬莽未到,周子迪、凤石、李诜斋到。是日,至内阁。贺廖仲丈迁礼尚。

【天头日】以《起居注》咨稿交王供事。

二十三日　至咸安宫小课。贺刘博泉、成端甫。答继寿朋。访伯葵,未晤。贺赵展如。访菊裳,晤。晚见报:王锡蕃少詹、李岳瑞、张元济工主革职,永不叙用。

二十四日　葵接锡三信。晚见邸报:奉懿旨:考试章程、时艺、经文、策问、诗赋均复旧制,诏停经济特科,并查禁各报馆。闻昨日有英、俄、德、法兵数百人由铁路进京,以保护使馆为名,拒之不可。前数日,以节日停工,天桥有聚众殴打洋人之事,几酿命案。洋兵之来,以此借口。时事孔棘,忧未已也。

二十五日　作珪信。第六号。

二十六日　作锡三信。

二十七日　至咸安宫,圣诞行礼,即作大课。题:"子曰诗三百"两章;诗:"酒熟渔家擘蟹黄";"铸银币以通民用"策。

二十八九日　至内阁,送验看者至午门。丹揆来,为沈师事。

九月初一日　荣为颂遹递供等事。至韶寓。李荫墀来。

【天头日】荣禄保陈宝箴,降二级,留任;张百熙保康有为,革职,留任。

初二日　至长春寺,王夔石丈之寿公百龄。仲山丈来。作邓莲裳师信,交邓伯楠寄。

初三日

初四日　葛振卿来。

初五日　至内阁,添派李端遇小岩、葛宝华振卿、陈兆文。接珪〇号,未列,八月廿五。又接桂山信,问浙省铁路事。至景莱处。送瞿赓甫行。答葛振卿、陈苏石。访范丈、钝斋。菊裳来。唁彦和。

初六日　复倪桂山信，发珪不列号信。董彦和接三。

初七　贺昆师相子姻、康民嫁女、潘子静姻、钱干臣姻、郑黼门子姻。

初八　晤庞劬葊，时放大顺广道。

初九　重阳，霜降。午后，赴子静约福兴居。

初十　至咸安宫大课。晚赴艺郛招。

十一　阅咸安宫前期卷毕。赴于益斋、吴颖芝招便宜坊。

　　【天头曰】许筠盦师应骏放浙闽总督。

十二　钱省三、李力畬来。接珪初四、五。发十、十一。信。有汇款事。

十三　作芍兄三号信，即寄；寄珪不列号信。见邸抄：李绂藻补授内阁学士。贵坞樵师准开乌里雅苏台将军缺。

十四　未出门，稍理笔墨。

十五　至内阁。祝菊裳同年五十寿，未见，已出门矣。贺朱古薇子姻、夏闰枝嫁女、金书舫子姻。吴颂云自家乡起复来，将仍赴浙江，庶常散馆，选湖北，告近改选浙临安，丁忧起复，请仍归浙江候补。孙子钧邀同丰堂。得桂圃字：安定有汇款来，助刘光第贰百金，亦难得矣。是日，派武会总李殿林、华金寿。

十六　为滋泉画梅一幅，偶然弄笔也。

十七　答吴颂云。赴江苏馆，苏府同人公饯庞劬盦观察。至全泰店。

十八　午后进城。访菊裳，谈。晚见报：河督及云、鄂、粤三巡抚均复旧。

十九　至内阁。是日，第三期勾到本下。答毓隆，时开中允。贺志贤嫁妹。访伊仲平，晤。作晤吴广莘幛信，拟交何季方；作晤季士周幛信，交教场万宅。

二十　作方旦初信，安徽婺源县。交全泰盛寄。贺张文达师之孙女嫁，即归合肥师相之孙也。顺谒徐师，见。

二十一日　午后至琉璃厂，并访张南湖、丁酉门生，张熊之嗣父，名云骧。以程助刘款交朱古薇。至韶寓。朱付收条四。

二十二日　料理笔墨各件，竟日。

二十三日　咸安宫小课。合肥师相以喜酒见招，往贺，并晤孙世兄名国杰，号伟侯，乃仲彭名经述之子也；仲彭弟，名经迈，号季皋。归得珪十四十五不列号两信，时以家事随芍兄往嫪，北行之期又一展也。佐周招饮，未赴。

二十四日　立冬。发珪"宜即行"电，又发不列号一函，邮局寄上海彦修。午后，董彦和领帖，往，顺拜李荫墀，贺其武会总出场。又访紫泉，出画册相示，有百余开，以顾若波、任立帆、倪墨耕为最。送许邓行。晚酌钱省三、干臣、桂南屏、葛少庭、于益斋、吴颖芝、许邓仲期、许滋泉于广连升，粤馆也，菜甚佳。李子丹放山西大同府。作谭寿卿信，奎昌。并朱卷五百本，交兵部窪刑部谭。名廷飏。

二十五日　咸安宫大课，往。归，访伯葵，晤。艾生招，未赴。

二十六日　下午至韶寓，为竹坪、荫甫画扇。

二十七日　陈荪石得顺天府府尹。午后至本馆，招木匠修藤架五，题乡会诸君名于粉牌。

二十八日　内阁。贺廖仲丈西苑乘马。送何季方行，晤。访延世兄、长，号秋生。赴唐蔚之、王丹揆招德兴堂。

二十九日　为吴柊轩前辈书阴骘文，写对四幅。午后，答彭畏垒、赵剑秋。访恽薇生，贺陈荪石得府尹，均晤。得彦修信。

三十日　祀节三桌。午后，访紫泉、范丈，未晤。京士、颖芝，晤。懿旨：大学士李鸿章巡视全河，统筹全局。

十月初一日　贺凤石补祭酒缺。贺李子丹。访菊裳，并晤李诜斋、王康吉。

初二　至韶寓。

初三　至内阁，并贺李、徐师相、钱枢密赏西苑乘二人肩舆。访陈梅岑前辈，晤。徐承煜升刑左。

初四　卯刻至西苑门武进士引见，一百三十余名。辰正，入苑门，沿河由南至北，至宫门外，旁门，向东。立候，皇太后、皇上御仪鸾殿，侍班，在殿内殿向南西立东向，御案甚近。殿中四围列供盆菊，如入众香国。九点钟出，经西安门。唁李蕴斋。祝刘映藜太夫人八十寿。过韶寓。

初五　接珪廿七日信，未列号。知芍兄到墨，主析议事，以东西乡庄及城中零星房屋，作五记分，析珪为代拈礼字一分，共田地三百余庄，房约十间。又得锡三婿廿七信。晚赴莒南招广和。

【天头曰】是日莒南太翁诞。

初六　雨，未出门。

初七　访紫泉。

初八　至内阁。陈荪石祠补奉天府丞兼学政，何乃莹补府尹，华金寿转读学，李昭炜补讲学，贻谷补满讲学。

初九　雨后，道甚难走。午后，唁庆石臣庶子，讲官，同班。顺贺高熙亭放陕西陕安道。贺许筠庵师到京，时放浙闽总督。

初十　卯刻进内，至慈宁门侍班。皇太后万寿节，辰刻至寿皇殿行礼。辰正，御慈宁宫，皇上率王公百官朝服行礼。慈宁宫在隆宗门之西，殿向南，门曰"慈宁"，东西旁门曰"永康"，前门曰"长信"。讲官班在慈宁门外台阶下，长信门内，东向，西立。礼毕，至咸安宫大课。题曰："文王之囿，方七十里，刍荛者往焉，雉兔者往焉"；诗："村市年丰酒盏宽得村字"。经西安门。拜陈桂生。由浙学回京。

十一　接芍兄初二墨栈信，八、九弟初一苏信，均言析事。作张子密贺任信，又锡三信，交邮政局寄。

十二　访紫泉。

十三　答林廉孙。访李荫埒。唁徐应芙太夫人之丧。

十四　丹揆、陈桂生来。

十五　彭子嘉来。午后，进城。晤凤石、康吉、诜斋。

十六　至内阁。答邓伯楠，送其行。

十七　李菊农、孙子钧来。晨答子嘉。访雨丞,晤。谒许师颖初。

十八　卯刻进内值日,时驻跸西苑,车至东华,鸡唱矣。月色皎如积水,遂步入东华,穿西华门而出,至六项公所。是日,有翰林院预备召见八人。晤蔚若、支继卿、周容皆、彭少湘、陈蓉溪、戴春来诸前辈,陈梅岑前辈谢署府尹恩。亦晤昆中堂,嘱清秘堂于廿五日带领讲官引见。归,申刻至全泰店,知桂圃翌日南归。是晚,本系康民约消寒初集于三胜馆,改为公饯桂圃,到者:康民、艺郢、药阶、兰楣、范舅、蔚若、苣南、经士及余,后到者子嘉,未到者韶弟也。

十九　得珪电于月十八,新济来。电曰:巧新济。

二十日　于广惠寺唁冯雨人太夫人之丧。归,贺滋泉改同知分发江苏,即送其行。遣荣儿带来兴往塘沽接珪眷,拟搭明日早火车,赶南西门出,往宿马家铺。移书房于北厢。

【天头曰】黄绍箕转侍读,朱祖谋得侍讲。

二十一日　荣遣车归。唤季木匠做南厢夹仗,唤高掌柜裱糊。午后贺黄慎之定允子姻。访邵伯英,未晤。

二十二日　晚,邀芋丞、佐周、子钧、丹揆、幼秋、韶笙酌广和居,芋丞、艾生未到,韶弟同作主人。是晚,始见本署知会:联衔职谢懿旨,免扣明年四品以上三成俸银恩公折,由内阁办。膳牌均归自递,遂于十一点钟进城,至西苑门六项公所亲递膳牌于奏事处。

二十三日　天明后各官咸集,同入西苑门,至瀛秀门听信。旋入仪鸾殿庭内,行一跪叩首礼,免冠,碰头。毕,退出。自西苑门出,至咸安官小课。下午归,得荣津信,知珪眷乘新济船已到。

二十四日　下午,珪挈妇到寓。得芍信、送酱鸭食物。吴少甫信、送烟。彦修信、汪直卿信。

二十五日　入勤政殿侍班,俄国使官觐见,班在殿内,西立东向。礼毕,至咸安官大课。题:"浸润之谮,肤受之诉不行焉"至"不行焉","海旁蜃气象楼台△"。午后,贺华祝轩得正詹。答王稚葵。访菊裳,病足未愈。

二十六日　得倪桂山信。又致芋丞信,交去余子峰信,已出京,退回。午后,答许静山。送陈苏石行。

二十七日　作芋兄、八、九弟各信稿。与韶商酌。

廿八日　至内阁。答沈瀛。至全泰店。午后,已卯值年。俞潞生邀陪毓贤。

【天头曰】河南藩司毓贤号,佐臣。系己卯同年,毓俊号赞臣之兄。

廿九日　至兵马司中街,唁沈文定夫人丧。曹耕孙、顾少逸邀江苏馆,陪凤石、李少薇。

十一月初一　大风。珪、荣赴大学堂投考,闻中小学生到者五百余人。额设住学壹百名、附课壹百名。题:"学而时习之","忠信笃敬"论。

初二　珪媳至韶寓,行上见礼,葵媳、蕙女同往。唁徐子静夫人之丧。拜黄仲弢昆仲。唁叔颂。

初三日　录旧账。是日,未至内阁,本年勾到末一期也。

初四　唁李小香前辈太夫人之丧。是晚,邀同人作消寒集,在福兴居。十一钟散,卯初入内。

初五　值日,又勤政殿侍班,异国使臣马迪讷觐见。午初,行礼毕,归。

初六

初七　至内阁。见部本:庞绸堂得常少,贺刘佩五尚伦。贺阔安甫西宁办事大臣,贻蔼人得讲学。于东华门唁康民,赠以《西算直解》两本、《丁酉同门录》一本。毛艾生祖老太太寿,往江苏馆祝。寄芋兄信,作第四号寄。公复信一纸,栈章原一纸,续议六条一纸,芋未议定六条一纸,合同三纸,八、九弟原寄各条一纸,佩记、私记一纸,佩另寄芋信一纸,《大学堂章程》一本。又寄八、九弟信。公信一纸,附复原来各条一纸,栈章一纸,六条续议一纸。

初八　午后，赴李荫墀阁学嵩云草堂约，同席李荔臣、华祝轩正詹、胡公度侍御、阎梦九侍御、杨雨香同年。归，至芋丞处谈，交去王菘畦素公幛、倪桂山等余子言信，以出京，原信寄还。葵寄帽合靴。

初九　冬至。夜，祀节两桌。阅咸安宫课卷，定名次。

初十　冬至。朝至咸安宫大课，交去课卷。是日，新派总裁黄仲弢侍读、恽薇生侍读到任。答山西臬使锡清弼，良、丙子，绪良之兄。菊裳来，谭。

十一　葛菊坪之老太太长椿寺念经，致礼，未去。写彦修信，内附吴少甫、赓笆信，托德林寄。又复桂山信，亦交雨人。

【天头曰】费芝云约福兴居消寒，余拈阄列第九局。

十二　范丈约竹叙寓斋，同坐药阶、经士。是日，讲官引见，圈出黄绍箕、朱祖谋、朱益藩、王圻爵生、杨佩璋、满贻谷、景厚。

十三　复徐受之信。菊农来。徐信交王梦湘。

十四　复蔚亭信、雨时信，交韶弟处寄。午后，贺朱艾卿、杨小村得讲官。晤再韩、汪药阶并蔚若，长谈。

十五　至内阁。拜景月汀、东甫昆仲，一擢豫藩，一升阁学。答德元乾。谒昆师，未晤。贺陈梅岑升讲学。

十六　三点钟至太常寺护月。卯初二刻，初亏。巳初，复圆。天明，归，复小憩。作顾缉庭信、王伯荃信、梦林信、咏春信。

十七　令珪儿至会馆，题戊戌会试中试诸君名，并补题丁酉乡榜名。

十八　奉旨：转补翰林院侍读学士，巳刻报到。讲学缺姚丙然补。往晤李荫墀，为《起居注》后序事。贺黄仲弢、朱古微得讲官。答熊余波。是日，诰、荣两儿入大学堂。写陈杏孙太夫人寿诗。

十九　胡复生、葛少庭、顾少逸来，于海帆来。

二十日　王夔石司农六旬，预祝。晚，范丈邀陪子静于便宜坊。

二十一日　往谒许颖初师。答客数处。晚，钝斋邀广和居消寒。

徐花农开洗马。

二十二日　至内阁。谒徐师。苕生夫人三十，儿辈往。李荫墀来。艺郛邀消寒二集于聚宝。是日，同人公酌子静于福兴居。

二十三日　咸安宫小课。答景敦甫。

二十四日　写对。陈梅岑来。

二十五日　咸安宫大课。答胡复生。吊李蕴斋。答康吉、绀宇。

二十六日　巳刻，到翰林院侍请大学士任。谒圣祠、文公庙。至大学堂视珪、荣两儿，其比居为浙江许，荫庵、韬庵。并晤黄叔颂之子，端卿、让卿。袁爽秋之子道冲。谒昆师，未晤。访叔荫昆仲，未晤。至韶寓。

【天头曰】宝丰转翰讲，黄绍箕升左庶子。

二十七日　送芋丞行。答熊余波，晤。余未晤。

二十八日　至内阁。复至咸安宫。晤伊仲平，商定年终优奖、次奖单。午后，出城。祝朱艾卿太夫人寿。唁桂南屏丁母忧。

二十九日　同年雷石臣吏部领帖，往吊。答朱望清、俞潞生，晤。两儿自学归。

三十日　得国史馆纂修。系叶大遒放高廉道之缺。

十二月初一日　晨至长椿寺，明年元旦，值通议府君七十冥诞，预筮是日讽经，僧十众，拜大悲忏，斋四席，苏太同乡到者四十余人。是日，李昭炜转侍读学士，恽毓鼎补讲学，并邀消寒于同丰堂。夜，得雪。

初二日　雪霁，约积三寸，丰和佳象也。至西城谢客，晤伯葵、凤石、菊裳、康吉。以陈杏荪之太夫人寿诗交吴炯斋寄。

初三　至东城谢，并谒徐师，时派使馆复辑奏议也。出崇文门至花儿市，答卫善甫，荣庆。时为顺天府通判，晤，谈及邓莲裳师事，其本省当道有举以办省中团练之说。

初四　寒，仍有微雪。京士约在寓斋，范丈、凤石、药阶同叙。

初五　得张子密仪征信,有赠。访王梦湘,未晤。至韶寓。

初六　李荔臣升少詹。

初七　值日。卯刻入西苑门。退直,至大学堂视两儿。荣庆得通政使,副使王垿升右中允。得汪闰生山阳信。

初八　答韩子峤。贺李荔臣、恽薇荪。刘景韩树堂,浙抚。来,即往答。晤范舅、吴炯斋。

初九　发子密谢信,并寄锡三信。得彦修信。

初十　至咸安宫封课,发奖勤各款,优奖每次四千,次奖每次二千。傍晚,始出城,复赴费芝云消寒之约,在福兴居。两儿归。

十一日　冯星岩同年太夫人开吊,往陪客。答顾公度。过韶寓。

十二日　得瞿子玖信。午后,至后门外谒贵坞樵师,晤,时从乌里雅苏台将军任请开缺归。成章补宗丞,朱祖谋补右庶,吴鸿□传到陕西道监察御史。

十三日　衡孙寒热五日,请古大夫鉴堂诊。

十四日　仍延古大夫。晚赴康民惠丰堂消寒之约。夜闻衡孙得汗而病情未定。

十五日　得锡三信。管士修来,吴贻孙来。

十六日　巳刻,颖芝邀江苏馆陪客,请浙抚刘景韩。答吴佑之、管士修。邀古大夫,并邀俞午堂诊。得颂遹致荣信。

十七日　衡孙渐愈,仍延俞午堂诊。晚,祀年供客厅。复赴颖芝消寒之约,在寓斋,自制肴馔,有新意。

十八日　答瞿子玖信。得章菡汀信,即作复。得彦修致珪信,又季槐信、杏渠信。

十九日　卯刻,赴起居注署,例送《二十三年起居注》恭录成书于内阁。是日,蟒袍貂褂。昆中堂受书。备饭三桌,咸安宫厨承办,付银十两又添银四千。《起居注》年赏三十千。付三两。恽薇孙先在,因递封事。黄慎之谢得侍讲恩。又赴内阁批三单本。李荫墀、李小岩先在,荫墀备饭,旧例也。至大学堂视两儿,方上堂作课。

二十　午刻至翰林院封印，偕恩子承读学同执事。穿堂设公座，俟封印。用印三即起，对印行三跪九叩礼，供事封印、封钥。用朱笔判，押讫。谒徐师，见。答陈瑞卿。得伯荃信，并致葵信、汪直卿信。

二十一日　范丈太夫人冥诞，长椿寺讽经，往餐蔬斋。偕子嘉至花厂买红梅两小棵，三千文。贺黄慎之迁侍讲，段春岩赘婿。

二十二日　贺景佩珂之至姻。访凤石，时以感冒请假，晤于书房，并晤菊裳、康吉。

二十三日　送灶。

二十四日　访菊裳、康吉，晤。立春。

二十五日　韶弟来。晚赴经士约消寒。

二十六日　国史馆《臣工画一传》告成，奖叙，余请加三品衔。奉旨依议。晨间来报，谢恩折由使馆总列名，不另具。知会廿八日谢恩。王泽寰来，陆伯葵来。

二十七日　辰刻，至西苑门，同乡官谢恩，到者十人。礼成，至聚丰堂早饭。东北城送节敬，贲师、昆师，顺晤伊仲平。

二十八日　至西苑门谢赏三品衔恩。巳刻归。至薛师、许师处贺年。晚，戌刻，蒨姬生一女。戊戌年乙丑月丁未日庚戌未亥初。改为"戊戌年乙丑月二十五日甲辰日乙亥时"。是年廿四日立春，己亥正月节，论命作己亥，丙寅，甲辰，乙亥。

二十九日　小建，除夕。皇上在辰初二刻还宫。史馆保案三日内应跪道叩头，昨以具折未夅黄面红里，临时撤换，又改今日也。年事窘迫，质富丰。五千五百五十号一纸。

恒庐日记·敝帚录存

佩新兴皮褂尺寸。辛十二月。

长，三尺五寸五分。挂肩，一尺一寸五分。腰身，一尺○五分。

领圈，一尺二寸。袖，出手。二尺五寸。袖口，九寸五分。

二蓝珠皮马褂。

天青单胸珠皮马褂。

佩记大皮衣箱。

天青缎狐皮对胸马褂一件。二蓝羊皮剪衣一件。

羔羊皮统两件。貂褂一件。

茶绿羊皮坎肩圆一件。貂披肩一个。

草狐马褂圆一件。天青狐皮外套一件。

枣红羊皮马褂一件。二蓝灰鼠褂，新。一件。

天青羊皮马褂一件。黑银鼠帽沿一个。

天青羊皮外套一件。二蓝灰鼠剪衣一件。

乾溅马褂一件。天青灰鼠外套一件。

二蓝旧羊皮褂一件。天青珠皮对胸马褂，一件。

二蓝珠皮马褂二件。荣羊皮。马褂一件，坎肩一件。

枣红珠皮褂一件。

酱色珠皮剪衣一件。

珠皮外套一件。

二蓝羊皮褂荣一件。

枣红呢坎肩一件。

月白羊皮马褂荣一件。

灰鼠天青披风一件。

灰鼠天青对胸马褂一件。

灰鼠小外套一件。

湘夹单衣被褥毯箱。

天青缎夹坎肩一件。天红绉纱棉袄滚镶一件。

深青连衣片一件。粉红毯一条。

天青棉坎肩一件。大红老虎毯一条。

闪缎夹袄一件。绿棉绸裤子一条。

竹青棉袄一件。大红腥飞片被一条。

湖色绉纱夹袄一件。五彩绒毯一条。

湖色素绸镶棉袄一件。皮坎肩统旧一件。

熟罗衫一件。珠皮女袄统一件。

青莲百蝶绉纱棉袄折滚镶一件。狼皮坐褥一条。

零散破羊皮三块。

旧红马本缎羊皮坎肩荣一件。

湘皮记。

粉红毯一条。天青银鼠披风一件。

狼皮褥一条。熟罗帐子一件。

羊皮黑绉纱坎肩一件。粉红羊皮女袄一件。

天马皮出风一包。品蓝羊皮女袄一件。

天青珠皮披风一件。百盖裙。大红一条,紫一条。

黑绉纱珠皮坎肩一件。湖色灰鼠女袄一件。

粉红狐皮女袄金银嵌一件。零散皮五块。

青种国羊女袄一件。茶绿羊皮坎肩一件。

天青狐嵌披风一件。

大皮箱,佩皮衣服。丙申三月重录。

貂褂二件。帽缨一盒。

狐皮对胸马褂。宁绸袍套料三件。

珠皮对胸马褂。珠皮统。

羊皮红旧马褂。

狼皮斗篷。

狼皮褥子，二条。

乾溅马褂。

灰鼠二蓝马褂。

灰鼠二蓝剪衣。

灰鼠天青外套。貂皮帽。皮盒

珠皮二蓝马褂半新、旧。二件。黑皮帽。皮盒

珠皮金酱禶。江獭帽。二层木盒。

珠皮天青外褂。芝绒帽。二层木盒。

珠皮紫酱剪衣。黑绒帽。二层木盒。

灰鼠半截黄色禶。夹呢帽。

荣归，带南喜用饰件。交轶仲。

金如意脚，一只。如意头，一个。批霞，一立。顶珠，一立。盘珠，十八立。金手记，一对。

千年运花珠子，三十八立。千金宝，五立。又珠，一立。宝簪珠，十立。

三珠环珠，六串作，每串四立。贰拾肆立。又稍大贰立。了髻环珠子，二立。

银护心镜，一圆。挂件全。

又带去荣手三镶带钩，一付。银杯碟，一幢二件。银箸，一双。

银鼠帽沿，一付。备送礼。织绒蟒袍料，一件。佩托换，仍存，袖襟经彦修配全。

王夫人遗衣。癸卯六月，在闽署分与葵、珪房，韵女记。

金银肷宁绸披风。

缎面珠皮披风。

闪绿缎夹大袄。

青莲绉线单衫片。

红熟罗百裥裙。以上归葵房。

银鼠天缎披风。

灰鼠披风。

青莲绉家常棉袄。

夹湖色绉纱袄。

青莲绉百裥裙。以上归韵女。

金银肷槁荷宁绸大袄。

珠皮袄统。青种羊女袄统一。

羊皮马夹。青莲绉小棉袄一。

红绉纱小棉袄。元绉夹马夹一。

雪青纺绸单衫。以上归珪房。

金银肷槁荷绉纱大袄。

家常灰鼠元绉棉袄。

珠皮马夹。

棉马夹。

湖色单纺绸衫。以上归隶房。

红绉纱坐裤一。归葵房政喜事之用。

蕙女遗物。文柜首格。乙丑十月。

金肚兜练，一条。断二。金锁片圈，一付。圈脚少一，小圆盒内。又镶宝宝石全金扳指一只。

银双镶押发，一只。真翠，假珠。银荷花瓣，三只。真翠，假珠。雀翠镂只双镶押发，一只。

翠镂空荷花瓣，六只。以上洋铁小方盒内。

银戒指镶翠宝，六只。银镶脚翠片荷花包圈，二付。假珠。真翠秋叶，二对。假珠。

真翠茉莉簪头，三只。点翠小银蝠，一对。雀翠兜蝠，二对。

碧翡帽花，三朵。银丝假珠圈，一付。真红绿小宝，卅二立。

雀翠团鹤，一对。小元宝，一枚。

大绞丝银镯，一对。银镶藤镯，四只。银兜练条，一条。连钩。

真翠杂件，三十四件。翠花篮圈，一付。小真珠，廿一立。

银押发，三只。银荷瓣，三只。银挖耳镶翠，二只。

银绞丝茉莉簪，二只。银珠兰瓶，一对。雀石小件，十六件。

素银圈，三付。银镶宝海棠花，一朵。银脚假梅花千，九只。

银小粉超，二把。银脚银千，十三件。银片发蓝锁片圈，一付。

翠兰花双连，一朵。

附：批霞翡翠带钩，一付。批霞拆作如意。金如意脚，一支。圆。银如意头真批霞宝盘真珠十八立，顶珠一立。一个。碧犀头翡翠脚如意，一支。湘。小翡翠如意，二只。

翡翠蝴蝶，二只。散片未镶。

王夫人遗饰。癸卯十一月，在闽学院检付葵、珪、荣、韵四记。

宝花壹号，四十颗，五分，葵、珪、荣、韵各得八颗。余八颗，存。

宝花二号，四十颗，五分，各八颗四记分得。余八颗。存。

中晶，四十枚，四分。四记各得十。

兜嵌小圆，一百四十立，五分，四记各得五十。余四十立，存。

小叶豆贰，四十立，四分。各分约十。

樱核磊式，青绢包。十串，一百个。五分，四记各得二串，八十个。余二串。二十个，存。

又次磊贰，十二串，一百二十个。四分。四记各得三串。

又零，二十枚，存。

滴圆一，其次各单行，存。

的圆黄实式，四十颗，存。

三十年，辰元月记。三年辛亥八月重记。仍如左。

魁号，十。滴，一次滴镜，二剋磊七。

晶一号，三十，廿八。辰纻荣十，净二十。

晶二号，十二。丙午葆圈用二个，存十。

晶三号，四十。桂子。

晶四号，一百。计二挂，粟。

磊一号，八。

磊二号。二十三，葆用，尚存五；二十四，现葆用。

磊三号，二百，菉豆。共存四百三十七枚。

魁十立。滴一次滴镜二，磊七。

晶一号，二十。

晶二号，十二。葆圈用二，存十。

晶三号，四十。桂。

晶四号，粟。百，计二串。

磊一号，八。

磊二号。二十三，葆用十八，存五；二十四，又。

磊三号，菉。二百。

衣箱略记：单夹，红皮箱匀；棉夹，薄皮白皮箱内；皮衣，双锁白皮箱内。

衣料：天青外褂料，大寿字。金酱宁绸袍料，子密送。又套料、袍料。锡三送。

延年瓦宁绸蓝袍料，二蓝摹本缎马褂料。绥臣送。

湖色绸料。

木箱。上房次间二。

木箱一：旧锡器。

木箱二：旧锡器。

木箱三：铺垫。以下至六均在中屋北次间。

又四：杂物。

又五：破衣。

又六：破衣。

大小锡碗，十六件。两匣。

又八件，两匣。

又八件，两匣。寄南给云。

又葵记，两匣。

箱笼

双铰大白皮箱：荨皮衣。

白皮箱：荨棉夹衣。

双铰黄皮箱：荨单纱袍套、长衫等。

红皮箱一：褥被。

又二：幛件。

又三：湘记旧衣。

又四：葵夏衣。

扁白皮箱：单夹等现用之衣。

扁红皮箱：荣现穿各衣。

木板箱：荨皮裲、皮坎肩、皮褥类。

破白皮箱一。在北屋上房。

红皮箱：又。妇女杂物。

红缎边细席坑垫枕一付。椅子长垫二个。又椅子长垫六个。

方机垫，四个。以上均红缎边。独座红缎边椅垫一个。

黑缎边方机垫，四个。琴桌席垫一个。半桌席垫一个。

褥子一条。绿绸被一条。旧棉裤一条。均移在南屋内间木箱中。

绣柜：

楠木文具，一。

紫金冠帽，一。

又紫金冠匣，一。

红木精洋参莲心筒，一个。又穿心洋参锡方筒一个，另在黑木箱内，盒灯等同置。

红木洋镜。

小木匣，内蜗青香炉。一。

鹿鸣鹰扬各种杯。

椰木杯，十只。一盒。

傢伙记存：

柜木藤垫搁凳床，一。

柜木藤垫床，葵房。一。

柜木榻，一。

广漆凉床，一。

杂木床，陆宅来。一。

绣柜，二。

炕床，几围栏全。一。子泉赠。

柜木三抽屉台，乙。又书房乙，又珏书房四抽屉，乙。

又葵房，二。

广漆八仙桌，苏来。五只；又京置杂木八、四仙桌，十只。内有一抽屉，徐寄。

柜木靠背，六。

柜木藤穿方机，十二只。葵八只。

皮垫折椅，四只。

柜木春凳，壹只。

柜木茶几，二只。

广漆茶几,二只。

柜木小方杌,二只。

长桌,一。

棕垫,五只。

藤板杌,四。

广漆方杌,四。

板靠背,二。

四抽屉书画台,一。徐寄。

骨牌杌

杂方杌

坐椅,一。

书架,六。

竹椅,葵。一。

木炕

自置长凳,八条;又四条。均好。

半桌,一。

小圆皮杌,二只。一坏。

家用杂物记存:

担榼,一付。一在厨房,一在西次间。

小碗厨,一口。

扁圆粉桶,一。

果子桶,二。

广漆方幢篮,一。内小竹篮一,小砧板一。

浴桶二只。一在上房床下,一在西次间。浴凳。

脚桶

红漆长方饭盘,二只,在木箱内。

洋漆果盒,一个。又。

缠子架,一个,又。

压床棍,红漆。三根。

红漆万年粮饭箩。大、小各一只。

方茶壶木桶,一只。

铁丝罩,二个。

席

帘

红漆针线扁,一只。

嘉兴紫铜暖盆,一幢。

文玩供具:

磁玉文房,一匣。另有帐。红木方匣。

楠木扇匣,一只。

紫檀木笔筒,一个。

蟹壳青香炉,一只。连架。

寿香宝炉香盒,一幢。

盒灯,两盒,旧云铜花手炉。湖北小团手炉子;穿心洋参锡点锡茶托　十,
寄南,给云;铜起碟,十二,罐一。共一匣。

标杯,十只。

赐花瓶,一匣。

如意匣,一只。

红木玻璃台灯,一对。

蓝金磁帽筒,一个。

红花磁帽桶,一个。

广漆帽桶,一对。

霁蓝磁盆、红花磁盆,各一只。连架。

插屏,一扇。

挂镜,一个。

挂钟，一个。

霁红花瓶，一个。

红木官箱，一个。

白皮小官箱，诵邻庐、葵记。一个。

白皮小枕箱，葵记。一个。

白木匣无盖，内锡茶壶连座。一个。

白木匣，骨牌状元筹。一只。

嵌螺甸多盛盘，一个。在床顶。

小自鸣钟，一个。

红花瓦磁幢，四层。一座。

丙申年寄南助云嫁妆：

锡碗，两箱。八只。银十船，十只。

白铜花面盆。银中发禄。

锡汤钟，十二只。银中如意。

锡汤盆，十四只。银中千金。

锡盆架，十只。银瓜超，十把。尚存六把。

锡茶托，湖南得。十只。银小，梯秤、千金、如意。三件。

恒庐日记·赐福字如意室日记

己亥正月,庚子正月至六月。

光绪二十五年己亥

正月丙寅己酉,朔 钦天监奏:风从艮地起,主人寿年丰。晨赴东华门。午初,皇太后御皇极殿受贺。皇上率王大臣行礼,起居注官立宁寿门西阶下侍班,朝服貂褂。午正,皇上御乾清宫受贺,蟒袍补褂,侍班。礼毕,东城贺年数处。归,祠通议公诞。

十日春融气候温,皇州晓色丽朝暾。銮舆正诣南宫贺,宝座回瞻北极尊。景测花砖随傈直,书成芸馆拜新恩。金盘彩胜增颜色,酒畔红梅照眼繁。

初二日 晴,暖。西城拜年。

初三日 范丈约消寒寅斋竟日之叙。

初四日 午后至烂面胡同、绳匠胡同数处。得槐弟、赓弟十二月信。

初五日 又至东北城。归已晚,赴邃翰招饮寓斋,酒肴甚美,行令颇畅。

初六 早起,积雪。得沈旭初信。

初七 人日,雪。

初八

初九 答贺萨检斋,并送行,时赴西宁任,补贺。城外复孙公园年十余处。

初十 孟春时享太庙,派庆王恭代行礼。丑刻,往陪祭。午集,菊裳招饮同丰堂,座客有灵阁读、椿,号寿之。英子宝,华。皆国史馆满提调也。

十一 作旭初信,寄洋四元。八、九两弟信。

十二 寄信。

十三 药阶、经士约消寒于南横街寓斋,凤石、彭轶仲均集,博戏。晚,上灯。

十四 下午,至琉厂,随至火神庙流览一周。泥淖满街,殊不可耐。至廊房买小灯三盏,聊应年景而已。此十三事,消寒系十四事。

十五 元宵。天阴,潮湿,似南中二月节气。晚,祀节二桌。艺�约夜饮,辞。见邸抄:昭信股票内外官认领之款,免其领票计利,作为报效,仍准核给移奖;绅、商、士、民之款,仍照初章计利还本。

十六 丹揆来。得稚桐信。

十七 吴子威邀饮,辞未赴。艺郭太夫人八十冥诞,在法源寺。

十八 徐师相续假,往候。仲山丈邀午饭,为吴丹翁开馆置酒,兼订同乡陪座也。道极泥淖,出城已晚。复赴茝南、兰楣消寒之约。寄程蔼士信、江妹信。

十九 午刻,本署开印。午刻,朝服行礼,并谒圣祠、文公祠,与恩子承学士偕。旋至史馆,提调尚未到。张季莼来。

二十日

二十一日 贾小云太夫人领帖,往陪客。丹揆奉调山东查办随员。

二十二日 至内阁侍读本上。贺长季超侄姻。为徐班侯同年之年伯母撰书寿诗。耕孙在寓消寒。

廿三日 荣儿至大学堂。得李伯与阁学信。

二十四日 晚集,为丹揆作饯,并邀毛艾生、瞿泰生及沈纫秋、瞿韶生、孙子钧、吴贻孙诸同乡春酌,在江苏馆,与韶弟合作主人。

二十五日 于益斋、吴荫芝邀饮,辞未赴。答李伯与信,作芍兄元号贺信。是日,韶弟偕子嘉作消寒。

二十六日　至内阁,即至咸安官开课。陈、黄、恽均到,伊、景未到。归途泥淖不堪。访周景莛、陆伯葵,晤。预祝朝殿师许恭慎之夫人吴六十寿。

二十七日　同年徐班侯户部之太夫人金寿,往祝。复至许颖初师处,未晤。范舅,晤。贺徐花农、朱艾卿、李荫墀。

二十八日　三女弥月,名之曰曾姑,小名宝珠。午后,莲侄、侄女等来。访菊裳,谈,借得其《奇觚庼百衲帖》十集归,有自序一篇,略云:所收碑版著录者,援孙伯渊之例,以宋元为断,又宗阮伯元之论,收碑而不收帖云,故此集皆不入著录,惟取字迹精妙及名氏素著者,裒集而存之,盖自王逸少、陶通明,下至苏、黄、赵、董,以及方外、妇人、材官、巷伯,莫不甄采云。亦大观也。

二十九日　通州沈有来函,即复之。过韶寓。

三十日　内阁。

二月初一日　至乡馆预备文昌诞祀事。

初二日　吴颖芝等人冥寿,长椿寺。顾越艭同年开吊广惠寺。晚,朱伯勋招饮于寓,同坐钱干臣、毛艾生、张伯讷、朱小汀、徐植圃。

初三日　乡馆祀文、武帝、乡先贤,并举行团拜,借坐嵩云草堂,公请王夔石大司农,乔梓到,毛艾生到,瞿泰生未到。同乡京官只有孙子钧、吴丹卿、吴诒孙及余兄弟到五人,益以留京处馆各位才十人耳,坐两席。得芍兄新正十八日元号信,有复议各件。夜,狂风如吼,屋壁皆震。

初四日　仍大风。孙子钧邀江苏馆,皆同乡也。

初五日　访李荔臣。答杨寿朴,未晤。访陈润甫,晤。

初六日　韶弟来,得八弟致葵信、冯寄珪信。作锡三信。是日,黄思永转侍读,崔永安升侍并。

初七　晨归。凌峤有信来。寄锡三信,葵寄季槐信。有张芹堂一纸,交槐支洋廿二元。

初八 至内阁。谒徐师,未晤。访归凌嶠。两儿自学堂归。

初九 丁祭日。至咸安宫大课,谒圣祠。归访王趿章,晤。

初十 子刻,至社稷坛陪祀,朝服。在坛北向南东北隅,行礼。韶弟以监礼,亦到。山东学政姚菊仙被劾,革职,即放荣庆去。午后,访颖芝,未晤。访再韩,晤。春卿约消寒惠丰堂。经士来,王玉衡来。得江妹信、蔼士信、许滋泉信、沈旭初信片。

十一 史馆派来《奏议校辑》十卷。

十二 至内阁。旋得丹揆山东电。

十三 偕韶弟访凤石、伯葵、菊裳,均晤。寄复汪闰生信。邮政分局。

十四 本署值日,卯初往。散后至大学堂视两儿。复诣贵坞樵师,晤。诣昆中堂,未晤。得春夏季俸银九十两九钱三分。

十五 至史馆,交去《奏议》十卷。谒徐师,晤。陈秉和转读学,黄绍箕讲学。

十六 关庙陪祀。是日,艺郯常诞,同人约往叙。

十七 李荔臣来。三女剪髻。

十八 得程蔼士信,时捐淮、徐、山东,捐一万二千,将为笏庭甥请奖分部行走郎中,复有赡族续捐田亩之举。寄来藩臬府县令各详稿并抚批捐案。闻专折奏赡族案,则咨部主案也。觐岳另有捐。

十八 访恽薇孙,谈。贺黄仲弢得讲学。答王泽寰,未晤。

十九 邹紫东来,顾少逸来。

二十 至内阁。庞绸堂升通政司副使,王埁升侍讲。是日,以大学士李鸿章、河督任道镕、东抚张汝梅会奏履勘山东全河酌拟办法。奉旨着大学士、六部、九卿、翰詹科道会议,到阁阅折及图等件。原奏大治办法十条:曰加筑两岸堤工,曰徙民居,曰余粮给地价,曰置后船,曰设厅讯,曰设堡夫,曰设德律风,曰设短铁路,曰开支河,曰开铁门关。引河三十余里,估费九百余万。复拟急救办法:曰开铁门关引河;曰添筑下游南北两岸堤,又韩家垣大石坝一座,每八十余里;曰徙门关左近之辛庄、薄庄、淤地、居民之田庐、民埝之适当要衔者;曰添培上中游之废堤,及民埝之可作官堤者。估堤费一百万,开引河徙民筑坝费二百万。盖山东河下游自光绪年迤南决韩家垣后,水由东南出丝网口入海,而铁门关牡蛎觜之故道,遂淤断。光绪□年,又北决南岭子,尚未能归铁门关故道,而韩家垣以南一片汪洋,水不归槽,港窄沙浅,不足以畅尾闾之势。故拟筑大石坝,堵断韩家垣南决之口,而徙辛庄、薄庄、前后毕家庄之民居,开直铁门,关牡蛎觜三十里,以接下游海口。此口即大清河铁门关,在利津县界。利津,即汉之千乘也。山东河势自曹州府属入境,由西南曲折而趋东北,从大清河入海。今丝网口在大清河之南,河至韩家垣一决而下趋南,东水道本不顺也。又有比国人卢法尔拟上条陈,估费至三千余万,势未能行,自以先治下游铁门关为酌中办法。晚,约同人于聚宝堂,十人皆到,是为消寒九集。答邹紫东。

二十一日　戚懋斋夫人开吊余庆堂。

二十二日　李荫墀阁学邀饮,辞未往。吴鼎臣将归娶,赠以喜联,并托寄李曾珂夫人幛信。访薇生,未晤。艾卿、丁衡甫,晤。贺庞纲堂通副。

二十三日　至内阁、咸安宫。归,祀节三桌。韩子峤来,荣华卿来,时放山东学政。得锡三二月廿三信。

二十四日　徐班侯邀饮广联升。

二十五日　至咸安宫大果。贺荣华卿。出城,赴葛振卿副宪聚宝堂之约。葵得伯荃信,有督抚奏稿。程事。

二十六日　至国史馆,交去《奏议》十卷。答徐植甫。拜何颂圻,未晤。交与程处奏底。过韶寓,适少逸、邃翰、经士、颖芝至,并晤。是日,袁昶补光卿,李联芳升右中允,张亨嘉开司业。

二十七日　唁李菊庄丁忧。贺张燮钧开坊。

二十八日　得锡山致葵、珪信。恽薇孙来,朱艾卿来,范丈来,均晤。闽臬周子迪莲来,未晤。

二十九日　视贵师母寿辰。答周子迪。访菊裳。得季和笺,有炭十二两。

三月初一日　内阁会议山东河工事复奏,由军机大臣主稿,悉依原议,先从救急办起,惟请敕户部筹拨的款,简派熟悉河工之大臣专主其事云云。署诺而散。午后,贺吴子威嫁女、顾渔溪子姻。

初二日　谒许颖初师,未晤,晤世兄。是日,华金寿得阁学。

初三日　上巳。至内阁,复霭士信,奏到赈奖。伯荃信。

初四日　晨,至长椿寺,菊裳尊人冥诞。江苏馆癸未团拜,延秋生、徐莲士世兄到,共四席,每派分赏银一两。自请许颖初师、韩子峤、吴子威、钱干臣、汪范卿、曹再韩、朱伯勋、曹耕生、李菊裳。

初四日　刘震青邀江苏省馆。

初五　吴贻孙邀,辞,未赴。

初六　陆春江来。至内阁。唁俞潞生悼亡。接槐弟二月廿三日钱镇所发信。

初七　答陆春江、王毓兰。偕韶弟合请邹紫东、钱冠英、何颂圻、吴颂云、叶菊裳、王康吉、李诜斋、周绀宇、顾康民于福兴居。

初八　王夫人忌日,设供。两儿自学堂归。作复芍兄信贰号。

初九　伯葵交来王雨时信。得世振、之杰信。华祝轩来。

初十　至咸安宫大课。贺伯葵孙女弥月。贺华祝轩阁学。答湖南藩司锡清弼良。答周次咸世恒。

十一日　得槐弟三月初二致葵信,有笔托汪理仲,并付去昌善局戊戌年寄费执照。复世振之信。交广裕号。

十二　风。作锡三、韵女信。王泽寰、朱望清来。寄季槐信。

十三日　陆春江廉访来,晤。李菊庄太夫人开吊,往唁。贺朱古薇升侍讲学士。李荫墀前辈邀云山别墅陪贵坞樵师饮,同坐陈梅岑读学、丁侣笙府丞,皆其辛未同年也。云山别墅在下斜街,为山西公所,中有高阁若船式,曰"西爽阁",正对西山,故名。墅中花木甚多,海棠、梨花、桃李之属，花时正及烂漫，芍药一畦，赪芽方苗，亦软红中一佳赏也。

十四　晴。未刻，赴李蓁庄处，为其太夫人襄题，主笔凤石，同事钱新甫也。午后，偕韶弟挈儿侄辈一游云山别墅，爱其地近幽僻，花木葱蒨。周览各处，并一读墙碑楹帖。登西爽阁眺西山，瀹茗小憩。复下散步花畦间，夕阳渐下乃散。葵、珪、荣三儿以适往前门，未与焉。蒋美臣州尊体梅来年信。即复。

十五日　诞日，茹蔬。珪房为余斋星官，诸侄皆来面。

十六日　贺绵达斋子姻。访吴佑之户部，问安定事。周绀宇邀江苏馆，未赴。

十七　晨，至吕祖阁、文昌座、前门关帝庙、观音庙进香。至内阁，顺贺顾少逸截取安徽知州。

十八　王泽寰来。午后，拜陆春江。访汪范丈及邃莘，托邃莘带归洋铁罐药一，又珪妈寄银一包。

十九　陆眉午来，以知县捐省广东引见。陆肜士，增炜。来京，暂寓会馆，即往答。

二十　答陆眉午。偕韶弟同丰堂请客，紫东、少逸、苏器之、雷惠航、徐班侯到。

二十一日　至会馆，招季木匠估修理工。阅咸安宫课卷。得季槐信，言宝城桥地基被开菜馆之津人有侵占事。

二十二日　内阁。访俞辂生。

二十三日　至咸安宫。归拜殷柯庭，时从苏回京，并访菊裳。

　　【天头曰】是日，苏大义园春祭。

二十四日　答吴福茨、竹楼昆仲，并访李荔臣前辈。晤凤石、子钧。贻孙来，得钱朴儒信，时在广东龙川县任。得郭申绶皖信。

二十五日　本署值日。至咸安宫大课，即行。赴凤石、廉孙、花农、炯斋之招，在江苏陪吴福茨也。代钱朴儒递履历。贺禀一函。伯葵来。

二十六日　辛未癸酉乡、拔午会及丙子乡榜团拜请客,在湖广馆,演宝胜和,带灯。丙子在南楼。北榜派分十六千,南榜十千。归已一点钟矣。

二十七日　至内阁。贺徐拙庵嫁女。是日,丑正,立夏。复朴儒信,并寄还广东臬台吴福茨复伊之信及履历。访潞生。余权得百斤,实九十八斤。葵一百〇六斤,珪九十六斤,荣一百十斤,圆九十六斤,衡四十斤,仪三十斤。

二十八日　凌峤招惠丰堂。作梦舲、赓云信,交少逸。昨下午,东城火,钱大司空家毁于一炬,闻所藏南楼老人遗物,俱烬矣,亦一劫也。

【天头曰】南楼老人画册每页有纯庙御笔赐题,俾藏于家,相传署检四字曰"世守清芬"。嗣闻得之烬余,尚未为祖龙摄去,可幸也!

二十九日　未雷。惠航招松筠庵。复钱璞如信,交伯葵。

三十日　至东城钱处。又送少逸行,未晤。访陆眉午,谈,并托寄汝宁信。复王雨时,又菊裳复王雨时一函。送去蒋美臣复信,交裴文蔚。湖南门生左子仁钦敏来,叶仆金和送来季槐所寄《礼记》、戊子租帐一本。

四月初一　作邓莲裳师信。

初二　至内阁。又答鹿学良遂轩。午刻,江苏馆请吴福茨昆仲、潞生。直年以断弦期服假,未能亲到,属余代庖。到者仲戣、廉孙、菊彭、子年、余波、桫轩及余七人。过韶寓,晤京士、再韩。

【天头曰】李荔臣补正詹。

初三　复季槐三次来信,附复周妪百花潘宅事。是日,韶弟以六个月期满,截取知府,引见于勤政殿。下午,至会馆,看修理工。晤吴颂云,时将暂作归计。

初四　同年俞潞生夫人开吊,往。天雨,薄寒。杨佩璋补司业,黄建笕补上海关道。

初五日　晴。访王泽寰。至会馆,潘若士经士弟来。

初六日　午,赴刘佛馨招寓斋,同座艺郛、菊裳、庚生。

初七　京士来,王季樵来。

初八　零祭陪祀。丑刻,赴坛。是日,先妣忌辰,茹素,写经。珪儿得轶仲信,揆儿得郁甥、志甘钟棠信。韶弟召见于仪鸾殿。

初九　晨,至徐师相处,致祝敬。谒徐颂阁丈,未见。知季和前辈于初六寅时出缺,时以兵部侍郎为安徽学政,方请假一月也。皖学放绵文达斋。访顾康民、唐蔚之、何颂圻,均晤,言意索沙门湾事,言英俄合约事,言英欲独专南边铁路事,言俄欲展拓铁路迳达京城事。时事日棘,相与扼腕,正不知政府作何因应也。康吉来。

初十日　至咸安宫。归,访凤石、菊裳,均未晤。热而风。

十一日　邃翰来,钱干臣来。访艺郛。答戴襄臣翊华。

十二日　得李伯与起居生信。贺李荫墀得兵侍。答钱干臣、刘佛卿。

十三日　康民来。下午,风雹。

十四日　偕韶弟酌陆眉干、毛莘甫、陈巽倩、潘若士、陆彤士、祁冕庭、姚柳屏。交眉午带邓师信。复李伯与信。夜,荣儿发痧,壮热。

十五　李玉舟邀省馆。

十六　荣儿热症不解,廷朱又笏诊。伊仲平来,晤。

十七　吴贻孙、孙子钧招,俱辞。凤石来邀诊荣。李菊裳、范丈来,又族弟秦守常来。名以诚　得臣子。

十八　杨康侯夫人八十寿。

十九　至内阁。贺葛振卿升兵侍。

二十　徐中堂嫁孙女,致贺;又黄伯香同年续娶。法国使臣毕盛觐见,于勤政殿侍班。申刻,韶弟邀酌于江苏馆,凤石、艺郛、范卿、蔚若、菊裳、经士昆仲。

二十一日　王建侯自易来,到部。

二十二日　至内阁。韶弟之孙期晬。下午一往送毛平甫、姚柳屏行。

二十三日　咸安宫。至绵达斋处贺。答恩寿、江宁藩。伊仲平、王建侯,顺贺王夔丈迁居喜鹊胡同。答周次咸。

二十四日　颖芝来。菊裳、蔚若来。

二十五日　连日大风。至内阁,咸安宫。归,延朱又笏、徐班侯诊。日来儿女辈病三人,皆感时疫,发斑疹。荣儿渐愈,恺儿是夜,病情变重。廿三腹泻起病,旋有寒热。

二十六日　竟日为恺儿医药,讫不见效,败象迭出。韶弟、诸侄咸来。

二十七日　甫交子刻,恺儿竟舍我而去,心脾为之摧伤。

二十八日　子刻以上殇礼殓恺儿,率家人成服。案《朱子家礼》:上殇期降大功。

【天头曰】请张悦安督理,殓事皆珪儿亲自动手,甚妥帖。

二十九日　韶弟、诸侄连日来此帮忙,是时荣儿、蕙女尚未大复,葵儿又以两夜劳苦,亦小病。心绪万分作恶。汪范丈来,王丹揆来,王仲彝内阮自苏来,住嘉兴馆。晚循北边规矩,为恺儿接三,夜放瑜伽焰口一坛,丑刻,事竣。甫就睡,有穿窬之警,群噪逐之,不逾时,同居朱伯勋处失窃衣物十数事。

五月初一日　仲彝来,王泽寰来,陆伯葵、汪药阶、邹紫东来。

初二日　子嘉、子钧、复生来,菊农来。

初三日　请又笏来,以师门节敬、门敬托韶弟致,余未出门。

初四日　恺儿首七,为延僧七众,讽经一日。夜,戌刻,眚回。是日,凤石得内阁学士,李端遇得副都御史。

初五　端节。仲彝来。

初六　下午至韶寓,偕访聪肃。

初七　余亦染时症,发热泄泻,咽喉肿痛,隐隐发斑疹,大率相类，而余则又兼湿也。

初八　圆儿出殡长椿寺，儿辈往理其事，余病，不及往也。

十七八九日　接芍兄、八弟、江妹、伯荃、蔼士、珪妈、锡三各信，皆知圆儿信而来慰也。余温邪渐解，湿热未清。十八，圆儿三七，葵、珪合荐在寺诵经一日。

【天头曰】又接次欧信，寄其先公行述，属求菊裳撰墓志。窆期择八月初八。

二十三日　作芍兄、三号。八弟、江妹、锡三、珪妈各信，即分寄。是日，余又发热，并答吴珥卿信。

【天头曰】二十日偕耳韩、韶弟请李仲宣、胡月舫，韶备。

二十四日　热退，而湿热未清，舌苔白垢，稍服宣通利湿之剂。

二十六日　内阁会议各抒所见，以裕饷源诸折。徐桐、准良、袁昶、高燮曾、贻穀、张仲炘。余未能往，托韶弟往画诺焉。徐受之自河南来。镇平县候，补直隶州知州。得龚荣梓信，楚臣，浙江通判。寄缴馆捐贰拾金，即作复，交原银号。又接何赋枚表弟之子信。名世桢。

廿九　辰刻，佐霖侄得一女。

三十　作程蔼士、伯荃信。初一寄邮局。

六月初一　丁丑。义国使臣萨尔瓦葛觐见。夜在长椿寺放焰口，雨。

【天头曰】与韶弟合请陈政柳、吴颂云、黄建侯、周次咸、秦守常诸同乡在广和居。

初二　圆儿五七，在长寿寺诵经一日，安定荐。余及葵、珪均以养疴，未能往。勉书《心经》一卷。是日，复奏会议裕饷源各折。夜，招仲彝及诸侄小酌。仍雨。

初三　校毕史馆交来《奏议》十卷。

初五　阴凉。余剃头。复沈芳渠信。是日，德国使臣克林德觐见。仲彝签分大理寺司务。

初六　凌峤来函,汇到安定曹纹二十两,伯荃又六两九钱,合十元。均送圆儿。

初七　二媳初度斋星官,家人吃面。

初八　午前,始至书房小坐,题金吟香先生宝树《花溪图手卷》二律,钝斋所属也。病起作字,腕力殊弱。

初九　韶弟属书茄子和纨扇。是日,圆儿六七矣,命荣儿到寺为诵经一日,余书《心经》一卷。得张子密五月廿九信。

初十　许颖初师来视,必欲一晤,因延至书室,略谈。仲彝来。

十一　托韶弟同酌徐受之、王仲彝、徐子丹、胡复生、彭亮臣、归凌峤、严孟蕃于江苏馆。复张子密信。寄邮局。得顾少逸自皖来信。

十二　韶弟得稽察海运仓差。悉彦修断弦信。

十三　晚,徐受之来,谈,留便夜饭而去。召对后奉旨:在任以直隶州倅先即补,交军机处存记。

十四　彭子嘉来。是日,余始出门,答谢李磐石、王丹揆。答李荫墀。至韶弟寓,略谈而归。袁昶补大理寺卿,刘永亨转左庶子,徐琪升右庶子。

十五　下午至许颖初师处,谢步。答谢范丈、经士,晤。再韩、颖芝,未晤。并答吴季荃、左寿仁、彭子嘉、亮臣、质甫。金饰二件、富丰宿字四百三十五号,得京足银三十两。

十六　圆儿终七,为诵经一日,余始到寺视之。答吴菊裳,晤。答黄慎之、熊余波。至会馆谢吴颂云、秦守常。答陆彤士。

十七　答徐班侯。谢黄穰卿弟兄,并访叔颂,未晤。答王泽寰。

十八　答朱幼笏、孙子钧。贺吴移仙升中允。答王仲彝,未晤。潘仲樵,答吴蔚若、李菊农,晤。

十九　答张济臣寿岑、戴艺郛、周政伯,又答吴贻孙、汪药阶,晤。张燮钧,晤。

二十日　至长椿寺看漆。

二十一　至苏会馆。答徐受之,晤。又答费芝云、邹紫东,未晤。

访归凌峤,知彦修断弦,系五月廿七也。

二十二日　钱宪崧绳盘来,甘卿之次郎也。丹揆来,苕生来。

二十三日　复生来。

二十四日　写彦修信,与韶弟各致赙仪二金,唁其夫人之丧。

二十五日　至咸安宫。是年春季教习学生俸,皆发现米,计每分搭放粳米八成半、陈米一成半、又粟米若干,由档房招米铺领出估价。粳米每担各值二两零,陈米每担值一两,粟米即小米子每担值八钱,种种开除,仓中及米铺分学中领米费二分。每一人应得银六两五钱,除去开销一两五钱零,实得每分五两一钱零也。访胡复生,托寄季槐小金对一付。答伯葵,晤。凤石,未晤。菊裳、康吉、绀宇,均未值。晤王子仪企曾。

【天头日】推班。

二十六日　卯刻入西长安门,至西苑德昌门外。皇上万寿圣节御勤政殿,在德昌门外行礼,花衣补褂罗帽,礼成乃出。苑中荷花甚盛,沿堤眺望,十亩田田。答钱宪崧。送徐受之行。

【天头日】推班。

二十七日　至长椿寺,为恺儿六十日,都门相沿须焚莲船也。

【天头日】推班。

二十八日　范丈来。交去史馆《奏议》四册,郭恩赓名下。

二十九日　接赓笆、杏葇信、槐弟信。寄次欧昆仲信,内有菊裳所撰墓志铭稿。

【天头日】小建。

七月初一　晴热。苕生来。

初二日　至东城徐师处、廖仲丈处,均未晤。蔚芝、彤士招十刹海庆和堂饮,买得莲蓬三把、藕二支,甚佳。

初三　范丈约寅斋竹叙。

初四　作复赓笆分发事,并复季槐信,并四月十八信。答叶茂如,晤。答孟绂臣,贺开赞善之喜。

初五　晨雨。午后,雨势颇。沈经士约范丈、菊裳寓斋同叙。晚,悉熊余波同年作古,可伤。

初六　本署值日,到西苑已七点钟。下午,唁熊余波。得蔼士、觐岳信。晚,儿女辈祀巧。

七夕

初八　答杨文鼎俊卿。福建盐道。答潘泰谦太守子受。

初九　至增寿寺,郑听湘开吊。晚,赴朱又笏招广和居。得吴少甫信,送皮丝、藕粉、茶叶、报纸。

初十　至咸安宫。得季槐致葵信,知硕庭作古,为之惘然。

十一　祀节。下午大风雨。菊常来。

十二　至安徽馆,丙子同年公请杨俊卿观察,福建盐道。潘子受太守广西。

十三　挈儿辈至丰泰照相。复程蔼士、觐岳信。

十四日　菊常约寓斋,范丈、经士同叙。是日,葵儿三十初度,苕生、仲彝及群从来,在寓小集。

十五日　酌杨俊卿、叶茂如、俞潞生、刘惺庵、李玉舟、朱炳青、刘佛卿、吴移仙于省馆。儿辈至长椿寺为圆儿新中元礼忏。

十六　午后,进城。答康民、王夔丈、周次咸,均唔。王纯伯、唐蔚芝,未晤。

十七　凤石约竹叙,偕菊裳往。

十八　祝许颖师,致祝敬四两。祝毕颐臣太夫人五十。贺张燮钧得常少。访蔚若。己卯公请杨俊卿。到者熙菊彭、孟绂臣、潞生及余也。

十九日　金奎曰子余留髯。苕生、仲彝、绀宇、伯勖来。午后,范丈、经士来竹叙,韶弟及群从来面。

二十日　曹再翰文郎、松乔双归。唁李秋丞太夫人之丧。赴经士约。

二十一日　午后，复至丰泰，往访恽薇孙，时方请假三月回籍。答李菊农，晤。闻刚相在南整顿清漕税契事，甚厉。

二十二日　晨，杨惠泉逢春来。阅大课卷。

二十三日　至咸安宫。偕韶弟酌李子华祖荣。钱宪崧、汪苕生、曹崧乔、王仲彝、朱旭辰于省馆，王干臣、沈纫秋未到。

二十四日　送钱宪崧行。恽薇孙来。

二十五日　咸安宫大课。闻刚相赴广东。

二十六日　贺吴颂云得直隶任县。答杨惠泉、王衡、户部，无锡人。仲彝邀江苏馆，绀宇邀福州馆。晚，复赴经士之约。得张芹堂信。

二十七日　得少怀信，并起居注捐。

二十八日　写徐瓒臣信，并寄季和前辈幛。又徐古香幛，交席翰伯；王小徐嗣母幛，交季绪。

二十九日　复张芹堂信。

三十日　熙小舫来，赵馨吾、孟绂臣来，彤士、守常来。复稚桐信。

八月初一日　复戴少怀信。访蔚若，谈吾乡税契新章事。

初二日　丁祭。赴咸安宫提大课，并发上半年奖勤花红。优，每次四钱；次，每次二钱。

初三　丑刻，赴社稷坛陪祀。韶弟以监礼亦在焉。答祁仲仁。同年，祁寿麟之子也。邀俞吾三诊。

初四　得李彦修信。

初五日　邀又笏诊。至福兴居酌俞吾三，未到，左寿仁、郭縠贻、伯周昆仲、继寿朋、沈康士、王泽寰、朱望清。

【天头日】托梅殿文混山带去芍兄食物、木匣二只。

初六　再韩来，黄叔颂来，王建侯来。答江宁盐道徐叔洪树钧、汪赞纶作黼、潘能縠伯符。寄遹州信。

初七　圆儿百日,长椿寺礼忏一日。招右笏。

初八　黄漱兰年丈开吊长椿寺。赴吴仲云江苏馆招,即返。

初九　唁熊余波同年。招右笏诊。朱湛卿、孙子钧来。发旭初信,内有附洋。

初十　珪接程信,安定病情反覆,日久未复,颇为悬系。又葵十一接季槐信,并珪妈信,又接熙年信。

十一日　招右笏诊,并请赵季迪诊。写蔼士信。

十二　丹揆招江苏馆,蔚若招寓斋晚集,均辞。

十三日　诣许师,拜节,又薛师。访赵季迪,即请复诊。蒨姬自中元后舌疮为患,服清凉之剂,旋增泄泻,咳嗽而喘,又自汗,病势日棘,医治不效,甚为忧闷。

十四日　访颜伯襄廷佐。并邀诊姬病。

十五　中秋,蒨姬病甚,喘汗不止,遂于巳正逝世,伤哉！姬汪姓,四川成都人,育于沈子美观察家。丁酉十一月来归簏室,慎静婉约,事余勤谦,家人亦无间言。去年腊杪生一女,自乳之,劳瘁较甚。今年四月,患喉症甚剧,请洋医治之而愈。嗣后目赤舌疮,屡有杂恙,素体本阴虚内热,而病又淹缠不已,调理难于着力,至此遂以不起。年二十七岁,归余一年半,丰华迁散,了此短缘,噫！发通州沈处专信。韶弟及群从来,仲彝来,韶往约张悦安为择匠事。得邓莲裳师信。晚为圆儿除座。本拟至年底除之,今以蒨姬事出,不得已而预除也。

十六日　晨,悦安来。午刻行敛事,以有子之妾礼殡,为之成服。范舅来慰,我益怆然也。韶夫人来。

十七日　吴蔚若、叶菊裳、王丹揆来,吴颖芝、李橘农、仲彝及群从来,为亡姬接三。夜放瑜伽焰口一坛。接芍兄三号信,初九发。以江妹信交。国史馆《奏议》五卷。得子敫信。

十八日　经士来,范丈来。写挽联。葵得伯荃信,知安定病情稍定。晚至会馆,答谢吴颂云。遇孙子钧。答丹揆,未晤。

十九日　韶弟来。《起居注》送前序来阅并酌签改。葵儿往前门取术。

二十日　蒨姬眚回。仲彝来。作蔼士信、寄术。伯荃信。唐绍勋之母七十寿,湖广馆称觞。得杏葇扬州来信。

二十一日　作锡三信、杏衢信。附吴再启一纸。蒨姬首七,在寓讽经一日。汪药阶来。

二十二日　仲彝、绀宇来。下午拜李荫墀,又答客数处。至韶寓。

二十三日　至咸安宫小误。归途答熙小舫,晤。访伯葵、菊裳,未晤。得沈旭翁回信明片,十六。又得蔼士十五信。锡三贺节笺致葵、珪,即复一笺,二十五寄。

二十四日　周笙舫志端来,晤。伯葵、茗孙来,未晤。作芹堂信。偕葵至长椿寺看屋。

二十五日　下午,至茗孙处预祝三十初度。谒许颖师,未晤。访蔚若,晤。看漆工二次。

二十六日　通议公忌辰·茹蔬,写《心经》一卷。李荔臣、陈润甫来。儿辈往茗孙处祝。为蒨姬题主,并写《心经》一卷。得硕庭郎信,托致讣九分。

二十七日　寄芹堂信,内有季广侯唁信。为蒨姬预作七,设供。仲彝邀同丰堂。

【天头曰】答周志端·并拜卫荣庆。

二十八日　王夫人生忌·设供。午后,贺熙小舫嫁侄女。访伯葵,未晤。访菊裳,晤。得程信。八月十九发。

二十九日　得伯荃致葵信,安定病情又有反复。谒徐师相、廖仲丈,晤。

三十日　写芍兄四号信。潘伯武招,辞。

九月初一日　至邹紫东寓,拜其封翁七十阴寿。接沈旭初信。

内有陈姨太太致蒨姬信、莫秀桂信。又接沈芳葇信，其夫人与蒨姬信。并桃帽、刘海帽、小鞋、缎兜各物，又食物火腿、松子糖、芦笋、枣子等信，系八月二十、二十二。日所发。吁！可伤已！张茞南来，范丈来。

初二日　卫善甫来，胡绍介来。本署值日，至西苑，复至内阁。

【天头曰】内阁秋审本贴供事，饭食银贰两。

初三日　缪小山师来。至长椿寺吊王稚夔夫人之丧。答张茞南。贺许颖初师得司业。偕韶弟请周笠舫、王扞郑、潘伯武、王康吉、王子沂于省馆。答缪师、胡绍介。得安定复电。病，不佳。

初四日　陈瑞卿自苏来，李荫墀来。徐季和前辈幛银信迄未得便寄，由韶交王宝卿带南。

初五日　蒨姬三七。得安定廿七信。质貂裘得四十金。写《心经》十卷毕。

初六日　晨起，为汪姬点主。巳正，出殡于长椿寺，并移圆儿枢，同赁一屋，每月价三两。午后，归。王泽寰来，凤石来。列寺者，经士、仲彝、潘伯武及佐霖诸侄。

初七　答管士修，并答谢诸亲友。

初八　芶兄四号信，由韶处发。作王胜之及熙年信。

初九　重阳。得锡三与葵、珪信，时子密已准请交卸仪征矣。答钱元钊、吉苏、顾玉荫、宋芸子。

初十　至内阁。是日，下第二次秋审外省情实缓决本。赴咸安宫大课，放米，每人粳贰石三斗零，九新一陈。粟米七斗三升零。归，访复生。答陈瑞卿，时寓大光明殿，为供奉邯郸铁牌祈雨处。适行礼已毕，进道院，得一瞻铁牌，长约五六寸，阔三四寸，刻"普需甘霖"四字，右行有"临清州夏津县"字，左行"光绪二十一年"。牌剜上居中一"献"字。访伯葵，未晤。凤石，晤。候菊裳，未晤。夜，狂风如吼。

十一日　得伯荃九月初三信，有葵信，并觐岳、笏庭缴捐免保举监照补成拿二扣。申刻，得百花巷电报，惊悉蔼士夫人于是日辰刻逝。世夫人为余内妹，诰儿、恺儿少时皆寄名膝下，蒙其抚育。回望南天,追怀曩事,不胜怆感。寄熙年信,《缙绅》一部。又硕庭郎喑信,并楮仪二元,均托潘伯武。又托程挽联、葵代定袖、鞋各一。

十二日　汪姬四七。孙汉珣来就传咸安宫教习。接芍兄四号信。八月三十,有屋图。

十三日　江苏会馆初举公祭先贤祠,主祭廖仲山尚书,分献陆凤石阁学、黄慎之读学。是年,凤石接管会馆祠,筑三龛,中为历代先贤之神位,左为历代名臣之神位,右为历代名儒之神位,具笾豆、牲醴。典祭者合省到七十余人。

十四日　请缪小珊师、陆凤石、徐花农、张燮钧、吴炯斋、吴蔚若到,陆伯葵、王廉孙未到。

十五日　寄伯荃信,托办程礼。访丹揆,托查觐岳、笏庭补缴捐免保举银两事。葛学谦吉皆甥,周环卿内侄也。

十六　贺许颖师右允之喜。答葛吉皆、刘佛卿、赵馨吾,均未晤。赴黄允叔绪炳招时选米脂令同丰晚集。

十七　在寓理应酬笔墨。写芍兄五号信。晚见邸抄:戴艺郛放天津遗缺府,陈景鎏放兴泉永道。

十八　张燮君、马积生、雪士修邀福州馆陪缪筱师。接张芹堂八月十二信。晚,至长椿寺为亡姬施焰口壹坛。归已丑刻。

十九　蒨姬五七。黎明列设供于寓。巳刻,到长椿寺诵经一日僧九众。薛㑃群来,未晤。

二十日　己卯,徐宇荣元吊,往喑。

二十一日　午后,进东城,答徐子丹、周景莱、廖孟阳,并晤仲山丈。

二十二日　薛㑃群、王泽寰、左寿仁、刘佛卿来。阅大课卷。

二十三日　至咸安宫,顺访复生、伯葵、菊延、菊裳,均晤。得锡三九月初十信、蔼士九月十五日信。寄王胜之湖北信。

二十四日　写沈旭礽信、芳衢信,翌日寄。答聂仲芳方伯。葛菊坪名其方来。

二十五日　至咸安宫。答刘佛卿。

二十六日　早，赴广惠寺唁吴棣轩前辈祖太夫人之丧。即出永定门，到苏太义园秋祭，到者二十五人。荣儿乘骑同往，佐霖侄亦到。携回《顾祠春秋祭题名卷》二轴，将循例补题焉。归，得许滋泉信、沈芳衢信，有《心经》一千二百卷。访仲彝，晤。

【天头曰】吴蔚若开司业。

二十七日　写芹堂信。内仲衡屋事信，田粮事三纸。廿八寄。

二十八日　祀节三桌。赴孙子钧招同丰堂，同席刘子修大令、慎德，常州人。章甓庵、士荃，吏部。刘子嘉前辈永亨来，时充咸安宫总裁。是日阵雨，有雷有虹。

二十九日　答姚子梁。贺吴蔚若司业。晚，范丈招便宜访，陪其亲家葛飞千丈也。是晚，进内。

十月初一　丑刻，赴太庙时享陪祭，韶弟先在监收职名。天气骤冷，例换灰鼠袍褂。归，祝薛云阶师八十寿。是年，请庚子科重宴鹿鸣，赏二品顶戴。至长椿寺，圆儿新十月，朝讽经。得江九妹九月廿三信。

初二日　刘季平之封翁领帖，至长椿寺。答刘子嘉。访菊农，谈。

初三日　江苏合省团拜，在湖广馆，演四喜班，兼请聂仲芳方伯，并合肥傅相、王夔石、赵展如尚书、曾袭侯、袭伯，及曾官江苏之道府，与江苏同乡之简放及来京者。到：夔石司农、仲芳方伯、二曾、戴艺郢、叶茂如、袁塸秋、李芷华、许静山九十人，共二十五桌。直年、凤石与张畹九也。

初四　蒨姬终七，长椿寺礼忏一日，又备《心经》五千卷，做一循例法事。

【天头曰】得伯荃九月廿三信，述安定嘱荣姻事。

初五　湖南门生请松筠庵，泽寰、倜群、望清、谷贻为主，孙汉珣、钟□□作客。答沈子惇。

初六日　写复许滋泉信、夏江妹信,均初七寄。为杨惠泉、杨艺舫信,时升长芦盐运使。晚,赴叶茂如招省馆。寄方旦初信。

初七日　吴丹翁信来,取去王友梅存银十两讫,质裘二事、寺字四百〇五号。午后,至南五老胡同唁查慕周太夫人之忧。答薛偶群、孙汉珣,访葛菊坪,均未晤。

初八日　江苏馆竟日。同人拟预作消寒会,为艺郛作饯,此第一集。康民、紫东作主也。吴贻孙招,辞,未赴。

初九日　晨诣贵坞樵师,致祝敬。未刻,赴丹揆、蔚芝、招同丰堂。

初十日　皇太后万寿。卯刻,至锡庆门内,皇极殿之门外,侍班。

十一日　写《顾祠秋祭题名卷》。题《仙根内叔遗像赞》。顾卷始于道光癸卯前,有亭林先生小像,为岑钟陵画,先生族孙少瑛礼部份捐入祠中。后附历次题名,此其第二卷也。现归苏太义园,并先生石刻象亦于乙未、丙申间移奉于义园,自是为苏太诸同乡主祀云。

十二日　午后,酌廖孟阳父子、王纯伯、冯雨人、彭颉林、胡劭介、江凌九于福兴居。得伯武信。郭彤伯来。宗熙。

十三日　至咸安宫大课,以初十皇太后万寿节改期也。新派总裁刘子嘉永亨。李实斋联芳到学。归,访菊裳,晤康吉。

十四日　午后,访顾康民,晤。

十五日　接伯荃信、十月初六。方旦初信、槐弟信、顾少逸信。

十六日　本署值日。进东华门,至徐颂丈处,贺其五郎子畏姻。晤星曙。访李蠡纯,晤。得子密九月廿九信。

十七日　进城,送康吉行,托带季槐信,买兰陵五茄皮酒乙元。尤鼎孚信,幛乙轴。沈芳蕖信,绉料乙、挂镜一,送莫家梦舲昆仲信,并仙根丈遗像一帧。孙子铨来,代查吏部履历册。翰林院侍讲学士秦□□,任内有光绪二十年八月十六日恩诏,加一级;又国史馆《臣工列传》告成,议叙列为一等,加一级,纪录二次。光绪二十一年十一月二十六日奉旨,是年,转侍读学士,加三品衔。二十五年十月底止,食俸十年□□月。

十八日　答赵寅臣亮熙。浙江处州府卓异引见。贺钱干臣补刑主缺。访泽寰。得沈旭初十月初八信,有洋分六元。

十九日　黄闇伯托问其祖汝成号潜夫《国史儒林传》内有传否,询之菊裳,复云未有传,如系李申耆先生弟子,似可附传。为检《县志》,录"文学门"小传一则;又检《艺文志》,于《日知录集释》外得二种:曰《春秋外传疏》,未竟之作。曰《古今岁实朔实考校补》二卷。汝成补辑居多。

二十日　晚,赴刘映藜招聚宝堂,时曹耕生同年以刚钦使随员归,为洗尘也。同坐郑黼门侍御、邹子东礼部。附珪信中,发季槐信。

【天头曰】珪妈洋票二十元。

廿一日　江安粮道吴仲彝重熹来。发伯荃信。

廿二日　得锡三十月十三日到扬州流芳巷信。复子密信、方旦初信。托蔚泰厚寄。

【天头曰】访刘佛卿,晤。

廿三日　晨,至内阁咸安宫。午后,至国史馆招菊裳,未晤。谒合肥师相,贺新派商务大臣前往各埠也,晤。访康民,未晤;耕孙,晤。至韶寓,有老姨房送糖羔、皮蛋等。

【天头曰】答吴仲彝,访何颂圻,均未晤。

廿四日　潘经士、彭颉林作消寒第二集,江苏馆。

廿五日　晨,至咸安宫。午后,赴伯葵万福楼之约,请陆峻甫,座皆同乡。

廿六日　王干臣来辞行,将以知府赴湖北。

廿七日　得芹堂十月十七信。葛味荃来。

廿八日　贺陈桂生子姻。胡复生来,未,集同丰堂,偕韶弟酌陆峻甫、葛味荃、曹耕荪、刘映藜、吴蔚若、汪范卿、吴贻孙、陆彤士。得笏庭、蔼士谢信。

廿九日　刘佛卿招江苏馆,座有玉舟、艺郓、耕荪、海帆,又李盛钟、勤伯，木斋弟。叶子俊皆客七。托峻甫带李广侯信。菊常来。

三十日　为刘佛卿同年之封翁静晶年伯重书墓志一通。

十一月初一日　寄顾少逸信。

初二日　进城。答王稚夔、葛味荃。

初三日　答黄幼农祖络。前上海道，顺访于海帆，晤。送王扦郑行。

初四日　访恽薇孙，晤，请假，自原籍回京。访经士。

初五日　刘佛卿、冯两人来，将回南。殷柯庭自苏来，谈。复沈旭初信，并寄《丁酉乡试顺天齿录》一函、《同门录》一本，又杏仁、果脯二匣，又芳渠二匣，又珪楹联一卷，木匣两只，均托王扦郑。

　　【天头曰】王扦郑上车，失去一包。据云《齿录》至内。又珪寄楹联条幅。王复折回。

初六　消寒三集，江苏馆，余与韶弟作主。

初七　答殷柯庭。访菊裳，未晤。

初八　经士邀德兴陪葛味荃、王稚葵。拜廖仲丈，问候。发芍兄贺函，时二侄女将于归汪氏郎亭之侄也。

初九　访刘干卿，交去米票，时刘为南新仓监督也。候范丈。访蟠叔。

初十　至咸安宫。至长元吴馆苏府三县公请之局，客：黄幼农、戴艺郢、王扦郑、王咏霓、彭翅林，又孙少襄、沈淇仲未到。得芹堂十月廿九信，内有善生叔信、仲衡信。是日，廖仲山丈出军机，赵舒翘入军机。

十一日　发芍兄六号信。

十二　至长椿寺妙光阁。至聚宝堂祝刘映藜之太夫人常诞。贺许颖师转左允，蔚若转右允。

十三　晚，康民招惠丰笪，坐有王咏霓、新选正阳县。沈昂青。

十四　进城。候廖仲丈，访何颂圻，均晤。刘干卿招午饭。

十五 沈旷云、昂青，四川知县。来，吴贻孙来，仲彝来。寄芹堂信，内有仲衡屋事一单、己年。支用款目一单，又善生叔信、仲衡信。

十六 至增寿寺唁曹耕孙之令兄开吊，晤，诸同乡均在。赵仲莹同年自江苏来，亦晤。

十七 刘佛卿来。午后，唁熙菊彭学士太夫人之丧。访凤石，未晤，时将赴东陵勘估。访菊裳，晤。是日，合肥师相诏署广督。接程蔿士信、锡三信、江妹信、华妈信，有照片。校国史馆《大臣年表》四册，光绪元年至十年，大学士至左副都御史。止共二笺。

十八 消寒三集，蔚若、范丈作主，凤石亦至，集蔚若寓斋。

【天头曰】十八，上谕一道：通谕臣民，昭示康有为、梁启超罪案。

十九 冬至。夜，祀节两桌，另蒨座亦具供。邀仲彝来晚饭。

二十 寒，得雪约一寸。是日，王夔石司农七旬赐寿，往祝，并贺合肥师相署广督之喜。儿辈至长椿寺。

二十一日 得吴子修信，有馈。

二十二日 晚，赴刘佛卿约。至长椿寺陶景如之尊人十周年。是日，廖仲山宗伯之许夫人去世。

二十三日 咸安官小课。至廖宅送殓。答瞿泰生。

二十四日 廖宅接三，往。晨，至内阁。答朱幼谦，未晤。孙中堂请开缺。

二十五日 至咸安宫大课。蒨姬百日，长椿寺讽经一日，补六十日之莲船、金桥。王夔文得协揆，徐颂丈调吏尚，徐用仪兵尚，徐会沣总宪。

二十六日 大雪，甚寒。菊裳送来史馆《儒林》《文苑》全目。至德林祥，晤凌峤。复访李玉舟，晤，为觐岳交免保事。

【天头曰】邸抄见江督刘苏抚鹿复奏税契章程稿：补税以同治三年起，听民报纳，展限六个月。田价以每亩六两为率，每两税银三分，作价六十文。

二十七日　冷，雪约一二寸。王夔文招音尊。

二十八日　答赵仲莹、刘相孙燕翼。

二十九日　得熙年信、吴福茨信，俱即复。晚，孙子钧招福隆堂。访恽薇孙，交去咸安宫课单卌。拜刘咏诗。朱曼伯来。寿镛，南汝光道，宝应人。

十二月初一　晴，冷。得吴少甫致珪信。

初二日　阅课卷。

初三日　晚，吴蔚若招惠丰堂。

初四日　福兴居请恽薇孙、赵仲莹、刘咏诗、刘干卿、王咏霓、刘佛卿、孙子钧、彭子嘉、仲彝。

初五日　本署直日。出东华门，谒廖仲丈，并送合肥师相莅粤之行。李玉舟、张莒南省馆消寒第五集。

初六　朱幼谦来、益，佐君子。王建侯来。至观音院拜菊农夫人周年。写应酬件，墨冻手僵。

初七　贺彭颉林选内江四川资州属之喜。送王咏霓行。访颖芝，晤。再韩，未晤。见翰院京察单，共一等二十三人，菊裳、菊农、再韩、颖芝，均与焉。

初八日　得八、九弟廿一日信，报赓笆四弟十一月二十日病殁。钱镇眉长房兄弟三人于是尽矣，伤哉！得陆峻甫信。

初九　答冯梦华。赴康民、紫东、耕荪招广珍园。得紫泉信，有馈。

初十日　辰刻，勤政殿侍班，日本使臣西德二郎觐见。至咸安宫大课。伯葵释服，往行礼。归，访菊裳，未晤。

十一日　得苏宅信，骇悉辛揆侄妇于十一月廿六日酉刻病殁江阴署中，以十月内产后病也。辛侄两次悼亡，为之叹惋不已。是日，彭颉林在省馆答请诸同乡，叶菊常、曹再韩、陈采卿、刘震青，同请冯梦华，邀余作陪。

十二日 得芍兄廿八不列号信，为辛侄妇事。得徐受之信。

十三日 卯刻，到西苑门。咸安宫学奏事，管学大臣怀塔布少先、立山豫甫、崇光星惜。领衔总裁会衔，奏请学中汉教习三年报满引见，以知县分发者，免其扣留二年；以教职用者，归新班选；再留学三年者，知县准分省归候补班补用；教职候选缺后，在任以知县候补，援景山官学例；并片奏学中笔帖式议定升途等因。下午酌葛少庭、归凌峤、胡复生、周汉宇、郭彤伯、孙汉珣于福兴居。

【天头曰】十三，发芍兄庚子元号红笺；又佩记历年帐四纸，挂号；又发张子密、锡三、韵女信。

十四日 廖宅陪客竟日。

【天头曰】发芍兄六号信，内有历年帐。

十五日 谒徐中堂，晤，为《起居注》进书折，后幅式样请示。折后定写"皇太后、皇上圣鉴"。仍至廖宅，少坐。赴赵仲莹招聚宝堂。送彭颉林行。

十六 江苏同乡官谢恩年例蠲缓漕粮事，到者十三人。行礼毕，至聚丰堂早饭。贺曹耕苏同年嫁女。答易实甫顺鼎、沈淇泉卫。

十七 仲山夫人出殡，未往。午刻，王夔石司农以协办到院莅任，往候，礼见。

十八日 午后，进城。补贺瑞景苏续娶，时简科布多办事大臣。晤。归，访菊常，并贺京察一等、《会典》保花翎之喜。复滋泉信、蔼士信，得王次鸥信，并陶心云书《仙根叔岳墓志铭》五分，菊裳撰文也。

十九 卯刻，进东华门。送廿四年恭纂《起居注》，书成请交内阁收库，徐中堂收书，同班到十四人。礼成，至内阁例批三单本。阁学为凤石前辈、华祝轩前辈作东道。复紫泉信，交谦祥益寄蔼士信。

【天头曰】咸安堂厨备菜三桌，付银十两，又酒钱四千。另《起居注》给钱三十千。

二十 封印，是日，特旨前吏部尚书崇绮、前乌里雅苏台将军贵恒召见。崇派管理礼部事务，贵属镶蓝旗汉军都统。

二十一日　天阴,微雪。得紫泉信,得芹堂十二月初十信,内有善生叔、仲衡信。发兰陵妹信。

廿二　陈荇孙来。

廿三　进城。诣贵坞樵师,道贺。晚,送灶。是日,特旨恭亲王溥伟、贝勒载濂等,大学士、御前、军机、内务府大臣、上书房、南书房,部、院满、汉尚书于明日伺候召见。

廿四　朱谕:略以气体违和,总未康复,艰于诞育。钦承懿旨,以多罗端郡王载漪之子溥俊为穆宗毅皇帝嗣子,封为皇子,以绵统绪云。又谕:大阿哥正当典学之年,嗣后大内着在弘德殿、西苑着在万善殿读书,派崇绮充师傅授读、徐桐照料。下午访经士。

二十五日　李荔臣前辈来。得黄幼农、陆蔚庭、彭伯衡,各馈。下午,访薇孙、刘子嘉、朱古微。晚,见知会,以立皇子,内阁公备贺折二分,传各堂官往行叩贺礼,翰林院须自递膳牌。先是有旨:王公、大臣等于廿六日穿蟒袍补褂,各递如意二柄,钦此。是日,各署知会不一,于是侍郎及三、四、五、品京堂皆递如意矣。慎之、薇孙亦递着。

二十六日　子正,进城。绕景山,至西苑门递牌子。巳刻,诣仪鸾殿行礼。

二十七日　范丈、吴颖芝来。晚,祀年。

二十八日　进城。至各师门送年敬。

二十九日　廖仲丈来。至许房师处、薛云阶师处。就钱干臣世兄商借京松百金。读邸抄:懿旨,皇帝三旬庆辰,应行典礼,各衙门查例具奏。上谕:开恩科。

三十日　祀先,并王夫人、汪孺人,共三桌。仲彝来年夜饭。

光绪二十六年庚子

正月初一　天气晴朗。申辰,朔,卯刻,进东华门。是年,皇上在宁寿宫中皇太后前行礼,王公、贝勒在皇极门内,二品以上大臣至门里，三品以下至午门外行礼。皇上御乾清宫受贺，群臣行礼如仪。顺至东南城贺年。归，祀通议府君诞辰。

丹诏重重下九天，宫廷慈孝尽流传。天开长乐含饴日，史懔春王秉笔年。盛世培才恩谕切，廿九日上谕：以三旬寿辰特开庆榜，加惠士林，遐方入觐国书虔。小臣何策安中外，愿奏南山万寿篇。

初二日 晴。西城贺年。至韶弟寓。

初三日 在寓。

初四日 晴。东北城贺年竟日。邃翰招春酒，未及往。子刻，接财神。

初五日 晴，风冷。未初，立春。发锡三信，报天津科试期。

初六 接芹堂十二月十三信，汇到洋二百五十元，作妝，合京足银一百七十七两六钱，由谦祥益交来。颖芝招晚集寓斋。

初七 范丈约寓斋小集。得章菡汀信，即复。

初八 西城外补拜年。

初九 安徽馆巳卯同年公请毓佐臣中丞。

初十 补贺年数处。至淞宅致礼。

十一 经士约寓斋。

十二 发扬州电与锡三，报天津科试月底取齐信。朱又笏招，未赴。

十三 进城。答毓佐臣，晚，上灯，赴蔚若招饮。

十四 金书舲同年来，属序南泉年丈文稿。

十五 元宵。晚，祀节三桌。

十六 晨，至李菊农，唁其夫人之丧。曹耕荪、邹紫东邀省馆。

十七 仲彝、绀宇、苕孙来，作骰子戏，试掷"升官图"。儿辈邀春酒之集也。

十八 偕韶弟、再韩、菊裳酌杨莘伯，时放汉中府。陆凤石、伯葵及苏府诸熟人于省馆，仲彝亦在座。

十九 韶寓开馆，晚，赴酌。是日开课，令儿辈各作文一、诗一。

二十日　得子密、锡三信,王月初九、十一。发。为子扬题《意园诗》。

二十一日　午后,进城。晤仲山丈,顺至东四牌楼补答拜年。

二十二日　赴凤石、伯葵招饮。归,过菊裳寓,谈。

二十三日　写芹堂信,内附仲衡信、李邠如信。答谢叶伯皋、施稚桐信,均有炭。

【天头曰】答金书舲交还文一册,并跋语。访刘子嘉,晤。

二十四日　为儿辈阅文。

二十五日　发芹堂信、沈旭初信、秦子敔信。上谕:三载考绩,自军机大臣及南、北洋、直隶、两江、两广、湖广、四川总督优叙有差,徐中堂以师傅与焉。

【天头曰】锡三一纸,附葵信。

二十六日　三、四、五品京堂等京察引见,于仪鸾殿。晚,见邸抄:顺天府丞高燮曾通政史参议张仲炘趋向不正、声名平常,着勒令休致,余照旧供职。共六十一人。忽闻编修陈鼎、吴式钊拿交刑,甚骇!掌院所参。

【天头曰】且有沈鹏、周锡恩、贵铎等。

二十七日　咸安宫开课。

二十八日　晨,至西苑谢照旧供职恩,兼本属值日。未刻,赴刘佛卿饮。

二十九日　菊裳约寓斋小集。范卿、经士偕。

二月初一　药阶昆仲约江苏馆第六集消寒,社于是竣矣。

初二日　进城。至王夔丈处,未晤。晤周景莱,并晤葛飞千。至会馆陈设。

初三日　晨,至江苏省馆文昌祠拈香。回至本馆,候同人齐集,诣文武帝前、陆桴亭先生前、历代乡贤前,以次行礼。毕,至嵩云草堂团拜,公请王夔石协揆,到。葛飞千丈将出都,并借作饯筵。同乡到者,吴丹卿、陆伯葵、孙子钧、王丹揆、唐蔚芝、吴贻孙、陆彤士、余及韶弟,余皆子弟辈作陪。

初四日　至观音寺唁陆笃斋,顺访菊农。接锡三明片。

初五日　子刻,进城。国子监陪祀。卯正,行礼毕。答钟毓松,顺谒贵师,未晤。至咸安宫大课。谒圣祠,行礼。

初六日　晨,谒许颖初师。访赵仲莹,晤。得胡揆甫信,即复谢。时属陕西西安府。

初七日　大风。

初八日　赵仲莹来。崇文山公绮到掌院属任。申刻到,往谒。又答周观察。浩,号涵如,江西赣南道,安徽人。

初九日　上谕:翰林院奏甄别词臣、据实纠参一折。编修贵铎创办商务并无成效,徒资中饱,着交部议处,在籍。编修周锡恩,专事浮套,不顾行检,着勒令休致,交地方官员严加管束。编修陈鼎,性情乖谬,心术不端,所注《交邠庐抗议》,多主逆说。检讨吴式钊坐敛重资,居心叵测。编修沈鹏,丧心病狂,自甘悖谬。以上三员均属衣冠败类,革职,递籍。着各该督抚将该革员等永远监禁云云。

初十　得咏春信。寄邓莲裳师信。

十一日　邃翰来,冯骥呈来。晚,挈珪儿至琉璃厂买纸笔。

十二日　钱干臣邀湖广馆音尊陪许师也,至夜深方散。读邸抄:一品大员年七十以上者,恩赏有差。合肥赏穿方龙补服。东海师相赏三眼翎,异数也。王夔丈加太子少保衔。

十三日　写曾铭侄信,寄挽联一付,孙受之信,干卿内母舅之子,时父忧。寄奠二元。珪作吴少甫信,贺分二元,均托仲彝带南。春雪甚大,二寸许。

十四日　为刘子嘉前辈题吴吏部《柳堂先生可读遗疏手卷》,并寄子书子名之桓二通。附周道士六纸。卷后七五律各一首,卷中乃先生在蓟州三义庙中正命时遗墨也。至嘉兴馆送仲彝。

十五日　进城。贺徐师相三眼翎、崇掌院花翎、王夔丈宫保衔。晤夔丈。得芹堂信并帐。

十六日　得杏衢信,言西乡田事,并寄示赓笤弟,有自挽联留别诗,读之可伤也。是日,艺郛悬诞,同人约往竹叙,晚饭而归。夜见京察记名单,菊裳、玉舟、耕荪,均记名以道府用。

十七　访李荫塈、王泽寰,均不值。刘子嘉,晤,交去吴柳堂吏部遗墨手卷两件。过韶寓,并至菊农处谈。发李傅相贺信。

十八　孙子钧招一品升。谒许颖初师,晤。发韵女信。

十九　酌冯骥呈、沈康士及湖南诸通家于便宜坊。作复伯荃信。

二十日　晨,至杨莘伯太守处唁其媳之丧。再韩来。发伯荃信、内有荣事。锡三信。托办喜帐。

二十一日　易州王体侯、得仁,年卅二岁,行六,廪生。来,问字。为黄慎之前辈阅课卷。得王咏霓信。是日,春分。

廿二日　乙亥团拜,有帖。下午,至湖广馆听宝胜和班。发子密贺喜信,时其次子将完姻也,附锡三信。

廿三　咸安宫小课。归,访伯葵,晤。菊常,未晤。贺华祝轩得工侍。范丈、颖芝来。

廿四　丹揆来。

廿五　至咸安宫大课,出题。午后,赴湖广馆。是日,丙子团拜,每派分十千,夜九点钟归。

廿六　午后,至阜城门外唁荣华卿学使太夫人之忧,时由山东学政任回也。顺访凤石,晤。访菊裳,亦晤。是日,菊裳以京察一等召见。

廿七　请许房师至江苏馆,并请菊裳、干臣、云卿、伯勋、范丈、蔚若、颖芝,韶作陪。辵陆彤士,时新迁烂面胡同。

廿八　至贵师宅,见韶亦在,预致明日师母之祝敬也。顺道贺毓佐臣晋抚、周涵如观察。访何仲圻,谈,晤,交去庆世兄写件。

廿九　同人公饯艺郛于江苏馆。至葛磻叔处,拨馆中二桌、二椅、四杌,伊赁寓借月也。

三十日　至寓作楷。复射胜之信,交菊裳。

　　三月初一　丹揆来，周涵如浩来，凤石来，继寿朋来，均晤。复江妹信，寄还照片一。午后，送艺郛行。至韶寓。

　　初二　夜，大风。帝王庙陪祀。复八、九弟信。得瞿赓甫信，即复。得倪桂山信。

　　初三　上巳。

　　初四　至东城候徐颂丈。答王体侯昆仲。祝唐蔚芝太翁六十寿，在德兴。归，祀节三桌，又宅基一桌。

　　初五　康民邀湖广馆戏局，戏甚佳。

　　初六　清明。至长椿寺为圆儿、蒨姬诵经一日。汉寰来，往访，适相左。

　　初七　至吕祖阁进香。至前门关庙、观音大士、南横街城隍庙进香。顺候经士。赴范丈招江苏馆。拜任筱沅河帅，时以陛见来京也，移寓省馆。是日，皇太后、皇上幸颐和园驻跸。访再韩，晤。

　　初八日　王宜人忌日设供，写经一卷。赵寿堂毓枢，山东人。来，谦祥益老友，癸巳年曾晤于沪上，今为其号中高君云台之子来介绍看文章；先以颂阁丈信来，故未得辞也。高名士焕，号丙南，山东济南人，年三十三岁，附贡指教。

　　初九日　得芹堂三月廿七信，中有仲衡屋图并完粮单。贺伯葵。访凤石。

　　初十　至咸安宫。答成端甫。

　　十一日　菊农邀为其夫人题主，并往陪客。晚归，夜雨未畅。

　　十二日　天安门颁恩诏，百官朝服行礼。午后，以恩诏加一级，内阁具折谢恩。赴颐和园，预至海淀玉成轩宿。

　　十三日　晨，赴园。辰刻，入仁寿殿谢恩行礼，免冠叩。归寓，刚午饭，朱古薇、刘佛卿来。

　　十四　至东城答刘岷帅。谒徐颂丈，未晤。预至薛家湾吊张萧庵科给。胡恪三同年来。宾周，直永年县。

　　十五日　余诞日。晨，茹素，书经。午后，以癸未团拜赴江苏省馆。

十六日　晨,至三圣庵吊陈翊溪前辈、兴泉永道,未赴任。是日,江苏命省团拜,借湖广馆,演庆春部梆子班,请刘岘帅、任小沅、聂仲芳、二曾、袭爵、盛杏荪、钱德培琴斋、吴观乐子佩、杨莘伯太守到。

十七日　钱绛槃自津来。

十八日　接珪妈信、伯荃信。写对扇十数件。

十九日　答咏春信。答钱绛槃号思榛。访范丈。贺戴青来,陕安道。

二十日　韶弟来寓。挈颂侄赴园,都察院预备召见,新改章也。

二十一日　访朱又笏诊。以小有不适,似有风热湿热。

二十二日　送杨莘伯行。为陈杏荪书件。复珪妈信。珪、荣到学堂应课。潘子静来。

二十三日　官学小课,以感冒未去。风石来,属写省馆祝文。

二十四日　午后,至颐和园值班,顺道访风石,晤。遂至海淀裕成轩宿。

二十五日　值日。黎明赴园。散直后,偕陈润甫、赵仲莹同年同游万寿寺。寺甚庄严,左右二行宫为慈舆、御跸,幸园时小憩处。

二十六日　得旭初沈信。木匣收到。高一山吉士来,桂馨。带到彭沛信。汉六。

二十七日　贾小芸招饮。寄刘永诗夫人祭幛并信,交张允燮。

二十八日　江苏馆祭先贤祠,到者七十余人。

二十九日　至徐花农处贺。至长椿寺,范丈之太夫人九十冥诞。门生春毓号汉章来。访刘佛卿。

【天头日】小建。

四月初一　仲彝挈眷自津赴京,遣来兴往马家坡候。下午到。

初二　至琉璃厂画格、买折。至韶寓。至会馆,晤夏芍农,其徒沈楚臣偕。

初三　令季木匠估会馆岁修工。午后至东城,晤仲山丈。拜王稚夒。答蒋康甫、春汉章，谒徐师相，均未晤。精忠庙答高一山。嘉兴馆访仲彝。访经士，晤谈。

初四　得陈憩霞信，有馈，即复，托孙子钧。

初五　接施伯铭信。

初六　仲彝定寓包头章胡同，往贺乔喜，并见其夫人。是日，会馆开工。

初七　写《心经》二卷。

初八　先妣潘太夫人三十周年。晨，至长椿寺礼大悲忏一日苏太同乡到者四十余人。接百花程信，有蔼士夫人事略。

初九　狂风如吼。晨，凝雨。午后见雪。下午，雨有檐溜，旱干已久，得此可喜，约有三寸许。徐中堂生日，冒雨往致祝敬。骤寒。顺谢客数处。范丈、经士邀便宜坊。酌潘子静，陈燕伯同坐。

初十　至咸安宫大课。西城谢客数处。答贺文星阶。晤凤石、菊裳、复生。

十一　至萍乡馆，答柳思诚省吾。

十二

十三　大风。下午，访韶。

十四　料理考具。午后，到会典馆小寓。寓共五舍。咸安宫笔政广升甫在，并送菜席。与韶弟同寓，九钟余睡。

十五　黎明，至中左门考差，听点。点名者，陈桂生侍郎。候钦命题，自颐和园来，开点既迟，至保和殿已七点，题到八点余矣。文："克明峻德皆自明也"；经："君子以除戎器，戒不虞"；诗："篆刻鄙曹沈得文字苏东坡《监试呈诸试官》，注谓曹植、沈约，篆刻指诗赋"。七点钟交卷，不甚从容。出中左门，葵、珪及莲侄均在接考。已不及出城，同至九合兴小餐。十一点钟出城。

十六　午后，至花儿市东之隆安寺，廖仲山夫人灵辆南旋，先日奠别，同乡均往。归途至许颖初师处。颂彝晤，蔚若晤。答冯仲梓。陕臬。答柳省吾同年思诚。时选山东安邱。

【天头曰】派出阅卷,在颐和园阅。徐桐、崇绮、启秀、赵舒翘、徐会沣、吴廷芬、阿克丹、宝丰、高赓恩、李殿林。

十七　寄施伯铭信。

十八　寄复倪桂山信。邀又笏为宝女诊。再韩来,沈康士来。

十九　进东城。答徐小松鼎勋。兼候颂阁,时方请假。晤星曙,言病颇近痰中,须续假也。贺王稚夑以道员分发直隶。由手帕胡同去前门大街,至嘉兴馆答吴赓枚,顺晤范丈。再韩处并晤管士修同年,为占一卦,得临。作芍兄二号信,今年久阁矣。

二十日　仲山丈来。下午,至李荫墀处。答徐班侯、朱又笏、钱干臣、王泽寰,均未晤。

二十一日

二十二日　贵坞樵师召饮云山别墅,同坐冯仲梓、陈文叔、同书、润甫弟。余寿平、李荫墀、葛振卿、张燮钧。三点钟与菊裳约同赴海淀裕成轩宿,同寓一室,并晤刘子嘉、曹再韩、沈子封、于海帆。夜与菊裳谈。

二十三日　黎明,赴颐和园。至御前公所听信,熟人毕集。是日,为考差第一日引见,共七十人,分十班,每班七人。首宗人府,次内阁,次翰林院。余在第三排第二。八点钟,排班入园门。至仁寿殿,依次跪丹墀,背履历三句:臣某人某省进士,年四十九岁。归,仍至裕成轩小憩。出城归寓,即赴陶然亭会苏府同人,为凤石阁学六旬公祝也。吴荫芝五十,翁又申三十,同作客,东道十七人。至晚始散。

二十四日　贺徐仲文御史、陈蔗生内阁、易丞午户部,皆婚嫁事。午,自请客在聚宝堂,柳省吾、管士修、徐班侯、陈未卿、曹再韩、刘佛卿、陆彤士皆到,蒋康甫不到。

二十五日　晨至咸安宫大课,命题。午后,出东华门。贺何仲圻赘婿、林廉孙子姻。接芍兄四月二十四。二号信,葵等,有季槐、伯荃信。为宝女种牛痘。

二十六日　午前答拜左子异、孝同,江苏道。汪鼎臣、家玉,安甫嗣子。陈文叔同书,润甫弟。晤。贺瞿韶笙续娶,至余庆堂。

二十七日 是日,圆儿殁一年矣,为延长椿寺僧讽经一日。巳刻,往拈香,觉百端变集,体中不适,至四点钟先归。睡不能稳,起理笔墨事,以遣闷怀。蔚若来长谈。晚,有闪电,而不成雨,旱极矣。

二十八日 朱炳青邀饮。石兄二号信。是日,大考差题:"天地之大德曰生"论;"安得壮士挽天河△"。

二十九日 润甫、范丈来。晚,管士修邀梦局。

五月初一 辛丑,朔,悉云贵试差。

【天头曰】云南:吴纬炳、伍铨萃;贵州:骆成骧、田智枚。

初一 午后,赴海淀裕成轩宿,有雷雨,不甚大。

初二 晨,至颐和园玉澜堂侍班,比国使臣觐见,九点钟散班。在园即闻传说京至保定铁路为义和拳所毁。归,行至西直门,雷雨。是日,有示禁拳民谕旨。

初三 答沈绥若、吴问潮,均晤。诣许师,拜节。接伯荃信。四月廿一。

初四 凤石前辈六旬双寿,挈葵儿往祝,同乡毕集,并有小戏,竟日。

初五 端节。早起,往师门致节敬、节帐,均未能付,窘极。

初六日 下午至韶寓。晤得臣族叔善祥自津来,即寓韶处。

初七日 得臣叔来,许颖初师来。至陆彤士、李菊农处,晤。丹揆,未晤。

初八日 接芍兄二号信,四月廿二发。为彦修事;锡三信。四月廿八发。是日,闻天津铁路亦断,连日各使馆调洋兵入护,传说纷纷,亦不知其数。或云四百余人,未已也。

初九日 陆彤士太夫人冥诞,儿辈往。作柯逊庵信、仰春信,即寄,又致锡三一纸。柯信附内。

初十 咸安宫大课。归,访伯葵,晤,时方请假也。

十一日　下午答客数处。得芍兄第三号信。内有彦修事信稿。

十二日　悉广东、福建、广西主试信,自颐和园来,九点钟始到。

【天头曰】广东:李殿林、吴同甲。福建:华金寿、吴郁生。广西:胡孚宸、李传元。

十三日　咸安宫小课,代刘子嘉。归,访凤石,时以痢疾请假,愈矣。旋,蔚若来,同晤谈,又顺访菊裳,晤。连日义和团甚炽,皇太后、皇上还西苑,调兵驻扎禁城者,络绎于路。

十四日　赵展如大司寇自涿州巡抚义和团归,请安,闻刚相亦前往矣。旨:端王为总理衙门管理,以启秀、溥兴、那桐为总理行走大臣,撤廖仲山丈。是时,义和团之谣益甚矣。凤石署工右侍郎。是日,伊与吴颖芝、翁又申在陶然亭答寿席,同人到者十余人。余晨出,贺李荫墀侍郎及李菊农亲家,未晤。蔚若,晤。行至珠巢街,遇义和团中人,三五为群,首扎红布,项下各悬红布一方,肆行街市,真不成模样也。

【天头曰】接王雨时言。

十五　晨,值日,至西苑门。午后,赴菊裳、绀纤招江苏馆。作颖、杏两侄信、张芹堂信。至韶寓,晤丹揆,知通州电线局匪毁,天津电线亦断,洋人调兵信,甚亟。

十六

十七　酌陈文叔、汪子壑、陆晋生、管士修、朱炳青、刘佛卿于省馆,再韩、韶弟同作主人。炳青言出署时,闻东交民巷有义和团前往,棋盘街铺面俱闭。后闻为洋兵打死数人,遂不敢往。

十八　西城内烧礼拜寺,明所建者。余南邻有耶稣堂、仁济医院,旋亦被毁,观者以其火不旁延,无害邻居,均信以为神术云。然禁城地面白昼焚杀官弁,无过问者,诚不知何以至此。或曰有勋贵、某大臣等颇崇信之也。晚,一街喊声不绝。

十九日　是日稍静。仲彝挈眷赴通。

二十日　团民烧大药房,大栅阑。火则大延,以至西河沿之金店、烟房、廊房、头二三条胡同烧成一片，不下千余家，并延烧西荷包巷及正阳门正面城楼、西面城楼，真奇变也。然未办一人，未出一示。午后，各衙有奉谕：诸王、贝勒、大臣、六部、九卿即刻至西苑预备召见，询时政也。余与古薇同往，未及进见。是日，令葵儿挈媳、女、孙辈随韶弟同赴昌平州暂避，然亦仓皇走险矣。调武卫中军及董军进城。

二十一日　午后，又有知会：入西苑预备召见。第二起约三四十人同入仪鸾殿，垂询和战事宜，时以洋人有要挟二事，曰地丁钱粮，曰兵权均归其执掌。慈意甚怒，故欲主战。大臣多委曲陈谏者，而执拗庸妄之徒若以"义团可恃，时不可失"怂圣听焉。退班，亟出西长安门，车至宣武门约六点钟，城门已闭，不得出。俄而放进团民一二十人，乘门启而出。晚，接葵至昌平信，路上尚平静，栖止未定焉。

【天头曰】既闻要挟之端并无实据，或以怂听乃可以伸战议。

二十二日　得三省主试信。午后，又得知会：即刻往西苑预备。未及往，而大雨。晤古薇，略谈而归。致葵信。附尧王所浅车。

【天头曰】四川：李荫銮、夏孙桐；湖南：冯恩焜、刘家琛；甘肃：沈卫、林开谟。

二十三日　发葵信，附李菊农所遣车夫带去。李将接眷归，移赴保定也。是日，警信迭至。雪君来，云郎坊。亦曰六伐。武卫军已开仗，都中谣传义和团烧东交民巷偏街，揭帖开衅之势已成。而义和团猖獗未已，且受抚于端邸，其势益张，焚电报局。闻是夜，城内义和团技杀假冒团众者百余人。午后，有即刻进内知会，旋有"明日卯刻齐赴西苑预备"知会。闻同乡中赴津者均半道折回。蔚若、菊裳诸眷仍归寓，而范丈眷则赴通矣，尚无回信，狂急之至。姚子梁来，范丈来，皆一筹莫展，相对咨吁。晚，发昌平信，交严升，附火腿一支。葵亦连日有信，知暂寓南门内小棋杆胡同候选左堂赵宅。

二十四日　晨入西苑门，伺候通班召见。巳刻后，枢臣出，传谕散班。闻战信稍松，冀可挽回，然不得其详也。归，访菊裳，适自北门外侨寓归，其眷昨晚回寓。王子宜亦仍返也。午后所闻，或云天津得胜仗，团民与洋人、武卫军与洋人，说者不一。或云各国使臣已将下旗回国，并要王大臣保护出境，或云德国公使被枪，或云和议将开，局势可转云云。得臣叔来。

二十五日　悉德使之事，已确和局决裂矣。闻总署于前二日致信各使馆，限二十四刻令各公使出京回津，逾限不及保护云云。至是，已过限，东交民巷遂交仗矣；或云团民先导，董军继之，已拨澳馆、毁法馆，有火数处，旋起旋灭。是夜，东城枪声不绝，西直库亦有枪声，团民进城络绎于路。

录南皮张子青相国山水八幅目

师石谷子法款，子青万。

拟董文敏

拟巨然巨然真本，生平见二种，惜未得借临。

拟黄鹤山樵余存《黄鹤山樵》数幅，皆真迹也，每临之，不能似。

拟北苑小景

拟高澹游

停琴望云水，泊然心虚清。梧竹起天籁，风声复雨声。云林画脱尽纵横之习，固非画史所能梦见。国朝唯梅壑得其神似。因摹梅壑并识。

二十六日　晨，惟闻东交民巷西直库一片枪声。西直库有烟焰张升，直至棋盘街东，往探，曰，云洋人皆在玉河桥东拒守，枪子如雨，从空而飞，团民四围填塞，似力攻未能直入也。官兵皆持枪守道，并不开放云云。裱昭仁寺碑，每开五行，行八字，计四十四开。

二十七日　枪炮声如昨。连日昌平时有信往来，韩福昨自昌平归。

【天头曰】晨访徐珏侯，述东单牌楼头条寿阳孙相国宅有兵勇抢掠之说。

二十八日　东西城枪炮如昨。是日，为吏部验看月官。有兵马司中街李毓如寓中友赴选,至部回,至棋盘街,为武卫军枪伤,甚重,并车夫亦伤。陈桂生侍郎亦惊,其顶马跟班一人为枪毙,可骇可叹。午后,访姚子梁、朱艾卿、吴炯斋诸君。又至范丈寓,潘经士自延庆归,将携钝眷同去。瞿肇生自昌平来,得葵信。耕孙来,德臣叔移寓来此。

　　【天头曰】艾卿云,大沽有失守之信,得之郭春宇也。本署笔帖式黄钟麟来云,廿七日,董福祥军毁翰林院,院东南与英使馆邻。时已开战,毁各馆。董军将由院攻英馆之后,既以换班之隙,洋人越墙来搜索,纵火未焚。翊日交战后,遂一炬烬焉,列圣天章旧藏图籍荡焉无存。三百年来承明著作之府遭此钜劫,乔斯职者亦可怵可愧矣。吁!印存昆中堂处,时掌院昆冈、徐桐也。

　　二十九日　晨,肇生来,闻经士偕吴眷折回,沿路有义和团拦截,渐觉行路难矣。

　　三十日　闻东单牌楼头条胡同孙中堂宅,被武卫军、甘军抢掠一空。其他二条胡同、王府井大街等处,或抢物、伤人,不一而足。翰林院署毁于兵。闻肃王府藏匿洋人,亦被毁。

　　六月初一日　姚子梁携其侄义门来寓。晚间,东城枪炮声甚屡,及明访探,交米巷洋房仍未动,旋又闻昨夜之役系旗兵与甘军交哄,旗兵吃教居多,佯攻洋人,而阴实狙击官军,真丧尽天良矣!至是发觉以军法斩一大员,统领满兵者。连日均得葵信。范丈往通州寻眷。

　　初二日　得仲彝信,知已折回通州,将由德州而行。得葵信,知佐霖于廿八日得一子。是日,颇传说大沽炮台有夺回之说,然未见明文。下午,访陈桂森侍郎、移出城教场三条。徐班侯、王泽寰,均晤。

　　初三　菊裳自昌平归。有函来,肇生来。

　　初四　晨访菊裳,并晤绀宇,时将移寓北城德胜门外吴书森处。得范丈通州信,即复。

初五　雨，早起，珪儿结肇生伴，同赴昌平，诏处仆韩福同往，并令张升送至德胜门外，途中无阻，车价六两。子钧眷属亦同行。津无确信。晤钱干臣，据所述，似津沽尚无大坏信，而聂军助洋言者不一。

初六　阴雨。午前访恽薇荪，时方养疴，造其内室长谈，知合肥已至秦皇岛，各国洋员有会集东京日本大议之说，并有云东交民巷止攻云云。晤管士修，知是日团练大臣李小岩、王廉生到局议事。晤葛振卿。夜半后，大雨达旦，颇极沾足，约可得尺。晨起，内院积水成池。

【天头曰】后闻秦王岛之信不确。又闻诏催兼程来京。伯勋言宋军赴山海关。

初七　晨犹雨。子梁处得友人信，有英不顾战、俄出调停之语，外省督抚亦多不敢主战云。羡弟子敬名学承自新河来子扬之弟。

初八、初九　早，遣马升至昌平送信。是日下午，闻黄慎之交刑部，前两日闻由团民送至庄府也。莫得其详，骇甚。俞潞生来。

初十　得范丈通州信，暂寓通州候伴，即复一笺。刘子嘉来，及荞来。

十一　午后，弟及二儿自昌平归，得装信述凤函，云津有胜仗，佛心甚悦；云津捷闻系马玉昆军也。沈子美观察能虎开缺，送部引见。保定府沈家本升补通永道，其遗缺闻已简放耕荪京察记名。

十二日　得三省试差信。诏弟来。午后，东城炮声隆隆，仍攻英馆，时有烟焰。夜，枪炮声更甚。诏弟来谈，知合肥调补直隶总督兼北洋大臣。

【天头曰】浙江：李诏炜、刘福姚。江西：裴维安、檀玑。湖北：载昌、吴士鉴。

十三日　菊裳来谈。午后，往晤李荔臣前辈，伊以寄籍浙江声明请旨改江西正考，与裴韵珊互调。至诏寓。至汪范寓，并访吴炯斋，晤。得汪范信，知结伴赴德州，属其至寓代谕看守诸仆。谒许颖师，未晤。

十四　午后，进西城。访伯葵，晤，知驻英使臣罗丰禄电达英政府信,云我国使臣等如有伤害,以中国政府抵命云。又访菊裳,见友人函,云江南、四川、湖北请停乡试,展作明年春乡、秋会云,已准。韶弟来,沈纫翁来。访孙子钧,为昌平寓事。

【天头曰】又见史馆公事云,馆中亦经义和团搜查,并云大内亦经润公带入搜索一过,不审何意。

十五日　见北洋奏廿九至初三战守情形,虽勉强支持,大致在天津一带回旋,津以下皆非吾兵屯扎也。丹揆归,其眷与彤士眷均在宝坻。得李景虞昆仲保定信。

十六　韶行,遣来与赴昌平,见邸抄:各直省乡试均改明年春乡秋会,已放主正副考官,均着回京供职,已革提督聂士成战殁,有恤典。又传津战得一胜仗,得仲彝信,时行至德州之三十里刘智庙,云途中迭有艰险,伊幸有大帮同行,稍住一二日,无店,租民房。拟即前赴清江。陆眷于是日赴行,唐江凌九来,吴眷仍未行。访丹揆,晤。

十七　晨访耕荪,并贺其放缺之喜,未晤。归晤俞潞生。接葵十六信,访丹揆、纫秋,晤,伊将仍赴宝坻也。夜,东城枪炮声彻夜不绝。或云英馆,或云肃府,总未藏□。

十八　此两日天气甚热。午后,凤石来,询以内廷方略,未有定也。于海帆来,旁[傍]晚见友人处函言,天津老龙头之战,马玉昆力战一昼夜而败,幸宋庆帅大队入围援救得免,为之浩叹!而殷忧益切矣。珪、荣至全泰店,往观前门火场,一片焦土,骇然!

十九　胡复生来,闻东交民巷获一间谍,搜得二信,一致枢府问保护之意,一致天津乞外援。政府即有照会,藉此谍传入,未知何词。惟闻自德使外,各使臣均尚无恙。下午见邸报,以各衙门当差人员纷纷告假,着该堂官查明办理,未请假而私自出京者革职;已经递呈请假者,俟销假日注销前资,以示惩儆。又所有翰詹科道各衙门,着自明日为始,毋庸呈递膳牌,预备召见。盖蠲去戌年新章值日之期,各员预备也。此事自始至末,于詹科道三衙门,每八日内必各轮一次,有奔驰五十余次而迄未召见者,今乃罢之。西市口大差云,系义和团拿获白莲教男妇老少五十余人，并有太监数人在内，骈诛之。大街观者如堵，亦非常之事也。陈妈自昌平来。

【天头曰】有伪封号及册籍等，并有纸人数箱为扰云。

二十日　闻户部尚书立山革职，交刑部监禁，亦系为团民所发。某邸奏请云尚未悉其罪案也。陈妈仍回昌平，表兴同去。

二十一日　晨即闻津信，甚恶，宋马两军大败，退正北仓。或云杨村天津城不守矣。唁李荔臣夫人之丧。访瞿肇生新，自昌平来，未晤。又访陈香楞同年，为韶遣人续假十日，忽得昌平佐侄专脚信，佐侄妇产后急痧，状似中风痰厥，势甚危迫，为之惊骇失措。作王体侯昆仲信，并寄还课文四首，托伯葵转寄。为范丈托杨味莼请假。见衙门知会：二十三日八钟，掌院接见，本署已毁，在平则门北之祖家街正黄旗宫学内。作韶信，遣严升赴昌平。

二十二日　耕荪来，香轮来，王兰庵来，知兰庵将随耕荪至保定，吴蔚春同去。下午见邸抄，有谕旨，略言此次中外开衅，系由民教相仇，朝廷顾念邦交，仍不肯轻于决绝。使馆及教士、洋商在中国者，仍按照条约，一体保护。此次天津战后，除战事外，其因乱无故被害之洋人、教士等及所损物产，着顺天府直隶总督饬属分别查明听候，汇案核办。各处土匪乱民，相机剿办，以靖乱源，将此通谕知之。据云系十二督抚联名合肥领衔之奏，故有此旨。所奏闻是四条。一保使馆，戡乱民，议恤款，余未悉或曰保教士也。两日来，东交民巷无枪炮声，殆停攻矣。

二十三日　早起。于海帆来，同赴平则门北祖家街正黄旗官学。是日，两掌院借坐于此，查核本署出京告假人员。名为接见，实则尽到点名也。学士本不在接见之例，则变其名曰"陪坐"，到者百余人，余俱告假。未知复奏如何。为陈巽倩致去印结一纸，孙子钧结。请省墓假，托黄石孙曾源手。曹、吴两同乡自昌赶到，幸未脱卯。闻有数人未到，掌院令补传一次。云上科殿撰夏同龢请代奏回籍募兵，奉旨允准。散已未刻，访凤石，晤。五月起久不接南中信，询俞阶青，知六月初得苏州家电,苏郡尚安。得韶信,二十一。佐倅妇病机稍转。以后有来信渐平稳。京士来,肇生来,未晤。姚子良偕两倅启程至保定。承赠米一包,未及送其行并道谢也。是日,但闻有议和之说,而未知从何发端以清条理。晚,微雨。夜,西什库仍有枪声,殊不可解,或曰拿白莲教。

二十四日　晨访黄石孙、潘经士、翁又申、吴颖芝,均未晤。孙子钧自昌平来。有葵信,移寓尚未定。肇生来,复生来,耿伯齐、黄石孙来,晤。闻当事为使馆馈西瓜,又闻公祭德使,不确。要端未得闻也。

二十五日　遣李成至昌平。复葵信,兼问上方山事。午后又得葵专人姓赵两信。是日工部点名过堂,为汪范丈请准假。子嘉结、杨味莼手。时已有缺题补员外,而告假出京之专条,则扣资,无可弥缝矣,可惜。颖芝、味莼来,黄石孙来。咸安宫学停课数期矣。

二十六日　皇上三旬万寿圣节,诣乾清门外行礼,花衣补褂。问和战事,无所闻。宋马军及裕寿大约均驻北仓,洋兵亦不轻进,勉强相持也。汪聘臣来,商仲彝请假事。复葵信。

二十七日　昌平专使赵姓归,带去葵信,内菊信,外丸药,饭焦一包。又孙宅信。晨,猛雨如注。是日,适本署值日,至西长安门,进内直班。行至天安门北,雨势滂沱,衣服尽湿,水深路滑,殊不能进。午后聘臣又来,以仲彝告假为期太迫,本曾只须补收假呈,因与聘臣商遣韩升仲留守之仆持结,到署招书办料理,朱仁寿结。昨夜雨,书房东墙坍去半堵,许颖师来。午后薄晴,仍闷热。李成由昌平归,带到尧信、葵信。是日宣传团民大举打西什库。荫甫来云,后门以西团民攒聚如蚁,不下一二万人,嗣闻系乾字号义团以八卦分字出奇不胜。

二十八日　晨访邃翰、经士,皆行矣。未成行,寓北城叶处。答汪聘臣,未晤。答黄石孙,清祕堂翰林。晤。聘臣又来,知仲彝告假事已办妥矣。蕴莽自昌平归。谒许颖师。晤晓初世兄。夜仍闻枪声一阵,或云是西什库也。晚饭时闻群蛙吠雨,如在江乡。晤陈小山同年于伯勋斋中,在总理章京行走,询知康民已请假出京。

二十九日 韶来谈。闻合肥于廿五日到上海，又有朱谕密寄。

七月初一 中伏，晴热。丹揆、经士来，韶弟来。下午过韶寓，又访班侯，晤。知李鉴帅到京，召见派帮办武卫军务，有兼辖团民之说。

【天头曰】奏对主战胜而后和之说。

初二日 韶到署过此略谈，偕珪儿访菊裳，晤。询龙王堂赁屋事。

初三 晨，醖来，旋赴昌矣。午后骤闻西市有行刑事。俄传许竹篑侍郎、袁爽秋太常以获谴罹法。未见谕旨，不知何事。仓卒出此，可胜骇惧。闻北仓又有退守，信外患内忧日益迫矣。西什库又枪炮声大作。

初四日 德臣叔往涞永。午，雷声，微雨。午后访朱古微，又访恽薇生，晤。见邸抄：吏部侍郎许景澄、太常寺卿袁昶屡次被人参劾，声名恶劣。平日办理洋务，各存私心，每遇召见时任意妄奏，且语多离间。有不忍言者，实属大不敬，均着即行正法等。因论者莫能得其详也。徐会沣署礼尚，廖仲丈请假派署。张百熙升礼右侍。闻有刘、张督抚等十三人联名奏请，派合肥为全权大臣，诏又催合肥进京。饬东三省严防。昨闻有俄国添兵之信，由俄使电报。又悉北仓尚相持未退。

初五日 晨，挈珪儿访菊裳，伊喘疾又发，未及北行。随与珪儿往访北城德胜门外龙王庙。访凤石，晤谈。孙汉珣来。

【天头曰】夜大街有团民数十人拥官车数两径入城关，甚骇。翌日探闻系前通永道沈被拘至王府。

初六 得葵信，初四前后共三械［缄］。知都察院初十、十二接见。致醖信、葵信。连日猛攻西什库。

七夕 得保定友人信，云津郡之失洋人不过数十人，教民、汉奸助之，遂陷城而入。官皆逃，各库局存现银不下五百万，或云千余万。皆以资敌，筹兵筹饷者未计及此耶？先是武库失守，炮弹子药均被毁尽，前敌军资已无接济。闻云南抚臣告边警。见邸抄，有吉林将军长顺奏俄衅已开，亟筹战备摺。访子钧、班侯，晤。闻西什库又停攻，枪炮声渐息。寄葵两函。一菊差、一尧仆。

初八　李玉舟来，知康民到京，紫东仍未来。午后市口又有差使，俄见团民押车十余辆过大街，约二十九人，内有妇女四名，据云系白莲教。观者忽聚忽散，亦几习以为常。晚，刘佛卿同年来，盖由东昌归也。玉舟云宝坻相近之大屯口，有教民聚众筑堡拒守，经宋帅破之，弃器械而乞抚，准其恪遵约束散居屯外。佛卿云，外间团民有办理得法者，令其纳械于官，有事听候牒调，毋妄动器械，均给以价储公中，俟用时给发。儒子为封翁领帖，致礼，未去。

初九　晨见上谕二道，大约昨日明发报房今日补送：一为教民准其自新，分别办理；一为各国使臣出京，前往天津暂避，俟其择有行期，派荣禄遴选文武大员沿途护送，勿稍疏虞。韶弟挈颂侄来，有葵信。答李玉舟、丹揆，晤。访花农前辈，晤。复过韶寓。

初十　终夜为蜇虫所扰，起甚晚。韶弟已自署来。经士来，复生来，答刘佛卿、吴炯齐来，未晤。是日，李鉴帅请训。得葵初九信。

十一　答吴炯斋、吴昶初、潘经士。访陈润甫，均晤。伯葵来。过韶弟寓，闻马积生、管士修、王梅岑、王泽寰等八九人均以鉴帅奏调随赴大营。驻杨村。

【天头曰】有展缓各省武乡试之谕。

十二　礿节。二席。晨，醖来，挈颂侄行矣。闻东三省有警信。邀子钧、贻孙晚饭。

十三日　晨，裴伯恺景元，昌平州牧之子。来。经士来，言军事甚警。察院知会，明日有事传到署会议，即发专人至昌。午后答裴伯恺，访陈香楞。知洋兵包抄杨村后路，宋马二军被围。又闻有朱笔电寄，命合肥为全权大臣，电商各国停战。送泽寰，访班侯。

【天头曰】宅基礿节。

十四　立秋，至长椿寺，为蒨姬祀新中元节，酹酒而已。有冯乳妈之家人来，住安平者。据云逬遇受伤兵丁，洋兵已逼杨村。下午悉宋马军于十一日战败，退守杨村。裕直督禄于十二日殉难，事势甚急矣。得锡三六月初六日信。扬州来。

【天头曰】以王夫人遗容并恺、修两儿遗照寄长椿寺。清莲和尚置其丈室之楼上。

十五日　晨，得王建侯复信。又葵信二，一陆仆，一张福，又韶一纸。复锡三信，即托荫甫交包姓提塘寄。昨夜闻东交民巷又有枪声，托叹之至。访刘佛卿、孙子钧。

十六日　晨，贺许颖师升洗马并致祝敬。外间传有李鉴帅所统夏辛酉一军以奇兵获胜，未识确否。内城严备城守，人心惶惧，寓所大街亦有枪弹飞坠，或云气枪，不知所自来也。挈两儿至北城龙王庙访菊裳，遂同寓斋。龚荫甫偕行。翁又申、潘经士先在。晚，北城兵马司吴麟书玉堂，丙子年，高邮人。来。俄闻市上有万本华军散四十余人在饭店中，据云由张家湾又吃败仗，潘、翁两君遂定昨早往延庆矣。夜雨甚热。

十七日　荫夫驾王车进城探信，至寓，所携米一包及随身杂物、老骡几为兵所劫。是时，余虎恩在财盛馆招募虎字新军，甫成队，即将赴调启行，纷纷抢掠车马，皆此军所为，以致大街扰乱也。幸荫甫遇其营务处有相识者，车行得无恙。

十八日　在寓。终日谣传不静，万荣斋本华所统之晋威新军，均扎黄市、黑市。北城兵马司吴麟书，玉堂，高邮人，丙子年。方筹弹压，而骚扰所及，市面遽罢。早晨城中有车百十辆出德胜门，皆旗宅之避乱者，知城中已乱。俄闻德胜门已闭，顺治门亦闭矣。仲彝寓韩福来，知十七日下午徐小云尚弓、立豫甫尚书、联仙蘅阁学均戮于西市，骇极。

十九日　晨，溃兵抢掠车马，刻不得宁，遂定计赴昌平。只有一车略装铺盖，余物均不及带。余与珪儿乘之，荣儿、荫甫、张升、张福皆步行，求一蹇驴代步不可得也。绕道行至清河，方拟小憩，见溃兵三五成群,踞坐茶肆,遂驱车过之。又行十许里,途遇一回车,出银四两估之,过沙河。时遇游兵络驿于道,幸未抢我车。至昌平南门,天已晚,阵雨大至。入城过韶寓,少坐,遂至龙王庙胡同杨子明,寿堂。家寓所。屋仅三间,全家依栖于此,挤极矣。是日,菊裳雇一二把手小车同行,价四两。

二十日　下午,至大街保安堂药铺,晤瞿韶笙、冯开生,谣传不一,苦无确耗,而晋军之来昌平者络绎不绝,渐在市中抢掠食物,铺户均闭。昌平驻有霸昌道英,瑞州牧裴敏中仿白、参将汪守备顾。其时岑春煊过境,带有马队,亦驻城中。闻万本华亦来,据云收束残卒将赴张家口。

二十一日　游兵满街抢食物、抢车马,市面一空。午后闭城,拒城外之兵,不得入。下午雷雨甫过,溃兵有踰城而入者,开关拥进南门。南大街枪声大作,家家闭户矣。俄闻有连环枪声,如交战者二刻许。云岑军马队将逃兵击退,仍驱出城,大街毙兵三人。

二十二日　三更许,寓中鼎沸。寓主人将挈眷赴北山清杨洞避乱,未明即行。云乘舆已出至西管市,岑万军已拔队前往,城中州官各员全行在逃,霸昌道及守备尚存。城门微夜洞开,儿辈亟往问。瞿肇生、黄钦斋均已逃避。遂至韶寓、菊寓互商,以人地生疏,车马难行,不敢冒险,相约作困守之计,听命而已。韶寓临大街,亟移细弱步至菊寓,余于对门得破屋三间,令细弱居之。逃兵纷纷入城,遂开狱门,禁犯均逸出。大街当铺、盐店首被抢劫,寓所亦有兵来。或三五人来索骡马粮食,先后三五次,均经仆人善言谢去,幸未入内动手。

二十三日　终日闭户在寓。惟闻大街各处抢掠绅富,若进士第王姓、朱姓、蒋姓均有骚扰损失。惟总兵阁殿魁家子惠卿、厚卿。有武卫军守门得免闯入。犹幸逃兵志散气馁,不敢追留,随来随去,故各胡同未及遍搜也。子钧自京来,廿一日骑骡出西便门,骡被劫去,遂折回。廿二日售一小车迤逦而行,车价至二十一金。据云二十日京城已陷,城内惟闻炮声隆隆。夜则火光烛天,顺治门外尚未大抢也。

二十四日 廖仲山丈自京来。二十日与王夔丈同出城，夔丈即往扈从，知乘舆实奉慈驾，于二十日之六点钟出西直门。留守大臣及扈从大臣单已圈出，未发，故不得其详。似闻留守者为庄邸、昆冈、徐桐、崇绮也，枢臣皆在扈从之列。仓皇出走，行銮未备，仅有官车三辆，随扈者多续行赶上也。是日京师不守。自五月初义和团民拆毁铁路，扰及畿内，刚、赵主抚于前，端、庄邸督率于后，澜公及徐、崇、启、刚诸大臣主战于其间，以至禁城内外，公行焚杀。使馆调兵，津沽开衅，骄兵蹇将败衄相仍。裕寿帅、李鉴帅以殉难自效，而昏庸执拗之徒仍复交讧不已，议和议战，如同儿戏。不过八十日，成此奇变，天乎？人乎？谁生厉阶可为恸哭？乱世军报本无实情，胜仗本不足凭，至败信亦漠不加察。先是十九日，有似洋非洋、似回非回之兵一队，帽皆高而尖者，诈称回之兵来援京城，入东便门遂屯扎于天坛内。有贾人途遇其带兵官，曾在沪上识为英人，盖英之印度兵也，而城内方以为援军云。二十日遂攻正阳门东交民巷，城上本有洋兵开关而入，复何迟延？有云洋兵有通州一股二毛子引之入沙锡门、哈达门，过北攻入聚化门，大抵自东南城入。仲丈云此次洋兵自张家卫来，不由通州。李鉴帅殉于此也。传说不一，其为直陷京城则无疑矣。日内有避兵自京来者，云安定门外、德胜门外皆有洋兵驻扎城中。衙署庙宇大半焚毁，居民尚不蹂躏，惟门贴义和团之神位者则不得免。何其狞而愚也？据云大内尚未扰动，城中轰炮三日，现已停止，民人尚无屠戮。各门出入盘诘甚严，均不得携物件，如有银两表件则必搜尽。

【天头曰】据闻洋兵不过千人，大抵皆教民、奸细为之声援，吾军望风而溃。

二十五日 州牧裴君匝署，人心稍定。市面一经抢掠，米粮食物均无从购。子钧告余云，二十二日遇李成，言事势已亟，寓所恐不能看守矣。余仅以书柜数事寄本会馆，其衣箱什物一无所携，并秋衣一包亦未带。出若均付之一劫，其将奈何？闻宣武大街当铺二所均被抢，居家尚未及也。

　　二十六日　康民来，云系二十日出西便门，徒步数十里，偕顺昌店友同避于百泉庄。在昌平东门外四五里，寓主人眷属归以所避之处。既无粮食并无水泉，饥渴之况甚不可堪。归时，其妇女辈均憔悴异常。闻有都中来信云和议将成，合肥已到京。或云由庆、礼二邸主持和议，细揣情事，均未符合。盖仲丈云，庆、礼邸实扈跸在外。合肥十九甫来回电，按日计程到京，万不及也。回电闻系日、德二国。先复日本，云此事非一国所能专主，再俟公议商。复德国云，剿平乱民、保护使臣。余再后议，并云停战之说，宜自派王大臣向连合军总统面商云。然则各国之师固合谋而后动，而事权则仍归于一。妄言战事者亦知之乎？州中议办团防瞿肇生亦与焉。

　　【天头曰】瞿肇生、赵晴岚管东南城，写捐三两。恭邸园寝在麻峪。

　　二十七日　至仲丈处，闻传说议和之信仍如昨，又闻四乡各举连庄会其势颇众，闻恭邸之格格在乡香堂园寝屡被游兵抢劫，事闻于上，特遣万本华军一队来迎护。北去，兵至彼处，为民团所阻，不得入，来州请发照会云云。州官诸事不理，阍人拒之而去。是日，荫甫议欲入都一探。有前宛平县潘少楠瀛，溧阳人。之幕友黄立斋结伴同去我处。张福及孙、叶诸仆初拟同往，继皆畏缩不前。晚雨天气渐凉。

　　二十八日　晨，荫甫行，康民来。午后偕子钧往晤仲丈，又访陈孟孚吏部。欲得城中确信，而传闻略同，无可据也。州中自本官一去，各役均散，至是号召不齐，驿马亦多被兵抢尽，并不发一侦探。

　　二十九日　张福与韶仆张升、叶仆金和、孙仆王姓仍定结伴入京城探事，闻城中有人见五城团练局告示：洋兵入城，和好在即，尔等居民各安其业云。

　　三十日　州中派人导万军迎五格格至城，不至。下午黄立斋回，云过清河数里不能入城，遂折回。而荫甫未至，甚为悬念。州尊病不能理事，前已委房岑、许东蕃元震代署议于朔日接印，未定也。是日，仁和相国京寓有家信来，据云洋人至其宅请会话。因已赴行在，属即函问，并有洋信致之，不知何云，差官由此经过，将递至宣化府驻跸处也。又有宣化府来印文，询荣相所在，奇极。荣相本在扈从之列，今忽云在保定，恐不确也。总之留京办事者概不过问诸事，已失枢纽，无所归宿矣。国事尚可问乎？晚过韶寓，同访仲丈。

八月初一　孙宅王姓仆自城归，知遇见荫夫于清河北，同入西便门，云顺治大街各宅洋兵曾入搜检，余寓亦小有翻动，上房箱笼幸尚无恙。李成仍在寓中，荫甫入城，即属其下榻萧斋也。闻宣武大街为美国驻兵界。下午访钦斋于州署，并晤查吉刚，借坐篷头，见有探闻一纸云：德国兵万五千到京，奉其国主之命将屠京城，各公使迎至永定门外力为劝阻云。又条款数则：义和团主剿天津为各国公地，奉天、吉林、黑龙江亦作万国公地，万寿山为各国公使驻扎之所，倡修铁路，烧教堂，赔：正阳门以西英国管，顺治门以西美国管，崇文门俄法管，平则门西便门日本管，请皇上听政，据云从王廉孙祭酒处抄出。合肥仍未到京，又闻洋兵送庆邸世子出城，属迎庆邸入城讲话。

初二日　晨闻本州参将王自逃，所归守备闭城不纳。访朱益斋，晤。州遣车从迎府尹王于清河，不至，云于昨日回京矣。

初三　蕙女二十初度，寓中以面代饭。裴州牧因病请假，署理者为许东蕃元震。是日接印。康民来。叶宅金和与韶仆张升自京归。带到荫夫信，云寓中现属美界，经洋兵闯入一次，中院及书房杂物翻乱，狼藉满地。李成仍在看守，惟闻痢疾支离。长椿寺及龙王庙均未毁，差慰。然闻宣武大街以西又将调作德兵驻扎之所，正不知如何也。或云大内及颐和园均已遍扰，自景运门外多焚毁，太庙亦有震驾之虑。崇公绮、徐相桐相传已自尽，未知确否。洋人曾招敬子斋信尚书会话，恽薇孙闻亦往晤公使，议电速。李傅相来京，荣相尚无下落。洋人至，招及军机章京甘、连二君藉以通话，不解留京办事大臣何以不见出场也。

【天头曰】朴寿云，徐相于廿三日自尽。

　　初四　访仲丈、朱益斋，晤。霸昌道、英瑞自行在归，时大驾在宣化府，闻又西指怀安矣。庆邸以病暂憩，怀来得京中信，遂往谒行銮。据闻前日有满总理章京领班朴吏部寿仁山自京诣庆邸处，有条款六条，秘未能知，故庆邸往行在请旨行事，并留朴君在管市候信。云又闻有马玉昆军之营将来驻昌平，许州牧往阻之，许以略资军食，不入州城。陈孟孚、黄聘三来。下午秋雨新凉。

　　初五　阴雨。下午知京中有文报过此，派千总郭多文飞递行在，州署录有小军机惠纯、钟佩贤此二名字不对信稿，略谓昆中堂已与各国使臣会晤，恳其保护，宗社、大内仓库已经商允，当有议和条款，请速派庆王到京会议云云。此信即系请堂官代奏之稿，外尚有封奏三件，换马驰驿而去。

　　初六　阴雨，热。宝女连日发烧，请子钧诊。下午至韶寓，菊裳示我近作，有《拳民》六首、《龙王庙》二首、《昌平道中》二首、《昌平寓舍》六首。均七律，甚佳，录副并加墨还之。

　　初七　阴，仍有微雨。作诗八首，和菊裳。

　　初八　晴。知康民到城，往晤于韶寓，遂同谒仲丈。庆邸自宣化回，探得前导已至贯市，州尊往接并办供应。闻遣朴吏部寿先行，邸从定初十到京也。菊裳、子沂来。

　　初九　庆邸在管市，州主许东蕃往备供应。晚有武卫、晋威等各溃兵散至城外，许牧先辞归。

　　初十　早晨，庆邸启行入京。得康民信，知已至管市谒见，同入都门也。偕韶弟访仲山丈，知伯葵在青河贾子清仓上花户家，与陈梦陶偕。又知仲丈致夔丈信竟未能达。见有京友信，云合肥傅相于初六到津，即日到京。城中安静，西兵除俄、法外，尚有纪律禁制，抢掠甚严。美国最平和，日、英次之，德、法又次之，俄最无理。又闻俄欲独占东三省，日不允，几至开仗，经各国暂为劝止。昆中堂前介赫德会晤，各国使臣颇有诋祺中国大臣之语。日本人呈昆相诗数首，语甚俚鄙，而语多讥笑。又言熙哲甫祭酒元夫妇殉节，以洋人有意侮辱故。王廉孙名懿荣祭酒、王铁珊号伯唐兵部、寿百富名富部曹皆自尽。又云徐、崇均不死，未知与前说孰为可据。午后访菊丈，又偕子钧、韶弟访钦斋于州署，并晤许东蕃又其同事两人查吉刚、迟迪斋。

【天头曰】延茂亦殉。

十一　午刻忽闻南门外到有洋兵数十人，颇觉警惶。既而绕至西门，即闻枪声一阵，盖是处有散勇暂驻，洋人即往驱逐，枪毙二三十人。兵既遁，洋兵即回。沙河本道本州均出，至南门照料。

十二　访益齐、孟孚、聘三、高仲容昆仲，并谒仲丈。知合肥前站初九到京寓贤良寺，计日内使节已临矣。和议无所闻，有云德国不愿同列和议中者，有云各国各有条款者。见陈小石信，云昆相折批回，有"等力持危局，甚属可嘉。现已简授庆亲王为全权大臣，会同李鸿章商议，便宜行事"云云。

十三日　裴仿白来，拜以名柬往答。探闻沙河驻扎之洋兵是日撤回都城，云是美国兵。晚，雷雨。从钦斋借得《昌平州志》，系光绪十一年重修本，缪筱珊所纂也。

十四　益斋来，下午走。答前州牧裴仿白，晤。后访菊裳。致龚荫甫一函，托陈孟孚之家人带进城。

十五日　中秋。蒨姬周年，时犹寄殡长椿寺，未及厝也。城陷后闻寺为德兵所驻，兵尘浩劫，季魄惊心，斋奠阙如，以诗代之。都中人来，云合肥仍未到京，殊可疑虑。西关外有马队数十，云是武卫军过境，未进城。张永祥所带，系署古北口提督代马玉昆者。

【天头曰】是日白露夜，薄阴无月。

十六　晨，遣张福、张升回京寓探视，韶寓亦去一仆，孙仆亦去。午后访钦斋、吉刚。据州中述云，大驾于初十启行，由大同西幸太原矣。又闻治中王梦龄将于明日入都门，时传庆邸在都，将于日内传集地面官也。谒仲丈，云合肥确未到京，顷治中云今日可到。崇公则在保定殉节。徐师相于廿二殉，时在宝文靖花园中，前说非虚也。

十七　秋雨淋浪，竟日未已，旅窗闷甚。州中探报云，某国有旅葬之茔在都城北门外，中秋日往祭，讵被义和团发掘已尽，愤怒殊甚，不知确否。晚有陈孟孚处人来，带到荫甫信，知大街改驻德兵，不如前次之安静。道上行人时被拿捉，为扫街道之役，或当小工。寓中虽来过两次，尚未大加蹂躏。长椿寺亦为德兵所驻。初五日传将寄停各柩尽数迁移，否则毁弃。余处寄有蒨姬、恺儿两棺，本甚担忧，幸赖荫甫走商于钱干臣、徐班侯，得移借浙江义园，停寄售工之费皆由荫甫张罗，借之王仲芗、刘即臣也，皆安徽人。此事非得荫甫在城恐难保全，可感可感。

十八　晴。午后访菊裳。街市又见有一二束红腰带者，仍是拳匪装束，咸属目焉。闻都门信云，庆邸未肯独主和议，电催合肥。据云廿三四方可到京。俄使以争东三省与日人不洽，先回国矣。和局甚无把握，可忧之至。

十九　午后，偕菊裳、韶弟步至西城，登眺堞楼。环城三面皆山，重峦叠嶂，虚东南一隅。树林蓊鬱，颇有郁葱佳气。又偕访廖仲丈，适接京信，知合肥未到，款议尚无端绪。仲丈将以明日由清河回都城中，觅得日本护照，复由当事派同文馆东文学生徐铁珊名士英，浙人。来迎。据徐君云，合肥十六由沪乘俄兵轮北来。又见都信中有英、日、意不甚惬，德新使未来，俄使又回国，余尚平和。盖言庆邸往晤各使时情形也。作荫甫信，并谢徐班侯、钱干臣及朱毕信。又荣致孟文一纸，并托廖处寄。资斧乏绝，就仲丈移银十两。

二十日　为吉刚书屏八条。闻有和款四条云：一下罪己诏；一交主战诸人；一俟和议画押各国，然后撤兵；一议赔款，先是传来条款内，有京城内外均归各国管辖。街道改从外国办法，各界内铺户住户亦均归管辖等语，尚不尽符，始志之而已。

廿一日　午后偕韶弟、挈儿辈至财神庙、天仙庙、小蓬瀛、紫极阁，聊以散步。小蓬瀛内有八卦亭祀吕仙，乃州人王氏家庵也。紫极阁庙址甚辽阔，惜亦荒废，有高阁一二处，祀吕仙、祀魁星，试一登眺而已。韶弟于八卦亭祈一签，占大局得第三签，上吉，有"平安问我几时安，若到平安福寿全"句云。翁又申自延庆来，知经士、再韩、颍芝均清吉。又申将入都门，暂留信宿。张升自京寓归，自带秋衣数事，行至沙河，均被土匪劫去。述都门事，知寓中屡有德兵进去，携去零星物件，太仓馆书箱亦均打开，龙王庙所存各物，均付乌有。余木匣一只，内有先考妣大事账簿，皆手录者。又太仓馆旧账目，幸新账一本及契据不在内。又庚寅以来历年日记皆特庋行箧，以备随身携带者全散佚矣。得荫甫信，又恽薇荪信，又另一纸录要约四条：一下诏罪己；一清君侧；一议赔款；一俟祸首。赔款议妥，然后将大内仓库交还。和议略有头绪，先让出总署为办公之所。

　　廿二日　至六合店访，又申托带薇荪、荫甫信。

　　廿三日　答裴仲经，又过菊裳，谈。是日，悉京中于廿一日奉到嶟長平远驿。上谕：授崇禄为全权大臣，敬信为步军统领。又寄谕庆邸会同荣禄、李鸿章俟到京后，迅速开议，毋得一误再误。又闻李傅相电，请回銮至远，亦当在太原请派荣禄为全权，即航海北上，并电商各外部俟开议即撤兵。夜，凉雨。

　　　　【天头曰】闻京中又续到义、比两国之兵，分西直门至平则门
　　　　一带，为义兵驻扎之界。

　　廿四　朱益斋来。下午闻有法翻译一人来，系采买粮食者，或疑其访义和团来也。

　　廿五日　闻州中得治中信云，顺天府署及北衙门洋兵已让出，惟合肥则仍未到。又云庆邸饬府尹通札二十四，属勿得容隐义和团匪行，出谕晓示各村镇。又良乡有团众，洋兵前往剿捕，纷纷溃散，以致祸及各村庄，并将波及涿州已。又户部衙门毁。

　　廿六　府君忌辰，窜在蜀旅，未及作供，曷禁凄怆，茹蔬。裴仲经处来示，合肥十一日由上海复京官电信，云办理渐将就绪，拟即航海来京。高世兄进京，老王同云，带荫甫信。

　　廿七　杨久高自京回，带到廖丈复函，云廿一日合肥乘安平轮

来,计廿七八可到。又电请派荣禄会同办理,已见廷寄,荣已由保赴晋,未必来也。京南一带道路尚梗,洋兵有赴保定剿团之说。城关护照,各国各分地段,不能通行。除日本外,执照亦不易办。

廿八日　瞿肇生将入都,往访,晤于大街。作薇生信、荫甫信,托高伯英。

廿九日　访钦斋,云合肥有通饬各属示一实缺,地面官不得擅离职守,违者参办。一解散义和团,有不遵者,严行剿办;一溃兵逃勇过境者,令将军械纳下,如敢抗违,军法从事。车夫王自城归,得荫甫信,云德兵又到一万二千,须于德界内,分屋居住,寓处及左右邻俱已标明记识为扎兵之所,惶骇万分。荫甫偕意城介德翻译,同至长椿寺德国带兵官处,恳其免住兵丁,并给一据而不可得,甚可虑也。又得薇孙信。

三十日　菊裳来。

闰八月初一日　访黄聘三。益斋之侄莲舫来,云益斋在城,见有行在谕旨,八月初十。派出各衙门留京办事人员,余名与焉。

初二　访高氏昆仲,约附车进城,高伯英为高澄兰太史子、名楠,行八,己卯四川。石渠、仲容、端叔皆蔚然子名树。兵部时以运油米往回,持有美护照也。

初三　晴。早起,偕高石渠、端叔车行,巳刻过沙河尖,已有市集。午后到清河,此三十里中,行人云时有土匪劫掠,幸未见也。至此有日本兵一队弹压清河以北,无驴可雇。又十余里至小关,时见洋兵逻巡,申酉刻进德胜门,未有盘诘。进城为日本界,来往之人颇多,铺户亦无大损。近四牌楼为法界,顿形萧索。四牌楼毁其二,过西安门,万福楼亦毁,一带约里许均成焦土,第见断垣颓壁,峙于凄迷夕照中。又南渐入英界,亦甚荒凉。出顺治门,天已近暮,亦无盘诘者。大街房屋为德界尚无焚烧之惨,惟空闭居多。过寓所,未敢迳入,因道逢瞿肇生,传语云已为德兵所占,尚无是事。即至半截胡回韶寓,卸车,约荫甫夜谈,宿客厅傍合。

初四　晨起,访张畹九、亳蔚然、黄石苏,晤。过市口,正值早市,买蔬果者万人如蚁,并有设地摊卖衣服杂物者。骡马大街之南为美界,铺面开设颇已整齐,其北为德界,则一律闭门。盖美界保护甚周,德界时有骚扰也。至潘家河,沿南横街烂面胡同访友,多未晤。晤张采南,寄昌平信并衣包,韶亦有衣包。是日归旧寓之所,洋人来七次,各物均狼藉满地。

初五　荫甫至昌平,老三随去,访徐班侯、钱干臣,未晤。得葵信,雪君、又申来。

初六　访雪君,晤谈。瓦抄存行在谕旨数道:一罪己,七月廿八。一招贤;一诏御前王贝勒大臣速赴行在;一诏满汉堂官各带司员速赴行在;一剿拳匪;一豁免跸路所经各州县钱粮一年;一续派各衙门留京办事人员,八月初十发。翰苑四人:熙瑛、檀玑、崇寿、○○○[秦绶章]。一覆李鸿章、张之洞联名奏折,并电复李爵相。电奏由端方转电知之。八月廿六。访又申,晤。偕访薇苏,晤谈,并托办美护照。

【天头曰】有张锡三处旧仆刘福来,将由山东赴江宁,托带扬州锡三信一函。

初七　晨访畹九,询知合肥本定初四由津赴京,因闻有德国统领带兵来津,须候会晤,云展期启行,或云初十可到京,未能定也。各国新派全权使臣,均在津门和议,须在津定约,并约庆邸前往。云是日、德兵在大街拉人掮草,行人有戒心,美界无此累也。晚荫甫、范儿自昌平来,老王御老骡而归。知缘督亦到,伊寓为英教士所占,所存长物俱已星散,幸书籍无恙。金和力请于教士保全书籍,许以寓庵留待主人,亦已难得矣。

【天头曰】任德增耒号益之,畹香弟。住殷宅。

初八日　杨子祥来,星元弟。刘印臣来,与荫甫同至安徽馆售物。朱旭人来。范儿与荫甫同至大街。

【天头曰】托荫甫寄苏信,致大兄两弟,内有葵、伯荃、紫泉信，珪、冯信。

初九日 任益之为菊裳寓中失物与仆人龃龉事，哓哓不已。午后访又申，晤。访薇孙、畹九，俱进城矣。访古薇，晤。得悉闰月初三谕旨一道：庄王载勋、怡亲王溥静、贝勒载濂、载瀅均革爵职；端郡王载漪从宽，撤去一切差使，仍交宗人府严议并停俸；辅国公载澜、左都御史英年交该衙门，严加议处；协办大学士刚毅、刑部尚书赵舒翘，交督察院吏部议处。此次中外启衅变出非常，本非朝廷之意，实由诸王大臣纵庇拳匪，捐衅友邦，以至贻忧。宗社乘舆播迁，该王大臣等妄起衅端，罪无可逭，不得不分别轻重，予以惩处云。又太常寺卿着王培佑调补顺天府府尹，着陈夔龙补授。

【天头曰】李成支银六千，张福二千。

初十 荫甫驾老骡至昌平。午后访薇孙，时奉庆邸札，将办美界团防局事，闻有德国统兵官瓦拉带兵万余，已至津门，并欲入都，以武事相耀。傅相已与晤会，绝不提及和议，恐和局又有枝节，可忧之至。又闻庆邸电催合肥来京，而俄使又往天津，尚须在彼候晤，又须展期启节。是日，闻肃王到京，伯勋云，带九门提督印来，并云听候处分之王大臣，现均暂解枢柄，所存仁和一人矣。或云苏抚鹿传霖已诣行在，现值军机，端方亦在。太原陕督陶子方模亦到。

十一日 闻市上言有德兵二千进城，现驻城东补俄界之空。下午荣儿偕荫甫自昌平来，晚十点钟，闻后邻裴家有登垣告者，洋兵又入室搜括良久始去。诘朝、意城往视，知所劫皆皮衣也。洋兵乘夜私出彼国，向无此例，此必潜逸而出者，巡捕得而治之。

十二日 偕珪儿至北半截胡同，途遇兰楣伊昆仲未出京。莒南来。

十三日 又运数箱至北寓，驾老骡进城至定府大街。庆邸挂号，未见。灵鹫庵晤廖仲丈。谒贵师，晤。昆中堂未晤。归访古薇，不值。知德兵总领姓瓦者到京，或云即连合军之总统而兼全权大臣者也。仲丈云太原又启銮西行矣。意城述初五有谕旨一道，前议惩处之王大臣已另有严旨，未知确否。

十四日　午后进城，谒徐颂丈，晤。时寓绒线胡同葛宅，其婿家也。合肥到信，与和局端倪俱无所闻。又过菊裳寓谈，插架图书幸都无恙，惟家具已多亡失，又查丕磁器百余件。顺答任益之。晚接葵信，知冯开生在京，作一函并衣包一，托回车带至昌平。伯勋云合肥须十七到京。

【天头曰】是日具香烛，为旧姬撤座。

十五日　闰中秋寒露节，秋雨淋浪，天气骤凉，寓庐闷坐，伯勋、意城来谭，谋醵钱小次，作闰中秋之集，时刘君炳堂亦寓邻院，能为肴馔，因沽酒市脯，请其一试调和之手。夜集伯勋斋中，勉强为欢，亦兵火流离中无聊消遣法也。是日，一无所闻。

【天头曰】张福又支银七千，共支十二千，工闰八月廿五止。

十六日　晴。古薇来。大街德人拉人充工，时有骚扰，行者有戒心焉。曹松乔来，云美兵有至延庆剿匪之说，昌平亦属通衢，甚为忧虑。

十七日　外间均传说合肥到京，实则甫到通州也。闻公请回銮之折于初六批回，大致云定约回銮太原，正值荒歉，供亿维艰，且电报不通，诸多未便，拟即向长安进发，闻已于初八起驾矣。又申信云，据康民述德兵尚有续到一万二千，分三队而来，其已到者为第一队，其二队在胶，三队尚在新加坡。是日，珪儿与荫去往龙王庙，零物十仅一二，余历年日记考妣大事帐幸未失去。太仓馆旧帐簿及起居注帐，则均失矣。

十八日　谒许颖初师，时由太子坞归，稍有感冒，见于卧房。眷属转徙流离，幸尚安全。访燮钧、薇孙，晤。燮君云有德国国书，其复电略云，公使被戕，中国无礼。应将狂乱之王大臣抵偿，但念中国亦系教化之邦，必将王大臣等诛戮，亦觉人心惊骇。惟情罪重大，应当从重惩办，予以应得之罪名。凡受害各国，当会同办理云云。见调授官员单，午后傅相到京，入产化门，寓贤良寺。

广督，北洋遗缺。陶模。

苏抚，鹿入军机。松寿。

甘督，魏光焘。

江西抚，景星。

陕抚，岑春煊。

豫抚，延祉。

甘藩，升允。

豫臬，钟培。

晋臬，沈家本，通永道。

口北道，灵春，内阁侍读京察记名。

晋抚，毓贤开缺，锡良。

湘藩，张曾敭。

闽藩，周莲。

奉天将军与宁对调，崇善。

闽臬，吴重熹，江安道。

宁古塔将军，增祺。

江臬，余联沅。

黑龙江将军，延袤，晋祺寿山，开缺查办。

上海道，程仪洛。

川臬，夏时。

川东道，宝棻，户察。

兼尹，徐会澧。

户尚，敬信。

吏左，华金寿，已故。

兵尚，裕德。

户右，吕海寰，出洋。

藩尚，怀塔布。

署户右，李昭炜。

总宪，英年。

府尹，陈夔龙，

户右，桂春。

常卿，王培佑，特旨不由题本。

礼右，那桐。

藩左，寿耆。

十九　晨，珪赴昌平，金和同去。接王伯荃八月十九日信，托合肥随员徐次舟直刺赓陛带来。自五月至今，不接南信者四月余，真少陵诗所谓"家书抵万金"也。并悉仲彝于七月初旬安抵里门。范丈、绥若、绀宇均到家矣。南中虽风鹤遥传，近尚安靖，稍慰旅怀。松乔来，伯勋赴法华寺，本拟设内阁办事公所，昆相未到，云须改期，大约又作因循矣。

二十日　晨，访干臣、古薇，晤。胡复生来，未晤。复生初居西华门之养蜂夹道，当城陷之日，绮华馆机匠被难者十余人，邻右亦惨遭戕杀，闭门十余日，惊恐百出。眷口幸得无恙，月余始移寓长元吴馆也。下午，葵自昌平来，知莲生侄亦搭经士车来。邃翰、伯斋、又申均到城。叶师眷到城，潘曹眷均移寓昌平。

二十一日　佐霖侄来，午后至荛寓，取得棉衣袍褂等。顺访经士，晤。又云盛大理有言，和议若无结束，当放四轮船，倩英国保护，备京官家眷回南云云。传者颇多，托冯开生昌平信一函。

二十二日　至贤良寺，谒傅相未晤。其世兄季皋及幕府杨文俊、杨崇伊、杨士骧、于式枚、徐虔陛各致片。徐君号次舟，湖州人，为伯荃带一信来，因谢之并询书中汇款事。询以和款，云现下知会约廿七开议，尚未来复。总署尚为德兵所占，借崇地山故宅，暂为议事公所。此次事多为难，未易就绪，德未满意，尤为作难。据云非将首祸之端及刚愎误事之徒交出办理，未能成议云。晤康民，悉德兵十九赴保定，必欲一耀兵威。此间已电致护督，好为周旋，勿开兵衅，但约毋伤百姓。至毁守备、占公署，恐不免也，且恐德尚未能释然于西云。荣相召赴行在，其武卫兵符移交合肥节制，邸派议和委员六人，有那桐、陈夔龙、瑞良、号鼎臣。康民与焉，朴寿、绍昌。拜小石，晤。谒昆相，未晤。

二十三日　午后，往看佐霖侄，适胡复生在坐，金养知续来，略谈而散。访吴贻孙，晤。时与潘仲樵同居瞿宅，其前院为汪药阶兄弟浮寓，即涵秋阁故址也。兰楣未晤，又访京士、又申，晤。谒许颖初师病已数日。

二十四日　葵儿至贤良寺取伯荃所汇款，徐君先拨付五十金，淞平。云余须电致南中汇到再付。午后，李云庄同年来，因许颖初师病甚，商酌延医，遂偕访班侯于处州馆，亦以养疴，未能往诊。又访朱艾卿侍讲，同至许师寓，定方云秋温恐伤津液，治以清润为主，方用细生地加生大黄，因内有结热也。闻廿七开议之信不果，各国必欲先办祸首诸人云。或云各国电闻外部候复再议。

二十四日[①]　郑黼门来，复生来，子沂来。是晨有洋兵一人闯入门，在院中摘野花数朵而去。闻和款先由赫鹭宾税司居间代拟，总纲四条：一认错，二赔款，三废旧约，或增几条。四定议后让出各署公所，又加一条开议后撤兵。

二十五日　作伯荃信。

二十六日　李云庄来，许师病仍未复。往访干臣，同往问候，并延朱艾卿诊。暗彭翼仲，时艾圃先生作古矣。访薇孙不晤。闻傅相有力请回銮之奏，又闻留守大臣办事公所暂借柏林寺于是日开办。

二十七日　晨，大风微雨，时有雪花，天气骤冷。葵、荣两儿偕佐霖侄，经士、松禹赴昌平，迎着北风而行，有行役之苦矣。午后风稍微薄霁，有洋兵二人，倩荫甫为写衣号布上"德界巡捕"四字而去。

二十八日　晴，午后访李云庄，不值。过协巡公所，偶访薇孙，见黄慎之、李菊庄、董效珍均在，少谈而返。途遇李玉舟，又遇药阶于南横街，又问候许师，见艾卿已来诊过，又往艾卿处，订伊明日转方，未晤。晨，干臣来。

二十九日　又作苟兄两弟信。得昌平信，云拟于初二日料理归装。

九月初一日　至南横街访熟人，多不值。途遇薇孙、药阶、段春严从省馆借木榻三，移置韶寓以备接眷回京。闻盛杏孙议放轮船数艘，备京官家眷之愿归者，合南七省同创是举，并倩日本、俄国保护，至由京至通上船，由通上杨村铁路，由铁路至唐沽上轮。或云舟车均由公办，或云京车须自备。章程尚未定也，此亦同时度势之一盛举也。

初二　晨，诣许师，约干臣同往请艾卿来诊。荫甫为冯开生约进

城，申刻葵、珪、荣领眷属由德胜门进，过旧寓，赴韶寓寄居焉。我处轿车四两、敞车一两、一系宅车、二雇车，每银二两六钱。又一轿一敞为武举门生杨星元德魁备送者，意甚可感，杨通州人，为昌平寓主人之亲戚。是日复与寓主杨子阴乘便同送至都门，韶弟全眷亦同归，经士亦挈眷同行，子钧未挈眷。是夜宿于余寓。

初三　晨，入市小步，见卖衣服杂物者，沿街设摊。荫甫云，已不如前日之多且佳也。珪以银一两购玳瑁眼镜一，余昨与议价而未成者，借归试之，眼光恰合。细香花纹式样，似是午年武闱中被窃之原物，今忽赵璧重归，亦可喜也。有人云刚相以病出缺。

初四　晨，许世兄晓初来，知眷属已来一半，自永清之太子坞来。午后又至师寓，仍请艾卿诊师病，似少闲。顺访邃翰，晤。经士未晤。至莞寓。

初五

初六　至贤良寺，谒合肥师相，晤。适薇孙继至，坐谈刻许。旋访杨莘伯，晤。又晤徐次舟。收楚伯荃汇款。

初七　进东城，谒昆师柤晤谈，并画报到簿，计翰苑约已到者四十人。

初八日　为同乡拟致外省筹款公信稿，并以轮船接护南归，事出太仓馆同乡公启。复生来，偕至韶寓。复问候许师，服其同乡段又谷药，似略好。托荫甫以洋信对寄伯荃函、星卿函，致上海济急局转。大哥两弟总函内附锡三函。

初九　重阳，无风雨。韶弟来，借车进城，午后耿伯齐来，刘显曾承崔来。访子钧，吴颖芝信来，即复子沂。

初十日　晨游于市上，购铜水超一、广锁二。至许师处问候。昨荫肓购得石印唐拓《虞永兴庙堂碑》、褚河南《孟法师碑》、随丁道护《启法寺碑》、魏栖梧《善才寺碑》，四种皆李春湖中丞家藏物，有"临川李氏印"，世所称"临静娱宝"四宝者也。石印精审，装潢完美，并苏斋学士各跋，亦毫发毕现。又唐榻《多宝塔》一册，又《越州石氏小楷》一本，晋五种、唐六种。晋书则《黄庭经字》《东方象赞》《乐毅论》《洛神赋》十三行，《曹孝娥碑》唐书则破邪经小字，《阴符经》《老子清静经》《心经》《尊胜陀罗尼经》，共十一种。荫甫让于余，以五金得之，旅邸断炊将以煮字疗饥耶？自觉哑然，然亦未始非墨缘也。

十一日　古薇来。至韶寓，视衡孙，时小有湿热病，邀俞吾山诊。午后有长椿寺人来报信云，同居毕意城太翁之厝舍，忽被洋人拆毁砖矿，大为骇然。意城闻信即往移置云贵义园，险矣哉。因又念李菊裳夫人亦厝寺中，恐亦被扰，遂告佐霖，令预为之计。以复生所交绮华馆机匠单，五十余人愿附轮船回南者，托古薇汇报公所，晚自制数肴酌伯勋、炳堂、子钧、意城、荫甫，朱妈司烹饪，菜尚有味，颇欢畅。

十二日　接留守公所知会，各衙门于朔望须递安折，其紧要事随时具奏，交公所转兵部捷报处发。其寻常事，五日汇奏一次，翰林院应备。皇太后、皇上安折两分，即以留署办事者署名掌院。昆相归，留守大臣一折。本署四人，檀斗生前辈侍讲后放闽学不在京，崇鹤汀殉难已确侍读闻已开缺，惟余与菊彭学士列名折衔写"臣○○○［秦绥章］、臣熙瑛跪"云云，不写全衔也，折封写秦○○［绥章］等跪封。往访黄石孙，询以发折事宜，云清秘堂未曾办过，安折不与闻，须各行自备。

十三日　晨，挈珪儿进城，谒昆师相，并带折件笔墨，恐有临时改写之处。至则招到锡典簿、璋，号纯甫。云折已由熙菊彭学士属办，并言黄折无处可购，系商借于内阁者，须议偿价种种之居奇而不知余已商备也。

十四日　至北半截胡同韶寓，晤经士，交来清赋事、公函信稿，候许师。

【天头曰】伯葵亦于是日行，时已得兵右侍。

十五日　珪、荣偕荫甫至东四牌楼，欲购一二御寒之衣。价已递贵，竟不可得。知又申家眷于十四日启行赴通，将由公会轮船回南矣。轮船头批定于十七行，车船皆由局备，惟章程则一车须坐两人，行李只可随车略带，愈少愈妙，通州船只二十号，须分起转运。男女分船装坐，各家不能自便。男客坐无棚之运粮船，女眷可坐舫子。船至齐化门会齐同行，到通下船，到杨村上铁路，到唐沽候轮，亦甚周折也。

十六日　晨至市上，小步至韶寓，晤吴昶初侍御。大街见有印度兵过，作奏凯之乐，马兵掮中国统领大旗四五面，有刘宋等军官姓。并缨枪、腰刀等皆夺之我军，藉[借]以示俘获者。后又有粮食衣物等车辆大队，或云自保定来，保定于二十后，闻洋兵已进城。或云仅焚毁南门，或云焚戮甚酷，或云德兵之后又继以他国之兵，谣传不一。且闻护督廷绍民有被杀之说；或云拘留十二日，尚有官十余人同被拘也。后闻以中国例，传剑子手绑赴市曹正法，其罪由为抗违谕旨，纵庇拳匪，云廷雍外尚有二人。

【天头曰】来兴支工六千。

十七日　作李紫珉复信·复生来。卯刻立冬。

十八日　竟日在寓，两儿皆来料理账目。晚间同人醼饮，闻伯葵得顺天学政，溥良放广东学政，闻葛振卿、晋尚书与何润甫同入军机。不确。

十九日　大风，刮窗纸箑簌作响，北屋骤冷。得冯开生信，将携眷来京。

二十日　得张子密闰八月十五扬州信，内有锡三与儿辈书，并寄银二百。于晦若信来，知熙魏升自家来，随李菊裳出试差，以停试，半途遣回，遂至苏、扬，顺带到伯荃、锡三信各一纸，尚系七月初书也。冯开生来，导至乡馆，安置眷属。子钧眷亦到，移住米市胡同。是日得各省学政信。庚子学政：顺天：陆宝忠，江苏。江南：李殿林，山西。安徽：绵文，连任、厢[镶]白。山东：尹铭绶，连任。山西：刘嘉琛，直隶。河南：林开谟，福建。陕西：沈卫，浙江。甘肃：吴纬炳，浙江。福建：檀玑，安徽。浙江：文治，厢[镶]红、连任。江南：吴士鉴，浙江。湖南：载昌，厢[镶]蓝。湖北：蒋式芬，直隶。四川：吴郁生，江苏。广东：溥良，正蓝。广西：刘家模，河南。云南：田智枚，山东。贵州：赵惟熙，江西。奉天：陈兆文。湖南。

二十一日　颖芝来访，古薇至韶寓看江苏馆间壁屋。

二十二日　托胡复生寄张子密信、锡三信，诣许师问候，访孙子钧新居，菊裳来略谈。

二十三日　古薇约江苏馆会商，李傅相交下刘岘庄、张香涛、袁慰庭三帅津贴，京官银两二万五千两，以二万分赠留京各员，以五千资赴陕各员。原章自三品、京堂翰詹科道六部司官、拔贡、七品小京官、内阁中书为止，余不与焉。招各省同乡，查明实在在京人数，分别留京赴陕开军，以便按数发银，即在馆与张畹九、刘震青发公启交林元。

二十四日　进城，贺贵樵师得刑部尚书，送仲山丈行，请准开缺，亦附公会轮船南旋焉。是日胡复生家眷及王子沂行。

二十五日　为同乡诸人开单核数票，竟日。晚访陈玉苍前辈，交去清单，江苏共六十人。晤吴颖芝，至韶寓，郑延青刑部来访，住吴兴馆。葵儿与荫甫至东交民巷道胜行。

二十六日　祀节通议公，一席，吴贻孙来。

二十七日　祀宅基，答郑延青，交去东南公所托查亲友寄信单。

二十八日　祀王夫人节，附蒨姬。时司庖无人，故分三日设供，媳女辈均来寓。午后访恽薇孙、刘子嘉，均未晤。吴贻孙、吴颖芝，晤。晚同人公酌伯勋于美和居。

二十九日　为古微录出《题斜街补屋图诗》。午后，候许师，渐健复矣。访薇孙，晤于公所。访郑黼门、访子钧，晤。钦斋，未晤。时自房山挈眷来僦子钧寓，并言昌平已到洋兵，州署被毁，闻诛求五千金之数，未能满数故。民间之骚扰若何，未详。经士来，不值，晤于韶寓。

三十日　接张芹堂闰月十二信，内有苟兄初九一纸，汇洋各五十元；杏渠侄信，汇洋各一百元，由救急会陆莼伯带来。又有伯荃、轶仲与儿辈信。访莒南、雪君，都未晤。

十月初一　晨至浙江广谊园视恺儿、蒨姬寄柩。归过慎之门，问之，不值。钦斋来，儿辈进城，莒南来。

初二　慎之来，陶矩轩来，至江苏馆，分到三省津贴款，江苏共六十人，每人得四十金，计发总单银二千四百两，向道胜银行领取。与畹九议，将银单交徐花农前辈，分开小条六十分，不审能否也？偕韶弟访吴罊初，答黄钦斋，晚伯勋答饮于宗显堂，即一品昇旧居也。

【天头曰】道胜银行总管李浩田直隶人。

初三　儿侄辈进城，向陌纯伯取汇款，款既不齐，复扣汇费，甚重，大非济急会章程也。

晚，花农复道胜不开分条，移款于安定门大街会源银号，当手赵燕农。每百两须扣平三钱，未敢擅定，答以商之畹九再复。

初四　访畹九，商定会滇事，只可照办。即往访花农前辈，托其转商分条云云。谒徐颂文，未晤。访经士，晤。下午与韶弟、儿侄散步于大街。

初五　花农前辈来，李毓如、裔子扬来，刘诚甫来。

初六　珪儿进城。取到诚伯处汇款佩记一百五十元。宝栈五十、杏手一百。花农交来会源银票五十张，又王菊墀以安续来交十张，每张库平足四十两，江苏共得六十分。

【天头曰】阁学缺三：李昭炜、戴鸿慈慈补，陈秉和。

初七　晨往校尉营，答三菊墀，并访徐子静前辈，时寓宜荆馆待命也。未刻约各府直年至江苏馆，发去三省津贴银。下午与同寓诸人饮醵于宗显堂。韶弟写复信寄苟兄。芹堂、杏渠。款事托经士由贤良寺寄。

【天头曰】文治调广东学政，李荫銮放浙江学政。代垫长班钱六千。

初八 午后访花农,晤。再韩,不晤。

初九 谒徐颂丈,晤。菊裳谈,饭而归。

初十 晨,早起赴安定门柏林寺叩祝。皇太后万寿庆辰。晤昆中堂、敬子斋冢宰、裕寿田尚书、溥少峰、景东甫侍郎,即于公所中厅行礼,穿花衣补褂。是日,见有穿四团龙褂之王公,真所谓重见汉官威仪也。约荫甫同往,至会源取津贴银三分,又至贵坞樵师处补祝,寿辰初九。晤谈良久归。下午伯勋醵饮,谓乘此大酺之庆,宜一畅酒怀也。荣并邀黄钦斋同叙。

【天头曰】付陈妈银二十两,前欠讫。又十二元庚年速闰至十月二钱清。

十一日 于海帆来,得锡三婿九月二十明片一纸,余前寄三信均未收到,颇悬望也。午后偕葵步于大街。

十二日 荫甫移寓城中南池子徐处。午后候许颖初师,大愈矣。答裴仿白丈及仲经,新自昌平来。偕韶弟约仲经、钦斋、颖芝、子钧、贻孙酌于便宜坊。

【天头曰】佩一分出四元,钱一百五十,付记。

十三日 荫甫来饭。午后偕葵访贻孙,看屋不成,途遇苣南、药阶、昆仲、薇孙,又遇再翰、经士,遂过经士寓谈。

十四日 阴,写锡三信、芹堂信、杏渠信。至贤良寺,托徐次舟寄,适遇次舟出门,匆匆数语而别。顺访于晦若、杨莲甫、味莼,晤莲甫,晤李蕴莼前辈,时已升阁学,以电传有误脱字,尚俟覆查,未具折谢也。询和议事,云各国会议大致已定,约有总纲十一条,或云九条。将来细目繁琐,只可就总纲中商酌,无可驳回矣。开议尚未定期,又闻济急会中第三批往者颇极狼狈,阻滞唐沽,未能上轮。其说不一,又催杨彝卿去调停矣。

十五日 晨起见积雪大风,午后诣燮钧谈。

十六日 同畹九酌花农、王菊墀、朱古微、乔茂萱、恽薇孙于宗显堂。陈玉苍先至,看饭而去。韶弟同坐,共费六十四千文,与畹九合局以答花农诸君换银开票之劳也，为津贴事。风大而冷。

【天头曰】佩一分出廿二千。

十七日　风，大街衣物摊寥寥矣。访邃翰，适往药阶昆仲处，踵往稍谈。晚，儿辈饮仲经于宗显，余亦在坐，子钧、钦斋均同叙。

十八九日　得凤石九月三十日陕信，内有致康民一纸。晚，子钧邀钦斋宗显堂，韶弟及儿辈均在。本约裴仲经，以事不及到。

二十日　晨访菊裳长谈，面而归。余前于市上，以五千京钱得一铜镜，制作甚古雅，一面中镂余金佛像一座，外有镌汉字经咒；一面中系青铜镜，绕以梵字，其字即汉字所译之经咒也，镜周三寸许。携示菊裳考鉴，云是唐镜之遗，或元明间物，其字为准提咒。

二十一日　康民、乔梓来谈，托致菊裳信、颖芝信，并出示杨允之信。有汇款接济苏府同乡之举，计银一千云，又洋五十元，以凤石信告之，遂往宗显便酌，以凤石言中有仁昌存款信，属康民取以分济同乡。因邀仁昌友徐蟳庭，商匮提款，未能如命也。

二十二日　复凤石信七纸，菊裳来，又致康民信，并凤信，托其转交顺天府马递寄陕。得季槐初四信、锡三十月初六信、吴少甫十月初九信，有汇洋三数两，记公共者也。每记各一百五十元，芹堂庚年账五十元，杏渠手借顾郁一百元，此款于辛壬二年西水租，由杏渠还讫。此项是芹堂所汇，无杏款在内，查芹堂庚年账。

【天头曰】前后佩记得芹堂寄二百五十元，杏渠寄二百元，即借之顾郁者也。杏款由庚辛水租还讫。

二十三日　邃翰来，知廖仲丈已到沪，徐颂丈得协办矣。又闻伯葵请假之折，批回有赏假两月，无庸回沪等。因邸抄有特赦全权救书一道。

二十四日　至贤良寺晤徐次舟，以吴少甫信核对汇洋事，尚未到，复晤李蠡莼。晤徐颂丈亦到寺，适晤于杨莲甫处，知救急会诸人均已上轮船矣。惟初十一帮由旱路到津者，闻冻住于唐沽。和议将可揭晓，以各国意见参差，迁延时日，而京外之洋兵骚扰未已。

二十五日 作锡三信一纸，许春荣信，兼复吴少甫一函，托荫甫以洋信封寄。

二十六日 访经士，顾汝言来。

二十七日 汪兰楣来，作范舅信，托经士。

二十八日 至菊裳寓。

二十九日 访古微，赴经士约。

三十日 冬至夜祀节，通议府君一席，王夫人一席，两儿一孙，蕑姬附媳女皆来。下午设祀，毕仍返韶寓，夜邀邻居诸君饮。

十一月初一日 冬至两孙来，访仲樵，晤。薇孙，不晤。

初二 子钧来，访茝南，晤。燮钧，未晤。挈珪儿至浙江义园殡所，颖芝来。

初三 康民信来，属分致苏府同乡杨允之寄款，共二十七分；外八分康民自送，并云今日开议。

初四 访燮钧，未晤。薇孙，晤。闻昨日与各国在日斯巴尼亚开议，交有条款十二条，全权大臣有电奏末款总裁云，若非中国允从，足适各国之意，难许京畿一带撤兵之望，词意决绝不容辩论。现在宗社陵寝悉在他人掌握，略一置词，即将决裂存亡之机，间不容发，伏乞乾断从速，电后施行云云。

初五 荫甫来，述贤良寺电信。徐琪升阁学，余得詹事府詹事，十月二十一日上谕也。康民亦有信来报。

初六 进城访李荔臣，晤。于晦若答谢康民，并取杨款，京官各得五十。与荫甫、珪儿步于东四牌楼买狐一裘。归，同寓诸君拉往宗显作东道。

初七 答贺徐花农，又李毓如、陈小山、曹再韩，料理谢折。

初八 恭阅邸抄。十月二十一日上谕，詹事府詹事着秦绶章补授，设香案，望行在谢恩，随发谢恩折一分、安折二分，黄绫。又黄夹板。折封，一付至柏林寺，交留京办事大臣公所。内阁恩佐卿中翰发。谒昆相，未晤。谒贵师，晤。归已不早，本署主簿李祖祜、申铭全来。

初九　詹事府供事范启聪来。谒许颖初师，未见。下午经士约往釀饮。詹事府主簿，定时、李祖祐。委署主簿帮印，增全、玉光。承发，范启聪；帮稿，王芷升、申铭全。委署主簿。锡恩、立福。

【天头曰】并拜满詹事文星阶海知堂，印在文处。

初十　报喜人来，给钱十千，至庆邸挂号。是日西历之除夕，各国在京过年。

十一日　至贤良寺谒傅相，时政体违和，渐复知西安电复已到，和约事。有勉如所请云云。闰即日画押也。又闻调盛杏荪、徐寿朋二京卿来，分主条约税款事。

十二日　昨下午访莒南、刘子嘉，晤。钱干臣来，示滋泉信，有致馈之意。贺徐颂丈协揆之喜。

十三日　作杨允之信，交菊裳。答干臣。是日得雪，早起已积满庭除，竟日霏琼屑玉，约积四五寸，丰年之象也。干臣拉吃夜饭，伯勋亦在，美酒羊羔，颇得雪天风味。

十四日　作滋泉信两纸，交干臣寄。午后访贾小芸谈，新回京也。答仲樵，至韶寓。

十五日　谒许颖初师，答翟肇生、许篆卿、朱旭人昆仲。得江妹信，十月十七。又俊侯致珪信，锡三十月十七信，吴少甫十月十八日信。

十六日　晴。复诣徐颂丈，晤。并唁张畹九侍郎断弦。

十七日　午刻至文星阶处。是日上任拜印，时印在文宅也。印系"詹事府印"四字，满汉文两旁，右乾隆十四年正月造。左乾字一千八百二十二号。顺访朱益斋，并晤张玉叔，又访张畹九，晤，下午访子钧。

十八日　颖芝来，携示小手卷一，笔墨雅洁，约有八尺长，云得之东华门南池子，疑是张文达师之笔，然款印俱无，不能识也。

十九日　葵儿偕佐霖佥至汇丰取吴少甫十月初九所汇杏渠、芹堂款，共三百元，各讫，得一百五十元。午后答颖芝，又示恽南田花卉册十二页，画系赝鼎，而下方各系题画五绝一首，为西圃外大父手笔，的是真迹，不可解也。经士约寓斋消寒之小集也。

二十日　干臣来，又示滋泉信。有现元百两赠韶弟，菊裳亦皆有之。珪儿随干臣至道胜取款分送，讫，又得程觐岳与荣复信。

二十一日　访药阶昆仲，欲观其所得字画，已出门矣。作江妹信，交韶弟。

二十二日　作滋泉信、吴少甫信，交邮政局寄，东单牌楼路西。又锡三信。

二十三日　贾莜芸招寓斋小饮，归访莒南，晤。以会馆团拜费旧章积数年分一次均分同乡京官，共十人，每京松二十两，支银二百两。

二十四日　在寓视仆辈打扫上屋，晚饮宗显。

二十五日　进城谒昆师，未晤。谒徐颂丈，晤。交来刘岘帅复公函一，信有款五千，交盛杏翁转寄江苏京官。访子钧。

二十六日　荣进城，下午答海帆、慎之，并晤钱干臣。詹事府主簿李祖祐来画稿数件，据云满主簿定时久已携印出走，现发俸新章，须亲诣领取，其不到者分别办理云。

二十七日　接张芹堂十一月十一日信，有洋四百翼。两记均。

二十八日　干臣来。

二十九日　谒昆相，声明今年起居注进书之事，应请缓办。至柏林寺领俸，秋俸改为津贴名目，三四品发四成，五品以下发五成。余领读学俸，得四十二金，又折耗约二金也。晚集经士斋。

十二月初一日　午正至文星阶处，詹事府无公所，即在文宅为办事处。是日作为堂期，满主簿定时，系青州驻防籍，闻已携印回籍，议行文留守公所，吏部山东巡抚查覆。

初二　得伯荃十一月初八信，又笏庭信。汇曹平二百两，又葵、珪记名五十，荣三十，由救急会来。

初三日　访支继卿、恽薇孙、黄慎之、裔子扬为救急会复核京官开单事，又访孙子钧诊脉。

初四　赴畹九约，同往谒徐颂丈，为刘岘帅所寄款事，又问之贤良寺，知该款并未到也。又晤徐次舟取笏款据。得德臣叔安平信，时慎初署该县事。肇生来，再韩来。

初五　复德臣叔信。有霄熟人周大受来，据云是徐季和亲戚，助以路资一饼。

初六　下午访再韩，不值。至韶寓。

初七　菊裳来谈，作伯荃复信，蔼士、笏庭、谢年信。

初八　珪媳、蕙女、宝女目北半截胡同迁归旧寓。竟日忙碌。

初九　再韩来云，徐枬士侍郎及其弟莲士俱被洋人拘去，启颖、之秀亦与焉，仍因惩办祸首未能迅就妥洽，故有此举云。然又大损国体矣。张燮君迁理少。刘震青来，干臣来。晚赴经士约。

初十　葵儿来，与珪同入城至贤良寺。致徐次舟函。复至汇丰取笏庭寄件。又至刘倜云处询张芹堂所寄两记四百饼，殊无下落。盖陆莼伯所立之救济会汇款事往往周折也。燮钧来谈。

十一日　答刘震青，贺钱干臣补员外，答吴昶初，得芍兄葭月十三信。

十二日　访子钧换方，并晤吴贻孙。赴干臣邀饮。

十三日　葵夫妇及两孙迁归。作芍兄复信，并作贺年二纸。附李荫墀学使信，答郑蘦门。

十四日　胡麟书来，肇生来。救急会交来江苏京官分款知会。

十五日　访畹九，未晤。

十六日　戌刻立春。接到朱批谢恩请安回折。有鲍润漪致支继卿信。

十七日　作两弟信。张燮钧来，裔子扬来，子钧来，徐之钧、丹卿来，接行在詹事府公文一件，为咨取职名事，又孟黻臣宫赞信，即交李袖芝办复。

十八日　贤良寺救急会分款，东南十四省京官每得六十金，又盛杏孙宗丞筹寄江苏京官专款银一万两，每分得现元百金，其余存。闻续发候补候选各项云。

　　【天头曰】寄芍兄信，内有李学使信。两弟信、伯荃信、笏庭、乔梓信。

　　十九日　下午赴颖芝约。是日修炉灶。

　　二十日　料理各帐。儿辈至汇丰，复至东四牌楼。

　　二十一日　接凤石十一月十九西安信，内有菊一函、邱子余［瑜］二纸。是日封印，诣文星阶处，交去李荔臣捐款十二元。访菊裳谈。

　　二十二日　晨访恽薇孙。答刘诚甫、朱循。访邱子瑜，送去凤石信。向移源丰润存款，为省馆经费，许筹百金。郑黼门来。

　　二十三日　复凤石信。写夔老年信，夜送灶，未放炮仗。

　　二十四日　大风。刘子嘉来借车。

　　二十五日　经士、再韩来。至韶寓读"诏臣工条陈时政"谕旨一道。

　　二十六日　韶弟进城，至昆中堂掌院处，时以回避，仍回翰林编修任也，幸其截取知府，仍可与前资并带，进单时亦仍开列，冀得简放耳。寄凤石信、绂臣信，托康民。得芍兄九月廿九信。芹堂十月初十寄有洋四百元，前后每记得二百五十元。即前托寄陆莼伯者，至是方到。又得凤石十二月初四信。

　　二十七日　访古薇，不晤，祀年。

　　二十八日　进城至庆邸贤良寺，昆师、贵师、徐颂丈处预贺新年。闻有明发谕旨一道，已将肇祸诸臣分别惩办，而各国尚未能允洽，以是和局又有阻梗，有英德公使会晤傅相，不知议论如何也。

　　二十九日　晨至许颖初师处。至江苏馆会发专款粮项，大致候选廿四金、流寓十二金，共约一百八十分。太属只二分。

　　三十日　是年年账不甚紧迫，旧欠尚多，略为点缀而已。晚，祀节三桌。例设影堂，方七月间警信殊迫，以王夫人及圆、成两儿遗容寄长椿寺佛阁，讵知与为德兵所驻诸天菩萨像俱罹一劫，而遗容三帧亦不知流落何所，可胜怅惘。家祀，以小影代之。

恒庐日记·壬寅闽轺

光绪二十八年壬寅

正月元旦壬寅建壬戌朔 天气晴和,桃符万户,气象一新。卯刻进城,至东华门,天已黎明,即诣锡庆门。辰正二刻,皇上驾临,率王公百官朝贺皇太后于宁寿官朝服行礼,礼成,退班。巳初,皇上御太和殿受贺,宣表作乐,百官按班行礼。散出,顺拜东南城各客,归。祀通议府君诞辰。

壬寅元旦,太和殿朝正恭赋,时余奉视学福建之命,将出都门。

千官奉表引龙亭,诏集鸿胪启外廷。元旦朝贺停止二年矣,今岁谓照常行礼。北极重瞻黄道正,西游回忆翠华停。殿中朝会尊元日,海内文章照使星。浙江学政张燮钧太常、广西学政吴鞠农编修、湖北学政胡瑞生编修,皆于新正先后请训,余亦附其后。十载承明四侍从,征衣从护御烟馨。

初二 晴,西城外各同乡贺年。晚间汪范丈来,曹邃翰经士来谈,至韶寓。

初三日 晴,午后拜客数处,至邃翰、经士寓,韶弟亦在,稍坐夜谈而归。为范丈书扇题赠五律两首。

初四 至西城拜客,晤凤石。晚,子刻接财神。

初五日 下午拜客。

初六日 子钧邀豫升堂晚集。

初七日 人日。得荣廿一信,内有旭初信,又叔重舅信、柯逊庵信、吴少甫信。是日，蕙女百日，长椿寺礼忏一日，往拈香。下午赴贾筱芸招，具黄绫安折二分交工部笔政代递。明日进内请训。

初八　卯刻进内伺候，巳刻召见于乾清宫西暖阁，揭帘进跪于御案之偏右角军机垫之下，敬听垂问，一一奏对，并奏明：现在由驿至清江浦，道经苏州，由苏州改道，自备资斧到上海，附轮船入闽，可赶速二十余日，试期较可从容。约两刻许毕，起趋案前跪请圣安。出，诣政府投刺辞行，顺谒昆师、贵师即辞行。

初九　寄叔重信、陈玉森信，复萧莲士昆仲。赴孟孚、彤士招，又赴范舅招于江苏馆，拜许雅筠世兄秉琦。晤。

初十日　是日，天坛祈谷。皇上亲诣行礼。午刻至东城谒王夔丈，晤。并晤孟孚。谒颂阅丈，未晤。赴康民、紫东招江苏馆，到巳迟矣。

十一日　午后，至西城外拜客，韶弟、梦林约往丰泰照相。总照一纸一尺六寸，价减三两。余及韶弟、梦舲、松乔、寿臣、仲彝、葵珏、莲瓒也。又余兄弟子侄共照一纸，约十寸，两孙并侍焉。晚赴梦林诸君招豫升堂，钱友夔、沈绥若同作主。得锡三腊月廿二信。

十二日　丙子直年公请，又丹揆、蔚芝招饮，均在江苏馆。到，得施稚桐信，有馈岁。得杨俊卿廉访复电，闽省尚有福宁、延、建、邵四府岁试未竣。新例岁科并试。作沈旭初信，荣儿信。

十三日　赴菊裳、又笏招，又许颖师招，又李伯与宗伯、刘子嘉阁学招。晚晤范舅。复陈筱石漕督信。

十四日　至凤石处，晤。访菊裳谈。

十五日　苏府同乡以春酒作饯，同集长元吴馆。

十六日　在寓检点行李，并略还笔墨债，为潘经士水部题张篁村《寒江共济图》。孙宇晴自伯葵学幕归，往访一切。作锡三信。

十七日　接杨俊卿廉访信，亦以闽省岁试未竣，上四府，邮程弯远，滩河浅阻，拟商从海道入闽，或由江苏改道上海附轮渡海，意见适相合。

十八日　发芍兄信。

十九日　晚间韶弟邀至寓所,以一尊话别。夜雪。

二十日　范丈、再韩、子钧、友夔来。晚,儿辈置酒邀韶弟来,与梦林、绥臣同坐叙别。是日,三海樵孝廉采珊来寓下榻。丁酉门生订以其校阅一席,明日同行也。作杏渠、荣儿信。订费玉如,有友夔信,先往介绍。

二十一日　壬午吉辰。巳刻范舅来,松乔及两侄来。天气放晴,遂即启程。兵部来车四辆,包马引马四六,家人骑马十匹,又添估轿车二辆,包送清江,每价十七丙,饭在内。丁酉门生王海樵孝廉、龚荫甫同行也。又添雇行李车一辆,送至良乡登輿。出彰义门,两儿先往,偕梦舲,绥臣、佐颂两侄、仲彝内侄在官厅候送,下轿数语而别。未初至芦沟桥长新店尖饭,上三人,下十人,用制钱三千二百有奇,每银一两,只换制钱九百五十文。兵部来役七人,共给饭食,制钱四千文。是日行七十里,抵良乡县南门宿供一餐,住处则客店也。知县范履福,号陆吉,江西人。

【天头曰】轿夫送至涿州,又共另给饭钱十千文,京钱。固节驿、良乡县印给一。

二十二日　天气晴和,辰刻启行十里,鱼米店十五里,宏恩寺五里,豆店尖二十里,琉璃河桥十里,先锋铺十五里,涿州北城外客店宿。知州黄璈,号少霁,江西人。豆店及长新店尖,皆自备饭食,上三人,下十人,每顿饭费制钱三千五百左右,价甚贵,而肴品并不佳,惟清油饼尚可吃。过琉璃河后,中途高筑一坝,上安铁轨,涿州至保定之火车路也。车轿皆行其下,如过桥粸然。京中来轿夫九人,遣回,赏制钱八百文,带家信一函。

【天头曰】涿鹿驿印结一。涿州北门旧有悬联,尚存,联曰"蓟门锁钥今冠盖,河渼膏腴古督兖"。又联云"日边冲要无双地,天下烦难第一州"。

二十三日　阴,微有风,尖寒。辰正行二十里,南容店十五里,楼桑店即楼桑村,相传为汉昭烈帝故里。五里三家店尖,自备饭食。十五里方家桥,二十里新城县宿,共七十五里。行馆借祥顺客店,县令陈庆麟,号仁甫,山东历城人。每银一两约换制钱一千一百文,赏轿夫八人制钱四百文。傍晚雪寸许。

【天头曰】汾水驿,印结一。

二十四日　晨,阴,雾雪止,道滑难行。十里渡河,土人云"大清河"也。二十里小客店尖,白沟河。自备前站,不谙事之故也。午放晴,有风。行四十里,至雄县南门外宿,亦客店也。县令毛隆光,号葆卿,江西南丰人,来见。

【天头曰】归义驿,印结一。

二十五日　晴,微有风。辰初启行,县令来送,见而辞之。过一坊,曰"燕南赵北"四字。十五里为十二连桥,桥皆平堤,癸巳腊月,湘轺乞假还京曾经此地,记得皆双桥连属,今则只有一桥,栏柱亦渐零矣。是处风景甚佳,前人诗集多有题咏。询之土人,左右河即大清河、小清河。春水乍活,远树浮烟,足资流览。五里赵北口,十里枣林庄,二十五里郑州。入一客店并未办尖所,茗憩即行。二十五里韩家铺、十五里任邱县。时甫未刻,即为宿处,尖宿俱误,县差之狡猾,家人之糊涂,知前站之必须略谙世事也。县令姚宝炘,号伯绳,浙江嘉兴人。

十二连桥

燕南赵北经过地,十二连桥烟水长。可惜赤栏零落尽,更无人种几垂杨。

【天头曰】鄚城驿,印给一。

二十六日　卯刻即行,晓风残月,别有征程景色。十里关张铺,十里石门桥,十里精忠驿,十里三十里铺,十里二十里铺,十里余家窪,十里河间府尖。河间县马毓桂,号璧如,安徽桐城人。河间同知潘义贞,号春圃,浙江山阴人。三十里商家林,十五里冯家桥,五里章家桥,十二里献县宿。知县铭彝,号仲民,正黄满洲人。

【天头曰】瀛海驿，印结一。乐城驿，印结一。

二十七日　晴。六钟启行，十二里单家桥，十五里马家铺，十五里富庄驿尖，交河县办。县令程龢，号蓉荪，江苏松江府人。己丑举人，乙未进士。二十里新店，十里刘伶桥，十里阜城县小憩，换夫马。县令张朴来见，山西怀县人，癸巳举人，乙未进士。号械堂。本拟住宿，以天气尚早，又趱行，十里许家铺、十里漫河。宿小客店，陋甚。

【天头曰】富庄驿，印结一。阜城驿，印结一。

二十八日　七钟行。十旦申家庄，七里向化屯，十三里景州，穿城尖。知州阎骏业，号菊农，山西榆次人，来见。二十里北刘智庙直界，二十里南刘智庙入山东界，十里德州西关外渡河，绕至南门公店宿。孙少襄军门，金彪。现统武卫前锋，驻南关外，差人来接。据云晋省惜未得晤也。知州袁保纯，号萃庵，河南陈州人，来见。又营务处道台达斌，号佑文。城守营程中林号竹庭均有帖来，持片差谢。寄葵信一函，是日行九十里。德州卫掌印守备程绍曰小甫。

【天头曰】东光驿，印结一。安德驿，印结一。

二十九日　晴。七钟行。十里陈公堤、十里谈家铺、十里黄河涯尖、十里廖家庄、十二里曲逯店尖，归平原县办。十五里老鹳城、十里平原县宿，借住景颜书院。县令姚诗志，号叔言，广东番禺人，壬午举人，来接，并见沿途有孙军门少襄所统武卫前锋军，出队送迎，均辞之。观其军容，兵多壮健，步伐亦齐，均习德国操法，颇有谨饬之象，较诸武卫中军远矣。天气过暖，时甫惊蛰，似逾于节气。

三十日　卯刻行，十里宋公店。天明，十里平原、二十里铺、十里张公店、十里黎季寨、十八里留普站、十里禹城桥、三里禹城县尖。县令许源清，号鹤泉，直隶新城人，丙戌进士，己卯乡榜同年，来见。午后三里绕城、二十里禹城、二十里铺、十里王家店、十三里晏城驿，宿齐河县治也。县令凌绂曾，号初平，浙江归安人。

【天头曰】刘普驿，结一。晏城驿，结一。

二月初一日　壬辰朔，天明启行，十里孟家铺尖，齐河县办。渡河二十里。齐河县县令凌君来接见。廿里杜家庙又尖，长清县界。十里潘村进山、五里开山庙、五里佛公店、十里崮山驿，换夫马。二十里张夏宿，仍长清界。县令张瑞芬，号兰芳，己丑举人，庚寅进士。渡河约半里阔，河流浩渺、气势自雄。后行堤上，有居民数百家，土室屯聚。闻去年河决被灾，徙居高埠，暂占一廛。云入山后山石荦埆，陂路崎岖，到行馆已曛黑矣。致孙少襄军门一信，托县寄。

【天头曰】崮山驿，结一。

初二日　卯初行。二十里景庄、十五里阴灵关、十里长城铺、十里垫台尖，长清办二十里新庄、十五里泥河、十五里泰安府。宿泰安府，系同年王砥齐编修署理，名绍廉，浙江人。泰安县代理周庆熊，号梦彪，丙子举人，浙江会稽。均来见。参将恒山典史吕道鼎伯桢，县丞邓廷魁，号伯英，河南人。作锡三信带、荣儿信、葵、珪信，寄邮局。晨起出城，回望泰岱，雄震方隅，气象浑含，不以奇峻胜也。

【天头曰】长城驿，长清界。泰安驿，结一。

初三日　黎明行。十八里邱家庄、十里池家庄，过汶河、十里浑河、十里崔家庄尖，仍泰安界。十里长兴、十里花马湾、五里望幡岭、五里新泰界、十五里关桥、十里王家庄、五里杨柳店，新泰县界，宿。是日风，县令冯德华，号宝斋，直隶任县人。

【天头曰】崔家庄驿。杨柳店驿。

初四　晴暖，七钟行。十里浮邱、五里四槐树、二十里翟家庄尖，新泰界。十里猴子岭、五里周王庄、五里新泰庄、八里花园儿、七里沈家庄、十里螯阳宿，仍新泰。新泰西关外为新泰驿，例换夫马。自泰安而下无厂车，应差以二把手代之。三辆准敞车，一辆行山路，转胜于大车，新泰而下则车更小，不任装载，仍以原车带过站。闻每辆贴制钱六百五十文，藉供官差之用。是日间有山陂尚平，王升、张升均坠马，稍受微伤。

【天头曰】新泰驿，结一。

初五　晴暖，未明即行。是日约一百十里，兼有山路也。行十五里长路、六里西住佛、十二里东住佛、十二里蒙阴县尖。县令姚万杰，号蔚然，河南陈州人，孝廉方正接送，来见。十里保德河、五里公家城子、五里青沙埠、十里桃墟。十二里界碑、六里赵庄桥、四里丁旺庄、八里垛庄，宿沂水县界。县令方奎，号星聚，江苏常州人，至蒙阴，时交去彭子嘉致彭伯衡信，兖沂曹济道，又缙绅二部。山田平坦，土脉已融，麦苗青青矣。

【天头曰】蒙阴驿。垛庄驿，结一。

初六日　晴。七点钟行，五里金桥林、十五里埠口、十里双猴儿、十里上店、十五里青驼寺尖。五里南店、十五里磨石沟、五里徐公店、五里大峪，出山道也。二十里半城，宿兰山县界。县令叶大可，号汝谐，四川成都人，壬午举人，甲午庶常。是日行九十里。

【天头曰】徐公店驿。

初七日　晴。七钟行，十里枣沟河、十里鹅庄，过沂河，二十里沂州庑，穿城尖。卅里过河，车望廿里，李家庄宿。知府胡建枢，号星舫，安徽人，癸酉举人。是日行九十里。

【天头曰】兰山驿，结一。李家庄驿。

初八日　卯刻行。十里诸葛店、十里沙墩、二十里大埠、二十里十里铺尖，郯城界。十里郯城县、十五里曹村、十五里重兴、二十里红花埠，宿。是日行一百二十里，仍郯城界尖。县令来见，吴弼昌，号纳平，福建闽县人，己丑举人，其兄丰昌建宁属训导。大挑。途中天气甚暖，杏梨皆华，亦觉稍逾节令。是日俗谚张大帝报，日出日落时，略有雾气，躁（燥）热，恐有风雨之来也。

初九　卯刻行，阴有雾。十里牛儿庄、十里马儿庄、十里唐店、十五里龙泉沟、十五里峒峿尖，宿迁界。县令丁忧，委典史郁礽代办。道旁有驻扎漕标。新军后营统领游击张捷三出队迎送。午热，十五里小河、五里张三河，汛，十里小店、廿里顺河集，宿迁宿顺河集。从前发捻交战四冲之地，今又承平四十年矣。市镇铺户自成墟集，有清淮马队营驻此,统领李永光丽山出队迎,军装皆洋操也。厂车日少,前两站即用二把手,给价包程至此。

【天头日】峒峿驿。

初十　晴,雾热。二十里新集、二十里庐家集、十里流朗涧、二十五里仰花集尖,廿五里崔镇、廿五里众兴集,宿桃源城外五里。县令张镕万,号文坡,湖南长沙人,野秋冢宰之侄,癸巳通家张名达,万之从兄弟也,来见。副将衔管带淮军马队盖占魁,号云初,淮安人,出队。是日行一百里,行李改用船。补录顺河集七律一首:远隔城闉近市阛,鞭丝夕照顺河湾。春前杨柳宦程早,乱后粉榆废社间。地为古彭城。堠吏捉车输役苦,村佣贳酒趁墟还。野田耕出埋沙镞,犹带当年战血殷。剿除发捻时,此地为征战之场,蹂躏最甚。

十一日　阴雨。天明启行,即雨。二十里来安集、二十里鱼沟尖,清河界。泥途滑,踟蹰不前。十五里朗名、十八里盐河。渡河二里,王家营,十里清江铺。雨势帘织,沾濡颇甚,到已近暮。陈筱石漕帅率官僚行请圣安礼,毕,又行里许到船。徐铁珊名金寿来见,颂田孙也。

漕运总督陈夔龙。筱石,贵州人,丙戌进士。

淮阳镇总兵潘万才。艺亭,安徽人。

淮阳兵备道沈瑜庆。蔼苍,福建人,文肃之子。

清河县洪槃。号幼琴,琴西子。

里河厅徐肇濂。荣卿,直隶人。

镇标游挈余志斌。道生,扬州人。

守备谌自元。德之,江宁人。

城守都司杨金涛。彦臣,江宁人。

漕标中军吴炳辰。星甫,安徽人。

十二日　雨止,阴。晨起上岸,拜陈筱石漕督,未晤。沈蔼苍兵备,晤潘艺亭军门以下诸武官。访徐仲田,晤谈,自戊子秦淮一晤,又十余年。须髯已白,丰采不俗,人甚和蔼,与季和前辈不愧伯仲。询之有两曾孙,亦能载福人也。回船沈蔼苍、潘艺亭、杨金涛来晤。筱石派一炮艇护送,哨弁刘桂林号巨卿寄锡三信。行李船到即过载。午刻解维共用四船,座船一、幕友船一、仆船二。京估轿车二两[辆],卸装遣回,每两[辆]酒钱六百文。十五里板闸,淮关在焉。关督世网差帖。约水程共三十里。淮安府,山阳县宿,知府张庆勋,号元畅,湖南长沙人,癸酉年谊。县令杨玥垣,号星吾,湖南新宁人,均接见。汪闰生兄,时任山阳教谕。嘉定李顺生、贡生、塑。时任训导,皆太属同乡,来船畅谈,留夜饭而别。夜雨甚大。

【天头曰】后又添一船,名为大轿,须置舱中,实则仆人与王车夫并船家怂恿为之,以其两愿,姑勿深迫。淮阴驿,结一。

十三日　早行,风色大顺,扬帆而东。十里杨家庙、十里二铺、十里头铺、十里平桥河、十里京河、十里黄铺、叶云闸。二十里巳刻至宝应平安驿。县令朱士俊来见,号英甫,浙江海宁人。寄去佛卿托寄刘秀峰信一械。未刻又行,风帆迅驶。十里北田铺,龙亭闸。十里刘家堡、十里南闸、瓦店闸。十里汜水、十里红桥汛、十里界首。天甫晚,风色渐微,仍前行,雨声渐繁。二十里张家沟,又名马棚湾,十里清水潭、二十五里高邮宿,到已夜深漏三下矣。

【天头曰】界首驿,结一。

十四日　雨止,晨,高邮令李孟康,号竹人,河南固始人,差帖来。十一点钟开船,风帆尚利。二十五里三十里铺、十里露筋祠。道旁有牌坊,回贞应祠。十里腰铺、十里三沟闸、昭关坝。十里邵伯埭,村镇甚蕃盛。四十里宜桥,杨关分口。至扬州南关外,宿甘泉,为邵伯驿,江都为广陵驿,扬府甘泉令来见。得凤石信,所荐之仆刘堃来。

两淮盐运使程仪洛。雨亭,丙子举人,丁丑进士,浙江山阴人。

扬州府知府石作桢。韫轩,直隶天津人,己卯同年名作械之兄。

甘泉县知县谢元洪。苞庭,浙江人,辛卯举人,未进士。

江都县知县刘燿。松亭,山东潍县人。

【天头曰】邵伯驿,广陵驿。

十五日　晨,雨。进城拜客,答程雨亭晤。一府两县均未晤。至财神庙,拜陈巽卿观察,重庆。辛揆之岳也。旋来船晤,两淮批验所监大使鲍诚来,鲍华潭师之孙也。又单毓元、菊弢、泰州廪生持吴棣仙先前辈信来见,此君为南菁高才生,欲来就幕,惜乎已迟矣。闻丹徒口内浚河筑坝,渡江后须走江阴,与运使商,借得提工局小轮船普安拖行。管带把总张在良兰亭作陈筱石漕帅信,遣护送炮船还。哨官刘桂彬,赏款扇荷包,兵犒四元。午刻开船四十里,出瓜州口。江波浩淼,直驶中流,金焦山色,重瞻乡树。十八里江面泊镇江岸六吉园,即遣张升上岸,知锡三婿已与韵女同来,寓六吉园,即往接下船,拨一船居之。五六年之别,相见依依,又话及蕙女事,韵女尚未知之,不禁一恸也。锡三带来葵、珪京寓三十信,又子密信。是日见申报,知菊裳放甘肃学政,为之起舞。

常镇道长恒。久山,正黄人。

列都统奇克伸布。建亭,正白驻防。

镇江知府许星璧。东畬,湖南长沙。

丹徒县知县洪尔振。鹭汀,四川华阳人,辛卯举人。

十六　晨,清早开行,仍由普安小轮前导,直走江心。行二百八十里至江阴口黄田港,进泊北门之永定坝。县令吴镜沆号遹孙,河南光州人,庚午举人,前曾任镇洋县,即广西学政吴菊农敬修之太翁也,来见。芍兄到船,别已十年矣。留船晚饭,谈至更深而别,辛揆侄亦来,寄顾缉庭信。

【天头日】遣回普安轮船,附雨亭都转谢信,送菲仪四元,犒八元。

十七日　晨,进城,答吴遹孙,顺拜丁叔衡前辈,时为南菁高等学堂山长,右手足均蹇,非复当时奋发矣。至芍兄署见大嫂、蓉侄妇,庆、蕊、定诸侄女,桂侄女已适汪仲怀、名原懋,柳门侄。时适归宁,并两外侄孙男名贤者均在。诸侄孙男女、蓉伯之子康生,余葵已到署,抱剃头者也。又一女,辛揆之子,桐生陈氏出;又女,其长子榴生任氏出者,适往苏,未见。锡三、韵女均到署一见,略展数年别绪,亦旅中一乐也。西学周旭东、名朝升。来。并晤洪麟阁韶、戴兰生。又偕辛佺、锡三至南菁学堂观各种机器,回署饭而行。苟兄亦同舟到苏,移舟南门外,以港浅候潮而行。是日申正潮来,至南闸为最浅处,约二里许,篙撑缆挽,邪许相属,殊觉容与不前。过此为日城桥,夜潮退即泊。

十八日　早潮开,此间为江阴南门外之运河,三十里内由应天河至青旸镇,河道淤浅,节节阻滞,时适常州至丹徒口一带,有浚河筑坝之役,凡入江之船皆取迳于此,拥挤异常。且以水浅停泊两岸,中仅一线河道。是日舟子劳甚,用盘车牵挽而上,并有县中所派纤夫、河快帮忙,人声喧阗,如行滩河。邻舟撞轧,时有殴骂之事,行路之难,随处有之。然亦水道之不修-以至此也。是日行竟日,上灯时尚未至青阳镇,相距二里许。到岸停泊已十一点钟矣。

十九日　观音诞,风自东南来,舟行甚滞,共行三四十里。过白荡圩至高桥三十里,过北塘黄埠墩至无锡泊。县令孙赞元,号相臣,直隶丰润人,癸酉举人,来见。金匮方臻峻,号果卿,安徽定远人。夜雷雨。

【天头曰】锡山驿。

二十日　天雨达旦,晨遣仆入城谢步,开船十里,十里亭、十五里新安、十五里望亭、二十里浒墅关泊。午后风顺,晚尤大,似起阵。

二十一日　晨九钟到胥门官埠,巡抚以下均差帖来。按站归元和县姑苏驿,应差当道,本以是日请圣安,旋以抚辕来知会,定于明日八钟行礼,未便登岸拜客,只得在舟静候一日。汉年九弟、江甥俊侯、潘轶仲、杏衢佺、彦修、金调卿、荣儿来舟同饭,潘季孺舅、沈旭初观察、尤鼎孚诸熟人络绎而来。下午苟兄即僱舟赴嫠扫墓。接闽督许来排单一件。

江苏巡抚恩寿。艺棠,满洲,曰戌进士。

织造　荣铨。子衡,满洲。

藩台　陆元鼎。春江,浙江,曰戌进士。

臬台　效曾。述堂,满洲。

粮道　罗嘉述。少耕,赴沪未来。

苏州府　向万镕。子振,湖南,庚午优。

总捕　黄家珍。宝之,江西。

长洲县　苏品仁。静庵,云南,乙酉举、丙戌进士。

元和县　王得庚。纬辰,浙江辛卯举,壬辰庶常。

吴县　田宝荣。春亭,浙江。

城守营参将　曾毓衢。道亨,湖南人。

守备张鹤翔、云彪。吕建伊、业臣。夏大明、王永贵。

二十二日　巳刻各当道集官厅行请安礼。少坐即回舟,各官来拜,接晤,抚藩臬织造余辞,即登岸至署回拜。三宪均见。顺至西城一带拜答各亲友,到花桥王宅见仙大太太,赓云、次欧并寿彭内阮等,即至本宅先谒祠堂,兰陵大妹亦约于宅中相见。内厅见姨太太、八九两弟妇,一吴氏蔚若之妹,一任氏,筱阮中丞孙女,名家驹之女,皆初次见,韵女亦已到,略谈。至外书房饭,锡三同坐。饭毕,登旧所居楼一看,时荣儿将办毕姻,拟营新房也。旋偕荣儿、锡三婿、韵女至昌善局王夫人殡所祭扫,十年不到,殡舍尘封,百感交集,曷禁怆然。辍祭而返,至江宅未晤,随至潘宅。隔日,季孺舅订与沈旭初丈、仲午舅作晚饭之叙,移樽于此,即水芝仙馆。园中进内,见九舅母,又见鹤亭夫人,时荣儿即寓轶仲处,故托商办喜各事。上灯入席,杏衢、荣儿、轶仲均在坐。散后仍归舟,轶仲同宿于舟,伊明早下乡扫墓也。是日,许子泉鑫、桢伯周兴来,均见;邹咏春、王腾之来,均未及见。侄婿汪原懋号仲怀来见,知柳门往浙江书院矣。悉吴清卿丈大澂作古。有人持朱砚生丈、费屺怀信来,皆荐仆人。

【天头曰】壬寅三月,道出吴门,诣昌善局。王夫人殡所

殡舍尘封已十年,故园久别况重泉。暂来展奠停征辔,枉说茎斋赖俸钱。

人世夫妻感哀乐，天涯儿女话缠绵。青山无分偿偕隐，愿乞梅花筑墓田。第六句注。

二十三日 午前在舟，有客来。午后，上岸回拜织造、元和及东城诸亲友。复至江妹处，得晤炎片刻，晤王胜之，又晤俞曲园大前辈。又访咏春，亦拟一晤，闻以少子殇于时症，即昨日事，咏春不在家，晤其世兄尊初，匆匆致意而别。薄暮归舟。所订校阅之友，费君廷璜，号玉如，吴县人，钱友夔荐。王君树声，号获百，崇明拔贡，孙子钧荐，均来。即移行李至舟。荣儿、杏侄、江甥皆同宿余舟。约翊[翌]日同至沪上也。是日，发缉庭信，询闽轮事。发芝房信，询季亦平。晨荫甫买舟回昆山，彦修来接管帐席。

二十四日 晨，麟增为侄孙来，伯荃子也。时伯荃以谒选入都矣。八叔之大郎、幼汀之郎同来。复登岸，答拜朱修亭观察、沈旭初丈，均晤。答同年王培钧大令。午后解维抚辕派彪槎轮船护送。由葑门蜜陀桥过宝带桥。管带浦永新千总，号海山，未到船。晚风甚大，小泊仍行，夜半至昆山境。闻舟子有登岸到县索水脚者，呵禁之。行百余里。

二十五日 午后到黄浦。以观音阁码头有旧织造官船停泊，遂系缆大东埠，埠为东洋轮船汇舟处，明晨须移让。夜，胡绍介户部来，杏衢会榜同年也。吴少甫来·张芹堂来，陈瑞卿来。开船时得张子密亲家电，约在沪上候晤。至是，坐马车来。自丙申结姻后，始会一面，女婿女儿均在坐，亦作小聚会。谈次云已移装江永轮船，以六合公事来催赴金陵，当晚将发。别后又偕杏渠估马车往答于江永船，并晤刘葆良编修，树屏。时已改观察，赴安庆省，亦附江永船也，归舟已二点钟。

廿六日 阴。上海道袁海观观察树勋来晤，湖南人。上海县汪瑶庭大令懋琨山东历城人，丙子举人，丙戌进士，来晤。午饭后，至招商局晤顾缉庭表兄，询海琛轮船，云约须月杪返沪，无如何也。进城答拜道、县。出城复拜吕镜宇工尚、盛杏孙工侍，皆同官也。拜李木斋同年,晤答李汝才景枚。王振声内弟榭敏来,即订其赴闽幕襄校。

廿七日　晨,微雨。缉庭来,芝房来,守常以德臣叔信、程翰香以其岳母信来,据云元裕当友之妻,实不能详也。谢绣君有信,作葵、珪儿京信。是日,本拟移寓天后宫旁行辕,以规模太大,自起火食,诸多不便,故未移也。王升、李成沿途滋扰、不遵约束,均令斥退回籍。下午雨,夜尤大,荫甫自昆来。

廿八日　清明,雨。晨至天后宫进香。清早荣儿估舟回嘉,将以初一应县试,芹堂同舟去。李成被斥,以杏侄、锡三婿女等代为说情,念其多年在宅,向来无用,尚非肆行无忌者,因免斥逐,不令随任,即令随荣儿去送考。午,缉庭邀饮于聚丰。杨允之在坐,胜之亦适到。散后答王旭庄、杨宜卿、许春荣、杨允之等。粮道罗少耕嘉述公事来沪,并泊观音阁,互拜一晤。芍兄自嘉定来,寄京葵儿信。夜偕少甫至华园洗澡即归。

廿九日　午后,偕杏渠至徐家汇南洋公学堂答拜汪芝房同年,并观学堂规制。堂系盛杏生侍郎所创办,已五年矣。屋宇宏敞,各所均整饬。其学生以西学积分分等差中优四班,每班三十人;外院两班,每班三十人,以次递升上院。尚有溥通学毕业者十余人,现俱游历外洋,俟学成而归,可以专门学备上院之选。晚赴杨宜卿,招新泰和。

三月初一日　雨。秦子杨来,燮庭来,并招游愚园、张园。雨后为时已晚,游人俱散,小坐茗话而归。夜,子扬邀饮聚丰堂,同坐皆本宗,共八人。余与芍兄、杏侄、朗蟾、善生叔之子。守常、德臣叔之子。又犀闻、眉声弟。燮廷、子扬,作主共二人,则江甥俊侯、方季航、子扬之姊丈也。燮廷又招饮同庆里。胡复生自津来,云珪儿附怡和行顺和轮船回南,盼望恭切。闻海琛到埠。

初二日　托缉庭定舱。午赴汪芝房、杨允之招新泰和。郁甥志甘自闽来,其岳王念劬亦同舟来,即来拜晤。电报局总办杨子萱来、名延杲。寄轶仲并季孺舅信。季亦平和钧自常熟来,芝房所荐算学友也。

初三日　上巳，薄晴。午赴电报局，总办杨子萱廷杲招新泰和，并晤王旭庄。午后下行李毕，即至海琛船，遣发县差等去，并辞当道送行者。复登岸，偕锡婿、韵女、杏渠至张园一游。是日，珪儿由顺和船到申，载圆儿、蕙女、蒨姬及曾棣侄四柩归，亦一心事也。荣儿由嘉定来，送余行，后同俊候回苏。锡三、韵女附江孚船回江宁，芍兄亦由江孚回江阴。晚同聚于江南村番菜馆话别，皆至亲密戚，宴饮甚欢。散后，送韵女到江孚，余亦归。海琛、芍兄、锡三又来，杏及珪、荣、江甥亦来，宿于船。

初四日　晴。顾缉庭来送，吴少甫、秦子扬、爕廷、犀闻、眉生子万青、郁吉铭、志甘、顾少封洪基，叶寿嗣子。均来，珪、荣、俊候登岸。二点钟展轮出口，风色尚平。

同行各友：费玉如。廷璜。

王树声。名获百。

季亦平。名和钧。

王海樵。名采珊。

王树敏。名，号振声。

秦曾潞。名，号杏渠。

帐友：李彦修。承寿。

龚阴甫。宝贤。

仆人：张升、勤儿、王轿头、明上本宅。刘堃、刘斌、王贵、刘义、杨升、马升、郝升、陈升、郭厨。

师价：孙元费、周福杏、孙福侮、朱虎彦。

初五日　阴。行海指西南行，两岸时见群山迤逦。

初六日　晨，进马江口，至罗星塔，即有小官轮来接。偕杏渠先过船，督抚将军以次均差接，本府县均接见。文巡捕朱宝桐、梧冈、常州人。武巡捕把总王步云来谒，当差衙门、书吏、承差等进谒。小轮行至南台，进公所，总督都统率属请圣安礼毕，略坐谈即行。乘舆入署，学政旧住抚台衙门，近以该处改设武备学堂，学政仍回本署驻札

［扎］。署中地方辽阔，久无人居，草草修理而已。到署拜仪门，谒文昌祠、武圣祠、大士祠、魁星、灶王大仙，正房楼上即大仙居也。

　　浙闽总督　　许应骙。筠庵，广东人，壬子翰林。

　　福州将军　　景星。月汀，巳卯举。

　　都统　　松秀。梅林。

　　藩　　周莲。子迪，贵州人。

　　臬　　杨文鼎。俊卿，巳卯举人，云南蒙自人。

　　粮道　　启约。省三，正白旗。

　　盐道　　鹿学良。遂齐，乙亥庚辰。

　　署福州府　　程祖福。听彝，戊子举。

　　福防同知　　吕渭英。文起，浙江人。

　　闽县　　裴汝钦。鉴澄，江西人，庚寅庶常。

　　侯官　　陈其煊。桂孙，浙江人。

　　　　【天头曰】府教授：魏鸿翚幼衡。闽训导：周捷先拾登、黄大星烂如；侯官教谕：袁楷少仓。训导：胡友梅恂如。大学堂总教习：叶在琦肖韩，翰后辈。致用书院长：谢章铤枚如，丁丑中书。凤池院长：郑锡光庚寅翰。正谊山长：叶大道锋人，庚辰翰。越山院长：廖骧执斋，庚辰进士。鳌峰山长：张元奇珍午，乙酉丙戌翰。

　　初七日　晨起会客。即出拜客，接得葵京信，二月内发。

　　初八日　午前会客拜客。午后，在署料理各事，烦杂之至。又接廖仲翁荐友信。

　　初九日　午后，拜客粗毕。沈丹尊名翊清，文肃公孙，四川道。来，藩臬来，同乡钱瑶侯溯昭、潘笋南诵威来，恽叔坤太守薇孙弟送菜一席，晚与各友同酌。

　　初十日　薄晴，项伯吹咏到，即请其移装入署，黄岩人、戴少怀前辈所荐友也，优于经学，兼算学等。是日料理折稿，并观风告示及题目，复廖仲山信。

　　十一日　晨，雨势颇大，各友卧房多有漏处。作葵信。午后，出门送何璧流,行将赴汀漳龙道署任也。倩王获伯写奏折报接印日期并安折两分。

十二日　晴爽早起。辰初接印,朝服至大堂望阙谢恩。次拜印由督臣派负,赍到乾字二千六十八号,福建学政关防一颗置分案,均行三跪九叩。礼毕升公座,各学教官参见,免行礼,各书吏、承差、役目参见,用印例发红条公文等。毕退堂,旋诣文庙行礼,至明伦堂宣读《圣谕广训》,均朝服。礼毕更衣,设便坐。教官行三揖礼,掣签进各学廪生讲书,毕回辕。未初,升堂点卯。

十三日　午前,出至当道,谢步至城北江苏会馆拈香,香金八千。馆中总事为徐心慈承禧。吕星望保孙也。

十四日　发葵信,内有何颂圻信,咨文四套,印花十六分。发珪信。是日,请督辕巡捕陈韵士煊来,包折即托带至督辕,附差开赍进。

十五日　署中,文帝、武帝祠、大士殿、考棚、神灶、王大仙各处行礼,发邵武起马牌,点随巡书吏八人、承差八人、门听四人。毕登楼,瞻谒仙龛,楼三间空洞无物,中间设龛一座,扁对甚多,有联语曰:“地迥不遮双眼阔,窗虚只许万山窥”,纪文达公笔也,曾见《阅微草堂笔记》。是日余生日,年例茹蔬写经,今日则不能矣,概未声张。午后,外间有知者,均送礼来,谨辞之。晚间,与诸友便看一叙。

十六日　晨出谢客,即辞行。下午接葵二月廿八二号京信,知于二十五日,特得一女,平安为慰。又得珪苏信,并寄照片,知荣儿县试二次,首列刻正三复。今日为荣择吉授室之期,未识能赴四复否也。灯下复珪信,寄照片,寄邮政局。

十七日　天气甚热,似盛夏,案牍纷积,竟日仍未清也。检点行李。

十八日　晨发装,十钟启行出西门,当道于五里亭候送茶座而行,府属教官送于道,府县送于舟,候补及诸同乡到者数十人。出城约十余里,至洪山桥登舟,共用十七舟,带幕友、家人、书办、承差各役七十九人,有小大轮三只带行,两岸皆山,回峦叠嶂,波路壮阔,风景亦佳。晚泊白沙驿。

十九日　终日行山重水复中,港汊稍狭,机舰尚可驶行。晚至水口驿,古田县界,县令王寿衡号峙南,广东人,来见。以夜深未及过船。

二十日　古田令王峙南来,水口县丞沈其麟来,号伯鑫,安徽人。舟至水口,当起岸陆行,惟从前学政多由汀州绕至邵武,顺至建宁、延平,由水路下沼,径归福州,未有从福州至此而上行者。此次稍有不同,省中未及招呼,以至夫役不齐,未能按站前进。古田令请仍由水路换舟而行,舟又小而陋,并恐以上滩河水急,舟行太迟,甚属为难。不得已勉就舟行,约定至延平府为止,仍电照预备夫役,在彼处接替。是日,候船只齐集,未能即行。作蔡弟二号京信,内附枢府,王、瞿。师门贵、昆、许。及徐颂丈各信,又凤石、少怀信,苏太同乡总谢信,将托巡捕朱梧冈回省寄邮局也。

二十一日　水窗甚热,巳刻行。坐船即圈棚篾篷,四面无窗,余船更小,共用十五只,河流甚急,荒陂乱石,错峙其中。或挽纤,或打桨,邪许之声与波浪相应。仅行四十里,泊谷口。

二十二日　竟日行五十里,泊处入南平界,以旱道计,是处为清风岭,今据舟人云系在岭之背也。

二十三日　约行四十余里,滩溜甚急,礁石纵横,舟有触损者,泊处尚隔葫芦山五里。夜,风水之声汹涌如潮。自水口换舟,连日行群山环抱中,滩河溜急,纤挽不前,日不过行四五十里。官驿荒凉外,扁舟促我行。方愁前路远,苦与急流争。山色含云重,滩声换雨惊。篷窗蜷卧处,倚枕听残更。

二十四日　晨,延平府刘雅宾前辈传福差接,南平令陈增来见,号文椒,江西人,丙子优贡,已卯举人,同年也。约行二三十里至麻梨宿。天气闷热,晚雷电阵雨。

二十五日　午至延平府城外,雅宾前辈来晤,陈文椒同年亦来晤。即登舆进城,至考棚暂驻。考棚在山上,地势甚高,城内有协镇参将、经历、典史、县丞均来见,随往差答,府署即在邻近,亲往答焉。府署尤高,据山椒头门五大堂,后西上至客厅,约半里许,各教官来。

府教授李锦。字绚斋,侯官,己卯举人,己丑进士。

训导刘缙官。字书云,政和岁贡。

南平教谕黄湘庆。字蓬山,永定戊子举人。

协镇袁友杰。

参将。

二十六日　巳刻行四十里,大横宿。有一镇,仍南平界。是日,行山道中,高低曲折,远近迤逦,风景甚佳,山凹时有水田,绮分罫布,秧苗已茁。用夫四百余名。

二十七日　辰刻行。由房村口至太平驿四十里宿建宁府,建安县界。令王之杰来,号秉恒,江西人。又建宁府派本棚文巡捕史致钧,号锡麟,阳湖人,典史。年三十一岁。武巡捕朱煦光,号省堂,建阳人,年二十,拔补把总。下午雷雨,房漏。

二十八日　晨,辰初行,途中遇雨,遥见云气缕缕。自山凹出,行四十里,建宁府考棚宿。知府谢启华、号椿谷,广西人,丙子举,丁丑进士。建安县王之杰来,瓯宁县李泽春号兰生,天津人,癸酉拔。来。协镇王复胜号佐臣,湖南人。来,以次文武各员均见。

建宁府儒学训导　颜钊。号温其,永春优廪。

瓯宁教谕　钟肇祺。号□□,侯官申午举人。

建安教谕　吴抡元。号鳌峰,邵武岁贡。

建安训导　祝荓康。号裔庭,侯官,己丑举人。

二十九日　阴雨连绵。行四十里,自北平至叶坊宿,瓯宁界。是日立夏。

三十日　行四十七里,宸前尖。又行三十五里,建阳宿。县令俞秉焜来,号东生,原籍浙江人,壬戌举,曲园先生之本家也。建阳代理教谕林孝菁号茂士、训导林祖勋号仰斋来见。林祖勋有被人报告事,拦舆未收。又前次有详文指生员袁姓匿丧不报,访之不确。而林训导实有勒索,学规罚捐文庙银两未缴事,托俞大令密查详复。

四月初一日　行三十里后山尖,公所借大奶夫人祠,联语等甚俚,不知奉何香火也。午后微雨。行十里麻沙宿,仍建阳界。邵武县教谕林溥泉号云举,福州己卯举人,奉府红批来接。是日,行经临水处,滩流益急,奔湍如雪。居人多设水碓,置机轮,如桔槔状,借以舂米。夜雨达旦。

初二日　雨止。行二十五里界首宿,邵武县界。令陆藻章号丽南,广东人来见。邵武府张兆奎、号文川,天津人,癸酉举人差接。派文巡捕刘栋来,号铁笙,武进人,现任经历。武巡捕马从龙、号□□,均见。

建阳道中即景

雨后岚光积翠微,下循滩路上岩厓。采茶备趁山园早,卖粥人来野店稀。

两岸飞湍喧水碓,一陂方畷补田衣。眼前好景添清旷,遥指炊烟映夕晖。

初三日　行五十五里,至邵武,府县皆来见。周视考棚一巡,有宜周防堵筑处,即令匠人赶办。

初四日　行香讲书。

初五日　考生童策论。

初六　一府四县生正场,天雨。

初七　复生策论。

初八　四县童正场。

初九　复生一等。

初十　考优生,考教官。

十一　提复童。

十二　总复新进童。

十三　新进恭默圣谕,补本届岁考。是日岁试毕,接行科考。

十四　一府四县科考生正场。

【天头曰】接省中寄来各信,苏、京信,均未接。僅锡三初七一函。

十五　四县童正场,场中攻出枪手二人,一江应顺,福州人;一吴绍云,江西人。即交提调审办,查出枪替卷五本,先行扣除。

十六　贡监录科。

十七　复生一等。

十八　提复四县童。

十九　总复新生。

二十日　恭默圣谕,一等生员阅卷。阅卷者系将一等生员前十名应解部之卷修改誊真,以免磨勘之违式也。

二十一日　簪花奖赏、总岁科试均毕,发建宁府起马牌。拜客府县参将。下午,余以感冒湿热兼食滞腹泻头晕。

二十二日　本拟是日启行,因有恙,改缓一日,幸已稍愈。

二十三日　晨,巳刻出辕,至城外十里亭,各官设茗憩送别,略坐。遂行五十余里,界首宿,邵武界,县令陆丽翁辞回。闻朱子之墓在近处,同人欲往谒,询之不详其里数。天雨而止,其后裔所居曰考亭乡。

二十四日　晨雨,行二一五里。麻沙宿,建阳界。令俞东生来见,文巡捕史锡麟、武巡捕朱省堂来接。俞东生面交林祖勋查件,即批建宁府察看。

二十五日　晨,阴雨。行四十余里尖,即大奶夫人祠也。午后行二十余里穿城过,宿建阳界。

二十六日　晨,诸友及仆从先下船,由滩河行。有樟滩,水极悍急,中流多石,闻有江西茶船触石而碎,幸水浅,人俱无恙。险哉。余又舆行十里至北垞,县令俞来送。下船沿流而下,晚泊叶坊,欧宁界,令胡之桢号稚芗,戊子优贡,安徽人来见。来舟次见。

二十七　至建宁府。属县七:建阳、崇安、浦城、松溪、政和、建安、欧宁。为两首县府谢启华春谷、建安县王之杰,欧宁办差胡之桢。

二十八日　谒庙行香,讲书,放告,阅墙,给贫。

二十九日　童策论场。因人多坐号少,生童分两场。

五月初一　生策论场,补岁考。

初二　一府二首县,生正场岁。

初三　浦城、崇安、建阳、松溪、政和五学生员岁考。

初四　复生策论。

初五　下四县童正场。

初六　复一府七县生。

初七　建安、欧宁、松溪三县童正场。

初八　面试下四县童。

初九　考教官,考优。

初十　面试三县童。

十一　一等阅卷,新进招复。

十二　补本届岁考。

十三　接办科考,府首县三学生员科正场。

十四　下五县生正场。

十五　下四县童科正场。

十六　复八属一等生。

十七　建安、瓯宁、松溪童。

十八　面试建阳、崇安、浦城、政和童。

十九　贡监录科。

二十　面试三县童。

二十一日　一等阅卷,复童生。

二十二日　新进恭默。

二十三日　忌辰。

二十四日　簪花奖赏。

二十五日　起马。

二十七日　到延平府，一府六县，南平、顺昌、将乐、尤溪、沙县、永安。

【天头日】道：徐兆丰乃秋。府：刘传福雅宾。县：陈增文叔。

二十八日　阖属生童策论场，补岁考。

二十九日　小建。一府六县生正场，接葵四月廿八京信。

六月初一日　复生策论场。下午大雷雨，南平县文庙雷火灾，大成殿及两庑燔焉。

初二　考六县文童。

初三　复生一等。

初四　考教官优生。

初五　面试六县童。

初六　一等阅卷，招复新进文童。

初七　新进恭默，补本届岁考。

初八　接办科试，阖属生正场。

初九　六县文童科试正场，办尤溪枪手三。接葵京信，六月初十发，又锡三信，六月十九江宁发。

初十　录科。

十一　复科一等。

十二　面试六县童。

十三　复试。

十四　恭默，一等阅卷。拜客，接兵部政务处咨宣谕化导，使令学政兼充。

十五　簪花奖赏。

十六　起马回省。

十七十八　由舟行，泊观音阁。

十九日　到福州回本署，杏渠得家信，知偶大嫂于五月十七日卒,年六十。

二十日　晨出拜客。发葵、珪第四号京信,托吴少甫寄邮局,又寄荣儿苏信。

二十一日　在署,志甘、笏南来料理零星事。少甫信内划还洋贰佰元。上海三月,借款归讫。

二十二日　寄陈静斋信,汇还京足银一千两,又利陆拾两。寄凤石信,汇还省馆借款京足伍百两,俱由蔚泰厚汇。又葛振卿尚书唁悼亡信奠仪十二金,复曹邃翰信,附公函来征锡世兄喜分。贺仪八两。又附致韶弟信,送彦修之郎赆仪二十元。项伯吹回浙乡试,送程仪十二元,元卷三元。又寄荣儿汇曹纹一千两至苏,还朱寿臣、星卿叔、汪苕孙各款。

二十三日　起马赴福宁,省中新议以途中供帐之费提归大学堂而请学。使乘轮渡海以达莲花屿,换船至盐田,再登陆四十里到府,可省站费。余不以为然,争还衙门各项应公之款,此议皆程守祖福之迎合上司也。讵连日飓风大作,余甫出南台,来报轮船不能行。府县均无如何,留余在税厘总支应局暂候一日。局本行馆,屋宇颇轩敞,仿洋式也。夜大风雨。

二十四日　风略止。余以在局究多不便,即行。由南台坐船至马尾,过轮船即开。

二十五日　昨夜行一百余里即泊。天明又行百余里,共二百数十里,至莲花屿换船,行四十里至盐田。起岸四十里至福宁府,知府李增焘,号襄国,云南乙未进士。霞浦首县钮承藩,号耕孙,浙归安人,来见。文巡捕张简,号迪臣;武巡捕。

二十六日　行香、讲书、给贫、阅檄、放告。福宁府属县五:霞浦、福鼎、福安、宁德、寿宁。

二十七日　阖府生童策论场,补生岁考。

二十八日　一府五县岁考生正场。

二十九日　复生策论。

三十日　五县童岁考正场。

七月初一日　复一等生员。

初二日　考教官优生。

初三日　面试五县童。

初四日　招复，一等阅卷。

初五　补本届岁考。新生恭默圣谕，又小学。

初六　接行科试，一府五县生正场。

初七　五县童正场。

初八　贡监禄科。

初九　复一等。接京都洼信一函，六月二十三发，系十三接到。

初十　面试五县童。接荣儿六月廿七苏信，时以第二名入学，学使为李殿林吏左。侍郎号荫墀，山西辛未翰林，荣儿县府试策论场均第一。

十一　招复新生一等阅卷。

十二　新生恭默。午后拜客，镇台曹志忠仁祥府县。

十三　簪花发落。

十四　起马仍由盐田至莲花屿，上飞捷轮船。

十五　至马江拜船政大臣沈京卿翊清丹尊。至各厂一观，共做工处有十三厂。下午乘船，攺船至南台已十一点钟。

十六日　程听彝、府尊黄剑农、名鼎翰。陈贵孙其煌来接，至税厘局小坐。即出答拜王念劬艮藩、郁志甘、海防吕渭英号文起数处。进城入院。

十七日　作各处信，时彦修将归，费玉如、王获百、龚荫甫皆回籍乡试，匆促束装，托荫甫带新书一箱。儿辈录科咨文三角，又洋三百元，拟以百余元送嘉邑同乡，元卷以百余元备考费。是日适接荣儿七月初五、初七日两信，寄到冬考作。知已与俊甥结伴，即复一信交荫甫。十五日附轮至宁，各件即托荫甫至宁带交，又托彦修贰佰元备家用。然两接京信，以轮船有洋人验疫，每被拘留，家眷妇稚居多。葵、珪儿甚为踌躇，尚未成行，殊怅望也。又托彦修带神面二斤，交潘姑太太；又吴清帅奠信十元，钱子密参知奠信十二元，寄嘉兴吴宗濂之母奠信四元，吴飑臣少司农之太夫人奠信十二元，均托彦修分寄，或托号家转寄。

十八日　晨出拜客。晤制台将军藩司，即送彦修诸君行，趁飞捷回轮也。

十九日　连日客来络绎。盛暑衣冠，殊以为苦。

二十日　程听彝之太夫人七旬双寿，往祝即返。各府县送考，教官陆续来见。

二十一日　补各府州县岁考，到一百九十人。发京电询眷属行期并问珪。

二十二日　生员录科头场，驻防福州、兴化、泉州、永春、漳州六属，共四百七十人。接葵、珪挈眷到沪信二函，又接珪沪电，已晤彦修、荫甫矣。即作儿辈一信，寄江宁张亲家公馆代交。

二十三日　生录科二场，汀州、龙岩、邵武、延平、建宁、福宁六属四百余人。又作寄子密信，并寄还荣考作附信一纸。接韶由京回电，珪安眷全行韶。

二十四日　发生员录科案。

二十五日　正途贡监俊秀录科五百余人，皆须验照。其中有部印模糊者，有实收未换者，有有监无部、有部无监照者，有挖涂名字及三代者，均不合式；有照已失去，托人在京换领，未及寄来者。曚报入闱，实有未便，今书吏捡出另还。

二十六日　考通省教官入闱者。

二十七日　续到生员补岁考，约一百七十人。

二十八日　寄江宁试寓信，附李玉坡幛信。考续到教职、生员、贡监及俊秀、贡监一千余人。

二十九日　补岁考。督辕巡捕陈韵士暄来，包折、发例、报岁试一律完竣。奏折一件，填七月二十日。

八月初一日　午后出城,同将军、总督、都统等行请安礼,本省正、副两试官到码头也,归已上灯。正考官载昌、号克臣、旗人、庚寅进士,太常寺少卿。副考官吴荫培。颖芝,吴县人,庚寅探花,官编修。

初二日　接癸二十三日、珪二十一日沪信,又潘仲钤信,又葛振卿、吴挹清谢信。

初三

初四　阅贡院坐号一万一千零三十七间,闽学例须代办监临。

初五　补录科。

初六　辰刻至督署,候两主考行入帘宴谢恩礼,正主考以病痁不克到,未刻副考吴到,同行礼毕,即上明轿入闱,至则副主考已迳入帘矣。交制军所,取内帘同考单,宣示十二人,内收掌一人,余在至公堂收卷十人,外收掌三人,弥封官二人。五点后正主考始到,即入帘。余至监临台,在至公堂后东一院,地方尚宽,又东一花厅,略有树石,更宜为憩息之所。余调随员二人,一文巡朱梧冈,一郁甥志甘,即下榻于此,杏衢亦从。

【天头曰】内提调盐道鹿学良遂斋,内监试候补道黎国廉季裴。

初七　至公堂监印头场卷字号,驻防监生另归数号,台湾及官卷未列数,散入大场。

初八　四点钟点名,分三路,余点申路,驻防起,教职老生止,共十二起。傍晚封门,夜至红门请题,颖芝送题,正考未出也。随出至公堂,散题。头场史论题:“汉唐宋开国用人”论,“勾践焦思尝胆”论,“子贡使外国”论,“唐藩镇”论,“筹边防”论。

初九日　忌辰至子刻请题,花衣补褂。卯刻散粥,巳刻散饭,监印二场卷。

初十　向午放牌,是日贴出四十二卷,因病、曳白居多。实收卷七千零叁拾壹本。是科删去誊录,即发弥封取印红号裁履历,后以弥封取人手少,裁封履历并交外收掌兼管。新章礼部议准江西巡抚奏闰中墨卷,前二页履历空幅后复空一页半,半页作卷面加第一场印,二三场同,其一页留作房官批语。骑缝处加印监临关防,又加某字某号红戳,其某字某号,即照红号填写,毕履历存外,收掌取墨卷送内帘。每字以百号为率。

十一日 忌辰。寅正点名如前,共六千七百三十九人,交子刻后为十二日请题,仍花衣补褂,正考病少愈,仍未出。散题后进头场卷一千二百本。二场策题:"格致之学,中西异同,以中学驭西学"策,"以《周礼》《春秋》证公法"策,"兴利为当今急务,西人矿务铁路及农工商诸政,中国渐次举行,收效尚缓,近年摊派偿款,各省筹办不同,其大宗必盐房粮膏等捐,能否经久?此外有何良法?是以开利源而行之无弊"策,"拟仿英国《泰晤士日报》例,各省遍设官报局与电报、邮政并行,以期广开风气"策,"中国矿地甚多,而实力兴办者尚少,近人建矿屯之议是否可行?统筹利弊得失"策。

十二日 进头场卷二千四百本,改十三日早进。监印三场卷坐号。

十三日 进卷,巳刻放头牌。有因病者、曳白者,数本内一人,邓姓似发疯病已交卷候出矣,放牌时忽以刀自劙,面目各处伤势甚重,并喃喃谵语,可异也。接总督署十二日咨复文一件,先于初七日以内监试,奉主考传,询三场四书五经题应否加一"义"字?《变通科举章程》内并未指明。咨商酌复经督部堂电询礼部,兹据咨复云庚电悉查《变通章程》第十条内开载"头场史论题,照题全写加'论'字;二场策题,照题全写加'策'字;三场四书五经文,照题书写。"今原文《章程》内并未载明加'义'字,自应照章书写不加'义'字,礼部真等因据此咨照内帘,备文四角。是日接儿辈江宁试寓八月初一函,又接李彦修函、管祥麟函、钱新甫谢函、荣华卿仓督等公函,为张士同年致讣。文巡捕朱梧冈抄来一诗云:"戳死糟糠忆昔年,冤冤相报总牵缠。一生贞节心难泯,七载幽雠实可怜。贵福命成穷福命,好姻缘变恶姻缘。劝人家室须和睦,莫学无情一命捐。"此诗即昨记以刀自劙之考生,诗系署延平府沙县生员邓树亭作。所题黏诸号壁，士子传抄而播者也。闻其人出闱即毙，查履历只二十六岁，增生。玩诗中语曰"七载"，计其时甫及弱冠，结褵亦当未久，何为而至于此？总系少年失检其事，不可完语矣。然诗中无怨愤语，无惨苦意，尚未沉着，不似鬼语，亦不似本人语口气不类，岂好事者之点缀与因果之事，劝诫书往往载耳。余自应试以至通籍，复出入棘闱亦十余次矣，种有所闻，终难指实，此事最为切近，姑录存之，亦足为英年才俊作劝惩之一助耳。

十四日　寅刻点名，到者寥寥，盖连日辛苦，皆存补点之主见也。据收卷各员报，实收二场卷六千七百十本。除不到外，贴十九本。又除一本谢龙光携卷出场。据弥封所实收到二场卷六千七百〇九本，卷数未符。三鼓后请题四书义"子曰中人以上"至"可谓仁矣"，无"义"字。"高子曰禹之声尚文王之声"至"两马之力与"，"笃公刘，既溥既长"至"幽居允荒"。

【天头曰】外收掌报，实收到二场卷六千七百一十本；外收掌报，三场卷实收到六千六百二十三本。

十五日　早明远楼文帝前行三跪九叩礼。下午放牌，晚与杏衢、梧冈、志甘小酌，聊作筋月之叙。是日进头场毕，共六千九百八十七本，核数尚少一本。

十六日　监印翻译卷三十一本，备咨内帘福建中额数，定额七十九名，永达加广十名、官生肆名。向不编官号，以官号须二十名中一本，反吃亏也。驻防满蒙合算不得过三名，共九十六名。恩正并科倍中应一百九十二名，副榜十七名，倍中三十四名，台籍粤籍向例百名中一名，另编至字号、田字号，今届均不及数，散入大号中也。

十七日　卯刻点名翻译士子，共到十八人，遂至内帘门内，正考官赍交。钦命翻译题目，设香案跪领捧出至监临台，启匣拆封，黄纸封用"凤沼恩波"四字，图章二，内题目两道，一满文，史论政治题。一汉文。照原文翻译约二百字。先由将军衙门派来翻译题目，官举人成安缮写题目，笔帖式锡桢、普清、毓瑞将题目恭录发刻，此次准礼部知照翻译。题刊刻时将汉字一并刊刻,士子缮写试卷仍照旧章书写满题,毋庸书写汉题等同。

朱笔题首题只有满字,应翻译汉字,翻译官成安以原题出处未悉,翻译字义恐与原文本字间有参差,大为支梧。据云题十二字,是"学必见乎用,然后为有用之学"。惟"见乎"二字可作施诸行于译不知原题,不敢下笔。余亦无以难之,只得照所写发刻而已。

【天头曰】实在卷数据提调监试公事复,藩司解送试卷七千三百三十六名,头场临点不到三百名。乾闱患病七名,贴出四十二名。头场实收送内帘六千九百八十七本。二场明点不到并患病二百五十七名,贴出十九本,又携出一本。二场实收卷送进内帘六千七百十本。三场临点不到六十名。六十名,贴出二十七名。三场实收送内帘,六千六百二十三名。

再本年六月十二日,闽浙总督接奉:礼部知照咨开准军机处交出现在考试满洲翻译。乡试论题改用政治史事论,即希礼部赶紧将来文至遵全叙照办理等,因自应遵照辩理八月十七日由将军都统衙门派委翻译。每人辅校成安写题等入闱,将事敬谨照奉,钦命题目,照录翻汉字刻入题纸。惟据该翻译等官声称,照题翻成汉字,但见未晓原题出处。只得就字义衍释与原文能否一一符合,实不敢知。惟士子业经进场发题,为时甚迫,只得将翻成汉字之题照样刻入题纸,以遵定式。合并声明,统希察核查照。

十八日 试紫笔写楹联数幅,进二场卷六千七百一十本。贴十九卷,又除一本,实六千七百十本。

十九日 翻译各生交卷,至晚十一点钟始交三卷,一本尚未完卷,至天明始交齐。

二十日 收翻译卷十八本,内二本割卷、一本未完,一并封固,咨送礼部。钦命题二道,咨军机处恭缴。又具翻译进卷奏折一件,托朱梧冈至督辕倩代缮,正以闱中不用墨笔也。进三场卷毕,共六千六百二十三本。

二十一日 接张芹堂信，督辕派赍折，武弁游宝珍来，遂拜折发行并翻译卷一包，礼部军机各咨一件。是日见《申报》，悉江南闱题："汉文帝减租除税，而物力充羡。武帝算舟车、榷盐铁、置均输，而财用不足"论，"唐杨绾疏停明经进士，请令州县举孝廉"论，"宋神宗置太学三舍，厥后陈东伏阙上书，请起李纲即出自太学"论，"元初，遣速不台拔都等西征，其兵力之盛直至斡罗思以西"论，"明以尚宝少卿徐贞明领垦田使督治京畿水田"论。二场，"中外刑律互有异同，自各口通商交涉日繁，应如何参酌损益，妥定章程，令收回治外法权"策，"证明公法他国能否干预内政之例以慎邦交，而维国柄"策。三，"各国改用金币，始于何时？金价日增，其故安在？主之者何人？若中国偿款用金，亏损甚钜，拟亟筹抵制之方"策。四，"农商之学，泰西讲求极精，其见诸著述者不少，江南地大物博，易于推行何者？当扩充仿办"策。五，"欧洲格致多源出中国，宜精研绝学以为富强之基"策。

【天头曰】志甘从闱外归，得沪信悉菡初侄于八月十三日酉病故，伤哉！菡初四十余，尚无子，续娶郭以侍疾小产，此世善之长房宗子也。

二十二日 寄儿辈信至上海，托吴少甫转交。午后偕杏渠，志甘、朱梧冈周巡贡院仪门，迤巡绰所，内有剑池一方，相传为欧冶子铸剑处，又至至公堂下。西边新号内有一门，即通内层提调监试行台，而与誊录所最近。今年不用誊录，该所封闭，然闻枪替传递之弊，多由此处通路，因拆封进内一看，地甚辽旷，后通一山，恰在主考所居之后。俯视衡鉴堂，如在阶墀下，向来山上设有巡弁，现场事已竣，或已撤去，而墙垣不葺，山后可通外夹道，殊不谨密。见《申报》，河南寄到顺天乡试题："汉高祖命叔孙通定朝仪"论，"汉景帝诏议可以佐百姓者"论，"唐太宗命王珪若品定群臣"论，"宋仁宗除越贱言事之禁"论，"宋仁宗诏天下州县立学行科举新法"论。

【天头曰】内杏渠一纸，自二纸。又致韶弟一纸，附杏渠信内。

裕德、陆润庠、陈邦瑞、李联芳

浙江头场题:"汉宣帝信赏必罚、综核名实"论,"张苍领主郡国上计"论,"唐太宗监突厥于便桥、宋真宗监契丹于澶州"论,"开元四年诏新除县令试理人策"论,"元代分封诸王"论。

【天头曰】朱益藩、李家驹

湖南头场:"理财"论,"周礼六官与今六部异同"论,"冯异愿国家无恙河北之难"论,"诸葛亮开诚心布公道"论,"唐太宗书督守之名于屏"论。

江西:"和五典叙百揆"论,"孝弟[悌]力田"论,"光武帝初起太学"论,"陶侃用法恒约法外意"论,"租庸调法"论。

二十三日　料理各联扇,以紫笔涂抹毕。

二十四日　午后出闱,谒许制台,以感冒未晤,回署。

二十五日　会客数人。

二十六日　至督辕晤许筠师,交代监临事,答拜提台黄芑岩宫保、本府玉瑸卿贵、兴化府廷仲昆琦。

【天头曰】通议公忌辰。

二十七日　接江宁儿辈信、荫甫信,京中许颖初师信,以嫁女事来告,筹资。又朱又笏讣、张砺吾讣,皆征分资者。

【天头曰】江南三场题:"人之言曰为君难"至"而兴邦乎","左右皆曰贤"一节,"是故形而上者位置道,形而下者谓之器"。

二十八日　发芑兄江阴信、韶弟京信,内坿梦林信。镇日写应酬信。

二十九日　制军来答,晤。又于源丰润寄韶弟一函,内附八函。并京足银叁百肆拾肆两,计备韶用百金。许颖初师嫁女送贰百金,朱又笏太史奠二十四金,雷苇杭同年十二金,张砺吾同年奠八金,均有信。又郭春榆少司农、俞潞生刑部、徐班侯户部、刘恂庵侍御各信,总包托韶弟分致。又于蔚长厚寄葵儿等信,汇洋六百元寄苏。是日接大学堂管理大臣张野秋尚书咨文,催各省就近考取师范生咨送大学

堂,备考选大省七名,中五小三名,限九月考送。据有六月三十日行
文,此间未接到也。

三十日　祭前学使沈公涵祠,归安人也。祠在乌石山,又本会馆
秋祭之泰伯、虞仲、季札、言子,同乡到者二十余人,与泉、永道、延少
山年来,德中丞寿之子也。是日以张治秋尚书大学堂咨催考送师苑
生文咨督辕。

【天头日】接叶仲渔基琳信,内有珪信,又附吴福茨廉访信,
外绉纱一端、香珠一串。

九月初一日　至督辕,晤筠师。旋至闱中,到内帘,例请出榜之
期。定十四填榜、十五揭晓□。晤颖芝略谈,正主考又患泄泻未出
也。归途答延少山闽县黄。

初二日　见七月初一京报,编修陈枬以沙田案私载枪药,经苏抚
恩寿入奏,革职。

初三日　接荥阳九舅母信,又上海张宗望信。

初四　拜粮道解省三寿,答客,晤郑锡光。凤池山长。晤藩台周
子迪。

【天头日】复大学堂张咨文。

初五　周藩司来,沈丹尊京卿来晤。浦城县张仲华来晤。料理
贺节信,渐清。

【天头日】得葵儿等到上海信,又潘若士信。

初六　阅观风卷两本,侯官林允升、莆田关陈谟,皆巨帙。

初七　拜客数处。

初八　看观风卷,侯官林允升、莆田关陈谟、上杭雷晓春。

初九　文闱总巡陈钧石鸿运来,以龙虎榜来,用印标中字画押,
又副榜同。寄儿辈苏信,内有潘九太太信,又作锡三信,初十寄。

初十日　复潘若士信,内有任信。作大学堂联二,会馆联二。
事穷万变理贯一原格物致知愿奉考亭师法;史掌四方教先六艺

书升论秀蔚成闽峤人文。

首善建京师庠序咸兴愿贡群材归太学;同文通绝域辎轩初至愧无雅训释方言。

瓯越拜崇祠溯先哲遗型周礼衣冠开圣教;武阳恢旧馆喜同人嘉会吴歈箫教话乡情。会馆正厅馆祠奉伯虞仲季;子言子本武阳馆今作省馆。

红荔白荷山园水榭别业经营向城北一区拓地;春雨杏花秋风莼莱故乡问讯正江南千里怀人。馆之左有荷塘数处,风景既佳,藕芡之利亦饶,欲购而未果。

十一日

十二日　出拜客。

十三日　接儿辈九月初六函,即复一函,来函附有苟兄致颖如、通颂信稿,为菡初佺嗣子事,以曾骏长子元霖入继长房为后。午后入闱。

十四日　晨起,辰正督部堂到。随请主考出帘升堂,填写榜名。先写第六名起,正考写卷面名次,副考写卷面名姓。傍晚填至榜尾,各退堂少憩,吃夜饭,随出堂填五魁,元为闽监林传甲。是科庚子辛丑并科加倍取中,计一百九十二名,副榜三十四名,归署已逾十二钟矣。

十五日　晨,赴本署各处拈香检查新科中式者,所考过延、建、邵、福宁四府,共中十六名,内岁科一等者九名,正榜七、副榜二,二等者二名,其一岁考三等。又五名,未与试。

计发银一千二百三十两五钱,分作二十股,每股应六十一两五钱:

刘斌二股半,计银一百五十三两七钱五分。

刘堃二股半,计银一百五十三两七钱五分。

郝升二股,计银一百二十三两。

张升二股,计银一百二十三两。

陈升一股七分半,计银一百零七两六钱二分五厘。

马升一股七分半,计银一百零七两六钱二分五厘。

王贵一股七分半,计银一百零七两六钱二分五厘。

杨升一股七分半,计银一百零七两六钱二分五厘。

刘义一股,计银六十一两五钱。

勤儿一股,计银六十一两五钱。

王车半股,计银三十两零七钱五分。

郭厨半股,计银三十两零七钱五分。

邬福半股,计银三十两零七钱五分。

朱虎半股,计银三十两零七钱五分。

照原数分派外多银五钱。

一股六十两五钱

半股卅两七钱五分

每分六两一钱五分

半分三两七分五厘

十六日　两主考来,均晤。颖芝留此便夜饭,聊叙半年之别。各属送考教官来,将辞归本署也。是日拜松都统太夫人寿,未见。

十七日　辰刻,诣督署,候主考到,行谢恩礼,随入鹿鸣宴,新举人到者五六十人。是日有西人来观礼,督派洋务局委员陪之,礼毕而去。是日礼仪尚整齐,答拜两主考于皇华馆,侯、闽两县来商县考事。侯官陈令其煌将卸事,须侯新任谭砚仙大令子俊交办,又须略展时日矣。

十八日　得菊常七月廿三日甘州来信。

十九日　大士诞,晨至署祠行礼,未刻赴许筠师招饮,为两主试作陪,同坐则提调鹿遂斋监试,黎季裴归,见浙江题名录,伯荃内阮中一百六十七名,为之一快。作菊裳信。

二十日　藩台周子迪邀饮,陪两主试也,同坐为陈伯潜前辈,大学堂总教习叶肖韩太史设宴,颇不拘。又观课吏馆,方伯所设,即在署后。候补各员均得报名入谊观看律例,并拟办公事,亦有裨于吏治也。并观鹿园,有鹿十余只,月有鹿粮。发菊裳甘肃信,用排单。

二十一日　请载、吴两星使在署小燕,并邀内提调鹿遂斋盐道监试、黎季裴观察、内监试张雁初太守同叙。得叶仲瑜信,寄有牙箸花桂。

二十二日　官场督司道以次公请音尊,在八旗会馆,宴两星使与将军及余。天甚躁(燥)热,日晡,主考行,余亦随。散归得笏南信,知江南十九日出榜,其郎名立书获售。

二十三日　见《申报》,有江南榜五十三名,秦曾荣嘉定,始知荣儿倖得以官卷中式,然家信讫未到也。榜中熟人如王树声获百。余校阅友也;江保传,余甥也;吴颖芝之子、铭常。费屺怀之子、毓桂。王苐卿之子季烈皆得中矣。是日,本会馆公请颖芝及余,到者二十余人,坐三桌。

【天头曰】后又知十五名汪毓烜,即苕孙表弟改名,亦为一快。

二十四日　作苏信,寄葵儿等,并另托蔚泰厚汇银一百两,潘秋记。洋陆百元至苏,内附杏信。我另寄苏信。

二十五日　午后至皇华馆,贺颖芝令郎中式之喜。赴将军招饮,两主试、都统同坐。

二十六日　定福州侯官莆田兴化各属观风卷次第。

二十七日　藩臬谢步,并答陈伯潜前辈。是日当道约两主试并余,观大学堂、武备学堂,大学堂为正谊书院改,中西教习皆中国人,学生额一百二十人,又外府额六十人。武备学堂即巡抚衙门改,规模宏敞,各处讲堂操场皆整饬,有洋教习九人,学生又一百余人,功课似尚认真。大学堂总办提调周子迪方伯、鹿盐道遂斋,武备学堂总办杨俊卿廉访、孙静珊观察同作主人,以洋餐款客,风味颇不减上海之番馆。是日,蕙女周年。

二十八日　读颖芝《闽轺纪程诗》,跋而还之。闻荣卷出署荆溪县郭曾程大令房,与颖芝世兄鼎臣同房,郭公号南云,侯官人,乙酉举人,己丑进士,以内阁中书改知县,乃郭远堂中丞柏荫,前江苏巡抚。之孙、现任金衢严道谷斋观察之子、名式昌。署户部侍郎春榆前辈名曾炘,乙亥举人,庚辰翰。之弟,其子则沄,今科本省中式矣。又有名曾准者,号少荣,壬午举,壬辰庶常,江西泰和县知县春榆弟也。赴都统松梅林秀招饮。日来天气郁热,夜雨彻晓,顿有凉意。

【天头曰】陈伯弢来信,亦述及洵然。

二十九日 午后聊复作字,生涩殊甚。志甘来。晚又雨,檐溜淙淙,近已久旱,下六属尤甚。晚稻有槁象,雨虽好,未知能遍润否也。

【天头曰】小建。

十月初一日 雨,是日日有食之,酉初刻初亏,三刻复圆。在本署行礼,教官来五学。

初二 答制台鹿盐道。

初三 接荣二十三日发报喜信,又廿六日葵信、珪信、张子密信、陈伯弢信,并《江南闱墨题名录》,即发家信一函,晚又发一函。

初四日 两主试来辞行。又发珪一函,珪儿媳近体均欠强健,拟缓来闽之期,颇悬系也。送两主考程仪。

初五日 雨,午后送主考行。谒制军未见,答客数处。邵武教授郑铿石同年受康来。

初六 复谒制军,晤拜何璧流观察,未晤。归,有病意。至晚饭时,颖芝来,勉陪数杯,送客后即卧,发烧。

初七 头痛发烧,四肢酸楚,湿渴蕴蒸,诸症毕见。

初八至十四 连日病体支难,实则仍系夏秋时疹之类,余则感深,发迟兼夹湿温,觉更偃蹇。十二,费玉如兄、龚荫甫自苏来,颖芝来视余。十三,由海琛轮返苏,以病不及往送,差武巡捕致帖焉。初十,皇太后慈寿,亦未能随班庆祝。十三,寄安未到。十四,接韶弟九月二十三日信。

十五 天雨,体气小愈,湿仍未净。发叶仲瑜信。

【天头日】知覃恩所请诰命四轴,均由子钧交来。

十六　寄韶弟京信。

十七八　发出观风卷,约百余本,各属共取正取生童三十余卷,共给奖二十八元五角,二元、一元、半元。作兰陵大妹信、伯荃信。是日,托蔚长厚汇苏茶规银五百两,交葵珪。

十九日　接儿辈十一、十三日两禀,发苏信挂号,内附伯荃江姑太太信,又接苏电,葵青行。余问热净否? 即电覆热净渐愈。

二十日　接沪电,荣偕沈修凤由海琛来。

二十一日　病愈,惟湿渴未净,尚服厚朴黄连之剂。振声得电信,有断弦之悼,为之扼腕。是日,余始至各友处略坐,继复往慰振声。

二十二日　午后,雷未畅,雨亦不大,天仍郁热,遣郝升至南台接荣,接汪闰生信。

二十三日　申刻,荣儿到署,沈修凤偕来带仆刘顺,接曹崧乔九月初一义都罗马使署来信。附珪函。

二十四日　发珪苏信,发葵沪信,王念劬来,潘籍郢来,均见。

二十五日　潘笏南来。

二十六日　发韶弟函,交叶戈什灿辉带来,附崧乔复信,复邵伯英信。

二十七日　邓戈什来,送文旦橘子、柑子等,将以贡橘差进京也。

二十八日　晚集酌幕中诸友,酣饮甚畅,为荣儿喜酒也。并给家人酒肴两席,又书办、承差、宅门外各役犒以代席有差,武巡捕送席敬,文巡捕邀同饮。

二十九

三十日

十一月初一日　得葵上海电东行,彦修同来。是日,余始出门,拜制台、方伯、臬台,均晤。一府两县谢步。又答同乡数处,并拜藩幕友谢瑶峰,将廷聘校阅也。

初二　谢瑶峰来,名元龙,绍兴诸生,耽于算学,而在藩署司书启,亦兼办公事。余过苏时,柳门侍郎曾以校阅荐,当时以额溢未能添请,今乃补订谢君,曾襄沈厓叔、王季樵两学使幕也。

初三日　周方伯来,沈翼孙祖燕来,徐湄生星铃来。下午葵儿挈妇及两孙宝女乘海琛来,荣与荫甫、郝升往为照料,彦修同来,带仆四、女仆七人。

初四　发锡三夫妇信。

初五　接锡三十月廿二信,晚邀潘笏南、籍郚、名立书,本科举。玉如、彦修及杏渠、葵、荣等夜饮,颇有醉者。

初六　制台来。

初七　福州府玉瑸卿来,新到省道蔡俊硕、府梁允恭。

初八　考咨送京师大学堂师范生共三十名到二十九名,在会客厅扃试,出题六项,经、史、政、艺、化学、算学,不全作者听。本应制台会考,制台未到,竟夜缴卷方齐。

初九　阅卷,补昨谢瑶峰移装来暑。谢君名元龙,浙江山阴人。

初十　笏南来。

十一日　谒筠帅,送去新取师范卷,正备各卷七十七本,以凭复阅。

十二日　得珪苏信。

十三日　检点行装,督辕将覆阅卷,送来照取,即榜发大学堂。正取七名:陈祖幕、陈鉴周、吴寿昌、林仲干、陈寿璩、郑篪、吴宾驹。

十四日　谒制军,预祝桴廉访五十寿,拜藩台,晤答客数处。叶肖韩来。

十五日　大学堂所取正各生来见。发郎亭信,邮局挂号。为所荐杨升仆事,交荣带回洋四百元,拟分馈岁于老宅、澄署、京寓、兰陵并韵女也。

十六日　晨,巳刻启行,当道自藩司道台,均在官厅送,教官亦随班候行。挈葵儿、杏侄各友及家人、书吏、差役等七十八人,至南台上船,小官轮带至马江上元凯兵轮,其管带名刘容。是日荣儿傍晚即送其上海琛船返苏,未带仆人。

十七日　早开行南洋,波浪软荡,颇觉颠簸。午后卧,近晚渐平,各人俱起。行三十余点钟,十八早到厦门,各官均来船晤,即回拜提台,余差片焉。是处遇船,应同安成令应差。提台杨岐珍西园。兴泉永道廷年少山。厦门同知黎景嵩,同安县成心中,未来,托故。

十八　午由厦坐利济小轮,行七十里至石码镇,过海澄县。到已亥刻。小轮机器既疲,管带周安亦玩急,晚丑刻潮来,即开。余遇官座,各友及随从均篷圈棚而已。

十九　晨,自石码至漳州,水程三十里,黎明即到。已刻起岸接见各官,贡院枕芝山,颇高爽。发韶弟京信。

漳州镇　曹志忠。仁祥,湖南。

汀漳龙道　李毓森。仲平,江苏扬州。

漳州府　松宽、容峰,满。

龙溪县　黄逢年。韵笙,湖北,附。

税局　张澂。雁初,翰林。

文巡捕　俞庆濂。翊南,湖南浏阳,府经。

武巡捕　陈瑶琅。福建海澄,云骑尉。

二十日　行香、放告、给贫、阅墙。

二十一日　考生员策论约二百余人,补岁考。

二十二日　童生策论,约八百人,颇有佳卷,枪替居多。

二十三日　八学生员,发策论案。

二十四日　复生策论。

二十五日　首场童正场,平和诏安南湾附约千人内外。童场共分三次。

二十六日　录科,无人到。

二十七日　次场童正场,海澄、南靖、长泰,发生员一等案。查获倩枪童三名,枪手甘铭一名,交提调。

二十八日　复一等生,发首场童草案。

二十九日　面试平和、诏安、南澳童。即发正案。

三十日　三场童,龙溪、漳浦。发次场童草案。

十二月初一日　面试海澄、南靖、长泰。发正案。

初二日　招复府学,海澄、平和、长泰、诏安、南澳。发三场童草案。

初三日　面试,龙溪、漳浦。发正案。

【天头曰】接政务处咨文,内有经济特科名单。

初四日　一等阅卷,发生员大案,贡监榜。

初五日　招复府学,龙溪、漳浦,龙溪首名薛向荣,临点不到,照例扣除。闰系枪替,恐被人指斥也。以提复之郑锡麒补之。

初六日　恭默圣谕。又小学,发童生大案起马牌,葵发苏信附一纸。

初七日　簪花,一等奖赏,道府县请,均辞。

初八日　起马,由漳州经龙岩州赴汀州,十里双路、十里乐仁、五里天保、十里南靖县宿。令潘常翰瀛士,吴县人,莘田子。见,即顿装署中,署屋陋甚。

初九　三鼓即起,行李未全到,查系夫头以夫役不齐,隐由水路用船搬运。水逆滩浅,势必迟延,盖由夫头图扣夫价作。此间道,难保不与承差等通,同申斥一番而行。十里月岭、十里峰苍岭、十里拍石坑、十里龙山尖、南靖。十亘新店、十里凉露、十里马公、十里水潮宿,仍南靖界。住一糖行屋。是日,略有山路,尚平坦。

初十　十里汤坑、十里斗米、十里和溪尖、仍南靖。十里林田岭、六里九车溪、八里前林、五里六湾塘、十里适中龙岩宿。有行台诸友则住谢氏祠,相隔四五家人。州牧朱丙元来见,号子绂,浙江人。自林田岭起,冈峦起伏,陡峻处或数百级,舆夫颇劳。州学正,陈翼为,癸巳举人，侯官。署训导，林天从，长乐人，锡三师之弟也。

十一 十五里三井塘、十五里马坑尖、龙岩。十里崎嶻、五里王庄塘、五里登涂、十里到龙岩州宿，即住试院，中州牧两教官来见。是日山势略平，亦时有登陟。

十二日 昨晚行李未到齐，此间售夫尤难，漳州送来之夫遽去，汀州来接之夫只二百余人。闻向须五六百人，轿班不在内。朱牧来见，请停留一日，催集人夫。是日雨霰。

十三日 仍未能行，夫头逃匿，州中来见两次，竟无所措置，后队行李始到，共一百四十余号，夫子更不觳矣。

十四日 四鼓起，候至辰刻，州牧愿具结将行李续送，先请轻装前行，各友以衣箱书箧未能随带，坚不肯行，大有烦言，不得已先尽各友之物拨夫押运，其余文卷各箱及家人书役等物，均截留后发，除各友二十一杠外，尚余六七十号也。已刻登舆，二十里石牌头尖、龙岩界。十五里小池、十五里大池宿。龙岩界。

十五日 三十里峰头尖，上杭尖。县令陆晋生、锦燧，苏州，癸巳举人。办差恶劣，看馔均不洁，诸友颇愤愤也。十五里东山庵、十三里白沙宿，行馆湫隘。

十六日 二十五里将军桥尖，八里会风岭、四里石灰岭、五里普陀、三里过渡、五里上杭县内宿，住安定书院，规模颇宽敞，如贡院式。上杭长发逆时未经兵燹，故民居市肆，颇殷阗也。连日同行之行李，以山路岐岖，人夫短少，又复落后，屡催不应。

十七日 早行，二十里水铺渡、十里涧头渡、十里悦洋武平尖，县令朱云从，号静波，浙江癸酉拔进士。来见。十里溪窑、十里珊瑚、十里九华、十里蓝屋，上杭宿，住一阁上。

十八日 早起将行，颂臣及谢尧翁轿夫均逸，传催无着。晋生送至此，销差来见，适睹此情形，稍有窘意，犹谬叙乡情，刺刺不休，实难恭维矣。十里官庄、十里回龙渡、十里张屋、十里畲心长汀尖。县令余鹤鸣，号琴石，广东荫生，年三十三岁，以大八成花探，来此署事，甫接印月余。饭后十里长桥、十里靖远、十里大田、十里水口、十里车田、十里三洲宿。

十九日　十里大潭、一里河田尖，十里南瑕、十里黄馆、十里画眉、十里到府。下午入试院。是日封印、行礼后接见各官。知府严子猷，良勋。苏同乡也。应差之首县即佘鹤鸣，诸事草率，不可言矣。文巡捕宓保春衢孙。浙江人。武巡捕陈振英，长汀人。教官十八人，另单。

二十　行香放告，接见众教官，内有宁化教谕许宗澄，借采办祭器，长住省城，此次带印在省，辄以请假会试详报，竟未将印送还本学，以致办理考事卷册均不能行，殊为荒谬。札提调查复。

二十一日　生策论四百余人。

二十二日　童策论一千二百余人，获枪手一，林攀桂名。扣犯规二本。

二十三日　九属生员正场。夜发生策论案，送灶。

二十四日　复生策论场一八人，属彦修发梧冈信，葵发苏信，蔚长厚汇苏宅银信共五百两，苏曹平此间只谓足纹。二百付荣会试费，二百还伯荃，一百珪等家用。提调严子猷来。

二十五日　首场童正场，上杭、归化、清流。

二十六日　复一等。

二十七日　录科。

二十八日　次场童考武平、永定。发头场童案，获枪手二。

二十九日　面试头场童，即发正案。

三十日　除夕，邀各友团饮，为送岁之叙。是日接荣儿苏信，苏十二月初七发由，省中本署转寄。又珪与葵信，附照相二。是日停试。

恒庐日记·闽游日记

壬寅科试

十六　午刻晴。大人出棚按试漳州，余随行。午刻乘舆出城，先上官座船，用小轮拖行数十里，上元凯兵轮管带为刘容。船上上舱共四间，余与大人、金哥各住一间。是役同随行者：金哥幕友费玉如廷璜、季亦平和钧、王振舅树敏、王海樵采珊、谢瑶峰元龙、李彦修丈承寿、龚荫甫宝贤、武巡捕王。家人门稿刘斌、签稿刘塾、马升、前站郝升、李成执帖，王贵、刘升跟班，张升、勤儿、杨升，从执帖调卜、渠不愿，辞去。管厨魏升、厨子夏小海、王轿头、剃头，又书吏八名、承差八名、门听军牢三使等。

十七　晴。晨开船，早半天未能起坐。南洋波浪较软，虽无风，亦觉簸荡。午后起坐如常。

十八　晴。晨抵厦门，归同安县接差，大令成心中以有公事未来，兴泉永道延年。厦门水师提督杨西园歧珍、洋务局分府黎均上船见。大人换船上岸，答拜杨提镇，回船饭。饭后下小兵轮，行六十里，经海澄县城外。至是，管带不愿前进，询之，云水浅要搁浅。斥之，勉强又行六七里，仍停轮不行，令其放划子至前路，关照后龙溪县放官座来迎，到石码镇已夜饭时矣，幕友等坐船，均系席篷，并无门遮蔽，亦苦矣。

【天头曰】厦门对面为古浪屿，绝好形胜，洋房林立，已为万国公地矣。海澄县城沿水，据云海澄亦应应差。

十九　晴。夜半即开船，黎明抵漳州码头。余与金哥乘轿同进贡院，与大人对面房，在大堂后一进，上为文昌阁，三层楼，贡院规模极为闳敞。漳州贡院本在郡元妙观之左，甲子同治三年毁于粤寇。此间为前唐开元寺，至是亦栋宇无存，太守刘君因改为贡院。后面靠芝山，大堂上匾额同治五年丙寅前督学使者番作贾禺曹秉浚题曰："芝山毓秀"，并有楹联一付云"古碣朝咸通，右边号舍墙外有碑两座，在蔓草中，未得谛视，闻系一为唐碑，一为洪武年僧堂记。看今朝、广厦腾欢，依然选佛场开同参慧业；名亭传仰止，愿多士、高山向往，从此希贤道近勉绍前徽"。同时并有总制左文襄一联云："经始问何年，果然逃墨归儒，天使梵王纳土；筹边曾此地，大好修文偃武，我从瘴海班师。"午后随大人阅墙、号舍，墙外有通外迳捕官厅，右边亦有矮墙，可望见街衢者，均令办差人堵断。夜雨。

二十　阴。大人出门行香，并放告给贫。发两儿信。是日，水、菜进得迟，开饭较晚。夜饭后，漳州府送各学生员考经古点名簿并试卷，进来打坐号戳，并盖印。约二百余名。

二十一　阴。八学生经古场考者二百余人。净场已灯后，夜饭后写定童经古题名册，于十一钟齐，打号戳并盖印，八学有千三人。实到七百人。此间闻卷价颇贵，据云向来须二元，此次已减至九角。

【天头曰】府学、龙溪、漳浦、南靖、长泰、平和、诏安、海澄。

二十二　晴。早起看点名，各学廪保穿蓝衫，尚有古风，考数约有千人。饭后幕友进荐卷，复阅二十余本，佳卷颇罕见。夜饭后写定生正场题。

二十三　阴。晨起阅落卷十余本。是日为八学生正场，晚发生策论案，正取十人，次取十八人，漳府暨龙溪居多。

二十四　冬朝。晨起，大人前叩贺行礼，并至各幕友处致贺。是日，复生策论。饭后阅童策论卷三十本，颇有看得者，诏安佳卷更多，竟有绝佳者，可异可疑。

二十五　晴。是日为诏安、平和、南澳童正场，约有千□百人。

夜半三钟起看、点名、搜检并巡视越号者,点名毕,天尚未明。饭后阅海澄生员正场卷荐一等者十余本,定一等十名,并复校落卷二十本,无可登者。夜雨。

二十六日　晴。是日为录科,无人来考,复校漳州荐一等卷二十余名,取定十四人,佳卷颇少。取策论者七名,均列入一等。上灯传书吏写一等案,即发,漳府十四人、龙溪十八名、漳浦十名、海澄十名、南靖八名、长泰十名、平和八名、诏安十四名。

二十七日　晴。是日为海澄、长泰、南澳童正场。四钟起看、点名。杏哥、荫甫在号中查得买枪三名,有字据,即将其人提堂,其卷扣除。出题后又获得抢手一名,一并扣卷,放牌后交提调讯办,并有形迹可疑者数人,均提堂。饭后阅诏安童荐卷二十余本。

　　　　【天头曰】甘铭。

二十八日　阴晴不安定。是日为复生一等,阅诏、平和童荐卷十余本。上灯后,发提复草案,诏安提四十六名,平和四十名,原额二十,拨府一名。南澳四名,均加倍提焉。

二十九日　阴晴不定。是日为诏安、平和、南澳提复,均坐堂号,州县案首坐散号,余等均至大堂监视,约二钟余时卷齐。饭后阅提复卷二十本。上灯时发招复案,诏安原额十五人,名捐输额一名,拨府七名;平和原额二十名,拨府一名;南澳二名,归入漳州府。夜阅长泰荐卷数本。

三十　微雨。是日为龙溪、漳浦童正场。四钟半起至涌道、号舍中巡视,有越号形迹可疑者提堂,共提十人。出题后武巡捕拿到龙溪枪手一名,张紫琼办公事,交漳州府研鞫。阅长泰童荐卷四十余本,留提三十六本,前数名颇有佳者,大约均系出枪手所为。海澄提四十二名,南靖提四十二名,前列颇有佳卷。此三县生场佳卷罕见,童场反如此之多,显有枪手在内枪替,是以提复均加倍提焉。夜饭时大雨。

十二月朔　天晴。是日为海澄、长泰、南靖童生提复，余等仍至大堂监视。饭后阅长泰提复卷三十六本，拨取十七本，末一名为幼童杨显，年十三岁。南靖亦取进幼童两名：林昇光、庄玉光。上灯后发案。

初二　晴。阅漳浦童荐卷五十余本，提四十人。是日为海澄、南靖、长泰、诏安、平和、南澳招复。夜饭后始点名，闽中向例如是。

初三　晴。提复龙溪、漳浦。饭后阅漳浦卷，进二十三名，拨府三名。上灯后发案，漳浦进老童两名，一为林调龄，一为周宴赴，均报八十二岁。龙溪进三十二名，进幼童一名，汪受田，年十三岁。

初四　阴。晨起填童策论卷名次，计正取拾本，备次拾捌本。

初五　阴。发两儿信。饭后与杏哥、荫甫至街上散步，左近一无热闹之区。是日为龙溪、漳浦新进招复，第一名薛向荣托病不到，即出牌扣除，以提复未进之东云缸号郑锡祺拨补，并扎漳州府传知该学，令原廪保带同本童即日来辕复试。

初六　阴晴不定。发两弟信，颂臣姊丈自苏乘厦门轮船来，带来膏滋药、腌肉、洋布，即交人带省。饭后与彦叔、颂姊丈、杏哥、荫夫至东街散步，买点铜锡数事。是日为新进恭默圣训，至亥时尚未齐集，亦此间之陋习也。

初七　阴晴不定。发两弟信，寄去三叔官衔。大人出门拜客。是日为奖赏。

初八　晴。晨起，由漳州起马，按临汀州，十里至双路、十里至乐仁、五里天保、十里至南靖县，即宿于南靖县署之花厅，其屋陋甚。县令潘瀛士。常翰，吴县人。是日未有尖，只得一餐。晚知行李未全到，有用船运载者，呵斥仆人，亦无计可出，嘱其将上件师爷各件提出，余只得听之。此间夫役向例为难，在漳时夫头曾上一禀，申言夫役难招，欲运一半船送，未准。至是，渠仍用船运，可恶之至。此事县令亦知其底，我处未能早察，是以堕其计中也。

初九　晴。天未明起，十里月岭、又十里峰苍岭、十里拍石坑、十里龙山尖,在天后宫内所经之岭大半系山顶。俯视平壤,相距约有数十丈,令人目惕心悸。饭后行十里新店、十里凉露、十里马公、又十里水潮。宿于糖行之楼上,下有瀑布,泉声沸涌不绝,欹枕而听,宛如小楼春雨。

　　初十　晴。晓行十里至汤坑、十里斗米、又十里和溪,仍南靖尖。饭后行十里林田岭、六里九车溪、八里前林、五里大湾塘、十里适中。是处有行台,归龙岩界。饭后计过高岭三处,均极其巅,高处下舆,徒步以从,俯视诸峰,觉大半出其下,可谓高峻矣。

　　十一　晴。晓行十五里至三井塘、又十五里至马坑尖,憩坐在楼上,屋甚狭窄。饭后行十里崎嶇、五里王庄塘、又五里登涂、十里到龙岩州。进城卸装于贡院中,是处贡院规模不大,州牧朱子绂,丙元。

　　十二　以行李未齐,龙岩夫役亦未招齐,停留一天。巳刻天雨雹,发两儿信。

　　十三　雨。该州以夫役不齐仍请留一天,船上行李陆续来到。

　　十四　仍雨。夫役仍未招齐,不得已将书箱、衣箱捡出先发,勉强启行,轿夫亦不敷用,三使等有徒行者,深受其累。二十里至石牌头龙岩尖,十五里小池、又十五里大池龙岩宿。

　　十五　仍雨。晨行三十里,至峰头上杭尖。饭后行十五里东山庵、十三里白沙上杭宿。是日所经多高岭,阴雾迷曚,望去洋洋无涯。

　　十六　雨止,天仍阴。晨行二十五里,至上杭之将军桥尖。饭后行八里含风岭、四里石灰岭,均甚高峻。五里普陀、三里渡河、五里至上杭进城,宿于书院中。

　　十七　天晴。四钟即起,俟幕友、轿夫齐,上轿,已天明矣,行二十里水铺渡、十里涧头渡、又十里悦洋武平尖,十里溪罗、十里珊瑚、又十里九华、十里蓝屋宿,仍上杭界。

　　十八　晴。四钟起,俟轿夫齐,已近天明。行十里官庄、又十里回龙渡、十里张屋、十里畲心长汀尖。饭后有风,行十里长桥、十里靖远、十里大田、十里水口、十里车田、十里三洲。宿于戴氏屋。长汀县来见，佘名鹤鸣，号琴石，广东阔州人，系署事。

十九　晴。黎明起行，十里大潭、十里河田长汀尖、十里南瑕、十里黄馆、十里画眉、又十里到汀州府。进城至贡院，沿路观者如堵墙，房间中铺陈均极草率，诸多不备，见之令人生气，酒席亦不能适口。行李均未到，余铺盖亦未到。夫役之疲玩可恨，州县之玩差亦可见。是日晨行始见冰雪。

二十　晴。行香、放告、给贫、阅墙。此间文场共四条，势颇涣散。正场须多派人巡查，捐道两旁仍用木板栏断以杜越号，并堵去大堂左右大堂后有门可出入稿房、承差房、出入门两处并号底两处。汀州府同乡严子厚丈名良勋拜会，见，知此间枪替、传递等弊，亦积惯成习，诸童即知亦不攻发，积弊可谓深矣。佘令供应亦诸多不备，传办差家人诃让之，计穷言尽，仍不送入，实为可恶。料理诸事毕，睡已四下钟矣。发两儿信。

二十一　晴。考生策论有二百十余名，并补岁考。

二十二　晴。考童策论，共有一千七八百名，获得枪手林攀桂，并倩枪苏灿祥。拆栅越号。林攀桂，据与考林姓童云，永定林姓并无此人，办公文交提调究办。阅生策论荐卷，夜眠已两下钟。

二十三　阴雨。九学生正场，发生策论案，计正取八名，次取十名。阅童策论卷。上灯后祀灶。

二十四　阴雨。复生策论。发两弟信，交提调发福州转递，并函托朱巡捕嘱蔚长厚汇苏款曹足五百两，另附汇信一械。阅童策论。

二十五　三钟起。是日为宁化、清流、上杭童正场。上杭人数最多，有千余人，余两县每县不过百人，提出乱号拆栅形迹类枪手者数人，均提堂。阅童策论卷。

二十六　晴。录科，阅生正场卷，发一等案。

二十七　晴。复一等，阅正场童卷。

二十八　雨。武平、永定童正场。两县有一千一二百人。三钟起巡视各号，有传递书本者夺之。阅首场童荐卷。是题有陈文，检得抄袭居多，均黜撤之。上杭提六十四名，归化提三十名，清流提二十七名，发提复案。文风以上杭为较胜，余两县不通居多。

　　二十九　阴天甚寒。首场文童面试。饭后阅卷、发案。已上灯后，上杭、广额拨府共三十八名，取俏生六名，幼童邱松、邓焱华与焉，归化十八名、清流十六名。

　　三十　阴，天寒。阅永定卷，接梦舅、范弟、朱巡捕信。范弟寄来照片两张。上灯后，请诸友吃年夜饭。

癸　卯

　　元旦试笔，文运亨通。

　　元旦　晨起。大人前叩贺，至诸幕友处贺喜，府县同知均有片来，贺答以一刺。本辕武巡捕王步云暨稿房诸吏均来贺，亦以一刺答之。阅永定童卷。是日雨。

　　初二　大雨，长汀、连城、宁化童正场，出堂将开点，东号舍内古柏两株，数百年之物，纪文达相国视学闽州时，曾有记载，贡院中立龛祀之。积冻压重，大干忽折，打破号舍数间，旁处亦多渗漏，考童势难归号构思。请提调县令入文场察看，亦禀请缓考，遂悬牌，改日俟修考棚再开考。天明雨仍不止，出视古柏，见顶上一枝有一大蜂窠者不见，前两日曾打千里镜视之，但见似松子形状，或云是蜂窠，未敢信也。仆人等亦均以为罕见之物，拨开乱枝捡之，拾得蜂窠数块，已压碎矣。初以为神物者，至是始见其真相，无奇。县令召匠役来修理。阅永定童卷，上灯案后发提复案。是日，天甚冷，树上积雨皆冰，颇如雪景。曾记有所谓木介亦作稼者，或似之，在北地亦曾见之。

　　初三　雨止，阴。武平、永定童面试。饭后阅面试卷。武平进二十六名，拨府一名。永定进二十五名，拨府五名；武平取俏四名，永定取俏五名；永定绅士有公禀，请学政于不进卷内择四十本，送书院肄业，即以俏生五名提复，未进者十七名，又加各友荐卷充之。

初四　阴。长汀、连城、宁化童正场，三钟起，至号舍涌道上巡视。在考童手内拿到布一方，上书有奸童串通巡捕传递事，请派亲信家丁盖戳，须留心上半页用文格糊贴翻转、随便写几字希翼盖戳者，俟传递文到，将所糊之文格揭下，然后在卷上誊正作弊，亦可谓用心矣！所以诸卷往往于盖戳前之草稿尽行涂改，另添注数行者，与此弊同。阅得佳文，须留心及此，尚有与县府考卷字迹不对者，院试必系枪替为之，亦有正场倩枪为之、面试自己到者，并有倩枪替到底者，真防不胜防。闽中积弊已深，与考者即知其为枪替，亦隐而不发。县府试时，县府亦有买批首十名者，所获布上亦言及此事，是知十名批首亦不可靠。诸童攻出抢手两名，一系广东加应州人，即面交提调。亦有写洋数笔，据者查出，均提堂。点名毕又雨，上灯后阅宁化卷，完善者绝少。

初五　夜得雪三寸，仍雨，饭后雨止。阅宁化卷，留提十一本。是日，府学、清流、上杭、武平、永定文童招复。

初六　晴，云开日见。阅长汀卷。是日，生阅卷。上灯后发提复案。

初七　人日晴，长汀、连城、宁化童面试。晨起监试，饭后阅卷。上灯后发案，长汀共进二十九名，拨府五各；连城进二十名，拨府四名；宁化进二十名，长汀进幼童陈炳光。省中有人来，带到修凤、颂瓒弟宇晴信。定童策论案。

初八　春朝晴。封发二三等卷，发案出童策论案。上灯后，长汀、连城、宁化童招复。

初九　阴。收拾书箱，饭后偕彦叔、杏哥、季亦翁、颂臣姊丈至东门游览，购杜布两疋、夏布、铜朝珠盒。晚，新进默圣谕小学。夜饭后，发童大案。作轶仲信。

初十　阴晴参半。严子厚丈定欲邀于明日进署吃饭，因往拜之，未晤。是日，为一等新进簪花奖赏。与杏哥、颂臣、玉如至近处散步。灯下作修凤信。

十一　阴晴参半。饭后作轶仲信,晚赴严子厚丈招饮,并见其二世兄,星季芝房丈之坦也。花厅上有梅案一张,署中多梅,此案即用老梅制成,数百年前物也。前太守楚北刘公纪以诗并有跋,即镌于案上以示来者。归作笏庭信。

十二　阴。收拾行装。

十三　雨。晨起,夫役不齐,候至十一钟仍未齐,先行四十里至河田,在李氏祠尖。李氏为长汀大族,知新进之李化南、李凤书、李铭皆其裔也。饭毕,天已暮,又赶行二十里至三洲,宿于戴氏宅。有请看花灯者,犒以番饼两枚。

十四　阴雨。行六十里至畲心,仍长汀尖。饭后,行二十里至回龙渡,又行二十里至蓝屋宿,在楼上。归上杭界。

十五　阴雨。黎明起行,四十里至悦洋尖,归武平。饭后,行十里涧头渡,又行十里水铺渡,又二十里至上杭县,入城宿于书院中。悉夫役仍将行李私用私船运,滩河水急,将船撞破,致行李落水。候至黄昏,落水之几件行李到,大人暨余之官箱均在内,书籍等均浸透,无可如何,只得用火烤之,均成旧书矣。幕友、仆人衣书箱亦有落水者,可见行路之难。是日旱路,天地盖仍未到齐。

十六　等候行李,并捡点水浸各件,留上杭一天。

十七　晨起拟行,夫役不齐,仍不能行。饭后与杏哥步至萃英书院,在县署左近,稍有园亭景致。

十八　晨起,行十里过渡、三里经普陀、五里经石灰岭、四里经舍风岭,均系高岭。八里至将军桥尖,二十五里至白沙宿,仍上杭界。

十九　阴雨。晨行十三里至东山庵,庵在山顶。又十五里至峰头,均极高峻。三十里至大池龙岩,宿在书院中。

二十　微雨。晨行十五里至小池,十五里至石牌头尖,二十里到龙岩,一路亦山路居多。入城进贡院,夜作两儿信。州中有专足至漳州,即交其带漳,交邮局寄。

二十一　晴。阅墙。作范弟信,待发龙岩,无信局可寄。

二十二　晴。生策论场,作彝哥信。

二十三　童策论场,阅生策论荐卷。

二十四　晴。生正场。龙岩计有二百八十人,漳平九十余人,宁洋二十三人。定生策论案,即发,龙岩取十六名,漳平三名,宁洋一名,省中有承差来,接修凤、馥儿信。

二十五　晴。复生策论,阅龙岩、宁洋生荐卷,佳卷颇少。

二十六　晴。童正场,计共九百余人,四下半钟起,至涌道上监视一切。阅生荐卷,晚发生一等案。

二十七　晴,天颇热。复生一等,阅漳平童卷,绝少完善者。

二十八　阴有微雨。录科补岁,阅童卷。晚发童正场案,龙岩额二十,提四十二名;漳平额十九,提三十三人;宁洋额九名,提十六人。

二十九　晴,天气颇热。晨起监视面试,饭后,阅漳平面试卷。夜饭后,发案定童策论案。正取六名,次取十名。

二月初一　阴。是日,拜复新进文童。

初二　阴雨。是日,为忝默。饭后与彦叔、杏哥出门散步,购漆皮两张。

初三　晴。一等新进奖赏簪花,收拾行装。

初四　阴雨。起行三十里至马坑、龙岩尖,又三十里至适中,仍龙岩界,宿于行台。

初五　雨。轿漏,行二十九里至林田岭,直造其顶,极为高峻。又行十里至和溪南靖尖,饭后行三十里至水潮宿,夜大马雨。

初六　微雨。晨行四十里至南靖之龙山尖,又行四十里,宿于南靖县署。颂臣兄在城外翻轿跌入田沟中,衣履尽湿,查悉杏哥在水潮失去一小皮箱,托潘令遣差追查。

初七　雨。一路泥淖,颇难行。轿夫时有倾跌,行三十五里至漳州,宿于贡院。

初八　因行李未齐,并须添请幕友,停留一天。时杏哥将进京留馆，海樵世兄至汴会试，正绅舅南归，即在漳添请宋仪卿、谢亿先。晚与杏哥至街上散步，泥淖难行，买锡杯盘一付，发两儿信。

初九　夫役不齐，又留一天。

初十　雨。晨起与杏哥、海樵、正绅舅话别，李、刘二仆随杏哥回署，并派承差三人先押卷箱、皮衣等箱归。行十里至朝天，十五里至鹤鸣，十里至万松关。关左右均依山，有事可据以防守。又十里至江东尖，借汛地官廨，行十里至石井，又十里至管桥，十里港尾宿，仍龙溪界。是处地方尚殷实，户口亦不少。

十一　忽阴忽雨。行十里至莲花，十里青深，七里灌口尖，在书院中，十里至安民，十里苧溪，十五里至新塘，十里乌泥，十里同安县，宿于县署二堂左边之书房中，署内房屋尚整洁。是夜，城内有抢劫案，县中闻知，即派差擒拿，始解散。

十二　晨起行。十里洪塘，十里沈井，十里店头，七里沙溪尖，同安界。三里小盈，十里东岭，十里龙井，十里大盈，宿行台，南安界。是处居民仅十数家，仍雨。

十三　雨。晨行十里潘径，十里驷行，又十里古陵晋江尖，十里冷水井，十里下辇，又十里到泉州府城，进贡院，房屋宽敞，唯大人房系砖地，颇潮湿。

十四　晴。阅墙放告，接省中寄来衡儿禀，修凤、荃、轶、笏信。

十五　晴。考生策论四百余人，发两儿信，坿致杏哥修师信。

十六　考生正场，阅生策论卷。

十七　雨。考童策论一千数百人，阅生策论卷，即发案，正取十二名，次取三十名。

十八　风雨，天气较寒。复生策论，阅生正场卷。

十九　雨。首场童同安、安溪，有千余人，阅生正场卷，发生一等案。

二十　复一等阅童策论荐卷。

二十一　次场童惠安，有一千七百余人，阅童策论荐卷，场内诸童攻出枪手,交提调查究。

二十二　　录科阅首场童卷,晚发草案。

二十三　　首场童面试,饭后阅面试卷。上灯后发案,同安进三十二人,安溪进二十名。

二十四　　三场童南安阅次场童卷,上灯后发次场童草案。

二十五　　次场童面试。饭后阅卷,晚发惠安面试案,进二十名。陈升、韩升自省来,带到二弟信,知三叔于正月选授广平府。九叔母任氏,于去腊十二月二十一逝世。

【天头曰】又伯荃、姊如、杏哥信。

二十六　　四场童晋江,阅三场童卷。

二十七　　一等阅卷,阅三场童卷,晚即发草案。

二十八　　南安面试,上灯后即发案。

二十九　　晴。府同惠溪新进招复,阅晋江童卷,泉属文风素推晋江为最,此次佳卷颇不易得。据云自改策论,晋江较逊于前也。上灯后发童草案。

三十　　晴。晋江面试,有一人未到,疑其系倩枪,查封三连卷,果笔迹不符。饭后阅卷,晚发案,晋江进四十二名,内有十二名拨府也。

三月朔　　府学暨晋江产安招复,至夜三下余钟,册子尚未画齐,不得已大人出堂点名,将未画卯者扣卷,有十余人。后环求给卷,乃给之代理。府学教谕张冕闻其人行止不甚好,或由渠欲取盈于诸童,以致延不画押,或云廪保从中为难行文,交提调查究。

初二　　晨,承差方中,请假回省,给予护照一纸,并交其带去信一封·收拾行装。饭后与彦叔、颂臣姊丈、荫甫至街上散步,买大小漆竹篮各一对。是日,新进恭默。

【天头曰】买神袖,每逢月朔,价可从减,惟范志不减。每斤仍须八百文,百草须一千一百余文。

初三　　晴。一等新进簪花,饭后与彦叔、颂臣出门散步,天气郁蒸，夜雷电大雨，写仲弟信、锡三信，即发。

初四　晨雨。起马向永春发，沿途泥淖，轿夫时有倾跌，行十里，经南安县城，又十里双路，又十里产田，十里洪濑南安尖，借武官署。饭后行十里岭仔，又十里罗溪，南安宿。归至已上灯后矣，行馆亦系借官署为之，夜又大雨，各幕友住在对门，不得过谈。

初五　雨。行十里桂花，十里彭岭湾，十里水江岭，下有水一道，想即所谓水江也。十里进一关，上题曰："紫气东来"。其地即名东关，为永春界，即于是处饭尖，行馆甚狭隘。饭后行十里至小马亭，又十里至永春贡院，规模狭窄，住屋均不甚爽朗，却尚系地板房。除大人房，均无玻璃窗，据云此间玻璃罕见，价亦颇贵。幕友均住在旁落楼上，连坐憩共七间，有额曰："仰高楼"，室中有联一付"高览生古怀，杏坛前启梅后掫峰；远想出宏域，大鹏南徙天马西徕"。大鹏、天马均山名。

初六　阴雨止。晨起阅视号舍，垣墙东西用篾蓬夹开，幕友唤纸织画匠来，大人暨余均定花卉条幅四条、寿星一轴，价亦不便宜。

【天头曰】内厅额曰："见美堂"，旁有木刻两付："文章千古求其是，夙夜一心惟不欺。"窦东皋曾有是联，长寿韩鼎晋"秉鉴清明师陈易，用心持守忆蔡兹"。前学使丹阳吉梦熊书。

初七　晴。是日，考生策论，一州两县只一百余人。作佐、瓒两弟信，贺叔父新授广平府也。

初八　晴。是日，为显妣忌辰，今年值十周之期。二弟在苏礼忏。署中摆供，余茹素一天。三弟在汴进会试头场，与辛撰弟、伯荃、俊侯、苕生叔、张延云浙人同寓，亲朋昆弟大半皆列贤书，余尚依旧一衿，能无愧励。考生正场，一州两县，共三百数十人。阅策论荐卷，州学尚有可观者。省中递到佐、瓒。弟信、范卿公信、锡三信。

初九　晴。阅德化生正场卷，佳卷颇少。是日，考童策论，有五百余人。晚发生策论案，正取六名，次取十名，州学取十五名，大田一名。作修凤信。

初十　晴。复生策论，阅大田生卷。

十一　晴。德化大田童三场,共有七百余人。阅童策论卷,永春颇有完善之卷。发生正场案:永春二十二人,德化十二人,大田十人。州署有专差晋省,交其带去信一城,附致修凤信、瓒、佐弟信,约七日可到省。

十二　晴,蒸热。复一等阅童策论卷。

十三　晴。永春童正场,计六百数十人。考童带入夹带书不少,拉之上堂重搜,疑承差有买搜之弊。阅大田童卷,颇少完善者。提二十四名,德化提四十四名,均加倍焉。案发后盆冲大雨。

十四　忽晴忽雨。德化大田面试,查封三连卷。饭后阅大田卷,拟进十三本,德化额二十三名,进一幼童,名曾玉麟,年十四岁。

十五　晴。大人常诞,晨起拜寿。武巡捕、稿房、承差、门厅、军牢等,均入内叩祝。余办席一桌,州中又送烧烤席来。晚请幕中诸友酌之,犒巡捕折面,席二元,稿房四元,承差、门厅四元,厨、茶房各一元,三使一元,家人十一人四元,师价八人二元。是日,一等阅卷,发永春草案,提四十五名。

十六　晴。永春面试。饭后阅卷,发永春面试后,进二十五名。晚酌幕中诸友,接署中寄来珪弟、衡儿、沈师信。

十七　晴。幕中诸友备席公祝,连吃三天,甚畅。是日,新进招覆。

十八　晴,蒸热。收拾行装,饭后与彦叔、颂臣、荫甫上街散步,至州署前购德化窑数事,不甚精细。有白地暗花者,有白地起花者。州城不大,出南门即返,闻西门外尚热闹,有磁器店。幕中友往视,云亦无精品也。上灯后新进恭默。

十九　阴晴参半。饭后,一等奖赏新进簪花,新进中见一林学文,原名学曾,策论正取第一,永春新进。相貌颇文秀,年约十八九,此人眉宇间有英气,当不至老于一衿也!永春有金花漆竹篮,每对价数元至十余元不等,余未之买也。如朝珠盒则不如汀州嵌铜丝之佳。夜雨甚大。

二十 晨雨。即止。行二十里至岭头庵,茶尖,又行三十里至湖洋宿,仍永春界。与彦叔、荫甫至街上散步。

廿一 晴。晨行十里上白鸽岭,亦系高岭,然较之南靖之峰苍岭、上杭之含风石灰岭,似稍好走。十五里至九车溪,又十五里文殊仙游尖。饭后行三十里至仙游,进城宿于学堂中,房屋甚宽敞。

廿二 晨行十里至安沙,又十里石马,十里沙园,又十里俞潭,仍仙游尖。饭后行十里花亭,十里赖溪,十里双牌,又十里到兴化。进城,两旁观者如环堵。进贡院,住房颇宽大,惜非地板房,诸幕友均住在西偏,夜雨。

廿三 晴,行香、放告、给贫、阅墙。此间号舍于西偏另起号厂,东西南北约有千余号,连大堂下东西号舍共有二十余间,发两儿信。

廿四 阴,稍寒。考生策论,一府两县,约有三百余人。作修师信。晚阵雨,有雷电。

廿五 阴凉。生正场,一府两县约有七百人。午后雨。

廿六 晴。考童策论有一千六百人,此间士习嚣动,从严防范之有不安分者,提堂。阅生策论卷,晚发案。

廿七 晴。复生策论,正取十二人,次取廿四人,阅生正场卷。

廿八 晴。仙游童正场约有千人,四点钟起,出外监视。阅生卷,晚间出案。府廿二名,莆田廿六名,仙游廿四名。

廿九 晴。复生一等阅童策论卷。

四月朔 晴。夜半起,莆田童正场一千三百余人,阅仙游童卷。

初二 晴。贡监录科共十一人,阅仙游童卷,完善者颇少,提五十二人。

初三 晴。仙游面试,晚间出案,进三十三名,拨府六名。第一为杨保锋,十四岁。第三为纪寿图,十五岁府首。均系幼童,崇实学堂中学生也。下六府所取幼童以此二人为最。杨系少孤,且家中亦寒。纪则具庆其父系丁酉拔,朝考未用。同一少年新进已有轩轾之分矣。

初四　一等阅卷,阅莆田童卷,上灯后发案,提八十四名。

初五　晴。莆田面试,饭后阅卷,共进四十一名,拨府十四名。

初六　阴雨。二县一府新进招复,点名已一下多钟。

初七　阴晴不定。收拾行装,饭后与颂臣、玉如、荫甫至街上散步,分府丁漱卿印恭寿,浙江人。送余等公礼一分,知府宝孝劼印康,知县刘印锡渠,号汶樵,湖南人,同出名璧而后受。是日新进恭默,晚有阵雨。

治火毒法,用石灰数十斤以水灌入,抢取其浮出之泡,须多取水干尚有变成石灰者,用时用麻油调敷,以鹅毛蘸涂,其验如神。

周福,一元。陈升,勤儿,一元。宋元,贰角。小海,四角。茶房,四角。剃头,四角。厨房,四角。三使,六角。师价,七人。六角。倒马子,四角。

忆山中梅花

梅花料报一枝春,珍重汇南雪裹身。云淡月明寒入梦,疏篱老屋旧为邻。

缘知朝市无清福,不负云山是散人。寄语癯仙休小隐,和羹试手展经纶。

轶仲闻有特荐之谣,因赋是诗

明月梅花共一床,弓将乡梦渡横塘。简丝数米新经济,酒谱茶笺旧宪章。

啼鸟不惊仙客梦,游鱼翻笑世尊忙。闲来日课知何事,誊有新诗写硬黄。

甲辰漳州纪程,沿路折席,二元四角,价每一元三、一元六。龙岩折席等,四元,价每五元一。长汀折席,每三元六。折烟茶,廿四角,价每十二。文具,十角。正场折席,十一元价,每三元四。棚规,每三元二。自汀至邵折席,每五元六。师价每八元。

《星轺日记类编》,青浦虿裕琨,云间丽泽书,全石印。

送杏哥别时同随辂至漳

升沈分已隔云天,角艺秋闱忆昔年。落拓青衫增我感,羡君早列玉堂仙。

连林絮语话今宵,鹭水春深待放桡。借与青山留后约,他年重到驻征轺。

送正伸舅归里

渭阳高谊附重姻,送别河梁酒几巡。正是江南风日丽,兰亭韵事属诗人。

送王海樵世兄赴汴应礼部试

破浪乘风气万千,行人争识孝廉船。会看射策膺高第,粉署题名列众仙。

述　怀

笑我生涯守砚田,芸窗依旧伏青毡。云梯阻我攀跻路,理悟穷通试问天。

闻道今年庆榜开,瑶笺喜寄一书来。相期励志修名立,脱却青衫衣锦回。

先传吉语庆登科,得意秋风喜气多。琼榜新题广寒阙,应从月里问嫦娥。

《读通鉴论》
《出使日记续编》
《历代名臣言行录》

厨房人最混杂,宜专任管厨,如有闲人、不可靠之人混入,查出,将管厨撤差。

开教官饭,似宜令厨房中人送至暖阁后,令茶房接出。

须谕办差支物,非有账房图记,概不必付,以杜冒取之弊。

　　后汉顺帝永建六年秋起太学，《通鉴辑览》云：初，安帝薄于艺文，博士不复讲习，朋徒怠散。学舍颓敝，鞠为蔬园，将作大匠翟酺请更修缮，诱进后学，左雄亦以为言，帝从之。凡造二百四十房，千八百五十室。

　　又《翟酺传》：酺之为大匠，上言：“孝文皇帝始置一经博士，武帝大合天下之书，而孝宣论六经于石渠，学者滋盛，弟子万数。光武初兴，悯其荒废，起太学博士，合内外讲堂，诸生横卷，为海内所集。明帝时，辟雍始成，欲毁太学。太尉赵熹以为太学、辟雍宜兼存，故并传至今。而顷者颓废，至为园采刍牧之处，宜更修缮，诱进后学。”帝从之。

恒庐日记·无题

光绪二十九年癸卯

【残叶】……旦,时在汀州府试院科试……朝正礼成,府学、县学教官……官进厅贺岁,吏、役、家人等……晚,仍招诸友饮。昨三十日,接珪、荣苏信、照片二。……瓯闽土俗征辖纪奎壁文光……扰。天边鸧鹭忆同群。除夕喜得……正礼毕,严太守子猷以同乡谊先来……皆至,咸辞谢焉。枝折压损号舍改……达,《阅微草堂》中所记……气寒甚,冻雨成……停势重巨干脆……署后山上及府署……草案……名,即交提调,余尚……宽,未予深究。……始见晴光。接省中寄来……葵信、潘若士信、居……

初八日 晴,辰刻立春。三场童招覆,即发案。夜录诗一首送季亦翁。

正月二日寿季亦翁,用谢尧峰原韵

千家爆竹动欢声,乍报阳和岁首迎。喜贴宜年祈绰绡,诗篇投分感嘤鸣。同人皆以诗为寿。

龙门雅会初开燕。是日校阅稍暇,同人置酒作春觞之介,愧余未能,仿龙门赏雪故事,为玻厨传焉。绮里高风旧证盟。元会乘除凭演策,静观万物悟行生。君闲静澹远,无世俗之好,静坐斗室,辄手一篇,尤邃于算学。

初九 阖属新生恭默圣谕小学。料理各卷案发出,夜补录。续和诗一首。补和一首,仍东、亦翁并诸吟坛正。

康衢遥听踏歌声,戢影衡斋简送迎。新历先春占凤纪,萧晨如晦感鸡鸣。是日大雨。

三升绿醅资谈艺，一诺黄金许订盟。笑对辛盤传吉语，会联真率颂长生。

初十　拜客，并答贺新岁数处，总镇王佐臣、郡守严子猷均见。是日有府学教官陈永鑫等、永定教官何履贞等递禀：以永定新进拨府之林觐光，曾以监生应过乡试，永定之新进陈禧亦同，请究其端皆发于武平。教谕王元犀亦递一禀，语甚狂谬，其实皆有借公济私、弄假成真情事，批府查复，并饬。

十一日　检点行装，葵儿及幕中诸同乡赴严子猷招饮。

十二日　申集，王佐臣总镇、严子猷太守、陶筱琴济福司马、长汀县佘琴石鹤鸣。设席镇署招饮，再辞不获，往赴一谈。杏侄同坐，佘令未到。

十三日　起行赴龙岩，仍以夫役不齐。余待至午过始行，尚有行李二十余，扛未行，皆办差疲玩，刻扣夫价所致也。晚宿三洲，到已深更。尖于李氏家祠，有新进三人，新贴报纸。

十四日　行一百里，晚宿蓝屋，陆晋生来见，上杭界。

十五日　行八十里，晚雨。至上杭县，宿安定书院，检查行李，大半未到，并以脚夫等私用小艑运递，致将一扛落水，余官箱二，内均笔墨文具等件，又历年日记、杂著、诗文稿五六本，全行浸透。此外貂冠、荷包、扇袋、礼对、礼扇一小箱均多损坏。杏侄、葵儿官箱各一只，谢瑶峰衣书箱一只，尚有各友及家人物件，学差本不由水道行，余事前又谆属，勿任夫役缺数，中途弄弊，办差者均置若罔闻。此次以手录各本被水毁损，恨极恨极。因属陆令晋生究办夫头，以示惩儆。而晋生意存袒庇，殊不念地方官所办何差，且无同乡之谊。

十六　以烘焙书籍，检点被水各物，且有行李数十件未到，遂决计不行，停留一日。夜晋生来云，已将夫头传审。敷衍而已。

十七　晨，束装启行，又以县中夫价未发足，夫役哗闹，且有散意，此间夫役向有把持挟制各习，积重难回。至此，晋生亦进退为难，催至未刻，仍不能齐集，不果行。

　　十八日　晨行三十里，将军桥尖，二十五里，白沙宿，仍上杭界。

　　十九日　阴雨。晨行三十里峰头尖，在山之最高峻处，三十里至大池，龙岩界，宿书院。

　　二十日　微雨。晨行三十里石碑头尖，二十里到龙岩州，入城进贡院。谒庙行香讲书阅墙。

　　二十一日　忌辰，放告，收呈三纸。

　　二十二日　生员策论场，龙岩州、漳平，宁化三学共一百三十二人。作珪信二步，荣信一纸。

　　二十三日　童策论场约四百余人。

　　二十四日　龙岩、漳平、宁洋生正场，共三百卷。

　　二十五日　复生策论，接省中来信，无家信，有修凤信，各官贺年信、薛偏群之太翁讣、孔少霑之太翁讣，又朱梧冈信，云省中有查办事，张香帅派道员郭□□□□两人来，闻御史参差缺不，公橐署为聚赌之场，武备学堂为藏娇之所云。修凤抄来诰轴底一纸，余等去年出京，时以庚子万寿覃恩，由内阁学士兼礼部侍郎衔升工部右侍郎，加级请三代一品封典曾祖、祖考、父为光禄大夫，妣一品夫人，以本身诰轴貤赠、封两庶母金、何夫人。

　　二十六日　一州两县童正场，恰及千人。获枪手一，交提调。

　　二十七日　录科只两人，一等阅卷附。

　　二十八日　复生一等。

　　二十九日　面试一州二县童，随发正案，新进。

　　【天头曰】小建。

　　二月初一日　复新进，接珪十一月廿一信，省中十二月初七接到，初十发。有照片一，又锡三上海信，十一月二十五。时将之东瀛，又管怀乔信，又吴燮臣谢信，又冬荣信。

　　初二日　两新进恭默。

初三日　拜客簪花。

初四日　启行。三十五里马坑尖，又三十里适中，宿龙岩界。

初五　早行。七十里山路，和溪尖，入南靖界。水潮宿。杏渠失一书箱，内有石印《汉书》一部，系校批本，又《读通鉴论》，亦手校者，可惜。托潘瀛士查。

初六　行八十余里，龙山尖，南靖县宿。细雨路滑，颂臣舆夫失足落水，颂臣亦坠，衣履尽湿，到已上灯后。行李到，未齐。大雨。杏渠失书箱一，托潘令常翰号瀛士。查。

初七　行三十余里到漳州，仍住试院，道李仲平毓森、府松蓉峰宽、县黄韵笙逢年暨府县学教官均来。杏侄订于此间辞别，赴都应馆试，挈邹福行，托带回照片三，又衣箱、礼物箱等十二件，属彦修同至厦门汇京款一千零九十六两，并作韶弟信、凤石信、范卿、康民、孙子钧、何颂圻信、贵师信、潘轶冲信、王仲彝信，均有点缀，托源丰润汇交；枢府四信，托凤石；余均托韶弟。诸同乡不及作信者，皆附一贺笺焉。汇款细数。韶手京足，五百七十两；凤手京足四百五十两；轶仲六十两，仲彝十六两。另寄珪苏漕六百两。

【天头曰】二十二日所作珪信，至此才得交邮局。

初八日　阴。以料理遣发各事，须暂留一日，行李亦未到。商派承差盛禧、续解亲供来。尤锵、马忠押卷箱等，派李成、刘升押皮衣箱零物等，随杏渠回署，李成愚阘而执，屡屡犯戒，刘升年轻有性气，在龙岩州有打办差事，故不欲其随行也。海樵忽有会试之兴，振声以沪上另有馆也，相率辞去。阅卷骤少三人，中途无可延揽，由潘瀛士荐谢君亿先名肇，四川人，年二十余，随其父谢播分郡候补来此者也，曾在船政学堂，通英法语，讲求新学。又李仲平观察荐其幕友宋君仪卿名象曾，山西人，年五十，向在京城与康民有戚谊，前在万薇生御史家课读，薇生简放泉州府，随同出都。薇生于去冬病殁任所，宋君转入道幕，闻学问甚优，遂与谢君同聘请焉。

初九日　本拟早行，县中夫役不齐，属催不应，据闻所缺人数尚多，又将用两次搬运之，故智遣郝升至县问明，云俟明日添售足数。是日，遂不能行。天气阴，时有雨，宋仪卿、谢亿先均携行李来院，以便同行。

　　初十　杏侄携邹福赴厦门，候彦修同去至厦门料理寄款，遣回仆人李成、刘升并承差三人，共十三人偕行，用小船至石码，或乘附小轮，或换船前进也。余等九点钟启行，各官于城外送三十五里，江东尖，龙溪界。又三十里港尾宿，已同安界。龙溪令黄运圣来见，辞回。行馆借一同安书院，屋宇整齐。港尾一带水田腴沃，户口繁盛，云是漳州府属之菁华处也。午前过万松关，适舆中假寐，未得一揽其胜。

　　【天头曰】振声、海樵亦同行。

　　十一　行李仍未到齐，据云船运已到，距此十里，不可信也。晨行二十七里，灌口尖，同安界。令刘威号子畏，浙江平湖人。又五十里同安县宿。

　　十二　阴雨，行三十七里沙溪尖，同安界。午后三十三里大盈宿，南安界。余居行屋，即巡检现借之公署也，三年两次移寓让出，各友另寓。南安令黄云龙号惠卿，湖南湘乡人也。

　　十三　晨行，雨。三十里古陵晋江尖，是役晋江之差，南安奉府檄代办。又三十里至泉州府，自提台、知府以下皆出接，四点钟进试院内堂，在大堂之西，屋宇尚敞，而地气潮湿。

　　福建全省陆路提督黄少春。号芍岩，湖南人。

　　知府金学献。号绍笙，田戌庶常。

　　晋江县陈其煋。号贵生，浙江人。骏生表妹婿之兄也。

　　文巡捕孙尔寿。号云臣，云南人，癸酉优，府经。

　　武巡捕陈瑞标。号锦川，泉州人。

　　十四日　行香、放告、阅墙。泉州府属县，晋江、南安、同安、惠安、安溪。接省城寄来苏家信、珪、荣信，各一函，十二月二十八发，荣是日生一女，平安为慰。又芍兄信、再韩信、程蔼士信、伯荃信，又各杂信。潘谱琴、王雨时讣。

【天头曰】荣朱卷。

十五日　晴朗。生策论共四百三十余人，是日彦修自厦门来，由源丰润汇京足一千零玖拾陆两，贴水汇费，每百约六两。汇苏曹纹陆百两，贴水汇费，每百约十两。知杏渠侄亦已附轮回省，海樵由图南径赴沪矣。

十六　生正场。

十七　童策论，一千数百人，发生策论案，正取十二名，次取三十名。

十八日　复生策论。

十九　雨。首场童，同安、安溪。共千余人，发生一等案。

二十日　复生一等。

二十一日　次场童惠安一县，有一千七十余人，场内童生攻出枪手一名刘亨衢，发交提调。审得系晋江人，名刘天锡，顶名入场，其为何人作枪，则坚不吐实，即由提调枷示，将其认保。廪生刘捷科斥革，其挨保叶达尊降廪存附。阅首场童提案。

二十二日　录科，发首场童提案。

二十三日　首场童面试。饭后阅卷，上灯，发同安、安溪新进案。

二十四日　三场童南安八百余人，发惠安提案。

二十五日　次场童面试。夜发惠安新进案。是晚，陈升、韩升自省中来，与李成、刘升调班。知署中均安。杏侄已到省，少作勾留，候轮即发，带来珪、苏信，二月初四发。锡三信。时从东瀛归，以韵女又发病也。程蔼士贺年信、叶仲渔信、杏渠、伯荃、修风致葵信。知荣儿与辛揆、伯荃、俊侯、茗孙同伴，计偕赴洛，初七日启行。又浙人张祖廉彦云同行，亦保经济科者也。又知九弟妇任氏于去年腊月廿一日以小产后久痢遽变谢世，殊意外。婚仅数年，备礼亦不易，忽有此变，颇为汉弟扼腕，亦门庭不顺事也。

【天头曰】知韶弟于正月内选到广平府知府。

二十六日　四场童正场，晋江约八百人，场中又攻出枪手一人，名苏秋高,即扣卷,发交提调,据云闻系晋江旧族,提调亦不欲深求,故从轻责斥,其认挨保发学戒饬。

二十七日　一等阅卷,发南安提案。

二十八日　南安面试,即发新进案。

二十九日　招复府,同安、惠安、安溪。发晋江提案。

三十日　晋江面试,即发案正场粗毕,向闻泉郡文风以晋江为最,科第亦极盛,然此次校阅生童场,却以南安为上,晋江次之,又闻论者云,时文改策义后,晋江实稍逊于前。

三月初一日　日食。辰初初亏,巳初复圆,在本署行护日礼。府县学教官到,是日府、晋江、南安新进复试,候至晚饭时填册卷,尚未齐,旋悉三学教官携册到辕填写并求进见,有所禀请,辞之。盖此间以卯金一事,往往争论相持不下,故复试动辄在上灯后,然教官敢以此事上禀学政,竟若分所应然,办考只为此事而来,则他处所未闻也。后至漏三下,仍有府学八人、南安三人,未曾填册。新童之刁顽耶?教官之需索耶?廪保之从中阻挃耶?言人人殊皆非无因,实属可恶。余即出堂点名,着将册上未填者扣除,诸童始情急环求,仍给以卷,先给以卷,先复试而后填策卷,点名毕,发生正案,已四钟矣,仍将延误。复试情节办稿,札发提调查办。

初二　蒸郁,闷甚。新进童恭默。

初三　拜客,发录,奖赏毕。蔡枢南同年名寿星,癸未部。赠《蔡忠惠公集》二部,属书题检忠惠公讳襄,字君谟。即造洛阳桥者,《洛阳桥碑记》朱墨拓,官场均以为土仪酬馈,余得十余套。朱拓每套八角余,墨拓每套四角余。又朱子书"仙苑"二字二十付,此皆幼时在外家潘氏厅事及花园内所习见,"仙苑"二字至今尚存。今乃得之。又闻府尊金韶生前辈言兴化府署有楹联一付,句云"荔子中天下,梅妃是部民",亦多有拓以送人者。有一等生王锡庆号则沙,晋江人。来见,欲送鳌峰书院肆业。作珪信一纸、子密信三纸、锡三信四纸,寄邮局。

初四　夜大雨达旦。巳刻启行，送者颇盛。盖武则有黄芍岩官保提督之亲兵全队，文则有各属新生。此间新生例穿襕衫，披肩披红、乘舆拜客，有鼓吹彩帜红呢金字吉语前导者，亦有乘此谒墓并回里者，故非独一起也。行十里南安县、十里双塔、十里产田、十里洪濑尖，南安界办。十里岭仔、十里罗溪宿。南安界。夜仍雨。

初五　辰行。十里桂花、十里彭岭湾、十里水江、十里东关，永春尖。十里小马亭、十里到州，途中亦有小岭，山径崎岖，而平坦处则春水满塍，田岸狭而泥滑，舆夫时有颠踬。考院地不宽，住处一厅二侧间，厅无窗户，左侧即卧房，葵住右侧间，均不明敞。

州牧黄运昭。子融，福州汉军，癸酉举人。

参将朱鲁光。冠卿，福宁府人，营伍。

官运局员祝锡璋。幼廉，直隶沧州人，监生。

永春州州同兼税釐局邱京章。紫瑶，广东丰顺人，癸酉拔贡。

文巡捕署永春州州同章鍌。晓清，会稽监生。

武巡捕州讯颜文光。辉堂，永春州人武举。

【天头曰】厅事扁曰"见美堂"，又一扁"无忘秋实"，吴玉琳书。联曰："用心持守师陈易，秉鉴清明憬蔡兹。"吉梦熊。

初六　行香、讲书、放告。阅墙，贡院甚陋，东西大号不长，西有后廊两层，幕友房在厅事东院，即州学大成殿之后也。

初七　生策论场，实到九十九人。

初八　生正场，一州二县共三百二十人，接大学堂管理大臣咨一件，附奏准议复鄂，督抚张端。筹办中小学堂章程课目，刊刻原折一件。通行各省遵照办理等。因是日接省中来文，有张锡三信，二月十一日。颂、瓒致葵信，二月初七。汪芷致葵信。又见二十六日电，谕省中查办一事，系御史李灼华奏参督许，该督身任封圻，不能俭约率下，收受礼物，家丁勒索门包，于所属重案办理未能允协，并用人太偏，下情壅蔽，以致舆论不孚，许□□着交部议处。臬司杨文鼎，恃才傲物，多揽权势，不恤民隐，难膺风宪之任，着以道员降补。以下总兵、副将、候补、道知府、知县、文武各官降革有差,惟仙游县王士骏革职,军台效力。是日会试正场,在河南举行。总裁裕德、徐会沣、张英麟、荣庆,荣儿与焉。王夫人忌辰,屈指十周年矣。客中亦未设一供,属珪儿在苏礼忏一日。

初九 童策论场,到四百余人,发生策论案。

初十 忌辰,复生策论。

十一日 忌辰,首场德化、大田二县约千人。发一等案。

十二日 复生一等。

十三日 二场童永春州六百余人,发德化、大田童草案。

十四日 面试德化、大田童,即发案。

十五日 录科、阅卷。余常诞,年例茹蔬,客中亦不能如例,晨点香蜡,遥叩家堂,幕中诸友及吏役等均来行礼,犒以折席。晚约诸同事酌,州中送菜一桌。

十六日 面试州学,童即出案。

十七日 新进文童招复,接省中到信,有珪二十八日、三月初二。信二函,潘伯香函、何颂圻函,余出京时年例贺折,托颂圻代办。向例托军机处熟人代办,寄与印花。时颂圻以道员改外办折事,据已代托王耜云庆平,松江人。接手矣。是晚,幕中诸友为余置酒同叙。

十八日 恭默。

十九日 拜客,晤黄牧子融、游击朱冠卿鲁光。朱系建宁人,余所进朱炜光之兄也,年仅三十余,闻武营中颇有望。又州中绅士林靖高等,及铺户等递公呈二纸,皆盛称黄牧政绩。黄系本籍汉军,到任甫一年,闻去年办坐贾捐各捐等,颇能不扰。是日,簪花奖赏毕。

二十日 起马赴兴化,行五十里,湖洋宿。

二十一日 行七十里,过白鸽岭山路,文殊尖,仙游县宿,住金石书院,近新改学堂,屋宇整齐宽敞,此两日稍有感冒,颇觉疲乏。仙游令王君士骏,号吉人,浙江山阴人,时以吏议革职,发往军台,盖即许督、杨枭一案,被李灼华所参也。王令以办仙游贾捐严厉,有请兵弹压聚众滋闹之莠民伤毙人命事。是案即香帅派两道员到闽查办者，许督开缺、后自请假回籍，督篆处将军署。杨杲降道员，余降革者十余人。

【天头曰】到兴化时，接同乡汀漳龙道李仲平观察毓森信，荐幕友潘永仙，名启烽，已允入贡院矣。前所荐宋仪卿，荐成学堂教习，以潘来代。然皆属初交，未能悉其底蕴，姑留校阅，到省后再作商议。

二十二日　行八十里，俞潭尖，下午到兴化府，进贡院。

知府宝康，号孝劼，旗人。

莆田刘锡渠，汝樵，湖南人。

通判丁恭寿，潄卿，嘉兴人。

副将李英，述卿。

游击，唐丙焜。

文巡捕程扬烈。显廷，浙江监生。

武巡捕吴鸿英。秋岩，莆田人。

二十三日　行香、放告、阅墙、给贫。

二十四日　生策论场约四百人。

二十五日　三学生正场约六百人。

二十六日　童策论场，发生策论案。

二十七日　复生策论。

二十八日　考首场文童，仙游约一千人，少数人。发生员一等案。

二十九日　复一等生员。

【天头曰】小月。

四月初一　考次场文童，莆田。

初二日　贡监录科到十二人，发仙游童草案。

初三日　面试仙游童，即发正案。有幼童二名：一纪寿图，年十五，府案首策论正取第二。一杨葆锋，年十四，亦府十名。此二童文理颇为清通,骎骎乎轶其侪偶。拔杨第一、纪第三,以奖励之。接省中来信,珪三月十四信,知荣于初二到汴,又得凤石三月初七信,江莹若信。

初四日　一等阅卷。府学一等二名,关其忠,策论正二。莆田一等第一陈其琛,策论未取。又刘维翰,皆可称好手。发次场草案。

初五　面试莆田童,即发正案。

初六　招复新生,发生员大案贡监榜。

初七　恭默圣谕广训小学。

初八　显妣潘太夫人忌辰。是日一等生员及新生奖赏,发落拜客,年例茹蔬日,客中不能拘也。

初九　晴,辰刻起马行八十里,太平宿,莆田界。

初十　晴。九十五里宿坊口,闽县界。巡捕朱梧冈来,带到珪三月二十三信、徐受之信、汪范卿信、大学堂公文一件,寄应用书目为学堂课程本四册。

十一日　立夏,下午到城南台,行七十里,中间渡乌龙江。五里亭司道各文武均出接。到署后晤修凤,半载奔波,风尘少息,颇觉一慰。两孙皆候于大堂,始散塾焉,各教官来均辞。前臬台杨俊卿同年,是日行。

　　　　【天头曰】宋仪卿去。

十二日　出门,贺将军兼署制台,时新督李勉亭帅兴锐尚未莅任。答藩臬各道府同乡十余处,钱瑶侯来,带到钱朴如同年信,有香珠、雷葛、桂元膏、薄荷油之馈,潘笋南来。

十三日　将军来答。各教官来均见,又见客十余,作珪、苏信,沈处事共四纸。闻修凤,云得苏信,其弟晤见荣儿于观前,云于初六到家矣。托彦修至蔚长厚寄何颂圻信,又规银四十两。又邮局寄张燮钧信。附录莆田道中诗一首。

山行迤逦入平川,畅好清和四月天。绿满秧塍春水活,红酣荔圃晓堂鲜。郡属多水田,颇似江南风景,节气较早,已及分秧候矣。近墟未觉乡风异,人谓郡属民风刁悍,然所过村墟见课耕者、贩者,似亦与吾乡仿佛,久役频惊物候迁。听彻子规泺桥语,客心计日整归鞭。

又　道中

未解栽桑但种茶,山坡几稜稻畦斜。剧怜土脉膏腴甚,开遍春田罂粟花。

十四日　相传为神仙诞F也。是日会客数起,代提调梁冠澄太守允恭来晤,作栩缘致礼信,王雨时、潘谱舅、熙年表弟奠信。

十五日　晨。本署文昌阁武庙、大士殿、灶神、考棚神,各处行香。藩台周盐道鹿来晤,史致钧锡麟来,居镕青同年镜生来,均晤。接珪、荣儿十一日来信,知荣已到家。内有顾卢氏告贷信,发电报云沈事允,又汇寄洋四百元,交蔚长厚汇苏。昨发家信,今日又发一函,即前昨所书者也。连日接京师大学堂咨文,为预备科,为各省设立师范馆,为温宗尧拟办外交报,今各学堂购阅事。

十六日　又发一信,与杢渠附王耤云信,托办年例折,属杏渠以何颂圻之四十金移交之,颂圻处另备送。

十七日　程听彝来,梁允恭来,闽县黄剑农来,为童生滋事打毁镜店事。

十八日　粮道启省三来,瑶侯来,孙仰之来。

十九日　选刻试卷为之删润,亦颇费手。是日未见客。

二十日　福、清两教官来见,发出沈子惇信、吴宗实信,有分八两沈、洋六元吴。

二十一日　取齐福州府十县科试。癸卯。

二十二日

二十三日　笏南来,请邱肖川敏光来诊季亦翁。

二十四日　新署闽县罗汝泽、署长乐县王汝谦来。接张子密四月十五日信,杏渠与葵信。四月初八日。大学堂师范生陈祖谟等信。悉伯荃内侄会试中式信。

二十五日　辰刻至文庙行香、讲书、阅墙、放告、给贫。

二十六日　雨,阴寒。作张子密信内附葵致锡三信寄邮局。是日福州府开考，为生员策论场，共四百数十人。黎明点名，计一府十县，附以驻防。府学、闽、侯官、长乐、福清、闽清、连江、罗源、古田、屏南、永福。

二十七日　生员补岁。

二十八日　童策论场一千六百余人，尚有古田、福清、屏南三县无报考者，闻以卷价与学中龃龉故也。此间以此场为偏场，卷价甚不一例，有多至二三五千者，实属唯利是图，各属均有以此禀报者。本届已批福州府提调至贵核定，照福古旧例，每卷定价四百文，后闻福古亦并无如此之价，据学官禀云，每卷约一千五六百文。是以不能遵行也。幕友季亦平先生，老病日剧，署中殊不便养病，为筹一椽于贡院旁，下午用榻送往，并属巡捕朱君照料。是晚交丑刻病殁，季君长于算学，以橐笔为生涯，家况甚窘，有子有婿，即属帐友函致为安排殡事，可伤也。时值关防，诸友皆不能往为照料。

二十九日　忌辰，考合属生员，驻防福州府及十县约千余人，发生策论案。

三十日　复生员策论。

五月初一日　考首场文童，闽县、侯官攻出枪手七八人，发提调三人，枷示逐出五人。

初二日　教职贡生录科。发生员一等案。

初三日　忌辰，复一等生员。

初四日　考次场文童，驻防长乐、福清。

初五日　端节停试一日。发闽童草案。

初六日　面试闽童。即发正案，以下同。

初七日　三场童，古田、连江、闽清、罗源、屏南、永福。发驻防侯官草案。

初八日　面试，驻防侯官童。发案如前。

初九日　监生录科。发长乐、福清童草案。

【天头曰】接苏信，珪、荣发。

初十日 面试长乐、福清童。

十一日 招复，驻防府学、闽县、侯官新进文童。发连江、罗源、古田童草案。

十二日 面试连江、罗源、古田。

十三日 招复府、长乐、福清童。发屏南、闽清、永福童草案。

十四日 面试屏南、闽县、永福。

十五日 一等阅卷。发贡监榜。

十六日 招复府学，连江、罗源、古田、闽清、屏南、永福。发生员大案。

十七日 文童恭默。发童生大案。

十八日 文童簪花。一等奖赏。

十九日 刘雅宾前辈来，即往答，并托带韶弟信，又小木箱，内有香朝珠、印包、洛阳桥碑、荔支桂元膏、神曲二斤、试艺一本。是日大雨，骤寒，拜客，雨阻而归。

二十日 接苏、珪信，将于二十左右挈眷赴沪，拟福属教官考语。

二十一日 有上杭新进孔生庆辉来馈兰花四盆，又物三种。

二十二日 连日多雨，拟科试一律完竣，折稿并举劾教职片。

二十三日 写折。笏南来。

二十四日 新进生郭曾量、同甫式昌子。曾辙、景舆式昌子。郭则洵。侨民式昌孙，曾程子。来谒，皆远堂先生曾孙，讳伯荫，前苏抚，年皆在二十内。

二十五日 接杏渠信，五月初十发。见京报经济特科定于闰五月十六日，保和殿考试。

二十六日 赴鳌峰书院，月课亦旧例也。晤主讲郑友其，略坐，交去题目即归。请居镕青大令点名，监院教官孙葆璠梓卿收卷，共生卷八百余，童卷二百余，外府送院肆业者五十余名。院有留额四十名。共千四百余卷。是日备香蜡，诣季亦平先生一拜。

二十七日 接珪沪发廿三日信，昨日林廉生世兄之大郎来谢，名襄,贡生。

二十八日 夏至,接郭生则洵之尊翁,南云大令,现署江阴生将往省,托带苟兄信件,信一、木匣一。

二十九日 雨。陈伯潜阁学来。

【天头曰】小建。

闰五月初一日 雨,竟日不止。

初二日 雨止,阴。拜客,答陈伯潜、林晋生各处,又唁陈尔丹府丞太夫人之丧,时自奉天学政归,寄珪、荣信,汇银贰佰二十五两,托少甫转交。拜周方伯,晤商学堂事,师范生求拨月费事。送京师大学堂者。大学堂各生多有主保国会、革命会者,议论嚣张,有五月二十六谕旨一道通饬各省学堂。

【天头曰】悉云贵主试,云南张星吉、吴庆坻,贵州李希哲、刘彭年。

初三日 晴。天气仍未爽。叶少韩来,并率其子新进叶于銮可立来见。

初四日 约陈韵士来包折,发科试完竣折,举劾教官共一折二片,写五月二十六日发,即交督辕折差,附带林姓、邓姓弁。费二十四元。得何颂圻复信,知前款收到。

初五日 闰端阳。藩台周子迪来。

初六日 何超常来谒,肖雅同年之子也,号仲杰。

初七日 雨,得珪、荣沪电,眷齐登海琛。

初八日 夜雨达旦。晨,报头门外水已盈数尺,俄入二门,俄入号舍,漫上大堂,并二堂天井及甬道骤涨三四尺,闻皆由延建邵山水下注,城门已塞,南台一片汪洋。署中则最大之水,大堂可积四五尺。上房稍高,向未有波及者,亟发电止沪眷,交少甫,云闽垣水阻,秦眷缓行。是夜仍雨。

初九 晨,水退出大堂阶下,雨亦稍止,接沪电,眷已登船,佳开行正在派人往马江布置,又接旨,行李行,眷留沪。

初十日　见新闻,报殿试等第,单伯荃二〇十名,湖南门郭宗熙二〇十六名,韶门生叶景葵二〇。天仍潮热,郑宸丹来,周子文来,叶伯铭来。

十一日　晴,午后拜将军并喑都统松梅林,拜各书院山长及各绅,彦修往结蔚长厚折三、裕泰厚折二。

十二日　邹福、钱福押行李先来署。是日海琛船收信,李成告假回京,致珪、荣一槭,又葵一槭。刘义、再韩仆。韩升同去,郭厨亦去,此三人皆遣回矣。又夏厨亦附伴行,据云告假一月。

【天头曰】放试差,广东达寿、景方昶,广西骆成骧、钱能训,福建李联芳、刘学谦。

十三日　午前拜客数处,信罗稷臣太仆。遇雨而归,午后四钟赴周方伯及司道公请之约,藩厔子迪署臬、粮道启省三、盐道鹿遂斋、候补道叶伯铭、聂少庵、武赞卿、唐铧之、彭少溟、徐玉笙、黄经臣、蔡俊彦同作主。陈次旌观察将有天津之行,亦作客也。是日发鳌峰书院案,发奖银三十七两一钱。

【天头曰】蔚泰厚:张瑞臣石麟。蔚长厚:郝斗垣文光。源丰润:胡梅宾学鸿。

十四日　晴,凉。叶锋人观察大遹来,得沪电,问行期未复。

十五日　拜客,马升行,附寄戴少怀信,托带素心、建兰两盆,致轶仲信。

十六日　将军来,作钱甘卿,周夔一信。

十七日　作节烈母焦孺人传序,写联扇。

十八日　宪崧来,瑶候癸。

十九日　遣郝升、钱福至南台下马江接候珪、荣。

二十日　海琛船到,珪、荣两儿各挈其妇来,韵女同来,并为余携一姬来,荣妇去春在苏毕姻,今始见面,已生一女,小名连庆,共带二仆五妪。带来芍兄信、张子密信、王胜之信、吴少甫信、有绍酒、皮丝之馈。

【天头曰】子密送大小漆盒四洋酒。

二十一日 拜客数处，作钱朴如谢信，又答芙初信，托瑶侯寄。是日，谢亿先辞去回漳州，晚邀诸友饮，即为修凤、玉如、彦修钱行，内厅亦备一桌，酌韵女。

二十二日 作芹堂信、吴少甫信，均拟托彦修带回，并送少甫物，郑友其太史率新进范景惠、郑景逵来。

【天头曰】主试：四川王荣商、张世培，湖南支恒荣、吕佩芬，甘肃马吉漳、朱锡恩。魏幼衡领一等生。张连枢来，燮钧侄也。

二十三日 新进生林翔来，字璧如，林文忠曾孙，同年庆祺之子，馈文忠墨迹款联一。付政书、诗集六种，又刘书藜来，亦新生。是日借江苏馆请客，崇将军、周方伯署臬、粮道启、盐法道鹿、候补道唐三观察均到聚春园，郑氏厨子之菜也。

二十四日 以崇正书院课卷分阅，尧峰来署，卷共三十八本。

二十六日 接张锡钧信、伯香信，李友鹍鷟信。

二十七日 修凤、玉如、彦修携朱虎回苏，季仆生茂亦行。闽省银洋出入记数。以漕平作祖。

临库平每一百比漕平大一两七钱。

临库平每一百比漕平大一两六钱。

城新议平每百比小曹平小一两二钱。

台平每比漕平小九钱。

银换洋

光洋　近时每元兑银上忖落不定

重番　近时每元兑银𡻢，如合银平时兑平𢴇，讵库约𡻀

七兑，每元合台平银七钱。

六兑，每元合台平银六钱。

洋换钱

七兑票，每元大市概作钱一千，买物用或时有升降不一。

角子,现每在大市作**恨**,钱庄兑官局铸作**舩**,省铸小一文,广东同,略亦不定。

二十八日　至都统府啃松梅林领帖。未刻在署请客,叶伯铭、武赞卿、蔡彦俊、黄经臣、徐玉笙五观察。梁允恭、程听彝两太守到,聂少庵、彭少滇两观察未到。接吏部新议"变通铨遇咨文"一道,发晋江陈令其煃信。

二十九日　阅崇正书院卷毕,定超等十二名,第一举人黄流特等十四名,壹等十二名,捐奖番银重洋十七元,笏南来。

六月初一日　发芍兄信,附李文宗信,又致颂通信。

初二日　晨起谒祖。午祀,显考、显妣一席,王夫人一席。纳姬贾氏为侧室,年二十二岁,直隶北平人,向育于沈子美观察家,即汪姬之旧主人也。晚酌内外两席,邀谢瑶峰、潘笏南、钱尧侯来酌。

初三　有连城增生,张道南慕杨执贽来见,却其挚,询之以留办省城试馆事,未及赴科考。曾报忧而与于调考,故来见也。

初四　居镕青来。

初五　见电报、报纸特科复试榜,取一等九名,二等十八名。

初六　曾幼玱夫人领帖往啃,顺答客数处,志甘甥自泉州来,下榻衙斋。傍晚忽报署前火警,亟出视,乃西辕门棋杆斗下,火焰上射,高耸半空,无可扑救。俄侯、闽两县至,水龙亦至,署对面系府学大成殿后墙,饬一龙往学隔墙激水,并防延燎武备学堂。洋龙最为灵捷,水力能达杆顶,火势渐熄,而大小两斗已如火球下坠,压损号房小屋数间,棋杆幸未折,烧焦其半。

初七　珪媳常诞,署内吃面。府县来晤,拟卸下棋杆一株,接杏渠闰月廿六京信。

初八日

初九日　接朱古微信,为倪涛事,复张燮君信。

初十　志甘回泉州检点王夫人遗衣,分与各房及韵女。

十一日　两主考之巡捕来请称呼帖,将至境上迎候。

十二日　请本府玉瑸卿、吕文起、步啸梧、罗润甫、谭砚仙、朱子湘、居镕青到,王念劬未到,钱宪崧来。前日得甘卿信,发锡三信,得彭子嘉信、八九弟致儿辈信。

【天头曰】主试:浙江唐景崇、齐忠宁,江西张仁黼、李家驹,湖北李翰芬、饶芝祥。

十三日　致锡三信。

十四日　下午大风,晚雨,夜愈甚,殆即飓飚之警也,天气骤凉,署中处处皆漏,屋瓦乱飞,窗纸尽裂。

十五日　悉王雅葵授鸿胪寺卿,作贺信二,邮寄。

十六日

十七日

十八日　雨凉,玉瑸卿、程听彝、吕文起、谭砚仙、罗润甫公请八旗会馆,顺便拜客。

十九日　接李鸿才禀,德化。由邮局来。

二十日　崇留守招饮于署,藩臬粮盐道同坐,何述斋来,答之。访程听彝,晤。

二十一日　托听彝发永春信件。德化李鸿才事。

二十二日　接到五月二十六日所发折。朱批三件:保邵武府教授郑受康以知县送部引见,延平府教授李锦以应升之缺升用平和县教谕,吴曾祺内阁中书衔,劢建阳训导林祖勋、宁化教谕许宗澄、泉州府署训导张冕革职。奉朱批着照所请该部知道,又王耔云章京信,附来元旦贺折两件,并属寄咨文等件。接轶仲、锡三致儿辈信,凤石六月六日信,杏衢信,知辛撰分部得兵部武选司。

二十三日　正谊书院监院杨铭来,请考定廿六日,是课皆举贡也。得晋江县陈桂生来复信,为骏生表妹丈夫妇殁于河南官次,接回其二子事,即以原信寄苏潘九勇母。

【天头曰】江南:杨佩璋、绍昌,陕西:管建鹗、杨家骥,山西郑元、周树模。

二十四日　茹蔬年例也，悉江南等主试信，王念劬来，有志甘信。

二十五日　接张芹堂六月初信，有庚、辛、壬三年栈帐。

二十六日　晴，万寿圣节。寅初赴万寿宫，行庆祝礼，时维将军兼督抚都统领西班，余领东班，司道均到，卯正礼成归。辰正至正谊书院课，请梁太守允恭点名，朱紫衡、龢尹监场收卷，夜大风雨。

二十七日　朱紫衡、杨文名来，送到正谊课卷三百三十九本。接孙莱伯信，送条幅画四张。竟日雨势淋浪。

二十八日　寄山阳信，复汪闰生。

二十九日　接菊裳闰月初八日信，有曹平纹壹百两，寄其房师周郁齐先生之世兄振吾、戟庭。

三十日　周世兄戟庭来，以叶信及百金付之，彭堃承差领来。

七月初一　林炳章太史买。号□□，文忠之孙，庆祺侄。

初二　荣儿生日吃面，笏南来，复何策臣、谢子笏信。

初三日　崇将军诞辰，仝拜未见，顺答客。建安教官李孟屏驹来，率其侄李象奎来见，取一等前列报优行。

初四日　孙仰之来。

初五　一等门生林志烜来，叶小韩太史带进，赠其曾祖名春溥先生《竹柏山房全集》四套。

初六、七　晚祀巧，居镕青来。

初八　居镕青、孙仰之招儿辈饮沈公祠。

初九　接苟兄六月二十二日信，锡三六月廿九信。

初十　接苟兄寄江苏试牍一部，解瘟丹、太乙丹一瓶，又接彦修信，定正谊书院案，发奖赏一百廿六元。是日请邱老师敏光号肖川为韵女诊，并诊韵妈。邱老师之子名则光，今科新进。

十一日　夜又大雨日。

十二日　祀节三桌，通义公一席、厅上王夫人一席、内厅汪姬一席,旁设宅基一桌。

十三日 至藩署拜寿,答客。托蔚长厚汇彦修曹纹二百金。

十四日 各学送考,教官络绎而来,督中军王雨亭来,笏南来,胡教官恂予来,带见洪鸿儒晓春。又建宁一等门生、壬寅科举人王佐希颜来。两儿启行,赴江宁乡试,附海晏轮船,荫甫偕往,并有朱梧岗之弟名宝椿同行,亦赴试者。复子密信,邮局寄。

十五日 中元节,送王耕云庆平信,寄印封、印文备咨奏事处五件,印花五付。

【天头日】印文填承差名:游益、林寿、陈钰、马忠、庄贵。

十六日 录科开考,先补岁考一场,到十九人。

十七日 驻防福、兴、泉、漳、永春、州六属生员录科,到一百八十余人。

十八日 延建、邵、福宁、汀州、龙岩、州六属生员录科到一百五十八人。得锡三河南安电,寓中兴隆街见邸报十六日电,旨设立商部,以载振为尚书,伍廷芳、陈璧为左右侍郎。

十九日 发案。

二十日 正途贡监、俊秀贡监,录科五百余人。

二十一日 考通省教职五十余人。发贡监案。

二十二日 续到生员补岁二十余人,魏升自京来,带到杏衢、辛揆致儿辈信,又貂帽一顶,得葵、珪到沪信。发教职案。

二十三日 补考续到生员教职贡监。

二十四日 阅卷。

二十五日 阅卷毕,发补考案。

二十六日 悉福建主考至延平信。

二十七日 复凤石信,又复杏衢信。

二十八日 得芶兄信,六月廿二发,郭侨民带来有蓝绒衣料一件,赐葆姬。又书两部《重订律音汇考》《江左校士录》,即发复信六纸,又接张爕钧、汪闰生信,潘泉孙发葵、珪试寓信,与。芶信同挂号。

二十九日 料理案牍，极繁。各学乘乡试之会，带办陈年公事，有为诸生请开复者，有以欠卯金而请扣考者，有因部监照遗失不全而请予收考者，有纷纷无已，大都皆虚作风浪。

八月初一 黎明点名补录，续到教职生员贡监各项，有一千六百人之多。点至未牌，始封门。

初二 午后至五里亭候主考，行请圣安礼，四点钟归，叶肖韩来，夜得杏渠电报。联任之信。

初三 阅卷竟日。

初四 阅贡院各学公文，为考试事，冗杂无已，中多各教官请扣考、请开复等事。实皆节外生枝也，可恨。

初五 又补录一场，到七十一人，将军来晤，各司道来贺，均未晤。得菊裳兰州电，询厍款事，即电复。已复一函。悉各省学政信。补昨日电局来。

初六 寅刻丁祭，文庙朝服行礼，时将军崇佑亭善兼署制军为主祭官，余在陪祀之列，藩、臬、各道、本府为配位哲位，两庑分献，执事人员皆郡绅士，为之乐音佾舞，应节按班彬彬如也。向归郭沙诸姓主持其事，辰刻礼成，归小憩。巳正至总督署，候两主试到，同行谢恩礼。是年同在斋戒期，内停筵宴，茶座毕，即送主试，以明轿入闱，余亦随入监，临台宣示，将军交单，内帘十二员，内收掌一员，收卷官十员，弥封收掌五员，榜示至公堂。旋同提调监试，至明远楼下行拜魁星礼，花衣补褂，是科提调仍鹿盐道，学良。监试唐道，赞衮号桦。内监则何述堂同年绍棠也。

初七日 晨至红门监试，进供应。午后印头场卷，坐号共七千八百七十六本。驻防另提二号，坐计一百零七人，监生提二十五号，坐共一千四百六十四人，无官卷，粤籍以人不及数，散入民卷共生员内地等六千三百零五人，计每字号尚可留空八、九号，中额九十六名，副榜十七名。

初八日　寅正出点名，中路点驻防，继以福清等共十二起，未起为老生教职。余亲点首驻防尾，老生教职。余则有候补道代点。申刻封门后，俟查号毕，诣内帘门，请提例，穿补褂，发题已三鼓后矣。据报进闱士子实数七千七百零八名，发题时各分单，又核见作七千七百十九名，据详报七千七百零七名，又云零六名，又补贴十一本。候查。

首场论题："太宰以九职任万民"论，"太史公为货殖立传"论，"陈同甫上孝宗书"论，"汉文帝、唐太宗、宋仁宗、明孝宗"论，"真西山作《大学衍义》，时人补之，较原书若何"论。

初九　阴，晨送验士子肉饭，为一尝之，米糙黄而硬，不如旧年之白而腴也。午后印二场卷号戳，晚偕颂臣、荣儿、梧冈等入号周巡一次。

初十日　晴热。午刻放头牌，出至头门，晡藩臬二三牌，均往焉，三牌后开东角门，任士子陆续出场，净场已子刻后矣。收卷所交进应贴卷五十余本，白卷未完卷外，大都皆以添注涂改违式被挑为酌免者十九卷，共贴三十七卷。场中尚称安静，有病者两三人扶出，三钟即起，候点名。

十一日　昧爽，二场点名，驻防到者寥寥，均偷闲半日待补点也。酉正封门，是日忌辰，点名时免褂。交子正后仍穿补褂，至内帘门候，发二场头题，随由弥封所进头场卷一千六百本，二场点进士子七千五百六十四名。晚微雨凉。

策题："泰西各国学校孰多，其成效若何"策，"英俄德法各建陆军，试详其制度，考其异同"策，"泰西各国多有属地，其驭治之道孰优"策，"茶桑为利源大宗，近年东西洋各国极意讲求其种植之法、制造之方，试完其详，以备采择"策，"瑞士壤地较狭，而能特立于列强之间，其政治艺学必有可观，试详陈之"策。

十二日　晴爽，午后至堂上略坐，监印三场卷坐号，晚又进卷二千三百本。

监临台偶作

两度秋风造榜天，棘闱重到亦前缘。奇文欣赏七千卷，旧事依稀二十年。

锁院月华因皎洁，锦坊花样剧新鲜。画帘剪烛宵泳坐，预祝樊香副荐贤。

忝拥星轺遍八闽，遑云文教振祁苇。欧曾主试关风尚，邹鲁遗称属海滨。

入彀英雄须俊物，论文嫡派几传人。青毡故我还如旧，阅历名场又一巡。

十三日　令荣儿作葵、珪信，寄存上海。写纨扇五柄，试紫笔。未刻放头牌。下午又进卷三千八百六十八本，三次据弥封送内帘，卷数实计柒仟陆佰陆拾捌本，计少一本。又据代办宁洋闱务教官阙国成缴到宁洋生江浴沂一本，系是未完应贴之卷，因疫病发，误携闱卷出场，查明与内帘卷数相符。

十四日　天明后点名，到者寥寥，仍候补点，五钟封门，然上灯后，各士子犹未肯归本号也。据受卷所报，实收二场卷七千五百六十四名，计又少一本。嗣据至公堂书吏核报，除不到贴出外，实收卷七千五百四十八本，合数。

十五日　四点钟散三场题，黎明诣明远楼前文昌帝君诞日行礼，蟒袍补褂，嗣各官来贺节，往答提调、监试，余各差片。得葵江宁试寓初三信，又江甥携候初三信，时以中书到阁，进苏省母也。又见十一日电传邸抄，商部设立左右丞参议，唐蔚之文治得右丞，王丹揆清穆得右参议。下午放牌。晚雨势甚大。

"天下有道则见"义；"孟子道性善言必称尧舜"义；"跻彼公堂称彼兕觥万寿无疆"义。

【天头曰】贺节各所差役上手应共十四处，每取受洋二角，共廿八角。辕门差二元。

十六日　雨止放牌，有同安生许震年因病不能完场，已交卷矣，移卧于巡绰所，嗣招同乡洪姓二生来视，天明方拟设法舆舁出闱，而遽已逝去，可怜，然亦巡绰各官之疏忽玩误也。晚间净场后，卷数未能查准，忽冻，望楼号内遗一老者，卷虽完，而门已封，留宿于内，查其卷，则二场未完，在应贴之例，书办未将其三场卷扣出也。是日荣儿先归署。

十七日　晨点进翻译生，实到二十一名，诣内帘门，正主考李联芳捧出。钦命题目二道，用黄折匣，由监临花衣补褂跪接鼓吹，迎归监临台，敬谨拆封，缮写发刊，题系黄纸包，封用凤治恩波图章二一道，朱笔清字一道，系白折写就，汉字约二百字，首系史论政事题，据译云，用人以德者，乃为政之大体；次系挑选水师兵弁，但令译作清文不必作也，题纸先刻清字题十一字，次刻汉字全文，所谓满汉并刻者，指两题而言。士子只写清字题，不写汉字题。去年有误会处，误于将翻成汉字一并刊刻二语，提调监试详文云，尔实书办之妄衍此文也。十点钟发题，新臬台朱其煊号少桐，浙江人。闻十四接篆。是日到贡院公见而退，未接谈。

【天头曰】将军派来，受卷：成安；翻译题：庆平；缮写题：善清、锡桢。

十八日　子刻即发题，据弥封所报，实进内帘二场卷七千五百四十六本，与数合。是日进卷一次，宋子山司马有诗见贻，监试唐铧之观察亦有赠章。均次原韵奉答。

癸卯秋闱同事赠提调鹿遂斋观察学良

监试唐铧之观察赞衮两同年

金章矛绣镇雍容，棘院清严永昼封。愧我齐年叨附骥，伯兄以癸西科，弟以乙亥恩科领荐京兆，忝附同谱。羡君雅望接登龙。士子入闱，均荷优待，众论合眼。湘南蓟北才原匹，伯乐钟期会许逢。兼谓两主试。世载名场重话旧，论文尊酒拟相从。

次韵答宋子山司马

凤池曾识旧词人，喜观天涯揽袂辰。传钥琐闱扃列棘，君掌文闱内总巡事。访碑古寺记长椿。在京时与君皆寓宣武门外，与长椿寺相近。十年京兆帝中月，君以癸巳捷南书，今十年矣。万里滇池笔底春。商榷文章兼政事，玺书早晚拜除真。

再东轺之同年用原韵

长官余事亦诗人，桦烛论文又溪辰。经注辞骚撷蘅芷，斋名宝晋蓬杉椿。君精鉴别，有鄂不斋臧砖。蝌书分典闱中籍，君曾充内帘监试，今三度入闱矣。豸节重巡海上春。押罢紫泥挥彩翰，瑶华欣睹手书真。

再赠提调鹿遂斋观察

凤味堂前识故人，中秋两度话佳辰，去岁君为内提调，余亦忝同事两次，闱务皆倚君以办。谱联棣萼攀仙桂，韶弟与君同乙亥榜。颂撰椒花俪寿椿。初十日值君夫人齐眉之庆，同人皆以诗为寿，余愧后期敬伸补祝。金鼎和羹先报课，君时官盐法道。琼卮侑酒尽酬春。君善饮。霓裳咏罢邀仙侣，畅好朋簪会率真。兼谓铧之同年。

十九日　翻译士子出闱，至日晡交四本，皆未完卷者，遂访头牌。至三鼓后始净场，实收卷二十一本，令巡捕朱梧冈回署以报乡试完竣，弍封送翻译卷折，托督辕缮真，盖两安折、一奏折，须用墨笔也。

二十日　弥封所报进卷毕，第三场共进七千五百三十四本，合数。唐铧之赠《鄂不斋丛书》一部，皆其所作诗词骈文也，展玩一过，才思横溢，藻采飞腾，必湘中之能手。

二十一日　至提调监试处略坐，并致二十四出闱之意。荣送来荫甫信，江宁初四发。又王振声信，索寄闱墨，又世经堂寿祺信子扬。

二十二日　接沙县周令有基密禀，长汀县监生陈俊系革生陈俊冒捐入闱，并有案情应靖移缉等因，并禀督院。是日拜发乡试三场完竣，并解翻译卷二十一本，奏折随缴。钦命题目二道，咨军机处代缴。又附题二纸，咨礼部存案，督院派戈什叶祖灿为折差，在贡院至公堂拜发，花衣补褂行礼。午后偕梧冈、颂臣间行贡院一周，登明远楼，访剑池，在巡绰所之西。提调监试来谈。

二十四日　将紫笔各书作料理清楚，又答和唐铧之一律，宋子山又呈诗三律。

答唐铧之并柬遂斋，仍用原韵。

诗酒商量署散人，遂斋豪于酒。铧之雄于诗，而实兼擅胜场。雅怀未负赏花辰。两行画节联英荡，一局残棋阅菌椿。闻两君以围棋遣兴。清籁会虚屏落俗深院日长，惟闻绿阴蝉噪，时以诗篇相酬答，枯豪嘘润借阳春。铧之以鄂不斋诗文杂著见赠，因亦以旧作相质，乃荷赠诗发奖，甚愧谢焉。有人催赴三山约，郡城有三山。轮与丹房静养真。余于明日出闱，例请提调监试留主闱事，候发榜乃出，所谓九转丹成鼎未开，此其候也。

是日下午出闱拜将军，晤。贺藩台生子，贺新臬台朱其煊到任，均未晤。

二十五日　客来络绎，将军、臬台均晤。刘雅宾前辈自京由广平回，带来韶弟所寄莲心两匣、果脯杏仁各一匣、又菩提朝珠一串、四侄信一纸，寄回送炭金，各收片，惟戴少怀、黄册庵有复函。

二十六日　府君忌辰，设供。是日为本乡馆主秋祭，因公服未便，辞未往。致香敬四千，接葵十八江宁信，知各完场安适，约于廿一回沪，又得廿二月到沪信，将往苏州一行。又得咏春信、叶仲鱼节信。

二十七日　出门答客，晤刘雅宾前辈。

二十八日　优头场，共到四十一人，题为一论一策。王夫人生忌日，设祀。

二十九日　小建。

九月初一　晨到贡院见两主考，定十四日出榜。是日，将军亦到，藩臬以下均在。

初二日　优二场，夜半净场。

初三日　得锡三电，知已安抵江宁矣。属巡捕以文书至将军署，约定会考日期，定于初六日，时将军崇善署总督也。

初四、五　阅卷。雅宾前辈时方由京回，得卓异，仍回延平本任。

初六　晨会考，候崇将军到，同点名，送之登舆，扃门发题。是日照科举新章，援朝考之例，出四书义题一、史论题一，竟夜交卷始齐。

初七　阅卷。

初八　宋子山司马送乡试龙虎榜来，标朱画押，夹用印，副榜同。

初九　重阳风雨，天气骤冷，须御棉衣，以取定优生卷。令巡捕朱梧冈送将军署，下午仍送回，夜饭后发草榜。是日奉到礼部公文，连任福建学政札。

正取六名：林志烜、闽廪，仲枢。程树德、福府廪，戊武。张道南、汀连城增，慕杨。沈觐平、福府廪，丹元。邹开俊、邵武廪。王梦龄、建安廪。锡九。

备取十名：邱日华、汀上杭廪，海山。陈镐、福府附，寿孙。张运枢、闽附。陈鉴周、侯官廪。林允升、侯官廪。高冠杰、闽廪。李象奎、长乐附。黄寿椿、侯官附。李慕韩、泉州府廪。谢滋春。瓯宁廪。

初十、十一、十二日　午后仍入闱宿，颂臣、荣儿、梧冈从。

十三日　巳刻，将军到贡院至监临台小坐，遂请两主试出帘，均花衣补褂，同至至公堂填榜，两主试东西朝南坐，将军次西朝南坐，余次东坐，监试、提调各官大堂东西对坐，书吏拆卷送主考填名次。正书单数，副书双数。自第六名折起，以次唱名照缮正榜，至三十名稍停。午膳复出堂，填至九十六名讫，退堂。晚膳毕，上灯填五魁，是时满堂灯烛如繁星璀璨，香霭氤氲。填至第二名亚元，福州府廪程树德，则余所取优生第二名也，为之一快窃意。优元之作，功深养到、风度端凝，尚有可望。及拆弥封则解元果林志烜也，私喜赏鉴不谬差，不负校阅苦心，一时皆称文章有价。云是科中九十六名，驻防三年在内，未编官卷，亦无台湾至字号卷。副榜十七名，余所考取一等者中三十余名。又新进七名，泉州府学科案一等一、二、三、四名均中式，两正榜、两副榜亦适符次序，亦巧合也。归已十二钟，接锡三信。

十四日　填优贡正榜以备取，一名邱日华、二名陈镐，升补榜式与乡榜同，惟无龙虎文，令巡捕送将军会印，归即升堂发榜，并拜发谢恩折，折填十三日，赍折庄贵。附交军署折，差两主考来，林仲枢、程戊武两新孝廉来谒,又闽县训导魏幼衡鸿翚中副榜第二,执弟子礼来见,余力辞不敢,当仍留柬而去。寄南京张亲家信。

十五日　答两主考,至陈伯潜阁学家,中一侄名懋豫,山长宝璐之子。沈丹曾京卿家。中其第二子,名觐宸,即觐平弟也。贺喜,复贺魏学官。寄葵、珪信。

十六日　阴。巳正赴总督署行谢恩典礼与鹿鸣宴。礼成乃归,得盃盘一副,表礼两端,两孙亦随往观礼。是日,新贵到者三四十人,彩旗鼓吹,颇觉热闹。得葵、珪上海电"海宴先辰行"五字,盖十六日辰刻开轮也。写朱古微、潘泉孙复信。

十七日　发广东学使及泉孙信、叶仲瑜信,遣郝升至南台,借小轮接葵、珪,讵晚饭后已进城到署,途遇郝升令检点行李而先行来署,甚慰。

十八日　晨喑郭大令宗濂之丧,系丙子同年。赴周方伯招饮,陪两主试。午集交去谢恩折,差弁邓戈什德辉。

十九　大士诞,至观音祠行礼。宋子山来,交还诗册三本,时已得兴粮通判矣。王梦龄号锡九,优生四名升五。来见。写本家介峰信。是晚颂臣、梧冈约儿辈吃梦。

二十　当道公请两主考八旗会馆音尊,三庆班、大吉生班。余与将军作客中主也。点戏二剧,赏洋八元,席犒二元,归已傍晚。是日,府县兼请各署幕友子弟,颂臣与儿辈均往坐两厢楼。

二十一日　将军请主考,余作陪,下午往。

二十二日　余请两主试,席设本署,并订藩臬盐粮道监试道唐同坐。

二十三日　粮道启盐道鹿监试道唐请两主试及余,席设范公祠,谥文贞,名承瑛。祠在乌石山,登眺甚畅,轩廊结构亦精,下有新造之师范学堂,未及往观。

二十四日　发秦介峰信、孙莱伯信,并托伯荃代付洋十元,又孙干卿太太奠八元。伯荃信,致江宁纬信,并为代致唐春卿侍郎信,时任江苏学政,为南菁讲席事。是日,闻系江南放榜之期,佳信杳然。

二十五日　臬台朱少桐招饮沈文肃公祠,亦在乌石山。登祠后,山亭拾级而上,愧无济胜之具,小憩即下,入祠瞻仰,龛供文肃神位,林夫人同祀。屋宇整齐,半山有巨石,镌"旧涛园"三字,旁有一寿字,其阴有题名。发中秋复信。

二十六日　前儿辈来述冢乡事,悉廖仲山尚书于八月十五日,薨于里第,至是见电抄有廖尚书恩恤旨一道,照尚书例赐恤该衙门察例具秦云云。洊跻卿贰历掌文衡　秉性肫诚,持躬端谨,夙夜在公,克勤厥职等语。

二十七日　蕙女忌日,殁二年矣。制廖尚书挽联一副。十年京邸幸附亲知,羡公疏传辞官,正难忘北阙；恩纶东门祖帐;千里乡书惊传噩耗,怆我山阳感旧,忍重访午桥,别墅丙舍畫庐。

二十八日　新都统文桂到省,号秋严。午刻至五里亭请圣安,候至六点余,始礼毕回城。又赴将军约,看东洋戏,全以技艺擅长,有都庐寻橦、宜僚弄丸之妙,吃白勺,全席以猪为菜,旗礼也。得王振声信,言浙墨甚不纯正,见江南榜亲友中间必无一认识者,嘉邑南北脱科,宝山中三人、崇明二人、太仓副榜一人。

二十九日　发彦修信。

三十日　祀节。厅事一席、内厅二席、宅基一席,都统来。

十月初一日　晨答都统,并答各客,为季亦平先生设祀一拜。

初二日　午后至后南台拜王念劬,未值,拜聂肖庵观察,晤,适延少山亦在座。是日新督李勉霖自粤来,闻将进口,然五点钟尚未得准电,余回至五里亭,有徐玉轩、蔡夋彦两观察候接制军略谈,余先归,请邱肖川为韵女诊。

初三日　午刻复至五里亭,李制军与锐到,略谈各散。天雨,制军湖南人,年七十八,精神尚好,惟步履稍蹇,闻系云南画界时风湿所伤也。前曾任闽藩,颇以清峻著,其孙与漠年弟同为任。筱沅中丞孙婿以姻晚礼,见之。

初四　贺松都统到任,贺制军接印,顺答客数处,拜两主考晤谈,交去吴桫仙公信,并托带张砺吾同年之夫人赙敬二十金京文。是日,郝升、陈升告假回南,令其带去吴少甫信,又洋二十九元。十八元托办廖幛,十一元拟交平江公所。廖仲山宫保挽联唁信,又付剔出龙角子七十五角上海买物,闻沪市尚可用。

初五　正副主考来辞行、都统来,均晤。笏南来,寄芍兄信为幕友事。

初六　郑铿石教授同年来,以保送部引见,来执贽固辞之,委挚而去。林椒辰名履端,乙亥丙子。率其子新进生宴琼来见,曹军门志忠来,晤。

初七　拜李制军,晤。答曹军门,送两主考行,均未晤。发徐受之信。寄盛杏孙行辕文集。

【天头曰】花衣期。

初八　李制军来,晤。郑铿石教授率其戚黄荣阁来谒,福州新进生也。午后写楹联。

初九　儿辈接杏渠信,已返申江,信系二十九发,知辛侄虽取商部,未记名。是年恭逢慈圣庆九之期,省中大吏各署及大街均悬青龙黄旗,铺户并结灯绿,晚间通衢灯火,甚热闹也。

初十　风息。天气顿寒。三点钟诣万寿宫,行庆贺礼。自制军将军以下,文武咸集。李、刘两星使亦入班行礼,时改由海道回京,候轮船未行也。序分文武两班,东班首制军,余次之,两主试居三四为一行,其次行则藩臬各道。旧云王人不列于于诸侯,今仍依叙爵,亦是一说。西班将军都统为一行,余依次行三跪九叩礼。礼毕,就东廊台阶坐班即退,时已天明,遂散。余顺答客数处,归小憩。十一点钟赴洋务局宴会。是日,以中国庆事,制军将军柬请各国领事并翻译官宴,到者:领事六人,税务司一人,余皆翻译四五人。局中陈设甚盛,其设宴处均用鲜花叶结为春球样,悬之梁柱楹户间,席以两长桌一短

桌摆作工字式,其工字之中两头为主位,制军朝外,将军朝内,中国翻
译及洋务局员均坐工字内,以便传话照应。制军将军之左右手各坐
外国客两人,以次一中官皆夹坐两外客。西礼以坐近主人为上,故以
主客相间。余联坐一为英人、一为杜税务司,均能中国官话,可以互
谈。酒行三爵,通事官起立致今日取以公宴各领事之意,客皆起立,
其坐首席者致答词,亦申以颂祷语、和好语,制军乃命致谢,并以和衷
共事,各为国家无乖睦谊为结,众皆举杯劝客尽醣而止。席散听戏,
戏台前两旁设各国旗样,共七样,云亦致敬之意,演火棍一出,以技艺
见长,武旦尤巧力兼到演,至警动处,西人皆鼓掌致称羡之意。申刻
散,总督将军送客即行,余亦归。是集两主考均在坐,入宴之前中西又
共拍一照。云叶差弁祖璨赉回解送翻译试卷折,奉朱批知道了。

郭兆禄,捈履清谦,学问优长。

朱埭,持躬整饬,莅事勤明。

宋汾年,植思敦茂,训课清祥。

林上年,老成稳练,办事安祥。

十一日

十二日　巳刻出城送刘、李两主考,至五里亭寄请圣安,得伯荃
初六沪上信。

十三日　张冰如来。

十四日　至叶肖韩太史家,贺其令郎吉席之喜,本年新进生名于
銮顺。至陈阁学处祝寿,系阁学之庶慈,官场概辞不敢当。归接潘济
之舅信。

十五日　晨起,各处拈香行礼,托梧冈友带送瞿赓甫方伯祭幛
一、奠十元、信一。郑仲瑜淑璋同年来。

十六日　接江霄纬信,汪耕余夫人讣信,县试师母也。莫小农
信,请邱筱川。第五次。

十七日　发吴少甫信,托买羊皮统。彭士芸观察太夫人寿,往
祝。谢尧峰来,晚得伯荃来电电。

十八日　接张子密九月廿六信,晚以便肴请客,瑶峰、笏南、宪松、梧冈昆仲。

十九日　锡三来电。闽、侯两县来,面定廿七县考,奉调道员姚稷臣、文倬,浙。徐固卿、绍桢,广东人,甲午举人。来晤。李制军之总司文案也。

二十日　遣李成出城,接伯荃、修凤。

二十一日　伯荃、修凤到,均寓署中,带来少甫信,并买物。又孙莱伯信、又孙受之信、秦守常信。午后出门拜客,邱肖翁来。

二十二日　府学教官朱懋轩德光来,漳州总兵万起顺雨亭来。

二十三日　晨,黄芍岩宫保来,即往答,并拜杨西园军门,赴李制军招饮,将军崇都统文、陆提督、黄宫保同座。

二十四日　晨出拜客,沈丹元、邱□、陈镐、□□来见。

二十五日　接彦修信、锡三信,致王念劬函,并洋十五元,为季亦平枢回籍,须用洋医生验照,此例费也。轮船验病起于蔡和甫,钧。殊为行李之患。至灵枢回里有何验法? 不过为索资起见,亦将曰欧西之良法乎? 邱肖川来,第七次。

二十六日　接王耔云、陆彤士信,为萧恩铭到省托,又常熟季恩赉信。住东门颜港。

二十七日　收到龙溪县黄韵笙交还存银一项,即将其印领交讫。彦修收条亦收回。是日,为云女二十九岁诞日,斋星官宅门内均给吃面。

二十八日　至江苏馆,请制台将军都统聂小庵、李仲平两观察。

二十九日　萧铁梅恩铭来,有萧孙竹信。

三十日

十一月初一日　接芍兄信,廿六发。定请阅文友蒋志范、张仲履。又接王耔云信。寄回慈寿贺折三分,又强而仕戈什带回联任谢恩折安折三分。接吴少甫信,有羊皮统、女灰鼠襕各一件。是日,新裕船到，令李成送季亦平先生柩，附轮回沪，用十二人抬至南台码头，其驳船等则托王念劬代办。至沪后，拟暂寄平江公所属。颂臣致信于季恩赉。晚笏南酌伯莝，即借余处为设席之所，并用夏小海制菜，籍郅来陪笏南，以杨俊卿来省出接，未及来也。是日，换班之承差门厅来交替。

【天头曰】首接承差：头班林和、杨清，二班林寿、林喜，门厅首接陈璋、林春；二接承差：头班黄滨、李全，二班黄珍、马章，门厅二接黄端、吕馨。

初二日 接芍兄信，十月二十六发。代订蒋志范拔贡、张仲履两君阅文之席，二君皆常熟人。接少甫信，有女羊皮统一，二十元；灰鼠女袄一，十六元。发锡三信。

初三日 寄少甫信、锡三信、莫筱农信，致去萧孙竹信，又属颂臣致平江公所信。午后出拜客，接叶仲瑜信。

初四日 发芍兄信，订蒋志范、张仲履阅文之约，又发莫小农信，冬至夜祀节三桌。

初五日 寅刻至万寿宫行礼，归天已大明，巳刻冬至。

初六 程听彝来，王念劬来，发菊裳信。内有周振吾信，马递。

初七 连日料理京友各信，稍具，发少甫信，寄缴皮统羊，十二元四角，又十五元。交刘堃带。

初八 刘堃请假回扬，接辛揆京信。初十到，十月廿九日发。

初九日 闻官中有裁撤书院归并学堂之议，五书院鳌峰、凤池、致用、正谊、越山。举贡生童有公呈，乞为转圜。

初十 借沈文肃公祠请客，祠在乌石山。因山麓为址，结构宏整，中供文肃暨元配林夫人合祀神位，夫人为林文忠公女，即发匪乱，时在江西广信府，力保危城，有刺血作书乞援，故将林文忠旧部鲍君解围事，其书亦脍炙人口。后以潘公霨奏请于广信建立合祠，此其家祠，亦祀典中之仅有者也。文肃为余举优时会考师，时官两江总督，今其曾孙觐平为余癸卯科试正取优生，亦仍世渊源矣。客系姚稷臣、徐固卿、何璧流三觐察，程听彝、王念劬及王伯荃。

十一日 张亲家处遣仆吕安来接云女归，以子密就医，僦居沪上，病体未瘥。锡三信来促归，随发电往询。

十二日 书院生又递呈，午后出门答客，并拜周方伯为改书院事。得张复电，有"病危可虑"字，于是为云女趣装，势难复留。以王夫人遗箧所余作分，均分与子媳女。

十三日 云女行，挈乳姁邹妈去，易安随，并令邹福送至沪，借税厘局官座小轮，儿辈送至马江。

十四日

十五日

十六日 得菊裳九月二十四日兰州信，并有葵信，得雪女安抵申江电，又唐春卿文宗信。

十七

十八 复吴曾祺、宋廷模、陆晋生信。

十九 寄张芹堂。租册一本续寄，内有秦守常喑信，奠六元、善生叔信。邱教官来。约有十二三次矣。

二十 赴都统文秋岩招饮，制台藩臬监粮道同座，散后拜客，作张安圃信、叶仲瑜托。汪耕余师母喑信。送幛乙。

二十二日 接汪仲虎、周夒一信、又王振声信、荐冯蓝宋阅文。又吴敬一从庚赴信、孙子钧信。接俄国出使大臣胡惟德，有俄馆所绘东三省铁路图，悉毕利图共三纸，晚酌修凤，并为伯荃作钱。葵房姁预支重洋五十元。

二十三日 作彦修信，并收租册一本，又琴五太太洋十元。彦手代办礼对扇洋一百元，均交伯荃带苏。又付还陈国祥玉烟壶二枚。复叶仲瑜信。

二十四日 送伯荃行。

二十五日 复孙子钧信。为老骡事。

二十六日 出门拜客。

二十七日　闽侯两县来，时县考甫毕。邱日华来。

二十八、二十九日　发本年所定优生升入太学折。

【天头曰】小月。

十二月初一日　晨起，各祠拈香，客来、王吉人士骏来，时将入都，见。二十六日减科举，设学堂。上谕。

初二日　作梦舲、仲彝信。

初三　九弟偕荫甫自苏到署，悉子密亲家病殁沪寓之耗，子密南皮世族，久涉仕途，历任繁剧，由鄂回避至江苏，有能声。去年以报效饷银过道班，尚未得一差，郁郁不得志，就医申浦，以喘疾遽逝。余自与结姻七八年，只去春过沪时在江船一晤，遂成长别，曷禁为之怆然，幸我女闻信即行至沪，尚得侍奉旬余也。制挽联一付。又由邮局另寄辛揆一函，银二十两，银从号家寄，仲彝五十两，梦舲一百两，作移款。

使君是干济材，由牧令以晋监司，方谓声施日远，只念五旬余，鸣琴理具听鼓应官，官迹寄浮沈，誓将阳羡归耕，且奉板舆赋偕隐。

与我论年世谊，因儿女而联婚媾，尤为休戚相关，回忆八载中，京国贻书海天留别，人生感离合，讵料茂陵卧病，怆闻穗帐泣羁孤。

【天头曰】今葵至蕴长厚号，寄辛揆信，并京中年信三包，汇京足纹一千八百三十八两。每百汇费三两，送炭敬也。

初四　忌辰。拜客，见勉帅臬台朱少桐，殷谱琴先生之婿，与仙叔有僚谊，又晤唐铧之。下午邱海山来，王吉人士骏时以仙游案，将赴戍所，乞致京函，为作凤石一椷。寄锡三信，附云女信，发优生议升太学会衔折。

【天头曰】并科考各卷，戈什哈、庄启元、季鸿斌。

初五日　忌辰。吴生宾驹来，冕昂。生岁所取师范生，今科新中。

初六　邱教官来。

初七　制台来，复周夔一信。

初八日　晨出拜客。

初九日　得王振声信,荐冯蓝、宋阅文,又杏渠与儿辈信。

初十日　得黄仲弢读学信,荐程约斋阅文,名宋洛。已卯同年,绩溪程蒲孙太史之子,寄张子密对一付,写酬应各件,自写团龙红笺对十付。

十一日　庆孙女晬盘,给十两,唤傭工修树,芟薙丛蔓,亭院为之一爽。

十二日　扫舍宇,估匠夹小嶙峋馆房间,为各友预排下榻地也。

十三日　臬朱少桐来,陈梅生同年嘉言来,时以京察新选漳州府到省,复汪仲虎信,复黄仲弢信。

十四日　袁恂余来。

十五日　接彦修信、张芹堂信、顾少逸信、陶簪杏与荣信。

十六日　乙丑,接汪范信。十二月初三。午前出门拜贺同乡钱简斋子婚,王书选嫁女。答漳州府陈梅生。晚祀年,在大客厅设供。子刻荣儿举一男,甚速而安,癸卯年,乙丑月,丙寅日,戊子时。名以元韶。

十七日　丙寅。

十八日　作芍兄信,发邮局挂号,附汪闰生烟村集序一纸及唐信,晚请邱则光。

二十日　未时立春,得江妹信。

二十一日　卯时,大堂朝封印,朝服行三跪九叩礼,三学教官到,接俊候信。

二十二日

二十三日　夜送灶,郑铿石自京来,馈参一枝,送邱筱川袍套料一付,酒器一匣,燕菜两匣。

二十四日　拜客,晤将军何碧鎏。闻日俄有开战之警,翁叔宿来,晤。郝升来,有锡三信,时已迁苏大太平巷。

二十五日　探闻俄日已于横滨开战,时局又将一变。

二十六日　发沈康士信,苏绅人谷来,癸未同年。

二十七日

二十八日

二十九日

三十日　子刻接灶，拜影。祀，通议公一席，王夫人一席，惠女、因儿、成儿附，汪姬一席。皆挂影。

光绪三十年甲辰

光绪三十年，岁次。辰春王正月，阏逢执徐。

元旦寅刻诣万寿宫行朝正礼，文武咸集，旋诣圣庙、文昌庙、武帝庙拈香，即在文昌庙与同僚行团拜礼，归，家人行礼。午祀通议公诞，复出拜至将军总督藩都统藩臬各道署，制台将军来晤。是日天气晴和，景象颇佳。闻俄日战于旅顺口，日军胜。

元旦试笔

恩纶特许驻征轺，瑞启龙躔应斗杓。春信催回青律暖，后立春十日。官仪引奉紫宸朝。五鼓诣万寿宫行礼。洗兵海岛占氛靖，时俄日有战事，警及黄海。按部山邮计里遥。是岁议复旧延建邵三府，仍拟岁科分试，试例由汀州绕至邵武，由上三府还省。福地繁华天庆节，是岁慈圣七旬庆典。康衢先听太平谣。

初二日　晴。贺年各道齐，戏作诗一首。

新年衙斋无事，与同人饮，博以为笑乐赋此索和

衙斋暖早撤围炉，点缀唐花入画图。泼瓮香醪春酿面，停灯小局夜挦蒲。

间供消遣抛黄妳，学卖痴呆卜紫姑。博进纷纷偿未了，当筵我要索诗逋。

初三日　有客来见。

初四　夜祀财神，仍从家居例。

初五至十二日

　　十三日　　官场团拜,在八旗会馆宴集,未演戏,将军都统、制台、藩臬、盐、粮、道、首、府、县、海防厅咸在,又候补各道府及州县之有差使者,并武营各大员共八桌。寄江妹信、槐弟信、彦修信,催即到署并托买寿礼、袍料等,又张子密幛。芹堂信。属汇洋一百元,交槐弟,又托买布。是晚上灯供圆子花衣期。

　　十四日

　　十五日　　拜藩司盐道,答客。晚祀节,督院来咨,据藩详拟将延建邵岁科试分年按试,以符旧制,与周子迪商定复文照行。

　　十六日　　收影供。发芍兄信,又托王念劬带去建兰一盆、寿联一付。另托彦修买宁绸袍袄料各一件。

　　十七日　　阴雨。发季槐信。珪书。

　　十八日　　接芍兄初七信,内有禀缺咨礼部稿。即复一纸,催蒋、张二友。又接程蔼士信、李彦修信、张芹堂信,有癸卯年账。葵得杏渠信,知已到沪上,十一乘轮北上矣。戌年在京借用百金,已由此次西栈画缴讫。沈旭初套信,发吴蔚若信。

　　十九日　　巳刻开印,连日阴雨潮湿,颇似江南杏花时节,晚大电。

　　二十日

　　二十一日　　作菊裳信。

　　二十二日　　早晴,下午仍雨,作锡三信。

　　二十三日　　刘堃自扬州来。

　　二十四日　　稍晴。藩台周、臬台朱、粮道启、盐道鹿公请八旗会馆,到接徐班侯信,张世兄幼樵师子志潜金陵来谢信,督院复准延、建、邵三府仍行岁科分,按年分试。

　　　　【天头曰】是日会同总督部堂李奉延、建、邵三府仍复旧制,岁科分试一折。七月二十六日接到礼部札开内阁抄出二月十七日奉,朱批"礼部知道,钦此"。

　　二十五日　　阴雨,仍雷,寄复济之舅信。

　　二十六日　　是日八旗奉直团拜,将军都统招饮,辞未赴。

二十七日

二十八日　阅文友蒋志范、元庆,丁西拔。张祖礼仲履到馆。

二十九日　发邹咏春信,笏南、钱宪崧来。

三十日　发菊裳信、蔼士年信,得梦舲信,谢億先来。

二月初一　晴,日食,未初起,申正复圆,在署行护日礼。

初二日　是日,取齐福州府岁试。元轺孙剪髯。晚集,以家肴酬署友,并招梧冈,兼为蒋、张二君洗尘,大有醉意。

初三日　文帝诞,在署中奎光阁上行礼。发礼部咨文,催覆补廪新章事。发督院咨回会奏延、建、邵三府仍复旧章岁科分考。折稿发王耘云,兵马司中卫。信毛蔚长厚寄,并汇去京足银四十两,内附致三纸,为补廪新章,窒碍难行事。带回辛揆十二月二十二日收到汇款炭金凭条,为郭谷斋书重滋泮水喜联。鲁国灵光桥门继武,汾阳福泽林笏胪欢。

初四日　陈文洲来。下县送考,教官来三人。

初五日　春分。李彦修来,幕友陶簪杏来,名恩章。得少甫信,有虾鲞大腿之赠。又芹堂信燕。笋十斤,醃肉二块。

初六日　付荣光洋一百元,备送太属会试元卷之用。是日荣儿乘海琛轮行,到沪计偕入洛,兀弟回苏同行,仆钱福随往,得京电放总裁信,杏侄未与同考。

【天头日】荣带去太仓同乡备送元卷一百元。

初七　补录总裁信,此间初九始得电局信。正:裕德;副:张百熙、陆润庠、戴鸿慈;会同考。吴荫培。

初八　上丁三点钟赴文庙陪祀,主祭则制军也。得印若信。

初九　发菊裳甘肃信,马封递,内附葵信。得京友信、朱望清一函,薛个群信可寄益阳兴贤堂。又孙漠珣信。时在四川。

初十　辰刻诣府学行香,照例讲书,阅墙、放告、给贫。

十一日　生员策论场,到二百五十一人。

十二日　补岁考。

十三日　童策论。

十四日　首场生员，驻防、福府、闽、侯官、长乐五属。发生员策论案。是日接上海招局电报。拟办万国红十字会。

十五　复生策论。

十六　次场生。福清、连江、罗源、永福、古田、屏南、闽清。发首场一等案。

十七　复首场一等。

十八　考首场文童，闽、侯，发次场一等案。

十九　复次场一等。

二十　考次场文童。长乐、福清、驻防。发闽县童草案。

二十一日　面试，发正案。

二十二日　考三场文童。连江、罗源、古田、屏南、闽清、永福。发侯官、驻防。童草案。

二十三日　面试，发正案。

二十四日　考教官，发长乐、福清。草案，获枪手二宋瑛、许用功。发提调。

二十五日　面试，发正案。

二十六日　考优生。发连江、罗源、古田、屏南、闽清、永福。草案。接大学堂总监督公文，催考预备科生二十人。有张云君信。

二十七日　面试。发正案，接荣到汴电信。廿二到汴。又接其在沪所发信，并各京、苏。信。

二十八日　招复十一学新进文童，后将三场前五属先复，其后场六属改于廿九日，复从教官请也。发教官案。

二十九日　一等阅卷，复六县新生。

三十　文童恭默圣谕小学。发文童大案，接上海吕大臣海寰寄来红十字会捐册卅本、信十纸。

三月初一日　簪花一等奖赏。志甘来。

初二日　接辛揆侄信，二月十七日发。为馈岁各款竣事，余存四十金，又十六金，准良适不在京。悉轶仲将移居东太平街东首路北，又得梦舲苏信。三房衣包一件。

初三日　上巳，晴，拜客。陈伯潜未晤，制台、藩台晤，商办考送预备科学生事，拟统归学务处报名考验。余以出棚在即，不及候也。约送二十名年限在三十岁以上，期在六月十五日前到京齐集。得菊裳信，兰州正月十六发。

初四　雨，作张燮钧信、三梦舲信。初五寄。

初五　接荣到许州信。

初六　陈伯潜前辈来，时会办省城学务处事，携去京报一本，内有学务纲要数则，大约即南皮会议修改京师大学堂之章程也。初九送还。

初七　周方伯还地图课本一册，又俄铁路图、东三省地图，各一纸。

初八　王夫人忌日，设供。志甘来，交去十字会捐册二本，余捐百翼，葵、珪捐，二十饼、十饼。托其带交招商局转寄沪局，并有一函致顾辑庭、吴蔚若。

初九　寄翁印若信。复耆手本，寄梧州百川通。是日督辕甄别校士馆。

初十　写礼对十余付，天气骤热，可穿单衣。

十一日　微雨，骤冷，须穿棉。得荣河南信，二月二十三发。又得莫小农信，时以其弟殁，故不能来就闽幕，寄还关聘一函。

十二日　得王耘云信，前寄四十金，知已收到，并及新章改补廪缺事，云由刘肖岩办复文。

【天头曰】耘云云，恩诏于正月十五颁发。

十三日　诸友为余诞日公备一酌，晚集甚畅。

十四日　文巡捕朱梧冈送菜一席，晚邀诸友饮。

十五日　晨起，具香烛，遥望家堂行礼。是日荣三房以新妇礼，为余斋星官，阖署吃面，给三十元，又斋星官汤、蔬果香烛等四元。承差书办例敬巨烛鞭炮，均酬以席仪，各六元。外间官场预行，辞谢，然自将军、制台各官俱来，概挡驾礼概璧。惟福府三学教官及邵武、延平两属教官再辞不可，悬幛一、联一、面席四桌。又门生沈氏、林、邱、吴各生亦以烛爆致意，均留面席款之。

十六日　晨出拜客，谢步，兼辞行。晚晋生、瀛士移尊邀酌外客，惟笏南来。

十七日　检点行李。

十八日　辰刻行。珪儿随辂至五里亭驿亭小憩，藩臬以下均送。揖别后由旱道至兴化府，经乌龙江口，祭江而渡，仍舆行。阅文友蒋子范、元庆，常熟拔。谢瑶峰、元龙，会稽诸生。陶簪杏、恩章，吴县壬寅举。张祖礼、仲履，常熟生。程颂臣侄婿、彦修、荫甫从焉，家人吏役共七十八人，由闽县罗令汝泽应差，行七十里。

十九日　早行，天气晴朗，风日暄和，入福清界，令胡稚芗之桢，安徽优。来见，行八十余里，尖、宿均福清供差。

二十日　夜雨，晨起，犹风。约五十里尖，入兴化界，又数里过涵江，市镇繁盛，有厘卡，有新设学堂，兴属之一大集也。一路山原迤逦，水田弥望，盖麦收已过，又及分秧时节，陂塘绿满，生意盎然，沟塍相接处时有桔槔声，田间水道有沟洫遗意，四旁多以碎石筑成圩田，窃美此邦之俗颇勤于治农也。围圃中多荔支树，此外罂粟、乌桕、甘蔗等随处栽植，共行九十里，到府入试院。

提调知府宝康。号孝劼，旗人。

兴粮通判宋廷模。号子山，云南举人，由中书截取同知。

莆田县吴廷桢。号干臣，广东人，监生。

文巡捕程扬烈。号显廷，浙江人，署经历，去年亦当巡捕差，优贡程树德之兄。

武巡捕林朝栋。号子梁，二十八岁莆田人，营伍出身。

二十一日　立夏辰刻谒亩讲书、给贫、阅墙、放告,收呈纸十七张。

二十二日　一府二县生策论,黎明点名到者三百七十六人。

二十三日　一府二县生员岁试,正场册报七百余人。

二十四日　童生策论场共一千六百余人,出生策论案,取三十八名。府十二,莆十四,仙十二。

二十五日　复生策论。

二十六日　仙游童正场一千三十余人,实到数□。发一府二县一等生案,接十九。葵信,附来荩声一信,又大学堂公文一件,始悉会试题。

二十七日　复一等,永春教官□□来接。

二十八日　莆田童正场,三点钟起点名共一千六百余名,扣身家不清冒籍童二名。魏云章、□□。

二十九日　考优生,出仙游草案。

【天头曰】职员胡之桢禀,请予版权完翻刻,由周维翰著《西史纲目》、陈寿朋译《中国江海险要图志》二书。又曾进科拿呈译成之《普通教科》《动物学教科》二书。

四月初一　面试仙游童,提六十四人,即发正案。晚接本署来巡捕包封,葵禀一、韶弟广平来信。三纸,三月初九发,内附高熙亭信,为其福建籍姻亲黄懋澄袭公托致漳州道庄清厘田亩事、仲瓒信、与珪。荣信、三月初六发。叶仲瑜信、少甫信。前看托汇银款于沪经手事。

初二日　考教官发莆田童草案,提七十四人。

初三日　面试莆田童,发正案原额二十名,捐输永广七名,其拨府之额两县共得二十名,莆得十四名,仙游得六名,从前互相争竞,至涉讼庭,遂定断如此,泐有碑记可考也。

初四日　一等生阅卷,童正场卷剿袭太多,殊少自出机杼。仙游题抱关击柝,有陈钟麟对题文十抄八九。莆田题楚狂接舆。卷较可观,后闻本年该处书院新出此题,宿构居多。因各为拟作一首,亦未免好事也。

批牍数十件,晨起修发,晚濯足,开考后始得一选暇也。

初五日 复两学新进,并以红十字会捐册劝各新进,稍助喜资,居然各有助款,甚踊跃也。大率各捐四元者居多。发生大案。

初六日 恭默圣谕小学。午后齐集,晚得省辕包封,有葵信、有许颖初师信、有顾缉庭信,余所捐红十字会款知已收交,挈回收条两纸,又有大学堂咨文一件,总汇章程五本一部,饬各学堂遵照办理章程繁重,只此一部样本,如何能分布也。写扇两页、和宋子山诗两首,寄葵信一纸,附珪信中。发童新进案,补发童策论案。初取四十余本,逐次删存,仅得二十二名,并有佾生在内。

和韵答宋子山司马

记得临政送,分符大郡来。联吟怀锁院,去秋同事省闱。话旧问金台。

我展三年约,君羁百里才。农田修水利,万顷辟汗莱。兴郡多水田,民勤于农,治田有法,几无隙地,君来兴修水利,蓄泄以时,民尤便之。赠诗见风义,捧到瓣香虔。踪迹飘蓬外,光阴熟荔前。郡产荔支最著名,惜时从未熟。文成新样锦,文风凤美,近多有讲求新学者。情重别时筵。昨承盛筵之觊,以以志谢。愿录轺轩诵,时清长吏贤。

【天头曰】内有学务纲要者。

初七日 晨,府提调、粮厅、莆田县来,均晤。旋出门答拜,并拜绅士涂庆润,海屏。戊科前辈也。以知府乞归,为山长。午刻簪花礼成,以红十字会捐册福学十一、十二、十三。号,并重洋三百贰拾八元,交宝太守代寄沪会。回条云寄省。

初八 显妣潘太夫人忌日,晨启行赴永春,十里双牌、十里赖溪、十里花亭、十里俞泽尖、十里沙园、十里石马、十里安沙、十里仙游县宿,令祝维珑,号铭峰。丁酉拔贡,用知县,加捐花样。晚宿金石书院,地方甚宽绰。是日天气蒸热。

初九日 晨行共八十里,三十里文殊尖,仙游界。十五里九重溪、十五里白鸽岭、十五里湖洋宿,永春界。白鸽岭甚高峻,约登陟二千余级。偶作一律纪其事，晚雨，宿处甚陋。

　　四围山翠陡然合，草树混淆路渺漫。但听泉声走涧底，忽睹人影穿林端。悬崖桥上二千级，折磴蚁行百八盘。瞥尔扱身最高处，天风吹籁松篁寒。

　　初十日　晨起。三十里岭头庵茶尖，又二十里到永春州，直隶州一属县二，德化、大田。州牧陈楧。肇楷，辛酉拔贡，广东人，有四子皆举人，戊子、辛卯、庚子、辛丑。

　　德化县，孙鹏仪，安徽黟县，癸酉举，连捷戌科进士。

　　大田县，李麟瑞，江西建昌监。

　　文巡捕　黄锡章。显廷，鉴卿。

　　武巡捕　颜文光。辉堂。

　　游击一　滕国凤。岐山，贵州人。

　　盐大使官运局。　范□□。文轩。

　　送呈红十字会捐册三本计：

　　福学字第十一册，捐户十四名，共重番八十六元。

　　又第十二册，捐户三十名，共重番一百二十四元。

　　又第十三册，捐户二十名，共重番一百十八元。

　　以上三册共收重番三百二十八元。

　　十一日　辰刻谒庙，行香、放告、收呈七纸。

　　十二日　生策论场二百人，实一百九十一人。兼补岁。

　　十三日　作韶弟信六纸，又二纸未毕。童策论场七百数十人。是日雨，点名进场甚狼狈。办差者未搭席篷，皆如行雨中。

　　十四日　吕祖师诞，雨。生员正场一州二县共五百三十人左右。出生策论案。

　　十五日　复生策论，二十人。

　　十六日　德化、大田童正场共八百余人。发一等案。

　　十七日　复一等生。

　　十八日　次场童永春州共七百三十余人。

十九日　考优生共十人，发德、大童草案。

二十日　面试德化、大田。童，随发正案。

二十一日　考教官一等阅卷，发永春童草案。得省中来包封信、葵信三纸，芍兄与葵、珪。信三纸，知葆姬于四月十四日之丑刻生一女，拟名之曰曾娟，小名仙珠。又悉会榜信，福州中林志烜、去年正优解元。孟应奚。去年科考新进。余未及细查，即发一复信，托州署专差寄，寄药。又接十二日来信。并送炭各单，及孙相刘子嘉信，又许邓仲期谢信，并癸卯顺天乡试分第五房所荐各卷全单。

二十二日　面试永春童，发正案。

二十三日　总复，天气躁（燥）热，晚雨。续完韶弟信，并复许师信。

二十四日　新进恭默圣谕小学。是日收一州两县新生助十字会捐一百二十五元。

　　【天头曰】接礼部议准山东学政，学堂各生送学政试三条：一廪增附准免岁考报部册另项，一廪增附准免录科，一童生准免府县试。皇太后万寿奉到恩诏，加广学额，大县七名，中县五名，小县三名。四月二十四记，又奉到礼部议后，顺天学政陆宝忠奏请改生童经古场为头场折。礼部奏准，以四书五经义为头场，策论为二场，均作正场，两场合校。二十七日。

二十五日　雨止。出拜客，一州一游击，一等生奖赏新生簪花，又作韶信一纸，作寿子年同年喧信。

二十六日　晨行二十里东关，永春尖。十里水江、十里彭岭湾、十里桂花、十里罗溪，南安宿。雨。

二十七日　二十里洪濑，南安尖。令于蓬仙。仲瀛接见，十里彦田、十里只路、十里南安县、十里到泉州府。

　　陆路提督　黄少春。芍岩。

　　兴泉永道　黎国廉，季裴。驻厦门。

　　泉州府　严良勋。子猷。

晋江县　谭子俊。彦先。

文巡泉州府经历　罗炳蓁。庄甫,四十九岁,江西人。

额外外委洪和源　□□□。俊臣,二十四岁,泉州人。

接省城葵十九日信,内有电局单四月十五日。

上谕:兵部左侍郎着秦绶章调补现在出差,徐世昌署理,李昭炜调工部右侍郎兼管钱法堂事叅。又得会榜信,知江苏熟人中王季烈、刘启瑞、张鸿、张茂绚,嘉定中章圭璪,余家子侄及江甥均未获隽。接礼部文咨恩诏条款广额,六县七名,中县五名,小县三名。又礼部通行山东学政奏准各学堂生员免岁科试,童生免府县试,皆须预先册报以杜流弊三条。是日发芶兄信、韶弟信十纸。邮局寄。

二十八日　谒庙行香、讲书、阅墙、给贫。接礼部文称顺天学政奏请岁科试,以策论为正场。又童生赴考,各卷改归府县,一律统办,勿庸教官盖印以杜需索等弊。部议准行而改四书五经义为头场,策论为二场,两场合校,以为去取,生员不考策论者不列优等,童生则不再提也。拟谢恩折一稿。

二十九日　忌辰。生策论场,三百五十人,接二十二日省递葵信,内有会榜全录,珪信,顾淮溪谢信,戈庐氏收洋珪手信,知梦龄将到,欲寓吾署。

【天头曰】韶信二十九寄,芶信初一日寄,皆邮局挂号。

三十日　六学生员岁考正场,一千一百人。

五月初一日　童策论场一千二三百人,发生策论案。取卅百。

【天头曰】寄寿子年丁忧唁信,由珪托轶仲转达,并划存铭卅两付送奠敬。

初二日　复生策论。

初三日　同安、安溪童正场,一千二百左右。发一等案,获冒名接卷一名,白官清,抢手一名,黄登甲名代郭式燕。交提调革廪生赞清一名。

初四日 复一等。

初五日 端午节停试。

初六 惠安童正场，一千八百余人。

初七 考优生，共二十八人，发同安、安溪童草案。

初八日 面试同安、安溪童，发正案。

初九日 三场文童南安，一千外。

初十日 一等阅卷，发惠安童草案。

十一日 面试惠安童，发正案。

十二日 四场童晋江正场，九百余人。接葵信并药物二罐。

十三日 考教官，大风。发南安草案。

十四日 面试南安童，发正案。

十五日 招复新进，府学、惠安、同安、安溪。发晋江提复案。

十六日 面试晋江童，发正案。

十七日 招复，晋江、南安。以大雨街道阻水，新进未能传齐，提调、教官来请展期一日。

十八日 补昨招复。

十九日 总复，恭默圣谕及小学。

二十 奖赏。寄许颖初师信，并京足百两，托严于猷交源丰润寄京，又寄省城本署信、葵、荣共五纸，又由彦手托厦门鸿记汇回三棚之款，又汇回永春、泉州二处经收红十字会捐洋约共一千一百元，余亦交福怡暂收。是日拜客晤严子猷，府县旋来见，监局委员颜森庭来见，绅士黄扶抟［抟扶］佸堂，癸酉举，戊联捷进士。来晤。

【天头曰】葵信内有谢恩折一个，奏事处咨一件，印花。

二十一日 起马行往漳州，十里下辇、十里冷水井、十里古陵，晋江尖。十里驷行、十里清径、十里大盈，南安宿。令于仲瀛、莲仙，山东人。是夕住处为大盈巡检署行部，至此官迁让一夕，老例也。

二十二日 晨，十里龙井、十里东岭、十里小盈，三里沙溪，同安尖。令施文藻、凤与，浙人。七里店头、十里沈井、十里洪塘、十里同安县,宿县署两日。天气虽热,尚有风。

二十三日　十里乌泥、十里新塘、十里苎溪、十里安民、十里灌口,同安尖。七里青深、十里莲花、十里港尾,龙溪宿,令潘震临,山阴人。下午遇雨一阵,幸已到行馆,住一书院,港尾市镇颇繁盛。

二十四　昨夜雷雨,晨晴,仍觉蒸热。十里管桥、十里石井、十里江东,旧有石桥,是时圯数丈,以长石通徒行舆,以舟渡河尖。午后阵雨,度万松关,要隘也。又十里鹤鸣、十五里朝天、十里到漳州府。尖处石坞通判彭祖寿、厘局委员彭荫森来见。

漳州府驻汀漳龙道李毓森。仲平,扬州人。

署协台总兵　万起顺。

首县　潘震临。

厘金总局委员　金学献。韶笙,戊庶常。

知府陈嘉言。枚生,己丑翰林川御史放,湖南人,接见后交去高曦亭信,为黄袭公事。

文巡捕戴龙光。

武巡捕

【天头曰】龙溪　漳浦　海澄　南清　长秦　平和　诏安附南澳厅

二十五日　谒庙行香、放告、阅墙、给贫。

二十六日　生策论场,约三百人。

二十七日　一府七县生员正场,一千一百人。

二十八日　童策论场,约千余人。荫甫入号巡查,有平和童生林兆昌不服查诘,竟敢逞凶殴打,其弟林兆福亦帮动手,荫甫为其所困,后于放牌时请提调来,因其积极,巡捕承差皆不敢拿。交去惩办。晚出生策论案。

得苟兄澄署信,言新章改为两场合校及办卷事。珪寄福州信,交提调代发。

二十九日　复生策论。

六月初一日　头场童、平和、诏安。南澳三学约一千一百人,南澳二十余人。林兆昌、林兆福由提调发来,枷示三牌后即遣回。

初二日　雨。生员补岁考二十余人,出生员场案。

初三日　复一等生员,雨。

初四日　竟夜雨。二场童,海澄、南靖、长泰共一千人。雨势甚大,号中有漏处,移坐堂上数人。檐下亦雨势斜侵,挪移号桌于堂之后排。

初五日　考八学教官,发头场童草案诏、平。各五十,南四名。

初六　面试头场诏安、平和、南澳童。发正案。

初七　考优生。

初八　考三场童。龙溪、漳浦。发次场童草案。

初九　面试次场、诏安、平和。南澳童生。发正案。

初十　一等阅卷。

十一日　招复府学海澄、南靖、长泰、平和、诏安、南澳。文童,发三场童草案。

十二日　面试三场童。龙溪、漳。发正案。

【天头曰】认保吴纶、挨黄秉哲须查临时检举,实系取巧。

十三日　招复府学龙溪、漳浦。文童。发生员大案教官榜。龙溪以冒籍扣去黄道丰一名,所遗之额留于科考再补。

十四日　恭默圣谕小学。发文童大案,起马牌。接葵信,知于是日起身赴漳,珪儿将回省也。漳属共捐得红十字会约三千一百元,由珪带赴厦门源丰润汇交上海总会,又接试牍续刻数本,又王登琦教谕呈寿子年一信,吹嘘之意尚是旧信。夜写荣信、寿香宝信。接芍兄初三信,复游定夫先生入祀事,又考试改章事。

【天头曰】寄同安舒文藻信,交邮局。

十五　奖赏簪花,点名已在未时,忽大声隆隆作于堂上,人声鼎沸,查问皆云地震,余坐处未觉也。晨出拜客,晤道府总镇万雨亭。礼成后,道府佐杂各官秉见,而县及教官皆未上手本。

十六　晨,启行。是日珪儿回省,派盛禧、曾辉伴行,带去行李箱约六十余件,又十字会捐款三千余番。拟至厦门托源丰润汇沪局,葵儿约会于漳州随行,电云十四开轮,计是日可到,乃晨间候之不至,势难久等,只得上舆,留张升及承差林寿招呼,一到即赶赴宿站。行廿五里天保茶尖,龙溪潘令励卿送至此,南靖令邱祖德号吉潜,广东举人。来接。午后十里南靖县宿,闻办夫七百名,实五百余名。计程四日,共夫价二千八百元,南靖出一千一百元,龙岩贴九百元,计每名日得一元,然夫头须扣其半也。问大轿班云每日三百文,则小轿各夫及挑夫当又减一等。

十七日　晨行,十里月岭、十里峰苍岭、十里拍石坑、十里龙山尖,南靖界。十里新店、十里凉露、十里马公、十里水潮,宿南靖。竟日山路崎岖,而风景绝佳,尖处恰近龙山,驻天后庙之傍舍,即和溪巡检公所,其后窗临河,颇足供瞻眺,时以大水冲断大桥,方舟而渡。夜宿水潮一茶栈,栈楼之下亦河,河有磐石当中,流水激有声,终夜如听海潮。候葵不至。

十八日　十里汤坑、十里斗米、十里和溪尖,南靖界。十里林田岭、六里九车溪、八里前林、五里大湾塘、十里适中宿,入龙岩界矣。宿处一行馆,房屋颇整,各友寻馆也。

十九日　十五里三井塘、十五里龙坑尖,十里崎嶬、五里王庄塘、五里登途、十里到州,观者如堵。未进城时,即有考生数十人拦舆投禀,未及收。大约为改章卷费事,然此间由提调定价,州属每卷只五十文,可谓极短之价。下县定四百余文,实未过分。省中有一二千者,经余饬福州府提调定价四百文后,仍增至八百文。而诸童以廪生于卷费中须扣保结费四千一百文,因此互相抵牾,廪生欲挟制童生,知其中有曾经捐监乡试而仍赴童场者,声言将返保,禀请扣除,其实两有不是也。廪生所欲得之四千一百文,即吾乡所谓红老鼠者,聊作画结小费,但应出自童生,不得向学中卷费内扣取也。童生既烦廪生作保,此等小费,自应循照旧规,不得计较也。途中彦修之舆夫滋事,为粥汤钱,以碗掷伤粥店童之头额,血流不止,到州后,因送州惩办。又一疯颠人闯入余上房，拿住交州。

二十日　行香、讲书、放告、阅墙。晚间葵始赶到，至漳后，以夫役不齐，以致每日落后一程也。知荣于初四又启行入京。未进京，仍回闽。

　　【天头曰】州牧陈锬。号心泉，浙江人。

游击

参将

文巡　蔡国。晋卿。

武巡　倪云波。云海。

龙岩州县二　漳平、宁洋。

二十一日　生正场，三学共四百九十四人。此棚为改章两场合校之始。

二十二日　生二场，即策论场改作正场也。生员不赴者听便，惟不列优等，计报到二百四十余人。

二十三日　童正场，三属共一千三十余人。

二十四　补岁五人。

二十五日　童二场。三属共九百八十余人，不到者四十余。

二十六日　是日考教官。万寿圣节，以关防期内，即于大堂恭设香案行庆贺礼，教官均到。

二十七日　立秋，复一等。

二十八日　考优生，无报名者，发龙州学提复案。

二十九日　面试州学童五十二名，取进二十七名。晚发州童正案，又发漳、宁。提复案。四十名、二十名。

七月初一日　面试漳平、宁洋。童。晚发正案。

初二日　招复新生，发。生大案、教官榜。寄省城信、珪信。

初三日　新生恭默场。夜发童正案，起马牌。龙岩州三学收新生红十字捐计洋约三百元。

初四日 奖赏簪花。晨出拜客,州陈心泉、游击彭松亭,晤。又查矿委员江若干号梦孙来晤。发安施凤舆信。

初五 以夫役不齐,未能启行,留一日。

初六日 晨行二十里石牌尖,龙岩界。十五里小池、十五里大池。龙岩宿。天气薄阴尚爽。

初七日 七夕。三十里峰头尖上杭界,令。谢翌雯、号心根,癸巳午进士,广西人。十五里东山庵,十三里白沙宿,共六十里,仍上杭界。

初八日 二十五里将军岭桥尖,八里舍风岭、四里名灰岭、五里普陀、三里过渡、五里上杭县宿。是日八十三里山径崎岖,幸天气尚爽。

初九 二十里水铺渡。一里涧溪,又渡十里悦洋尖,是处犬牙相错,为武平界。令凌汝曾浙人来见,过此十里溪罗、十里珊瑚、十里九华、十里蓝屋宿,系一书院。公所门额为双峰秀峙,天气燥热,役夫甚惫。晚各友铺盖有未到者,葵亦无卧具。八十里。

初十 十里官庄、十里回龙渡、十里张屋、十里畲心,上汀尖,令左元成、德斋、常州人也。十里长桥、十里靖远、十里大田、十里水口、十里车田、十里三州宿。长汀界。住戴侹屋,似亦旧家,其房屋有厅事、客厢,较他处具有规模矣。壁间报帖多系十年前故纸,近今鲜获隽者矣。晚有阵雨,凉。共一百里山路,甚长。

十一日 十里大潭、十里河田尖,系李氏祠,长汀界。十里南顶、十里黄馆、十里画眉、十里汀州府,属八县。长汀、上杭、武平、永定、归化、清流、宁化、连城。

知府张星炳。叙墀,河南乙亥举,庚辰翰林,京察放。

同知陶济福。筱琴,举人。

知县左元成。德斋,常州人。

厘局委员恽敏德。叔坤,举人常州人。张斯钰式见。

汀州总兵敖天印。辅臣。

游击喻

文巡捕葛昌祚。梦周,巡检。

武巡捕钟鹏飞。雨亭。

十二日 行香、放告,收呈十二纸,行李多有未到者,闻系上汀县不给夫价,故夫子沿途有意耽延。上汀县左德斋,常州同乡也。供应简率,致厨房器用,俱不应手,于是幕友仆从人等众口大哗,瑶峰、簪杏铺盖均无着已三夕矣。左令来见,一味作强项语,无可与谈。

十三日 府汀、清流、归化、宁化生正场,共一千余人,实到七百六十人。

十四日 府汀、清流、归化、宁化生二场,共到六百二十三人。

十五日 补岁考。

梯田咏　补录漳龙道中作

小农务力田,山田苦瘠薄。地高异水乡,人多尽土著。奈此榛莽墟,何以谋耕凿。岭腹划釜巇,堋身露岑崿。高下等莫分,广狭界难拓。豁然异境开,中有几千落。厥名曰梯田,命义良有托。层层历阶级,离离循脉络。垄小坐敛箕,厓峻度悬箪。高蹑栈萦纡,斜行桥略彴。方罫棋展枰,碎缬镜摇箔。簇若龙鳞编,齿如犬牙错。圭首一尺舒,弧角两弦削。夹岸植菰蒲,分畦莳花药。家传沟洫经,岁补斗升获。我亦田间来,行滕缚芒屩。识字辨疆堁,笺经庤钱镈。遐采异方俗,待修均水约。区圉体物难,瓯脱译音略。唧唶询老农,土语涩龈腭。但指塍呷连,经界示觏若。芍陂利孰开,桃源记可作。愿言陟高冈,夕阳更荒度。

十六日 连城、上杭、武平、永定生员正场,实到约一千一百人。

十七日 上杭等四县生员二场到七百三十五人。

十八日 考教官。发上五学一等生案。

十九日 武平、永定童正场,到一千三百余人。晚接珪省中信,承差盛禧来,又调稿房书办陈建周来行辕,时以林炳病归,故调来补拟其职。旋悉林炳故于厦门,可怜。珪信内有顾缉庭收十字会捐收条一纸。一千二百余元。又省中大学堂公文一角，为学生闹事事。

二十日　武平、永定童二场，到一千二百余人。发下四学一等案。

二十一日　复一等。

二十二日　二场童头场，上杭、清流、宁化共一千二百余人。获枪手一名,汤汝汾,认保郭介寿,挨保吴寿南。

二十三日　二场童二场，上杭、清流、宁化。

二十四日　面试武平、永定童。发正案。

二十五日　三场童头场。长汀、归化、连城一千五百余人。获枪手一名,谢仰明,认保戴史芬,挨保专源。

二十六日　三场童二场。是日接到省中信珪、荣。各一禀。礼部复到补廪新章文一件。已补者免其更正,未补者照新章。铁路大臣盛文一件,送新绘悉毕尔铁路图。东三省至俄境。宝知府康信,寄还十字会收条二,百余元。并吕盛丝业公所公谢信,又许颖师信。

【天头曰】据闻所获枪手一系龙岩廪生谢宝珍,本届一等弟一名,前次亦一等。又一系癸巳举人。

二十七日　考优生,出上杭等三县草案,接到礼部札开内阁抄出二月十七日奉朱批"礼部知道钦此"。会奏复延、建、邵岁科分考折。

【天头曰】韶弟京寓之旧仆宋元自石城来,前年荐于石城令王叔寅名宾基,今殁于任所,故遣散家人,带其兄王积堂信来,并有讣。

二十八日　二场童面试,发正案。

二十九日　招复府学、宁化、清流、上杭、武平、永定新进文童。

三十日　一等阅卷。府学一二名降六八名,以草率故。武平第二附生蓝必信,复试字迹不符降第十,后闻其正场实情枪也。发长汀、归化、连城童草案。

八月初一日　上丁三场童复试,发三场童正案。

初二日 招复府学、长汀、归化、连城新进文童。

初三日 文童恭默圣谕小学。发文童大案,起马牌,得同安县施文藻复信。是郡共收十字会捐得七百余元。

初四日 文童簪花,晨出拜客,镇台提调同知陶首县左。午后恽叔坤来,得省城七月初九署中信,有珪、荣信,许颖师信。顾缉庭收珪寄十字会款收条。梧冈寄缴空白捐册一本,不着一词。

八月重莅汀郡试院,前年同人唱和诗,
犹黏于壁,濒行又留题一律

征轺行遍古瓯东,重向名场证雪鸿。神物自留苍干劲,院中二古柏,前年为冰雪所压,折一巨枝,今喜葱茏如旧。诗名愧负碧纱笼。同人唱和诸篇尚黏于壁,余和作亦存。灯前怀旧停行李,此间行役甚苦,旧岁同事寄鸥、玉如、海樵均以道远未来,季君归道山矣。旧雨之盛,为之怃然,尘外知音惜爨桐。壁间有和诗数章,似亦久于名场者,欲物色之而未得也。文字因缘朋酒会,唱酬余事补吟筒。

【天头日】发珪、荣信二纸。

初五 晨行,三十里长桥尖,五十里馆前宿,长汀界。

初六 二十五里彭家庄尖,入宁化界,令张朝法来见,号丕谟,其兄朝锡,己卯年谊。福驻防乙未进士,其家科第甚多,戊子、壬寅均有年世谊。宁化凡供三尖三宿,上年考至汀州而返,今则由此至邵武府。闻夫价较从前加重,洋八百元,共需费二千七百元。夫头尚多挟制,夫役且虑逃散,此间办差之劳费如此。三十五里石牛宿。

初七 四十里丁坑口尖,宁化界,三十五里宁化县署宿。

初八 三十五里中沙尖,六十五里安远宿,仍宁化界,宿处一行台。

初九 忌辰。五十里澜溪尖,入建宁界,令陈侃来见,号郢希,河南人,即用,能吏也。呈学中报革各生事略一扣。三十五里,建宁县宿。

初十　二十四里洛阳尖,建宁界,二十六里梅口,泰宁宿。中间过挽舟岭,崎岖高峻,入泰宁界。令李秉钧。号若臣,旗籍,笔帖式。

十一日　忌辰。是日共行三十里,泰宁县署宿。借阅省辕各报,知李勉帅调任两江,魏午庄调折闽督,勉帅已于初四行署,督篆则崇将军也。梦林于七月十五悬牌,赴将乐本任。省中十七日大发水,泰宁署相传有鬼,崇所寓后进各幕友下榻处,云是鬼薮,署中向不安静,闻令之夫人无端吞洋药而逝。

【天头曰】时端方调苏抚。

十二日　二十五里朱口,泰宁尖,五十里大埠冈,宿邵武县界。寓处似一书院,房屋亦整而尘秽殊甚。蒋子翁舆中有人投以驿递公文四十一件,驿夫惮于到郡,故于中途籍此为脱卸之计,可恶。内有菊裳泾州所发复信一,系端午日书。

十三日　二十五里山口尖,邵县界。邵令崔兆祥号敬修,广东人。七月甫到任,代理旧令陈寿昌少梅,浙人。收粮后即告假,实规避办考甚矣,其狡也。又三十里到府,所属四县。邵武县、光泽、泰宁、建宁。

邵武府知府彭见绅。佩芝,湖南人。彭刚直公之孙,袭一等轻车都尉,年约三十余。

同知潘仰熊,笠初。丙子举人。

知县崔兆祥。敬修,广东人。

游击□□□。寿嵩,湖南人。

守备朱光斗。笏臣。

文巡捕刘栋。铁笙。

武巡捕程振陞。云从。

【天头曰】省中门子邓琛赍恩诏誉黄来,带有珪、荣信,二十四五两函,又食物一篦包。

十四日　谒文庙行香、讲书、放告、阅墙、给贫。试院之西落为小学堂,东落为中学堂,现以署假后,学生尚未归学,亦为试事让出西院,为幕友下塌所。

【天头曰】是日秋分。

十五日　中秋。一府四县生正场，共到约五百人，少四人。承差中有陈森者，以病乞归就医。葵付一函，附寄还建莲两桶、香菰两桶。昨门子邓琛自省送眷黄来，有珪、荣信，即写回信五纸，附葵信寄。夜天阴无月，县中送席，受之，约各友同作赏秋之叙。

十六日　生二场，共三百六七十人。夜，自备酒肴小酌同人，天仍阴。

十七日　补岁三十六人。

十八日　邵县、光泽、建宁、泰宁四县童正场，共八百二十余人。

十九日　童二场，到七百八十人。

二十日　考教官。发一等案。

二十一日　复一等生。

二十二日　考优生。发建宁、光泽童草案。

二十三日　忌辰。面试建宁、光泽童，即发正案建宁、光泽。进，三十一名、二十八名。提约半倍之外，两场合校，殊乏佳卷，劳精疲神，勉凑额数，大苦事也。

二十四日　一等阅卷。发邵武、泰宁童草案。

二十五日　面试邵武、泰宁。童，即发正案邵、泰。进，三十四名、十六名。竟乏完善之卷，可叹。

二十六日　招复五学新进。是日，先通议府君忌辰，已值二十周年。霜露之怆，不获稍展，孺私晚间，事定思之，不胜惘惘。是年芍兄在苏，预日礼忏一天。是日，谕儿辈在署，设供考棚中，未举动也。

二十七日　文童恭默圣谕小学。发童生正案，起马牌，作孙姬瑞信，并李勉帅贺任信、端午帅贺秋信。是日写楹联十数、批牍数十件。

【天头曰】优贡新用教谕邹开俊千士来见，上届所取也。又邵武一等一名黄登俊来见，连得三次第一，邵属之翘楚。

二十八日　王夫人生忌。一等新进奖赏发落。晨出拜客，参将、知府、同知、知县、守备五处。昨今两日，各幕友出赴府县幕招游饮，皆瑶峰之同乡，牵连而及也。郡中闻有熙春亭，为瞻眺胜处。葵寄省辕信，时梦舲已悬牌，将乐方赴任也，其续娶沈夫人病殁于家，撰寄挽联一付。

维君子以新令伊之官，遑云内顾，愿教留侍，慈闱中馈，能揽翟茀，随行迟后约。

有息女为前夫人所出，抚若亲生，更念相攸，甥馆归期，未告苇杭，望远动离怀。

二十九日 起马至建宁，出城十里王堂渡，共行五十五里，界首宿，邵武界。此次邵县系代理崔令兆祥，因前任临期请假，新任已悬牌而迟延不至，故办考未免不顺手，无款无权，本属为难也。留呈禀牍一函，备述销赔垫苦况，属为代达薇垣，只得应之。

九月初一 自江源至麻沙宿，共二十五里，建阳界令冯宝琳。号砚诒，广东驻防举人来见。

初二日 后山尖，即大奶庙也。建阳县宿，共七十里。建镇总兵姜河清接，出百里外，盖遵兵部仪制，然他处多从略矣。

初三日 出城。十里白槎登舟，各友仆从均于城外即上船，余以邑令须送至邮亭，将船放至亭下等候，亦磐过上流一险滩也。船虽小而陋，容与于山回水复中，颇觉襟尘一涤。水非大汛，清浅澈底，尚有急溜数处，牵挽篙撑，舟人颇费力。宸前尖叶坊，宿瓯宁界。令程祖伊子川湖南人，舟次来见。

初四日 四十里登岸至府，建安令王宗猛念春，无锡人，舟次来见。建郡附郭建安、瓯宁两县，今届建安承办差事也。见客毕，接珪、荣信一函，由府中交来，二十三日发。内有李荫墀侍郎一纸，知苟兄已引见，以知县用，可望即选缺，现往广平韶弟处暂作数日之叙。又王耘云寄回六月贺折信，家信内言梦舲已行赴任，杏衢挈眷赴京，住北半截胡同，孙子钧同寓，辛揆亦到部销假，轶仲回南办荫芳窆事。中书已考过矣，所取无甚熟人。又曾晖来，又带到二十一日信，门子江清以母忧请假回省，葵有信附去。余寄木箱二、受下香菇、莲子等物。洋铁箱一，内泥人耍货。作孙子钧信，询吏部札知事。另崔令作藩台信。附寄原信。初五寄邮局。

建宁府谢启华。椿谷，丙子举，庚辰进士，广西人。

建宁县王宗猛。念春，常州府金匮县辛卯副举人。

瓯宁孙程祖伊。子川，湖南桂阳州附贡。

建宁镇总兵姜河清。定臣。

文巡捕候补典史叶树年。

又，试用典史杨世德。

武巡捕蓝翎。

把总洪振坤。

【天头曰】建宁府属县七，建安、瓯宁、建阳、松溪、浦城、政和、崇安。

初五　谒庙讲书，收呈子卅余件，延平府教官来接考，黄湘庆号蓬山。

初六　生头场，建宁府、建安、瓯宁三学共实到九百八十余人。

初七　生二场，三学只到四百四十余人，寄凤石信，问予荫谢恩折。寄杏衢信，托询问。考荫谢恩领恩赏等物，附即领两纸。又王耕云信。附京足银四十两，由省城托蔚厚汇寄。

【天头曰】耕云此款未得回信。

初八　补生员岁考。

初九　重阳无风雨，次场生建阳、浦城、松溪、政和四学实到八百余人。

初十　次场生二场，实到四百六十余人。发头场生一等案。

十一　考教官。

十二日　建阳、崇安、浦城、政和四县童头场，共九百三十余人。

十三日　建、崇、浦、政童二场，不到二十余名。发二场生一等案，接省辕信。珪问吴少甫提款事。

十四日　复八属一等生。发电致吴少甫,属提信昌存项事。癸另发省信。

十五日　霜降,建安、瓯宁、和溪童正场,共一千二十七人。士气甚嚣,喧嚷不绝,枪替极多,拿获有凭据之代枪、倩枪七人,发交提调。单内所开各童名查点名册中可据者扣除二十余本,三邑作枪几成统账,可恨可叹。又提堂十三人,皆可疑者,但未得实据耳。又一名挖开席蓬,与场外传递,亦扣卷,掌责而释之。

【天头曰】是案革认俍三人:蔡应麟、王寅清、季铨。降附:黄裳、杨节。

十六日　建、瓯、松童二场,共九百七十二名,不到者皆未完卷及犯规者居多。得珪九月十一日信,发崇安、浦城、政和草案。

十七日　面试浦城、崇安、政和童。即发正案。

十八日　优场共二十人。发建阳、松溪提复案。

十九日　面试建阳、松溪童。发正案。

二十日　招复新进外六学。

二十一日　一等阅卷。发建安、瓯宁草案。

二十二日　面试建、瓯二学。发正案。

二十三日　招复建、瓯两学新进。

二十四日　恭默。

二十五日　奖赏。晨出拜客,晤镇台姜定臣、知府谢椿容。午后一府两县来见,程子川、王念椿。又建宁府教授颜温琪钊率其子颜逢哲号德三,年十九,永春州籍,上次科考新进。执挚来见,却其贽受。墨拓苏字《金刚经》、又砚一方。

二十六日　晨行,出城送者如仪,即下船。水行顺流而下,惟多险滩,行八十里,晚泊大横南平县界,天色已晚,不及宿所十里即泊,各友船已前往矣。晚于灯下作梦舲信。

二十七日　忌辰。晨至大横南平,令姚步瀛仲勋来接,未及见。延平府管元善凌云来见,晤。午后进贡院。是日行四十里,中有黝深滩惊流回洑，舟子有戒心焉。寄梦舲信，交邮局。

延平府属六县，南平、将乐、顺昌、尤溪、沙县、永安。考数。生九百余人，童一千三百余人。

延、建、邵道徐兆丰。乃秋，曰戍庶常，扬州人。

知府管元善。凌云，常州人，附贡。

知县姚步瀛。仲勋，安徽池州人，丁酉拔贡，京师大学堂生。

文巡捕经历吴炳辉。尊生，安徽泾县人，监生。

武巡捕赵得贵。福如。

【天头曰】闻悉署江督李兴锐因病开缺，诏以山东巡抚周馥玉山署理。

二十八日　行香、讲书、给贫。得曹邃翰信。

二十九日　一府六县生，头场共到八百五十余人，发梦舲信，时已接篆适一月矣。得珪、荣二十五所发信，内有大学堂咨文一件，发杏渠信附致，熙小舫交高枫喑分、叶秋汀太夫人奠分。两信各十金，托杏渠于俸银划付。

【天头曰】小建。高枫分有筱舫回信，叶秋汀信有杨廷玑收片。

十月初一　是月穿花衣一月。一府六县生二场，日来天气渐寒，可御重棉。

初二日　补岁。

初三日　六县童头场共一千三百余人。

初四日　六县童二场，不到者不及十人。

初五日　考教官。发一等案。发生一等。

初六日　复一等。

初七　考优生八人，南平四、永安四。发将乐沙县、永安。童草案。

初八日　面试将乐、沙县、永安。即发正案。

初九日　一等阅卷。

初十日 寅刻至万寿宫偕文武各官朝服行礼。少坐,面席而归。文道台、知府首县各教官。武协镇、都司。接省中珪、荣信。

十一日 面试南平、尤溪、顺昌童。即发正案。

十二日 新进招复。

十三日 恭默圣谕又小学。写对落款,接居殿夔送来梦华信。

十四日 晨出拜客,晤徐观察乃秋、管守凌云、协台群魁号斗南、徐观察玉笙、悉青、姚仲勋首县未晤,归。奖赏生童,礼成。居巡检殿夔、号咏臣来见。又延平府教授李绅斋锦以执贽礼见,辞,云不可,受其贽,璧其称。以上年奏保得应千之缺升用也。得梦龄信。是日本花衣期内,大街俱悬灯结彩,各署前均演春台戏。衢歌巷舞,士女殷阗,天气暄和,一路见靓妆炫服者,与襕衫雀顶相映于青旗彩幔间,颇热闹也。晚本道、本府首县及徐观察玉笙同乡以音尊招饮,席设道署,八点钟归,出赏钱八元。

十五日 晨行。出西门下船行,滩河内水浅石多,回洑急湍,时有涉险处,颂臣船触石成一空,修补而后行。晚泊白沙,古田界。

漳州府经策论题

生史学“张汤、杜周《汉书》不入酷吏传”论,“李纲疏言巡幸之计,谓天下形势,长安为上,襄阳次之,建康又次之,试按近今事势,条列其利弊”策,政学“隋苏威请置乡政使治民间辞讼”论,“华商贸易外埠,多有坐致巨赀并熟悉交涉诸务者,其子弟亦能习其国语言文字,应如何招来,俾回本籍,以资生聚而广造就”策。

汀州府论策题

“汉高帝九年,徙齐楚大族五姓关中。武帝元朔二年,募民徙朔方,又徙郡国豪杰及訾三百万以上于茂陵。五年,徙奸猾吏民于边”论。“印度与西藏最迩,古称何名,始通中国。粤在汉代自唐以降,尝用战伐行军转饷,以何地为扼要。或云中国入印度有东西中三道,盍征旧记以表道里”策。

政学“张说请召募壮士充宿卫不问色役”论。

"州县宜用久任之法"策。

【天头曰】出使日记续编八。

补录。

寓燕篇

大盈行馆，即巡检公廨也。三年中，征轺过此，官辄移让，以备一宿。东厢一楹为外室，梁间有燕巢二，东西相对，时则夕阳庭院，燕语频来，恍故侣之忽逢，念旅人之转徙，感而有作，聊以写怀，燕子重寻旧主人，燕固以主人之寓为寓，而余又寓中之寓也。因以寓燕名篇云。

乌衣门巷邈难见，绿到天涯芳草遍。行部来侪旧日骖，新词恰谱雅亭燕。燕子双飞恋故巢，巢痕从傍画堂协。絮来彩缕分明认，衔得香泥细碎抛。绣栱雕楣近相望，俨列东西按方向。仰耸微呈鹳垤形，倒垂巧作蜂房样。辛苦年年筑垒成，护持还仗主人情。春前彩胜书初就，衽后花旛制更精。主人伐竹为板，饰以彩缯若承尘。然以免泥藓之堕，制新而雅。风尘薄宦嗟飘泊，羡尔屋鸟欣有托。莫向朱门到处飞，幽栖合署巢居阁。我亦江南远别离，呢喃还与话临歧。画帘卷处归应待，绝忆凝香燕寝时。

十六日　舟行顺流下，驶入古田界，令卢文庆来见。晚泊水口，县丞沈其麟来见。珪、荣两儿偕梧冈来接。

十七日　晨，梧冈带来夹板坐船一，余即过载，此次只一小轮舟，带至十七八号船，甚不能驶行。又一小轮，一夹板。侯官县朱云从晴波与梧冈，同舟先行，殊未顾及后船之吃重。傍晚风起，勉撤去尾后各船，至深更始得至竹崎关泊。

十八日　早行。午刻至观音阁小停，进由洪山桥登岸，知府程听彝祖福、闽县王国瑞、海防吕渭英接至舟。又武官盐场佐杂等，有来舟见者，司道等均未出接。未刻到署，未见客。见侯官令。

十九日　将军、总督、都统、藩臬、盐粮各道均来晤，即出答拜各候补道，未及遍也。俞葆初断弦，送分二元。接杏渠十月初六日信。

王念劬送蚶子蟹，晚间小饮持螯。儿辈为蒋子范邀，出饮矣。

二十日　午后出拜客，晤曹仁祥提督、卢道台、庆、丙子举、己丑翰林。余投刺。是日有应差戏班来署前补演戏一日。班中言各署俱侍入内堂唱演，盖欲得赏钱也。家中人均跃跃欲动，因传入花厅演戏十六剧，略备酒肴，酌各幕友并迓捕，坐二席，内一席。又传名角二三人妆饰唱口颇足以入观听，较外台增色多矣。演毕，已两下钟，费去五十余元，亦难得之举也。各友亦点戏数剧，畅然意满。

【天头曰】强而仕戈午解贡进京，致杏渠一字条。

二十一日　客来络绎。作李荫墀侍郎信，许颖师信，为其晓初世兄捐知县商借五百金，托蔚长厚汇寄，重违命也。

二十二日　午刻赴将军招饮，同座黄芍岩宫保、都统文、总镇姜定臣，新到道卢维庆、仲吉，丙子同年，己丑翰林。黄悠愈。柳三，广东举人，有花农信。

二十三日

二十四日　藩臬粮盐公请戏酒，得锡三电，将由沪赴闽。

二十五日　铺设客厅，拟请各当道戏酒，本年恭逢慈寿，各署互相酬请，亦歌咏升平之盛也。其烟彩等皆由庆典处借用。

二十六日　晨起，客即来。午刻商集共六席，将军、制台、都统、黄宫保、曹军门正面四桌，后二桌藩臬粮盐道也，余候补道府厅侯闽十人，知府梁冠澄、张澄，同知王念劬、王纯，又知县陈增、同乡钱大昌，吕保孙也。戏系三班合演，曰吉生、曰祥升、曰三庆，行头脚色尚觉整齐，至九点钟各客始散，晚间又补演数出，以畅余兴，共费约四百有零。

二十七日　得杏渠初四信，午刻贺王进闽邑之子姻，顺拜客十数家，严子猷来。

二十八日　魏帅在署招饮音尊，各当道均集，锡三到署。

二十九日　拜客，晤王佐臣镇军，荐彭尔墢。武备学堂毕业生二等，年二十四岁，侯官附生。

三十日　瑶侯来，同乡童宝文史兰来，崇明人，巡检班。制军寿辰往祝挡驾。作梦华信。

十一月初一日

初二　都统请酒，申刻赴席。

初三日　发叶菊裳信。

初四日　午后拜客。晚酌锡三于署，闽县王来知会，福宁仍派官轮送，由海道行，交来贴费六百两。

初五日　代作芳渠内宅信。寄芍兄信附和诗两首。

初六日　飞捷管带千总黄以彰来，得凤石十月廿五信，内有谢恩荫折稿。

初七日　拜发谢恩折督辕差弁。发福宁起马牌。折差附凤石信，寄燕窝鲍鱼神曲名茶。

　　【天头曰】曹悉忠调湖南提督，孙道仁补授建宁，总兵陆元鼎署苏抚，端方调湖南巡抚。

初八日　接沈芳衔信，闽侯两县来，都统来，悉魏制台补授闽浙总督，裁去湖北、云南两巡抚缺。

初九日　臬台各道来，午后诣督辕道喜，辞行。又晤藩台、都统，余皆投刺。是日，锡三行，张仲履同去。锡三处寄云卅元，又三十正诞十元，锡程仪四十元，代缴蕙周年费十元。

初十日　早饭出城。各官送于五里亭，将赴福宁按试也。至南台户部前下船，适将军亦往船政局，过船来晤，即谢步。乘潮驶出，薄暮登飞捷官轮，同乡张仲华文治官三都同知，挈眷赴任，附船之前舱。

十一日　六点钟开轮，微有风浪颠簸，高卧未觉，至十一钟始起，已将到莲花屿矣。海行约八点钟。霞浦县陈履益、仁山，湖北人。文巡捕张照关剑门、武巡捕黄鸣鋆来迎，随过内河船，行四十里至盐田，起岸宿行馆。

十二日　七点钟启行四十里，午正到福宁府，计属县五。霞浦、福安、福鼎、宁德、寿宁。

知府　李树敏。文卿,信阳州人,己卯举,丙戌进士。

霞浦县　陈履益。仁山,湖北人。

文巡捕　照关。

武巡捕　黄鸣銮。

入贡院会客后即谒文庙行香、讲书,以明日忌辰,故提前也。是时郁甥志甘署福鼎县。

十三日　放告、阅墙,珪哥省信。附江督李晗信。

十四日　一府五县生员正场,册报一千一百余人,实到四百四十九人。

十五日　冬至,夜生二垞,实到二百三十人左右。

十六日　冬朝五鼓在试院大堂行朝贺礼,学教官随班行礼,补岁考。

十七日　五县童正场到八百余人。

十八日　童二场不到者数人。

十九日　考教官,发一等案。

二十日　复一等。

二十一日　考优生,到十二人。

二十二日　一等阅卷,发五县童草案。

【天头曰】宁德有王吾仔报增生王克大一案,牵涉教谕廖以仁,又革生陈瑞澜诉因此案被诬褫革,先批府查。

二十三日　面试,发五县童正案。时已寅刻。

二十四日　新生复试。发教官榜、生员大案。得葵省中信,附苟兄来信,时已选湖北施南府咸三县,县在万山之中,离省千数百里,赴任甚不易。日来闻有俄兵船游弋海面有事台湾之信。

二十五日　新生恭默圣谕。

二十六日　接办科考一府五县生员正场,共三百余人。

二十七日　生二场,志甘甥自福鼎来,晤。晚饭而去。

二十八日 补岁。

二十九日 合属童正场,共七百余人。

三十日 童二场,发一等案。

十二月初一日 复一等五十六人。

初二日 贡监录科,到二人。

初三日 生员阅卷,发五县童草案。

初四日 面试,发童正案。

初五日 忌辰。新进招复。

初六日 忌辰。恭默圣谕发童正案,发起马牌,料理批牍并写件,提调来晤。

初七日 拜客辞行。

初八日 启程至盐田下船,又四十里至莲花屿,上飞捷轮船。

初九日 早渡海,稍有风,午刻至马尾换小轮至南台。进城已上灯矣。葵偕梧冈接至船。

初十日 各官来即出谢客,郑铿石率其婿陈葆埜来见。

十一日 忌辰。沈修凤、蒋子范、陶簪杏回苏,申辛甫来。

十二日

十三日 潘瀛士来,为芍兄作南皮信,十六日寄。作梦舲信,为司阍强升事。十六寄。

十四日

十五日 望。午后出拜客,晤李仲平观察。

十六日 作沈芳衢信,寄木箱一。又芍兄信,八九弟信,致馈岁仪。均托彦修带苏,接锡三婿,忽报其祖老太太周太夫人、母夫人周夫人于初二日初八日相继逝世,为之骇绝,皆以时症烂喉痧沾染,又其弟缉五之子女三人均于数日内殇去。自子密亲家去冬故于沪寓,甫及一年,家运之蹇,一至于此,代为扼腕。即发一信邮局寄。附挽联二,胡夫人联云:孝妇矢精诚,诩籓盖来迎,地下从姑驱疫疠;孤儿悲怙恃,念羹汤撤养,闺中有女泣恩慈。

　　【天头曰】周太夫人:江南随官,曾奉板舆游八座,起居共仰,
　　徽仪兼贵寿;堂北思儿,忍看锦囊句重闱,依燕香怀,慈荫庇
　　孙曾。

　　十七日　　福金孙晬盘。

　　十八日　　彦修、颂臣、荫盲行,接到邱日华湖南桃源寄纹石玩具
一匣。杯八小件三。

　　【天头曰】托彦修带去洋一百四十元,芍信一封,八九弟信一
　　函,沈芳渠信件。

　　十九日　　巳刻封印,天气蒸热,晚间有雷电。

　　二十日　　午后拜藩臬,晤。归,缮岁考完竣折,又举教官职。陈、
高、林、吴。

　　二十一日　　贺孙萼斋子姻。林志煊仲枢来,本年以会试第三人
词林。

　　二十三日　　夜祀灶,夜风。

　　二十四日　　天气稍冷。

　　二十五日　　作芍兄信,复花农信,接支继卿信,为章景枫说项。接
单菽生与儿辈信,保荐王教谕。寄锡三信,又芍兄接芹堂信。

　　二十六日　　祀年。章拱北景枫来,与谈京都事,夜辄雨,数夕矣。

　　二十七日

　　二十八日　　小除夕。

　　二十九日　　小建,大除夕,悬影设供三席,通议公一席,王夫人一
席,儿女附汪孺人一席。子亥封井接灶。

恒庐日记·福字如意室日记

宣统元年己酉

宣统元年,岁在己酉秋九月。

正壬午,十四立春、十九雨水。贰辛亥,十五惊蛰、三十春分。闰辛巳,三庚戌,初三谷雨、十七立夏。肆己卯,初四小满、十九芒种。五己酉,初五夏至、廿一小暑。陆戊寅,初五大暑、廿三立秋。七戊申,初九处暑、廿四白露。捌丁丑十一秋分、廿六寒露。玖丁未,十一霜降、廿六立冬。拾丁丑,十一小雪、廿六大雪。十一丁未,初十冬至、廿五小寒。拾贰丙子。十一大寒、廿六立春。

九月二十三日 奉上谕,左翼前锋统领印钥,著泰绶章暂行佩带,钦此。城外拜客归,满洲本衙门送谢恩折来阅看,即令当晚递牌子。

左翼前锋。秀吉、秦代。

右翼前锋。兜钦,景恩代熙山。

八旗护军统,一希朗阿少庭本,二诚全书元代,三祥年蔼庭代,四塔充什讷木庵代、五广绮继庭代,六都凌阿振之代,七敬昌世五本,八祥普博泉本。

是差兼景运门直[值]班十日一轮,先一日辰入,次日辰出。

二十四日 辰初进内谢恩,蒙召见,与景恩同一起,先入乾清门,月华门至内茶房小坐,太监李出茶钱二两。所经各门各四千,交姜苏拉。

届时诣养心殿中，偕景恩左右跪，余口奏臣〇〇〇[秦绶章]等叩谢皇上天恩，免冠碰头，三起立诣东暖阁揭帘入。摄政王向西坐，移至案前立，命坐，旁设凳兀二。与景联坐，面向外。谕：现值皇太后启銮出宫，门禁宜加谨严，并传谕各统领加派官弁稽查等因。谕毕，退出。

二十五日　皇极殿行启奠礼，青长袍褂，与新派各同班及本任各统领秀吉、兜钦希、达赉、苏鲁岱、善豫、未到。志钧、未到。萨廉未到敬，晤于值房议订加查数条作为暂行。

二十六日　本旗值日，辰刻进内，是日值班，即都振之凌阿代直也。

二十七日　卯初二刻孝钦显皇后梓宫启殡，由东华门出迆北长街，东行出东直门，王公百官匀预集东直门外关厢跪厢送，余有神武门站差，卯刻先往恭候皇太后启銮。辰正出神武门散班，由东箭子绕至景运门查班。

二十八日　辰初至景运门进班，凡班先一日入直，次日辰刻交替，由祥博泉翁交下景运门印钥一件，凡紫禁城内悉归直班大臣管辖，惟侍卫府、内务府不隶焉。此外前锋护军营参领、副参领护军校、护军皆轮班上直，二日一换班。自午门、神武门、东、西华门为内围，各处所约五十余员，兵五百二十名，内围皆上三旗主之，厢[镶]黄、正黄、正白。兵丁间取下五旗补其数。自天安门、地安门、阙左右门为外围，各处所约四十处，下五旗主之。初皆步军衙门，后改。其职务为稽查门照腰牌，并大内出入物件。每日约五钟下钥，下钥后大臣亦须亲往巡查，前朝至午门为界，后宫由东西夹道绕至神武门为一周，其东为东宫，即皇极殿。其西为宁寿宫，如左右辅夜宿直房鸡人叫旦彻夜不绝。

【天头曰】惟景运门之司钥长为总领，以参领掌之，六人轮直，次则隆宗门、皇极门，均正副参领掌此三处为总要。

廿九　辰刻景熙山翁来接班，交去印钥，九钟回寓，是晚查外班，七点钟至东华门左翼厅，由东华门外夹道绕神武门外，至西华门外夹道右翼厅止,其阙左右门分派章京代查。

三十日　至东城查斋豹房胡同、白蒙、汉。两衙门、四牌楼、西火器营,归途进神武门,由西箘子绕至隆宗门,出景运门至值房小坐,晤诚书元翁全。复由景运门出,复左门、午门查前朝各处,顺答何宗莲统制冲时、江朝宗总镇雨春两君盖统带禁卫军前朝值班者也。从西长安门归,东西长安门、天安门、神武门外四处均有验照官,各二员。是日为随便稽查,此十日内所增者。

十月初一日　丁丑,颁朔领到时宪书一本,是日加班稽查,闻系去年十月二十一二日大事复议增之班时,将议撤矣。

初二日　送轶仲行,时将赴察哈尔都统衙门,随溥玉岑都统良当文案也,谒李荫师,晤拜景熙山恩。时为同班,前数年曾任苏州织造。

初三日　徐花农招嵩阳别墅,辞未赴。晚,微有寒热。

初四　两翼八旗值日,辰初勉往应班,顺查一次值房,晤希少庭、祥博泉、景熙山、塔木庵、广继庭、敬世五。

初五　是日加班稽查,感冒未往。

初六　本旗值日,殷书云来,少沧,徐州人。时放直隶清河道。

初七日　皇太后回京。葵儿自崇东陵回。

初八日　应值景运门班,适接档房知会本任秀吉已回京,是日请安后接班。晨起拟往交代印房,途遇章京顺成持文来领,遂面交之,文行陆军部报明交替签初八日。顺答周长熙,俊侯之连襟。往王逸海寓,候凤石,时由东陵差竣回,又发喘疾请假。袁嘉谷树五来,时放浙江提学使。云南人,翰林,曾试经济特科第一。

初九日　孝钦显皇后神牌回京,是日午刻升祔太庙,在大清门跪迎,朝服。随行人庙陪祭。下午至梁家园,顺答殷书云、袁嘉谷。

初十日　赴李荫墀师招饮,陪沈爱苍、时放贵州藩台。陈伯潜、梁燕孙士诒、李佑三经楚、孙仲瑜宝瑄。

十一日　杏渠侄妇四十双庆,群从咸会,潘江张太太亦来,小有

宴集。杨允之来、李云庄同年来。下午为递折事往访希少庭面谈，见
邸抄，直督端方被李袭侯国杰参劾"藐视朝廷，任性妄为"，交部议上，
奉旨革职。为于宝城旁拍照、乘舆横冲神道、借陵前行树为电杆。陈夔龙调
补直督，瑞澂署湖广总督，宝棻调补江苏巡抚，丁宝铨升补山西巡抚。

十二日　见抄报，陆军部奏派梁各庄，德宗景皇帝暂安几筵前行
初周年礼，廿一日。武职大臣朱笔圈出秦绶章、文泰、广绮、芬溥倬、
芬车、瑞启、冯国璋、讷钦泰，共八人。李云庄同年来。

十三日　拜葛振卿，晤致云庄所属事，谒许颖师，访顾渔溪，答李
云庄，作龚时富梓昌信，吴铭新来。鼎元。

十四日　领秋季俸米十一石六斗五升五合，白米九石三斗二升四
合，江米二石三斗三升一合。北新仓发，张升往领。

十五日　送沈爱苍行，过江妹处。

十六日　值日。是日浩儿以荫生引见于养心殿。辰刻见毕，同
回寓。顺答查翰臣凤琴。午衣海苏拉送信来，得旨着内用，钦此。正
二品荫生内用，以主事分部。

十七　张苣南来，午后吊绪清辅良。贺陆季良之子，自南中完娶
回京。谒凤石，晤。以谢恩折交本旗递牌子。

十八日　卯刻进内谢恩，归小憩，请客杨允之、王胜之、阮子衡、
吴铭新、吴虎臣、吴赓夔、梦虹、荫嘉，又周赓成未到。寿州孙相国薨
于位，谥文正。

十九　遣魏升至梁格庄定寓，与本旗所派骁骑校富龄同去。有
邮传部免票。

二十日　十二钟三十分上火车，葵、珪两儿送至西站，带周福去，
行四点钟零约二百数十里，到已傍晚，赁一民屋，离宫门半里许，三间
价洋约五元，富龄云应由本旗供差，伊与增钰亦同寓，惟食物等皆自
备。是日，元康孙期晬。

廿一日　四钟即起，访顾渔溪前辈于稽查公所，时正该班稽查守
护兵丁每班半月，此次于十六日先往当值也，行至宫门西首，遇于途，

适偕文秀山、广继庭两副都统出公所，遂同诣。地名梁格庄，总称西陵，属易州，离城二十里。德宗景皇帝梓宫暂安行殿几筵前行周年礼，一二品文武官青长袍褂摘缨皆集宫门外行礼，王公御前及有执事者在宫门内恭代，主祭为振贝子载振。卯正二刻礼成。散后诣顾渔溪值房，渔溪尚须行早祭礼，未回寓也。遂返寓打叠行李，八点登车，十点开行，二点钟后到前门西车站，葵、珪儿在站侯，遂同归寓，知珪儿掣签得邮传部。

【天头曰】崇陵尚在山内，距行宫有三里许，遇用行礼者郭春宇、恩子顺、许颖初师、周政伯、陈杠山诸人，或寓隆幅寺，或寓三新店，闻间房皆满矣。

二十二日　孝钦显皇后定东陵行周年礼，派王公大臣及各衙门三分之一之半，均如西陵例，八旗武职则右翼，四旗至东陵也。克兴额勤宣来。晚，见吏部咨邮传部文，知忠曾诰以主事用签，分邮传部也。

二十三日　诣安徽馆吊孙文正公，余午大考，卷在公处，以第一卷进呈，当时未及知，后乃知之，补行执贽礼，而公不受，然余以文字受知，窃附私淑之列。丁酉公典顺天卿试，余与分校所荐之卷，公谓选择精审，取中较多，此亦见沆瀣之契也。并拟挽联附后。送袁树五浙提学使行，并托杏渠为陈其琛递一名条至梁家园公所。

【天头曰】进内递请安折黄折，不另具复命折。仍穿蓝袍长褂。

二十四日　贺吴雅初嫁女，又贺沈雨人之六郎稚友姻，又贺阮子衡续娶。为王丽唐致王耜云信，并贺其升任晋臬之喜。

二十五日　大风微雪。

二十六日　值日早起，进内甚寒。

二十七日　耿君梅善勋来，韶臣弟之次婿也，松江人，年三十一，为伯齐农部之侄。

二十八日　酌贾孟文、汪苕生、杨敬涵、允之子。王颂来、肃亮昆仲、胜之子。孙宇晴、江俊甥,广和居,葵、珪侍焉。

二十九日 锡三婿自安庆来,由汉口大车到京,时交卸凤皇颈厘差,特请假来赴文襄之丧,昨寓鸿升店,即移寓下榻书房。

三十日 西城外拜客,答赵椒圃曾蕃、费子贻毓桂、费叔谦毓楷、刘弁生汝宪、董宝森、胡驾林芸帽子、王济川肇洛。

十月初一日① 答孙家润子涵、谒李荫墀师,至二龙坑潘寓,晚锡三接皖信,以要事急欲返省,遂定翌日早车准行,即移城外寓,匆匆不及作杯酒之叙,即约至醉琼林便酌,儿辈均往。为作吴移仙信,闻皖藩沈子培请开缺。

初二日 吴蔚若子潜甫婚,钱新甫次子续娶,均往贺。

初三日 午刻崇上隆皇太后徽号,朝服二品以上诣宁寿宫内之养性门外行礼。顺拜陈筱石制军、徐菊人。

初四日 天安门颁恩诏冬款,内京官文四品以上、武三品以上各加一级,应具折谢恩。下午至潘宅问候潘姑太太,顺往伯荃寓招夜饭,是日,伯荃常诞也。王胜之来。

初五日 李搏霄同年来,君九来。答彭汶孙、搏霄,访汪范丈,晤。

初六日 进内谢加级恩典,希少庭联衔具折。是日直日,并诣隆宗门,有本旗拣选官缺,骁骑校两缺,成都防御、吉林防御各一缺。

初七日 下午至醉琼林,珪请潘姑太太、江姑太太,杏侄妇两媳均往,幼稚咸从,如家宴也。

【天头日】珪至回春大药房访李达夫彦,长洲人,西法医也。

初八日 醉琼林请何颂行、李搏霄、费子贻未到、叔迁、单束笙、王君九、周赓成、施少农未到、玖君梅侄婿、江寿民未到。

初九日 严子猷来时,得崇陵办事官差。夜祀冬至节三席。

---

① 原文如此,当为十一月初一日。

初十日　酉正冬至,晨供圆子。午后答严子猷、章式之,答顾渔溪、贺何颂圻、贺吴穆如侄孙婿得子,访范丈,晤苕生,复陈叔莹其琛信,得彭子嘉信。

十一日　朱纯初贞保来,任振采凤芑来。为发公电议募江宁、淮扬、常州、海州赈济捐款,致各省督抚,以陆凤石协揆领衔,余亦附列。紫东内表弟三十初度双庆往祝,晚饭而归。

【天头曰】陆、邹、姚、吴、黄、陈、恽。

十二日

十三日　入内带领引见,辰刻在养心殿先跪安,次带牌,希少庭未到,余与那、王二人接递牌子,共四排八人,骁骑校两,圈出拟正双魁、荣福;吉林防御,圈出拟正常魁;成都防御,圈出拟正文启。

十四日　午后赴长元吴馆,同人有消寒之约。是日,为严筱秋、韩遂青作主人,与约者汪范卿、吴蔚若、王栩缘、杨允之、王伯荃、张雪搏、陈伯才、杨戟门,有竹叙。是日,答朱纯初、王开光。峨生,逸沤之子。

十五日　范丈来。

十六日　值日进内,晤陈筱石制军于朝房请训将赴直隶新任矣。归贺凤石中堂之子仲麟定姻松江钱氏。接芍兄十一月初八日信,颂赞侄定姻南翔汪氏,亦苏籍。韶房长孙福培大侄孙于九月殇去,年已十二,为之叹息。

【天头曰】拜苏抚宝湘石中丞莱。

十七日　在寓清理笔墨债,仍未了。

十八日　仍理笔墨。

十九日　得直督津电,为芍兄事。钱干臣、黄慎之处道喜。

二十日　作复陈筱帅信,并致杨俊卿护鄂督信。

二十一日　钝斋约消寒于其寓斋,与张云抟合作主,已往戌归。

二十二日　贺凤石大学士之喜,旋充体仁阁。世,武英殿;鹿,东阁;那,文渊阁。

二十三日　接锡三信,即复一缄,并附沈子培信稿,寄庞纲堂素幛。

二十四日　作芍兄信,信内言今年帮冬友为吴伯维太仓人。廿五寄。

二十五日　翁又申来,高可敏来。至东城三中堂道喜。

二十六日　值日,喑庆飚生世兄悼亡。贺景敦甫同年嫁女,又至安徽谊孙文正相国设奠。

二十七日　接朱鸿颉信。

二十八日　与范舅同作主人,即在寓斋小集,蔚若、筱秋、伯材、胜之、允之、云拔、杨戟门、伯荃,散已晚间三点钟矣。

二十九日　小建。至西城外,答翁又申。晤张燮君,送程戊武,答叶叔谦、沈保儒。

十二月丙子朔　晨至长元吴馆公贺陆凤石正揆席晋体仁阁之喜,馆中增悬"大学士""状元宰辅"之扁,三县同乡到者济济,极一时之盛,雪惜未大。复郭筱陆信。

初二日　仍微雪,顺天府报一寸有余。

初三日　大雪,巳刻至吴萧翁寓公请,新苏抚宝湘石中丞棻同作主者,陆凤老、邹紫东、姚石泉、陈梦陶、吴蔚若及余,沈雨辰出差未回。

初四日　答邓孝先、林蔼卿,东城外各客。

初五日　进内在隆宗门内务府朝房拣选本旗骁骑及世职各缺。

【天头曰】江姑太太来。

初六日　赴伯材、伯荃消寒之约,借宽街陆寓同叙,余往朝饭,小作竹叙,略之得彩,以隔日起早受寒头疼形悖,至傍晚即归。是日,晨至广东吊郭春宇之弟少莱同年。己卯同乡举,历任江西知县。又是日为梁家园协议取之期,余不及往,闻日内已有十六省代表结伴来为请缩短匡会期限事,将由都察院递公呈。我苏则方惟一还与于列焉。

初七日 值日，勉力进内，幸无大风。蔚儿以酌补推事之缺列于拟陪，养心殿引见。

初八日 本旗有佐领缺二、吉林佐领缺二，带领引见，奉朱笔圈出拟正二人松昆、绪连，其吉林一缺，由外省拣定，并无拟陪之员，系坐补缺故，带引三排七人，其拟陪者、列名者均注时症未到。只到三人也。

初九日 连日感冒，勉强趋直［值］，在寓小憩。

初十日 送许晓初世兄行，家培。以知县赴湖北。赴耿伯斋亲家寓斋之约，凤公、范丈、邹紫东、胜之、汪衷甫、徐君善、吴知甫、杏渠。午饭后小作竹叙，略负，未扰晚饭，恰赶顺沽门也。

十一日 本旗奏本年报销，连闰十三个月，官员俸银、兵丁饷银、马银及孀妇孤女赏银，除停俸、罚俸、扣俸、借俸，库本利银，实领银四十五万零五百二十四两零，钱三万零一百七十五串零。官员俸米、护军校、骁骑校、领催、笔帖式、兵丁、拜唐阿匠役等饷米，养育兵孀妇孤女等饷米，春秋二季实领过米八万一千八百四十一石零，又奏官房租银四百八十一两，公制钱二百七十串八百零，马棚租六十五串，均动用无存。

十二日 卯刻进内递奏销折，又奏补世职一缺富金。

十三日 杨允之、王胜之约长元吴馆消寒第五集也。晨唁萨检斋前辈、同年清秋圃将军锐之夫人。至馆已午后，晚饭而归。

十四日 杨麟香之弟龙香广惠寺领帖，珪去。

十五日 进内本署递各员应得纪录折共五十七人，又进世职谱四分，留奉旨左翼于十六日带领引见。送苏抚宝芗石行，拜沈雨晨，过凤石寓送其行，将往梁各庄值班，须明正初二日回也。得方旦初信，厚德庄刘裕如送来。

十六日 进内带领引见本旗世职四排共六人，男爵一拟正续昌，骑都尉一拟正奎龄，云骑尉一拟正延需，恩骑尉一拟正福顺，均奉圈出拟正之员补授。唁同里瞿裕之树华之丧，晤其侄韶生，浙江孝廉。

法律学堂王仁山来树荣。

十七日　复朱鸿颉信，作谒士信，交珪手。得芍兄十二信。

十八日　答拜甘肃布政使何秋辇彦昇。江阴同乡也。访宇晴，未晤。

【天头曰】复方旦初信。

十九日　湖广馆祝朱桂卿七十寿，晤刘澄如名锦藻。醉琼林请邓孝先、严子猷、章式之、王峨生开元、孙家润子涵、王仁山树荣，韶浙江门生，法律学堂毕业、瞿韶生光业、林蔼卿觐光。是日大风甚冷，峨生交来闽门生孟应奚信，号诜嵘。时已补湖南江华县。

二十日　长吴馆消寒，杨戟门为主人，晚饭而归，绕前门，夜寒殊甚。

二十一日　得杨俊卿、俞友莱年信，接芍兄信、汪孚之信、王丽唐信，作孟应奚复信。

二十二日　作杨俊卿护眷、俞友莱琼厓道复信，孟诜嵘复信。

二十三日　贺李荫师经筵讲官之喜，徐世昌寿耆，共满汉三缺。得王化东海對信，时在四川涪州二税分局，复信即交其友邓君寄。夜送灶，是夕有穿窬之警，呼诸仆起巡察一周。派裕祭天坛，孟春时享查斋。

二十四日　贺钱干臣署京兆之喜，至源丰润，晤俞月轩、严子猷。裕源晤刘荫芝。得郭谷贻信。义善源来。夜祀年。

二十五日　发沈旭初信，孙姬瑞信。得驻义钦使吴挹青宗濂信、郁志甘信、陈伯简堃信。邮局雀洋票十元。

二十六日　子时立春，晨供春朝圆子。送何秋辇行，答甘蔼言。谒许师，未晤，致去年敬。

二十七日　得宝芗石别敬，接丁衡甫信、复信交大德厚。何肖雅信，苏州府复信，由邮寄。作志甘甥甥信，得锡三婿信。

二十八日　派查斋。至豹房胡同，正由蒙汉两署西东四牌楼火器营，顺访蔚若，晤答华芷轩堃。接吴挹青托信、上海尚贤堂信、肇庆府赖仙洲信、浙江陈其琛信、廖立元信、龚时富福建信。有寄件。

二十九日　复赖仙洲、陈其琛、廖立元、龚时富信。

三十日　夜祀节三桌，吃年夜饭，接灶封井。

宣统二年庚戌

元旦丙午朔　天气晴和，春韶渐转。是年诏停贺正之礼。晨，家堂影堂行礼，家人贺年。至杏渠处谒祖行礼。汪范丈来。午后至西南上斜街汪、顺治门吴贺年。归后觉寒甚，早睡。

试笔诗

频年作官寄长安，云物更新取次看。铁勤正烦编户籍，玉清真拟领祠官。岁辰年头派查斋三次。回春大陆占青律，窃禄明时愧素餐。但祝时和民物阜，好聆吉语佐椒盘。

初二日　晴，季孺舅来，未及见。伯荃、轶仲、俊侯、辛揆、紫东来，均便衣见，余以隔夕感寒小憩，是日未出门。

初三日　忌辰，仍未出门。

初四日　至李荫墀尚书处请安，诣凤老处，初二甫从梁格庄回。是日，招春酒饭后竹叙八围，颇得采香灯归。子刻接财神。

初五日　查斋三处，诣那王请安。至辛揆、伯荃处，潘姑太太处，均进内谒。容紫东处，未晤，余顺便递片。答潘文浚晖县信、樾仲芃尚衣信。

初六日　至江妹处，内眷往潘宅，在寓作信。

初七　人日。西城外拜客答步，晤孙宇晴，并谒戴协揆，时在谒假也。

初八日　兰陵妹朱寿丞夫人来寓。

初九日　长元吴馆同乡春酒，邵厚甫、单束笙等八人。余赴东城查斋，顺至馆中一晤主人，未及饭也。

初十日　李荫墀师招饮寓斋，张振卿、丁徇卿、顾渔溪、李士香、陈梦陶同坐。

十一日　邹紫东、吴蔚若、章式之、邹颉文、吴赓夔、梦虹在三邑馆春酒。

十二日　王扞郑吏部诸位十人春酒，仍在邑馆。

十三日　张紫东在寓斋，偕伯荃、韩萃青、晋卿、朱寿丞、江俊侯、张云抟作主人春酒，戴少怀协揆骑箕。

十四日　自作主人，偕杏、辛两侄，葵、希两儿，借轶仲寓，作竟日叙，并邀看竹、凤老、紫东、蔚若、范老、俊侯、轶仲、寿丞、张紫东诸亲友之至熟者皆在，约二十一人。是日进内，同乡官谢恩。

十五日　赴范舅、采南、三胜之、杨允之春酒，借轶仲寓。晚归祀节。

十六日　汪芝房、衮甫、严筱秋、严子猷、刘荫芝、曹夔一、侯星伯招三邑馆。

【天头曰】复吴挹青信。

十七日　胡绥之、耿伯斋、阮子和、王君九昆仲、刘少楠、吴和甫、李思本、潘轶仲，仍在三邑馆春酒。唁戴尚书接三。

十八日　潘仲樵乔梓，李菊庄、吴季荃等九人约东馆之叙，余未赴。松筼庵丙子同年公请琦瑶卿太守璋、夏世兄偕俊到者何润甫、刘少岩、孟绥臣、李嗣香。又赴惜字会协议局，吴蔚若入军机，徐菊人得协揆。

十九日　寅刻赴署，卯刻开印，顺拜希少庭，贺吴蔚若军机之喜。吊景月汀将军。

二十日　叶叔谦、马君健、钱耕玉、嵇苓孙、屈钧侯、曹忆萱、顾宋襄、顾宝埏，长元吴馆。王胜之得江西提学使。

二十一日　本旗值日，晤希少庭秀吉、敬世五祥普博泉。同乡任传书味之来，辛揆之内弟，江阴人沙祖烈维山来。接鄂护院信。

二十二日　答恽秀孙、曾恺章舟如。任传书。访严子猷，未晤，交去孟繁复信。赴李实斋约江苏省馆，李荫师、丁徇卿、唐春卿、于晦若同坐，又赵梦堂，鹤龄，午庶常，云南侯补道。时在海军处。

二十三日　偕汪范丈、杨允之、王胜之、张采南、费芝云、管成甫等，杏、辛、葵、荣等十四人共作主人，遍请苏府同乡春酒，以为结束，备六桌。

二十四日　拜于晦若、唐春卿，自请客，王胜之、陆孟孚、毛艾生、季良、廖绶青、联五、许弼丞、钱簪桐、孙宇晴，江苏馆申集。

二十五日　答刘咏诗、毛艾生，拜王耜云，时调升山西臬使。赴孙宇晴太仓馆之招，亦陪陆孟孚、毛艾生也。勉侪侄曾钺自津来。

二十六日　内眷至江宅。午后得颖如侄致杏渠电"母病速归"四字。

二十七日　杏渠议挈妇归省，匆趣理装，留刘升守寓。

二十八日　杏渠夫妇八钟早车行。连日复各处年信，摘要未能遍也。此间寄芍兄一信，又李彦修、张锡三、施稚桐各信，均草草作复。内宅请潘、江、张、朱、吴姑太太、姑奶奶、王姨、辛揆少奶奶，杏侄妇已行，子欣夫人未到。

【天头曰】汪润生来，时偕王耜云同来京。

二十九日　小建。晚赴集云楼畅叙园，陆孟孚昆仲招也。还看勉侪侄。

二月初一日　乙亥朔，徐卓如圭芝来，将赴四川致赙十二金。答张燮钧，晤。再访闰生，未晤。

初二　本旗值日，兼往查斋，贺蔚若朝马之喜。答费仲深，接颖如致杏渠信，廿四发，所述椒嫂病情亦系时气所感，惟以年高气喘为虑，窃祝游子遄归，慈帏无恙也。孔少霈来，由河南提学使晋觐，翌日往答。

初三日　上丁文帝诞，至长元吴馆拈香，致香资四千，即回本馆，偕诸同乡行春祭礼。礼成，团拜，共五席，并请陆孟孚观察、汪闰生大令、瞿韶笙、王峨生。散后又至梁家园协议会。下午得沪电，惊悉菽舫二嫂于初二未刻逝世，伤哉！计杏衢到家，总尚差一二日程也，即发一信并寄还颖如来信。晚接厦门电，以江苏赈捐代募，得京足贰百金，汇交源丰润电系提督洪永安、职道郭道直。同发。致凤老及邹、吴、姚、沈、陈各部堂，余亦列名也。

初四日 江苏馆赴范丈拒，为耕芸、栩缘、孟孚作陪。得甘督电，有江苏赈银兰平五千两，汇交源丰润。

初五日 巳刻赴凤石、伯寯、阮子衡、吴和甫公请，王耕云、王胜之作陪，许弼丞招，未赴。晚至俊甥寓夜饭，客则胜之、潘季孺舅也。长椿寺范丈太夫人廿周。

【天头曰】得甘督长庚电，筹汇宁苏赈捐兰平银五千两。

初六 诣季母舅，未晤。晚与家人至单牌楼茶社看影戏。

初七日 发杏衢二次信，内有挽联语。

初八日 写联四付，作诗一首。

初九日 诣许颖师问候，时方请假，访范丈晤。

初十日 何润甫来，属题江亭玩月阁。

十一日 春分。醉琼林请王耕云、阮子衡、汪闰生、汪仲虎、陆芝田、蘅圃、耿君梅，雨宜未到。

【天头曰】薇孙招湖广馆茶叙，起居注同官团拜也，余一到以自作主人即行。

十二日 值日，贺姚石长升陆军部侍郎。顺访芝房，晤谈。

十三日 晚访胜之，兼慰杨允有子媳之丧，顺访蘅孙，均未晤。

十四日 杨允之来谈。复钟秀芝年信。

十五日 赴长吴馆午饭，馆中为凤老上"大学士"扁，借此作同人团拜，由潘仲樵举办，彭汶孙蘧臣来，岱霖子。

十六日 吊戴文诚，并为陪客。

十七日 江苏省馆公酌王耕云，王胜之、张采南、陆、吴、邹、姚均作陪，余亦与焉。陈梦陶承办。

十八日 仍至戴宅陪客。

十九日　本署小学堂一年期满年考,亲莅考试课,凡十一门,头班学生三十人,乙班三十人,是日考六门,读经、讲经、默书、习字、修身、国文。此二门皆科书。

二十日　下午,葛振卿尚书接三,往吊。又至兰陵寓,江妹、俊甥均晤。

二十一日　闰生来,至署考学生二课,算学、物理、解字、清文、体操五门。

二十二日　值日,午后访闰生,并约朴如同至广和居小酌,雨宜及冕侪侄同坐。唁延秋生世兄悼亡。答陆彤士,并贺得子。荣协揆调礼尚、唐景崇升学部尚书、吴郁生补吏部左侍郎。

廿三日　送耜云、闰生行。答许九香鼎霖。其子名廷琛,号颂来。

【天头曰】瑞良补吏右,于式枚转吏左,吴郁生以从侍郎在军机大臣上学习行走。

廿四日　赴沈雨晨招饮寓斋竟日之叙,凤老、蔚若、姚石泉、邹紫东、唐郢、郑阮、子衡、陆芝田同坐。

廿五日　祀清明节三桌、宅基一桌。

廿六日　贺崇受之前辈嫁女。得吴挹青义使署来信。勉侪来,即赴津。

廿七日　清明。刘荫芝、张紫东、朱寿丞招长吴馆,并有竹叙,与严筱秋、杨允之、伯荃同局为总献焉。

廿八日　复杏渠信,答吴荫之、陆晋笙、孙师郑。晤师郑,时为大学文科总教。又答鞠渭川飞熊。得沈子美观察讣,上年十一月初六卒于沪。

廿九日　贵师母生日,往致祝敬。范丈来。

三十日　大建。复孔弼臣庆辉信。

三月初一日　乙巳。陆彤士招汤饼于斌升,未赴,往致礼焉。午后至梁家园惜字会,汪孚之先生之世兄颂虎名炳蔚到京。答殷传鉴,访凤老,未晤。答何润夫,面交江亭玩月卷。

初二日　作珪第二号苏信,内附君九信一纸,汇龙洋八十元黄韵士先家。

初三日　上巳,姚石泉招长吴馆,陆、吴、邹、沈、陈、赵剑秋、袁珏生、延子澄同坐。访吴颖芝,晤。崇明人倪厚福德卿来。

初四日　赴何梅叟云山别墅,补上巳看花之约,早往晤谈,适颖芝亦至,余以自作主人未就座,先行江苏馆请张苣南、鲍润漪心增、未到、吴颖芝、陆晋生未到、孙师郑、刘翰臣未到、汪颂虎、汪苔生未到、刘荫之、张紫东、朱寿丞未到。接珪二号信。二月廿八日。

初五日　耿伯斋招寅斋,张振卿、朱桂卿、何润夫、涂元甫、徐花农、蒋稚鹤、延子澄同坐,亦为展上巳之集。伯斋并有诗,以是日己酉,用周公谨《癸辛杂识》说,谓上巳实上己,如上丁、上辛之例,颇有新意。

初六日　江妹来,轶仲来。

初七日　杨允之偕陈伯才、王逸海、韩萃青东馆之叙,未赴。答鲍润漪,晤刘翰臣,答倪德卿厚福。

初八日　王夫人忌日,作供。寄珪三号信。

初九日　陆晋笙来,海运委员万晋之立锐来,送王胜之赴江西提学使行。

初十日　赵颂周文郁来,嘉定己酉拔贡,带来朗蟾族弟信。张慰祖来,苏人,以优贡就河南知县,今以被议起复赴部投供候选。得珪不列号苏信。三月初四发,内有芍一纸,有徐少泉祖屋坍倒两间修理事。

【天头曰】为郑锉石作二信,陈少石、周先稷。

十一日　西城外答客,晤赵颂周,有张继斋毓英在坐,松江人,壬寅年家也。晤刘荫之长元吴馆,答陆晋笙、周长熙、张慰祖。访吴颖芝,未晤。至天瑞成小坐。复吴挹青信义国使署。复周祖颐信。

十二日　本旗值日,汪煌辉偕黄达德同来,惠安一等生也。

十三日　雨。

十四日　至太仆寺街唁丙子同年魏绍庭延龄。

十五日　晴。晨至江苏馆,是日祀先贤祠,并同乡春团,晤许九香鼎霖,言海州有饥民闹事抢劫面粉公司事,公司即许为总理,电传民兵互哄,枪毙厂中一人,守兵开枪还击,毙民九人。云拟纠合京官发公电省中,并商拨邮部前曾沪银号,有山东赈捐余存银先行拨付,以济急赈,将来如山东有需此款,再苏省筹还。是日,余常诞,茹蔬未饭先归,为西分献,儿辈略具面席,如去年例,邀亲友中之至熟者,范丈、蔚老、允之均来竹叙。

十六日　午后,出谢陆、潘、杨、汪各处。

十七日　朱莘耕、唐仲芳、张仲清、钱寿琛、吴季荃、邹顿文邀长元吴馆,辞未赴。出城酬应答客。接珪三月十一日叁号信。

十八日　长吴馆请李荫墀上书、张振卿总宪、陈梦陶、李实斋、李嗣香、延子澄到,姚石泉、沈雨晨、顾渔溪、汪芝房未到。倪德卿来。

十九日　童君石来,蒋子范来。

二十日　江宁提学使陈子砺伯陶来。

二十一日　午后拜志伯愚,时由宁夏副都统来。接芍兄三月十五日书。

二十二日　黑窑厂三圣庵恽薇孙之弟、广惠寺孙酉城丙子领帖。是日值日,何润夫来,答陈伯陶提学。

二十三日　黄大机少衡、江祖苣友石,春霖之子。来,岁试所进莆田生也。

二十四日　黎露苑来,潘伯起志清,济之子。自鄂来。答江北提督雷朝彦。震春。

二十五日　晨至柏林寺昆文达三周,顺答寿丞,时江妹在朱寓。进内小坐,归后复吊勤恪之丧。

二十六日　答王培钧同年伯衡、潘子迟志清、陆眉午继贤。

二十七日　江苏馆公请雪朝彦军门震春、陈子砺提学伯陶、鲍润漪太守心增、吴颖芝太守荫培、阮子衡维和两桌，主人陆、吴未到，邹、姚、沈、陈、赵剑秋、唐郅郑、单束笙也，陈梦陶办。午后至长椿寺刘翰臣为祖老太诵经，往陪客。发苏信第四号。是日立夏，予权得八十五斤，葆七十斤，宝五十三斤，仙二十九斤。

二十八日　李子正馥来，呆送举贡。至湖广馆，唁薛偑群令兄之丧。江苏馆请张慕杨、林仲枢、程戊武、吴昂冕、黄乃济、林蔼卿、李午亭、童君石到，曾漪伯未到。挨珪第四号信。

二十九日　小建。复刘亘堪信。

四月初一日　戊朔。

初二日　至东城，答李子正。太仓馆答王钟琦奏云、赵颂周。复芍兄信。三月十五信。

初三日　拜苏抚程雪楼中丞德全。晴。贺景佩珂之世兄姻。是日，本旗值日。

初四日　范丈来。

初五日　李士香、陈梦陶两同年邀云山别墅，陪李荫墀尚书，同坐何润夫、伊仲平、恽薇孙。

初六日　偕范丈合请吴子修、吴颖芝、未到。何润夫、徐花农、钱干臣、吴经才、朱伯勋、蒋稚鹤于江苏馆。是日，张振卿、吕镜宇、瑞鼎臣良、绍任庭昌、王爵生垳公请石桥别墅，辞未赴。

初七日　贺丙子同年文质斋嫁女。辛搩侄丑刻生一女。午后，请陆眉五、潘子起、蒋志范、陶簪杏、吴鼎臣、余夒钦、鞠渭臣、陆菊常、倪德卿、赵颂周，醉琼林。

初八日　显妣潘太夫人忌日。下午，西单牌楼答客数处。

初九日　江苏省馆公请新中丞程雪楼。卯刻以八旗会奏议复御史玉春奏，月放兵饷亏短并不一律，请饬整顿一折。正白旗主稿，请照旧章仍发库平，以二两平发给，以余平六分为办公之费，奉旨着各旗都统认真厘剔,悉除积弊,妥议画一办法,奏明办理,所请将部给一分,扣还照发六分,数目为阁署办公之费,着勿庸议,钦此。晚赴俊侯甥、李思本招宗显堂,陪浙粮道曲春圃江宴及吴颖芝、张茞南,均未到。

初十　邱伯存来,许菊甫宝和来,张季和。源祖。

十一日　寄高葵北幛信,唁其尊慈鲁太夫人之忧。张骧逵毓骅,崇明人,留学,廷试。来。

十二日　许黼屏宝藩来。

十三日　值日。送程雪楼中丞、吴子修提学行。

十四日　本馆公请同乡赴选应试,诸君客二十余人,主二十八人,共四桌,借坐江苏馆。答张骧逵、朱盦薇。

十五日　颂瓒侄自苏来寓下榻,将办分省。

　　【天头曰】留学生,廷试。

十六日　江苏馆请客李馥、陈翼为等各门生等一桌,又苏、太同乡一桌。

十七日　访心耕,为闰生拟以知县改选指分山西事。是日,苏府同乡公请应选保送举贡留学生廷试中学堂毕业诸君,于长吴馆,共八桌。至韶州馆答林、蔡二拔贡,有严孟蕃信,又答蔡光辉。是日,留学廷试发榜,十六派阅卷,在文华殿住宿一夕。一等八十名,二等一百三十余名,三等二十六名。太属列一等者张清泽,士莲。第二冯阅模,亦一等,福建门生邱在元一等,余熟人如苏之冯世德,嘉之吴匡时、吴达均列二等。晚赴汪仲虎约,醉琼林。

十八日　谢禹漠九功来,将乐拔。汪大燮出使日本,李焜瀛署邮传部侍郎。

十九日　下午,访范丈,答单束笙。

二十日　无验放。午后,贺邹紫东署外务部尚书,曹润田汝霖署侍郎。拜吴应乾。匡时,游学毕业,廷试二等。

二十一日　邹紫东邀寓斋之叙,以事辞未赴。

二十二日　汪艺农来，苏拔贡汪诗卿来。名肇，范舅之侄孙、子砚之子。

二十三日　值日，唁增寿臣荣太夫人之忧。那王请假，顺便往候。答华堪，黄慎之嫁女，写联幅数事。

【天头曰】举贡发榜，太仓陆炳章与焉。

二十四日　徐班侯太夫人长椿寺领帖，答汪诗卿、谢九功。

二十五日　下午至宽街，时凤石新得第宅于西四牌楼之羊肉胡同，将于廿七日移新居，眷属有先进宅者矣。

二十六日　接珪五号信，十八发。言廿七日由苏启行。

二十七日　贺凤老新居，房屋甚为结构齐整，土木之工犹未竣也。饭而归。是日，圆儿忌日，设供。

二十八日　显妣潘太夫人诞日，设供。

二十九日　小建。珪派祺皇贵太妃东陵押杠差，发电催询。

五月初一日　癸卯朔。李少薇来，黎露苑来。

初二日　访轶仲，时从察哈尔来。答李少薇，顺至陆凤翁新宅晤谈。是日，各省举贡，在保和殿复试，江苏取列与试者二十人，陶簪杏恩章、蒋志范元庆、陆菊裳炳章皆与焉。钦命题："百姓足君孰与不足"义，"亲民官回避本省得失"论。诣许师拜节，致节敬。

初三日　五点钟，入东华门听宣，余亦与阅卷之列，阅卷十二人。陆润庠、寿耆、张英麟、吴郁生、于式枚、熙彦、达寿、林绍年、李家驹、秦毓隆、刘若曾，共卷三百二十一本，每人分卷二十七本，后三人分二十六本。拟定一等九十六名，各八本。二等一百零八名，各九本。三等一百十七名。各十本，后三人各元本。午刻，阅竣进呈，旋发下各名片，拆封校对开单。有军机章京帮忙。毕，当即复命，散班已下午四钟矣，阅卷在南书房。遣仆送贵师母节敬。

初四日　本旗值日。五钟进内，散后至陆中堂处祝寿，饭而归。天气闷热，晚有雷雨。

初五日　端午。

初六日　同乡候选应试诸君,在江苏馆答请京官及各学生,主人十人为王钟琦、奏云,举人就拣选。吴匡时、应乾,毕业进士,翰林院庶吉士。陆炳章、菊裳,壬寅副贡,保送复试一等。冯阅模、历甫,游学毕业,举人中书。张清泽、士莲,游学毕业,举人中书。赵文郁、颂周,己酉拔。黄诞文、瞻益。吴达、播声,毕业举人,中书。张毓骅、襄遂,毕业举人,京官。张清樾士荫,毕业举人,京官。也,共五席,甚为济济。散后拜客数处。

初七、八日　出阜城门至慈惠寺,唁同年志仲鲁之丧,又同乡陈少芸之夫人领帖,葵往吊。是日,江妹来寓,复试举贡来见者十人,珪儿到寓。

初九日　得本旗知会陆军奏,十二日。祺皇贵太妃奉移园寝,本部奏派护送金棺,奉旨派出秦绶章、景恩。时珪儿亦由邮传部堂派押杠差使。送至定东陵,其地在蓟州之马兰镇,约四日程,往返约须七日也。下午,答张燮钧,时以服阕请安,仍在南书房行走。答钱保衡、礼南,宝拔。吴邦珍、士翘,宝拔。陈锦湘。望衡,嘉考职。

初十日、十一日　估车,略检行装。

【天头曰】估车二辆,每辆每日松银一两三钱,来回作七日,算共松银十六两,包饭在内,另加酒钱各四千。本署有富龄增钰骁骑随差,另估敞车双套一辆。

十二日　卯初赴吉祥所,端恪皇贵妃金棺停奉处恭候。辰初启行,护送至后门上车,景锡山恩同班。是日启奠时,派礼部丞刘少岩果莫酸,朝夕莫派武备卿文鹤亭。又德公、麟。海公皆散秩也。十里东直门尖,西十里通州宿。是日,晨阴云如罨,群以滂沱为虑,乃午后渐开薄霁,可幸也。珪儿轮二十二班,押杠移迟递职名。金棺用杠夫,每日分三十班,每班九十六名。三河县文玉应差有供应晚餐一席。附路程车:十二日,由后门十里东直门关早尖,四十里通州宿。人和店。十三日,三十里,燕郊早尖,四十五里,枣林宿。十四日四十五里邦均尖,四十五里蓟州宿。十五日三十里亳门尖,二十七里石门驿宿。十六日二十五里进陵地，在定陵之东。当日回程，二十五里毫门邓家店，五十七里邦均陈家店，六十里枣林秦来店，四十五里燕郊吕家店，四十五里进城。七十里。

十三日　卯刻至芦厂恭候启行，燕郊尖，枣林宿。下午热。三河县文玉应差有供应晚餐一席，借赁民房。

十四日　卯正行，晴热，邦均下一小店尖，蓟州宿，蓟州知州沈乃杰浙人应差，借住城北之裕昆庵。

十五日　寅刻行，毫门尖，石门宿，遵化州知州叶嗣高觉民，山东人。应差，住遵化通判署。

十六日　夏至，早行，进陵，晤马兰镇总兵兼内务府大臣苏噜岱秀峰，又守护陵寝之大臣全公、奕公。妃园寝在定陵之东普祥峪，孝贞皇后普陀峪，孝钦皇后窆东菱之西园，有寝殿七楹。金棺暂安于殿之西次楹，再俟择吉奉安也。至是奉移礼毕，各退。与景锡山、刘少岩商即面别。苏秀翁及两公登车，各觅归途，余小憩，又步行半里许，敬诣孝贞皇后、孝钦皇后陵，瞻仰规制，两陵毗连，制度如一。旋出红门，由喜峰口过隆福寺，仍至毫门尖。

十七日　早发，晨气犹凉，过邦均尖，枣林至燕郊宿，借一民居村塾一椽，前有蔬畦，颇饶幽逸，其家陈姓。

十八日　三钟即起，赶至通州乘大车，八点钟三十分开，约九点钟抵正阳门，魏升从，行李车庄周福押行进城。

十九日　镶黄旗同事希少庭副都统朗阿请开缺，以英信调补。

二十日　陆相国夫人七十正寿，往祝。相国适赴梁各庄班坐，客皆辞，同乡仍留寿面。

二十一日　复命，预递安讫一分，各署各具，凡往东陵者均约于是日复命。是日，召见政务处王大臣全班，为国会事。拜英信实甫。时调补镶黄满副统。

二十二日　送陈肖团行，以知县赴浙江，顺便答客数处。癸未同年公请马积生、鄂臬吉樟。巢岷村观察、凤冈，癸未即用甘肃知县。全蜀馆午集,候客到已五钟余矣。

二十三日　下午答沈乃杰少玉署三阿县。复仲虎信。

二十四日　值日。至长巷答客,并拜巢岐村同年。又答太仓拔贡毕人麟、包庆章,寓莘耕处,并晤莘耕。

二十五日　举贡掣签分部,作易实甫信,答诗四首。

二十六日　作杏渠信。访杨允之,未晤。

二十七日　得恽季文信,答严孟蕃信。

二十九日　前门外答客,接郑铿石信,广东拔贡陈鸿畴带来。

三十日　在寓。浙江拔贡刘子庚毓盘来,刘泂生大令。履芬之子。

六月初一日　癸酉朔,小健。下午至江苏馆答吴福茨。

初二日　蒋志范来。午后三钟,江苏馆请客,郭谷贻、廖振才、吴应乾、葛泳莪、吴播笙、朱建侯、陆菊裳、汪诗卿、陈望衡锦湘。颂瓒侄皆来。归后雷雨,派拔贡头场阅卷大臣八人。李殿林等。

初三日　各省拔贡贡场,是科以人数加倍,分省匀作六场,在学部屙试。江苏省排在初七日,福建等省初十日,为末场。

　　【天头曰】拔贡朝考阅卷:李殿林、唐景崇、寿耆、宝熙、王垿、陈宝琛、张亨嘉、定成。

初四　值日,至隆宗门外少坐,候那王至,拣选本旗骁骑校二缺雅尔坚、永亮。拟正。又福州防御一缺、协领一缺,均由福州将军拟定正陪保送。是日,八旗会奏开放兵饷,拟请援照度支部所奏厘定官俸办法,即将八旗兵饷亦按照国币则例厘定,以昭画一。照原文平色数目折合库平足银,再合国币改换计数之名称云云。银数改圆数。仍另给办公经费,请饬下会议政务处王大臣悉心厘定,请旨遵行等因,奉旨交会议政务处议奏。

初五

初六　答陈懋师容民、陈懋丰末章,皆伯潜阁学之侄也,时以郎中分部一分、度支部一分。邮传访朱艾卿,未晤。访凤老,晤。紫东,晤。汪诗卿来，下榻寓斋，明日应拔场试也。

初七日　四川、江宁、江苏、安徽拔贡，头场在学部考舍闱试，约六百余人，珪亦入场。四书义题"有事君臣者"四节，史论题"宋元官制得失论"。俊侯、姚威伯来。苔生来，蔚若来。

初八日　为考友涂抹联幅。

初九日　黎明进内，有本旗引见，骁骑校二缺，福州协领、防御各一缺，共四排八名。晤英实甫信。于隆宗门外之内务府坐落，偕入乾清门诣养心殿跪安递牌。

初十日　午后请苏、太两乡优拔贡三十人。

苏府学颜士晋康侯、韩云章赞卿、长洲包庆章叔称、元和卢文炳彬士、长洲汪肇甲诗卿，前请、元和潘家元长卿、吴汪廷沐靖安、新陈定求俊初、新阳朱祖华昆、朱裕毅稼秋、吴张士衡湛甫、毕业生潘承福培庵子静子、陈定保佑之、朱祖铉鹤青，未到、浙籍刘毓盘拔贡，子庚，泖生子，分发顾元昌卓庵，绍申孙，苏府优费廷璜玉如、陈昌壬公孟、李廷华子青、陈廷铨午钦，太仓毕人麟趾应，未到、徐如珪昂生、镇蒋乃均平阶、镇王泽永仲虎、嘉定赵文郁从周、钱衡璋冶南、吴邦珍士翘、崇黄诞文闰生，宝山优张嘉桂曒初。是日，颂瓒倅验放，以馆班通判签掣安徽。

十一日　至龙泉寺唁陆眛辛之封翁友梅开吊。

十二日　邹紫东之侄蓼文姻，往贺。为汪诗卿作王少谷信。

十三日　江苏馆请福建优拔门生六十一人，共五桌，到四十八人。

十四日　值日。散后，访汪闰生，晤。为张崧生作朱少桐信，为汪仲虎弟作潘季孺舅信。是日，拔贡榜揭晓，珪列江苏一等一名。太属取四名，王泽永一等四名，蒋乃均、钱衡璋二等；苏属汪廷沐、卢元炳、韩云章、颜士晋。

十五日　汪闰生来，陶簪杏来。

十六日　晨，访刘少岩，未晤。吴蔚老夫人寿，廿蔼言来。下午雷雨雹，癸未同年王金镕给事之夫人开吊。

十七日　下午复访刘少岩，为诰儿声明不赴朝考，拟具呈礼部，少岩以为具呈则难于批，不纳卷可也。

十八日　凌定甫、汪仲虎来，李荫墀尚书来，即往答谢。

十九日　观音诞，天气闷热，刘少岩来。

二十日　刘季平来。

二十一日　答仲虎，贺邹紫东外务部尚书，顺拜宝瑞臣。汪闰生来，朱艾卿来。

二十二日　作菊裳信，庞恩长信，皆唁信。大雨。

二十三日　写楹联扇件。

二十四日　值日。出后门拜王爵生堉、定镇平成、陈弢庵宝琛，皆珏阅卷也。拜凤老，晤。是日，循旧规家厨净素谢灶。

二十五日　天气薄阴，晨赴万生园应伯斋招饮，集于荟芳轩，作赏荷之叙，同坐陆凤老、张振老、吴福茨、何润夫、延子澄、徐花农、邹紫东，主人与余而九，计年共五百七十三岁。是日，福茨简授浙江藩台，席散后，偕花农、润夫、子澄至豳风馆茗话，颇觉凉爽宜人，池中则弭望田田荷花正开，红衣皁盖，掩映于风汀烟溆间，风景殊佳。遇张子东偕荣儿孙辈亦来游，余先归。是日，唐宝锷游学毕业翰林之父泰升堂开吊致礼。

二十六日　拔贡，保和殿复试，第一次计十二省：八旗、奉天、吉林、黑龙江、江苏、安徽、浙江、山东、山西、河南、江西，题："立于礼，成于乐"义，"史称诸葛亮理民之干优于将略"论。

二十七日　入内听宣奉，钦派阅卷共十二人：陆润庠、张英麟、吴郁生、于式枚、绍昌、郭曾炘、秦绶章、顾璜、毓隆、李联芳、杨佩璋、朱益藩，阅十二省八百余卷，每人约分四十卷零，各省互搭，除去本省卷，议循回避之例，各省取卷以七成、六成为率，各省自分一、二等：江苏一等□名，二等□名。余分山东、安徽、奉天各卷。在南书房阅，阅毕进呈发下，另派拆封核对。毕，归寓已六钟矣。是日拔贡第二次复试，计十省，福建等题："权，然后知轻重；度，然后知长短"义；"秦孝公下令,国中求能以奇计强秦者"论。

二十八日　仍入内听宣,余未派,前十二人换派五人也。陆、吴、于、绍、郭、毓、朱仍原班,换派者为陈邦瑞、熙彦、达寿、李家驹、锡钧也。出至东城拜客,送巢凤冈行。答裴景宋仲璟、李元音子韶来。

二十九日　小建。拜定镇平,未晤。寄孙姬瑞信。

七月初一日　壬寅朔,至江妹处闲谈,俊甥值班未归。

初二日　荣生日,至会馆答钱礼南,兼访倪君为兰陵馆事作罢论。

初三日　张采南、紫东邀长吴馆小叙,陆、邹、吴、汪、严筱秋、杨季玉、伯荃及余也,小作竹园之游。午饭后四点钟,余先行,东城答客数处,城内答袁荣曳道冲。

初四　立秋。戌刻,徐花农招嵩阳别墅,为吴福茨作陪。

初五　值日,散后东城拜客,复出前门迤东,答湘、闽各馆客。由梁家园青厂椿树二条胡同进西城。郭曾量同甫、潘志愈表弟揖韩来。

初六

七夕　微雨。请吴福茨浙藩松筠庵,花农、丞午、陈香楞、陈梦陶、顾渔溪、耿伯斋作陪。吴竹梅、江甥未到。

初八日　朱艾翁等陪福茨在江苏馆,主人三:朱艾卿、吴绚斋、郑叔进。

初九日　潘姑太太常诞,往祝,饭而归。赴渔溪约,亦在松筠庵。

初十　江苏同乡公酌福茨于省馆,陆、吴、邹、姚锡光、曹汝霖、沈雨人及余。陈梦陶承办,并请竹梅。盛杏荪到京。

十一日　为宝女留云,喾宋厨,备家肴二桌。内客潘、江、张姑太、王姨奶奶、王少奶奶、长少奶奶,外客紫东、伯荃、子欣、轶仲、许黼庭、贝幼汇、王荫嘉、王芷舫、辛揆、颂瓒两侄。是日各省拔贡一、二等第一日引见。

十二日　祀中元节,三桌,范丈来。

十三日　朱笔大学士世续开去军机大臣,专办内阁事务。又吴郁生以侍郎候补,无庸在军机大臣上学习行走。又贝勒毓朗着补授军机大臣,又协办大学士徐世昌着补授军机大臣,于明日预备召见。又邮传部尚书着唐绍怡署理,未到任以前,着沈云沛暂行署理。上谕盛宣怀着赴邮传部右侍郎任,并帮办度支部币制事宜。是日各省拔贡引见毕,绍志等一百四十九名着以七品小京官分部学习;立佩等一百七十六名着以知县分省补用;王钟汉等一百七十八名交与吏部询问,愿就京职者以八品录事书记等官分部补用,愿就外职者以直隶州州判、按察司经历、盐运司经历三项分省补用。苏府颜士晋、卢文炳、太属王泽永均用七品小京官。苏太钱衡璋用知县。旨各省优贡着于七月二十三日在保和殿考试。

【天头曰】先是数日洵贝勒有同预会议政务之命,涛贝勒亦新自外洋考察归。

十四日　葵生日,紫东、荫芝、伯荃、荫嘉、苕生、轶仲、黼屏、寿丞、辛揆,群从来吃面,有竹叙,余与苕生、荫嘉小试一局,稍得彩。

十五日　值日,入内。散后访蔚若,略询此番之调动,莫能定其宗旨焉,兼诣世相,顺贺徐协揆。拜盛杏孙,访寿子年,晤谈。

十六日

十七日　雨,午后至广惠寺唁吴少渠之兄集之。又祝许颖师寿,致例敬。

十八日　访辛揆新居,辘轳巴胡同东养马营。答谢、潘、王、张、潘诸家十一来一贺。谒凤老,交去庆飓生托方振麟名条,为实录馆补传事。贺沈雨晨署尚书。盛杏苏来,晤。世中堂来,挡驾。

十九日　朝考拔贡门生来十余人。

二十日　长椿寺陆文慎家念经,往行礼,芝田昆仲释服也。杨若朱之太夫人寿,在泰升堂,往祝。至醉琼林请客,于幼芗君彦,闽翰、汪聘臣鸣璋,浙优、周瓒廷恩绪,浙优、刘履贞坦、郑简卿崇膴,闽优、郭同甫曾量,闽优、郭樵民则询、陶簪杏恩章、潘学韩志愈。大雨,归途进前门。

二十一日　午后颂攒侄约往文明戏社，挈珪儿同去，葵先在，荣与紫东继至，遂至集云楼之畅叙园小酌，余作东也。

二十二日　大学士鹿传霖递遗折。

二十三日　各直省优贡朝考。

二十四日　进内听宣，未与。暗定兴鹿相。东城答世相，顺访蔚若，晤。徐子湘夫人领帖。

二十五日　值日，张紫东夫人冥诞周年，长椿寺。

二十六日　颂攒约往畅叙园小酌，并至文明观剧。

二十七日　寄芍兄信，为东租事。

二十八日　至东城外拜客。

二十九日　张振卿前辈招聚丰堂饮，请杭州将军志伯愚锐未到、成都副都统奎章甫焕，同坐张在初、锡聘之岳柱臣、顾渔溪、绍任庭、王爵生、陈梦陶也。

三十日　俗称地藏诞。夜点地香。韶九来，榻于荣书房作竹叙。

八月初一日　壬申朔。晨起会客。午后至便宜坊，请汪闰生、孙子均、汪仲虎、章篆生圭璪、张公荫、辙铭昆仲、钱雨宜，共银八两。

初二日　本署交来陆军部核准加三级请一品封典领轴执照一纸，计银八两。

初三日　往拜李荔臣前辈，晤谈。蕙女冥诞，生年三十岁矣，设供。

初四日　丙子值年，公请志伯愚将军，时放杭州将军，于畿辅先哲祠。何润夫、李士香、易丞午同坐，刘恂庵丞办未到，铁良放江宁将军清锐遗缺。

初五日　值日，又查斋三处。豹房胡同东四牌楼，往看希少庭，时以腿疾请开副都统缺两月余矣，晤谈致候，以尽同事之谊。

　　【天头曰】覃恩封典加级，光绪三十四年十一月初九日，登极恩诏加一级。宣统元年正月二十三日，尊谥恩诏加一级。宣统元年正月二十九，尊谥恩诏加一级。宣统贰年七月十九日，陆军部汇奏加三级，系宣统元年正月二十九日钦奉恩诏应封各员。此后尚有宣统元年十月初十日、宣统元年十一月初四日两次恩诏。

初六日　书件俱扫清楚，下午赴汪闰生招泰昇堂。

初七日　袁大化来，字行南，安徽人，曾为山东巡抚。

初八日　苏馆考客公请长吴馆，具柬列名者，愚侄：姚荣森、高赓夔。年愚侄：费廷璜、许樾、陈昌壬。受业：蔡襦，徽、刘毓盘，浙、金猷琳，浙、王泽永、汪廷沐、颜士晋。卢文炳，拔，姚高堂是游学毕业者，辞未赴。蒋乃曾来，省三。钱礼南来，为陈望衡求信，为作何肖雅一函。

初九日　为兰陵代拟寿序一篇，交与俊侯。午刻蒋稚鹤同年吏部邀江苏馆坐客，杨次典、贵州人癸卯翰林、浙江遗缺府。沈砚贻、瑞麟仲复子，出使奥国大臣。程学川、宗伊，浙江秀水翰林。徐花农、孙子钧、孙师郑、耿伯斋也。答刘佛卿。晚见邸抄，有本届优贡点用小京官知县单。颂瓒侄回南乘早大车赴津。

初十日　恽薇孙约陪媒酒，以是日本馆为游学生接场，到江苏馆，未及赴薇孙约。本署知会准恭理喜礼王大臣奏补派西陵梁各庄稽查值班官兵大臣一折，奏朱笔圈出秦○○[绶章]，八月初九日。

十二日　奏派备查坛庙大臣，派出秦○○[绶章]、广绮。

十三日　进内谢恩，顺拜汪闰生，贵宅送节敬。

十四日　许师处送节敬。张紫东三十初度。

十五日　中秋薄阴，值日。散后答拜鄂督瑞莘儒澂即送行。汪姬忌日，作供，算节帐，分管姬槁，历碌竟日，俗冗可厌。

【天头曰】汪闰生六十诞，赠以二诗，又佩件一匣，石章一匣。

十六日　同乡刘士犀人锐约江苏馆晚集六点钟，诸同乡咸在，刘君盖京汉铁路局总办也。钱瑶侯、汪闰生来。

十七日　拜顾渔溪，晤谈。拜刘荫芝，即送其行，将返苏。祝太翁寿也。又答客数处。

十八日　答冯星岩,郭筱陆、械仲芃节信。凤山放荆州将军。见吏部贿卖难荫查办处分一集。

十九日　许弼丞续娶双旦,请同乡往贺,并贺沈子惇资政院副总裁之喜。遇范丈,谭。昨雨竟日,街道泥淖难行。

二十日　李荫师来。午后贺陈荣昌山东提学之喜。访陈梦陶,未晤。过江宅,晤俊侯,知江妹往朱寓小住。是日资政院各员齐集。

二十一日　再访梦陶,晤。诣李荫师,未晤。后有函交件,接芍兄八月十二日信,有柬栈汇结帐,一西租来帐,一延禧老屋花园地基细册一本。为李菊庄题《双麐阁书画合璧册》,其祖慈吴太宜人所绘花卉,乃祖葆麐先生所题者也。后有尊公讳德仪小麐跋一页,尊公以翰林直上书房,故恭惇诸邸皆有题咏,余亦两斋诸老先生也,作七绝六首。

【天头曰】信云汉年九弟得第二子,而未详月日,名曾盛。

二十二日　江苏馆秋祭先贤祠,凤老在假,盛杏孙代主祭,余与姚石泉东西分献,礼成会饮。毕至长椿寺王书衡之兄隶生江苏候补县领帖。又张紫东为其泰山邢厚庄周年设奠,往行礼焉。金湉生武祥来谈,二十年前广东旧友,夙有诗名,承惠《陶庵杂忆》、《续忆补咏诗》、又《冰泉唱和诗》等数种。答孟庸生昭常阳湖人,时选送资政院咨议员。

二十三日　作龚时富闽信,婺源人郑朝燮来谒。

二十四日　伯荃夫人廿周,至广惠寺。后至荣宝斋,托修《宋史》四本。顾聪生来。是日年例谢灶。

二十五日　进内值日,是日保和殿考试各省孝廉方正第一日。直隶、吉林、山西、湖北、四川。

二十六日　进内听宣阅卷,余未派。是日孝廉方正第二场。唁鹿定兴领帖。答钱瑶侯、顾聪生。

二十七日　入内听宣奉派阅卷,江苏、安徽、山东、河南、陕西、甘肃、福建、浙江、江西、广东、云南十一省,共卷三百三十八本,首史论题"开诚心布公道"论,次时务策题"移民实边"策。分卷廿七本,派阅卷十二人:徐世昌、李殿林、唐景崇、廷杰、寿耆、张英麟、陈邦瑞、李家驹、郭曾炘、熙彦、秦绶章、朱益藩,核定每人取五本,一等二名、二等三名,共取一等二十六名、二等三十九名,共六十五名。前列阅卷之中堂尚书多取五本,各一本。三点钟归。

二十八日　江妹六十正寿之日,往祝,以俊侯将择日称觞,是日只行常礼。拜李荔臣,又贺凤相东阁之喜。晤何安生谈,资政议员李慕韩来。又苏人钱崇固、强斋,崇威弟、沈复次颐来,皆考毕业者。

【天头曰】王夫人生忌,设供。

二十九日　小建。癸未同年公请管士修观察、陈小山圃提学,借坐全蜀馆,到者沈子惇、张燮钧、王铸言、徐子光、李云庄、聂九愚,承办者赵元香也。

九月初一日　辛丑朔。贺蔚若得孙。是日资政院开院,摄政王莅院宣旨。

初二日　至琉璃厂,诰儿约至正阳楼持螯,葵与小奎从,后荣偕紫东亦至。

初三日　在寓料理笔墨。

初四日　雨,写楹联三条、屏四。

初五日　答同乡周圣郊振麟、沈孙侯纯熙、沈叔和鸣盛、陆家蘦名、陈翔名。晤孙子钧,谈。喭吴雅初正声之丧。轶仲自察哈尔归,托购黑马一匹,不肯言价,坚以相赠,可感可愧。

初六日　值日,寄芍兄信,附帐房信。往拜汪衮甫,时乃祖亮卿年丈寿终镇江官署,年八十四,八月初三事。芝房同年得病,电已早行矣。

初七日　苏太义园秋祭,葵、珪均往。

初八日　贺吴炯斋子续娶。是日忽闻源丰润银号倒闭,业已请厅标封,闻因沪上该号亏空三四百万之数,市面大为震动,都中新泰厚西号亦经倒闭，其余次号、庄号牵连者已有四五家。

初九日　重阳节，闻沪上商会电度支部、农工商部、邮传部请拨大清银行银五百万，挽救沪市大局。财力之困，图穷匕首见矣。

初十日　黎明进内，乘便晤姚石泉，询办毗封外家援案，请代奏事抄得吏部新章"于宣统元年十二月十二日据翰林院侍讲钱骏祥呈称恭逢，宣统元年正月二十三、二十九日恩诏封典并援内阁侍读学士王拯请封胞姊、编修吴郁生请毗封胞姑，奉旨允准成案，恳请代奏等因，本日奉旨依议，钦此。"一扦，烦陆军部具奏，故与石翁商之。午后晤王保之同年培佑。孙师郑吏部招江苏馆饮，请陪金湉生武祥也，以自作主人未及赴，自请客陈伯简堃，浙东、卢德川绍本，江西来、法官、裘新吾章铭，制科、方钟昶邦彦，制、徐伯葆震南，制、丁禄卿丙南，制、邱乐臣功夔，法、汤有光邦荣，法、李洞仙曜庚，制、严敬之肃恭，法，共十人，其未到者许汝瑚器，徽、制、郑熙臣朝燮，徽、制、郭子铨光亨，山西来、祖鼎之国铭，制。

十一日　江妹来，儿辈得颂瓒信，言韶房之长侄女适曹松乔者，八月初二日病卒，或云产厄，信中未详。侄女归曹后，颇称贤能，能得尊章之意，家事皆倚任之，盛年遽折，深为悼叹。下午答轶仲。晤曹竹铭中丞接三，闻重九日同乡同年作登高之会，饮酒甚乐，骤中痰厥，亟由同人以马车扶持回寓，傍晚即逝。连日以源丰润银号倒闭，都市大为震动，银号钱铺关闭纷纷，银钱票均不通行，此非细事，可觇世变。闻大清银行及度支部发帑百万，维持市面，或可少定乎。

十二日　于幼芗、傅圭垚来。午后请客江苏馆，金湉生、何梅叟、徐花农、延子澄、孙师郑、蒋稺鹤、耿伯斋、冒鹤亭，未到者恽薇孙、赵剑秋。晚见邸抄，蔚若署吏右侍郎，以瑞鼎臣署绥远将军遗缺也。

十三日　未出门，轶仲来，乍王耜云信，刘炳坤来。

十四日　裘少吴章淦来见，接苏州西街曹姓寄讣，悉三房大侄女于八月十二日卒。

十五日　料理行具。

十六日　四钟即起,束装赴西陵梁格庄行宫值班。乘火车,邮部专备。是日前往换班者,恭理处陆中堂、王公班宪公章、堃公、侍卫处芬雨亭车、散秩大臣施侯、锡侯,余接额副统勒春介如之班。七点钟至车站,三儿均送至站,陆中堂恰到,辛揆亦来,苏熟友来者络绎。八点四十五分开车,过高碑店,十二钟半到梁格庄。晤额勒春副都统,于上车处交班。至公所,在宫门之西,有屋五楹,颇明敞而幽静。晚八点钟传筹后出查值班官兵一次,八旗在宫门前堆,左右两翼各一官五兵,云两日一换班,外有陆营兵二十余人巡警兵环列。宫之左右前后分班上直,宫后土山有两营房,左右约各三所,沼墙有水桶约三十座排列焉。

十七日　十一钟赴东朝房守护陵寝,大臣奎公煐号月东先在,五日一轮班,候齐集,诣宫门内行午祭礼,宪公章奠酒,一跪三叩,礼毕,退班回寓。严子猷、徐君善来,皆以陵工差应班也。过凤老寓少坐,晚巡一次。

恭理处王大臣十一位:礼王、甘铎。睿王、魁斌。那王、那彦图。顺王、博公、世中堂、陆中堂、润庠。溥颋、景丰、继禄、增崇。

值班稽查大臣秦、广绮、继庭。德麟、禹廷。景恩、锡三。庆绵、云斋。吉陞、晋轩。顾璜、渔溪。文泰、秀山。常山、俊如。额勒春。介如。

九月十六同班:陆中堂、宪公章、堃公、芬车、雨亭。锡侯、润华。施侯。惠卿。

值班官兵:八旗两翼,宫门前,左堆房左翼、右堆房右翼,各官一员、兵五名,半月一换班。八旗绿营外,又有陆军队官弁二人、兵二十四人,陆军统制官派。泰宁镇派陆营行宫,前左、后右,官四员、各兵五名,官一月换班,兵十日换班,泰宁镇派。

【天头曰】稽查值班官兵大臣:王大臣次序,恭理:陆中堂;御前大臣:宪章;御前侍卫:芬车雨亭。乾清门侍卫:亨亮、文光;宫门植宿王公:溥堃;散秩大臣:锡光、施善泽惠臣。稽查值班官兵：秦。

十八日　凤相来，至东远内务府答严子猷、徐君善。作复恽季文信。

十九日　午刻行礼，每日同。访吴季荃、刘澄如，赴工未回寓所，寓在永福寺喇嘛庙也。规模宏敞，旁落亦修整，游览一周归寓，吴、刘二君来谈。夜作家信。

二十日　午后，偕凤相往观崇陵规制，季荃为备车，与季荃、君善同往，由寓所西南行约四五里，其地势环抱，名金龙峪。平旷迤逦，中区闻旧有山坡荦确处，今俱铲平，宝城基址已筑其下，云开深二丈许，去石纳土而填平之，四周暂筑土墩以为标识，其向东南云宝城之前为露台，又前为隆恩殿，为三座桥，又前为碑亭，为大门，两旁内配殿外朝庑神库燎池，均有定处，另有详图。此时地平面以上尚未动工作也，周围尚须开河引水作玉带河，贯穿三座桥而出，工程凡分四段，有四大木厂承办，而小厂附隶者不下三四十家。既至陵旁履视一周，在督工处小憩，刘澄如、严子猷皆在焉，其导观各处者，为绍叙五、彝，绍越千之兄，丞参也。又晤杨味云、寿枬，度支部，无锡参议行走。己卯年侄，又癸酉年谊许豫生贞干。皆陵工上之监修办事官也。归寓后，味云又来晤。晚巡一次。

二十一日　是日有周月祭，八钟行礼，接行午祭礼。晤泰宁镇希少甫廉，与守护陵寝大臣轮班也。又至永福寺答杨味云，并晤刘澄如，问季荃，则至工矣。傍晚过凤寓小坐。

二十二日　霜降，竟日在寓，午祭一次，晚巡一次。

二十三日　写曹松乔信，借致唁慰，悉城中换珍珠皮。

二十四日　作复吴挹青信，晚过凤相寓，适刘澄如亦在焉。晚巡。

二十五日　接儿辈来信，知杏渠夫妇同到京。晚过凤寓。

二十六日　寄京信，晚巡。

二十七日　在寓料理旧笔墨。

二十八日　得京信,寄来轴对各一付,聊为公所补壁。是日微雨,天气骤冷,似觉感受新寒,即换灰鼠裘。傍晚过陆寓即归。

二十九日　天寒,细雨,竟日泥泞如酱,行礼而归,旅窗坐雨。

三十日　晴,晚巡一次。

十月朔　下元节祭,辰初二刻、巳初月朔早祭,午初三刻午祭。是日因换班之期,且有三祭,未明即起,束装以待,午祭礼成。归寓,草草一饭,一点钟京城专车到,接班者为文秀山泰。行李匆促,一下车一上车,未及面晤也,然车位已被他人占去,道附于凤相一间。四钟三刻到前门车站,儿辈均出接。

初二日　具折请安,黎明进内。下午赴薇孙赏菊之叙。

初三日　答杨康侯同年,贺沈雨人侍郎,过陆相第。

初四日　刘荫芝招长吴馆,答寿酒也。

初五日　吴宅请题主雅初之丧,穆如之伯也。襄题为钱干臣、朱伯勋。至太仓馆,晤潘铸禹鸿鼎。资政院议员也。顺答瞿韶生、王漱铭、苏□、茅□。已刻至三圣庵,是日杏渠侄为蕉二嫂在京受吊讽经,合宅俱往,竟日襄礼。又同乡顾公毅领帖长椿寺。

初六　立冬值日,答文冲、大名府。王继善。十钟赴凤石、张燮钧、吴炯斋、郑叔进、袁珏生,石桥别墅之约簪缨大会。是日嵇镜之母开吊,至江宅少坐。晚至学部前观提灯会,谓各学堂以国会请愿得奉大诏,用申欢贺之意。此三日大街廛肆,龙旂招飐,想系厅上命令。

初七日　东陵孝钦显皇后宝城前行二周年礼,陆军部奏派武职大臣,圈出秦等共副都统八人,皆左翼各旗也。右翼亦派八人诣梁格庄。吴蔚丈嫁女,送妆往贺,其婿为熊经仲之子熊垓号畅九、顺贺郑幼岩嫁妹。答刘叙卿。

初八日　贺崇将军孙姻,答拜新授江苏常镇道林景贤。梅桢,福建人,度支部。

初九日　同人约澄斋小集公酌,主人薇孙,为赏菊之叙,可谓借花献佛，各出醵赀二金，到者十八人。晚亥刻俊侯又得一子，名善襄。

初十日　曹仲铭中丞开吊，往。

十一日　在寓写联，又恒子钧寿联一付。黄任生来，寿联二付。邱灡山来。

十二日　午，杏衢夫妇由火车赴津，将回籍营葬。附杨少云先生之太师母唁信并洋四元。

十三日　贺俞麌轩娶孙妇，祝孙子钧寿。答荫芝。访严筱秋。时源丰润倒账事尚未了也。信乙亥同年徐育夫人领帖，本人不在京，其弟侄辈出场。至江妹寓，贺其生孙之喜。

【天头曰】珪信附寄三郎亭夫人唁信一、洋二元，曹氏侄女箔资四元，并松乔信。洋皆苏画。

十四日　石驸大街女子师范学堂开第二次周年会，时宝女坿此学堂中丙班，各给入会券，延女宾往观，葆姬挈仙女随江姑太同去，三媳偕潘、张、刘诸女眷亦结队同行。蔚若来，沈箕基来，江友石来，为何润夫题《云山别墅春燕图》，又《机声荻影图》。

十五日　孙子钧六十双寿，在江苏馆设席，谒李荫师晤。

十六日　值日官菜园，观音院喑易丞午贞之兄，强吾县尉。

十七日　将赴东陵，估单套车二两，言明包饭在内，每日银一两三钱。是日先遣车至通州，候行李先到。

十八日　四钟起，七钟到东车站小坐，晤王爵生、锡聘之、邮部科长杨、毕二君。买车票，二等车八角，三等四角，八钟余开车，九钟余行四十里抵通州，换骡车前行，燕郊尖，枣林宿，行一百五里。

十九日　昧爽即行，四十五里邦均尖，三十里蓟州，又三十里毫门宿，行约百里。

二十日　晨行，约四十里过龙门口，抵马兰峪，有本旗骁骑校富龄之亲戚陵寝，礼部员外恩谦别墅数椽，借以顿装焉。恩君有数子，一法部官奇拉昆号玉山、一度支部官特木罕号芝山，此次亦皆有行礼之差，各偕同部僚友住于旁舍，同在一院，其地距菩陀峪十二里。下午晚步于镇上。

二十二日 在寓憩息，天有微雪，午后即止，惜未畅也。向晦便息，十二钟起，束装同发，缘其地已在陵之东，由陵上礼成，即可西循返辙，以免迂回。酬以房金，辞不肯受。二钟至陵，憩于朝房，晤马兰镇总兵苏鲁岱秀峰。候恭代行礼之豫王，至寅正随班在隆恩门外行礼。毕，随诣燎所，又行三叩礼。时天尚未明，灯影中晤景敦甫、景锡山恩、王爵生、锡聘之、李符曾煜瀛诸君，匆匆各别。偕吴蔚老过其寓所，是处地名老太后圈，陵户所居，距行礼处亦半里许，并扰粥点。与蔚老同登车，诸官早纷纷散矣。天微明，出龙门口，道多乱石，雨后由山麓冲下，崎岖当路，车行兀兀作震。午尖于豪［亳］门，又与蔚若遇，同饭，又遇达志弗、伊仲平。过蓟州，宿邦均。

二十三日 黎明行，枣林尖，燕郊宿，其间有段家岭。蔚若在邻寓，来谈。

二十四日 四钟启行，三十里至通州渡河。蔚若已先到，同坐著寮候火车。约八点余车到，买票，头等九角五分、二等八角。十钟到前门，午初抵寓。志甘甥自闽来，偕王子厚季塈同来。见二十日官报，陆军部片奏副都统秦□□［绶章］请貤封妻父母，宣统二年十月二十日，奉旨依议钦此。援宣统元年十二月十二日，吏部奏准外务部尚书梁敦彦等请貤封舅父母翰林院侍讲钱骏祥等，请貤封妻父母成荣。

【天头曰】子厚，念劬长子、志甘内兄弟。陆军部片奏印文知会抄录原奏。

二十五日 午后至东城补贺吕镜宇子姻。答邹紫东。潘经士来。

二十六日 东陵回，具折请安，兼值日。补贺袁行南大化授新疆巡抚。至中西旅馆答王子厚、郁志甘。贺夏偕，复答王漱铭。是日，江苏同乡大会于省馆，议筹江北水灾赈事，发起人盛杏荪宫保、姚石泉、沈雨晨两侍郎也，议筹款数条，一请开七项常捐，一开彩票，一报效，一分任募捐，又附两条为请世职得与捐官，为被议人员得捐复，皆须奏办。立义振会,推盛杏翁为会长,姚、沈为副会长。

二十七日　志甘来。

二十八日　俊侯来夜谈。得雪二寸余。以虮封领轴事托俊侯。

二十九日　又雪,约三寸余。志甘来,寄郭子铨光亨山西信,附《法学通论约旨》一本。又寄苏府何肖雅信。璧本、殷菊延自江西来,将过道班。

三十日　答殷菊延、汪希董,过辛揆寓,谢伯荃,步至凤相宅。

十月初一日　辛丑朔,志甘来夜饭。

初二日　管士修、顾正蓬伲姻,均往贺。答刘龙伯、旌德馆二吕、张泽春莒南子。谒许师,未见。访范丈,晤。又至荣宝斋。

初三　贺邹紫东朝马、吴绚斋嫁女。汪仲虎招饮于寓斋,同座刘士犀、沈叔和、倪贵溪、孙君达,谈饮甚畅。席散已近上灯,后出示新购张祥河花卉画轴,系赠孔绣山者,两小帧均有星斋外叔祖题诗,赝品也。谈及新官制,自总理内阁以下,大概设十部,增海军一部,而不列吏、礼两部,每部行政大臣一、副大臣一、秘书长一、秘书官二、参事。各司则设司长、科员等,其尚、侍、丞、参各官名尽行裁去。

初四　见邸抄,陆军部大臣荫昌补授副大臣,寿勋补授右侍郎,姚锡光裁缺,以侍郎候补,丞以三品京堂提法提学使候补,参以四品京堂劝业。巡警各道候补均给原俸,然各部均将仿此,所裁二三四品官员,候补候缺,殊难位置矣。立海军部载洵、海陆军部大臣谭学衡、副大臣海军提督则萨镇冰也。

初五日　蔚儿赴内阁验放,由法部拟补大理院刑科第一庭推事,即杏渠缺也。志甘来。

初六日　本旗值日,进内。蔚补缺来报。

初七日　大风,冷。江玉馆请客,管士修、杨康侯、未到。张燮钧、朱艾卿、顾渔溪、吴绚斋、郭叔进、袁珏生、未到。王伯荃、未到。

初八日　以蔚儿奏补大理院刑科第一庭推事缺,具折谢恩。卯刻入内,归至江寓,顺贺陆芝田收缺之喜,时亦迁居于松树胡同,即顾公度等所造之洋房也。

初九日　同乡公举盛杏荪为皖北江北义振会长,并推冯梦华为监查放赈,具折奏请,奉旨着照所请。江苏馆请客,潘经士、殷菊延、王子厚、郁志甘、刘荫芝、江俊侯、张紫东。

【天头日】张采南、杨允之未到;李恩本。

初十日　葵儿邀贺喜诸亲友便酌,与伯才、伯荃、季玉竹叙,江妹来。

十一日　谢客数处,兼祝紫东夫人常诞。

十二日　吴蔚若常诞,葵往。寄陆孟孚夫人礼信,内寄大石头卷。沈信又分寄陈苏石、金书舲素分。

十三日　汪姬生忌。

十四日

十五日　知缪筱珊太史到京,图书局差,余庶常时小教习师也,不相见者十余年,往见,晤,作半晌谈。顺访廖绶青,时由南京出品会归,又将往四川。赵次珊调办糖务。

十六日　值日,派冬至郊祀查斋。答姚石泉、许豫生,谢吴蔚若,步贺庆飚生世兄兴泉永道。

十七日　裘章淦昆仲来,志甘来,有苏人徐汝霖来。

十八日　贺钱干臣世兄陕藩之喜,答单束笙,晤汪范史。

十九日

二十日　进东华门候听宣,是日无验放,随往豹房胡同、四牌楼、火器营三处查斋。答刘澄如锦藻,又至江寓。

二十一日　冬至夜,轶仲来,志甘来。晚祀节三桌,留志甘晚饭。

二十二日　王丹揆来京,往拜,晤。顺答叶叔谦。张阆声宗祥来。

二十三日　贺缪筱珊教习师,以学部参议候补。拜英实甫信、陆中堂,未晤。伯荃之媛以久病殂于寓,是日接三,往慰之,并闻彦修有太夫人之忧。答轶仲。

二十四日　宋通三来，志甘来。

二十五日　刘荫之生日三十岁。庆邸请开缺，有慰留谕一道。

二十六日　值日，贺延秋生世兄续娶，又贺黄春生锡銮嫁侄女癸未同年黄松泉福琳之弟，并晤黄介生祖戴。归过江寓。

二十七日　庆祽生世兄晵来，时简兴泉永道。寄彦修信，附挽联一，时有太夫人之忧。接王康吉、钱礼南、王钟琦奏云。均为八行事，可厌也。

二十八日　俊甥为慈闱六十称觞，借江苏馆宴客，余家内外长幼均往，同乡同班到者居多，颇墍齐也，傍晚余先归。

二十九日

三十日　至天庆，成即庀内，往江宅夜饭。

十二月初一日　辛未朔，朱水臣维清来访珪。

初二日　贺宋芸子子姻，拜张叔田，谒荣中堂，为康吉信，送王丹揆行。

初三日　偶至土地庙，买海花七株、水仙二盆。

初四日　偕范丈合请钱干臣陕藩、王丹揆直浙监理、辞。张叔田太守、辞。沈瓒庭太守、江西南安。吴蔚若、钱新甫、顾少墀、蒋稚鹤、陆彤士、朱伯勋、王伯荃。

初五日　江姑太太来。

初六日　值日，忌辰。盛杏生升邮尚，吴蔚若补邮右侍兼署左侍。李经方授。沈雨人调署吏侍。是日夜雪积五寸许。

初七日　那王嫁女于睿王府，往贺。答庆世兄祽生、王漱茗，并贺本旗参领常英补蓝旗副都统。答东陵房主陵寝员外恩谦，贺盛、吴升补之喜。

初八日　贺桂月亭仓督嫁女。拜李季皋经遂。时补红旗副都统，复康吉信，内有荣相信。寄颂瓒侄信，附吴佩葱提法信。

初九日　孙宇晴招同丰堂，未及赴约。

初十日　进内,本旗有拣选官缺,敦惠伯爵一、骑都尉兼云骑尉一、骑都尉一,拟正者伯爵宗华,骑都尉一伯顺、一文鉴也。又盛京补放防御二缺,拟正,恩裕、荣魁。拟陪世绪、铭书。也。是日并验放听宣,余未与,出由西安门至陆相寓,晤。又答顾君扬。

十一日　接徐锡臣劝业道信,有会馆费一百两交孙子钧。

十二日　进内带领引见,盛京防御二缺拟正,恩裕、荣魁。拟信,世绪、书铭。共二排由东三省总督锡良保送。英实夫假,未到。递本旗本年官员奏销折:本旗满洲八十六个佐领、包衣十一个、佐领十、管领间散、宗室间散、觉罗驸骑校领、催马、养育兵、太监、校尉、苏拉、扫地、幼丁、拜唐阿、匠役。前锋营前锋校蓝翎长前锋。火器营鸟枪护军校鸟枪护军炮手马养育兵,护军营护军校护军饷银。八十六个佐领下媚妇孤子赏饷,七十六个佐领下孤女赏银。本旗官员马银,本旗包衣佐领管领马银,圆明园驻扎护军校、副护军校、护军马、枪、养育兵。圆明园围护包衣佐领管领护军校护军。健锐营前锋校、副前锋校、前锋委、前锋养育兵。外火器营鸟营护军校鸟枪蓝翎长鸟枪护军鸟枪、马、养育兵。以上官员领俸,兵丁领饷银、马银,除扣库利外,实领过银四十一万七千一百九十八两九分九里,制钱二万七千八百四十串二百文。官员俸米、兵丁饷米、媚妇孤子孤女米实领过米七万六千五百九十三石三斗四升九合五勺二抄五撮。官房租四百四十四两。公费制钱二百五十串。马圈、马棚修改、住房房租钱六十串。唁吴菊农之封翁粤生领帖。

【天头曰】圈出拟正、拟陪,照例记名。官二百八十四员。

十三日　申刻、许颖师招饮宗显堂,陪干臣,同坐马良臣、顾小玉、徐葆常,皆贵州人来自外省者也。

十四日　递本旗官员应得纪录折,计印务参领一员、参领三员、副参领五员、印务章京七员、办理俸饷事务章京三员、佐领二十五员、骁骑校三十员、官员兼族长一员,缮单进呈,俟命下之日,咨行陆军部注册。

十五日　本旗进折世职请袭二等，敦惠伯一缺、骑都尉加一云骑尉一缺、骑都尉一缺。派出内阁验放润贝勒、那锡华晋、陈瑶圃，同班验放七处一百四十一人，有唐仲芳法部奏留、王赤卿邮部奏留、张升田、卓异回任候升，时为安徽无为州同知。散后诣福寿堂，祝朱旭人小汀之尊慈吴太夫人七十寿。

十六日　早起，雪，屋瓦窒砌已积半寸许。入东华门，雪止。是日值日，验放复命，并左翼四旗带领各世职引见，共二十七名，本旗满镶黄二等，敦惠伯一缺，拟正宗华、拟陪凤山、列名贵泉；骑都尉加一云骑尉一缺，拟正柏顺、陪恩持贺。骑都尉一缺，选定文监，拟陪列名，以事故未到，共引见三排四名，其镶黄蒙汉各旗均由各本旗带引。

十七日　瞿韶生到。午后至太仓馆，并访子钧、乔梓，晤。

十八日　茅稚卿来。发涂锡臣信。俊侯来。

十九日

二十日　封印。贺邹紫东子聿文双归湖北，就亲于曹耕荪同年襄阳府署也。

二十一日　答张宗祥。至长发厚，张燮钧同年以痰病骤逝，闻讣骇然，即往探唁，知昨晚九钟犹在米市胡同曹东寅寓谈次，神色稍异，即趣驾而归，至家已长逝，仅遗一子如宣四岁，如夫人出一孙戴八岁，为之怆然，幸有表弟于幼芗太史君彦，近在比邻，朝夕过从，即为之经纪其事，而遗折则南斋同人朱艾卿、袁珏生及王书蘅料理也。

二十二日　五钟即起，珪儿乘京汉车南返，云有周赓咸作伴，朱福随去。

二十三日　雪。刘绋庭来。午后唁燮钧接三。又访刘荫芝于裕源，为移款事。归送灶。

二十四日　祀年，贺钱新甫子伯虞续娶。

二十五日　寄苟兄信。姜郑铿石寄火腿盐鸭。

二十六日　作丁衡甫谢函，宝艻石、程雪楼、冯星岩复贺信，谒许师送年敬。

二十七日　查斋,诣贵师母,送节敬,并晤飚生师兄,贺本旗都统那王得崇文门监督。轶仲来。高彝抑来。

二十八日　答徐拙庵信,绍昌升法部尚书,沈家本转法部左侍郎,王垿补右侍郎。

二十九日　除夕,雪花飞舞,积数寸,庭砌皆满。祀先供影堂三席,子刻接灶封井。是日领到狍鹿赏一份。

宣统三年辛亥

正月元日。

初一朔旦　庚子晨起,家堂灶神影堂前行礼,例解钱粮一份。午祀通议府君诞辰,儿孙辈同侍午膳,微饮。家人咸集行贺正礼。是日积雪满庭,祥霙犹漫空飞舞,约积数尺,未出门,门前车马亦不多,以雪大也。俊侯送来诰命四轴,以覃恩加级续请三代武一品,封为建威将军,妣皆一品夫人,以本身妻室一轴,呈请陆军部援案,奏请妣封妻父母,奉旨依议钦此。于是以兵部左侍郎改授镶黄旗满洲副都统加三级领得,妣赠妻父王清瑞为建威将军,妻母孙一品夫人诰命轴,其词则另自撰拟,照式缮写满汉五色笔者也,玺曰:"敕诰之宝",将交伯荃收之。作元旦试笔诗一律。

爆竹声中报岁除,差欣佳气蔼充闾。丰年雪应三番瑞,冬至后已得雪三次,除夕亦花飞舞,庭院亦积五六寸而犹未止。俗有三番之谚,所谓盈尺则呈瑞于丰年也。宝诰云呈五色书。恭遇覃恩,又为三代请武一品封典,并奏请妣赠岳父母,奉恩旨允准,诰轴皆于是日领到。殿启猗兰赓圣节,正月十四今圣节,诏于十三日行典礼,本年十六日,先朝释服之期。十六、十七日补穿蟒袍补褂以伸庆祝。园逢桃菜趁春初。是年人日立春。皇州景物年来盛,已见城南斗钿车。

【天头曰】正月庚子,初七立春,廿二雨水;二月庚午,初七惊蛰,廿二春分;三月己亥,初八清明,廿三谷雨;四月己巳,初九立夏,廿四小满;五月戊戌,十一芒种,廿六夏至;陆月丁卯,十三小暑,廿九大暑;闰六月丁酉,十五立秋;七月丙寅,初一处暑,十七白露;捌月乙未,初三秋分;十八寒露;玖月乙丑,初三霜降,十八立冬;十月乙未,初三小雪,十八大雪;拾壹月甲子,初四冬至,十九小寒;拾贰月甲午,初三大寒,十八立春。

初二日　雪晴,西城至亲友各处道贺,潘、王、江宅均进内拜谒影堂,并亲赍赀赠岳父母诰轴,往。又至陆凤相处,西陵犹未归。顺贺王爵生同年升法侍,过辛搽寓。

初三日　吴蔚若招春酒寓斋,顺拜邹、刘、吴、费各处。是日,蔚若、紫东、吴和甫合局。小作竹叙略得彩。

初四日　凤相招寓于新邸,亦作竹叙,傍晚先归。晚,子刻例祀财神诞。

初五日　西城外各同乡及诸通家之来贺者致束,晤汪范丈,并谒影堂。

初六日　至东城查斋,初八太庙时享也。江姑太太、吴姑奶奶来。寄徐拙庵、陆申甫、何肖雅信。

初七　人日,卯初立春。长元吴馆苏同乡团拜,各出分资二金,前门拜客。

初八日　朱寿臣、刘荫芝、韩萃青合请春酒,借坐紫东寓小作竹叙,得彩归。作高卓为信,冠杰。时得宁都州石城县署缺。

初九日　天诞日,内往江宅拜年。作吴杪仙、严孟蕃年信,即寄。

初十日　东城查斋,顺至那相、徐相、寿子年处投刺。答谭寿卿。韩萃青昆仲、希少庭朗阿、乔梓华堪。又至本旗都统那邸、庆邸投束。

十一日　与汪范卿舅、杨允之合作春酒之局,葵儿附焉,请陆中堂、邹紫东、吴蔚若、汪袞甫、张莒南、王伯荃、陈伯才、杨季玉、徐君善、吴和甫、张紫东、朱寿臣、江俊侯、刘荫芝。请而未到者,轶仲往张家口、严筱秋辞。由天津来而现请者,潘子静、汪鹤龄。借坐杨寓。天意微雪,竟日之叙,朝便饭而夜备席焉。是日接珪初二日苏信,知于二十八日始抵家，寄来柳照一。

十二日　未出门，写各复信，槭仲芃、钱镜平、郑铿石、陈肖团。

十三　万寿圣节。因在停止筵宴期内，未进内。宏孙晬期，伯荃、轶仲来，余皆女客，珪儿本署住班，山西同年安涛代直，并来关照。

十四日　答郭相纶、安涛。赴轶仲、伯荃、紫东之约。荣附主人列，借坐二龙坑潘寓竹游负。复陈翼浙为广东郑受康信。

十五日　苏属年例蠲缓恩旨，同乡官谢恩。辰初进内，辰正行礼。陆中堂往西陵，未及到班，由邹紫东领班，到者邹及曹润田、单束笙、袁珏生、吴季荃、陈庚年。散至聚丰堂例饭，顺答姚石泉、汪衮甫、汪仲虎、潘子静。晚祀节三桌，略备花炮春灯。

十六日　收影堂。接芍兄初五信、钱礼南信，复锡三婿信。是日为释服之期。

十七日　补穿蟒祀补褂，万寿后三日期内也。寄珪苏信。

十八日　花衣期。

十九日　卯刻本旗开印，四钟往行礼。答姚石泉、汪衮甫。是日孙子钧令媛嘉礼，赘婿萧山王姓，往贺。答童式魁。午后赴陈伯材、徐君善、江俊侯、江衮甫、杨季玉、张莒南之招，二龙坑潘寓。

二十日　江苏同乡以蠲缓，宁属漕粮谢恩。

二十一日　本旗值日，辰刻往诣世中堂，唁其夫人之丧。答潘箫来。又至西城送凤老行，时请修墓假五十日，挈夫人、公子同行，廿二早火车启程。复姚菊仙信。守常电报为燮廷子与王氏联姻作伐事。复关其忠广东信，内附俞友莱信。复钱礼南信，内附吴福茨信。

二十二日　志甘来，刘佛卿来。寄芍兄信，并凤老寿文诗一本。

二十三四日　志甘来。答佛卿。晤访荫芝，未晤。答孙师郑。过荣宝斋。接珪十六日信。贺许颖师阁学之喜。

二十四日

二十五日　锡清弼六十寿，其子斌衡在京邸采舫，往祝之，丙子年谊也。顺拜增瑞堂将军，自广东回。

二十六日　请各亲女客，潘、江、张、王、吴、朱并辛侄妇年酒。晚集，瞿韶生、宋通三、薛倜群来。得秦憩亭信，又得沪电，知守常又在沪有包讼招摇等情。

【天头曰】复沪电尚贤堂姚。

二十七日　致潘仲樵信，并馆联一。又函致刘佛卿同年，以文稿二三四五集、诗稿三六七八集�
其评阅，屡次索观，情不可却，亦寂寞中之赏音也。

二十八日　寄珪苏信，平章褚柳姻事。赴张振卿总宪招聚丰堂，增瑞堂将军、奎少甫、张在初两都统、绍任庭尚书同坐，寿子年尚书到而未坐先行。

二十九日　复王仲虎信，为致何肖雅信，有农务学堂事。又寄珪信，属询河南姻。

三十日　大风。为志甘甥函递说帖于盛宫保。复秦憩庭信。

二月初一日　庚午值日，进内。祝范表舅常诞。晤苕孙。答冒鹤亭。曹润田来会。

初二日　复郭光亨信。接九弟信，时借寓施相公衖周宅，弟之次子系庚戌五月生，始知其名曾盛也。复施稚桐信。

初三　文帝诞。至长元吴馆文昌祠行礼。

初四日　秦昇堂喭路鼎臣同年领帖。赴江苏馆，孙师郑招饮，有张兰坡、阔安圃、延子澄、徐花农、蒋稚鹤诸君，又有镇江丁闓公者，丁叔衡前辈之侄也，亦同坐，以新著《沧桑艳传奇》一帙见赠，述陈圆圆事也，亦文人之好事者矣。又赴李荫墀协揆招，坐有增祺、桂春两将军、绍尚书昌、王侍郎垿及陈梦陶。

初五日　太仓馆祀文武帝祠、乡先贤祠。午刻齐集行礼，饮福而归。是年馆事移交陆彤士手。答劳玉初乃宣，贺桂月亭将军兼为送行。周荣轩来。复九弟信。

初六日　接珪二十九日信。有嘉栈庚年汇结帐一纸。福建龚时富洋信,时在调查局差。

　　初七日　辛搽侄妇任四十冥诞,在长椿寺讽经。

　　初八日　志甘来,童君石来。贺徐班侯、孙士希姻。访刘佛卿。拜李实斋。

　　初九日　答陶乃康炜。访杨允之,时以令嫒中殇,慰之,未晤。复龚时富信,附鹿一缄。

　　初十日　雪。陶乃康来。复瞿肇生移款。

　　十一日　雪止。峭寒,值日进内。本旗拣选参领、副参领、印务章京、公中佐领各缺。拜盛杏荪,晤。归贺沈雨晨吏侍,兼询病状,是日又续假也。作珪信,并寄还柳照相一张。

　　十二日　花朝。沈瓒廷领帖,张燮钧同年领帖,均往吊,张处并陪客。志甘来。作芍兄信,附寄帐房一纸、帐一纸。

　　十三日　祝吴绹斋嗣母俞太夫人七十寿,王骥群良骏来晤,时在礼部司务供差。福建同安生陈时雨来。

　　十四日　复钱礼南信。交孙师郑诗史股款一分。张紫东、顾君杨、刘荫芝、葵希合,共附四分。

　　十五日　接芍信,初七发有帐二册,即复一缄。

　　十六日　未明即起,至西车站赴梁格庄值班,八钟开车,晤吴季荃,亦以监修赴工,十二钟后到,差次接额介如勒春班,晤于车旁,数语而别。晚巡。此次同班列下,时泰宁镇总兵为岳柱臣梁。

　　恭理王大臣和硕礼亲王　代

　　御前大臣　阿贝勒、御前侍卫　金福

　　乾清门侍卫　祺克坦彝庄,那王四子、景麟祥之

　　宫门值宿王公　葵公爷溥葵,号鉴廷

　　散秩大臣　恩晖子明、施侯普泽,惠臣

　　稽查兵丁副都统

　　侍卫章京二十四员

　　　【天头日】守护陵寝:寿全、延龄、奎、耀东。泰宁镇岳梁柱

臣。宫门前左、右翼防御各一员,二日换班,副领催一名、兵四名。宫墙左前右后,绿营各官一员、兵五名。左前尹承德、后李文魁;右顾明、后吴焕章,半月换班。另有陆军新军副将陈光远,统带臧致平、李瑞。

十七日　微雪。午祭,晚巡,至礼王处校柬,岳柱臣来,晤于公所。下午,葵公、恩子明、施惠臣散秩,顾寓闲谈。

十八日　阴,微有雨雪。收到京寓寄日记、杂稿各一本。午后答葵公、恩、施两爵。

十九日　观音大士诞,晚巡一次。

二十日　阴。午后至永福寺访季荃,未晤,在寺中略为流览,由山门出,遇季荃于途,邀至寓所小坐而去。是日,季荃俟火车到,即回城代监修,五日一班也。绕行宫周行一次,天又雪,冻淖黏滑,晚间未出。

二十一日　雪未止。是日为周月祭,七钟二刻早祭,十一钟午祭。如常,未巡。

【天头曰】二日一换班,左翼防御:十六荣铨、十八仑寿、二十堆奇布、廿二文铎、廿四冔林、廿六桂林、廿八敬堪;右翼防御:十六岳连、十八钟孙、二十祥恩、廿二吉梁、廿四毓增、廿六岳奇、廿八祥顺。

二十二日　阴。午祭,晚巡,在寓杂录。

二十三日　晴。午祭,晚巡,在寓录旧稿。

二十四日　晴。午后过梁格庄后街至泰宁镇衙署,访岳柱臣,兼谢步,约有一里余,市街犹泥淖难行。

二十五日　寄家信一,夜雨。

二十六日

二十七日　下午过葵公寓,公溥字辈,纯庙皇子多罗郡王之第五世也,时在贵胄学堂。

二十八日　夜风雨大作,未出巡。

二十九日　小建。得葵信,知近日各署调动之信。廿一王锡蕃补翰读学,廿二诚勋补广州将军、溥颐补热河都统、溥伦补农工商部尚书、世续充资政院总裁、李家驹充副总裁、刘若曾充修订法律大臣、沈家本回法部右侍郎任,廿三增祺补正白旗蒙古都统、山东布政使朱其煊准其开缺,山东劝业道童祥熊调补,廿四学部右侍郎林绍年调署、李经迈署民政部右侍郎、大理院少卿王世祺署理、志森调补山东布政使、山西布政使王庆平补授、山西提法使李盛铎补授。

三月初一　己亥朔。辰初诣行官行早祭礼,午初行午祭礼。一点钟车到,接班者文秀山泰副都统也。登车后约二钟开,行六钟到京。

初二日　进内请安兼值日,崇参领瑞交来本署印钥,因那王赴梁格庄例代佩带。寄沈旭初观察信。

初三日　上巳。答高赓夔。访范丈,为褚宅议姻事。

初四日　挈姬人二女与葵儿夫妇饴孙喜,孙女至宝记照相。得珪致葵信。

初五日　汪典初世兄懋祖来,仍下榻于寓舍之斗室内。

初六日　接彦修信。汇振祥盛上海规银四百五十五两,合曹足银四百二十二两四钱七分,合京足银四百四十两□□七分,系少甫手之。庚七月至十二月,辛正月至闰六月,十三个月息款也。

初七日　午后,紫东约新丰市场同庆园观剧,有刘荫芝、顾君杨、董玉泉、葵希同往。是日,名伶谭鑫培演《乌盆记》,时下所称"小听天"者是也,声容俱妙,坐为之满,每桌包三元,楼厢每间十二元,晚酌于聚奎芳。

初八日　答周积萱、号佩宜,带恽季文信。陆肇曾、顾鼎钧、沈秉衡长元吴馆。又至振祥盛,晤陈寅孙。至裕源访刘荫之。寄季孺舅幛信,作芍兄信,寄租册二本,初十寄。先宝王夫人忌日作供。

初九日　写楹帖十余付,裱糊西厢房,计银三两八钱。

初十日 雨。

十一日 接郭光亨信,为颂瓒侄作郭谷贻信,由葵寄。

十二日 值日。复郭子铨信,付寄王耜云、汪闰生信。答王季群,未晤。

十三日 接彦修信。

十四日 复倪伟之,为托觅售古瓦砚事。得珪删新铭。晨开电。

十五日 常诞,儿辈略具酒食,邀熟人作一日之乐,共坐四桌,内坐一桌,范丈来,小作竹叙,与余合一分,余大负范丈,未夜饭而去,江姑太太之姑媳亦以有事先归也。是日阴,时有细雨,晚有晴色,云开见月矣。

十六日 下午至潘、王、杨、陈各亲友谢,晤允之。

十七日 答汪颂虎。

十八日 江苏馆春祭,吊林季鸿世兄。

十九日 至凤相处,未晤。贺溥玉岑尚书之文孙世文世兄姻,刘尚伦同年之郎姻。

二十日 珪儿挈妇到京寓,携寄女、麟男同来,杏渠夫妇亦同伴北来。是日丙午,优贡诸通家公请铁门安庆馆。

二十一日 广和居请陶乃康炜、沙琴堂祖烈、王季群、汪颂虎炳蔚、汪典臣祖懋、汪君刚、钱瑶侯未到、陆彤士未到、杏渠。唁王泽寰之父作孚,答徐季清君瑞。

二十二日 值日,西苑门。

二十三日 长吴馆请李中堂、张振卿未到、何梅叟、徐花农、顾渔溪、李嗣香士鉁、耿伯斋。答严子猷。

二十四日 答陆彝铭长康。谒凤相,交志甘信,并访俊侯,交去《代枢垣纪略序》一首。

二十五日 本旗引见副参领一缺,拟正增桂、陪钟寿;印务章京一缺,拟正富兴、陪立顺。在勤改殿引见,殿北向中设宝座,摄政王案略偏宝座西隅,各署官进绿门,由自南而北之小夹道出,西向小院门即殿庭也。趋过殿正门，由西阶上入殿，西门立摄政王案，迤西跪安逗牌如常例。事毕出，至东城南小街，贺文秀山泰广州副都统之喜，晤其两郎，曰鹤仙、曰小山，皆侍卫也。至西堂子胡同答颜士晋源丰堂。唁汪和卿年伯领帖。时芝房偕其侄承重、孙书堂由苏来也。复偕范丈过蔚若寓。

二十六日　季孺舅来，其妗氏沈夫人卒于津寓，正月间事。还沙琴堂稿，得菊常信，珪带来。寄《语石》一部，转送孙师郑。

二十七日　复何肖雅、陈肖团信。时补金华东阳令。

二十八日　复李彦修信。

二十九日　至东四牌楼豹房胡同查斋。作锡三信。

三十日　戊辰。晨至十里庄苏太义园春祭，太属只余与辛揆、陆芝田三人，苏府到十五人，陆凤相、邹紫东均在，仍轶仲主其事。

四月初一　己巳。王霖若钟澍来。

初二日　值日。是日，召见会议政处王大臣。由西苑出东华门，答张振卿总宪，兼辞初四音尊之约。至长元吴馆，苏府公请陆中堂洗尘也。答周佩宜、王霖若钟澍、钱崇固、沈复，饭后至广惠寺吊王强之，乃鹤琴前辈之次子也。

初三日　王仲衡培钧来，陈寿琳书农来。

初四日　汪颂虎来，苕孙来，谈河南姻事。张振卿、吕镜宇、王爵生请织云公所音尊，谢之。

初五日　江姑太太来，出西城晤苕孙，并晤朱伯勋，缴初六请帖，戊子团拜绍昌、吴纬炳、张允言、朱崇荫出名也。晤刘佛卿，取还诗稿四本、文稿一本。答孙宇晴，晤子钧，答刘绳武、刘龙伯、张之兴顾少墀之亲、陈寿琳书农。

初六日　答葛苏、宋通三。过轶仲、杨允之寓，均不晤。访恽薇荪，亦未晤，时以翰林读学因病请开缺也。

初七日　寄郁志甘信，附陆信。

初八日　显妣潘太夫人忌日设供。午后至东城访汪芝房,答汪寿全。星台,眉伯子。

初九日　单东笙、朱莘耕、章式之、张仲清招饮,作陪凤老,即在羊肉胡同借坐也。午后至长椿寺何梅叟之庶母、弟妇。领帖。又至广和居同乡招饮,陆彤士、汪仲虎、陆季良、荫楣、许弼丞、陈少芸、倪贵溪、明伯平、周名诗蕴、朱鬯薇、冯名锡畴十一人作主。

【天头曰】是日立夏,余权得九十二斤。

初十日　东城查斋,答袁珏生,换帖,新升侍讲。又至齐化门外江苏海运局答王伯衡培钧丙子同年,江苏县以海运差来京也。又至五老胡同谢宅答汪寿全,东观音寺街答沈林一并贺。是日,颁新内阁大诏裁併内阁军机处会议政务处,特简庆亲王奕劻为总理大臣,那桐、徐世昌为协理大臣,此外各部尚书皆兼国务大臣,惟吏部、礼部不列其中。外务大臣梁敦彦,邹嘉来署。民政大臣善耆,度支大臣载泽,学务大臣唐景崇,陆军大臣荫昌,海军大臣载洵,司法大臣绍昌,农工商大臣溥伦,邮传大臣盛宣怀,理藩大臣寿耆,毓朗、载涛授为军咨大臣,弼德院院长陆润庠、副院长荣庆。

十一日　写联幅数事,贺陆相弼德院长。

十二日　值日。作李彦修信,托买发禄绒果。十四发。

十三日　至东馆偕子侄五人公请凤相,并邀蔚丈、紫老、范丈、杨允翁、陆伯澄、徐君善、伯荃同年竟日之叙。又至长椿寺唁冯果卿汝桓领帖,复至东馆,晚饭归,已十二钟矣。

一四日　谒许颖师,时以内阁学士裁缺,仍食原俸。访顾渔溪,未晤,旋有信来,请出保结,又晤孙子钧。

十五日　又访顾渔溪,交去结一纸,时以养疴,未晤,晤其弟笏臣。

十六日　至东城访延子澄,不遇。出城,青阳馆答郑景侨,同安馆答陈时雨,便宜坊赴崇明诸同乡公局之招,主十四人、客六十余。陆梦熊、冯闾模、陆鼎铭、陆家萧、张清泽、孙培元、冯阅模、沈鸣盛、施经杰、孙鼎烜、沈纯照、张毓骅、王清鼎、周振麟。

　　十七日　访麒崇甫，晤。以许颖师事谒陆相，不晤。汪典臣世兄行往天津。是日，留学生廷试发榜。

　　十八日　又诣许师，复托平原事，顺访子钧。

　　十九日　杨允之、汪范丈、伯荃、俊侯公请凤老，并有竹叙。

　　二十日　寄菊裳信，附《眉韵楼诗话》四十本。

　　二十一日　张慕扬来，至东馆赴伯斋、刘少楠、吴季荃、斯千之招。

　　二十二日

　　二十三日　答张道南，顺至长吴馆，赴紫东、荫之、寿臣之约。至琉璃厂。

　　二十四日　本旗值日，新章遇星期推班一日，或十一、二日一轮也。是日，递英副都统赴所调验折，遇常尧臣英于值房，以考验军政复命。八旗外三营世职举行军政也。

　　二十五日　癸未团拜，请延、张两世兄。是日，与丁未科举贡合局。午后，江苏馆开会议江皖筹赈事，建治本、治标二说，以导淮开江北水道为治本，以展限，原限六个月。实官捐减成推广为招徕之法，共六条皆为进款计也，拟由江皖京官公折奏请交筹赈大臣核议施行。又贺徐花农子姻、杨荫北嫁女。

　　二十六日　至东城贺奎乐峰子姻、熙俊甫子姻、溥玉岑子姻。答启省三，约。时升浙江提法使。

　　二十七日　连日酬应票六，自二十五起夜间已微有寒热，至是益觉疲惫，闭户养疴，不出门不见客。

　　二十八日　邀杨季玉诊寒热，往来得汗不解，舌苔垢腻，症系湿温，服黄连、川朴等剂。

　　二十九日　小建。仍邀季玉诊。

　　五月初一　戊戌朔。

初五　端午。不能饮。角黍、蒲觞，有辜节物。

初六　值日，注感冒未去。新章逢星期推班，值日亦推后一日。连日仍邀季玉诊，寒热似稍解而仍未净，湿温不减。

初九日　具折请假十日。

十七日　凤老来，未晤，乇寄志甘复信，附对二付。

十九日　病未瘥，续假十日，接芍兄信，为延禧老屋墙址与邻居叶少渔涉讼事，其地旧有叶家衖，前通大街，为公同出入之衖，今已被叶姓侵占，然于吾处墙脚固未侵及，但愈逼愈近叶弄，几为堵断。接彦修信，寄来发禄袋一只，绒具十六对。

二十六日　夏至。

二十九日　假满，本拟是日销假，因星期推后一日，接严孟蕃、徐索德、汪谱薰节信，皆前期到，又陈肖团节信，有宜敬十元。

六月朔　丁卯销假，具黄安折一分。是日本旗值日，黎明进西苑值房，散直至凤相处，晤，顺拜尤雨辰，时因病开吏右侍郎缺。又贺陈伯潜简放山西巡抚之喜。徐岫芝来，晤，时调邮侍部，得京汉铁路总收支差。寄嘉定令姚紫珊信，复彦修信。

初二日　至二龙坑潘谢步，又至张紫东寓，答拜沈伯俪长颖。谒李中宝，未晤，时裁吏部尚书缺。寄复芍兄信，附杏三纸。

初三日　至前门一常，答徐岫芝、刘荫芝诸君。寄陈肖团信。

初四日　寄复严孟蕃节信，答顾渔溪、单束笙。过范丈寓，晤。

初五　至东城祝吕镜宇尚书七十双寿赐寿。答张季直、杨季玉、邹紫东、吴蔚若。

初六　谒李荫埠协揆，晤，时裁吏部尚书。又拜缪筱珊师，致去徐季和前辈墓志一分。寄复陶簪杏信，内附陈羧箅信。复高卓为冠杰信。夜雨廉纤达旦。

初七　晨雨，俄即放晴。是日，仲媳四十初度，至亲女客皆来。外客一桌作竹叙，徐岫芝在坐，轶仲适自张家口归，杏渠、辛揆、紫东、苕孙、伯荃、季玉均到。蒯礼卿同年长椿寺领帖，往即归。

初八日　王伯衡来。是日，苕孙送褚伯约前辈求亲帖来，褚成博为次子求亲。即持坤庚帖去。秦〇〇[绶章]第三女，年十四岁，光绪二十四年戊戌十二月二十五日亥时生。是年已交立春节作合婚帖，辛亥年庚寅月。苕孙为女媒，代范丈。其乾宅媒则蒋斌侯。尊袆代稚鹤同年，斌侯褚长婿也。

初九日　吴宾驹来，致去其尊人赙敬一函，四两。又送沈絜斋夫人素分二元。寄临浦厘局汪曾保谱薰信。

初十日　童君石来，为凤石相国题其《比翼南旋图》，并为代乞渔溪、花农、梅叟各题一纸。

初十日　雨。钱礼南来，赠盛大士《溪山卧游图录》两册，又织画一幅六块。洋烛四。五茄皮酒。

十一日　卯刻进内，八旗会奏资政院，核减八旗经常、临时两门经费，共计库平三万七千三百十两二钱，实有窒碍难行，陈明确当理由，以八旗各固山应领官俸兵饷，关系计口授食要需，与在京各部院衙门经费不同，请仍准照向章造册送部。关支由镶蓝旗满洲主稿，礼亲王世铎领衔具奏。有资政院议员名目者未列衔，故那王不与。钦奉谕旨礼亲王世铎等奏八旗预算，核减窒碍难行扰实陈明一折，着照向章办理，度支部知道，钦此。午后拜沈惇老，晤。复童君石信。

十二日　晨雨。值日，归途答何梅叟，至其养园船宝小坐，并以《养园图卷》见示，图为王劭农振琴所绘，适于厂肆得祁文瑞隽藻题赠春帆款十一真五古诗一章，跋中亦称《养园》盖前数十年之作，非指此养园也，而题名适合，因即装潢于图后并自和原韵一首，颇足留翰墨缘也。

十三日　童君石来，晤。又湖州王逸轩来，晤，前名思诚，今改名鹏九，寓永大正号，时尝见之，今不相见者二十余年矣，住顺天府。

十四日　接彦修信。午后答何颂圻、王康吉诸君，过杏渠寓，见案头有肃府刻《淳化阁帖》，乃刘仲鲁物，属其过释文一通，盖别有一本，同是肃刻，而墨拓较精神，均有朱字释文，并有金黄三色笔题识，考订系借他家藏本代为照录者，惜未实窥全豹，未审何人手笔耳。继又检阅有元轳字，候考。

　　十五日　无验放。顾渔溪邀饮嵩阳别业，陪陈伯潜也，同坐张振卿、李中堂、林赞厘、徐花农、裴韵珊、杨少泉。旋悉本日上谕，陈伯潜开山西巡抚以侍郎候补，伊克坦开去副都统御史以副都统记名。同年奉上谕监国，摄政王面奉隆裕皇太后懿旨：本年七月内着钦天监选择吉期，皇帝在毓庆宫入学读书，着派大学士陆润庠、侍郎陈宝琛授皇帝读，并派记名副都统伊克坦教习清文。同日奉上谕荣庆着充弼德院院长，邹嘉来着充弼德院副院长，钦此。

　　【天头曰】后选定七月十八日开学。

　　十六日　上谕：山西巡抚着陆钟琦补授，江苏布政使着齐耀琳补授，直隶按察使着翁斌孙补授。午后，李中堂招邀，陆中堂、陈弢庵、伊仲平皆毓庆宫行走也，陈梦陶同坐。

　　十七日　答王仲衡、汪杨宝、原名果，号环斋，兰楣子。贺那中堂公子完姻之喜，邹紫东弼德之喜。颉文出差归，又至城北答蒋履曾，顺天府答王逸轩，贺陈弢庵毓庆宫行走。

　　十八日　诣陆凤老道贺，未晤，顺贺伊仲平。至江宅大妹，又往朱宅矣，晤俊甥，近体亦时有不适，方邀医诊视，时新内阁属官发表，俊侯派在承宣厅管理会议事务，系属要差，甚觉辛劳。王仲衡来，交与陆函一件，寄许滋泉信。

　　十九日　大士诞。以所题《陆相南旋图》一纸，送交逸海。

　　二十日　验放。轶仲招饮寓斋，陪凤老也，蔚若、范丈均在，紫老后至，伯荃、伯材、君善、寿臣同作竹叙，傍晚徐岫芝亦至，余未晚饭先归。安徽正监理财官赵从蕃来晤。

　　二十一日　长椿寺李思本之嗣父五旬阴寿，往。答赵仲宣，发钱礼南信。

　　二十二日　玉楼春招陆彤士、徐岫芝、王康吉、沈伯吕、汪星台、邹颉文、张慕杨、颜康侯、轶仲。天气甚热，晚雨。

二十三日　汪世兄典臣来寓。寄芍兄信一纸。托送王仲良分。

二十四日　初伏。值日，年例合宅茹素，雷祖诞也。寄郑铿石信。

二十五日　典礼院发表李殿林掌院大学士、郭曾炘掌院副学士，其次学士八人。许颖初师得之，李联芳、杨佩璋、易贞、刘果皆与焉，又其次直学士八人，吏礼丞参居多。

二十六日　至东城答刘钟琳、宝应人，湖南提法使，有年谊。贺李中堂。

二十七日　贺许颖初师典礼院学士，并顺贺易丞午。

二十八日　凤相招饮于邸第，陪徐岫芝、蔚老、寿丞同作默局，余与允之、伯荃、徐君善看竹，竟日之叙。时有阵雨，归已亥刻过矣。

二十九日　贝幼汇来，时在吉林电灯局总办。宝寄胡教习信，苏州大井巷。

三十日　答顾君扬、蔡祖熙来。陆军部郎中。张春芳来。

闰六月初一日　丁酉朔，拜荣中堂，未晤。答贝幼汇、汪希董。孟舒鹤龄子。

初二日　答蒋季和、彭清鹏、李芳。施官绂来浙江监大使至荣宝斋。

初三日　答俞友莱、施绣屏。官绂，葛莘仲之亲家。

初四日　正伏。许师来，友莱来，晤。寄复庆飚生信，又颂瓒信。内附朱经田信。

初五日　星期。诣许师，顺答友莱。

初六日　晨有雾，夜雨。本旗值日，拜陆中堂，晤。接志甘信，附有陆信。对四副。

初七日　范丈来。

初八日　陈弢庵来，时以补授正红旗汉军副都统，询旗署事。答王仁山，访刘佛卿，赴孙子钧寓斋之约，为陆彤士、施绣屏作陪，宝山袁观澜亦在坐，为中央教育会随直隶提学使传君来。

初十日　为八旗拴马实数复奏事进内递牌子，正蓝旗主稿，略言八旗官马、兵马，照现在所领每月每匹马乾银每匹三两，喂养不敷，马价亦倍于前，难于买，今拟请乃照光绪庚子以后历年办法，以官拴马匹之马乾银发给章京等，作为掌差估车之费，而以兵拴马匹之马乾银，就现有马十匹作为定额。原例满镶黄官拴马四十五匹、兵拴马三十五匹，今只兵拴马十匹。每匹每月喂养费六两，马夫十名，每工食三两余作存备鞍鞯等用。暂免规复旧章。蒙只六七匹，汉只二匹。奉旨依议，钦此。寄沈宅挂号信。附白凤丸十粒。

【天头日】初九日，饯辅先哲祠，丙子同年公请，俞友棻、到。叶景葵。未到。

十一日　接郑受康信，刘翰臣来，还骈文稿三册，作《南旋图记》一首。

十二日　刘荫芝、朱寿臣招东馆之集，以自作东道辞之。午后至江苏会馆请客，俞友莱、王仁山、章式之、孙师郑、朱莘耕、单束笙到，其请而未到者赵仲宣、安徽正监理。蒋季和、施绣屏、张诵清、冒鹤亭。接郑铿石信。土夏布一匹。

十三日　内眷至土地庙买物。

十四日　答王干臣，时放山西劝业道。答沈恩孚、朱建侯。锦绶。

十五日　丑刻立秋，增将军招寓斋饮，为友莱作陪，同坐李寿田、号叙和，福建人。李中堂。

十六日　接颂瓒侄信。

十七日　值日退直，顺至凤老处，时以旧恙小发请假十日，因致问焉。蔚若先在，同乡甘叔通士达来，河南候补县，又丙子同年王拱裳来。

十八日　范丈招江苏馆，陪俞友莱，同坐吴子青、炯，甘凉道。王干臣、大贞，山西劝业道。朱小笏、陶丹翼、朱星石焕奎。答甘叔通、王拱裳,得吴福茨信。

十九日　江苏馆公请俞友莱,答甘士达、王拱裳。

二十日　弼德院各官发表总协理、各部正大臣,内务府世铎、继禄、奎俊皆兼克顾问大臣共十六人,陆润庠、载振、增祺、陈宝琛、丁振铎、姚锡光、沈云沛、诚勋、志锐、朱祖楳充任顾问大臣,共十人;其次参议十人、秘书厅长一人田智枚,参议外衙门兼者四人。

二十一日　答徐卓如圭芝。送施屏行。答袁观澜、贾孟文、吴穆如。复锡三信。

二十二日　复锡三婿信。

二十三日　天阴颇凉。午后答金衢、严道、刘益斋学谦。答同乡瞿祖熊,访张世兄兰坡口袋胡同,徐岫芝均未晤。

二十四日　送去柯巽莘信,徐卓如所属,时将往湖北应端午帅铁路局之招,拟访巽庵也。

二十五日　录旧稿数首。

二十六日　耿伯斋招饮于万牲园之荟芳轩,俞友莱、徐花农、檀斗生、邹紫东、陈梦陶、曹润田同座。散后茗憩于豳风馆。归访何梅叟,未晤。

二十七日　预贺文星阶令郎完姻之喜,访凤公,适范丈、伯荃在座,竹叙,亦随戏入局,晚饭而归,天甚热。

二十八日　孙师郑招饮江苏馆,吴仲怡、王季樵、梅叟、花农、张兰坡、冒鹤亭同坐,秋雨颇凉,冒雨过孙子钧、汪范丈,茗孙新自吴中回,均晤。

二十九日　小建,值日,晤荣中堂、蔚老于六项公所。梅叟招,陪友兰,未赴。

七月初一日　丙寅朔。六钟赴西车站,八钟开车,十二钟到梁格庄轮值稽查官兵班也。车上晤刘澄如,有陵工监修差,又晤额介如于车道旁交班。夜雨。

【天头曰】恭理大臣，睿王。王公班，宪德、溥钊、成安远侯。散秩，承荫培先、施普泽惠臣。御前侍卫，载铠铁山、乌拉喜春仲山。守护陵寝，寿全延龄、奎耀东。泰宁镇，岳樑柱臣。陆军统领、第二镇步队副将，鲍贵卿。游击，李瑞。八旗左右翼值班、左右防御各一、兵十名。初二三，仑寿、钟禄。初四五，堆奇布、祥恩。初六七，文铎、吉梁。初八九，德林、毓增。初十十一，桂林、岳奇。十二三，敬堪、祥顺。十四五，秀丰、汇云。十六，荣铨、岳连。绿营弁四员、兵廿名。左堆拨前，李云龙、后刘德镕。右顾明、李文魁。陆军队长陈有德，又排长三。

初二日　午祭如例，时工人又以要索加增工资，罢工者近二月矣，闻岳柱臣言工资已递加至每名七千余，聚众要挟颇为刁难。晚巡。

初三日　午初祭，夜雨，刘澄如来。

初四日　自午祭岳柱臣来晚巡。

初五日　铠公铁山、乌拉喜春仲山来寓谈。下午，访刘澄如于永福寺晤谈，后散步寺之西院，有洵贝勒公寓在焉。偕出寺门，大殿前老松四株，殆百年物。崇陵工匠以要索增加工资，罢工已及两月，闻已增至每名每日七千数百文。犹复要挟无已，且于乡间有抢掠滋事。是日工程处传匠头谕话，并议价，督令开工，又恐其恃众滋闹，陆军营列队而出，以资弹压，仍未知议妥否也。陵工闻四大厂包承约七百余万。

初六日　画扇两页，为曾伯厚题《西山永慕图》七绝四首。答铠公、乌侍卫，并与成远侯安同寓小坐。出由行宫后越冈而还。

七夕　夜半雨竟日未止，天气骤凉，赴宫门行礼，泥淖甚滑。午后接京寓信，雨窗兀坐，闲弄笔墨，携有《史记》，阅列传数篇。

初八日　晨薄霁。寄京寓信。

初九日　作彦修、少甫信，又复郑铿石信。

初十日　两日来秋扬杲杲，又觉燥热。下午答岳柱臣总戎，时柱臣患腹疾，颇委顿，见于内署，兼以工匠罢工聚众滋闹，有拨兵弹压防护之事，据云此次罢工人众、相持日久，有石工头，山西人，名续喜者，唆使而然。现由易州牧将续喜拿押候办，工人遂聚众盈千，谋为劫夺之举，易州戒严，请兵保护，其众又以续喜之被拿，因广丰木厂之头张姓为之导线，又思掳张为质，为交换续喜地步，故张姓亦须保护，并防其抢取军械，将署中所存运置严密处，公事旁午，力为方略，然事尚未定云。归途遇雨，夜雨尤甚，未出巡。

十一日 午前雨，冒雨行礼。在寓写联幅十余件。

十二日 刘澄如来家中，是日祀节。

十三日 为澄如书联一、斗方一，又营中来索书者数件。傍晚过永福寺，与澂如谈。是日恭王由火车到，派中元节几筵前主祭，亦来行礼。闻守门兵言又拿小工六人。

十四日 路雨农赓寿，丙子年侄。来谈，时在制中有陵工监修差，闻是日集工人千余人与议工价，陈列兵卫以临之，云小工增至一千八百文，合铜子十八枚，原给十枚。石工增至七千八百文。原七千一百文，铜子七十二枚。接京寓十二信。

十五日 中元节。几筵前广公主祭，恭王诣陵祭。四钟即起，六钟行礼。是日月望，例有三祭，七钟早祭，十一钟午祭，下午四钟晚祭。答路雨农，顺巡一次。

十六日 午祭，十二钟后火车到，换班者广继庭绮，晤于路，遂登车，一钟开行，五钟到寓。

十七日 四钟进内，到西苑递安折。是日皇上入宫行礼，旧例应道旁跪安，今从省。散后至刘益斋致贺礼。唁铭将军安。谥文肃。许颖师常诞，例祝。

十八日 皇上典学吉日闻读《孝经》四句。至江苏馆，祝王书衡尊人七十寿。又至蕴和店答李元音，长元吴馆答陆晋生、江晴佳彤、彭士芳、张慕杨。寄郑铿石信。

十九日 辰初，同乡官谢赏赈银恩，苏抚电奏江苏各属因大雨决圩，水溢成灾，诏给帑银四万。连日广东，浙江、直隶之永定河，均以灾告，天心如是，时事可忧。四川有罢市之警，为争铁路事，电报已断，又有聚众攻围督署之事，开枪轰毙十余人，民心益愤。寄李彦修信、芍兄信。

二十日　至东城答陆申甫，时由苏藩升山西巡抚。答拜陈翰生贻范，苏州人。时放云南迤西道。补贺寿子年，荆州将军。答魁澍铁良子、孙□、李士龙。

二十一日　丙子科秋闱公请翁叕甫廉访、吴子修提学、未到。蒋稚鹤太守、王泳霓拱裳大令，又英、福二世兄，英为麟芝庵师之子，名绵，号继斋；福为魁之子也，均未到。是日适大雨，席散稍止。唐绦麟之夫人开吊广惠寺。李景虞来，楣农子。李子韶来。

二十二日　午后雨雪。蔡祖熙、李元音联幅。

二十三日　值日，拜翁叕夫提法使。福建汀州岁进吴天然愚哉来见，以考职巡检签分江西。连日四川警信，殊不佳。昨、今两见上谕，令端方率兵入川，相机剿无，又饬岑春暄迅速前往，会同署川督赵尔丰，分别惩治首要、解散协队等。此事缘起因铁路国有，绅民意见未协，与官场相持不下。又闻川督将代表议绅拿办，谣传有将邓绅杀害之说，因此众心大愤，聚众数万，围攻督署，城门已闭，电线已断，惟教堂教士并无伤害，民心如此，大可忧也。又各省均水灾，南信云苏郡已有抢米之案。

二十四日　是日禁卫军大操，摄政王亲临校阅，行授标旗之礼。

二十五日　朱炳青同年长椿寺领帖。午间大街有大队禁卫军，按部南行，仍回南苑驻扎也。偶往一观，先炮车，每车七马；次步队，约每队一百二十人。

二十六日　至凤相处，晤。顺晤俊侯，时渐健复，云将赴值也。

二十七日

二十八日　为张慕扬作冯星岩信。李仲翔凤书来。

二十九日　小建。至梦陶处，未晤。

八月初一日 乙未朔。宝女与杭州褚氏联姻，伯约前辈同年成博次子，名德纯，是日行文定礼，乾宅媒蒋彬侯尊祎，即伯约之婿也；坤宅媒汪苕孙毓垣。贺客惟紫东、伯荃诸君，媒人未备席，江妹来，女客有一席。乾造丁酉八月初七亥时生，丁酉、戊申、甲子、己亥；坤庚戊戌十二月二十五日亥时，己亥、丙寅、甲辰、乙亥。

初二日 刘世谖蘧六之生母夫人领帖，陶景如之母潘老太太接三，均往。

初三日 江苏馆公请陆申甫中丞、翁叕甫廉访、惠泽民纶。午集又至安庆馆，癸未同年公请寿子年将军、未到。刘佩五太守，同坐者沈子惇、徐子光、王铸言、叶叔谦、胡少芗、李静斋、赵沅香及余。

初四日 同丰堂赴延子澄之招，为蒋稚鹤太守作饯。

初五日 寄彦修信。旋接彦修信，由振祥盛汇到京足银六十六两有零，此系恒大折下半年之息，共上海规银十两二钱，扣去买物帐。

初六日 值日，贺景东甫嫁侄女。

初七日 刘澄如来。

初八日 答刘澄如，未晤，葵儿约天和玉食蠏，珪、荣随往。

初九日 邮部章君曼仙以《铜官感旧图》石印本二册见赠，纪靖港之役，曾文正公初治水师，战败赴水殉节事，其先德价人太守寿麟实手援之。册中题咏甚多，文诗词各体俱备，且多名人手笔，为赋绝句六章。

初十日 又作铜官册骈文跋一首。

十一日 晨赴西苑门，本旗带引见宁夏协领一缺，拟正：奇森普、陪：景祺。凉州防御一缺，拟正：景山、陪：志忠。入勤政殿递牌，均圈出拟正，其拟陪例请记名。是日忌辰，元青褂白罗帽。晚，盛杏孙招饮于寓斋，其寓在府学胡同，全仿洋房式李袭侯之别业也。东西城相距有十里之遥，为晋抚陆申甫、直隶提法翁叕夫作陪，勉赴之。归途夜已深矣。

十二日 赴东城答延于澄，未晤。谒徐相。送申甫行。

十三日　谒许师送节敬。答俞麇轩、潘铸禹。晨,铸禹来,言宝山海塘事,意欲请款大修,初拟托子钧具封事,旋又拟同乡京官联名,具呈都察院代奏,按此海塘绵亘苏属之昭文、松属之南汇、太属之镇洋。宝山向有太镇昭宝海塘岁修一项,约一二千之数。由藩库支给,派有驻工委员随时估修,然实有名无实,本年六七月间,有飓风之灾,塘工坍毁,宝邑绅士已呈请抚藩派员黎牧履勘拨款约七八千,已经施工矣。惟工钜费少,恐补苴罅漏,无济于事,然大修非十数万不可。例由苏松太苔州县田亩均摊,带徵似应联合苏松同具公呈为合,铸禹言此大略,云陈绮霞有专函致子钧,托其主稿矣。紫东常诞,往视,并扰夜饭,伯荃与儿辈均在。

十四日　子钧来晤,则以公呈稿未据拟寄,当复请铸禹拟定办法再议,亦以事仅一隅,难于措笔也。傍晚雨。

十五日　晨,家中循例贺节。午间为汪姬忌日作供。晚伯荃来竹叙。

十六日　潘酉生昌煦来。写《铜官感旧册》三页。

十七日　西城答谢拜节。至江寓,大妹于初旬自朱寓归,小坐晤谈,俊甥又患痢,幸即愈,将入亘矣。

十八日　值日。答椷仲苋尚衣、吴德卿、陶绍曾之考太太开吊,往唁。又至裕源。

十九日

二十日　下午至长安街一带答客,陆凤相来,留字。接彦修十四日信,内有蟒袍帐一纸。晚见刁抄武昌兵变失守,十九日事。瑞督避至兵舰,有旨革职。

二十一日　午后诣凤老,交去题南旋图诗四页,又代寿诗二律,接施启宇信。

二十二日　下午城外拜客。

二十三日　江苏馆请客,蒋稚崔、刘佩五未到、潘酉生、潘铸禹、孙师郑、冒鹤亭、胡少芗、赵沅香、孙子钧、叶叔谦未到。日来因武昌兵变,省城失陷,督瑞澂、统制张彪均革职,特派陆军大臣荫昌督兵南下,调直隶所驻之第六镇吴禄贞所统新军,并抽调一镇前往剿办,兼派萨镇冰带海军轮船,程允和带长江水师会剿,京汉铁路南段有被革党占据之说,此间兵队陆续南发。据闻聚集于郑州,调兵运饷,军书旁午,谣传四起,人心惶惶。是日,起袁世凯授湖广总督,节制各军,四川亦有警电,有嘉定府、叙州府失守之说,起岑春煊为四川总督总制剿抚事宜。武昌失后,汉口连陷,所有造币厂、军械厂、枪炮火药厂全为乱党所据,北兵启行,都中括饷现银五十万,此第一起也,由大清银行拨付,储积空虚,风声一播,群向大清银行提款取银,不能应付,遂至关门,市面大乱,各银号钱铺均受挤轧,银钱票均不通行,纷纷取现款,以至各铺连翩倒闭,向所往来大街之天增钱铺,亦于是日倒矣。

二十四日　省馆行秋祭礼,凤相未到,余代摄主祭,未饭而归,即赴东城西堂子胡同源丰堂,沈丹元笋至篢基之太夫人林开吊。答仲芄,晤谈。出西安门至陆宅,是日凤公之外孙女李少薇女归钱友逯之子孟孚,即就陆宅赘姻,晚饭而归。彦修信寄到蟒绣片一袭,管成夫带来。

二十五日　连日谣传不一,市面甚慌,闻度支部发银百万,以维市面。

二十六日　通议府君忌辰设供,是日孝廉方正阅卷听宣,早赴西苑门,余未派。晚有寒热,忽患腹泻。

二十七日　夜间腹泻多次,下午少愈。阅报,多省督抚皆有安电,惟鄂电不通,闻武汉电局,已为革党所据,且有伪电,殊可叹也。军耗无所闻,惟调遣之直隶各镇,陆续南下。寄彦修信,复花衣事。

二十八日　王夫人冥忌设供。晚闻河南军已与鄂匪接战于刘家庙,获一胜仗,且盼续信也。元衡孙赴天津,附紫东伴南旋。

二十九日　江妹来。阁抄浔荫昌电奏驻节信,扬州步队二十二标,由统带马继增于二十四日行抵汉口江岸,途遇匪徒攻击,均经击退,混成弟三协。统领王占元进抵滠口,据探报逆匪仍踞武汉,尚无大股外窜,城内叛兵溃散颇多。得芍兄八月十九信。

三十日 伯荃来。

九月初一 乙丑朔。内阁报,附各省安电,秦、晋、宁、苏、豫、皖、赣、鲁、浙、闽、湘、桂、吉、黑,均由广东通电,云"未云有警"四字。

初二日 谒许师,问世兄在鄂有无安报,未值,据阍人云杳无音信。珪自邮部归,传有宜昌失守,荆州将军电,并长沙警信。

初三日 得正祥永信,彦修由沪汇来嘉栈,芍寄一百五十元并信一椷。日来洋市甚紧,骤涨至每元七钱八分,正祥盛只付洋五十元,余付足银七十四两作七十七分洋百饼也。是日有陕省回变、广东告警之传,闻仓卒而起,无从究诘,可痛愤也。

初四日 为恺儿本年三十冥诞补设家祀。

【天头日】邮传大臣唐绍怡补授资政院,劾部臣违法侵权,激生变乱,内阁奉上谕,邮传大臣盛宣怀着即行革职,永不叙用。陈邦瑞充江皖赈务大臣,派吕海寰筹办慈善救济会。上谕,湖广总督袁世凯援为钦差大臣,所有赴援之海陆各军均归节制调遣;陆军大臣荫昌俟袁世凯到后,再行回京供职;冯国璋总统第一军,段祺瑞总统第二军,广州将军着春禄补授。又凤山新任广州将军被炸,赐邮谕旨一道。

初五日 连日鄂乱之信延及宜昌、长沙、九江,均有失事之风,传北军援鄂,胜负不得其详,坏信居多。京官眷属南下纷纷,葵房、三房妇稚先行赴津,荣同往。

初六日 吴少渠子姻,致礼未往。珪房偕葆、姬二女亦趁早车到津,珪同往。暂借客栈,再议行止,杏渠全眷并吴穆如姑奶奶亦同行。报纸有广东之警,凤禹门将军甫莅任,为炸弹所轰,川信则云成都已为革党所踞,赵李帅被戕,后知不确。云各省风鹤之警骇人听闻。时事至此,可为痛哭。发秋季俸米票,向系十月发,此次因米价奇涨,以温侍御奏先一月发。

初七日　以前日奉皇太后懿旨,发出内帑,分给受灾省分,以资赈用,共八省二十四万,江苏亦得三万,同乡官陆润庠等谢恩,在西苑门行礼,到者五人。欣悉陆军部得荫大臣昌鱼印捷电,夺回刘家庙,乘胜占领汉口之大智门,汉口车站开车处。是确信也。顺至东城答姚石泉,未晤。贺蔚若,晤。访徐岫芝,晤。陈梦陶,未晤。王玉自津归,有珪信,知妇稚皆寓中和栈,栈屋皆满。初六行者虽趁第三次车行,有客位甚舒齐,到亦不甚迟,迟一钟许,第二次则均系厂车,行李与人同挤一处,大风甚苦。惟到栈后几无下榻处,候至晚十二钟始得一小间,聚处其中,信中言津地房价昂而已满,无可设法,议将大队南旋,促葵去。

【天头日】袁世凯报是日起程。

初八日　晨,葵早车行赴津,陈妪亦去。晚过通三寓,云有晋省警电,陆申甫中丞被劫身殉,并夫人、公子均随殉,有谕旨褒恤。

初九日　午荣儿自津来,葆同来,外间谣言蜂起。接津栈电话,促行。

初十日　寅,挈荣儿、葆同赴天津。头次车已满,停止卖票,即附行李车行,每人一元七角五,魏升随往,轶仲之郎附伴同行,十二钟到中和栈,相见亦各欣慰,津地尚安静。

十一日　在津栈,是日属刘升领俸米十一石零。

十二日　定新丰轮行,人数挤极,实不能容,费尽唇舌仅得房舱二间。杏渠妻妾及女三人,我处大二三媳附葆姬,其余宝仙二女及孙男女辈均散在统舱,并无摊铺之地。我处上下十余人,妇稚居多,惟荣儿同往,男仆仅邹福、瑞儿二人附,伴如杏渠一房、王芷舫夫妇、潘德官均无男仆,殊觉照料之少人手也。晚间下船,葵、珪两儿亲之船乃回栈。

十三日　新丰辰开,余等在栈方拟束装明早回京,晚间忽闻上海城陷之电,询之良确,惶急无似。即发吴少甫、李彦修、许滋泉电,托为设法照料。一面函托蔚老能否电致沪局,时吴眷亦在新丰也。旅邸相对欹枕不能寐。是日请假十日。自此各省独立之举纷纷而起,苏、浙、闽、赣均出一辙。

十四日　仍在栈逗留,深得上海道署被焚,租界尚可无事,津轮仍络绎开行,稍稍放心。晚小饮于三阳,高彝益来访葵。

十五日　早八点附火车回京,十二点钟到前门。下午晤陆相,略询朝事。伯荃来。过江宧,已全移长元吴馆矣。

十六日　至江宧晤。诣蒻老,未晤。闻苏杭皆有不守之信,南望悬悬惊扰,不可言状。杨允之来,吴冕昂、宋通三、童君石来。

十七日　诣凤公晤,云山西兵有就抚确耗,由新署晋抚吴禄贞单骑驰谕也。访伯荃,未晤。

十八日　午饭时骤闻吏部火警,珪自署归,得悉晋抚吴禄贞被害,西路警耗益迫。俄闻前门已闭,遂与葵、珪两儿仓皇出城,移寓太仓馆。晤同乡潘铸禹、何文彬、金□,皆于明早赴津,且言信息甚紧,力劝同行暂避,乃定议于寅刻同赴车站,挈两儿与魏升、朱福行。十二钟到,仍寓中和栈,车中晤汪衮甫,亦携眷而出,深慨大局之难回也。

【天头曰】吴禄贞之死,有云为旗兵所刺者,有云有人指使者,有云为乱兵所戕者,事后纷纷辩论,迄无定议。又闻吴实革党之魁,山西之兵虽受招抚,深恐西北一路警信即由此起,自吴禄贞被杀后其势稍夺矣。

十九日　在栈,津地谣传甚炽,熟人大半集此,均甚惶惶。知俊侯亦全眷来津,即往泉盛客栈晤谈,朱氏甥女亦同出,旋移寓井上医院。

二十日　得沪电,眷安抵沪,寓中上海旅馆。

二十一日　令魏升、朱福回京,略携应用物件,寓中看守诸人并须日用费,并带给之。然人心难恃,不能无隐虑而莫如何也。以续假折交魏升专遣曹颂送署。

二十二日　午,魏升、朱福来,云城中尚安靖。是日警信略松,报纸有袁项城即日来京之说。山西变兵仍回太原。先是第二十镇统制张绍桢有十二条之要求，廷议俱允准旋。又请统帅入卫，朝命授为宣抚大臣，令驰赴长江一带，宣播朝廷德意，冀纾兵祸，至是又自请开去差缺，亦莫测其意也。夜又接到沪安电，余信详。

二十三日　晨，潘姑太太自张家口折回津，来寓相见，知辛揆夫妇同来属，本署递续假十五日折，发张升信。

二十四日　葵挈朱福入京，八钟快车行，珪小有不适，未往。巳刻辛揆来，知张家口有姜军移驻之谣，惧有骚扰，故偕潘宅同赴津。兵律不严，各处之畏官军乃甚于敌寇，噫可恸已。日来报纸纷载各省宣告独立者接踵，苏州亦在其列，云即推程雪楼中丞为大都督，旗曰"国民军江苏大都督府"，又有"兴汉安民"字样，闻宗旨在保卫地方起见，城厢尚无惊扰，差慰然。闻南京已开战，铁宝臣将军之旗兵、张安帅之巡防队与敌兵鏖战甚烈，互有伤亡。闻省垣先已失半城，后调张勋所统之队复战而胜，故云南京克复也，究亦不知如何。其他闽、浙、赣均竖独立旗矣，至通州、江阴等处，亦相率而以独立名，真一倡百和矣。是日，闻袁项城已到京，寓顺天府，仍寓锡拉胡回。传有主抚之说。报纸言黎元洪与黄兴各部亦各有不满意处，以此内讧。又云黎或可就抚，然与否欤？

二十五日　潘姑太太来栈，晤，下午江妹来，则适相左，余偕珪往潘寓，并观其新租下天仙北首小街底之屋。全屋统租，闻租价初定每月八十元，继又增出六间则自成一宅矣，须加洋，月三四十元。荥阳意欲转租于亲友，可稍轻租费。潘寓晤陈哉卓、夏清贻，皆为之帮忙。顺送辛侄妇至井上医院暂宿一夜。时近分娩，寓中太局促，而又适有避忌事。江氏全眷即寓于此，江妹及俊侯夫妇、银甥女皆晤。医院得房两间，甚宽敞，并有洋式桌椅及电灯诸用物，每间日二元。俊侯嫌其太费，又租得院后门对过小屋五间，将徙居焉。归得葵京信，暂寓乡馆。是日晤刘翰臣，自京回，言京中近日稍定，大致谓滦州、石家庄两路之兵，现不至长驱直入，拟议之词，亦无从抉其秘也。

【天头曰】是日上谕,各省每派宣慰使一人,多以本省人为之,如江苏张謇、浙江汤寿潜、福建江春霖等共十二人。

二十六日　辰,珪乘八钟早快车入京,官事牵率不敢安也。袁项城昨日陛见,再辞总理,温旨敦勉,始具谢恩折。传闻奏对时于鄂事仍主议抚而以实行土宪,速开国会,借副众望为枢纽云。下午发葵信一纸,晚辛搽来,连日盼沪信而未至,甚为悬念。又见某报载嘉定有土棍土匪类等,假充革命军至县署小有嚣警,幸即败露。是日阁抄内阁袁推举国务大臣,命诸大臣充任如下表。附面奏请简各部次官,上谕补授。

外务大臣:梁敦彦。胡惟德暂署。

副大臣:胡惟德。曹汝霖署。

民政:赵秉均。　　　　　副:乌珍。

度支:严修。绍英。　　　　副:陈锦涛。

学务:唐景崇、杨度。刘廷琛。

陆军:王士珍。寿勋。　　　副:田文烈。

海军:萨镇冰。谭兼署。　　　副:谭学衡。

司法:沈家本、梁启超。定成。

农工商:张謇、熙彦。祝瀛元。

邮传:杨士琦、署唐绍怡任。梁如浩。梁士诒。

理潘:达寿。

绍昌、林绍年、陈邦瑞、王垿、吴郁生、恩顺,均着充任弼德院顾问大臣。

于式枚、宝熙充修订法律大臣。

【天头曰】未到任者均派暂署。

二十七日　接籤信附颐荼信。

二十八日　籤锡到,接希二十、廿一沪信,知分寓。白克路敦谊里席寓,爱文义路海昌徐寓。

二十九日　移津寓天仙茶园北首一衖内,荥阳寓附借二椽,月贴二十元。辛侄妇亦与潘同寓,其西席吴宝臣,葆桢。归安人,法政学生。发希信，为昌善永善事，又附寿香宝信。

三十日　子欣来，吴德卿_{彝善}来。

十月初一日　下元节，未能设祀。

初二日　偕笙锡进京，仍寓乡馆，日至寓所收拾什物。

初三日　内阁新章，凡召见奏事值日等均暂停行。

初四日

初五日　范丈来，时借寓东城五老胡同。

初六日　摄政王诣告太庙，宣誓信条十九条，改于午刻行礼。先日颇有谣言，而是日各大街铺户俱悬龙旗，前门并扎花牌楼一座，亦民政部安定人心之一策也。自后政权已归内阁，凡折奏皆由内阁递。

初七日　潘宅二少太太来寓。

初八日　朱心耕、祝俊逸来馆，见邸抄冯国璋兵克复龟山及汉阳。

初九日　敬递吁请开去差缺折，内阁奉上谕，内阁代递秦○○[绥章]奏，假期又满，病难速痊，恳请开去差缺一折，镶黄旗满洲副都统秦○○[绥章]着准其开去差缺，钦此。是日朱福往天津，带去箱件七件。

初十日　以开缺谢恩折稿交富骁骑_龄缮递。

十一日　递谢恩折，署中人来，云奉旨"知道了，钦此"。接希儿三十日详信，以由津栈转故稍迟。访苕孙，晤。荫方夫人回津。

十二日　遣张升至署取归谢折。得希儿初六信。又移寓，派克路润身里与恽、张锡三合租。伯荃至寓，荫之至馆，均晤。访俊侯，则又往天津矣。日来山东取销独立谕旨，孙宝琦留任效力，以维大局而赎前愆云。

　　【天头曰】是日，江宁省城失守，张安圃制军、铁宝臣留守，避兵舰，张勋败退浦口。

十三日　作希兄信，内附寿香信。十四寄。汪仲虎来。

十四日　下午访子钧晤谈。时蔚老移寓省馆,本拟往晤,至则重门紧闭,门外洋车停满,并有妇女等挤于门口,门内人声嘈杂,为旅京乡人欲分会馆存款事。约是日,请各属值年商议办法,无如下等工作,人多既难稽查,又难理论,辄欲聚众要挟人心之不求安静,可叹可虑。闻掌馆陈副宪请于陆枏,议以三千金,按人数均摊,然各属人数不齐,扬、常两属又多又杂,云须于十七、八由各馆值年开名单,然后按给。太属本系陆肜士所管,时已放陕西知府,以陕省未定,暂寓天津,馆事亦未交明,接管之人仅属王屏华君铸为代表。

【天头曰】上谕江西巡抚冯汝骙恤典一道,有从容犹义、大节凛然之褒。

十五日　下午谒凤相,晤。

十六日　访蔚若,时避居于单束笙寓,晤。昨在省馆大受滋扰。晚见邸抄,监国摄政王力请辞位,不再预政。奉隆裕皇太后懿旨准辞监国摄政王之位,缴销钤章,不再预政,以醇亲王退居藩邸,岁赏五万金,由皇室经费项下支给,其用人行政俱责成内阁总理担负,惟典礼觐见等事应用御宝,由宫廷主之,旨一道甚长,王之引咎自责,语意痛切,而监国摄政以此归结,可悯也已。

十七日　趁八钟火车至津,魏、朱二仆兼带三房箱件。知轶仲已由张家口到津,本日早车晋京矣。以资政院奏请剪发一折,奉上谕:凡我臣民准其自由剪发,钦此。又有请改用阳历折,交阁妥议。时遣唐绍怡辅以严修、杨士琦赴武昌请和停战十五日之说。

十八日　下午至江寓,朱福回先农公司租屋据转交赵姓,讫。

十九日　接衡孙信,即加封寄京。晚轶仲回。

二十日　星期,江妹来灯下作锡三信,又作希信。二十一日寄。

二十一日　朱寿臣自郙德军需局来夜谈。

【天头曰】湖北水泥厂驻沪批发,时寓四川路三十六号,并彦修信,衡孙喜用,由吴少处商拨陆百元应用,内三百元本在婚费,五百之内又移用三百也,六计苏宅画二百元,上海信画三百元,又移二百元。

二十二日　接葵信,附来衡孙信,知衡孙吉期已于初六日如期举行,虽以侨寓在沪,诸从简略,所费亦六七百饼,衣饰犹不在内也。衡孙聘廖氏樾衢世荫之女、榖士中丞寿丰之孙女、本生仲山尚书寿恒之孙女也。初议送京迎娶,以武昌乱起,眷属回南,暂寓申江,后拟赴嘤就亲,旋以苏郡宣告独立,江宁战事日剧,苏垣亲友既大半迁沪,而樾衢处亦全眷到沪,避嘉邑之警,因即就近举办,虽在离乱之中了一婚嫁之事,亦可慰也。

二十三日　寄葵京信,交潘寓贴租四十元。即先农公司转租出之屋价共五十五元,扣下荣记十三元,又找二元,潘处先收本月二十元,余仍还。

【天头曰】寄颐莘信,附少甫信。

二十四日　接葵、珪两信,即复一信,为租屋事,约潘塾师吴宝臣,葆桢,浙归安人。偕潘表侄四官、家澂。庆官家述小步市廛,酌之于鸿宾楼,系教门馆,肴味不甚佳。

廿五日　午后至一兴浴堂浴并修脚。有王颂侯来,系收房租者,云与辛揆相识,听其言嘉定人,询知为王仲良之从弟行,现在利津公司专以经手租房为生理。夜接葵、珪信,为铁门觅寓事,又言城寓房主肯让租或拟接租,以省迁移之劳费,即作一函复之,大局如此,无非为目前苟就实难决定,大约只可于二处择可行之也。铁门屋允租二十金,铁匠屋允让至二十六金,拟以二十四金商之。

廿六日　接京寓信,附来荣儿十月十七夜沪信。南望乡园,北瞻京阙,中宵辗转,心如鹿卢。

廿七日　寄京信,是日星期,轶仲挈其郎媛约同往天仙茶园听戏,汪笑侬演《铁冠图》一剧,声情呜咽不堪,入愁人之听矣。

廿八日　潘子静来谈,汪鹤林字邀聚丰饮,未赴。至江寓,同往加藤洋行买物。

廿九日　小建。朱莘耕、何安生来。夜接京信,旧居之屋议减价月作二十六金,惟杏渠所居之东院划分另算,信言已付房租一月,作为定见云。旧租四十金，又续加四金，付至九月二十日，后以闻警停付，本有存付之茶水一份可抵也。十月二十止今所付租，当以十月廿一起算。

十一月初一日　子朔。步至法界生生堂晤朱莘耕、王逸海，又至大安栈晤何安生。

初二日　晚在寓预作冬至节供，因杯盏皆从潘寓借用，故先一夕行之。

初三日　至生生堂栈晤莘耕、王逸海，至大安栈晤何安生，巴昔洋行间壁晤潘子静。

初四日　江妹来寓，夜得荣廿七信，言敦谊里寓有迁移分居之说，姬人与二女未定栖止处，甚为踌躇，即复一信，云总以自家人同住为宜，亦不能遥揣如何。

初五日　附八点钟车进京，十二钟至乡馆，与两儿进城。晚苕生约，往夜酌，并有小竹叙，两儿同往，余先归。

初六日　又作少甫颐盦信时寓四川路三十六号湖北水泥厂驻沪批发所。

初七日　俊侯来。

初八日　发荣不列号信，附寿香信。至东城答宝瑞臣，适晤蔚老、羖庵。

初九日　辛揆来，知昨得津信，辛侄妇举一男。

初十日　晚见阁抄有懿旨一道，以唐绍怡电奏沪议，据民军约以共和为目的，坚不通融，并有不允共和，即无可展限续议等语，由内阁请召集近支王公会议解决，定以速行，召集国会选定会员公同议决、君主共和政体，二者以何为宜。电饬唐绍怡，即以此意妥商民军代表伍廷芳，并彼此先行罢兵，以奠民生云云。又见阁报登唐绍怡电奏一通，内阁同各国务大臣联衔具奏请旨一折，皆甚长，事不可言矣。

十一日　访蔚老晤，适徐屾芝亦来，云将赴津，沪信殊不能洽。下午访俊侯，未晤，荫之，晤。轺仲是日四钟车返津矣。

十二日　又寄吴少甫、姚涤源一信。

十三日　诣凤老，知和议不就，有撤回唐绍怡之说，嗣闻唐先已签字四条：一国会议决，两方面均须服从；一政治未解决以前，不得借外债；一清军所驻之处皆须退出百里外，民军亦不进袭；一国会代表组织未悉其详。又闻以展和议之地点，我主北京，彼主上海。等处期限，以二十日为断。我以远省选举代表不及到，彼以有三分之二到不必各省齐集，即可定议。彼此坚持不允，总理有不得已而筹备之意。答钟秀芝，晤。

【天头曰】时资政院有改用阳历之议，闻曾入奏留中，尚俟妥议，南中则竟以是日作为壬子元旦，是直不奉正朔矣。

十四日　接彦修冬月初六信，附苏寓秋季出入账折一，扣嘉栈所寄庚戌二年分西租汇结单一纸，辛亥六月止。松鹤屋修理工作帐一纸。

十五日　午后至大观楼，晤范丈，茶话，苕生亦在，因以小酌佐谈。

十六日　接彦修初六信。

十七日　作彦修信五纸。

十八日　寄彦修信，答何润夫，访伯荃，均未晤。

十九日　访蔚老，未晤。答薛偁群，晤。

二十日　接彦修十三日信。

二十一日　作荣信，附寿香信，锡三信。

二十二日　接彦修十四日信，晚过苕孙谈。

二十三日　补接到彦十月二十日快信，由天津转，几一月余矣。访蔚老，晤。

二十四日　访王耜云，未晤，时自山西归。又接彦修十八日信，为恒大款事。

二十五日　卖去江米，二百四十余斤。每一百六十斤作一包，仅得九元，共十九元零，抵去蜜羔帐六元，讫。

二十六日　六钟即起赴津，车栈恰八钟即展轮，葵送登车，在后未及到，十二钟抵津寓，补交潘寓贴租二十元。十一月廿五，付十二月。

二十七日　访徐岫芝，寓旭街祥泰木器店。寄彦修快信，顺顾江寓。

二十八日　午后岫芝来，同往青莲阁茗话，轶仲先在，并晤彤士。是日午闻都门东安门有炸弹之警。

二十九日　接宝女十九日所寄信。

三十日　大建。写信。

十二月初一日　偕江菊林访徐岫，即至江寓晤兰陵妹，适朱氏甥女以久病骤变，痰喘交作，为作俊侯信，时寿丞甥婿正在郭德军局也。下午六钟，朱甥女殁于寓，复往江寓。

初二日　接都寓信，内附颐盒廿四信。发沪信、希信二纸，寿香一函附，芍、颐各一函，又寄都信。徐芷湘来，为朱寓事。午至江寓，晤俊甥，正赶快车到也。

初三日　下午至朱寓，寿臣自郭德到。

初四日　蔚老来寓，得意楼□号。岫芝来，同至青莲茗话，作颐盒信。复廿日函。

初五日　至德义楼答蔚老，已行，顺访寿臣。又至法界长发栈对过看祜麟仲外署世补寓，晤，吴和甫亦同寓也。又至中和栈访刘荫芝，未晤。其栈友俞朝卿已回南，有姓王者摄其事，留有南信一封，内衡孙、心禅各一缄。又芸巢一缄，只五言四句，均系九月下浣所寄，展转稽延两月余矣。又过江寓，并看俊侯，归已上灯。

初六　俊侯来，复芸巢信，寄城信，附去衡、心两信。

【天头曰】江寓井上医院后门、陆寓长发栈对面，吴和甫同上；何安生、徐君善，大安栈；朱心耕、王逸海，生生堂；徐岫芝，祥泰木作；陆彤士，福安里；汪仲虎、李抟霄，东门街；潘子静，巴昔洋行。

初七　陆彤士来寓，福安里瑞记洋行相近。晚接城信。

初八　至江寓。

初九　德义楼晤蔚老,福安里英界答彤士,未晤。闻津车站有炸弹之警。日来和局将裂,备战之信日亟矣。接城信,附来荣五号信,初六发。

初十日　辛撰来,晚饭后,葵、珪来寓。

十一日　午后同至青莲阁茗话,偕轶仲、和甫至慎贻里太乙楼小酌,轶仲又作东道。是日,展期又满,颇闻徐州、鄂、豫已有战事,而亦有再展两星期之说。

十二日　潘学韩自京来。

十三日　珪又早车入都。

十四日　珪自都来,晚辛撰邀荥阳作汤饼于太乙楼,余及葵、珪均往,接颐莘初九信。内有万丰券纸。

十五日　复颐盦信,至江寓。

十六　作荣信一纸,附珪信。至江寓,为朱寿臣夫人写主。

十七日　下午约轶仲奉其太夫人,并挈郎媛等聚饮于太乙楼,辛侄妇及两儿从焉。

十八日　立春,连日喧传允定共和,将发大诏,稍变异位之说,而名曰"辞政",然仍踌躇,未敢遽宣,世局愈变愈奇,不知将来史笔作何论断,悠悠斯世,我何从而请?质之可恫也!又云虚留帝号,优侍皇室,以此劝谕大众,谓决非亡国可比。蔚老来云,闻苏省田租,其不以荒论者,每亩征收约一元,有一半充公,一半归业主之说。

十九日　是日为封印期。

二十、二十一日　无事。

二十二日　幸侄新生子剪髯,江姑太太来道喜。

二十三日　岫芝来,莘耕、季玉亦至,有兴作竹叙,聊以消遣,余负焉。

二十四日　辛撰进京。

二十五日　得锡三信,时移寓麦根里十三号。接荣六号长信。附彦修二纸,廿二发。

二十六日　晨起买报纸，载上谕奉隆裕皇太后懿旨三道：一定共和政体，有退处宽间语，即揭示为辞政之意。二为宣示优待皇室条件八条，有皇帝暂卸政权，不废君号语，共八条：一大清皇帝辞位之后，尊号仍存不废，中华国民以待外国君主之礼相待；二岁用四百万两，至改铸新币之后，改为四百万元，由中华民国拨用；三暂居宫禁，日后移居颐和园，侍卫人等照常留用；四宗庙陵寝永远奉祀，由中华民国招设卫兵妥为保护；五德宗崇陵未完工程如制妥修，及奉安典礼仍如旧制，所有需用经费，均由中华民国支取；六以前宫内所用各项侍使人员可照常留用，惟以后不得再招奄人；七皇帝原有私产，由中华民国特别保护；八原有禁卫军为中华民国陆军部限制，额数俸饷仍如其旧。每条首皆冠以"大清皇帝辞位之后"字样，当是协议之原式，后又附满、蒙、回、藏各族待遇之条件四条，关于清皇族待遇条件八条不备。三为宣告京外臣民务各善体此意，为全局熟权利害，勿得逞矫激之空言，至国与民两受其祸云。此旨必出自新内阁诸公手笔，欲观全文者，可检宣统三年十二月廿六日之报阅之，余实不能录也。

廿七日　在寓买香烛茶沥，佐以元宝羔，聊应祀年之典。是日，于是有阁令出，现布告官员军民各一件。

廿八日　作荣信红笺一、长笺二，附笏庭信五纸。又复锡三信。廿九寄。

廿九日　寄荣信锡三信，预作除夕供。

三十日　略循年例，料理岁务。作复彦修信。晚，偶至市廛小步，见灯旗招贴，有"共和万岁"字样，其五色长条方式黄红蓝白黑者，为新出之中华国旗也。与轶仲同吃年夜饭。